BEATE RÖSLER

Die Töchter des Roten Flusses

ROMA

atb aufbau taschenbuch

MIX
Papier aus verantwortungsvollen Quellen
FSC® C083411
FSC
www.fsc.org

ISBN 978-3-7466-3270-4

Aufbau Taschenbuch ist eine Marke
der Aufbau Verlag GmbH & Co. KG

2. Auflage 2020

Umschlaggestaltung www.buerosued.de, München
unter Verwendung eines Bildes von
© Goto Foto / Gary Early / plainpicture
Gesetzt aus der Whitman durch die LVD GmbH, Berlin
Druck und Binden CPI books GmbH, Leck, Germany
Printed in Germany

www.aufbau-verlag.de

Prolog

Ein kleines Dorf zirka 40 Kilometer von Hanoi, Mai 1970, sechs Jahre nach Beginn des amerikanischen Krieges

Aus der Bluse, die Hanh gewaschen hatte, tropfte noch Wasser, dennoch wagte sie es nicht, den Stoff fester auszuwringen. Vorsichtig schob sie ihren Zeigefinger in einen der Ärmel und strich mit dem Daumen über das fadenscheinige Gewebe. Es war nur eine Frage der Zeit, wann es reißen würde. Hanh seufzte. Alle, die in dem Dorf lebten, in das sie vor ungefähr drei Jahren mit anderen Schulkindern evakuiert worden war, hatten ihre Kleidungsstücke so oft geflickt, dass niemand mehr sagen konnte, wie sie ursprünglich ausgesehen hatten. Aber das war noch das kleinste Unglück, das die Amerikaner über ihr Land gebracht hatten. Sachte, um den fragilen Stoff nicht zu strapazieren, zog Hanh ihre Hand aus dem Ärmel und legte ihn an ihre Wange. Sie schloss die Augen und stellte sich vor, die weiche Haut ihrer Mutter zu spüren, die ihr Gesicht liebkoste. Die Bluse hatte sie ihr zum Abschied geschenkt, nach Seife duftend und strahlend weiß. Wie einen zerbrechlichen Gegenstand hatte Hanh sie verpackt und in ihrer kleinen Tasche verstaut. Gut aufpassen wollte sie auf diese Erinnerung an ihr Hanoier Leben. Doch der amerikanische Krieg, der jetzt schon fast sechs Jahre wütete, zerrte selbst an den robustesten Stoffen, bis sie dünn und gräulich aussahen, ebenso wie die Menschen, die sie trugen.

Vorsichtig legte Hanh ihre Bluse auf die Hemden, die sie gerade für ihre jüngere Schwester Tao und die Bauernfamilie, bei der sie untergebracht waren, gewaschen hatte. Im Handumdrehen war alles getrocknet, so heiß schien die Maisonne. Viel besaßen sie nicht, deshalb achtete Hanh penibel darauf, dass regelmäßig gewaschen und gestopft wurde. Die Kleinen schnitten Grimassen, wenn sie sie ermahnte, auf Sauberkeit und Ordnung zu achten, denn das war im Krieg nicht immer einfach. Doch ganz gleich, wie viel Mühe es sie kosten würde, ihre Abschiedsbluse, wie sie sie im Stillen nannte, durfte um keinen Preis auseinanderfallen. Sie musste durchhalten wie Hanh selbst, denn dann, und nur dann, würde ihre Familie eines Tages wieder glücklich in Hanoi zusammenleben. Diesen Pakt hatte Hanh mit ihren Ahnen ausgehandelt, während ihrer ersten Nacht im Dorf, als sie sich stundenlang hin und her wälzte, schlaflos aus Sorge um ihre Familie und sich selbst. Damit die verstorbenen Angehörigen auch wirklich halfen, bot sie ihnen am folgenden Tag ihre Reisration an. An einer dicht bewachsenen Uferstelle des Roten Flusses entdeckte sie ein auf dem Boden liegendes großes Holzstück, säuberte es und verzierte es mit hübschen grünen Blättern. Hierauf stellte sie ihre Reisschüssel. So würdevoll wie ihr Ahnenaltar in Hanoi, den ihre Familie stets mit Blumen und ein paar Leckereien ausgestattet hatte, sah das einfache Holz zwar nicht aus, aber schließlich herrschte Krieg und die Toten würden es ihr nachsehen. Immerhin Räucherstäbchen hatte sie aufgetrieben. Feierlich entzündete sie eins nach dem anderen und sog ihren Duft tief ein. Sie blickte dem aufsteigenden Rauch hinterher, der den Ahnen ihre Gabe überbrachte, und flehte diese an, ihre Familie mit aller Macht zu beschützen. An dem Tag, so schwor sie, an dem ihre Familie wieder vereint wäre, würde sie zum Zeichen ihrer Dankbarkeit ihre Bluse opfern. Obwohl ihr Magen grollte und sie mit stechendem Schmerz dafür bestrafte, dass er warten musste, rührte sich Hanh nicht vom Fleck. Erst, als die letzte Glut des letzten Räucherstäbchens verglommen war, verzehrte sie den Reis.

Obwohl es nichts mehr zu waschen gab, hockte sich Hanh ans Flussufer und grub ihre Zehen in den weichen Schlamm. Wie angenehm er sich anfühlte. Mit einer Hand strich sie durch das warme Wasser und lauschte dem sanften Plätschern, das dabei entstand. Bis auf das Summen der Insekten war es ruhig. Wenn es keine amerikanischen Bomben gäbe, wäre es schön hier. Hanh holte so tief Luft, als könnte sie diesen friedlichen Augenblick durch ihren Atem aufsaugen, denn sie wusste, wie schnell er vorbei sein konnte. Ein wenig beugte sie sich vor, wobei die Spitzen ihrer dunklen geflochtenen Zöpfe die Wasseroberfläche streiften. An heißen Tagen wie diesem wünschte sich Hanh, einfach ihre Bluse und weiten Hosen abzulegen und im Fluss zu baden. Doch da sie nicht schwimmen konnte, wagte sie es nicht. Ein dunkler Gedanke ließ sie inmitten ihrer Wasserspiele verharren. Wie viele Menschen hatte der Rote Fluss im Laufe der Jahrtausende wohl sterben sehen? Unzählige waren in seinen Fluten ertrunken, waren an seinen Ufern erschlagen und erschossen worden, elendig verhungert, oder Bomben hatten sie in Stücke gerissen. Hanhs Herz pochte schneller. Natürlich wusste sie, dass der Name des Roten Flusses von seinem rötlichen Schlamm herrührte, doch auf einmal erschien es ihr, als wäre sein Rot dunkler geworden, intensiver, so, als ergössen sich Tausende Liter Blut in ihn. Eilig trocknete Hanh sich ab und schnupperte an ihrer Hand. Nein, lediglich der Geruch nach Wasser und Erde haftete ihrer Haut an, nicht der Gestank des Todes, den die amerikanischen Bomben verbreiteten. Hanh horchte auf. Das laute Surren der Insekten beunruhigte sie jetzt und so schnell wie möglich wollte sie ins Dorf zurück. Doch dann fiel ihr ein, was ihr Vater bei einem seiner letzten Besuche gesagt hatte.

»Hab keine Angst. Sie halten sich für unbezwingbar, aber das sind sie nicht. Wir werden siegen, denn wir sind zäh, geduldig und vor allem wissen wir, wofür wir kämpfen. Für unser Land. Für unsere Familien. Für ein freies und gutes Vietnam.« Und Hanh glaubte ihm. Er hatte ja Recht. Hatten sie nicht die Franzosen geschlagen? Wie zuvor die Japaner? Und die Chinesen, die gedacht hatten, ihre Herrschaft könnte ewig andauern? Auch die Amerikaner würden früher oder später aufgeben. Dafür kämpften ihre Eltern, ihre älteren Geschwister, und auch Hanh würde nicht feige sein. An jenem Tag hatte ihr Vater sie zum Abschied geküsst, was er selten tat, und sich dann auf sein klapperiges Fahrrad geschwungen. Der Weg nach Hanoi war weit, die Straßen voller Schlaglöcher und Gefahren. Dennoch winkte er ihnen zu, als begäbe er sich auf eine vergnügliche Fahrt. Hanhs Herz überschlug sich vor Stolz darüber, dass dieser mutige Mann ihr Vater war. Tapfer hatten sie und ihre kleine Schwester zurückgewinkt und ihm nachgeschaut, bis er ihren Blicken entschwunden war. Dann hatte die Kleine geweint, und Hanh hatte sie zu der Bauernfamilie zurückgeführt, bei der sie untergebracht worden waren.

»Willst du deinen Schutzhut nicht aufsetzen?«

Ein schmächtiger Junge war wie aus dem Nichts aufgetaucht und streckte Hanh ihren eng geflochtenen Strohhut entgegen. Sie setzte ihn auf, obwohl sie daran zweifelte, dass er sie im Ernstfall vor Bombensplittern schützen könnte.

»Danke.«

Hanh bückte sich und sammelte ihre Wäsche ein. Phong, der ebenfalls zwölf Jahre alt war, erschreckte sie nicht. Wie sie gehörte er zu den wenigen Kindern, die es wagten, sich alleine aus dem Dorf zu entfernen, um nicht unter der ständigen Beobachtung der Lehrer, anderer Schüler und Bauern zu stehen. Als sie sich mit ihren Kleidern im Arm aufrichtete, hatte Phong seinen Blick auf den blauen Himmel gerichtet. Seine ungewöhnlich dichten Brauen, das einzig Kräftige an seiner Erscheinung, zog er so stark zusammen, dass sie eine schwarze Linie bildeten, was ihm einen grimmigen Ausdruck verlieh.

»Was ist los?«, fragte Hanh und suchte den Himmel ab.

Phong legte den Zeigefinger auf seine Lippen. Hanh schauderte, denn nun bemerkte sie es auch. Die Luft war nicht mehr nur erfüllt von den Geräuschen der Insekten. Andere waren hinzugekommen: Die noch entfernten Motoren der gefürchteten B-52-Bomber, auf ihrem Weg nach Hanoi oder in andere Orte im Norden des Landes. Jedes Kind erkannte sie. Ebenso wie die regelmäßigen metallenen Schläge, die jetzt ertönten; es war der Dorf-Gong, der die Menschen aufforderte, Schutz zu suchen.

»Wir müssen zum Bunker!«, schrie Hanh und wollte losrennen, doch Phong verstellte ihr den Weg.

»Und wenn wir uns einfach in den Büschen verstecken? Hier ist so lange nichts passiert, und bestimmt brauchen sie ihre Bomben auch heute für wichtigere Ziele, nicht für unser winziges Dorf.«

Hanh überlegte kurz. Es stimmte. Seit eineinhalb Jahren war nicht eine einzige Bombe auf ihr Dorf gefallen. Aber konnten sie sich darauf verlassen? Andere Dörfer hatten weniger Glück gehabt. Jedoch waren diese, wie sie gehört hatte, erst auf dem Rückflug der Amerikaner bombardiert worden, wenn die Piloten ihre tödliche Fracht bei strategisch wichtigen Zielen nicht vollständig losgeworden waren. Dann öffneten sie selbst über dem unbedeutendsten Dorf ihre Flugzeugklappen und warfen den Rest ab. Hanh mutmaßte, dass sie ihre Bomben nicht unbenutzt zum Stützpunkt zurückfliegen wollten. »Das ist wohl Verschwendung«, dachte sie, »uns zu töten aber nicht.« Wie eine schwere Last sank dieser Gedanke auf Hanh herab, und nur mit Mühe schob sie ihn fort.

Phong hatte Recht. Wahrscheinlich würde rein gar nichts geschehen. Und es war tausend Mal erträglicher, die Flugzeuge hier abzuwarten, als in einem der dämmrigen, muffigen Bunker, wo die anderen Kinder sie mit ihrer Angst ansteckten.

»Ist gut«, stimmte Hanh zu, und Phong zog sie mit sich unter das grüne Blätterdach. Hier waren sie vor den Blicken der Piloten verborgen. Sie kauerten sich dicht nebeneinander auf einen Holzstamm und horchten auf das Dröhnen der B-52.

»Hast du Angst?«, flüsterte Phong in Hanhs Ohr, obwohl niemand ihn hörte.

Hanh schüttelte ihren Kopf. »Und du?«

Anstatt zu antworten, zog Phong ein Buch unter seinem Hemd hervor und hielt es ihr entgegen. Hanh registrierte ein Aufglimmen in seinen Augen, eine Mischung aus Freude und Triumph, wovon weder das eine noch das andere in ihrer gegenwärtigen Lage passend erschien. Sie bemerkte auch, dass sie sich wohl fühlte, so nah bei ihm zu sitzen, und zuckte nicht zurück, als die warme Haut ihrer Arme sich berührte. Da sie sich nicht bewegen wollte, nahm sie das Buch nicht an, sondern fragte: »Ist das Französisch? Woher hast du es?« Sie wunderte sich, dass Phong fähig war, ein derart dickes Buch in einer Sprache zu lesen, von der sie bloß ein paar mickerige Brocken verstand. Überhaupt gehörten Bücher für sie in die Schule, und selbst dort waren sie nach Jahren des Krieges so knapp, dass man sie sich mit anderen Kindern teilen musste. In ihrem Elternhaus hatte es keine Bücher gegeben, und die Idee, ohne konkrete Aufgabe der Lehrer eins zu lesen, wäre ihr nicht in den Sinn gekommen.

Erstaunt sah sie zu, wie Phong liebevoll über den Buchdeckel strich, und bekam eine Gänsehaut, weil sie sich vorstellte, er täte dasselbe mit ihrem Arm. Seine Augenbrauen saßen nun leicht gebogen an der richtigen Stelle über seinen Augen und verliehen seinem Gesicht etwas Männliches, was im Widerspruch zum Rest seiner Gestalt stand. Zöge man Phong sein Hemd aus, da war Hanh sicher, wären seine Rippen genauso gut zu zählen, wie es bei ihr selbst der Fall war.

»Warum sagst du nichts? Hast du doch Angst?«, neckte sie ihn.

Phong lächelte und schüttelte seinen Kopf.

»Mein Vater hat es mir geschenkt«, sagte er, »es sind Geschichten, die vor langer Zeit von zwei Deutschen aufgeschrieben wurden. Von den Brüdern Grimm.«

Der ohrenbetäubende Lärm der Flugzeuge brachte beide zum Schweigen. Nun war das Geschwader über ihnen, und sie wagten kaum zu atmen. Der Schweiß rann in ihre Augen und brannte. An Hanhs Wade juckte ein frischer Mückenstich und ihre Blase drückte. Dennoch würde sie sich nicht rühren, was auch immer pikste oder kratzte. Ein Blättchen zu viel, das sich bewegte, ein Zweig, der knackte, und vielleicht wurden die Piloten doch auf die Kinder aufmerksam. Die Zeit schien still zu stehen, und Hanh und Phong waren zu Steinfiguren erstarrt.

»Wohin fliegen sie? Nach Hanoi?«, fragte Hanh irgendwann mit einer Stimme so heiser, als hätte sie stundenlang gebrüllt. Ihr Bruder, der mit den Viet Cong kämpfte, war nicht dort, aber ihre Eltern, ihre ältere Schwester, Verwandte und Nachbarn schwebten in Gefahr. Hanhs Zunge klebte am Gaumen, so trocken vor Sorge war ihr Mund, und sie hatte das Gefühl, sich nicht richtig zu artikulieren. Ihr zu schneller Atem verursachte Schwindel, und Hanh fürchtete, ohnmächtig zu werden. Bemerkte Phong das nicht? Ruhig öffnete er sein Buch, blätterte von einer Seite zur nächsten, übersprang einige Blätter, huschte mit den Augen über die Buchstaben und klappte das Buch zu.

»Ich erzähle dir die Geschichte von Rapunzel, die von einer bösen Hexe in einem hohen Turm gefangen gehalten wird. Rapunzels Haar ist so lang, dass eines Tages nicht nur die Hexe, sondern ein Prinz daran zu ihr hinaufklettert. So kann er sie retten.« Phong sprach direkt in ihr Ohr, und seine Stimme klang bald wie die sanfte Rapunzel, dann schrill wie eine alte Hexe oder verzweifelt wie die Eltern der Unglücklichen, und nach einer Weile atmete Hanh gleichmäßiger. Phong überflog schon das nächste Märchen und verwandelte sich in eine Prinzessin, die durch den Fluch einer beleidigten Fee in einen hundertjährigen Schlaf gefallen war. Mit kreisenden Gesten seiner Hände ließ er eine Dornenhecke um sie herum wachsen, und spielte anschließend einen mutigen Prinzen, der diese bezwang. Hanh applaudierte, und nicht nur die Motorengeräusche entfernten sich, sondern auch die Hitze, die lärmenden Insekten und ihr ganzes anstrengendes Leben.

Ohne dass Hanh es hätte in Worte fassen können, beglückte sie die Aussicht, die die Märchen ihr schenkten: Hatte man es geschafft, Angst, Einsamkeit und Schrecken zu trotzen, erwarteten einen zur Belohnung die liebende Familie und Freude. Wie ein Hoffnungsschimmer erstrahlte diese Vorstellung in Hanhs eigener gefahrenvoller Welt.

»Wie lange man auch in einem Todesschlaf liegt«, dachte sie, als Phong das unsichtbare Dornröschen wachgeküsst und sein Buch geschlossen hatte, »irgendwann kann es weitergehen.«

Kaum, dass dieser Gedanke in ihr zu wachsen begann, knurrte ihr Magen. Aggressiv und schmerzhaft, und unwillkürlich krümmte sie sich. Der Zauber der Märchen verflog. Überdeutlich sah Hanh die Flugzeuge vor sich, die in diesen Sekunden den Tod über Vietnam abwarfen, der Männer, Frauen und Kinder in Flammen aufgehen ließ, zerriss, erstickte oder vergiftete. Es war reiner Zufall, dass sie, Hanh, heute verschont geblieben war. Für Tausende von Menschen würde es morgen kein Erwachen geben, ihr Schlaf währte ewig, und zuvor würden sie leiden. Manche so grauenhaft, dass der einzig gütige Prinz, der sie von den Qualen befreite, der Tod selber war.

Hanh steckte ein paar kürzere Stirnhaare, die sich gelöst hatten, mit ihrer Haarklemme fest. Es war höchste Zeit, ins Dorf zurückzukehren und sich ihrer gerechten Strafe zu stellen, denn mit Sicherheit war ihre Abwesenheit nicht unbemerkt geblieben. Sie hätte längst gehen sollen, anstatt ihre Zeit zu vergeuden. Mit Geschichten, die einen forttrugen, bis hoch über die Wolken, wo es sicher schön war, und die trügerisch das ganze Elend hier unten verdeckten. Es war trotzdem da. Und wenn man nach all den Träumereien wieder auf der Erde landete, stach der Hunger stärker, wuchs die Angst schneller, schien die Wirklichkeit unerträglicher.

Phong, der sich wegen seiner Darbietung als Prinz bereits erhoben hatte, streckte Hanh seine Hand entgegen. Sie ergriff sie und versuchte aufzustehen, doch ihre Beine waren eingeschlafen und knickten immer wieder weg. Mehrmals musste sie auftreten, ehe das taube Gefühl verschwand. Während sie ihre Waden massierte, fragte Phong:

»Haben dir die Geschichten gefallen?«

Hanh zuckte mit den Schultern. Obgleich sie verstand, dass er sich bemüht hatte, sie abzulenken, konnte sie ihren Unmut nicht ganz verbergen.

»Sie sind schön. Aber wir hätten längst nachsehen sollen, ob es allen gut geht oder ob jemand unsere Hilfe braucht. Was wir hier machen ist ... unnütz.« Phong hob ihren Wäschestapel auf und reichte ihn Hanh. Dabei sah er ihr fest in die Augen und sagte:

»Findest du? Mich erinnern diese Märchen daran, dass ich glauben möchte, dass es eine andere Welt gibt als eine, die aus Angst, Hunger und Tod besteht. Eine andere als die, die wir kennen. Und Hanh, weißt du, was schrecklich ist? Ich weiß kaum noch, wie es ohne Krieg war. Glaubst du, wir erleben noch einmal Frieden und Freiheit? Manchmal denke ich, ich bin der einzige, der alles tun würde, damit dieser Krieg auf der Stelle endet!«

Hanh schlug ihre Hände vor den Mund, die frisch gewaschene Kleidung fiel zu Boden. Was redete Phong denn da? Zweifelte er daran, dass sie dank der vietnamesischen Kämpferinnen und Kämpfer bald in einer besseren Welt leben würden? Genau dafür riskierten ihre Familie und viele andere ihr Leben. Er konnte froh sein, dass sie nicht vorhatte, den Lehrern von seinem Geschwätz zu erzählen, und von diesem Buch, das einen am logischen Denken hinderte. Insbesondere jetzt, da Ho Chi Minhs Tod die Vietnamesen erschüttert hatte, konnten seine Äußerungen leicht als entmutigend aufgefasst werden. Erführen ihre Lehrer davon, würde er bestraft werden, weil er die Moral der anderen Kinder gefährdete. Und so war es ja auch, denn dass er seltsame Ideen pflanzte, hatte sie gerade am eigenen Leibe erfahren. Zum Glück hatte sie die Stärke besessen, sich das betörend duftende Pflänzchen, ehe es wachsen konnte, wieder auszurupfen. Wie Unkraut.

Phongs Augenbrauen waren erneut düster zusammengewachsen, und er schien auf ihre Antwort zu warten. Die konnte er haben.

»Du bist nicht der einzige, der sich nach einem friedlichen Leben sehnt! Das will ich, das wollen alle. Nicht hungern. Nicht fürchten müssen, jeder Abschied von den Eltern könnte der letzte sein. Dafür kämpft unser Volk, opfert seine Jugend, seine Gesundheit, seine Familie, sein Blut. Mit Waffen, Phong, müssen wir für dieses bessere Leben sorgen, nicht mit Geschichten, nicht mit Träumereien.«

Hastig klopfte sie die Wäsche aus und rannte davon. Im Dorf meldete sie sich unverzüglich bei einem ihrer Lehrer und gestand, dass sie am Fluss geblieben war. Kurz nach ihr tauchte Phong auf und zeigte sich ebenfalls an. Das überraschte Hanh, denn von einem Traumtänzer hätte sie erwartet, dass er versuchte, sich mit irgendeiner Geschichte aus der Misere zu ziehen. Oder hatte er nur angenommen, dass sie ihn sowieso verriet und er als Lügner und Feigling dastünde?

Am nächsten Morgen, die Luft war noch angenehm kühl, standen Hanh und Phong in der Mitte des Dorfplatzes. Ihre Lehrer, Mitschüler und einige Bauern bildeten einen weiten Halbkreis um sie. Alle hatten am Vortag nach ihnen gesucht und waren erleichtert, dass sie nicht verletzt am Boden gelegen hatten oder im Fluss ertrunken waren. Ihrer Strafe mussten sie sich trotzdem stellen. Statt mittags mit den anderen etwas Reis und Gemüse zu sich zu nehmen, würden Hanh und Phong einige Klassenräume aus Bambus ausbessern. Erst wenn das geschehen war, durften sie essen. Außerdem verlangten die Lehrer, dass sie ihr eigenes unverantwortliches Verhalten kritisierten und sich bei der Dorfgemeinschaft entschuldigten. Noch niemals hatte sich Hanh dieser demütigenden Prozedur unterziehen müssen und wäre vor Scham am liebsten im Erdboden versunken. Zwar zeigte niemand mit dem Finger auf sie, das nicht, aber die Blicke der Umstehenden stachen auf ihrer Haut wie Tausende kleiner Glassplitter. Obwohl die Hitze noch gnädig war, rannen Hanh die Schweißperlen von der Stirn. Ein Seitenblick auf Phong zeigte ihr, dass er sich genauso unwohl fühlte wie sie. Das hoffte sie jedenfalls. Hatte nicht er sie auf die Idee gebracht, am Fluss zu bleiben, und sie mit schönen Worten eingelullt? Sie konzentrierte sich auf ihre Freundin Xuan, die sie am Rande der Versammlung erblickte. Die übrigen Gesichter verschwammen zu einer konturlosen Masse. Eine Lehrerin fasste die Ereignisse des Vortages zusammen und mahnte zu Wachsamkeit und Vorsicht. Dann wandte sie sich an Hanh und Phong und rügte ihr leichtsinniges Verhalten. Als sie geendet hatte, gab sie Hanh ein Zeichen, dass sie beginnen sollte.

»Es war falsch, dass ich nicht beim ersten Gongschlag ins Dorf gelaufen bin«, sagte sie mit fester Stimme. »Ich habe nicht daran gedacht, dass andere Menschen bei ihrer Suche nach mir vielleicht selbst in Gefahr geraten. Das war unverantwortlich. Künftig werde ich mich an alle Regeln halten und meine Pflichten erfüllen. Das verspreche ich.«

Ihre Knie fühlten sich weich an, aber sie hatte es hinter sich gebracht. Ihre Lehrerinnen und Lehrer nickten ihr zu, dann richtete sich die Aufmerksamkeit auf Phong. Niemand sagte etwas, denn alle warteten darauf, dass Phong zu sprechen anhob. Doch dieser schwieg und schwieg. Sein Gesicht verriet Hanh nicht, was in ihm vorging. Hatte er Angst? Blieben ihm seine Worte im Halse stecken? Oder gab es einen anderen Grund, den Hanh sich nicht vorstellen konnte? Schließlich räusperte sich Lehrer Vu und klopfte mit seinem Stock auf den Boden. Hanhs Herz klopfte mit. Endlich öffnete Phong den Mund, und Hanh atmete auf.

»Ich habe andere in Gefahr gebracht, und ihnen kostbare Zeit gestohlen. Anstatt nach mir zu suchen, hätten sie Holz sammeln können, ernten, kochen oder lernen. Ich hätte die Regeln befolgen müssen. Damit kein Chaos ausbricht, das bloß dem Feind nutzt. Ich habe Hanh dazu angestiftet, mit mir am Fluss zu bleiben. Es ist meine Schuld, dass sie nicht ins Dorf gelaufen ist, und ich bitte darum, ihr die Strafe zu erlassen.«

Hanh starrte ihn an. Sein Blick war auf die Lehrer gerichtet, schien diese jedoch zu durchdringen und sich hinter ihnen in der Landschaft zu verlieren. Obwohl sie Phong eben noch selber die Schuld an ihrer misslichen Lage gegeben hatte, war sie nun geradezu empört darüber, dass er öffentlich die ganze Verantwortung auf sich nahm. War sie etwa ein willenloses Geschöpf, das sich von ihm etwas sagen ließ? Nein! Sie war freiwillig bei Phong geblieben, hatte ihre Zweisamkeit, was niemand wissen durfte, sogar genossen. Sie hatte sich für ihr Fehlverhalten entschuldigt und würde es nicht zulassen, dass sie diesen schrecklichen Augenblick umsonst durchgestanden hatte.

Lehrer Vu, ein Mann ohne Alter, seufzte und wandte sich Hanh zu. Er hatte freundliche Augen, vom rechten aus zog sich bis zum Kinn eine lange Narbe, über die man sich verschiedene Heldengeschichten erzählte. Seine Stimme klang sanft, als er sagte:

»Ich möchte niemandem ohne Grund das Mittagessen vorenthalten. Hanh, findest du deine Bestrafung ungerecht?«

Hanh schüttelte energisch ihren Kopf und warf Phong einen wütenden Blick zu. Wegen ihm stand sie noch einmal im Zentrum der Aufmerksamkeit.

»Nein, meine Strafe ist gerechtfertigt.«

Lehrer Vu nickte zufrieden. So als ob er nicht ernsthaft angenommen hatte, dass er sich irrte. Nach abschließenden Worten der ersten Lehrerin, die noch einmal auf das ausnahmslose Einhalten der Regeln bestand, verlief sich die Menge. Die Bauern gingen aufs Feld, Kinder und Lehrer suchten die Klassenräume auf.

»Was sollte das?«, fragte Hanh halblaut, als Phong mit seinen Büchern unterm Arm an ihr vorbeieilte. »Hältst du dich für einen Prinzen aus deinen Märchen? Ich brauche keinen Retter!«

Phong blieb stehen und wartete, bis sie ihn eingeholt hatte. »Ich weiß, dass du Hunger hast«, antwortete er ruhig. »Und es ist doch wahr, dass ich dich aufgehalten habe.« Er sah sie an und grinste versöhnlich.

»Du hast auch Hunger«, erwiderte sie milder. »Bildest du dir ein, stärker zu sein als ich?«

Jetzt lachte Phong und schüttelte den Kopf.

»Nein, ich glaube, dass du sehr stark bist und viel mehr Ehre im Leib hast als ich. Aber ich werkele liebend gerne an den Bambushütten herum. Es liegt mir, Zerstörtes zu reparieren, und ich muss dabei nicht eine Minute ans Essen denken. Deshalb macht es mir nichts aus, auf die Mittagsration zu verzichten.«

Sie betraten ihren Klassenraum, und Hanh setzte sich auf ihre Bank. Ihre Freundinnen Xuan und Hop, die gerade noch gekichert hatten, drehten sich zu ihr und fragten, ob alles in Ordnung sei.

»Ja.«

Hanh war froh, ihre Freundinnen um sich zu haben, die sie nicht mit seltsamen Ideen bedrängten. Ihr Magen knurrte schon jetzt, und sie fragte sich, wie sie die körperliche Arbeit ohne ihre Schale Reis bewältigen sollte. Trotzdem zwang sie sich zu rechnen.

Inzwischen war es später Vormittag geworden und Hanhs einfacher Schulraum hatte sich aufgeheizt. Er war recht neu, roch nach Bambus und getrocknetem Lehm. Ein Wall aus Erde schützte ihn bei Angriffen und bot Deckung. Hanh hatte selber daran mitgebaut, wie an einigen anderen der Bambushütten, die sie errichtet hatten, weil der Platz für die evakuierten Kinder nicht ausreichte.

Mit ihren Füßen spielte sie auf dem sandigen Boden und ertastete mit ihren Zehen ihr ausgehobenes Schutzloch. Unter jeder Schulbank befand sich eins, und jedes Kind konnte innerhalb von Sekunden hineinrutschen, sollte es überraschend Alarm geben. In den ersten Jahren nach ihrer Evakuierung hatte Hanh viele Stunden in diesem Loch verbracht. Geschwitzt hatte sie, und ihr Körper juckte genau an den Stellen, an die sie nicht herankam. Sie hasste die Enge dieses Loches, in dem sie sich einsam fühlte, lebendig begraben. Da waren ihr die Sammelbunker fast lieber, denn dort konnte man sich wenigstens bewegen. Und allein war sie auch nicht. Noch nie hatte sie mit jemandem über ihre Ängste gesprochen, nicht einmal mit ihren Eltern, wenn diese sie besuchten. Sie wollte nicht jammern und ihnen damit das Herz schwer machen. Wahrscheinlich würde Phong sie verstehen. Aber das Letzte, was Hanh sich wünschte, war, dass er in ihr eine Verbündete sah, die wie er über Entbehrungen und Opfer klagte. Was nützt das schon? Das Leben war, wie es war.

Nach dem Unterricht besserten Hanh und Phong einige Hütten aus, und als es dämmerte, gestattete Lehrer Vu ihnen endlich zu essen. Als der erste Reis schließlich in ihren Magen rutschte, musste sie sich zusammenreißen, um nicht zu schlingen. Ihre Schale war noch halbvoll, als der Gong geschlagen wurde. Sofort erschienen die Lehrer und trommelten die Kinder und Jugendlichen zusammen. Die Aktion ging recht geordnet vonstatten, denn schon die Fünfjährigen wussten, wohin sie gehen mussten. Ihre Reisschüssel in der Hand und ihre Schultasche unter den Arm geklemmt hielt Hanh nach Tao Ausschau, und gemeinsam liefen sie zu ihrem Schutzraum. Auch die Bunker bestanden aus Bambus, der mit Lehm, Erde und Pflanzen bedeckt war. Hier versammelten sich die Menschen, und aus der Vogelperspektive musste das Dorf wie ausgestorben wirken. In den Bunkern hielt das Leben die Luft an.

Aufmerksam lauschte Hanh ihren Lehrern, die die Kinder anwiesen, diszipliniert sitzen zu bleiben und Ruhe zu bewahren, egal was geschehen würde. Dass sogar die Kleinen sich mucksmäuschenstill verhielten, erfüllte Hanh mit Stolz. Auf ihre Art trotzten sie dem mächtigen Feind. Ihre Augen begegneten Phongs, der sich mit angezogenen Beinen an die Wand gelehnt hatte. Der gestrige Streit fiel ihr ein, und ihr war, als könnte sie hören, was Phong gerade dachte.

»Nicht aus Mut sind sie so still, sondern weil sie nichts anderes kennen. Es ist normal für sie, alles stehen und liegen zu lassen, um sich zu verstecken. Wenn wir heute sterben, werden sie nie etwas anderes erleben.«

Ihre Blicke wanderten zu Tao, dann zu Xuan, Hop, Phong, bis hin zu Tuan, einem Klassenkameraden, der neben ihr saß, seine Fäuste so fest geballt, dass die Sehnen und Adern hervortraten. Die meisten von ihnen saßen reglos da, manche tuschelten mit ihrem Nachbarn oder kneteten ihre löchrigen Hemden. Plötzlich pochte eine dumpfe Angst gegen Hanhs Magenwände. Sie schmeckte Säure, die sie hektisch hinunterschluckte. Angestrengt konzentrierte sie sich auf den Ausgang des Bunkers, an dem sich zwei Lehrer als Wachen postiert hatten. Obwohl sie genau wusste, dass sie nichts gegen die Bomben ausrichten konnten, beruhigte Hanh der Anblick. Einer der Lehrer nickte ihr ermutigend zu, dann forderte er die Kinder auf zu singen. Und sie sangen. Von einem Soldaten, der nach gewonnener Schlacht nach Hause zurückkehrt. Xuan zwirbelte dabei ihr langes Haar, Hop spielte mit ihrer Spange, nur Tuan gab vor, einen Hustenanfall zu erleiden, weil er sich im Stimmbruch befand und den Ton nicht traf. Obwohl er etwas älter war als sie, konnte Hanh auf ihn hinabsehen. Das wusste sie, seit er einmal beim Tischtennisspielen neben ihr gestanden und sie sich gewundert hatte, wie klein er war.

Das Dröhnen der amerikanischen Flugzeuge kam näher. Die Lehrer sangen dagegen an und die Kinder taten es ihnen gleich, mit einer Inbrunst, als ob sie durch ihre Stimmen ein Schutzschild errichteten, das die Bomben abhielt.

»Sie sind da! Sie sind da«, schrie Tuan, und griff dabei nach Hanhs Hand. Einen Moment lang ließ sie es zu, dann zog sie ihre Hand aus seiner feuchten und sang einfach weiter. Die Welt schien sich nun nicht mehr zu drehen, sondern nur noch zu vibrieren, der Boden, der Bambus, die Gesichter der anderen, Hanhs Körper. So fest sie konnte presste sie ihre Handflächen auf ihre Ohren, aber es nützte nichts. Das Dröhnen der Motoren durchdrang alles. Gestern am Fluss, von nichts umgeben als den Blättern der Bäume und den Pflanzen, hatte sie sich sicherer gefühlt als hier im Bunker, ohne Sicht, eingekeilt zwischen schwitzenden Körpern und zunehmend verbrauchter Luft.

»Ich will nicht sterben!«, brüllte Tuan, und Hanh roch, dass er sich in die Hose gemacht hatte. Er tat ihr leid, gleichzeitig schämte sie sich für ihn. Manche Kinder fingen an zu weinen, manche riefen nach ihren Eltern. Mit einer energischen Handbewegung sorgte ein Lehrer für Ruhe.

»Reiß dich zusammen, Tuan. Willst du allen Angst machen?«

Keuchend blickte Tuan zu Boden. Aus den Augenwinkeln nahm Hanh war, dass er zitterte und sich verstohlen über die Augen wischte.

»Singt weiter«, ordnete der Lehrer an, und sie gehorchten. Das Wimmern einzelner Kinder mischte sich in die Lieder. Plötzlich bebte ihr Bunker und um Hanh ertönten Schreie, so gellend, dass sie ihren eigenen nicht heraushörte. Sie vergruben ihre Gesichter in den Armen. Klammerten sich an wer immer neben ihnen saß. Lehm rieselte auf ihre Haare herab, der Staub reizte zum Husten, und die Wände schienen nachzugeben.

»Singt lauter!«, rief eine Lehrerin, und Hanhs Lippen sangen weiter, Lieder, die sie noch später im Schlaf können würde. Sie sah, dass sich die Münder der anderen bewegten, aber sie hörte sie nicht. Weder schnell noch langsam verging die Zeit. Sie kauerten in einem Vakuum, sangen und hofften, der Tod möge weiterfliegen.

Als es ruhiger wurde, gingen die Lehrer hinaus, um nachzusehen, was passiert war. Den Kindern befahlen sie, im Bunker zu bleiben und zu warten, bis jemand Entwarnung gab.

Niemand hielt es mehr aus, in diesem dunklen, stickigen Raum, der leicht ihr Grab hätte werden können. Es drängte sie hinaus an die Luft, um zu atmen, zu fühlen, dass sie lebten, und zu sehen, dass es den anderen gut ging. Oder war jemand verletzt? Gar getötet worden? Standen die Häuser noch? Doch den Anordnungen der Lehrer war Folge zu leisten, und sie blieben sitzen. Der Staub und Durst hatte ihre Hälse ausgetrocknet und nach Singen war keinem mehr zumute. Für den Augenblick hatten sie überlebt, aber was wäre, wenn die Flugzeuge ihre Mission erfüllt und Elektrizitätswerke, Brücken und Bahnhöfe zerstört hätten? Dann kämen sie zurück.

Hanh zog die weinende Tao in ihren Arm und strich ihr den Lehm aus dem Haar. Danach zog sie aus ihrer Schultasche eine Holzfigur.

»Was glaubst du, ist das?«, fragte sie die Kleine, die keinen Moment zögerte.

»Ein Flussdrache.« Sie zog den Rotz in ihrer Nase hoch und ihre Tränen versiegten. Andere schauten interessiert zu ihnen hinüber.

»Genau«, bestätigte Hanh, »sieh mal, der Kopf, der Schwanz, seine Schwingen. Er ist stark und mächtig. Er hat uns beschützt und wird das auch weiterhin tun.« Das Mädchen rührte sich nicht und blickte ehrfürchtig auf den handgroßen Holzdrachen.

»Woher hast du ihn?«

Tuan, der, während sie sprach, von Hanh abrückte, wohl damit sie seinen Uringeruch nicht bemerkte, streckte gleichzeitig die Hand aus, und Hanh legte ihm den Drachen hinein.

»Den habe ich geschnitzt«, antwortete sie, und hätten sie nicht in einem übel riechenden Bunker gesessen, wäre sie stolz darauf gewesen, dass Tuan den Drachen drehte und wendete, und schließlich anerkennend nickte.

»Nicht schlecht«, sagte er, »für ein Mädchen.«

»Erzähl weiter«, bat Tao und kuschelte sich an Hanh. Eingehüllt in Dunkelheit und Staub konnte Hanh die erwartungsvollen Augen der anderen Kinder nicht sehen. Aber sie spürte sie, und damit auch die Verantwortung, die sie ihr aufbürdeten.

»Ja, erzähl! Was kann dein Drache noch?«

Hanh biss sich auf ihre Unterlippe. Schon ihre Mutter hatte entgeistert den Kopf darüber geschüttelt, dass Hanh Legenden, die sie ihr viele Male erzählt hatte, immer wieder durcheinanderwarf. Sie konnte sich einfach keine Geschichten merken, und eine zu erzählen, lag ihr erst recht nicht. Nein, sie hatte zu ihrem Flussdrachen nichts mehr zu sagen. Je länger Hanh schwieg, desto schneller kroch die Angst in die Kinder zurück. Die ersten wurden unruhig, Tao würde gleich weinen.

»Phong«, sagte sie, und es klang widerwillig und flehend zugleich, »erzähl ihnen eine Geschichte.«

Einen Moment lang herrschte Stille, und Hanh betete, dass er nicht nachtragend war.

»Welche?«

»Eine von denen, die gut ausgehen.«

»In Ordnung«, sagte Phong und begann.

»Es war einmal …«

Er erzählte die Märchen, die Hanh bereits kannte, aber auch neue, von vier Tieren, die Musik machten und eine Räuberbande überrumpelten, von einem schlauen Schneider, von zwei Kindern, die sich im Wald verirrt hatten und eine böse Hexe überlisteten, und schließlich von einem Tisch, der sich wie durch Zauberhand deckte, wenn man es ihm befahl. Zunächst hatte Hanh einen Schrecken bekommen. War es denn richtig, die Kinder an leckere Speisen zu erinnern? Würde es nicht ihren Hunger verschlimmern? Doch bald stellte sie fest, dass die Kinder das Märchen liebten und Phong unterbrachen, weil sie dem Tisch sagen wollten, was er noch hervorzaubern müsse. Bald verlangten sie keine Speisen mehr. Ein Kuss der Mutter sollte es sein, ein Schlaflied der Großmutter, ein neues Hemd, ein bestimmter Mandelbaum, der entlang ihres alten

Schulwegs geblüht hatte, ein besonderes *Tet*-Fest, ein albernes Spiel mit der Freundin, von der man nicht wusste, wo sie gelandet war. Für einen kleinen Augenblick erstand vor den Augen der älteren Kinder ihr früheres Leben und erhellte die Dunkelheit des Bunkers. Die Kleineren schliefen dabei ein oder lauschten mit großen Augen, als ob sie ein weiteres Märchen zu hören bekämen.

Mitten in der Nacht kehrten die Flugzeuge zurück, aber es geschah nichts mehr. Offenbar hatten die Amerikaner ihre komplette Fracht abgeworfen. Die Lehrer berichteten, dass die Bomben, die ihr Dorf erschüttert hatten, in einiger Entfernung niedergegangen waren. Sie hatten Glück gehabt, denn es gab nur wenige Verletzte. Der einzige Verlust, den Hanh in dieser Nacht zu beklagen hatte, war ihr selbstgeschnitzter Holzdrache. Der hatte sich auf und davongemacht.

Als sie den Schutzraum verließen, hielt sie Phong zurück.

»Danke«, sagte sie, und da sie nicht wusste, was sie hinzufügen sollte, wiederholte sie es. »Danke.«

Phong lächelte und die dunklen Schatten unter seinen Augen hellten sich ein wenig auf.

»Ich danke dir, dass du mich gefragt hast. Und Hanh …«, rief er ihr nach, da sie sich bereits auf den Weg gemacht hatte, »sei nicht traurig wegen des Drachen. Er ist vielleicht bei jemandem, der ihn nötiger hat als du. Denn du bist auch ohne ihn mutig.«

Dann schloss er sich ein paar Jungen an, die sich auf den Weg machten, um Holz zu sammeln.

»Kommt er nicht mit?«, fragte einer von ihnen und zeigte auf Tuan, der dabei war, ein paar Steine zur Seite zu räumen, die vor ihrem Bunker gelandet waren.

»Nicht bevor er seine Hosen ausgewaschen hat!«, lachte Lam, ein Junge, auf den viele hörten und für den Hanhs Freundin Xuan ein wenig schwärmte. »Sein Vater ist Soldat, er kämpft mit meinem zusammen im Süden. Was hält er wohl von einem Sohn, der um sein Leben winselt?«

Hanh musste zugeben, dass sie denselben Gedanken gehabt hatte. Andererseits, wer hatte nicht gezittert? Und sich jetzt, da niemandem etwas Ernstes zugestoßen war, über Tuan lustig zu machen, kam ihr wie ein billiger Weg vor, um selbst den Helden zu mimen. Xuan und Hop gesellten sich zu Hanh. Müde und schmutzig sahen sie aus, aber auch erleichtert darüber, dass sie die furchtbare Nacht überstanden hatten.

»Komm mit, wir trinken etwas«, sagte Xuan zu Hanh und zog sie mit sich fort. Ihr rechter Schlappen, wie Hanhs eigene aus alten Autoreifen gefertigt, war gerissen, und um ihn nicht ganz zu verlieren, zog sie ihren Fuß ein wenig nach.

»Selbst der Bücherwurm hat mehr Mumm in den Knochen als du«, grölte Lam zu Tuan hinüber und schlug Phong anerkennend auf die Schulter. Hanh wandte sich noch einmal um.

»He, Lam«, rief sie, »sollst du nicht Holz sammeln?«

Prustend entfernten sich die Jungen, und irgendwie war Hanh enttäuscht darüber, dass Phong mitlachte. Tuan schichtete weitere Steine und schaute erst auf, als Lam außer Sichtweite war. Ihre Blicke begegneten sich, und Hanh meinte zu erkennen, dass Tuans feucht schimmerten. Eine Grimasse schneidend signalisierte sie ihm, wie dumm sie die Holzsammler fand. Hellte sich Tuans Miene auf? Oder war es ihm am Ende unangenehm, dass sie die peinliche Szene verfolgt hatte? Es blieb Hanh keine Zeit es herauszufinden, denn blitzschnell drehte er sich um und verschwand grußlos. Hanh und ihre Freundinnen schauten ihm nach. Dann zuckte Hanh die Schultern und sie machten sich daran, ihr Dorf wieder aufzubauen.

An einem der nächsten Sonntage kamen Hanhs Eltern zu Besuch. Gerade kochte sie den Mittagsreis, als die Bäuerin erschien und Hanh zu sich winkte.

»Deine Eltern sind da«, erklärte sie, »überlass mir das Kochen.« Sie zwickte Hanh in die Wange und gab ihr, als diese sich nicht rührte, einen freundlichen Schubs.

»Nun lauf schon. Sie haben nicht ewig Zeit.«

Und Hanh rannte los. Seit dem letzten Angriff der Amerikaner hatte sie ängstlich auf ein Lebenszeichen ihrer Familie gewartet. Gehofft. Gebangt. Sie hatte gesehen, dass andere Kinder ihre Eltern umarmten, manchmal jedoch erschienen ein Onkel oder eine Tante und brachten traurige Nachrichten. Wie für Tuan, dessen Vater im Süden gefallen war und dessen Mutter als vermisst galt. Tao hing schluchzend vor Freude und Sehnsucht an den weiten Hosen ihrer Mutter, als Hanh sie außer Atem erreichte.

»Me! Bo!« Sie flog in die Arme ihrer Eltern, und auch sie hätte weinen mögen. Doch war sie die große Schwester und es ging nicht, sich genauso aufzuführen wie Tao. Zuverlässig und bedacht wollte sie wirken, damit ihre Eltern wussten, dass sie sich auf sie verlassen konnten. Ihr Vater hob Hanh hoch, und über seine Schulter hinweg erkannte sie Phong, der ihr fröhlich zuwinkte. Sein Vater, der als Arzt im selben Krankenhaus arbeitete wie Hanhs Schwester Anh, war am letzten Sonntag gekommen. Zwar hatte er Hanh berichtet, dass seines Wissens nach ihrer Familie nichts zugestoßen war. Doch erst jetzt, als sie Me und Bo umarmte und deren schweißnasse Körper an Hanhs klebten, entspannten sich ihre Muskeln und ihr Herz.

»Leider ging es nicht früher«, entschuldigte sich ihr Vater und küsste Hanh aufs Haar. »Im Krankenhaus war zu viel los. Außerdem mussten wir ein zweites Rad für eure Mutter organisieren.«

»Aber ihr seid auf einem angekommen«, stellte Tao mit inquisitorischer Miene fest.

Ihre Mutter drückte sie.

»Stell dir vor, auf halber Strecke sind meine Reifen geplatzt. Wegen eines dummen Schlaglochs.« Beschämt blickte sie ihren Mann an. Hanh konnte sich vorstellen, weshalb. Ihr Vater hatte sie auf den Gepäckträger nehmen und herfahren müssen. Vierzig Kilometer auf einer staubigen, löchrigen Straße zu radeln, war zu dieser Jahreszeit schon anstrengend genug. Ein zusätzliches Gewicht machte die Fahrt noch beschwerlicher.

»Allerdings ist Me so dünn geworden, dass sie wahrscheinlich nicht viel wiegt«, dachte Hanh und schaute ihre Mutter besorgt an. Ihr langes Haar hatte sie bis auf die Schulter abgeschnitten und hielt es im Nacken mit einer Spange zusammen. Ohne die alte Haarpracht schien ihr konischer Reishut auf ihrem Kopf keinen rechten Halt zu finden, und ihr Gesicht sah klein und schmal aus. Dafür wirkten ihre Augen nun größer und dunkler.

»Denkt nicht mehr an das Fahrrad«, bat der Vater. »Wir haben Reis mitgebracht, ein wenig Fleisch und neue Hosen, die eure Mutter genäht hat. Wollt ihr sie sehen?«

Er lachte, und Hanh sah, dass ihm zwei Zähne fehlten.

»Die waren faul und mussten raus«, raunte er ihr zu. Hatte sie ihn angestarrt? Gemeinsam ging die Familie zu Hanhs und Taos Gastfamilie, denen sie ebenfalls Selbstgenähtes mitbrachten, vor allem aber Nachrichten. So erfuhr Hanh, dass die Amerikaner das Nachbarland Kambodscha bombardierten. Hier verlief ein Teil des Ho Chi Minh-Pfades, über den der Viet Cong und die nordvietnamesische Armee Reis, Munition und Kämpfer in den Süden schleusten. Im Ausland protestierten immer mehr Menschen gegen die Amerikaner, was hoffentlich deren Abzug beschleunigen würde. Nach dem Essen forderten die Eltern ihre Kinder auf, ihnen die Hausaufgaben zu zeigen. Hanh hätte die kostbare Familienzeit lieber anders verbracht, aber nicht einmal im Traum fiel es ihr ein, den Eltern zu widersprechen. Also sagte sie nur:

»Ich würde die Amerikaner so gerne vertreiben. Stattdessen sitze ich herum und mache Hausaufgaben.«

Ihre Mutter versetzte ihr einen leichten Klaps auf den Hinterkopf.

»Was redest du denn, Kind. Du bist zwölf, und wir sind froh, dass du einigermaßen in Sicherheit bist.«

Hanh presste ihre Lippen zusammen und legte ihrer Mutter die Aufgaben vor. Wenn sie sie doch nicht wie ein Kleinkind behandeln würde. Der andere Grund, aus dem sie ihre Hefte nicht gerne vorzeigte, war, dass sie weder besonders gut schrieb noch rechnete, was ihre Mutter wohl auch fand, denn ihre Wangen verfärbten sich, ein untrügliches Zeichen dafür, dass sie ärgerlich war. Mit einem vorwurfsvollen Blick auf Hanh schob sie ihrem Vater deren Hefte hinüber. Dieser war gerade damit fertig geworden, die kleine Tao für ihre guten Leistungen zu loben und besah sich gut gelaunt Hanhs Papiere.

»Hm, hm, hm«, machte er dabei, was Hanh noch schlimmer fand als den offensichtlichen Unmut ihrer Mutter. Kurz darauf reckte er sich und lächelte Hanh an.

»Ich bin stolz auf meine mutige Tochter, die unserem Land dienen will«, sagte er, und sowohl Hanh als auch ihre Mutter sahen ihn verwundert an. Tao hatte den Kopf in den Schoß ihrer Mutter gebettet und schlief.

»Zwölf zu sein ist sicher nicht leicht«, fuhr er fort, »du bist nicht mehr klein, aber zum Kämpfen noch nicht groß genug. Trotzdem hast du eine wichtige Aufgabe, Hanh.« Hanh richtete sich auf. Hellwach war sie mit einem Mal.

»Welche?«, stieß sie hervor.

»Du musst lernen. So viel und so gut wie möglich.«

»Lernen?«, dachte Hanh enttäuscht. »Wie vertreibt man damit den amerikanischen Feind?«

Ihr Vater wartete ab, bis sie ihre Enttäuschung unter Kontrolle hatte. Dann strich er ihr über die Wange. »Nach dem Krieg müssen wir unser Land aufbauen. Dazu brauchen wir kluge, junge Menschen, die wissen, wie das geht. Junge Menschen wie dich, meine Tochter.«

Hanh nickte. Später würde sie sich oft an diesen Moment erinnern, und nie sicher sein, ob sie die Erwartungen ihres

Vaters erfüllt hatte. Aber diese Zweifel lagen noch in ferner Zukunft. In diesem Augenblick war sie stolz darauf, dass er zu ihr redete, als ob sie eine Erwachsene wäre. Natürlich wollte sie nichts lieber, als Vietnam aufzubauen, und wenn es dafür so wichtig war zu lernen, dann würde sie das eben tun; so schwer es ihr auch fiel.

Bald war es für ihre Eltern höchste Zeit, den Heimweg anzutreten. Der Himmel färbte sich bereits rötlich und kündigte die Dämmerung an. Wie immer begleiteten Hanh und Tao ihre Eltern ein Stück die Straße entlang. Ein paar andere Kinder, die ihren Besuch verabschiedeten, liefen mit. Ein letzter Kuss. Eine letzte Umarmung. Dann suchte sich Hanhs Mutter eine erträgliche Position auf dem Gepäckträger. Aufrecht saß sie da, ihre Beine leicht angewinkelt, und winkte.

»Lauft zurück!«, sagte der Vater, während er sich auf sein altes Fahrrad schwang und in bedenklichen Schlangenlinien anfuhr. Dann, als er sein Gleichgewicht gefunden hatte, rückte er seinen Reishut zurecht und trat sicher und kraftvoll in die Pedale.

»Und lernt gut!«, rief die Mutter. Ihr Gesicht war im Schatten des Reishutes nicht mehr zu erkennen. Aber Hanh erahnte ihr Lächeln, um das sie sich bemühte, als sie ihnen zuwinkte. Hanh und Tao liefen dem Fahrrad nach, winkten und lächelten ebenfalls so gut es ging. Plötzlich blieb Tao stehen.

»Hanh«, keuchte sie, »ich kann nicht mehr.« Hanh nahm Taos Hand, und zusammen blickten sie ihren Eltern nach, die rasch zu kleinen Punkten unter anderen kleinen Punkten wurden. Hanh kniff die Augen zusammen und versuchte, sie so lange wie möglich im Blick zu behalten. Von einer Sekunde zur nächsten waren sie verschwunden. Schweigend stand die Kindergruppe in der sich herabsenkenden Dunkelheit. Hanhs Herz war so schwer, dass sie unter seinem Gewicht auf ihre Knie sank und Tao an sich drückte. Ihre kleine Schwester küsste sie auf die Stirn, wie es sonst die Eltern taten. Hanh sah sie an und wischte der Kleinen mit ihrem Ärmel das Gesicht sauber, in dem Tränen kleine Kanäle durch den Staub auf ihren Wangen gezogen hatten. Immer mehr Kinder begannen zu weinen, die meisten lautlos. »Ich bringe euch zu Phong«, sagte Hanh bestimmt. »Er erzählt euch eine Geschichte.« Widerspruchslos folgten ihr alle.

Phong staunte nicht schlecht, als die kleine Prozession bei ihm ankam. Aber er zögerte nicht und begann zu erzählen, noch ehe alle Kinder sich auf dem Boden niedergelassen hatten. Eine Weile hörte Hanh zu, dann erhob sie sich und setzte sich allein hinter eine der Bambushütten. Jedes Wort, das sie heute mit ihren Eltern gesprochen hatte, rief sie sich ins Gedächtnis, jeden Blick und jede Berührung. Das letzte Bild ließ sie nicht los. Ihre Eltern auf dem schwankenden Rad, mit dem sie dennoch zielstrebig der Nacht entgegenfuhren. Hanh legte ihren Kopf auf die Knie und ließ ihren Tränen freien Lauf. Ein paar Meter entfernt, verborgen im Dunkel, stand Tuan, der sie beobachtete. Zögernd ging er einen Schritt auf Hanh zu. Und noch einen. Doch dann rief die Bäuerin nach Hanh, und als diese aufstand und sich den Staub aus den Kleidern klopfte, hielt sie den Schatten, der in die Büsche huschte, für ein nächtliches Tier.

Frankfurt a. M., Sommer 2015

Mit einem Seufzen ließ sich Tuyet auf ihren Schreibtischstuhl fallen und streifte ihre High Heels von den Füßen. Bis zum Mittag hatte die Besprechung gedauert und ihre Chefin, Irene Haller, hatte mehr als deutlich gemacht, dass der Fall schleunigst abgeschlossen werden musste.

»Mit anderen Worten, morgen früh muss die einstweilige Verfügung fertig sein«, hatte sie zu Tuyet gesagt. »Schaffst du das?«

»Kein Problem«, hatte Tuyet ohne zu zögern geantwortet, während es hinter ihren Schläfen pochte. Wenn sie als jüngste Mitarbeiterin dieser angesehenen Wirtschaftskanzlei ernst genommen werden wollte, musste sie hervorragende Arbeit leisten, vor allem, weil sie aufgrund ihrer zierlichen Erscheinung und ihres jugendlichen Aussehens stets für eine Referendarin gehalten wurde.

»Wo ist denn die echte Anwältin?«, hatte ihr Mandant Joachim Schleicher süffisant lächelnd gefragt, als sie ihn zum ersten Gespräch empfing.

»Ich bin Ihre Anwältin«, hatte Tuyet gepiepst und hätte sich dafür ohrfeigen können, dass ihre Stimme mindestens zwei Tonlagen höher klang als gewöhnlich. Schleichers in Falten gezogene Stirn verriet ihr, dass weder das strenge, graue Kostüm noch das sorgfältig aufgelegte Make-up den gewünschten Effekt erzielte, älter auszusehen. Immerhin hatte ihr Mandant ohne einen weiteren abfälligen Kommentar Platz genommen, Tuyet war jedoch klar, dass sie eine Bewährungsprobe zu bestehen hatte. Seit diesem Tag raubte Joachim Schleicher ihr den Schlaf.

Mit einer leichten Massage versuchte Tuyet, ihre Kopfschmerzen zu vertreiben, denn einen Migräneanfall konnte sie sich jetzt nun wirklich nicht leisten. Ruhig, Tuyet. Entspann dich und denk an etwas Schönes. Aus einer Schublade zog sie eine Packung Paracetamol hervor und schluckte eine Tablette. Dann trat sie an die komplett verglaste Fensterfront und blickte auf die Frankfurter Skyline. Bereits während ihres Referendariats hatte sich Tuyet in diese Aussicht verliebt. Als sie nach dem Examen eingestellt wurde und ihr neues Büro betrat, jubilierte sie innerlich.

Insbesondere am späten Abend, wenn alle anderen heimgegangen waren, genoss sie es, nicht in irgendeiner Klitsche gelandet zu sein, sondern es gleich nach dem Studium in eine Kanzlei geschafft zu haben, in der jeder Winkel Erfolg ausstrahlte. Zum Nachdenken zog sie gerne ihren Stuhl dicht ans Fenster, stellte ihre Fußsohlen gegen das kühle Glas, nippte an einer Tasse Tee und betrachtete die erleuchtete Stadt. Ihr gefiel das Sommernachtsflair, das Paare und Gruppen junger Leute verbreiteten, die über die angestrahlten Brücken schlenderten oder am Flussufer Bier tranken und Gitarre spielten. Trotzdem war Tuyet stolz darauf, dass sie Wichtigeres zu tun hatte und fühlte sich mit denjenigen verbunden, die hinter den erhellten Fenstern der Hochhäuser zu später Stunde Berichte schrieben oder Entscheidungen trafen.

»Tuyet, du hast dein Handy im Konferenzraum vergessen.«

Aus ihren Träumen gerissen, fuhr sie herum. Grinsend streckte Stella ihr ein klingelndes Handy entgegen, das im selben Augenblick verstummte, als Tuyet danach griff. Stella war zwar nicht viel älter als sie, aber noch nie war jemand auf die Idee gekommen, sie wäre eine Referendarin.

»Danke. Ich hab's noch gar nicht vermisst.«

»Dabei hätte ich geschworen, dass du dich nicht mal nachts von ihm trennst.« Die Kollegin lachte.

Während Tuyet zu ihrem Platz zurückkehrte, kontrollierte sie den verpassten Anruf. Julian, ihr Bruder. Rasch drückte sie seine Nummer und er nahm ab.

»Ja?«

»Hallo, ich bin's, Tuyet. Tut mir leid …«

»Schon gut. Warte mal einen Moment.«

Im Hintergrund vernahm Tuyet das Scheppern von Tellern und energische Frauenstimmen. Dann klappte eine Tür und es war ruhig.

»Bist du im Krankenhaus?«

»Ja.«

Tuyet wartete darauf, dass er weitersprach, doch es entstand eine Pause. Ihr Blick fiel auf die geöffnete Datei von Joachim Schleicher und einen Tippfehler, den sie bisher übersehen hatte. Ihr Handy zwischen Ohr und Schulter geklemmt, verbesserte sie ihn und fragte: »Wie geht es Mom?«

Tuyet hörte, dass sich Julian eine Zigarette anzündete.

»Sie möchte, dass du herkommst«, gab er zur Antwort. »Papa fährt nach Hause, um zu duschen und einzukaufen. Ich muss etwas an der Uni erledigen. Dann komme ich zurück und bleibe nachts bei ihr.«

»Wieso über Nacht? Die Lungenentzündung ist doch besser geworden.«

Julian hustete, als hätte er sich am Zigarettenrauch verschluckt. Dann sprach er weiter, wobei seine Stimme belegt klang.

»Die Lungenentzündung ist nicht das Problem. Jedenfalls nicht das größte. Der Krebs ist zurück. Massiv. Sie ist voller Metastasen. Und sie weiß es.« Den letzten Satz presste er mühsam hervor.

Tuyet starrte auf den Bildschirm, bis Joachim Schleichers Name vor ihren Augen zu flimmern begann. Natürlich hatten die Ärzte sie vorgewarnt, dass der Krebs wiederkehren könnte. Aber sie hatten auf irgendeine Art von Gerechtigkeit gehofft, die Marina nach all dem, was sie durchgestanden hatte, weiteres Leiden ersparte.

»Unmöglich! Mom ist regelmäßig zu ihren Untersuchungen gegangen und nie war etwas. Julian! Sie ist doch zu diesen Untersuchungen gegangen, oder?«

Ihr Bruder schluchzte so heftig, dass er nicht sprechen konnte. Als er sich unter Kontrolle hatte, antwortete er: »Ich glaube schon. Aber denkst du, nur weil ich zu Hause wohne, bekomme ich alles mit? Du weißt doch, wie Mom ist. Eher würde sie sich die Zunge abbeißen, als uns mit schlechten Nachrichten zu behelligen.« Seine Stimme zitterte. »Kommst du jetzt?«

»In einer halben Stunde bin ich da«, versprach Tuyet.

Nachdem sie das Gespräch beendet hatte, schloss sie ihre brennenden Augen. Vier Jahre lang hatte ihre Mutter entschlossen gegen ihre Krankheit gekämpft. Obwohl die Operationen und Behandlungen sie auslaugten, hatte sie es fertig gebracht, immer wieder daran zu glauben, den Krebs besiegen zu können. Diese Hoffnung war ihr nun geraubt worden, und ohne sie, das ahnte Tuyet, fehlte ihrer Mutter die Kraft, weitere Torturen zu ertragen. Mom wird sterben, dachte Tuyet, und eine bisher nicht gekannte Verzweiflung überfiel sie und versetzte sämtliche ihrer Organe in Aufruhr. Sie starrte auf den Main, der so ungerührt dahinfloss, als sei nicht gerade eben gnadenlos eine Bombe in Tuyets Welt explodiert. Tränen stiegen ihr in die Augen, doch Tuyet legte ihren Kopf in den Nacken und hielt sie tief durchatmend zurück. Mit einem Mal verflüchtigte sich ihr Drang zu weinen, und nichts als Leere blieb zurück. Das war ihr recht, denn so musste sie sich nicht dem Gedanken stellen, dass sie dabei war, ihre Mutter zu verlieren, den Menschen, der ihr, seit sie denken konnte, den größten Halt gab, liebevoll und vor allem bedingungslos. Wieder wurden ihre Augen feucht, doch ermahnte sie sich, nicht verheult bei ihrer Mutter zu erscheinen. Stark und handlungsfähig zu bleiben, war das einzige, womit sie ihr helfen konnte.

Mechanisch schluckte Tuyet noch eine Paracetamol, steckte die Packung in ihre Handtasche und sammelte ihre Geldbörse, Taschentücher und den Stick mit Schleichers Dateien zusammen.

»Geht es dir gut?« Sorgfältig zog Stella ihre Lippen rot nach und warf einen prüfenden Blick zuerst in ihren Handspiegel, dann auf Tuyet. Rasch beugte sich diese hinab und zog sich ihre Schuhe an. Vor allem aber wich sie Stellas blauen Augen aus, denn ein Tick zu viel Mitgefühl in ihnen und Tuyets Dämme würden brechen.

»Mein Bruder braucht eine Ablösung. Ich fahre in der Mittagspause schnell ins Krankenhaus.«

Ihre Stimme klang tonlos, fremd sogar, aber entweder bemerkte ihre Kollegin nichts oder sie war taktvoll, denn zu Tuyets Erleichterung drang Stella nicht weiter in sie.

»Vergiss nicht, etwas zu essen.«

Im Hinausgehen legte Stella Tuyet einen Schokoriegel auf den Schreibtisch. »Du hast zurzeit ganz schön viel um die Ohren. Kann ich dir irgendwie helfen?«

Tuyet winkte ab. »Nein, danke. Diese Verfügung für Herrn Schleicher schreibe ich heute Abend zu Ende. Das schaffe ich schon.«

Stella sah so aus, als wolle sie etwas erwidern, ließ es dann aber. Freundlich winkte sie Tuyet zu und verschwand dann mit ein paar anderen Anwälten zum Mittagessen.

Vorsichtig, um ihre schlafende Mutter nicht zu stören, stellte Tuyet einen Stuhl an deren Bett. In ihrem Zimmer war es still, der lange, orangene Vorhang bewegte sich leicht und sorgte für ein beruhigendes Licht. Das zweite Bett stand leer und Tuyet war froh darüber, mit ihrer Mutter allein sein zu können. Ihr Gesicht hob sich erstaunlich rosig von den weißen Kissen ab. Zweifellos sah Marina gesünder aus als zwei Tage zuvor. Es war kaum zu glauben, dass sie voller Metastasen sein sollte. Ihr Haar hatte wieder Schulterlänge erreicht, allerdings war es jetzt grau statt braun. »Total egal«, hatte Marina dazu gesagt, »Hauptsache irgendetwas sprießt auf meinem Kahlkopf.«

Tuyet küsste ihre Mutter auf die Stirn. Sie fühlte sich kühl an. Wie hatte sie es geschafft, vor ihnen zu verbergen, wie krank sie war? Oft war sie müde gewesen, ja, aber das erschien Tuyet nach all den Strapazen verständlich. Wann immer sie ihre Mutter zu Hause besucht hatte, wirkte diese aufgeräumt und schien das Leben zu genießen.

Plötzlich fiel Tuyet eine Kindheitsszene ein, als sie ihre Mutter beschworen hatte: »Was ich dir jetzt sage, darfst du niemandem weitererzählen!«

Was es gewesen war, war Tuyet längst entfallen, aber sie erinnerte sich daran, dass Marina ihr einen zärtlichen Nasenstupser verpasst hatte.

»Nichts davon kommt je über meine Lippen, mein Schatz.«

»Wirst du dich auch nicht verplappern?«

»Natürlich nicht! Ich bin die beste Geheimnishüterin, die du dir vorstellen kannst. Glaubst du, ich hätte damals aus der DDR fliehen können, wenn ich ein Plappermaul gewesen wäre? Bis zu dem Tag, als es losging, habe ich so getan, als wäre alles ganz normal.«

Ja, Julian hatte Recht, so war ihre Mutter. Während in ihr der Krebs wütete, mimte sie die Genesende, nur, um ihrer Familie das Leben zu erleichtern.

Eine kühle Hand erfasste die ihre und Tuyet stieß einen kleinen Schreckensschrei aus. Ihre Mutter hatte die Augen geöffnet und lachte leise.

»Liebling, was ist los? Dachtest du, ich sei schon gestorben und eine Tote greift nach dir?«

»Mom, hör auf, das ist nicht witzig.«

Tuyet setzte sich auf Marinas Bett und streichelte deren Hand.

»Es tut mir leid, Liebes. Aber da ich nicht bete, muss ich mich anders bei Laune halten. Pietätlose Scherze helfen.«

Sie lächelte Tuyet an.

»Du weißt Bescheid?«

Tuyet nickte, sprechen konnte sie nicht. Ihre Traurigkeit

schnürte ihr den Hals so fest zu, dass sie glaubte, daran zu ersticken. Und dann schaffte sie es nicht mehr, sich zu beherrschen. Wie ein Kind, das hoffte, seine Mutter könnte die Welt in Ordnung bringen, weinte sie, ihren Kopf auf Marinas Brust gebettet. Ihre Mutter streichelte sie und summte dabei eine vertraute Melodie, ein Schlaflied, das Tuyet fast vergessen hatte. Ewig hätte sie so liegen wollen, jedenfalls so lange, bis Marina alles Schreckliche fortgestreichelt hätte. Sorgen und Angst, ihre Krankheit. Den Tod.

Auf einmal schämte sie sich dafür, dass sie sich gehen ließ, während ihre todkranke Mutter sie tröstete. Sie richtete sich auf und strich Marina eine graue Strähne aus dem Gesicht. Auch ihr liefen die Tränen hinab, aber als Tuyet sie anschaute, wischte sie sie fort.

»Gib mir ein Taschentuch«, bat sie. »Und putz dir die Nase.«

Früher hätte Tuyet erwidert, dass sie fast dreißig und erwachsen genug sei, das selbst zu entscheiden. Jetzt sagte sie: »Ich kann mir keine bessere Mutter wünschen.«

Marina hörte auf, ihre Nase zu betupfen, und zerknautschte das Taschentuch.

»An deine richtige Mutter kannst du dich gar nicht erinnern. Bedauerst du das manchmal?«

Tuyet schüttelte ihren Kopf.

»Wozu? Mir fehlt nichts. Du bist meine Mutter. Niemand sonst.«

»Komm dicht zu mir«, forderte Marina ihre Tochter auf und rückte zur Seite. Tuyet quetschte sich neben sie auf die schmale Matratze, zuerst etwas steif, da sie fürchtete, ihrer Mutter durch eine unbedachte Bewegung weh zu tun. Doch als Marina aufmunternd an ihrem Ärmel zupfte, kuschelte sie sich an sie und beide Frauen hielten sich fest umschlungen.

»So ist es gut«, sagte Marina. »Jetzt können wir reden.«

Eine Schwester kam herein und verabreichte Pillen.

»Brauchen Sie noch etwas, Frau Neumann?«

»Nur Zeit«, antwortete Marina. Die Schwester nickte verständnisvoll und schloss leise die Tür. Ihre Mutter streichelte Tuyets verquollenes Gesicht.

»Der Krebs attackiert mich von allen Seiten. Ich habe mich ergeben und empfinde Frieden. Dabei helfen natürlich auch die Schmerzmittel, die ich nehme.«

Tuyet setzte sich auf. »Aber irgendetwas muss man doch tun!«

»Nichts, außer meinen Abschied zu erleichtern.« Marina seufzte. »War es ein Fehler, dass ich nicht früher mit euch gesprochen habe? Aber dann wären alle viel länger traurig gewesen. Für die wunderbar normalen Monate, die wir noch miteinander hatten, bin ich mehr als dankbar.«

Sie hustete und Tuyet reichte ihr ein Glas Wasser.

»Mom, du solltest dich schonen.«

Die Mundwinkel ihrer Mutter zuckten. »Wofür genau? Schon gut, ich reiße keine makabren Witze mehr. Sorg dich nicht, mir geht es wirklich gut. Heute habe ich sogar zu Mittag gegessen.«

Tuyet legte sich wieder hin und weinte lautlos.

»Mit Phong habe ich alles Nötige geklärt. Er weiß, wie ich beerdigt werden möchte. Wir zwei wollen lieber über unser gemeinsames Leben sprechen. Bist du einverstanden?«

In ihrem Gedächtnis nach fröhlichen Kindheitserlebnissen zu kramen, während ihre Mutter im Sterben lag, kam Tuyet unpassend vor. Am liebsten wäre sie in ihre Gefühlsleere abgetaucht, die viel leichter zu ertragen war als tausend schöne Erinnerungen. Doch je mehr ihr davon einfielen und je häufiger sie sich mit Marina nicht einigen konnte, ob ein Kleid blau oder rot gewesen war, ob sie ihr Fahrrad zum siebten oder achten Geburtstag bekommen hatte, desto tröstlicher empfand sie es, diesen wertvollen Alltagsschatz zu teilen. Fest umklammert hielten sie sich, weinten zusammen, manchmal lachten sie über eine Anekdote. Als es Abend wurde, war Tuyet bereit sich einzugestehen, dass Julians Anruf sie nicht aus heiterem Himmel getroffen hatte. In ihrem tiefsten Inneren hatte sie gefürchtet, dass es Marina nicht so gut ging, wie es den Anschein hatte. Doch sie hatte es nicht wahrhaben wollen.

Als sie annahm, ihre Mutter sei eingeschlafen, kontrollierte Tuyet die Nachrichten auf ihrem Handy. Sie übersprang die von Stella und las Julians, der wissen wollte, wann sie das Krankenhaus verlassen würde.

»Ich will nicht stören, sag einfach Bescheid«, schrieb er und verhielt sich damit sensibler, als Tuyet ihm zugetraut hatte. Für nichts auf der Welt hätte sie die Zweisamkeit mit ihrer Mutter unterbrechen wollen.

»Ich fahre bald los«, antwortete sie. Nachdem sie noch eine Kopfschmerztablette genommen hatte, beugte sie sich über ihre Mutter, um sie zum Abschied zu küssen.

»Eine Sache noch«, sagte Marina mit geschlossenen Augen. »Erinnerst du dich an deinen zehnten Geburtstag, als Phong all deinen Gästen das Video deiner Ballettaufführung vorgespielt hat?«

»Natürlich. Am liebsten wäre ich im Erdboden versunken. Du hast es bemerkt und mir zugeraunt: ›Dein Bo ist so stolz auf dich!‹. Das hat mir geholfen, auch wenn ich mich trotzdem geschämt habe.«

Ein Schmunzeln huschte über Marinas Gesicht. »Er ist stolz auf dich. Und auf Julian. Er zeigt es nicht gut und verlangt viel von euch, aber ich weiß es.« Sie hustete, dieses Mal stärker, und Tuyet half ihr, sich aufzusetzen.

»Versprich mir, Tuyet, dass du alles tust, was in deiner Macht steht, damit dein Vater sich nicht aufregt.«

»Mach dir keine Sorgen, Mom. Ich passe auf ihn auf.«

Die Augen ihrer Mutter huschten unruhig über Tuyets Gesicht, und sie krallte sich so fest an deren Arm, dass ihre Nägel Spuren hinterließen.

»Er will es nicht wahrhaben, aber er wird älter, und du

weißt, dass sein Herz nicht das stärkste ist. Sorg dafür, dass es nicht erschüttert wird! Ich flehe dich an, versprich es mir!«

Der quälende Husten überfiel sie erneut und Tuyet hielt sie im Arm.

»Ruhig, Mom, ganz ruhig. Ich verspreche es dir. Jetzt versuch zu atmen.«

Als der Anfall vorüber war, ließ sich Marina in ihr Kissen sinken, wandte den Kopf zum Fenster und starrte hinaus. Ihre Finger tasteten nicht mehr nach Tuyet, sondern krabbelten über die Bettdecke, als wollten sie weglaufen, verharrten dann kurz, um den Stoff zu kneten, und wanderten weiter. Fast ein wenig abweisend klang ihre Stimme, als sie weitersprach.

»Unter meinen Nachthemden liegt ein silbernes Döschen. Bring es mir!«

Bedächtig öffnete sie es und überreichte Tuyet einen winzigen Schlüssel, der an einem gelben Samtband befestigt war.

»Er passt zu einer schwarzen Schatulle in meinem Schlafzimmerschrank. Ich schenke sie dir.« Ihre Mutter atmete hörbar aus und wirkte nun ruhiger.

»Danke, Mom.«

»Und vergiss nie, was du mir versprochen hast.«

Eine Woge der Zärtlichkeit überschwemmte Tuyet. Typisch Mom. Todkrank wie sie war, sorgte sie sich mehr um Phongs Herz als um sich selbst.

Tuyet schüttelte Marinas Kissen und die Bettdecke auf, dann wandte sie sich zum Gehen. Noch einmal drehte sie sich um und winkte ihrer Mutter zu.

»Ich vergesse nichts, Mom«, flüsterte sie. Doch Marina schien eingeschlafen zu sein. Schweren Herzens schloss Tuyet die Tür.

☆

An einem heißen Augusttag wurde Marina beigesetzt. Außer ihrer engsten Familie drängten sich Freundinnen, ihr Lehrerkollegium, Schüler und Nachbarn um das kleine Urnengrab. Blumensträuße stapelten sich bis hin zur nächsten Grabstätte und verströmten einen süßlichen Duft. Der dünne Stoff ihres schwarzen Kleides klebte an Tuyets Rücken, einige Trauergäste spannten Schirme auf, um sich vor der Hitze zu schützen. Mit einem Stofftaschentuch wischte sich Christa, Marinas beste Freundin, Tränen und Schweiß aus dem Gesicht.

»Bestimmt schickt uns deine Mutter diesen Sonnenschein zum Trost.«

Tuyet antwortete nicht, sondern fixierte ihren Vater und Julian, die dabei waren, mithilfe zweier Bänder die hölzerne, mit Schnitzereien verzierte Urne in die Grube hinabzulassen, so wie Marina es sich gewünscht hatte. Tuyet war froh, dass Alexander seinen Arm um ihre Schulter legte und sie leicht an sich drückte.

Kurz nach Marinas Tod hatte sie ihm anvertraut, wie sehr ihr vor dem Augenblick graute, in dem die Urne in die Erde hinabsank. So wie bei der Beerdigung von Marinas Vater, ihrem Großvater. Bevor sein Sarg geschlossen wurde, hatte Tuyet ihn ein letztes Mal betrachtet. Auf ein weiches Kissen gebettet und in seinen besten Anzug gekleidet lag er da, groß und stattlich, neben ihm seine geliebten Gartenwerkzeuge. Seine Lippen schienen dabei zu lächeln. Sie weinte heftig, als sein Sarg in der dunklen, unerforschten Welt der Toten verschwand. Binnen kurzer Zeit wäre alles Menschliche von Würmern zerfressen und sein entspanntes Gesicht von Bakterien zersetzt. Dieses Bild hatte sie lange Zeit im Schlaf terrorisiert. Die Vorstellung, dass auch Marina ihr dergestalt in Alpträumen erscheinen könnte, war unerträglich gewesen.

Doch ihre Mutter wollte eingeäschert werden, und Tuyets Phantasien beruhigten sich. Dennoch, in diesem Moment hätte sie alles dafür gegeben, um sie ein letztes Mal anzusehen. Nicht etwa, um ihr Abschiedsworte zuzuflüstern. Nein, das nicht. Nicht mehr.

Vielmehr hätte sie ihr Gesicht nach Spuren von Reue und Schuld absuchen wollen. Obwohl sie Zweifel hatte, dass ihre Stiefmutter überhaupt so empfunden hatte. Marina, die beste Geheimnishüterin der Welt, hatte ihr Wissen mit sich in die Ewigkeit genommen. Und damit auch die Antworten zu den Fragen, die Tuyet seit dem gestrigen Tag nicht losließen.

Nie hätte sie es für möglich gehalten, so an Marinas Grab zu stehen: voller Wut und ihre Liebe zerfetzt. Im Allgemeinen neigte Tuyet nicht zu dramatischen Gefühlen, an diesem Tag jedoch erforderte es ihre ganze Willenskraft, den brodelnden Vulkan in sich am Ausbruch zu hindern. Um Bos willen. Um Julians willen. Aus Respekt vor der Zeremonie. Ein wenig gaben ihre Knie nach. Jetzt rächte es sich, dass sie kaum geschlafen und beim Frühstück keinen Bissen hinuntergebracht hatte. Zum Glück stand Alexander dicht an ihrer Seite. »Alles in Ordnung?«, flüsterte er. Tuyet nickte und atmete tief durch, wobei sie den intensiven Blumengeruch einsog, der sich mit unterschiedlichen Parfums und würzigen Schweißnoten vermengte. Ihr Magen beschwerte sich über diese Mischung. Deshalb atmete sie flach weiter und konzentrierte sich auf einige Wespen, die angezogen von all den Düften Marinas Grab umschwirrten.

Plötzlich ging ein erschrockenes Raunen durch die Trauergesellschaft. Julian war das Halteband entglitten. Doch er reagierte schnell und bekam es zu greifen. Phong blickte kurz auf. Dann versenkte er sich wieder in die Aufgabe, seine Frau in ihre letzte Ruhestätte zu betten. So gefasst er auch wirkte, seine Haut war von ungesunder Blässe und die ruckartigen Bewegungen, die sein drahtiger Körper vollführte, wirkten auf Tuyet, als zöge ein ungeschickter Puppenspieler an unsichtbaren Fäden. Schließlich war die Urne platziert und ihr Vater und Julian richteten sich auf. Alle verharrten still, bis Phong mit dunkler, ruhiger Stimme das Schweigen brach.

»Das einzig Wichtige sind die Spuren der Liebe, die wir hinterlassen, sagte Albert Schweitzer. Wenn ich in die vielen anteilnehmenden Gesichter blicke, weiß ich, dass Marina uns viel mehr hinterlässt. Vielen Dank für euer Mitgefühl und eure Freundschaft.«

Er warf eine Handvoll Erde auf Marinas Urne und lud mit einer Geste die anderen ein, es ihm gleichzutun. Danach richtete er seinen Blick auf Tuyet.

»Liest du jetzt?«, fragte er leise.

Zu sehen, wie sehr er sich anstrengte, um sie ermutigend anzulächeln, brach ihr fast das Herz. Er meinte den Brief, den sie an Marinas Todestag geschrieben hatte, als das Weinen sie nicht erleichterte. Tuyet hatte ihn vorlesen und zu Marina ins Grab legen wollen. Ihr Vater hatte diese Idee geschätzt.

»Persönlicher und würdiger geht es als Tochter nicht«, hatte er gesagt und ihr übers Haar gestrichen.

Jetzt fragte sich Tuyet, weshalb sie den Brief überhaupt mitgebracht hatte. Er klebte an ihren verschwitzten Händen, am liebsten hätte sie ihn abgeschüttelt. Stattdessen stand sie reglos da, unfähig, auf die einfache Frage ihres Vaters zu reagieren.

Vorsichtig nahm Alexander ihr den Umschlag ab. »Soll ich …?«

»Nein!«

Erschrocken blickte Tuyet auf die Trauergemeinde. Aber niemand schien sich an ihrem harschen Tonfall zu stören. Vielmehr erhob sich verständnisvolles Gemurmel, während Alexander tröstend ihren schweißnassen Rücken streichelte. Es war nicht Traurigkeit, die Tuyet daran hinderte, ihre in Worte gefasste Liebe und Bewunderung für Marina mit den Anwesenden zu teilen. Sondern es lag an der unsichtbaren Hand, die jedes Mal, wenn sie daran dachte, was sie herausgefunden hatte, rabiat ihr Herz auswrang, wobei nur noch eine bittere Erkenntnis zurückblieb, die ihre Gefühle für Marina immer mehr besudelte: Die mutige, integre und großherzige

Frau, an der Tuyet nie gezweifelt hatte, hatte es nicht gegeben. Tuyet nahm Alexander den Brief ab und steckte ihn zurück in ihre Handtasche. Auf dem Weg zum Restaurant, in dem das Traueressen stattfinden sollte, gesellte sich Christa zu Tuyet und ihrem Freund.

»Mein liebes Kind«, sagte sie und hakte sich bei Tuyet ein, »an deiner Stelle hätte ich auch keinen Mucks sagen können. Nur Phong bringt es fertig, an solch einem Tag zu funktionieren wie ein Automat.« Sie seufzte. »Ob es daran liegt, dass er Vietnamese ist? Die Asiaten zeigen doch keine Emotionen. Glaub mir, für deine Mutter war das nicht immer leicht.«

Obwohl Christa ihr beistehen wollte, mochte Tuyet es nicht, wie sie über ihren Vater sprach. Deshalb tat sie so, als müsse sie nach einem Taschentuch kramen und entzog Christa ihren Arm. Aus den Augenwinkeln beobachtete sie, wie sich Phong mit einem von Marinas Kollegen unterhielt und ihn dabei anlächelte.

»Ich denke, er möchte Marinas letzten wichtigen Tag so würdevoll wie möglich gestalten. Wahrscheinlich kostet ihn das mehr Kraft, als wir ahnen.«

Alexander hatte sich in höflichem Ton in die Unterhaltung eingemischt, aber Tuyet hörte die Gereiztheit in seiner Stimme. Dankbar dafür, dass er Phong verteidigte, ergriff Tuyet seine Hand und lief wortlos neben den beiden her. Hier und da vernahm sie verhaltene Lacher. Für Marinas Schüler ging das Leben bereits weiter.

»Wird dein Vater allein in dem großen Haus bleiben? Wenn Julian auszieht, wird es ihm sicher verlassen vorkommen.«

Christa fächelte sich mit ihrem Taschentuch Luft zu und wischte, als das nichts nützte, energisch über ihre Stirn. Das Stofftuch färbte sich bräunlich vom Make-up. Sie stopfte es in ihre Tasche und fuhr fort:

»Marina hat versucht, mit ihm über ein sinnvolles ›Danach‹ zu sprechen. Vergeblich. Aber er muss einsehen, dass es spätestens heute beginnt.«

»Das ist nicht der passende Moment, um über Umzugspläne zu sprechen«, unterbrach Alexander sie mit nun unverhohlenem Ärger.

Tuyet drückte seine Hand. Wie immer sprach ihr Freund das aus, was er dachte, aber da Christa bereits beleidigt ihren Mund verzog, wollte Tuyet nicht riskieren, dass es zu ernsthaften Unstimmigkeiten kam. Alexanders Händedruck ließ sie wissen, dass er sie verstanden hatte.

»Ich werde mich um Bo kümmern«, erwiderte Tuyet freundlich, »außerdem hat Julian, soviel ich weiß, nicht vor auszuziehen.«

Christa hob eine Augenbraue, hielt sich mit ihrer Antwort jedoch zurück, da einige Meter hinter ihnen Julians Schluchzen zu vernehmen war. Besonders nah standen sich die Geschwister nicht, aber Probleme hatten sie auch keine. Es war nur so, dass sie auf unterschiedlichen Wellenlängen lagen. Ihr extrovertierter Bruder ging ständig aus und hatte früh damit begonnen, Mädchen nach Hause zu bringen. Tuyet hatte ihre Jugend der Schule, dem Ballett und zwei guten Freundinnen gewidmet, mit neunzehn kam Alexander hinzu. Nach ihrem mit Bravour bestandenem Abitur warf sie das Ballett aus ihrem Terminkalender und studierte mit voller Kraft Jura.

»Bestimmt wärst du ohne Alex eine langweilige, alte Jungfer hinter verstaubten Bücherbergen geworden«, stichelte Julian manchmal, was Tuyet maßlos übertrieben fand, zumal es ihrem Bruder gut getan hätte, die Nase mehr in seine Medizinbücher zu stecken.

Tuyet entschuldigte sich bei Christa und wartete mit Alexander, bis Julian auf ihrer Höhe angelangt war. Er bot ein Bild des puren Kummers, und trotz ihrer eigenen verworrenen Gefühle verspürte sie das Bedürfnis, ihm als große Schwester zur Seite zu stehen. Sie suchte seinen Blick, doch ihre Versuche, Kontakt herzustellen, prallten von dem Schutzwall ab, den seine Freunde um ihn bildeten, und die Gruppe zog vorbei. Tuyet lehnte ihren Kopf an Alexanders Schulter, und Arm in Arm gingen sie weiter. Obwohl sie sah, wie Julian litt, beneidete Tuyet ihn. Das Loch, das Marinas Tod in sein Leben gerissen hatte, würde sich mit den Jahren bis zum Rand mit schönen Erinnerungen füllen und seine Verzweiflung sich in ungetrübte Dankbarkeit für ihre gemeinsame Zeit verwandeln. Tuyet hingegen musste machtlos zusehen, wie all die Bilder ihrer Kindheit und Jugend zerrannen, sich auflösten und nur eines blieb: Enttäuschung.

»Ich kann mir unsere Schule gar nicht ohne sie vorstellen«, hörte sie einen von Marinas Kollegen sagen.

»Ja«, stimmte eine Kollegin zu. »Ihre Ausgeglichenheit wird uns fehlen.«

Von allen Seiten flatterten nun Gesprächsfetzen in Tuyets Ohren.

»Beliebt bei den Kindern.«

»Immer bestens vorbereitet und voller Ideen.«

»Nie ein schlechtes Wort über andere.«

»Mutig aus der DDR geflohen.«

»Stets ein offenes Ohr.«

Am liebsten hätte Tuyet ihre eigenen zugehalten.

Als sie das Restaurant erreichten, stand Tuyet der Sinn weder nach Streuselkuchen noch nach weiteren Lobeshymnen über ihre Mutter. Am Eingang bugsierte Phong ihre Chefin, Stella und andere Trauergäste hinein. Wären nicht alle in schwarz gekleidet gewesen, hätte man Phong für den Gastgeber seiner Geburtstagsfeier halten können.

»Kommst du?«, fragte Alexander, der mit ihr stehen geblieben war.

Tuyet überlegte, schüttelte dann aber ihren Kopf.

»Ich würde gerne ein paar Minuten draußen bleiben«, antwortete sie. »Sag Bo, dass ich gleich da bin, ja?«

»Na klar. Lass dir Zeit.« Alexander küsste sie und verschwand.

Als sie alleine war, sah Tuyet sich um. In der Nähe des Restaurants lag ein kleiner Spielplatz verlassen in der Mittagshitze. Nachdem sie eine Wasserflasche gekauft hatte, setzte sie sich auf eine der Kinderschaukeln, lehnte ihren Kopf an die Haltestange und schloss ihre Lider. Augenblicklich liefen die Ereignisse des vergangenen Tages vor ihr ab.

Zeitig hatte sie sich am Morgen vor Marinas Beerdigung auf den Weg in ihre Kanzlei gemacht. Alexander hatte sie nicht davon überzeugen können, zu Hause zu bleiben und sich auszuruhen. So lieb seine Fürsorge auch gemeint war, es nervte Tuyet, dass er sie manchmal bemutterte, als wäre sie noch nicht volljährig. Schließlich hatte er eingesehen, dass sich der Tag vor Marinas Beisetzung mit Arbeit besser ertragen ließe.

»Aber schufte nicht so hart!«, sagte er, als er sie zum Abschied küsste.

Doch genau das hatte Tuyet vor. Ihre Kollegen sollten nicht glauben, dass sie aufgrund ihrer persönlichen Situation ihre Pflichten vernachlässigte. Das Mittagessen, zu dem Stella sie einlud, lehnte Tuyet dankend ab. Stattdessen wollte sie sich ein Sandwich besorgen und an ihrem Platz essen. Auf der Suche nach ihrer Geldbörse stieß sie in einer Schublade auf den kleinen Schlüssel mit dem gelben Samtband. Längst hatte sie vorgehabt, nach Marinas Schatulle zu suchen, aber immer war etwas dazwischen gekommen. Berge von Arbeit, Migräne, Marinas Tod. Als könnte der Schlüssel ihr durch einen Zauber eine Tür zu ihrer Mutter öffnen, umklammerte Tuyet ihn und ließ ihren Tränen freien Lauf. Erst als sie ihre Kollegen auf dem Gang hörte, trocknete sie ihr Gesicht und steckte den Schlüssel in ihre Handtasche.

Wortlos legte Stella ihr ein Panini auf den Platz und reichte Tuyet ein frisches Taschentuch. Danach verschwand sie, aber nur um einen Augenblick später mit Tuyets Chefin zurückzukehren. Tuyet riss sich zusammen und lächelte die beiden Frauen an. Ihre Lippen fühlten sich verkrampft an, ihre Augen taten weh. Wahrscheinlich sah sie total verheult aus. Irene Haller legte freundlich ihre Hand auf Tuyets Schulter.

»Nimm dir frei, Tuyet«, sagte sie ohne Umschweife. »Morgen ist ein schwerer Tag.« Mit einer kurzen Kopfbewegung deutete sie auf Tuyets Computer. »Fahr das Ding schon runter. Leg dich in die Badewanne oder tu sonst etwas, das dich entspannt.« Sie sah Tuyet an, bis diese nickte. »Danke.« Ihre Chefin atmete hörbar aus. »Ich weiß, wie du dich fühlst«, sagte sie mitfühlend, »meine Mutter ist auch vor einigen Jahren gestorben. An manchen Tagen vermisse ich sie schrecklich.« Ihr Handy läutete, und als wäre das ihr Startsignal gewesen, eilte sie nach einem kurzen Gruß davon. Tuyet packte ihre Sachen zusammen.

»Du bist doch nicht sauer, dass ich Irene Bescheid gesagt habe?« Entschuldigend sah Stella Tuyet an. »Aber auf mich hörst du ja nicht.«

Tuyet ging zu Stella und nahm ihre Hand.

»Es tut gut, dass du so nett zu mir bist. Danke. Auch dafür, dass du morgen kommst.«

Um sich einen kleinen Spaziergang zu gönnen, lief sie nicht direkt zur U-Bahn-Station am nahegelegenen Schweizer Platz, sondern überquerte den Main in Richtung Innenstadt. Mitten auf dem Eisernen Steg, ihrer Lieblingsbrücke, blieb sie stehen, betrachtete die vielen Liebesschlösser, die Paare ans Geländer gekettet hatten, und sah dann aufs Wasser hinab. Allein und unbeobachtet, ließ Tuyet sich von einer Welle der Traurigkeit überschwemmen. Ihre Tränen, die in ihrem Herzen so schwer wogen, tropften in den Main, der sie mühelos aufnahm und davonspülte. Wie viele andere verbargen sich wohl in ihm? Tuyet putzte ihre Nase und begab sich zur U-Bahn, nicht, um nach Hause ins Nordend zu fahren, sondern nach Eschersheim zu ihrem Elternhaus. Eine Dreiviertelstunde später stand sie im Schlafzimmer ihrer Mutter und öffnete deren Kleiderschrank.

Nach längerer Suche entdeckte Tuyet das schwarze Kästchen in einer ausrangierten Aktentasche, die auf dem Boden eines Kartons voller Winterpullis, Schals und Mützen verborgen lag. Sie setzte sich damit auf Marinas Bett und betrachtete ihr Geschenk. Neugier regte sich in ihr. Was es wohl war? Mit dem kleinen Schlüssel ließ sich die Schatulle kinderleicht öffnen, dann hielt Tuyet überrascht den Atem an. Vor ihr lagen Briefe. Hauchdünne Luftpostumschläge, die von einem Band zusammengehalten wurden. Sie löste es und nahm die Briefe heraus. Sie kamen aus Vietnam und waren – wie dort üblich – in umgekehrter Namensfolge an Hoang Duc Phong adressiert. Die Absenderin war Hoang Thi Hanh. Tuyets leibliche Mutter.

Vorsichtig drehte und wendete Tuyet die Umschläge. Sie waren nach dem Datum ihrer Poststempel sortiert und stammten aus den ersten drei Jahren der Neunziger. Zu diesem Zeitpunkt hatte Hanh die dreijährige Tuyet und ihren Ehemann Phong endgültig verlassen. Tuyet betrachtete die ordentliche, geschwungene Handschrift ihrer leiblichen Mutter, an die sie sich nur noch vage erinnerte, weil es ein paar verblichene Fotos aus der Zeit gab, als Tuyet noch zu einer Familie gehört hatte, die aus Hanh, Phong und ihrer älteren Schwester Tien bestand.

»Schnee von gestern«, dachte Tuyet. »Ich habe sie nicht vermisst.«

Plötzlich stutzte sie. Merkwürdig, dass nur ein einziger Briefumschlag geöffnet worden war. Es war der älteste, vom August 1990, die anderen waren fest verklebt. Hatte Phong seine Briefe nicht gelesen? Ein seltsames Unbehagen beschlich Tuyet, und für den Bruchteil einer Sekunde zog sie in Erwägung, die Briefe schnurstracks zurück in die Schatulle zu packen und zu vergessen. Wäre es nicht am klügsten, die Vergangenheit ruhen zu lassen, wo sie mit der Gegenwart weiß Gott genug zu tun hatte? Marinas Zimmer schien sich aufgeheizt zu haben und mit feuchten Händen warf Tuyet die Briefe aufs Bett, um das Fenster zu öffnen. Wie ein greller

Scheinwerfer knallte die Sonne herein, gegen die ein kühlender Luftzug keine Chance hatte.

Wen interessieren denn vergilbte Briefe aus dem letzten Jahrhundert?, dachte Tuyet. Was immer du geschrieben hast, wir haben bisher prima ohne dieses Wissen gelebt!

Doch eine Sache ließ Tuyet nicht los: Alle Briefe waren Phongs höchstpersönliches Eigentum, hatten aber gut versteckt unter Marinas Sachen gelegen. Unterschlagung, hämmerte es in Tuyets Kopf, den sie sofort energisch schüttelte, um diesen hässlichen Gedanken zu verscheuchen. Marina doch nicht! Aber einmal gedacht, ließ er sich nicht mehr ausradieren.

»Weshalb hätte Marina ihn hintergehen sollen?«, murmelte Tuyet vor sich hin, als dächte sie über einen ihrer Fälle nach. Während sie sprach, zog sie bereits das feine Papier aus dem 1990er Umschlag. Immerhin war er schon geöffnet, und das verringerte ein wenig das Unrecht, dass sie nun ohne Erlaubnis Phongs Brief lesen würde. Einmal atmete sie laut aus, dann entfaltete sie das kleine Blatt und starrte auf den Text. Er war in derselben Handschrift geschrieben wie Phongs Adresse, während in einer anderen Schrift, in roter Lehrerfarbe, deutsche Wörter am Rand prangten. Offensichtlich hatte Marina versucht, Hanhs Brief zu übersetzen. Mittendrin hatte sie abgebrochen und sich an keinem weiteren Brief versucht. Warum nicht? War es ihr zu mühsam gewesen? Das war es selbst für Tuyet, obwohl sie als Kind eine Weile Vietnamesisch gelernt hatte. Zum ersten Mal bereute sie es, dass sie früh das Interesse an ihrer Muttersprache verloren hatte. Wie so oft hatte ihr Marina auch dabei den Rücken gestärkt.

»Versteh sie doch«, hatte sie zu Phong gesagt, »es ist eine Sprache, die sie nie benutzt. Außerdem hat sie nach der Schule mit Klavier und Ballett genug zu tun. Es ist unmenschlich, sie auch noch samstags in eine Schule zu schicken.« Phong hatte nachgegeben, und fortan war nur noch Julian zum Sprachkurs gegangen.

Zu ihrer Erleichterung entdeckte Tuyet in einem Bücherregal ein Vietnamesisch-Deutsches Wörterbuch. Mit angezogenen Knien, den Rücken an die Wand gelehnt, begann sie die Sätze zu entziffern.

Hanoi im August 1990

Lieber Phong,
endlich habe ich etwas von euch gehört, und bin froh, dass es Dir und meiner kleinen Tuyet gut geht. Mir fällt ein Stein vom Herzen, dass ihr schrecklicher Husten ausgeheilt ist. Dann können Tien und ich bald auf euch hoffen? Bitte gib Tuyet schon mal einen dicken Kuss von ihrer Me. Uns geht es soweit gut. Tien besucht eine Abendschule, damit sie im Vietnamesischen besser wird. Ich habe Arbeit bei einem Schneider gefunden. Tuan (Erinnerst du dich? Er ist mit uns evakuiert worden, ein kleiner, stiller Junge, wovon man heute nicht mehr viel merkt) hat mich weiterempfohlen. Tien fragt oft nach dir.

Schick deine Post bitte weiterhin zu meiner Cousine, obwohl ich nicht weiß, wie lange wir bei ihr bleiben. Wir leben beengt, und sie gibt mir nicht das Gefühl, willkommen zu sein. Trotzdem bin ich dankbar, dass sie uns für den Anfang aufgenommen hat. Tao ist zur Familie meines Schwagers aufs Land gezogen. Aber dorthin würde ich nur im Notfall gehen. Ich hoffe, in Hanoi Fuß zu fassen.

Es ist wunderbar, dass du Marina wiedergetroffen hast. Wie geht es ihr? Bestelle ihr einen herzlichen Gruß.

Bestürzt ließ Tuyet den Brief sinken. Ihr Herz pochte bis in ihren Hals, in dem sich ein Kloß gebildet hatte, der sich auch durch wiederholtes Schlucken nicht auflöste. Das konnte nicht wahr sein! Nichts von allem, was sie da las, passte zu dem, was sie je über Hanh gehört hatte. Fahrig massierte sie ihre Schläfen und lockte damit eine der wenigen Erinnerungen hervor, von denen sie hätte schwören können, dass sie keinem Foto und keiner Erzählung, sondern ihrem eigenen Gedächtnis entsprangen. Mindestens hundertmal hatte sie davon geträumt.

Mit ihrem geliebten Sandmann im Arm umschlingt die zweijährige Tuyet den Hals ihres Vaters. Ihre Beinchen umklammern seine Hüften. »Me! Me!«, ruft sie klagend und streckt ihre Arme aus. Doch Hanh läuft wortlos, mit Tien an der Hand, davon.

Hanhs Brief klang jedoch absolut nicht so, als scherte sie sich nicht um ihre Familie. Im Gegenteil, aus ihren Worten sprach Sehnsucht. In Tuyets Verwirrung mischte sich ein Quäntchen ungläubiger Freude, die sie nicht einordnen konnte. Wieder trat sie ans Fenster und blickte auf die Einfamilienhaus-Siedlung, die dem Nachmittag entgegendöste. Niemand lenkte Tuyet ab, als sie ihr Gesicht in der Sonne badete, während sie sich fernen Erinnerungen hingab, die ihr zunächst entwischten, doch mit jeder Sekunde greifbarer wurden.

»Wo ist Me? Warum ist sie weg? Hat sie mich nicht lieb?« Phong hatte sich meist hilfesuchend nach Marina umgesehen, wenn Tuyet unbequeme Fragen stellte. Marina war herbeigeeilt, hatte Tuyet auf ihrem Schoß fest an sich gedrückt und geantwortet: »Red keinen Unsinn! Deine Mama hilft, Vietnam aufzubauen. Damit es den Kindern dort besser geht. Du hast ja schon alles, was du brauchst, oder etwa nicht?«

»Ja … Aber wieso hat Me nur Tien mitgenommen und nicht mich?«

Tuyet hatte ihren Schmollmund gezogen und dabei an Marinas Haaren gespielt.

»Tien ist schon größer und kann ihr helfen. Du läufst deiner Mama nur zwischen den Beinen herum. Schau mal, sie hätte gar keine Zeit für dich. Und willst du vielleicht deinen Bo alleine lassen?«

Nein, das wollte Tuyet natürlich nicht und gab sich mit einem Stück Kinderschokolade zufrieden.

Aber die Gewissheit, dass ihre Mutter sie im Stich gelassen und vergessen hatte, nistete sich in ihr ein. Zum Glück tröstete Marina sie und überschüttete Tuyet mit ihrer Liebe, die so reichhaltig war, dass deren begierige Fragen seltener wurden und sich unter einem Nebelschleier verkrochen, den die Zeit über ihr kindliches Gedächtnis breitete. Dann wurde Julian geboren und ihre geliebte Tigerkatze Lilli gesellte sich zu ihnen. Tuyet entbehrte nichts und mit den Jahren wurden Hanh und Tien zu schemenhaften Figuren ihrer frühen Kindertage.

Schmerzhaft pochte es in Tuyets Schädel und dieser Vorbote einer Migräne vertrieb ihre Erinnerungen. Stöhnend zog sie sich vom Fenster zurück, schloss die Vorhänge und fischte ihre Paracetamol aus der Tasche. Sie schluckte gleich zwei Tabletten und blickte dabei widerwillig auf ihren Fund. Längst war ihr bewusst, dass sie die Briefe unmöglich ignorieren konnte. Fast kam es ihr so vor, als zuckten sie ungeduldig, und die Worte drängten hinaus ins Freie, zu ihr.

Klappernde Geräusche aus der Küche im Erdgeschoss ließen Tuyet aufhorchen. Ein Glück, Bo war nach Hause gekommen! Ihm würde sie die Briefe zeigen, und da es seine waren, sollte er entscheiden, was mit ihnen geschehen solle. Erleichtert rannte sie die Treppe hinunter und platzte in die Küche, wo Julian und seine neue Freundin dicht beieinander saßen und Pizza aßen. Erstaunt blickten die beiden von ihren Tellern auf. Tuyet war ebenfalls verdattert, denn mit Julian hatte sie nicht gerechnet.

»Hallo, Schwesterherz. Ich wusste nicht, dass du da bist, sonst hätte ich dir Pizza mitgebracht.«

Julian stand auf und umarmte Tuyet. Ein kräftiger Geruch nach Männerschweiß ging von ihm aus.

»Dusch mal wieder«, entfuhr es ihr aus uralter Gewohnheit, und naserümpfend schob sie ihn von sich. Als Tuyet jedoch sah, wie blass und niedergeschlagen Julian aussah, tat es ihr leid.

»War nicht so gemeint«, entschuldigte sie sich.

Julian machte eine beschwichtigende Geste. »Schon gut. Wartest du auf Papa?«

Nie hatte er wie Tuyet die nordvietnamesische Anrede Bo für seinen Vater verwandt. Tuyet füllte einen Krug mit Leitungswasser.

»Ja, auch. Wie geht es ihm?«

Julian zuckte mit den Schultern.

»Er arbeitet wie ein Wahnsinniger. Wenn er mal zu Hause ist, sitzt er lesend im Wohnzimmer. Jedenfalls hält er ein Buch in der Hand.«

Tuyet nickte. »Verstehe. Schläft er? Isst er genug?«

Julian verdrehte die Augen. »Immer hältst du mich für den Kontrolleur unserer Eltern. Ich weiß es nicht. Mir ist nur aufgefallen, dass im Bad mehr Tabletten stehen als sonst. Herztabletten.«

Er räumte die halbgegessene Pizza in den Kühlschrank und wischte den Tisch ab, weshalb er nicht bemerkte, dass Tuyet bei seinen Worten zusammengezuckt war.

»Mom hat mich inständig gebeten, dass wir auf sein Herz aufpassen«, sagte Tuyet leise.

Beschwichtigend legte Julian seine Hand auf Tuyets Arm.

»Bo ist Arzt. Glaubst du nicht, er weiß am besten, was zu tun ist? Außerdem lebt er schon seit Jahrzehnten damit.«

»Tuyet hat sicher Angst, dass Marinas Tod ihm gesundheitlich zusetzt.«

Julians Freundin, die bisher geschwiegen hatte, sah Tuyet verständnisvoll an.

»Genau«, gab Tuyet zu. »Entschuldige, wie heißt du nochmal? Ich hab's leider nicht so mit Namen.«

»Ich heiße Dorothee. Aber das hatte ich dir noch gar nicht gesagt.«

»Wir gehen nochmal weg«, erklärte Julian. »Bleibst du hier?«

»Ja, ich will ein paar Sachen von Mom ordnen. Das muss ja auch mal gemacht werden.« Julian schnaufte.

»Hat das nicht Zeit, bis sie beerdigt ist?«

»Irgendwie muss ich diesen Tag doch herumkriegen.«

Nachdem Julian und Dorothee fort waren, kehrte Tuyet mit Wasser und einem Stück kalter Pizza in Marinas Zimmer zurück. Sie nahm noch eine Kopfschmerztablette, stellte ihr Handy auf leise, und ausgestreckt auf Marinas Bett zwang sie sich nachzudenken. Hatte Hanh ihren Vater nicht direkt nach dem Mauerfall verlassen? Laut ihres Briefes schien sie auf ihn gewartet zu haben. Wie würde Phong sich fühlen, wenn er davon erführe? Fünfundzwanzig Jahre zu spät. Weil, oh Gott, ausgerechnet Marina ihm Hanhs Briefe unterschlagen hatte! Tuyet wurde schummerig und sie weigerte sich, das Ausmaß dieses Gedankens zu begreifen. Nein, sie musste sich irren. Es passte nicht zu Marina, Phong etwas derart Widerwärtiges anzutun. Oder doch? Ihr Berufsalltag hatte ihr zur Genüge bewiesen, dass man nichts ausschließen durfte.

»Versprich mir, dass du tust, was in deiner Macht steht, damit dein Vater sich nicht aufregt«, hallte Marinas Stimme in ihrem Kopf. Wenn Tuyet nicht riskieren wollte, dass ihr Vater einen Herzinfarkt erlitt, durfte sie ihn einen Tag vor Marinas Beerdigung nicht noch mehr aufwühlen. Und danach? Wenn er zur Ruhe gekommen wäre? Bereits der erste Brief war erschütternd gewesen, wer wusste, was in den anderen stand.

Um Zeit zu gewinnen, kaute Tuyet ihre Pizza besonders bedächtig. Als sie fertig war, wischte sie ihre fettigen Finger ab und griff nach einem der Briefe. Er war im Jahr 1991 gestempelt worden, mitten auf seine hübsche Marke, die ein Mädchen zeigte, bekleidet mit einem kegelförmigen Reishut und im traditionellen *Áo Dài*, weiten Hosen und langen körperbetonten Oberteilen. Aus ihrer Handtasche zog Tuyet eine Nagelpfeile und setzte diese am Rand des Umschlags an.

»Ich tue es für Bo«, bestärkte sie sich.

Mit einem Ratsch schnitt sie den Umschlag auf und zog vorsichtig, als enthielte er etwas Explosives, ein weiteres kleines Papier hervor. Am Ende des Briefbogens stach Tuyet eine

Kinderzeichnung ins Auge. Ein Mädchen, das an der Hand eines Mannes ein Eis schleckte. Hatte Tien das gemalt?

Schon entzifferte Tuyet mithilfe des Wörterbuches die erste Zeile. Sie tat es für Bo, ja. Aber irgendwo, tief in ihrem Inneren, kauerte noch immer das kleine Mädchen, das nach einem weiteren Beweis dafür gierte, dass seine Mutter es mehr geliebt hatte als Millionen anderer Kinder in einem fremden Land.

Hanoi im August 1991

Lieber Phong,
endlich hat mich eine Nachricht von dir erreicht! Sie ist zwar schon älter, aber kein Wunder, sooft wie Tien und ich im letzten Jahr unser Quartier gewechselt haben. Ich frage regelmäßig bei unseren ehemaligen Gastgebern nach, schätze aber, dass Briefe, die nicht auf ihrem langen Weg nach Vietnam verschwinden, im Alltag untergehen oder vergessen werden. Meiner Cousine, der missgünstigen Hexe, traue ich sogar zu, dass sie, nur um mich zu ärgern, deine Briefe nicht herausrückt. Manchmal macht sie beleidigende Bemerkungen, und fast bereue ich, dass ich ihr eine gute, deutsche Nähmaschine mitgebracht habe.

Jetzt wird alles besser. Tien und ich leben in Ngoc Ha bei einer meiner Tanten. Zwei ihrer Töchter haben geheiratet und sind zu ihren Männern gezogen. Es gibt also Platz für uns. Auch für Tuyet und dich, wenn ihr kommt. Meine Mutter wohnt im selben Haus. Sie ist schwach geworden, und ich bin froh, mich endlich wie eine richtige Tochter um sie kümmern zu können. Vom Küchenfenster aus kann ich das Wrack des abgeschossenen B-52-Bombers im Teich liegen sehen. An seinen Anblick habe ich mich gewöhnt wie an den Teich selber, und er erinnert mich nicht mehr ständig an jene grauenvolle Nacht.

Gräm dich nicht über deine Arbeit in dem chinesischen Restaurant. Bald wirst du als angesehener Arzt eine gute Stellung haben. Vietnam braucht gute Ärzte und wartet auf dich. Marina ist Lehrerin geworden? Alle Achtung. Sicher könnte sie Tien besser bei den Hausaufgaben helfen als ich. Für Tien ist die Schule hart. Ihr

Vietnamesisch ist inzwischen in Ordnung, aber sie lernt nicht mehr so gut wie früher. Manchmal schimpfe ich sie deswegen aus, aber es nützt nichts. Wenn ich nicht weiterweiß, sage ich: »Dein Vater ist klug. Er wird dir bald helfen.«

Meine kleine Tuyet scheint ja gesund zu sein wie ein Fisch im Wasser und sich im Kindergarten wohl zu fühlen. Ich stelle mir vor, wie gut sie inzwischen Deutsch plappert. Spricht sie auch Vietnamesisch, damit sie in einer vietnamesischen Schule zurechtkommt? Erinnert sie sich an ihre Me? Isst sie genug? Ich sehne mich danach, ihre Stimme zu hören, und habe letztens geträumt, dass wir ein Telefon besäßen. In einem schwachen Moment habe ich Tuan davon erzählt. Anstatt mir Nörgelei vorzuhalten, hat er versprochen, zu sehen, was er tun kann. Ehrlich gesagt verlasse ich mich nicht darauf. Er ist sehr hilfsbereit, schneidet aber auch gerne auf. Wohnst du noch bei Marina zur Untermiete? Falls nicht, würde sie dir meine Briefe sicher nachschicken. Ich weiß ja, wie freundlich sie ist, und bin froh, dass sie sich um dich kümmert.

Gerade ging ein heftiger Schauer nieder, und hat die stickige Luft abgekühlt. Ich hole Tien von der Schule ab, dann gehe ich zur Arbeit. Tagsüber nähe ich, abends bin ich bei der Polizei (haha, ich putze dort). Auch dafür hat Tuan gesorgt, und ich bin dankbar dafür, denn Tien und ich kommen zurecht.

Hanh

Begierig öffnete Tuyet weitere Briefe. Obgleich sie nicht alles verstand, gewann sie einen Eindruck von Hanhs Alltag. Sie arbeitete hart, um sich und Tien durchzubringen. Tuan, den sie seit ihrer Kindheit kannte, unterstützte Hanh, ansonsten waren Freundschaften rar. Lag es daran, dass sie alleinstehend war? Oder ihr Mann im Westen? Tuyet meinte, so etwas zwischen den Zeilen herauszuhören. Sie spürte, dass sie die Briefe einer Frau las, die zurückhielt, was sie eigentlich bewegte. Tuyet wischte sich eine Träne aus dem Augenwinkel. Nie warf Hanh ihrem Mann vor, dass er sich noch immer in Deutschland aufhielt, oder drängte ihn zu ihr zu kommen.

Dennoch registrierte Tuyet, dass Hanhs Ton sich veränderte und sie immer seltener von Phongs Rückkehr sprach.

Hanoi im Oktober 1992

Phong,
seit ich über Bekannte von den schrecklichen Anschlägen in Rostock hörte, mache ich mir entsetzliche Sorgen. Wer weiß schon, wie schnell eine aufgeheizte Stimmung auf das ganze Land übergreift. Bitte schreibe mir, so schnell du kannst. Manchmal macht es mich ganz krank, dass wichtige Meldungen so lange brauchen, bis sie mich erreichen. Die Gerüchteküche scheint besser zu funktionieren. Glaube mir, Tuan ist freundlich und hilft mir. Mehr nicht. Wer etwas anderes behauptet, lügt.

Da ich arbeiten muss, hat meine Mutter Tien heute aus dem Krankenhaus abgeholt. Tien wird zum Glück wieder laufen können, soll sich aber noch schonen. Nicht auszudenken, wenn der Unfall schlimmer ausgegangen wäre. Sie ist sehr tapfer und ein Brief von dir, so kurz er auch sein mag, würde sie darin bestärken. (…)

Arme Tien. Vielleicht hatte Phong nicht einmal von ihrem Unfall erfahren und sie hatte vergeblich auf Post von ihm gewartet. Zögerlich kletterten Tuyets Augen zum Briefbeginn zurück und blieben dort hängen. Die Anschläge von Rostock-Lichtenhagen im August 1992. Erst vor ein paar Wochen hatte sie mit Alexander und seinen Schülern einen eindrucksvollen Film darüber angeschaut. Alle waren entsetzt gewesen, dass die deutschen Nachbarn johlend applaudierten, als Brandsätze in das Wohnheim der Vietnamesen flogen, das daraufhin in Flammen aufging. Alexanders Schüler flippten fast aus, als sie sahen, dass manche sogar Liegestühle und Bier mitgebracht hatten, als ginge es darum, einem vergnüglichen Spektakel beizuwohnen.

»Haben Sie das miterlebt? Oder kannten Sie Vietnamesen in diesem Sonnenblumenhaus?«

Die Fragen einer Schülerin hatten die aufgebrachten Diskussionen abrupt gestoppt, und alle sahen sie erwartungsvoll an. Manche sogar mitleidig.

»Wer, ich? Wie kommst du darauf? Ich habe immer in Frankfurt gelebt.«

In einigen Teenie-Gesichtern spiegelte sich Enttäuschung darüber, dass sie keine interessante Zeitzeugin abgab.

»Es wäre doch möglich gewesen. Weil Sie doch Vietnamesin sind und so.«

»Mensch, so 'n Blödsinn! Nur weil sie vietnamesisch aussieht, muss sie's doch nicht sein.«

Die Fragerin nickte einsichtig und um Tuyet herum lebten die Gespräche der jungen Leute wieder auf. Als sie mit Alexander heimging, war sie geknickt. Weshalb genau, verstand sie selbst nicht, doch es fühlte sich so an, als hätte jemand etwas Ungerechtes zu ihr gesagt, etwas leicht Beleidigendes, das sie nicht ohne Weiteres abtun konnte. Selbst das leckere Abendessen, das Alexander gezaubert hatte, vertrieb nicht vollständig das beklemmende Gefühl, das sich an ihrer Magenwand festklammerte. Erschütterte es sie, dass die Schüler es für möglich hielten, sie wäre eine der Vietnamesen gewesen, die beschimpft und verängstigt um ihr Leben gebangt hatten? Die niemand hatte haben wollen. Oder traf es sie, dass sie sie überhaupt in erster Linie als Vietnamesin wahrgenommen hatten? Was Tuyet von sich kleinlich gefunden hätte, denn erstens hatte sie offenkundig vietnamesische Gesichtszüge, die ihr bislang mehr Komplimente als spitze Bemerkungen beschert hatten, und zweitens zeigten sich die jungen Leute so sensibel, dass sie ihren ersten Impuls sogleich selbst in Frage gestellt hatten.

Ihre kulturelle Identität hatte Tuyet nie sonderlich beschäftigt. Sie war eine Deutsche, deren Vater aus Vietnam stammte. Fertig. Bereits in ihrem Kindergarten war es nichts Besonderes gewesen, weder blond noch helläugig zu sein. Dafür lebten in Frankfurt zu viele Menschen, deren Wurzeln keine deutschen waren. Im Sommer 1992 war sie fünf Jahre alt gewesen und lebte mit Bo und Marina in einer hübschen Frankfurter Altbauwohnung. Ihre Katze Lilli, das Highlight des Sommers, war gerade zu ihnen gestoßen. Tuyets kleines Universum hatte sich sortiert, alles war in bester Ordnung gewesen. Das einzige, was sie in den folgenden Jahren als ungerecht empfand, war, dass Bo von ihr verlangte, in der Schule noch mehr als ihr scheinbar Bestes zu geben. Auf jeden Fall besser zu sein als die Deutschen, wie er sagte. Wie glühend hatte sie ihre Klassenkameradinnen beneidet, deren Eltern wegen der Note »befriedigend« kein Drama veranstalteten. An diesem Abend war sie auf einmal erleichtert darüber, dass sie gelernt hatte, auf Leistung, Fleiß und Karriere zu setzen. Solange sie die brachte, und genau das hatte sie vor, stellte sie erfahrungsgemäß niemand in Frage.

Später im Bett, während er in einer Zeitung blätterte, hatte Alexander wissen wollen, ob sie bei dem Hilfsprojekt mitmachen würde, das er mit seiner Klasse ins Leben gerufen hatte. Einer seiner Schüler hatte auf dem Heimweg eine Turnhalle entdeckt, in der syrische Flüchtlinge untergebracht waren, die in Deutschland Rettung vor dem Krieg in ihrem Land suchten. Dorthin wollten sie Kleidung, Toilettenartikel und Spielzeug bringen. Oder samstags mit den Kindern eine Runde Fußball spielen, damit diese mal etwas anderes sahen als die stickige Turnhalle.

»Stell dir vor, du fliehst vor einem Krieg und hast deine Familie lebend übers Mittelmeer gebracht, und dann kommst du, ausgelaugt, aber mit Hoffnung in Europa an, und die meisten Staaten machen ihre Grenzen dicht. Wollen dich einfach nicht haben. Wir möchten irgendwie helfen. Machst du mit?«

Während Tuyet vor dem Spiegel ihrer Kommode ihr kinnlanges Haar kämmte und ihre Ponysträhnen kürzte, die schon seit Tagen unangenehm in ihre Augen fielen, hatte sie seinen eindringlichen Blick in ihrem Rücken gespürt. Überzeugend wie

Alexander sein konnte, hätte er einen guten Anwalt abgegeben. Dennoch deutete sie mit einer stummen Handbewegung auf die Akten, die sich neben ihrem Bett stapelten und darauf warteten, dass sie sich am Wochenende mit ihnen beschäftigte.

»Meinst du nicht, du solltest mal über deinen Aktenrand hinausschauen?«

Die Schärfe in seinem Ton hatte sie überrascht. Doch dann hatte Alexander theatralisch geseufzt, sie in den Arm genommen und nicht nur die kurze Irritation fortgeküsst, sondern auch das Unwohlsein in Tuyets Magengegend.

Hanoi im März 1993

(...) Erinnerst du dich an Huong, die ehemalige Nachbarin meiner Eltern? Ihre Tochter lebt jetzt auch in Frankfurt. Das war allerdings nicht alles, was Huong meiner Mutter gestern erzählt hat. Ihre Tochter hat dich mit Marina am Main gesehen. Wie ein Paar hättet ihr gewirkt und einen Säugling im Wagen geschoben. Hat sie etwas missverstanden? Oder ist das dein Kind? Warten Tien und ich umsonst auf dich? (...)

Tuyet stockte der Atem, als sie das las. Kein Zweifel, das Baby, von dem Hanh schrieb, war Julian, denn er kam im Januar 1993 zur Welt. Noch nie hatte Tuyet einen Gedanken daran verschwendet, ob und wie Hanh von Julians Geburt unterrichtet worden war. Was für ein Schock muss es für sie gewesen sein, durch Hörensagen davon zu erfahren. Nervös blickte Tuyet auf ihre Armbanduhr. Es war Abend geworden, was ihr nicht aufgefallen war, da noch immer die Sonne schien. Jeden Augenblick konnte ihr Vater nach Hause kommen, doch Tuyet musste unbedingt wissen, was Hanh in ihrem letzten Brief zu sagen hatte. Noch eine Tablette, noch ein Schluck Wasser, dann nahm sie sich den Umschlag vor.

Hanoi, Juli 1993

Phong,

Wie kannst du darauf herumreiten, dass ich eine Liebelei mit Tuan haben soll? Soll das die Erklärung dafür sein, dass du mit einer anderen Frau ein Kind bekommen hast? Ich sage dir, irgendwelche bösen Zungen verbreiten lächerliche Lügen über mich. Ich habe auf dich gewartet. Tien hat auf dich gewartet. Noch immer bin ich fassungslos darüber, dass Huongs Tochter Recht hatte. Welche andere Möglichkeit als unsere Scheidung könnte es geben? Ich sehe keine. Mein Kind zu verlieren, bricht mir das Herz, aber ich akzeptiere, dass Tuyet in Deutschland zu Hause ist, in Wohlstand und einer stabilen Familie sorgenfrei aufwachsen wird. Klare Verhältnisse sind wohl für alle das Beste.

Leb wohl.

Hanh

Tuyets Gesicht war nass, als sie den Brief beiseitelegte, und auch das feine Papier hatte ein paar Tropfen abbekommen. Ein gewaltiger Orkan an Emotionen fegte durch ihr Inneres und zerstob den Hauch von Glück darüber, dass Hanh sie nicht einfach so in Deutschland zurückgelassen und aus ihrem neuen Leben gestrichen hatte.

»Oh, Hanh, was für tragische Missverständnisse!«

Nachdem sie Hanhs Briefe gelesen hatte, war Tuyet davon überzeugt, dass Bo vorgehabt hatte, zu Hanh und Tien zurückzukehren. Hatte er diesen Plan aufgegeben, weil er sich in Marina verliebte? Nein, ihr Vater war nicht der Typ Mann, der wegen ein paar Schmetterlingen im Bauch seine Familie im Stich ließ. Wenn er nun aber geglaubt hatte, dass er Hanh gleichgültig geworden war und sie deshalb nichts von sich hören ließ? Dass sie ohne ihn zurechtkäme und sich einem gewissen Tuan zugewandt hatte? Sie schüttelte den Kopf. Nein, so aufrichtig empört wie Hanhs Brief klang, glaubte Tuyet an keine Affäre. Allerdings wurde ihr bewusst, dass sie keinerlei Vorstellung davon hatte, was ihre Eltern für eine Beziehung geführt hatten. Als Kinder lernten sie sich während des Vietnamkrieges kennen und lebten später zusammen in der ehemaligen DDR. Aber was fühlten sie füreinander? Liebten sie sich, bevor Marina begann dazwischenzufunken?

Tuyet lehnte ihren Kopf an die Wand und starrte auf ein Familienfoto, das neben dem Schrank hing und vor ein paar Jahren in Amsterdam aufgenommen worden war. Zu sehen war die glückliche Familie Neumann mit Hund, dem Nachfolger der Tigerkatze Lilli. Tuyet hatte die Aufnahme immer gemocht, doch nun konnte sie Marinas Lächeln kaum ertragen. Kurzerhand erhob sie sich, nahm das Foto ab und legte es unwirsch, die Bildseite verdeckt, auf eine Kommode. Ein leises Klirren verriet ihr, dass dabei das dünne Glas des Fotorahmens zersplitterte. Plötzlich sah sie Hanh vor sich, die Tausende von Kilometern entfernt einen Brief sinken ließ, am Boden zerstört, da Phong ihren schrecklichen Verdacht bestätigt hatte. Wieder schossen Tuyet Tränen in die Augen, und sie ließ ihnen freien Lauf.

Langsam mischte sich in ihr Mitleid Wut. Die Wut auf ihren Vater, der zu feige gewesen war, seine Frau anzurufen, und ihr stattdessen nur einen Brief geschrieben hatte.

Dann fiel ihr Frau Ly ein, ihre vietnamesische Nachbarin, die einmal erzählte, dass es noch zu Beginn der neunziger Jahre kaum möglich gewesen war, mit ihrer Familie in Vietnam zu telefonieren. Dort besaß fast niemand ein eigenes Telefon, öffentliche Gespräche nach Deutschland verschlangen Unsummen und fanden zumeist ohne jegliche Form der Privatheit statt. Vielleicht war ihr Vater also gar nicht feige gewesen. Aber dennoch: Zu lesen, dass ihr Mann eine neue Familie gegründet hatte, mit einer Frau, die sie kannte und, wie Tuyet den Briefen entnahm, sogar schätzte, hatte Hanh bestimmt das Herz gebrochen.

Wie frustrierend es für sie gewesen sein musste, dass Phong auf ihre Zeilen nicht reagierte. Weil Marina sie vor ihm versteckte. Tuyet stellte sich lieber nicht vor, was in Hanh vorgegangen sein mochte, als die kranke Tien trotz ausdrücklicher Bitte vergeblich auf einen Brief ihres Vaters hinfieberte. Wie traurig es Hanh gemacht hatte, Phong von ihrer Sehnsucht nach Tuyet zu erzählen, von ihrem kräftezehrenden Alltag in Hanoi, ohne dass er sie tröstete. Umgekehrt musste es für ihn furchtbar gewesen sein, kaum etwas von seiner Familie zu hören. Außer Geschichten über Hanhs angeblichen Liebhaber. Verwunderte es, wenn er daran zu zweifeln begann, dass sie auf ihn wartete? Ihn vermisste. Tuyet brach der Schweiß aus, als sie daran dachte, dass Marina dafür verantwortlich war. Eine halb entzifferte Briefseite hatte ihr gereicht, um zu begreifen, dass Hanh davon ausging, ihren Mann und Tuyet bald wiederzusehen. Doch Marina hatte Phong für sich gewollt, und um ihn davon zu überzeugen, dass seine Frau ihn vergessen hatte, unterschlug sie ihm ihre Briefe. Sie schlüpfte in die Rolle der verständnisvollen Ersatzmama und wurde für Tuyet unentbehrlich. Wahrscheinlich wusste sie, dass sie Phong nur an sich binden konnte, wenn sie sich mit seiner Tochter gut verstand. Von wegen Mutterliebe. Wie ein Keil bohrte sich Marina in Phongs Familie und trieb diese auseinander. Die Enttäuschung und Wut auf ihre Adoptivmutter raubten Tuyet beinahe den Atem. Am liebsten hätte sie Marina angeschrien, aber sie war tot und würde nichts mehr erklären können. Mit dem Handrücken wischte sich Tuyet ihren klebrigen Schweißfilm von der Stirn und kontrollierte, um sich abzulenken, die Nachrichten auf ihrem stumm gestellten Handy. Sie beantwortete eine SMS von Alexander, der wissen wollte, wo sie steckte, warf dann das Handy achtlos aufs Bett und tigerte unruhig im Zimmer umher. Ein wenig half die Bewegung, klarer zu denken. Was heutzutage üblich war, sich per E-Mail, Handy, Facebook oder WhatsApp zu jeder Zeit, an jedem beliebigen Ort zu kontaktieren, war für ihre Eltern unvorstellbar gewesen. Lediglich ihre Briefe ermöglichten es ihnen, sich auszutauschen und nicht aus den Augen zu verlieren. Marina hatte diese Situation ausgenutzt.

Doch damit nicht genug. Sie hatte Tuyet weisgemacht, ihre Mutter hätte sie verlassen, weil es ihr wichtiger war, sich um Vietnam zu kümmern. Wie sollte ein kleines Kind etwas anderes darunter verstehen, als dass seine Mutter es nicht liebte? Lange Zeit hatte Tuyet vergessen, wie traurig sie darüber gewesen war. Jetzt spürte sie es wieder.

Mit ihrer Faust schlug sie fest gegen das Holz der Schranktür, gerade so, als begehre sie dringend Einlass. Bis vor einigen Stunden hatte sie geglaubt, das Furchtbarste an Marinas Tod wäre ihre hoffnungslose Sehnsucht nach ihr. Noch weniger auszuhalten war jedoch die Erkenntnis, dass Marina post mortem das Gesicht einer Betrügerin offenbarte und sich all die Jahre feige vor Tuyets Fragen gedrückt hatte. Warum hatte sie die Beweise nicht einfach vernichtet? Je länger Tuyet grübelte, desto mehr verhedderten sich ihre Gedanken wie eine lange Lichterkette, die man nach dem letzten Weihnachtsfest nicht sorgsam genug zusammengelegt hatte. Wo sie mit dem Entknoten beginnen sollte, blieb ihr schleierhaft.

Mit einem Knall fiel die Haustür ins Schloss. Kurz darauf schlurften Bos sonst so energische Schritte in die Küche. Eilig sammelte Tuyet Hanhs Briefe zusammen und stopfte sie in ihre Handtasche. Die schwarze Schatulle passte nicht hinein, deshalb legte Tuyet sie an ihren alten Platz zurück. Sie ließ ihren Blick über Marinas Kleidung schweifen, ihre Pullover, Blusen, T-Shirts und Kleider, von denen sich bisher noch niemand trennen mochte. Fix und fertig lehnte sie ihren Kopf gegen die Schranktür, einen kurzen Moment brauchte sie noch, bis sie Bo gegenübertreten konnte. Möglicherweise war sie in einen Sekundenschlaf verfallen, denn als sich eine Hand auf ihre Schulter legte, erschrak sie.

»Bo! Meine Güte, ich habe dich gar nicht kommen hören.«

Phong tätschelte ihren Oberarm.

»Genau so stehe ich auch oft hier und betrachte ihre Sachen. Ich betaste die schlaffen Blusen und Hosenbeine, als würde sich Marina dadurch materialisieren. Der Raum ist noch immer so erfüllt von ihr, dass es mich nicht wunderte, wenn sie hereinkäme und wissen wollte, weshalb wir Trübsal blasen.«

Tuyet umarmte ihren Vater, nicht zuletzt deshalb, weil sie ihm dabei nicht in die Augen sehen musste. Einen Moment lang standen sie umschlungen da, dann löste sich Phong und sagte:

»Ich wollte gerade hinaufgehen. Kommst du mit?«

Er hatte ein Foto von Marina dabei und Tuyet begriff, dass er ihr einen Platz über dem Ahnenaltar geben wollte. Sie stiegen ins Dachgeschoss, das früher Kindern zum Toben gedient hatte, inzwischen aber als Gästezimmer genutzt wurde. Der Ahnenaltar stand gleich neben der Balkontür, so dass man rasch lüften konnte, nachdem Räucherstäbchen abgebrannt worden waren. Riesig war er nicht, aber doch groß genug, um neben dem Räucherwerk Opfergaben wie Blumen, Kekse und zwei Flaschen Bier, die Marinas und Phongs verstorbenen Vätern zugedacht waren, aufzustellen. Tuyet hatte manchmal frisches Obst gebracht, denn sie hatte gelernt, dass man sich gebührend um die Toten kümmern musste. Um sie bei Laune zu halten, pflegte Julian zu sagen, der dafür nie besonders viel Einsatz zeigte.

Marina, die eigentlich an nichts glaubte, außer an sinnvolle, von Menschen erschaffene Werte – jedenfalls hatte Tuyet das bis heute angenommen – hatte die Vorstellung gefallen, den Toten weiterhin einen Platz im Alltag der Familie zu geben.

»Dass ihr mich ja anständig mit Süßigkeiten versorgt, wenn ich da oben sitze«, hatte sie einmal gewitzelt, als der Tod noch nicht viel mehr als ein bloßer Gedanke war, mit dem man spielen und ihn anschließend von sich schieben konnte. »Sonst mache ich euch so richtig die Hölle heiß.«

Jetzt lachte ihr Bild zu ihnen herab, als amüsiere sie sich über diesen Scherz. Phong legte den Hammer beiseite und gemeinsam betrachteten sie Marinas Portrait, eingerahmt von

Großeltern, Onkeln, Tanten und zwei Brüdern Phongs. Marinas schulterlanges Haar war noch braun, ihre Wangen voll, weil der Krebs noch nicht an ihnen gezerrt hatte. Tuyet kannte das Bild, denn sie hatte es selbst aufgenommen, an einem Wochenende, das Marina und sie gemeinsam in Straßburg verbracht hatten. »Unser Frauenwochenende« hatten sie es genannt. Tagsüber waren sie durch die Stadt gebummelt, abends hatten sie in Restaurants gegessen, Wein getrunken und über Gott und die Welt gesprochen.

Jedes noch so schöne Erlebnis hat jetzt einen bitteren Nachgeschmack, dachte Tuyet, und augenblicklich formierte sich ihr Zorn. Um ruhiger zu werden, konzentrierte sie sich auf Phongs gepflegte Hände, die bedächtig eine Packung Toffifee auf den Altar legten und die Räucherstäbchen entzündeten. Während sie dem Rauch zusahen, wie er aufstieg und den Verstorbenen die Opfergaben überbrachte, murmelte Phong leise auf Vietnamesisch vor sich hin. Obwohl seine einst dunklen, buschigen Augenbrauen grau geworden waren, und deshalb nicht mehr auf Anhieb den Blick des Betrachters einfingen, unterstrichen sie noch immer Phongs Gemütslagen. Jetzt trafen sie sich über seiner Nasenwurzel. Tuyet stand neben ihrem Vater, dankbar dafür, dass ihre eigenen heftigen Gefühle von den duftenden Schwaden etwas benebelt wurden.

»Deine Mutter war wunderbar«, sagte Phong plötzlich, und im ersten Moment nahm Tuyet an, dass er von Hanh sprach. Doch natürlich meinte er Marina. »Nicht nur mutig, großherzig und im Gegensatz zu mir … witzig. Eine einfühlsame, kluge Frau. Manchmal glaube ich, sie kannte mich besser, als ich mich selbst.«

Tuyet biss ihre Zähne zusammen. Bos Beschreibung schrie förmlich danach, korrigiert zu werden. Bo! Wach auf! Wusstest du, dass Hanh dir über Jahre hinweg geschrieben hat? Nein? Wie könntest du auch, denn Marina hat die Briefe vor dir versteckt. Fünfundzwanzig Jahre lang, ohne mit der Wimper zu zucken. Nennst du das großherzig? Mir gegenüber hat sie so getan, als hätte meine Mutter mich nicht mehr gewollt. Ist das einfühlsam?

Außer Atem, so als hätte sie diese Rede tatsächlich gehalten, sah Tuyet ihren Vater aus den Augenwinkeln an. Phong hatte seine Augen geschlossen und sich in seine innere Welt zurückgezogen. Sein noch volles, nur leicht angegrautes Haar war akkurat gekämmt, sein Hemd gebügelt, als plane er auszugehen. Mit gestrecktem Rücken, nur den Kopf leicht geneigt, stand er vor dem Altar, sein nicht mehr junger Körper schlank und muskulös. Dennoch wirkte er verletzlich und unwillkürlich huschte Tuyets Blick zu der lachenden Marina.

Versprich mir, dass du tust, was in deiner Macht steht, damit dein Vater sich nicht aufregt, hörte sie sie wieder.

Machst du mir sonst die Hölle heiß?

Ihr ketzerischer Gedanke, der sich trotzig vorgedrängelt hatte, ließ sie leicht erschauern, worüber sich Julian mit Sicherheit köstlich amüsiert hätte. Tuyet fand es selbst übertrieben, aber was man mit der Muttermilch eingesogen hatte, saß tief. Tuyet ergriff Phongs Hand, und er sah auf. Sein Blick kehrte aus einer anderen Zeit zurück.

»Ich verliere mich gerade in dem, was gewesen ist«, sagte er, »mit Marina, mit meinen Kindern und davor. Seit Marina gestorben ist, bekommen schwammige Erinnerungen wieder Konturen. Ereignisse, an die ich ewig nicht gedacht habe, werden lebendig und bunt, als lägen sie noch nicht so lange zurück. Vielleicht ist es ein Versuch meiner Psyche, diese neue Leere besser zu ertragen, indem sie sie mit lebendigen Bildern auffüllt.«

»Bo«, sagte Tuyet und holte tief Luft. Sie konnte einfach nicht so tun, als hätte sie Hanhs Briefe nicht gelesen, und seine Erinnerungen waren doch ein passendes Stichwort.

»Bo, hast du je darüber nachgedacht zurückzugehen?«

»Nach Vietnam?« Mit einem Ausdruck, den Tuyet nicht zu deuten wusste, starrte er auf den Ahnenaltar.

»Ach, Tuyet, bis man so alt ist wie ich, spielt man mit so vielen Gedanken.«

Tuyet ertrug eine längere Pause und wartete darauf, dass Phong fortfuhr. Doch er ließ stattdessen ihre Hand los und wischte sorgfältig das Pulver des abgebrannten Räucherwerks vom Altar.

»Ich danke dir, dass du morgen deinen Abschiedsbrief vorliest. Persönlicher und würdiger geht es als Tochter nicht.«

Er strich ihr übers Haar, während Tuyet innerlich erstarrte. Der Brief. Wie könnte sie ihn verlesen, ohne dass er falsch klang, weil die Adressatin eine andere Marina gewesen war? Viel Zeit blieb ihr nicht, um sich darüber Gedanken zu machen, denn Phong atmete plötzlich schwer und fasste sich ans Herz.

»Bo! Was ist los?«

Vorsichtig geleitete sie ihn zum Schlafsofa, öffnete die oberen Knöpfe seines Hemdes und riss die Balkontür auf. Inzwischen hatte es sich abgekühlt und angenehme Abendluft strömte herein.

»Soll ich einen Arzt rufen?«

Wie sie es erwartet hatte, schüttelte Bo energisch den Kopf und verlangte ein Glas Wasser. Tuyet verstand nie, wie man als Arzt so starrsinnig sein konnte, wenn es um die eigene Gesundheit ging. Sie setzte sich zu Phong und schaute zu, wie er eine Tablette nahm, die er in seiner Hosentasche mit sich getragen hatte.

»Keine Sorge, es geht schon wieder«, sagte er und griff nun seinerseits nach Tuyets Hand. »Im Geiste habe ich übrigens auch einen Brief verfasst. Zu lang und zu privat, um ihn mit den Trauergästen zu teilen.« Er hustete und fächelte sich mit einer herumliegenden Zeitung Luft zu.

»Du wirst sehen, dass es nicht immer einfach ist, eine Ehe zu führen. Vor allem nicht, wenn man älter wird. Gemeinsame Hobbys reichen bei Weitem nicht aus, um alle Höhen und Tiefen eines ganzen Lebens zu überstehen. Dafür braucht man einen Grundstoff, der fest gestrickt ist und nicht so leicht reißt. Für Marina und mich waren das unsere Werte und Lebensvorstellungen.«

Bei den letzten Worten begann er zu weinen.

Tuyet streichelte seine Hand. Ich kann es ihm nicht sagen, dachte sie.

Ihn würde der Schlag treffen, wenn ans Licht käme, dass sein Leben mit Marina auf Lug und Trug beruhte. Dass sie ihm wichtige Briefe unterschlagen hatte. Dass sie seinen Entschluss, zu bleiben oder zu seiner vietnamesischen Familie zurückzukehren, zu ihren Gunsten manipuliert hatte. Anstatt auf seinen Erinnerungen dahinzugleiten, in ihnen zu schwelgen und aus ihnen Kraft zu schöpfen, würde Phong über jede einzelne stolpern. Jeden von Marinas liebevollen Blicken, jede zärtliche Geste, jedes offene Gespräch in Zweifel ziehen, schließlich das letzte Vierteljahrhundert. Tuyet selbst litt schon genug darunter, dass es ihr unmöglich schien, das Gute als gut in ihrem Herzen zu bewahren. Es nützte nichts, sich einzureden, »unser Frauenabend« in Straßburg sei innig und schön gewesen, wenn sie nun wusste, dass Marina absichtlich Hanh von ihr ferngehalten hatte. Ihre Gespräche über Liebe, Vertrauen und Partnerschaft, überall schrillten falsche Töne dazwischen. Die neuen Aspekte veränderten im Kern eben auch das, was schon geschehen war. Es würde ihren Vater krank machen, wenn dieser Kern zerstört werden würde.

Sanft legte sie Phongs Hand auf seinen Oberschenkel und erhob sich, um die Balkontür zu schließen. Sie wollte Marinas Bild nicht ansehen, aber als würden ihre Augen magisch angezogen, tat sie es doch.

Versprich mir, dass du alles tust, was in deiner Macht steht, damit dein Vater sich nicht aufregt.

Diese Worte, die Tuyet im Krankenhaus so fürsorglich und selbstlos erschienen waren, klangen nun anders. Spöttisch? Oder drohend?

»Soll ich heute bei dir übernachten, Bo? Und morgen fahren wir gemeinsam zum Friedhof?«

Kaum hatte sie den Satz beendet, klingelte ihr Handy. Es war Alexander, der wissen wollte, wann er sie abholen könnte. Tuyet sah ihren Vater an, ihre Blicke trafen sich. Dann streckte sich Phong und stand auf.

»Danke, Tuyet, aber das ist nicht nötig. Fahr ruhig nach Hause und ruh dich aus. Ich hänge sowieso nur meinen Erinnerungen nach.«

Kurz zögerte sie und wünschte, Alexander hätte sich nicht gemeldet. Doch dann sagte sie ihm, wann sie ihn erwartete. Zu Hause schob sie ihre Kopfschmerzen und Traurigkeit vor und zog sich, ohne zu Abend zu essen, ins Bett zurück. Zu durcheinander, um zu schlafen, zu ausgelaugt, um klar zu denken, warf sie sich von einer Seite auf die andere. Erst als Alexander sich später zu ihr legte und sie sich an seinen vertrauten Körper schmiegte, schaffte sie es, in einen unruhigen Halbschlaf zu sinken.

☆

»Tuyet!«

Sie öffnete die Augen und erkannte Alexander, der ihr von der gegenüberliegenden Straßenseite aus zuwinkte. Als Tuyet, festgeklebt an dem warmen, vom Schweiß glitschigen Plastiksitz, von der Schaukel sprang, tat es ein bisschen weh, so als risse sie ein großes Pflaster von ihrer Haut. Sie strich ihr Kleid und ihre Ponyfrisur glatt, trank einen Schluck lauwarmes Wasser und war wieder in der Gegenwart angekommen. Im Sandkasten spielten inzwischen zwei Kleinkinder mit ihren Förmchen, flankiert von ihren Müttern, die nach jedem neu gebackenen Sandkuchen applaudierten und entzückt »Hm, lecker!« jubelten.

»Warte!«, rief sie und gab Alexander mit einer Handbewegung zu verstehen, dass sie zu ihm herüberkommen würde. Selbst auf die Entfernung sah sie seine blauen Augen leuchten. Ein wenig breitbeinig stand er da, seine muskulösen Arme erwarteten Tuyet, um sie tröstend zu umschließen. »Er ist mein Fels in der Brandung«, schoss es ihr durch den Kopf. »Ihm kann ich alles sagen.«

Allein der Gedanke wirkte wie Balsam. Seinen Blick konzentriert auf sie gerichtet, würde Alexander zuhören und anschließend Worte finden, die ihr inneres Chaos lichteten. Doch würde er verstehen, dass sie ihrem Vater nichts von Hanhs Briefen und Marinas Fehlverhalten offenbaren wollte? Nicht einmal kleine Notlügen, die die Gefühle anderer Menschen schonten, fand er akzeptabel. Eine Verabredung schlug er eher mit der Begründung aus, keine Lust zu haben, als Arbeit oder Müdigkeit vorzuschieben. Authentisch nannte er das. Wahrheit um jeden Preis war seine Lebensdevise, alles andere produzierte seiner Meinung nach bloß Verstrickungen und schlimmstenfalls einen Rattenschwanz neuer Lügen. Es hatte eine ganze Weile gedauert, bis Alexander begriffen hatte, dass Tuyets Familie anders tickte. Hier war der Grat zwischen tugendhafter Ehrlichkeit und grober Direktheit schmal. Das galt nicht nur für Phong, von dem der interessierte Alexander auch nach zehn Jahren noch nicht mehr erfahren hatte, als die immer selben Geschichten, die Phong seinen wenig fragefreudigen Kindern zu erzählen pflegte, sondern auch für Marina, die keineswegs in einer asiatischen Kultur aufgewachsen war, in der man eine unangenehme Wahrheit lieber für sich behielt, als sich oder andere in die Bredouille zu bringen.

»Hundertprozentige Ehrlichkeit kann nur jemand fordern, der noch nicht viel gelitten hat«, hatte Marina Alexander erklärt, als dieser ihre Weigerung nicht verstand, ihm nach so vielen verstrichenen Jahren ihre Flucht aus der DDR ausführlich zu schildern und dazu beizutragen, ein Stück deutscher Geschichte in der jungen Generation lebendig zu erhalten.

»Einzelheiten heraufzubeschwören kostet mich Kraft und tut mir weh. Das ist alles«, hatte sie gesagt und dann irgendetwas anderes über ihre untergegangene Heimat erzählt. Später, als sie allein waren, hatte Alexander gegenüber Tuyet darauf gepocht, dass Verschweigen in den meisten Fällen mit Verlogenheit gleichzusetzen wäre. Er wüsste schließlich, wovon er redete, war er doch großgeworden mit einem Alkoholiker als Vater und einer Mutter, die jahrelang versucht hatte, diese Tatsache zu vertuschen, bis sie ihren Mann eines Nachmittags betrunken mit einer anderen Frau im ehelichen Schlafzimmer erwischte, was eine Erniedrigung zuviel gewesen war, weshalb sie ihren Sohn in ein Internat steckte und sich selbst mit ihrem neuen Freund nach Großbritannien absetzte. Deswegen trug sie bis heute ein schlechtes Gewissen mit sich herum, das sie gegenüber Alexander aber nicht in Worte kleiden konnte. Mit wem, wenn nicht innerhalb der eigenen Familie, sollte man denn offen reden? Dass Marina bis zum Schluss verheimlicht hatte, wie schlimm es um sie stand, hatte Alexander mit Fassungslosigkeit erfüllt.

»Sie hat euch in dem falschen Glauben gelassen, dass es ihr besser ginge. Vielleicht hättet ihr die Zeit mit ihr anders genutzt, wenn ihr gewusst hättet, dass das nicht stimmt. Ihr seid eine Familie, Herrgott noch mal!«

Tuyets Einwand, dass sie Marina verstand, hatte er nicht gelten lassen, und ohnehin machte es bei diesem Thema keinen Sinn, ihm zu widersprechen. Tat man es doch, redete sich Alexander noch mehr in Rage.

»Phong muss es doch gewusst haben. Zumindest geahnt. Er hätte mit dir und Julian sprechen müssen.«

Tuyet fand, dass Alexanders Kompromisslosigkeit an Dogmatismus grenzte, was sie anstrengte, vor allem da sie sich selbst zu gerne in Schweigen flüchtete, wenn ihr etwas auf der Seele brannte. Doch da es ihr manchmal auch gut tat, wenn Alexander sie aus der Reserve lockte, und sie beruflich selbst nach der Wahrheit forschte, konnte sie etwas mit seiner Haltung anfangen. Aus heutiger Sicht musste sie ihm sogar Recht geben. Was hatte Marinas Verschweigen der Wahrheit denn anderes gebracht als Leid, vernichtetes Vertrauen und nicht zuletzt eine neue Bürde für Tuyet?

Sie erreichte Alexander und umarmte ihn.

»Wie läuft es drinnen?«, fragte sie.

»Wie üblich. Es wird nur Gutes erzählt, und die meisten sprechen schon wieder über ganz andere Themen.«

»So ist das eben«, erwiderte Tuyet.

»Komm«, sagte Alexander, »es wird Zeit, dass du dich im Restaurant blicken lässt.«

Er nahm ihre Hand, doch Tuyet hielt ihn zurück.

»Ich muss dir etwas sagen«, begann sie.

»Ja?«

Sofort hatte Alexander innegehalten und sah sie liebevoll an. Würde er begreifen, dass Phong nichts wissen durfte?

»Krank machen einen höchstens Lügen!«

Dass sie Julians Andenken an Marina nicht zerstören wollte?

»Du kannst ihm die Geschichte nicht vorenthalten. Er wird damit leben können!«

Würde er respektieren, dass sie sich verpflichtet fühlte, ihr Versprechen gegenüber Marina einzuhalten? Oder würden sie sich streiten, wenn sie zugab, dass ihr die Vorstellung Angst machte, eine Verstorbene zu hintergehen?

»Um wen solltest du dich mehr sorgen, um die Lebenden oder die Toten?«

Tuyet rann der Schweiß von der Stirn und ein fieser Schmerz zog von ihrem Nacken bis in den Hinterkopf hinauf. Wer weiß, vielleicht würde Alexander, sogar nur unbewusst, Phong gegenüber eine Bemerkung fallen lassen, die nach weiteren Erklärungen verlangte. Als Anwältin wusste sie nur zu gut, dass es mit den Geheimnissen so eine Sache war. Gab es einen Mitwisser, kamen sie meistens irgendwann demjenigen zu Ohren, vor dem man sie hütete.

»Ich bin froh, dass du heute bei mir bist«, sagte sie schließlich und lächelte Alexander dünn an.

Noch einmal nahm er sie in den Arm und drückte sie an sich.

»Das will ich immer sein«, flüsterte er in ihr Haar.

Gemeinsam betraten sie den Gastraum. Etwas verbrauchte, von Kaffeeduft durchzogene Luft und verhaltene Gespräche empfingen sie. Phong saß vor einem geschlossenen Fenster und unterhielt sich mit einer von Marinas Freundinnen. Als er sie ansah, erschrak Tuyet über die tiefen Ringe unter seinen dunklen Augen, die unnatürlich groß wirkten, wie ausgehöhlt. Tat es ihm gut, sich über Marina zu unterhalten, oder war es höchste Zeit, ihn nach Hause zu bringen? Sie nickte ihm zu und sah sich unentschlossen nach Julian um. Doch dieser, vor sich ein unberührtes Stück Streuselkuchen, saugte gerade jedes Wort auf, das Christa über Marina sagte. Wie er wohl reagieren würde, wenn Tuyet ihm berichtete, was Marina getan hatte? Würde er sie verteidigen und gar Bo mit Tuyets Vorwürfen konfrontieren? Augenblicklich erhob sich Marinas warnende Stimme in ihrem Kopf. Langsam ging Tuyet zu den Fenstern hinüber und öffnete eins. Ihre Lippen aufeinandergepresst setzte sie sich auf einen freien Stuhl neben Christa, die sie zum Glück in Ruhe ließ. Das Sonnenlicht stach in Tuyets Augen und der Kopfschmerz malträtierte ihre rechte Gehirnhälfte. Sie nahm eine Tablette, trank erst einen Kaffee, dann bestellte sie Limettensaft. Manchmal half das. Irgendwie schaffte sie es durch die nächste Stunde, verabschiedete Gäste und begleitete Bo und Julian nach Hause. Schon auf ihrem Heimweg explodierten Lichtblitze vor ihren Augen und sie meinte, leise Marinas Gelächter zu vernehmen, triumphierend, weil ihr Image intakt bleiben würde, während sie Tuyets Familienbild zu einem Scherbenhaufen zerschlagen hatte. Warum tat sie ihr das an?

Nachdem sie endlich ihre Wohnung erreicht hatte, half Alexander ihr aus ihrem verschwitzten Kleid und brachte sie zu Bett. Er verdunkelte das Zimmer und platzierte einen Eimer neben Tuyets Bett. Diese wehrte sich nicht länger gegen die Migräne, und in ihrem Kopf brach ein gewaltiges Unwetter los. Erst nach drei Tagen fühlte sie sich wieder ansprechbar. Und als Tuyet am vierten all ihre Kräfte darauf verwandte, sich auf den Weg zur Arbeit zu machen, dachte sie, dass sie weder an Hanhs, Phongs oder Marinas Geschichten etwas ändern konnte. Über Marina würde sie sich so wenig wie möglich den Kopf zerbrechen und ihr eigenes Leben weiterführen wie bisher. Ihre verletzten Gefühle kauerten lädiert in einer Ecke von Tuyets Herz, etwas verwundert darüber, dass diese tatsächlich annahm, sie mir nichts, dir nichts loszuwerden.

Die Sommertage trotteten dahin. Viele Frankfurter waren verreist und über der Stadt lag eine erholsame Beschaulichkeit. Früher, und dieses Früher lag noch gar nicht lange zurück, hätte sich Tuyet an einem sonnigen Tag mit Marina auf einem der Schiffe getroffen, die am Mainufer lagen, und mit ihr zu Mittag gegessen. Oder Marina hätte sie an einem lauen Abend in den Günthersburgpark bestellt, um sich mit ihr eines der Freilichtkonzerte anzuhören, die jeden Sommer dort stattfanden. Auf Decken sitzend hätten sie dabei Bier getrunken, Brezeln geknabbert und mit Bekannten geplaudert. Doch sobald sich in ihr eine wehmütige Stimme erhob, fielen zornige oder gekränkte ein, und Tuyet, anstatt jeder einzelnen zuzuhören, übertönte deren Gequassel, indem sie den Fernseher einschaltete. Eine Woche vor dem Ende der hessischen Sommerferien, Ende August, kam Alexander braungebrannt aus dem Allgäu zurück, wo er ein paar Tage bei seinem Vater verbracht hatte. Tuyet war nicht mitgefahren. Erstens wollte sie in Phongs Nähe bleiben, zweitens wusste sie, wie wichtig den Männern ihre Zeit zu zweit war.

Als sie Alexander vor zehn Jahren kennengelernt hatte, besuchte er seine Mutter selten, zu seinem Vater hatte er seit der Scheidung seiner Eltern gar keinen Kontakt gepflegt. Er war Mitte zwanzig, und für die meisten seiner Bekannten spielte die Familie in dieser Lebensphase eine zweitrangige Rolle. Wichtiger waren die Freunde, die Liebschaften, der eigene Weg. Deshalb vermisste er seine Eltern nicht über die Maßen. Dennoch glaubte er den anderen nie vollständig, dass sie ihn darum beneideten, Weihnachten zu tun und zu lassen, worauf er Lust hatte, während sie »O, du fröhliche« singend unterm Weihnachtsbaum saßen, Spekulatius aßen und Rituale pflegten, die sie vor anderen belächelten. Tuyet war seit langem die erste junge Frau, die ihm unverhohlen zu verstehen gab, dass sie gerne möglichst viel Zeit mit ihrer Familie verbrachte. Dass er überhaupt begann, darüber nachzudenken, den Kontakt zu seinem Vater aufzunehmen, lag, wie Alexander meinte, nicht zuletzt an dem starken Einfluss, den Tuyets Familie auf ihn ausübte. Obgleich hier nicht alles seinen Idealvorstellungen entsprach, genoss er doch die herzliche Selbstverständlichkeit, mit der er von Marina, Julian und schließlich auch Phong aufgenommen wurde. Nach einiger Zeit behandelte ihn die Familie Neumann wie einen zweiten Sohn. Seit er mit Tuyet zusammenlebte, besaß er Schwiegersohn-Status und niemand zweifelte daran, dass dieser eines Tages auch beurkundet werden würde. Zu den Neumanns zu gehören, schenkte Alexander ein ihm bis dahin unbekanntes Gefühl der Geborgenheit. Andererseits führte es ihm immer stärker vor Augen, was in seiner eigenen Familie fehlte.

»Manchmal weiß ich nicht, ob du in mich oder meine Familie verliebt bist«, hatte Tuyet mehrfach gefrotzelt.

Ebenfalls scherzhaft fuhr sich Alexander dann mit ernster Miene über sein Kinn.

»Lass mich mal überlegen«, sagte er und betrachtete sie nachdenklich.

»Ich liebe nichts mehr, als mit dir zu schlafen. Oder dir dabei zuzusehen, wie du deine Ponyfransen stutzt, bevor du ins Gericht aufbrichst, wo kein Gegner erwartet, dass hinter dieser zierlichen Person eine ausgefuchste Juristin steckt. Ich könnte dich stundenlang ansehen, wenn du dich während einer Bergwanderung in der Natur umschaust und die Luft einsaugst, als könntest du sie in deinen Lungen mit nach Frankfurt nehmen. Nichts macht mich mehr an, als mit dir zu tanzen und dabei deinen Hüftschwung zu beobachten. Dein Lachen, deine Art, am Kugelschreiber zu kauen, wie du deinen großen Zeh in die Badewanne streckst, um die Temperatur des Wassers zu testen, dein Blick, wenn du eine Kneipe betrittst und dich nach Bekannten umschaust, dein vorsichtiger Schritt, mit dem du spät abends, um mich nicht zu wecken, in die Wohnung kommst und die Freude in deinem Gesicht, wenn du entdeckst, dass ich noch gar nicht eingeschlafen bin, all das macht mich süchtig nach dir.«

Lachend wehrte Tuyet ab, damit er nicht auf die Idee kam, noch mehr dummes Zeug zu reden. Doch Alexander blieb stets ernst, wenn er zu dem Schluss kam:

»Nein, das, was ich für dich fühle, unterscheidet sich gewaltig von meinen Sympathien für den Rest der Neumanns. Aber wenn wir heiraten, bin ich nicht unglücklich darüber, dass ich auch deine Familie heiraten werde. Selbst wenn ich manches bei euch komisch finde. Aber ich schätze, das wäre in jeder Familie so.«

Bei einem Weihnachtsessen hatte Phong, während er die Gans zerlegte, sich mal wieder nach Alexanders Vater erkundigt.

»Er ist ein Säufer und hat unsere Familie zerstört«, hatte Alexander fast trotzig geantwortet.

»Du weißt nicht mal, ob er noch trinkt.« Phong hatte ihm ein großes Stück Fleisch auf den Teller gelegt. »Jeder macht Fehler, und die meisten sollte man irgendwann verzeihen.«

Alexander hatte widersprochen, allerdings nicht ganz so vehement wie üblich. Kurz darauf hatte er seinen Vater angerufen. Dieser hatte einen konsequenten Entzug hinter sich gebracht und weinte vor Freude, als sein Sohn ein Treffen vorschlug. Seitdem gingen sie regelmäßig zum Wandern oder Angeln.

Obwohl sie es als durchaus angenehm empfunden hatte, sich nicht jeden Tag Alexanders Fragen nach ihrem Wohlbefinden und Ermahnungen bezüglich ihres Arbeitspensums anzuhören, freute sie sich, als er sie abends von ihrer Kanzlei abholte. Sie fuhren nicht gleich heim, sondern gehörten an diesem Abend auch zu jenen jungen Leuten, die am Mainufer picknickten, während in diversen Bankgebäuden noch Lichter brannten. Tuyet erinnerte sich nicht, wann sie das letzte Mal so gelöst beieinandergesessen hatten. Sie rückte nah an Alexander heran und küsste ihn so leidenschaftlich, dass er irgendwann lachend die Picknicktasche zusammenpackte und es eilig hatte, nach Hause zu kommen. Schon an der Wohnungstür zog Tuyet ihm sein T-Shirt über den Kopf, während Alexander die vielen kleinen Knöpfe ihrer Bürobluse verfluchte. Als sie im Treppenhaus ihre Nachbarn vernahmen, bugsierte Tuyet, die die Hellhörigkeit der Altbauwände nicht ignorieren konnte, Alexander ins Schlafzimmer. Sie genoss seine begehrlichen Küsse und Berührungen, aber noch mehr ihre eigene Lust auf ihn. Seinen Geruch, den etwas salzigen Geschmack seiner Haut und dass sie von nichts anderem erfüllt war als der Vorfreude darauf, ihn in sich zu spüren.

»Kleinen Moment«, keuchte Alexander und fingerte in der Nachttischkommode herum. Kurz darauf hielt er ein verpacktes Kondom in der Hand, legte seinen Kopf auf ihre Schulter und sah sie so intensiv an, dass sie Schauer durchliefen. Langsam liebkoste seine andere Hand ihre Brust und beim Gedanken daran, was sie gleich tun würden, stöhnte Tuyet auf.

»Sollen wir das heute weglassen?«, fragte Alexander. Wie immer, wenn sie miteinander schliefen, klang seine Stimme rauer als sonst, was Tuyet ungemein erotisch fand. Deshalb brauchte sie einen Moment, um zu begreifen, dass er das Kondom meinte.

»Was? Spinnst du? Natürlich nicht.«

»Schon gut.«

Um nicht in Alexanders Enttäuschung blicken zu müssen, wandte sich Tuyet ab. Und um ihre eigene zu verbergen. Musste er sie mit seinen Anspielungen auch noch unter Druck setzen? Glaubte er ernsthaft, sie wäre in der Stimmung, ein Kind zu zeugen? Das wunderbare Ziehen in ihren Lenden ebbte ab. Aber Alexander hatte das Kondom übergestülpt und zog Tuyet auf sich. Automatisch begannen ihre Hüften zu kreisen, ansehen mochte sie Alexander dabei nicht, damit er nicht merkte, dass sie es nur tat, um seine Stimmung nicht ebenfalls zu ruinieren. Ihre Blicke schweiften zur Decke, zum Fenster, hinter dem es nichts zu sehen gab, außer den dunklen Nachthimmel und schließlich über den schönen Holzfußboden, auf dem sie ihre Kleidung verstreut hatten. Tuyets BH war auf dem Aktenstapel neben dem Bett gelandet.

Habe ich Krügers Schreiben weggeheftet?, zuckte es ihr durch den Kopf. Sie sah ihren Büroschreibtisch vor sich und suchte ihn im Geiste nach dem Dokument ab. Vergeblich.

»Ich habe dich vermisst«, stöhnte Alexander, als er kräftiger in sie hineinstieß und mit seinen Händen die Bewegung ihrer Hüften unterstützte. Währenddessen tauchten die Gesichter ihrer Mandanten vor Tuyet auf, manchmal auch Marinas.

Haut alle ab!, dachte sie. Doch ihr Kopf ließ sich beim besten Willen nicht ausschalten. Sie gab es auf. Als Alexander kam, schrie sie gemeinsam mit ihm auf und hoffte, dass ihr Orgasmus glaubwürdig herüberkam. Ansonsten würde er alles dransetzen, sie dort hinzubringen, was vergebliche Mühe bedeutete, denn ihre Lust war dahin, begraben unter Bergen von Alltagsüberdruss. Wohlig seufzend rückte Alexander sein Kissen zurecht, streckte sich aus und umarmte Tuyet.

»Du bist wunderbar«, murmelte er, während er ihr die Ponyfransen aus der Stirn blies. Ihre Gesichter lagen einander zugewandt und Tuyet küsste seine Augenlider, die ihm bereits zugefallen waren.

»Was ist denn so wunderbar?«, fragte sie und hoffte, dass

er das leichte Vibrieren in ihrer Stimme nicht bemerkt hatte. Ihr war zum Heulen zumute, und es täte ihr gut zu hören, dass Alexander noch immer die attraktive und sexy Powerfrau in ihr sah, die sich, klug und zäh, durchbiss, bis sie ihre Ziele erreicht hatte, und jeden, der ihr das nicht zutraute, eines Besseren belehrte. Für den Augenblick hätte sie sich allerdings auch mit den Attributen attraktiv und sexy begnügt. Alexanders Augen blieben geschlossen, als er sagte:

»Alles ist wunderbar, Süße …«

Seine Worte waren in Gemurmel übergegangen und Tuyet spürte, wie sich sein Brustkorb gleichmäßig hob und senkte. Sie schloss ihre Augen und atmete in Alexanders Rhythmus, als übertrüge sich dadurch seine Gleichmut auf sie. Wie schaffte er es, dass ihm nie etwas über den Kopf zu wachsen schien? Dass er immer wusste, welchen Schritt er als nächsten zu gehen hatte? Gähnend löschte sie das Licht und zwängte sich in Alexanders Arm zurück.

Als am nächsten Morgen der Wecker um sechs Uhr klingelte, stand Alexander schon unter der Dusche. Tuyet gönnte sich noch ein paar behagliche Minuten unter ihrer Bettdecke, lauschte auf das Rauschen des Wassers und die Melodie, die Alexander vor sich hin pfiff. Tuyet kannte sie nicht, aber sie verströmte Alexanders gute Laune. Ein Handy ertönte und Tuyet fuhr auf. Sie sprang aus dem Bett und wühlte in dem Kleiderchaos, das sie auf dem Fußboden hinterlassen hatten. Schließlich zog sie Alexanders Telefon aus seiner Hosentasche.

»Dein Handy, Alexander!«, rief sie, aber er hörte sie nicht und pfiff unverdrossen weiter. Das Handy verstummte und Tuyet wollte es gerade zur Seite legen, als ein Piepton auf eine eingegangene SMS hinwies. Ein Schüler? Oder ging es um eine Unterrichtsvertretung? Während sie in die Küche schlenderte, um Kaffee zu kochen, öffnete sie die Schutzhülle und sah, dass es sich um eine Nachricht von Viviane handelte, einer gemeinsamen Freundin, die aus dem Urlaub zurückgekommen war.

Hi, Alex, schon wach? Lese gerade deine E-Mail. Wow, London. Meine Lieblingsstadt. Herzlichen Glückwunsch! Besuch ist garantiert. See you, Vivi.

Beim ersten Lesen dachte sich Tuyet gar nichts. Sie verstand einfach nicht, wozu Viviane Alexander gratulierte. Zu London? Wieso? Die Badezimmertür flog auf und ein Handtuch um die Hüften geschlungen, das rotblonde Haar tropfend, erschien Alexander.

»Guten Morgen. So früh schon Arbeit?« Er nahm ihr das Handy ab und wollte sie küssen, als ihm auffiel, dass es seins war. Während er Vivianes Nachricht überflog, wich die Farbe aus seinem Gesicht. Tuyet beobachtete ihn. Hatte er etwa eine Affäre? Es dauerte nur eine Sekunde, bis sie diese Idee verworfen hatte. Warum aber sah er dann so schockiert aus?

»Hör mal, Tuyet, wir hatten in letzter Zeit kaum Gelegenheit, miteinander zu reden«, setzte er an. Der Tonfall, in dem er das sagte, alarmierte sie erneut, jedoch versuchte sie, sich nichts anmerken zu lassen.

»Erst gestern«, entgegnete sie. Während sie das sagte, trat sie einen Schritt zurück, um Alexander ganz im Blick zu haben. Ihr Freund spielte nervös an seinem Handtuch herum und sah nun doch aus wie ein Mann, dessen Freundin die Liebesbotschaft einer anderen Frau entdeckt hatte. Mit einer Geste, die Hilflosigkeit ausdrückte, hob er seine Hände.

»Gestern? Da war ich heilfroh, dass wir endlich mal einen schönen Abend miteinander hatten. Den wollte ich nicht kaputtmachen.«

»Kaputtmachen? Womit?«

Tuyets Stimme klang jetzt inquisitorisch. So langsam dämmerte ihr, dass es hier um keine Bagatelle ging. Mit verschränkten Armen lehnte sie sich gegen den Türrahmen. Alexander antwortete nicht, sondern schob sie in die winzige Küche, rückte ihr einen Stuhl zurecht, auf den sie sich setzte, und stellte geschäftig zwei Tassen, Zucker und Milch auf den

Tisch. Die eine hatte einen Sprung, deshalb quetschte er sich an Tuyet vorbei und nahm eine andere aus dem Schrank. Dann schaufelte er Kaffeepulver in eine Kanne.

»Alexander! Ich will keinen Kaffee. Was soll diese Geheimnistuerei? Die du sonst so vehement verurteilst.«

Als hätte sie, anstatt ihm eine Frage zu stellen, seinen Stromstecker gezogen, ließ Alexander jäh den Kaffeelöffel fallen und sackte auf den anderen Küchenstuhl. Beide verharrten wortlos. Tuyet warf einen verstohlenen Blick auf die Küchenuhr und zählte die Sekunden, bis er etwas sagte. Sie erreichte die Zahl neun, als Alexander sich vorbeugte und nach ihrer Hand griff.

»Weißt du noch, wie ich dir vor ein paar Wochen erzählt habe, dass ich mich bei einer Schule in London bewerben möchte?«

»Nein«, sagte Tuyet und entzog ihm ruckartig ihre Hand.

Schon während sie es abstritt, erinnerte sie sich. Jedenfalls dumpf. Alexander war von seiner Klassenfahrt zurückgekehrt und hatte begeistert von London erzählt. Wie so oft blätterte Tuyet, während sie mit halbem Ohr zuhörte, was Alexander von Museumsbesuchen, Flohmärkten und betrunkenen Schülern berichtete, in ihren Akten.

»Die Schule hat sich für mich entschieden«, stieß Alexander hervor, hastig plötzlich, als wollte er das Gespräch möglichst schnell hinter sich bringen. »Der Vertrag läuft zwei Jahre, und ich habe zugesagt.«

Es war raus und Tuyet schnappte nach Luft. »Du hast … zugesagt?«

Stocksteif saß sie am Tisch und fühlte sich hilflos. Alexander lehnte sich auf seinem Stuhl zurück, sein Blick war jetzt ruhig, wie bei jemandem, der das Schlimmste überstanden hatte. An dessen Entscheidung es nichts mehr zu rütteln gab. Dennoch versuchte sie es und stieß einen durch ihre Zähne gepressten Lacher aus, der Alexander vermitteln sollte, wie grotesk er sich verhielt.

»Du gehst zwei Jahre fort, ohne mit mir darüber zu sprechen? Hallo? Wir feiern dieses Jahr unser Zehnjähriges! Du bist kein Junggeselle!«

»Ich will auch keiner sein. London ist nicht weit, Tuyet, und an den Wochenenden können wir uns treffen. Von montags bis freitags vermisst du mich sowieso nicht. Jedenfalls ist das mein Eindruck, denn wir sehen uns kaum. Ich arbeite seit sieben Jahren an derselben Schule und habe das Gefühl, es ist Zeit für eine Veränderung.«

Während er sprach, spielte Alexander mit dem Zuckerstreuer, drehte und wendete ihn, bis ein Haufen weißer Zucker auf dem Tisch landete. Tuyet sah einer Biene zu, die an der gekippten Fensterscheibe herumkrabbelte, auf der Suche nach einem Ausweg. Vermutlich hatte Alexander seine Argumente mit seinen Freunden so lange durchgekaut, bis alles, was gegen London gesprochen hatte, zermalmt war. Zum Beispiel der Umstand, dass er mit einer Partnerin liiert war, die aus beruflichen Gründen nicht fortkonnte. Und, nebenbei bemerkt, auch nicht wollte. Nicht einmal gewusst hatte sie, dass er auf einen beruflichen Wechsel aus war. Wie denn auch! Hatte er sich nicht über sie und ihre Kollegen mokiert, die ihre Arbeit so wichtig nahmen?

»Was für einer kranken Art von Glück oder Erfolg rennt ihr hinterher?«, hatte er sie mit eindeutiger Missbilligung gefragt, als sie einmal kurz vor Mitternacht heimgekommen war. Nicht weil es etwas Dringliches in der Kanzlei zu tun gegeben hätte, sondern weil sie einfach nicht bemerkt hatte, wie spät es geworden war. Und als sie es feststellte, hatte sie Lust gehabt weiterzuarbeiten, bei Kaffeeduft und vor dem Hintergrund gedämpfter Gespräche der anderen Nachteulen. Deswegen hatte sie ein Treffen mit Alexander, Viviane, Lucinda und Daniel in ihrer Lieblingsweinstube verpasst. Wahnsinnig bereut hatte sie es nicht, nur wegen Alexander, der enttäuscht gewesen war, hatte es ihr leidgetan. Er hatte nicht begriffen, dass sie ihrer Arbeit den Vorrang gegeben hatte. Und nun stellte ausgerechnet er seinen Beruf über seine Beziehung zu Tuyet. Das hätte sie bei den meisten ihrer jüngeren Kolleginnen und Kollegen nicht gewundert, zu Alexander passte es nicht die Bohne. Vielleicht war es gerade das, was Panik in ihr weckte. Ihr Gesicht begann zu glühen, und mit einer herumliegenden Frankfurter Rundschau bemühte sie sich, ihre diffuse Angst, dass eine Veränderung auch Verlust bedeuten könnte, hinfortzuwedeln. Erfolglos. Die Idee, sie wäre Alexander nicht mehr wichtig, ergriff immer mehr Besitz von ihr. Ungeheuerlich, dass er nicht jeden Versuch unternommen hatte, um mit ihr zu sprechen! Wo war denn seine so gepriesene Ehrlichkeit geblieben? Ihre Blicke trafen sich, und als hätte er darin ihre Gedanken gelesen, sagte Alexander mit einem beschwörenden Unterton:

»Mein Gott, Tuyet, wie oft habe ich versucht, mit dir zu reden. Aber deine Arbeit absorbiert dich derartig, dass du dich für nichts anderes mehr interessierst. Nicht mal, wenn wir miteinander schlafen, kann ich sicher sein, dass nicht deine Mandanten dabei sind.«

Tuyet biss sich auf die Lippen, aber Alexander war noch nicht fertig.

»In den letzten Wochen ging es natürlich nur um Marina. Und als sie starb … Ich weiß doch, wie sehr du an ihr hängst. Ich habe mich nicht getraut, dir zu sagen, dass ich weggehen werde. Übrigens erst ab Januar.« Seine Augen hatten sich mit Tränen gefüllt, was Tuyet reizte. Ohne auf seine letzte Bemerkung einzugehen, erwiderte sie bebend:

»Du bist doch derjenige, der unaufhörlich über seine Schüler und deren Probleme spricht. Sogar deine Privatnummer gibst du ihnen und samstags begleitest du sie zu den Flüchtlingen. Wirfst ausgerechnet du mir allen Ernstes vor, dass mich meine Arbeit auch nach den offiziellen Bürozeiten beschäftigt?«

Ihre Stimme war mit jedem Wort fester geworden, denn in ihr rappelte sich die Anwältin auf, die man nicht einfach mit

Beschlüssen bombardierte, sondern die zurückschoss. Obwohl sie getroffen war, verschaffte es Tuyet eine fast lächerliche Genugtuung, dass sie Alexanders Worte entkräftet hatte. Alexander goss ihnen Kaffee ein und stellte die zwei gefüllten Tassen auf den Tisch. Bevor er sich setzte, strich er sanft über Tuyets Arm. Sie schüttelte ihn ab und rührte energisch in ihrem Kaffee, obwohl dieser ungesüßt und schwarz war.

»Du hast recht«, gestand Alexander ein. »Allerdings gibt es einen gewaltigen Unterschied zwischen uns. Wann immer du es dir wünschst, schenke ich dir meine ungeteilte Aufmerksamkeit. Du hingegen hörst mir nicht einmal zu, wenn ich dir von einer Bewerbung im Ausland erzähle. Manchmal fühle ich mich wie ein alter Teddybär, an den du dich erinnerst, wenn dir nach Trost ist oder danach, die Füße massiert zu bekommen.«

Was er sagte, versetzte Tuyet einen Stich und sie schämte sich. Ganz Unrecht hatte er nicht. Doch wenn sie das jetzt zugab, würde sie sich noch mieser fühlen. Nachdenklich nippte Tuyet an ihrem Kaffee. Anstatt eine weiße Fahne zu schwenken, entschied sie sich dafür, erneut das Feuer zu eröffnen.

»Weshalb sprechen wir eigentlich über meine Unzulänglichkeiten? Du bist derjenige, der mir en passant eröffnet, dass er für zwei Jahre verschwindet. Oh, ja, ich arbeite viel, sehr viel sogar. Aber es ist nicht so, dass ich nie ansprechbar wäre.«

Alexander fuhr sich durch seine getrockneten Haare, die sich locker um sein Gesicht wellten.

»In den letzten Wochen warst du es nicht.«

Tuyet öffnete den Mund, um sich zu verteidigen, aber Alexander stoppte sie, indem er mit seiner Faust auf den Tisch schlug.

»Das ist doch kein Vorwurf, verdammt noch mal! Ich weiß, dass du dich um Marina gekümmert hast.«

Er sprang auf und da man in ihrer Küche nicht auf und ab

laufen konnte, ohne gegen einen Stuhl oder die Spüle zu stoßen, fuchtelte er mit seinen Händen. Noch nie hatte Tuyet ihn so aufgebracht gesehen, jedenfalls nicht ihr gegenüber. Noch nie war sie selbst so verunsichert gewesen.

»Vielleicht hätte ich mich nicht beworben, wenn du mir ein einziges Mal signalisiert hättest, dass du dir ein Kind vorstellen könntest. In absehbarer Zeit. Ich bin fünfunddreißig und möchte nicht, dass man mich später fragt, ob ich der Vater oder Großvater bin.«

Tuyet schob die halbvolle Kaffeetasse von sich. Fing er wieder mit diesem Reizthema an? Sie hatte schon jegliche Lust verloren, sich mit einem Kind auf dem Arm vorzustellen, für sie lag in dem Wort »Baby« so viel Schwere, dass sie Tuyet erdrückte.

»Dann hättest du dir eben keine jüngere Freundin nehmen sollen«, antwortete sie schnippisch, »erst recht keine, die nicht vorhat, als Heimchen am Herd zu versauern.« Alexander sah sie an, als hätte sie den Verstand verloren, und da sie ihre Äußerung selbst übertrieben fand, relativierte sie ihre Worte.

»Wie oft muss ich dir das noch erklären? Ich bin noch nicht so weit. Zuerst möchte ich beruflich auf sicherem Boden stehen. Danach können wir die Familiengründung angehen. Ist das so schwer zu verstehen?«

Alexander schüttelte den Kopf.

»Nein«, sagte er, »ich verstehe das vollkommen. Akzeptier du bitte, dass ich, bis du soweit bist, etwas für mein berufliches Fortkommen tun werde.«

Er stürzte seinen Kaffee hinunter und sagte: »Ich muss los. Lass uns heute Abend weiterreden.« Er zwängte sich an ihr vorbei, und Tuyet achtete darauf, dass er sie dabei nicht berührte. Es nervte sie, dass nicht sie zuerst aus der Küche gestampft war, es wäre ihr gutes Recht gewesen.

Als sie auf ihrem Fahrrad saß, zerfiel ihr grobschlächtiger Ärger in jämmerliche Kraftlosigkeit. Das Läuten der Domglocken und das Hupen der Autos drangen wie aus weiter Ferne zu ihr, die Menschen schienen sich langsamer als üblich zu bewegen. Niemand lächelte sie an. Hatte irgendeine dunkle Macht einen Tropfen Säure auf ihr Leben getröpfelt, weshalb es sich langsam, aber unaufhaltsam auflöste? Nicht nur, dass Marina sie betrogen hatte. Alexander plante sein Leben ohne sie und ließ sie völlig unerwartet sitzen. Es stimmte ja, dass sie während der Arbeitswoche kaum Zeit miteinander verbrachten. Aber so spät sie auch heimkam, ihr erster Blick galt ihren Fenstern im vierten Stock und sie freute sich, wenn Alexander noch wach war. Wenn sie ihre Wohnung betrat, roch es nach Alexander und frisch Gekochtem, es war hell und meistens lief Musik. Feierabendstimmung. Jeden Abend dunkle, leere Räume vorzufinden war eine grässliche Vorstellung. Vermutlich hätte sie ihm genau das sagen sollen.

Schnaufend trug sie ihr Rad zum Eisernen Steg hinauf, da der Brückenaufzug mal wieder nicht funktionierte. Oben angekommen, schob sie ihr Rad, anstatt zu fahren, denn der Anschnauzer irgendeines schlecht gelaunten Fußgängers würde sie vollends aus dem Gleichgewicht bringen. Sie sehnte sich danach, in ihrer Arbeit unterzutauchen und sich mit Problemen zu beschäftigen, denen mit Logik, Gesetzestexten und Urteilen beizukommen war. Sie blieb nicht mal stehen, um dem Main beim Fließen zuzusehen, wie sie es sonst gerne tat, bevor sie ihre Schultern straffte, um ihrem hektischen Arbeitstag die Stirn zu bieten. Sie schloss ihr Fahrrad an und blickte in den von Zirren durchzogenen Himmel, an dem ein Vogelschwarm in geordneter Formation Richtung Süden davonflatterte. War es eben diese Leichtigkeit der gleichmäßigen Flügelschläge, die Tuyet im Innersten traf? Oder ihr törichter Neid darauf, dass die Vögel eine genetische Uhr besaßen, die sie zum Aufbruch mahnte und anzeigte, welche Richtung sie einschlagen mussten? Tuyet hätte es nicht sagen können. Doch auf einmal schienen schwere Gewichte an ihren Armen zu baumeln, die diese bis auf den Boden hinabzogen. Was war nur mit ihr los? Für Tuyet Neumann, stets eine Überfliegerin, stellte schon der Weg zu ihrem Arbeitsplatz eine horrende Anstrengung dar? Sie hob ihren Kopf, streckte den Rücken und betrat das Gebäude. Anstatt wie sonst die Treppenstufen als sportliche Übung zu betrachten, nahm sie den Aufzug. Einige Kolleginnen und Kollegen wuselten bereits durch die Gänge, andere standen noch an der Kaffeemaschine und tauschten sich über ihre Fälle oder das anstehende Wochenende aus.

»Morgen, Tuyet«, rief Stella ihr zu, »schau mal gleich bei Irene vorbei, sie möchte mit dir über den Fall Schleicher sprechen. Kommst du nachher mit zum Essen?«

»Gerne«, antwortete Tuyet, stellte ihre Tasche an ihrem Platz ab und warf noch einen Blick aus dem Fenster. Die Vögel waren nirgends mehr zu sehen. Sie schaltete ihren Computer ein und ging zu Irene Hallers Büro. Da die Tür nur angelehnt war, klopfte Tuyet symbolisch an und trat ein, ohne eine Aufforderung abzuwarten. Ihre Chefin, in einen Bericht vertieft, nahm, als sie Tuyet erblickte, sofort die Brille ab und bot ihr einen Platz an.

»Wie geht es dir?«, fragte sie freundlich, während sie die Tür schloss.

»Recht gut«, antwortete Tuyet. Es war die Antwort, die sie immer gab.

Auf dem Schreibtisch lag eine halbgegessene Tafel weißer Schokolade. Irenes Frühstück? Irene Haller ließ sich auf ihrem Drehstuhl nieder und reichte Tuyet einen Riegel.

»Probier mal, die ist echt lecker. Irgendwie rede ich mir ein, dass weiße Schokolade weniger Kalorien hat als braune.« Genüsslich knabberte sie an einem Stück. »Das ist natürlich Quatsch.« Irene Haller hatte eine gute, kräftige Figur und noch nie hatte Tuyet gehört, dass ihre Chefin sich für Diäten oder Sport interessiert hätte. Deshalb nahm sie an, dass der Smalltalk über Kalorien beendet war. Irene verputzte das letzte Stück, dann räusperte sie sich.

»Du hast eine harte Zeit hinter dir und sicher dauert es noch eine Weile, bis du im Normalzustand angekommen bist. Ich möchte dir sagen, dass ich es schätze, dass du trotzdem in den letzten Wochen dein Bestes gegeben hast. So manch anderer wäre ein paar Tage zu Hause geblieben.«

Irene Hallers Worte wirkten wie Balsam auf Tuyet, und sie fühlte sich ein bisschen weniger erschöpft.

»Danke«, erwiderte sie. »Wenn ich ehrlich bin, hilft mir die Arbeit, bringt mich auf andere Gedanken.«

Irene zog eine Zigarettenpackung hinter einem dicken juristischen Kommentar über Wirtschaftsrecht hervor. Sie gehörte zu den wenigen Raucherinnen, die Tuyet kannte, und jeder in der Kanzlei wusste, dass es in Irenes Büro qualmte, wenn sie über besonders schwierigen Problemen grübelte. Die Frage: »Darf ich?«, war eher rhetorischer Natur, und Tuyet glaubte nicht, dass sie in dieser Kanzlei jemals verneint worden war. Sie nickte Irene zu, die drei Streichhölzer verbrauchte, bis die Zigarette glühte. »Ich hoffe, ich löse nicht wieder den Feueralarm aus«, bemerkte sie und stieß, während sie sprach, kleine Rauchschwaden in die Luft.

»Wolltest du mit mir über Joachim Schleicher sprechen?«

»Ja.«

Irene nahm noch einen Zug, dann drückte sie die halbgerauchte Zigarette aus. »Ich habe beschlossen, dich von dem Fall Schleicher zu befreien. Du hast genug um die Ohren, da brauchst du nicht noch diese Nervensäge. Auch den Fall Krüger und zwei, drei andere werde ich umverteilen, um dich zu entlasten.«

Sie lächelte. Zum zweiten Mal an diesem Morgen brannten Tuyets Wangen. Es fühlte sich an, als hätte Irene ihr mitten ins Gesicht geschlagen. Entlasten? Hieß das, dass sie ihre Arbeit nicht zu Irenes Zufriedenheit erledigte? Dass diese ihr die Sache mit Schleichers einstweiliger Verfügung nachtrug, die sie nach ihrem letzten Besuch bei Marina vergessen hatte? Ihr Herz raste.

»Das ist nicht nötig«, presste sie hervor, »ich habe wieder alles im Griff.«

Ihre Chefin war anderer Meinung, das erkannte Tuyet an der Art und Weise, in der Irene Haller sie anblickte. Ruhig, entschieden, ein bisschen wie Alexander am Frühstückstisch.

»Verzeih mir, Tuyet, aber das glaube ich nicht. Wir alle kennen dich als engagierte, gewissenhafte Juristin. Deshalb wollten wir dich nach deinem Referendariat auch unbedingt behalten.« Irene schmunzelte, doch dann wurde sie ernst. »Aber in den letzten Wochen sind dir mehrere gravierende Fehler unterlaufen. Zum Glück hat Stella einige davon ausgebügelt.«

Wie Knüppelschläge sausten diese Worte auf Tuyet nieder, die vor Peinlichkeit kein Wort herausbrachte. Niemals zuvor hatte sie sich so bloßgestellt gefühlt. Irenes Lippen bewegten sich beständig, ab und an drangen Sätze zu Tuyet durch, doch war sie zu geschockt, um wahrzunehmen, was sie ausdrückten.

»Ich erinnere mich sehr gut an meine eigenen Einstiegsjahre. Ich war gut, richtig gut, ehrgeizig und belastbar. Wie du. Dennoch ist der Druck, sich beweisen zu müssen, für Berufsanfänger enorm. Denk nicht, ich hätte das vergessen. Wenn dann noch andere Belastungen hinzukommen, kann das schnell im Burnout enden. Glaub mir, ich weiß, wovon ich rede.«

Mit einer raschen Geste strich sie eine Strähne hinter ihr Ohr, die sich aus ihrer lässigen Hochsteckfrisur gelöst hatte. Tuyet schluckte mehrmals und schaffte es, den störenden Kloß in ihrem Hals loszuwerden. Kurzzeitig bloß, denn was Irene jetzt sagte, ließ den nächsten aufquellen.

»Wenn das mit Schleicher ein einmaliger Ausrutscher gewesen wäre, würde ich nichts sagen. Aber deine Dokumente, die ich mir in letzter Zeit angesehen habe, lesen sich, als hättest du keine Rechtschreibprüfung benutzt. Deine Formulierungen wirken unkonzentriert und nicht so gewissenhaft, wie ich es von dir gewöhnt bin. Ein vertrauliches Schreiben von Krüger hast du neben dem Kaffeeautomaten liegen lassen und gestern eine E-Mail statt an Joachim Schleicher an den gegnerischen Anwalt geschickt. Dieser hat mich fairerweise darüber in Kenntnis gesetzt.«

Tuyet verteidigte sich nicht. Stumm starrte sie auf ihre Hände, die in ihrem Schoß lagen, und scheinbar gar nicht zu ihr gehörten. Genauso wenig wie die Beine und Füße, die aus ihrem Rumpf ragten, oder ihr Mund. Nichts ließ sich bewegen, nirgendwo kribbelte, schmerzte oder juckte es. Keine Gefühle. Nichts. Dafür schmeckte sie Blut, so fest hatte sie auf dem Fleisch ihrer Wangen herumgekaut. Kurz tauchte das Bild der Zugvögel vor ihr auf, und sie dachte, wenn sie ein Tier sein dürfte, wäre sie am liebsten einer von ihnen. Würde mit ihnen ziehen und alles Schwere zurücklassen. Frei sein und sich irgendwo neu erfinden.

Irene gab Tuyet einen Moment Zeit, um ihre Äußerungen zu verkraften, und zündete sich eine weitere Zigarette an. Schließlich kratzte Tuyet ihren Rest Würde zusammen und blickte zu Irene.

»Das Schlimmste habe ich hinter mir und werde mich ab jetzt zusammenreißen. Versprochen. Ich möchte nicht, dass die anderen wegen mir mehr arbeiten müssen.«

Irene schnippte ihre Asche auf einen Unterteller.

»Es ist ja nicht auf Dauer. Mir liegt dein Wohlbefinden sehr am Herzen, Tuyet. Aber auf den Ruf unserer Kanzlei muss ich auch achten.«

Das klang nach Abschlussworten, und unter großer Anstrengung schaffte Tuyet es, zu nicken und sich zu erheben. Auch Irene stand auf und legte ihre Hand auf die Türklinke.

»Nimm es nicht so schwer. Sobald du wieder die Alte bist, kannst du Fälle übernehmen, so viele du willst.«

Sie lachte, und Tuyet zwang sich mitzulachen, aber ihre Stimme klang wund, so als leide sie an einer Halsentzündung. Irene öffnete ihr die Tür, und Tuyet schlich in ihr eigenes Büro. Bildete sie es sich nur ein oder warfen ihr die Kollegen verstohlene Blicke zu? Wusste Stella bereits, dass sie Tuyets Fälle übernehmen sollte? Jedenfalls insistierte sie nicht, als Tuyet vom gemeinsamen Mittagessen zurücktrat, weil sie lieber am Main spazieren gehen wollte.

Als sie wenig später auf dem Eisernen Steg stand und auf ihrem Sandwich herumnagte, wurde sie das Gefühl nicht los, der Fluss sei die einzige Konstante ihres aktuellen Lebens. Plötzlich bereute sie es, dass sie die Kontakte zu ihren alten Freundinnen vernachlässigt hatte. Zwar war sie nicht der Typ Frau, der jedes Kinkerlitzchen mit anderen teilen musste, aber an diesem Tag fühlte sie sich entsetzlich einsam. Früher hätte wahrscheinlich Marinas untrüglicher Instinkt diese zu einem Anruf veranlasst. Mit einem mütterlich-lauernden Unterton hätte sie gefragt:

»Ist alles in Ordnung, mein Schatz? Fein. Ich hole dich trotzdem nach der Arbeit ab und wir gehen richtig lecker essen.« Spätestens bis zum Dessert hätte sie Tuyet deren Sorgen aus der Nase gezogen. Tuyet wehrte die Erinnerungen ab, doch wie gereizte Wespen umschwirrten sie sie.

Marina ist tot. Tot. Tot, sagte sie zu sich selbst, und ein Mann, der in ihrer Nähe stand, warf ihr einen befremdeten Blick zu. Sollte sie Bo anrufen und ihn wegen Alexander und ihrem Arbeitschaos um ein Gespräch bitten? Das hatte sie noch nie in Erwägung gezogen, denn wenn er mit ihr sprach, beschränkte er sich darauf, Fragen zu stellen, die mit Tuyets Fällen, Urlauben, Hobbys oder einer Nachrichtenmeldung zusammenhingen. Was darüber hinaus in ihrem Leben vor sich ging, war in Marinas Ressort gefallen, und Tuyet nahm an, dass es sich mit Julian ähnlich verhielt. Beide hatten sie stets gewusst, welche Antwort ihr Vater hören wollte, noch ehe er seine Frage ausgesprochen hatte. Tuyet klopfte die Krümel ihres Sandwiches von ihren Händen und sah zu, wie der Main sie mit sich nahm.

»Bo«, murmelte sie, als stünde Phong neben ihr, »Alexander geht für zwei Jahre nach London und hat mich nicht nach meiner Meinung gefragt.« Förmlich sah sie vor sich, wie er seinen Ehering abzog und ihn zwischen seinen Fingern nachdenklich drehte. Als Kind hatte sie immer Angst gehabt, der Ring würde hinunterfallen und in irgendeinem Gulli verschwinden. »Er muss dich nicht fragen«, hörte sie ihn antworten, »immer hat er sich nach dir gerichtet. Will heiraten. Du nicht. Will Kinder. Du nicht. Kümmert sich um den Haushalt. Du nicht. Kein Mann kann auf Dauer so leben.« Seufzend machte sich Tuyet auf den Weg zur Kanzlei. Widerwillig setzte sie einen Fuß vor den anderen. Wie sollte sie ihren Kollegen entgegentreten, ohne vor Scham im Erdboden zu versinken? Wie ihrer Chefin offen in die Augen schauen? Tuyet Neumann schaffte ihre Arbeit nicht. Da würde Bo der Ring vor Schreck vielleicht doch aus den Händen fallen.

»Tuyet, Tuyet. Alles haben wir für deine Ausbildung getan. Du hast einen Freund, der dir alle Steine aus dem Weg räumt und nicht mal Kinder. Wieso schaffst du deine Arbeit nicht? Streng dich mehr an, dann wird es schon werden.«

Waren das ihre Gedanken oder war es genau das, was sie von Bo zu erwarten hatte? Wenn er über seine Arbeit redete, dann glänzten seine Augen, und Tuyet war von klein auf klar gewesen, dass er eine gute Arbeit als das A und O betrachtete. Das hatte vielleicht auch mit seiner Lebensgeschichte zu tun, von der ihr nicht viele Details bekannt waren. Tatsächlich konnte sie nicht einmal genau sagen, wie ihre Eltern, Hanh und Phong, sich kennengelernt hatten. Während des Krieges in Vietnam, ja. Aber das war auch schon alles. Blitze zuckten vor Tuyets Augen auf. Sie blieb stehen und hielt sich am Brückengeländer fest. Mehr Blitze, die Migräne war auf dem Vormarsch. Tuyet tastete sich die Brückenstufen hinab, wobei sie sich am Geländer abstützte. Ihr war speiübel. Eine Demütigung mehr, wenn sie sich übergeben musste. In ihrem Kopf explodierte die Migräne, der Schmerz war stärker als die Scham.

Tuyet schlug ihre Hände vors Gesicht, um sich vor grellem Licht, fragenden Blicken und der ganzen Welt zu schützen. Sie stolperte. Schreie, ihre eigenen und fremde, ohrenbetäubendes Hupen und ein atemberaubender Schmerz waren ihre letzten Eindrücke. Dann war es dunkel, und sie fühlte nichts mehr.

Hanoi, Oktober 2015

Die Maschine der Vietnam Airlines befand sich bereits im Landeanflug auf Hanoi, und noch immer blickte Tuyet auf eine vom Morgendunst verschleierte Bergkette. Keineswegs hatte sie den Eindruck, in wenigen Augenblicken in einer Sieben-Millionen-Stadt zu landen. Statt Häuserschluchten, die sich bis zum Horizont zogen, stach ihr das knallige Grün von Reisfeldern in ihre vom Schlaf verklebten Augen. Sie gähnte. Ihr Körper fühlte sich bleischwer an, und obwohl die engen Sitze nicht gerade bequem waren, hatte sie keine Lust, aufzustehen. Erst kurz bevor die Stewardess das Frühstück servierte, war sie eingedöst. Leider nur kurz. Ansonsten hatte sie während des fast elfstündigen Fluges kaum geschlafen, denn sie waren am helllichten Tag losgeflogen und ihrem Körper etwas anderes vorzugaukeln, war ihr nicht gelungen. Trotz Schlafmaske und Rotwein. Gerädert schloss sie die Augen. Ihre Zunge fühlte sich pelzig an, und zu gerne hätte sie den schlechten Geschmack von vor Stunden verzehrtem Hühnchen mit ihrer Zahnbürste fortgeputzt. Aber da selbst die Crew schon angeschnallt war, durfte sie ihren Sitz nicht mehr verlassen.

»Gleich«, dachte Tuyet, »gleich betrete ich zum ersten Mal Vietnam.« Im Stillen wiederholte sie diesen Satz, der auch nach dem fünften Mal in ihr die Empfindung hervorrief, dass nicht sie gemeint sei. Während die Frau, die mit ihrer kleinen Tochter neben ihr saß, Bücher, Stofftiere und Malsachen zusammenpackte, probierte Tuyet die dritte Person Singular aus.

»Sie betritt zum ersten Mal Vietnam.« Ja, das traf es viel besser, denn seit ihrem Unfall hatte Tuyet den Eindruck, als führe sie nicht mehr ihr eigenes Leben, sondern das einer fremden Frau. Es fing bereits damit an, dass fast jeder von Tuyets »Zusammenbruch« sprach. Dabei war sie von einem Auto erfasst worden und hatte mit einer Gehirnerschütterung und gebrochenen Rippen im Krankenhaus gelegen. Als es ihr etwas besser ging, hatte ihre Chefin sie zu einem Gespräch in die Kanzlei eingeladen und ihr mitgeteilt, dass sie beabsichtige, Tuyet für ein paar Monate zu beurlauben. Damit sie Kraft schöpfen und zu sich kommen könnte.

Wie bitte? Bis dahin hatte Tuyet sich wie eine moderne, junge Frau gefühlt, die ihr Leben voll im Griff hatte, finanziell unabhängig war und trotz mancher Klippen, die es zu umschiffen galt, mit Bravour auf einem beachtlichen Karrierekurs segelte. Und nun wollte Irene sie aufhalten. In Tuyet wuchs der Verdacht, dass sie Stella bevorzugte und dieser jetzt die Fälle zuschob, mit denen sich Tuyet einen Namen hätte erwerben können. Weshalb schleuderte Irene ihr nicht einfach ihre Enttäuschung ins Gesicht? Dann hätte Tuyet wenigstens die Chance gehabt, wütend zu werden. Über all die Abendstunden, die sie fleißig im Büro verbracht hatte, während die meisten ihrer Kollegen sich im Kino oder in der Kneipe amüsierten. Doch da Irene in einem jovialen Ton zu ihr gesprochen hatte und die Verständnisvolle mimte, war Tuyet abwechselnd heiß vor Scham und kalt vor Angst geworden. Gefühle, die sie weitaus unerträglicher fand als Wut und die alle Worte, die sie benötigt hätte, um Gegenargumente vorzubringen, aus ihrem Gehirn saugten.

Sprachlos hatte sie nach Luft geschnappt, ein Stück von Irenes diversen Schokoladentafeln akzeptiert und schließlich zugestimmt, dass sie wiederkäme, um ein paar Formalitäten zu erledigen und ihren Arbeitsplatz aufzuräumen. Seit jenem Tag, war ihr die Kontrolle über ihr Leben entglitten, und sie fühlte sich wie eine Versagerin. Gab es etwas Schlimmeres?

Tuyet öffnete ihre Augen. Ihre Sitznachbarin hatte sich in den Gang gequetscht und kramte das Handgepäck aus der

Ablage. Ihre Tochter drückte einen braunen Stoffhasen an sich, mit der anderen Hand klammerte sie sich an die Strickjacke ihrer Mutter.

»Tuyet!«

Halbaufgerichtet wandte sie sich um. Ein paar Reihen hinter ihr fuchtelte Alexander mit seinem Nackenkissen herum, seinen kleinen schwarzen Rucksack hatte er über die Schulter gehängt. Vor dem Abflug hatte es ein Problem mit der Platzverteilung gegeben, und Alexander hatte seinen Sitz geräumt, damit Tuyets Sitznachbarin den Flug neben ihrer Tochter verbringen konnte. Ihr war das recht gewesen, denn sicher hätte Alexander ihr sonst die ganze Zeit aus seinen Reiseführern vorgelesen. Damit hatte er sie schon in Frankfurt genervt, und verständnislos ausgesehen, wenn Tuyet nicht jede x-beliebige Information genauso aufregend fand wie er. Wie vor einigen Wochen beim Abendbrot.

»Eigentlich hatte Hanoi nur ungefähr drei Millionen Einwohner. 2008 hat die Regierung ein paar Provinzen eingemeindet und schwupp, plötzlich gab es doppelt so viele.«

»Ach.«

Tuyet hatte ihr Brot mit Frischkäse beschmiert und Kräuter darauf gestreut. Seit sie nicht mehr in die Kanzlei ging, aßen sie meistens gemeinsam zu Abend. Alexander hatte weiter lesend in sein Käsebrot gebissen und mit vollem Mund mitgeteilt: »Einer der Gründe war, dass Hanoi im Vergleich mit anderen asiatischen Metropolen als zu klein erachtet wurde. Von der Erweiterung des Stadtgebietes erhoffte man sich stärkere Urbanisierung und wirtschaftliche Entwicklung. Und …«, wieder biss er in sein Brot und überflog den Text. »Man wollte wohl eine ähnliche Größe und Einwohnerzahl erreichen wie Ho-Chi-Minh-City, die südliche Konkurrentin. Das ist doch total spannend.«

Der letzte Satz hatte leicht beleidigt geklungen, aber Tuyet interessierte sich nun mal nicht für Stadtplanung, weder in Hanoi noch in sonst einer Stadt.

Die Menschenschlange im Flugzeug schob sich zum Ausgang.

»Wir treffen uns draußen«, rief Tuyet Alexander zu und drängte sich nun ebenfalls in den Gang. Sie hörte, dass Alexander lachend sagte: »Ihnen auch einen schönen Urlaub. Und vielen Dank für die Tipps.«

Rasch blickte Tuyet sich um. Ein vietnamesisch aussehender Mann um die vierzig, der mit seiner Frau und zwei Teenagern unterwegs war, reichte Alexander ein Blatt Papier. Alexander wedelte damit.

»Das müssen wir uns alles ansehen!«

Tuyet lächelte ihm zu und ließ sich von den anderen weiterschieben.

»Welch ein absurdes Sinnbild meiner Situation«, ging es ihr durch den Kopf, »wenn Alexander mich nicht angetrieben hätte, wäre ich jetzt nicht hier.«

Ein kleiner Groll gegen ihren Freund stieg in ihr auf. Als sie ihm fix und fertig von dem Gespräch mit Irene berichtet hatte, hatte er sie zwar tröstend an sich gedrückt, war jedoch gleich darauf in Lobeshymnen über ihre Chefin ausgebrochen, die so einfühlsam und großzügig sei. Derart überzeugt war er von Irenes Generosität, dass Tuyet nicht einmal anzudeuten wagte, wie sie Irenes sogenanntes Angebot beurteilte. Sie konnte Alexander förmlich dabei zusehen, wie er ihrer schmachvollen Situation immer mehr Positives abgewann, ja, er schien sich regelrecht zu freuen. Mit wachsender Euphorie hatte Alexander begonnen, Pläne zu schmieden. In den Herbstferien könnten sie nach Vietnam reisen und gegen Ende des Jahres würde ihn Tuyet für einige Zeit nach London begleiten. Gemeinsam würden sie Großbritannien, das sie so gerne mochten, erkunden, Tuyet könnte sich erholen und endlich, endlich hätten sie Zeit füreinander. Seiner übermächtigen Begeisterung hatte sie nicht das Geringste entgegenzusetzen gehabt. Lediglich Müdigkeit und Lethargie, die sich, obwohl sie so viel schlief wie nie zuvor, nicht vertreiben ließen. Doch nichts hielt Alexander davon ab, die Regie für ihrer beider Zukunft zu übernehmen. Eines Tages waren die Flüge gebucht, und überall im Schlafzimmer stapelten sich Reiseführer, Vietnam-Romane, Sonnencreme, Badekleidung, Mückenschutz, Moskitonetze, Sommerkleidung für den Strand, Fleecepullis für die Berge und vieles mehr. Er schleppte sie zur Impfberatung, aber da sie vor zwei Jahren in Südafrika gewesen waren, hatten sie alle wichtigen Impfungen bereits bekommen. Bevor er morgens zur Schule fuhr, legte er ihr Zeitungsausschnitte auf den Frühstückstisch, die er sie bat zu lesen oder der Reiseführer erwartete sie demonstrativ aufgeschlagen neben ihrem Teller. Auf dem Wohnzimmertisch häuften sich Zettel, auf denen er verschiedene Reiserouten plante. Außerdem fragte er im Bekanntenkreis herum, wer jemanden kenne, der, bis Tuyet aus London zurückkehre, Interesse an ihrer Nordend-Wohnung hätte. Sie erinnerte sich nicht daran, dass Alexander sie ernsthaft nach ihrer Meinung gefragt hätte. Willst du überhaupt nach Vietnam fliegen? Willst du mit mir nach Großbritannien gehen? Was hätte sie ihm geantwortet? Ja. Nein. Keine Ahnung. Sie wusste es wirklich nicht. Klar war nur, dass ohne die Kanzlei ihre Tage lang und unausgefüllt vor ihr lagen und ihr jegliche Energie fehlte. Was sprach also dagegen, sich in die Rolle einer Statistin zu fügen, deren Regisseur sie anwies, wohin sie zu gehen hatte? Allerdings, je mehr Tuyet zu Kräften kam und je näher ihr Abflug rückte, desto häufiger schlich sich ein fesselnder Gedanke ein: Was, wenn sie ihre Mutter suchte und über die unterschlagenen Briefe aufklärte? Selbst wenn sich die Zeit nicht zurückdrehen ließe, so erführe Hanh doch wenigstens, dass Phong ihre Briefe nicht einfach ignoriert hatte, sondern Marinas Betrug zum Opfer gefallen war, ebenso wie Hanh und Tuyet. Manchmal, wenn sie die Nachmittage auf ihrem Sofa verdöste, überließ sie sich Tagträumen, in denen sie sich vorstellte, wie es wäre, Hanh wiederzusehen. Und schließlich, obwohl ihr die anrührenden Szenen, die ihr in den

Sinn kamen, eher filmreif als realistisch erschienen, packte Tuyet, als sie ihren Reiserucksack verschnürte, Hanhs Briefe mit hinein.

Nachdem sie am Gepäckband fast eine Stunde auf ihren Rucksack und Koffer gewartet hatten, traten sie aus der Halle des internationalen *Noi Bai*-Flughafens. Es war erst acht Uhr morgens, aber nach dem kühlen Herbstwetter in Deutschland und der klimatisierten Luft im Flughafen fühlte sich Tuyet, als beträte sie ein Terrarium.

»Puh«, entfuhr es ihr.

Möglicherweise hatten ihr ihre Eltern mit dem Namen »Tuyet«, was »Schnee« bedeutete, auch eine Vorliebe für kühle Temperaturen mitgegeben. Alexander und sie reisten gerne nach Großbritannien, Skandinavien, Polen, und auch in Kanada waren sie schon einmal gewesen, wo sie sich an den wunderbaren Farben des Indian Summer berauscht hatten. Eine angeborene Präferenz für Hitze hatte Tuyet jedenfalls nicht.

»Wow«, sagte Alexander, »wie heiß wird es erst heute Mittag sein?«

Wie die übrigen Ankömmlinge stellten sie sich für ein Taxi an. Eine Vietnamesin in einem eleganten, enganliegenden Rock winkte das vor ihr haltende Fahrzeug zu Tuyet und Alexander weiter und ein weißes Taxi mit der Aufschrift »Taxigroup« heran.

»Wie nett, sie lässt uns den Vortritt«, bemerkte Alexander, während er gemeinsam mit dem Fahrer das Gepäck im Kofferraum verstaute. Im Wagen blies kalte Luft der Klimaanlage, und Tuyet war froh, dass sie ihre Strickjacke dabeihatte. Der Taxifahrer sah sie im Rückspiegel an und puhlte mit einem unglaublich langen Fingernagel in seinem Ohr.

»Na los«, meinte Alexander und stupste Tuyet an. »Du bist die Vietnamesisch-Expertin.«

»Das stimmt nicht«, entgegnete Tuyet. Es war Ewigkeiten

her, dass sie Vietnamesisch gesprochen hatte. Die einzige, mit der sie ab und zu noch eine vietnamesische Floskel austauschte, war ihre Nachbarin, Frau Ly. Als Tuyet vor vielen Jahren ihren Vietnamesisch-Kurs an den Nagel gehängt hatte, schimpfte sie nicht nur mit Tuyet, sondern auch ausgiebig mit Phong, mit dem sie erst zu reden begonnen hatte, nachdem er sie endlich davon überzeugen konnte, dass er zwar Nordvietnamese war, sie aber keinesfalls für eine abtrünnige Vaterlandsverräterin hielt.

Ende der siebziger Jahre war Frau Ly mit ihren Kindern nämlich lieber unter Lebensgefahr auf einem klapprigen Kahn aus Südvietnam geflohen, als das Risiko einzugehen, von den nordvietnamesischen Kommunisten, die nun das Sagen hatten, enteignet und »umerzogen« zu werden. Heute betrieb sie einen gut besuchten Frisörsalon, und ihre Kinder studierten.

»Sie wissen ganz genau, dass ich nicht vorhabe, jemals wieder einen Fuß nach Vietnam zu setzen, jedenfalls nicht, solange die kommunistische Partei dort regiert«, hatte sie zu Phong und Tuyet gesagt. »Aber meine Muttersprache gebe ich deswegen noch lange nicht auf oder enthalte sie gar meinen Kindern vor.«

Trotz ihres Genörgels änderte Phong seine Meinung nicht. Und da ihre Familie sowieso nicht viel Kontakt zu anderen Vietnamesen pflegte, benötigte Tuyet Vietnamesisch ungefähr so häufig wie Latein. Selbst Frau Ly hatte irgendwann resigniert und nur noch Deutsch mit ihr gesprochen.

Zwar hatte Tuyet hin und wieder ihre alten Lehrbücher durchgeblättert, seit ihre Vietnamreise Formen annahm, allerdings war es ihr schwer gefallen, sich zu konzentrieren, und Lust, diszipliniert Vokabeln und die Aussprache zu trainieren, hatte sie auch nicht gehabt. Für den Touristenalltag, so hoffte sie, würde ihr Wortschatz trotzdem reichen.

»*Toi muon di Hang Ma*«, sagte sie. In der Hang Ma-Straße befand sich das Hotel, zu dem sie wollten. Überrascht sah sich der Taxifahrer um. Wahrscheinlich hatte er sie erst jetzt als *Viet Kieu*, als Auslandsvietnamesin, identifiziert, und später würde sich zeigen, welche Auswirkungen das auf sein Taxameter hatte. Er gab Gas und fast gleichzeitig ertönte eine akustische Ansage, die die Fahrgäste auf Englisch begrüßte und darum bat, die Sicherheitsgurte anzulegen. Tuyet und Alexander versuchten es, doch die Schnappmechanismen funktionierten nicht. Also schnallten sie sich nicht an.

»Toll«, lobte Alexander, »er hat dich sofort verstanden.« Tuyet gab zu, dass sie das ebenfalls freute, denn auch wenn der Satz simpel war, sprach sie ihn doch zum ersten Mal in Vietnam.

»Die Grammatik ist gar nicht schwer«, erklärt sie, »man muss sich nicht mit Konjugationen herumschlagen. Aber die sechs Tonhöhen sind zum Haareraufen.«

»Vielleicht kommst du ja während des Urlaubs wieder ein wenig rein«, sagte Alexander und nahm ihre Hand. Sie drückte seine und lachte.

»Ein wenig reinkommen? Machst du Witze? Nimm mal das Wort *Ma*, wie in Hang Ma. Sprichst du *ma* monoton aus, kann es Geist bedeuten. Ansteigend betont, *má*, heißt es Wange, *mà* abfallend bedeutet aber. Gebrochen und minimal abfallend, *mạ*, spreche ich von einem Reissetzling, leicht steigend und gebrochen hingegen *mã*, von einem Pferd.«

Alexander raufte sich mit seiner freien Hand tatsächlich die Haare.

»Dann rede ich für ein vietnamesisches Ohr kompletten Stuss, wenn ich einen Buchstaben falsch betone?«

»Genau.«

Alexander schüttelte den Kopf.

»Mein Gott, und ich dachte immer, Französisch ist kompliziert. Wie gut, dass ich dich dabei habe.«

Tuyet lehnte ihren Kopf an seine Schulter und sah aus dem Fenster. Verschiedene Baumarten säumten die Straßen, ab und zu ragte eine Palme empor, deren Anblick Tuyet sofort mit Urlaub verband. Den Roten Fluss, der ihr eher bräunlich vorkam, überquerten sie über eine moderne Schrägseilbrücke, von der Alexander gleich zu berichten wusste, dass die Nhat Tan-Brücke erst im vergangenen Jahr eröffnet worden war, um die Strecke vom Flughafen ins Stadtzentrum zu entlasten. Offenbar war der Plan aufgegangen, denn sie kamen zügig voran.

»Ciputra.« Der Taxifahrer deutete in Richtung einiger Hochhäuser.

»*Xin loi*? Wie bitte?«, fragte Tuyet nach, die das Wort nicht kannte.

»Ein recht neues Villenviertel«, klärte Alexander sie auf. »Dort leben überwiegend wohlhabende Ausländer. Benannt ist es nach seinem indonesischen Investor.«

Tuyet hielt sich die Ohren zu und rief halb belustigt, halb entsetzt: »Wieso merkst du dir so etwas? Hast du vor, Stadtführer in Hanoi zu werden?«

Alexander lachte und zuckte mit den Schultern.

»Ich finde es interessant, wie sich Städte im Laufe ihrer Geschichte verändern und was diese Veränderungen für die Menschen bedeuten. Oder was für eine Politik dahintersteht.«

Tuyet machte es sich wieder an Alexanders Schulter gemütlich.

Er interessiert sich für ganz andere Sachen als ich, dachte sie, was haben wir eigentlich gemeinsam?

Doch sie war zu müde, um über diese Frage nachzudenken. Der Verkehr wurde dichter und sie fuhren nun auf einer breiten Straße, deren Name ihre Aufmerksamkeit erregte.

»Schau mal, die Straße heißt Au Co, wie die vietnamesische Berggöttin. Als ich klein war, hat Bo mir ihre Geschichte erzählt. Sie soll hundert Eier gelegt haben, aus denen hundert Söhne schlüpften. Mit fünfzig von ihnen ging sie in die Berge und aus ihnen gingen die vietnamesischen Bergvölker hervor. Der Vater, König Lac Long Quan, zog mit den anderen fünfzig ans Meer. Von ihnen stammen die mehrheitlichen *Kinh* oder auch *Viet* ab.«

Alexander hörte zu, und Tuyet mochte es, dass er sie dabei ansah, als sei alles, was sie sagte, von höchster Wichtigkeit. In genau diesen Blick hatte sie sich damals verliebt. Besser gesagt in seine tiefblauen Augen, die ihr versprachen, dass sie einzigartig war. Gerne hätte sie Alexander geküsst, doch das gehörte sich nicht. Alexander grinste.

»Wie konnten denn aus lauter Söhnen ganze Völker entstehen?«

Scherzhaft versetzte Tuyet ihm einen leichten Klaps auf die Brust.

»Muss denn eine Sage hundertprozentig logisch sein?«, erwiderte sie, freute sich aber, eine Antwort parat zu haben.

»Bo sagt, das Bergvolk der *Muong* spricht von jeweils fünfzig Söhnen und Töchtern, die aus den Eiern schlüpften. Die Hälfte der Kinder begründete die *Muong*, die andere Hälfte die *Kinh*.«

»Das klingt viel einleuchtender.«

Der Fahrer bremste scharf und hupte fluchend, als aus einer Seitenstraße ein junger Mann auf seinem Moped herausgeschossen kam. Tuyet und Alexander fingen sich an den Vordersitzen ab und waren hellwach vor Schreck. Anstatt nach rechts und links zu schauen, bahnte sich der Raser hupend in flottem Slalom seinen Weg durch das Stop-and-go der Autos. Fassungslos starrten sie ihm hinterher.

»Ein Irrer! Nein, Lebensmüder!«

Kopfschüttelnd sank Tuyet in den Sitz zurück. Während ihr Herz noch ein wenig schneller klopfte, presste der Fahrer schon sein Handy ans Ohr und telefonierte lauthals mit seiner Freundin, wie Tuyet zu verstehen glaubte. Sein Taxi bugsierte er deshalb einhändig durch den Verkehr, und am Ende der Fahrt war ihnen klar, dass heikle Momente wie eben zu seinem Berufsalltag gehörten. Ob Auto oder Moped, niemand fuhr in einer erkennbaren Spur, sondern drängelte sich, hupend natürlich, in jede sich bietende Lücke. Tuyet fragte sich, wie wohl die öffentlichen Busse planmäßig ihre Haltestellen erreichten.

Sie betrachtete die Wohnhäuser mit ihren geöffneten Fenstern und war sicher, dass der Straßenlärm und die Abgase sie wahnsinnig machen würden. Der Lärm der Frankfurter U-Bahn, die oberirdisch und bimmelnd an ihrem Haus vorbeiratterte und die Gläser im Schrank zum Vibrieren brachte, kam ihr plötzlich nicht mehr erwähnenswert vor.

Alexander zeigte auf die Häuserfronten und sagte: »Um unser Mittagessen brauchen wir uns jedenfalls nicht zu sorgen.« Er hatte Recht. Es gab massenhaft Restaurants und Cafés, manche mehrstöckig und mit farbenfrohen Lampions dekoriert, andere so winzig, dass nur wenige Gäste hineinpassten. Doch die findigen Gastwirte stellten einfach kleine Tische vor ihr Lokal sowie niedrige blaue Plastikstühle, auf denen die Leute saßen, um zu frühstücken. Im Schatten eines Baumes rasierte ein Barbier seinem Kunden das Nackenhaar. Seinen Spiegel hatte er an einer Hauswand befestigt, ebenso wie die Ablage für Scheren, Rasierer, Schaum und Gel. Autohäuser, Brautmoden, kleine Lebensmittelläden, Blumenstände sowie Geschäfte, die von Schläuchen über Drähte alles Mögliche verkauften, reihten sich aneinander. Vor einer Werkstatt hockten Männer und schraubten Autoteile zusammen, daneben sortierte eine Frau mit traditionellem Kegelhut alte Pappkartons. Alexander schwieg ebenfalls, entweder weil er todmüde war oder in den Anblick des rührigen Stadtlebens versunken.

Unbestreitbar herrschten die Mopeds über Hanois Straßen. Abgestellt auf Gehwegen, zwangen sie Fußgänger dazu, auf die Straße auszuweichen oder sich an den Maschinen vorbeizuzwängen. Obwohl ihr Reiseführer sie darauf vorbereitet hatte, dass die Mopeds innerhalb von zwei Jahrzehnten die Fahrräder aus dem Stadtbild verdrängt hatten, übertrafen die mächtigen *xe may*-Armadas ihre kühnsten Vorstellungen. An roten Ampeln sammelten sich die Mopeds, und wenn der Wechsel auf Grün das Startsignal gab, rollten sie knatternd und hupend los. Tuyet war froh, dass sie sich diesen Wirrwarr von ihrem tiefgekühlten Taxi aus anschaute. Dass sie nur schleppend vorankamen, machte ihr bei allem, was es zu sehen gab, nichts aus.

Oftmals quetschten sich mehrere Personen auf ein Moped, nicht wenige hielten Einkaufstüten mit Gemüse, Kinder oder Hunde im Arm. Liebespaare nutzten die Fahrt, um sich gesellschaftlich akzeptiert zu umschlingen. War ein Kleid sehr kurz oder der Rock eng, fuhr die Frau im Damensitz mit. Amüsiert beobachtete Tuyet drei etwa Zwanzigjährige, von denen sich die mittig Sitzende ihre Lippen schminkte, wobei sie immer wieder innehielt, um der Fahrerin etwas zu erzählen, während die hinterste lachend telefonierte. So entspannt wirkten sie, als befänden sie sich in einer Art mobilem Wohnzimmer. Allmählich gewöhnten sich Tuyets Augen an die Flut fremdartiger Straßenszenen und nahmen immer mehr Details wahr. Die farbenfrohen Helme, von denen einige grüne an ausrangierte Soldatenhelme erinnerten. Langärmelige, geblümte Regenjacken, die offenbar zur Grundausstattung der Mopedfahrerinnen gehörten. Manche Frauen zogen sogar ihre Kapuze über den Helm. Trugen sie dann noch eine große Sonnenbrille und ihren Mundschutz, konnte man sie nahezu nicht mehr erkennen. Hier und da strampelten sich Radfahrer ab, ohne Helm, obwohl sie den Kopfschutz wahrscheinlich am nötigsten gebraucht hätten.

Was würde Bo empfinden, wenn er heute hier wäre? Es musste ein ganz anderes Hanoi sein, als jenes, das er verlassen hatte. Reizte es ihn gar nicht, seine Stadt wiederzusehen?

Endlich hielt der Taxifahrer an und zeigte auf sein Taxameter. Tuyet hatte keine Ahnung, ob er zu viel Geld verlangte, aber es war ihr auch egal, denn ihr Körper verlangte dringend nach ein paar Stunden Schlaf. Die vietnamesischen Dong-Scheine mit den vielen Nullen machten sie ganz kirre, und es dauerte, bis sie die Scheine auseinanderklamüsert hatte. Ungeduldig trommelte der Fahrer mit seinen Fingern aufs Lenkrad.

»Ist es hier?«, erkundigte sich Alexander derweil auf Englisch und sah sich um. Gelangweilt deutete der Taxifahrer auf die belebte Hauptstraße. Vorsichtshalber fragte Tuyet auf Vietnamesisch nach, und seine Reaktion blieb dieselbe. Mit monotoner Stimme forderte die akustische Taxiansage sie auf, im Auto nichts liegen zu lassen.

»In welche Richtung müssen wir?«, hakte Tuyet nach, während der Fahrer ihre Rücksäcke an den Straßenrand stellte und sie ihre Strickjacke auszog. Ratlos blickte der Mann sie an, was Tuyet verunsicherte, sodass sie ihre Frage auf Englisch wiederholte.

»*No English*«, antwortete er, stieg in sein Taxi und brauste davon.

»Na, so etwas«, sagte Alexander und schnallte sich seinen Rucksack auf. Dann half er Tuyet mit ihrem und wischte sich Schweißperlen von der Stirn. Als begänne sie, langsam zu schmelzen, hatte sich ein feuchter Film auf ihrer Haut gebildet, was weniger an der Hitze lag, die in der letzten Stunde deutlich zugenommen hatte, als an der hohen Luftfeuchtigkeit. Ihre dünne Bluse klebte am Rücken und an ihrem Bauch, obwohl sie noch keinen Meter gelaufen waren.

»Hast du eine Idee, wo wir lang müssen?«, fragte Alexander.

Suchend sah Tuyet sich nach den Hausnummern um.

»Kim Ma«, entzifferte sie ein Straßenschild. »Nicht Hang Ma! Der Kerl hat uns zu einer falschen Straße gebracht. Das darf doch nicht wahr sein.«

Ihre Bluse, auf die ihr Rucksack drückte, war schweißdurchtränkt, und Tuyet spürte, wie ihr die Tropfen unangenehm an der Hüfte hinunterliefen. Ihre Rippen, obgleich sie so wenig wie möglich mitgenommen hatte, schmerzten jetzt und erinnerten sie daran, dass sie sich noch nicht überanstrengen durfte. Durst hatte sie, Hunger, und ein Bett war in weite Ferne gerückt. Eigentlich war ihr zum Heulen zumute. Doch nahm sie sich zusammen.

»Da vorne ist Schatten«, sagte sie, »lass uns dort überlegen, was wir machen.«

Das Gebäude, auf das Tuyet zusteuerte, sah aus wie ein riesiger Bunker. Auf den Mauern, die es umgaben, war mehrfach Stacheldraht befestigt worden, und das verrostete Eingangstor zusätzlich mit Stangen gesichert. Im Schatten eines hochgewachsenen Bananenbaumes verschnauften sie.

»Am besten nehmen wir uns ein anderes Taxi«, schlug Alexander vor. »Wir schreiben dem Fahrer die Hoteladresse auf, und dann kann nichts schiefgehen.«

Tuyet ärgerte sich, weil es so klang, als läge es an ihrem mangelnden Vietnamesisch, dass sie hier gelandet waren.

»Damit wir auf den nächsten Deppen hereinfallen?«

Ein alter Herr, der unter dem Vordach eines Hauses gesessen hatte, erhob sich gemächlich und schlurfte auf sie zu. Erst musterte er sie, dann begann er gestenreich zu sprechen und zeigte auf das Gebäude, vor dem sie standen.

Alexander lächelte den Mann an und sagte: »*Sorry, I don't understand Vietnamese. Do you speak English*?« An Tuyet gewandt fügte er hinzu: »Was sagt er denn?«

»Ich weiß es nicht.«

Wie oft musste sie ihm denn noch erklären, dass ihr Vietnamesisch unzureichend war? Wollte er sie immer wieder darauf stoßen? Inzwischen war sie am Ende ihrer Kraft, und es interessierte sie nicht, was der Mann redete. Außerdem fand Tuyet, dass er sie plötzlich unfreundlich ansah. Sogar sehr abschätzend. Er schwieg nun und sah gleichzeitig störrisch und verloren aus. Eine junge Frau eilte mit wehenden Haaren auf sie zu. Sie trug Jeans, ein enganliegendes, schwarzes Oberteil und Sandalen, die ihre hübsch lackierten Nägel zeigten.

»Ong, Großvater, setz dich und lass die Leute in Ruhe!«

Die junge Frau redete langsam und hatte eine deutliche Aussprache, die es Tuyet ermöglichte, ein paar Worte aufzuschnappen. Der alte Mann erwiderte etwas, zeigte auf Tuyet und sie meinte das Wort »Amerika« zu verstehen, aber sicher war sie nicht. Seine Enkelin machte eine entschuldigende Geste, die auch Alexander begriff.

»*No problem*«, sagte er, und setzte sein sehr charmantes Alexander-Lächeln auf.

»Mein Großvater ist manchmal ein wenig verwirrt«, erklärte die Enkelin in gutem Englisch.

»Was möchte er denn von uns?«

Die Enkelin sah erst Alexander, dann Tuyet ein wenig beschämt an.

»Sind Sie Amerikaner?«

Tuyet schwante, dass der alte Mann sie für eine Vietnamesin hielt, deren Familie nach dem Sieg der Kommunisten in die USA geflohen war, und die nun mit ihrem amerikanischen Mann Vietnam besichtigte.

»Nein, Deutsche«, erwiderte Tuyet auf Englisch. Im Augenblick hatte sie keine Lust mehr, sich mit Vietnamesisch abzumühen. Die Enkelin strich ihrem Großvater beruhigend über den Arm.

»*Nguoi duc*«, wiederholte sie. »*Viet kieu*«, sagte der alte Mann und machte es sich auf seinem Schemel im Schatten bequem. Tuyet ließ er jedoch nicht aus den Augen. Sie fragte sich, ob es für ihn überhaupt von Bedeutung war, woher sie kam, oder ob er sie als Auslandsvietnamesin in jedem Fall misstrauisch beäugte. »Er muss im letzten Krieg Furchtbares erlebt haben«, sagte die junge Frau. Sie blickte ihn liebevoll an. »Für seine Generation ist es schwer zu verzeihen.«

»Den Amerikanern?«

Tuyet zuckte zusammen. Alexander tat, was er immer tat, wenn ihn ein Thema interessierte. Er fragte den Leuten Löcher in den Bauch, ohne darauf zu achten, ob es ihnen passte oder nicht. Eine völlig fremde Vietnamesin nach den Amerikanern zu fragen, fand Tuyet unangebracht. Doch zu ihrer Überraschung trat die junge Frau einen Schritt näher:

»Nicht nur den Amerikanern, den Südvietnamesen.«

Dann räusperte sie sich und sagte lauter: »Es tut mir leid, wenn mein Großvater sie belästigt hat.«

Tuyet und Alexander bestätigten ihr, dass dies nicht der Fall gewesen war, und sie wollte sich schon abwenden, als Alexander fragte:

»Was hat er denn vorhin über das Haus gesagt?«

Die Enkelin machte eine wegwerfende Handbewegung. »Bestimmt hat er Ihnen erzählt, dass es darin spukt.«

Tuyet und Alexander sahen sich an. An Übersinnliches glaubte Alexander so wenig wie an den Weihnachtsmann, und am Anfang ihrer Beziehung hatte er nicht fassen können, dass Tuyet von der Präsenz ihrer Ahnen überzeugt war und sich um sie kümmerte. Sie wartete auf sein Lachen oder eine amüsierte Bemerkung. Doch zu ihrer Überraschung blieb Alexander ernst, mit einem Gesichtsausdruck, als habe er gerade eine höchst interessante Erkenntnis gewonnen.

»Sie meinen, dort drin hausen Geister?«

Die Enkelin warf einen Blick auf ihren Großvater, der nun an einem Glas Tee nippte und ganz zufrieden aussah. Seine Aufmerksamkeit für Tuyet schien erloschen zu sein.

»Die Leute in Hanoi sagen, dass dieses Gebäude auf einem alten Friedhof errichtet worden ist. Sogar ein Chinese soll hier gestorben sein. Vielleicht war es aber auch ein anderer Ausländer. Lange hat es jedenfalls niemand in diesem Haus ausgehalten. Wegen all der seltsamen Geräusche. Klagen, Stöhnen, Scheppern, Kinderschreie. Deshalb steht es schon lange leer.«

Ihre Stimme klang geheimnisvoll und ließ Tuyet schaudern. Alle drei starrten auf das graue Haus, vor dem sich nichts regte, nicht einmal die Blätter der vertrockneten Pflanzen im Vorhof. Schwarze Baumstümpfe mit kahlen Ästen ragten auf seinem Dach in die Höhe wie abweisende Knochenhände. Warnten sie davor, näher zu kommen?

Die Enkelin fuhr fort: »Allerdings gibt es auch andere, die sagen, dass es sich um Gerüchte handelt, die erst entstanden sind, weil das Haus lange unbewohnt war. Jetzt muss ich aber los. *Tam biet.*«

»Und was glauben Sie?«, rief Alexander ihr hinterher. Die Enkelin drehte sich noch einmal um und lachte ihn an. Tuyet blickte der hübschen jungen Frau nach. Hatte Alexander mit ihr geflirtet? Oder bildete sie sich das ein?

Schmunzelnd nahm dieser Tuyets verschwitzte Hand.

»Verrückt, was wir schon alles erlebt haben. Dabei sind wir gerade erst angekommen. Los, ich mache ein Foto von dir vor diesem Geisterhaus und dann brauche ich endlich eine Dusche und ein Bett.«

Aus seinem Handgepäck kramte er seine Kamera, doch um nichts in der Welt wollte sich Tuyet hier ablichten lassen. Alexander brach in schallendes Gelächter aus und knipste trotzdem. Heraus kam ein unvorteilhaftes Foto, auf dem sie mit erschrockenem Gesicht flüchtend am Bildrand zu sehen war.

Noch immer lachend zog er sie zur Straße, streckte seine Hand aus und in der nächsten Minute bremste ein Taxi. Problemlos verständigte sich Alexander mit dem Fahrer auf Englisch, schrieb ihm aber dennoch die Adresse des Hotels in der Hang Ma-Straße auf. Die Fahrt dorthin verlief reibungslos, aber Tuyet war für den Charme der Altstadt unempfänglich. Ihren Blick auf die Hände gerichtet, fühlte sie sich bedrückt wie nach einer verpatzten Prüfung. Wieso kam Alexander in einem fremden Land so viel besser zurecht, obwohl sie ihm immerhin ein paar Sprachkenntnisse voraushatte und Eltern, die aus Vietnam stammten? Das war nicht viel, trotzdem hatte sie gehofft, ein wenig zu glänzen, um ihrer verhassten Versagerrolle zu entkommen.

Als sie vor dem Hotel anhielten, erwischte Alexander auf Anhieb die passenden Dong-Scheine, auf denen Ho Chi Minh prangte, mit gütigem, aber bestimmtem Gesichtsausdruck.

Mit dem fröhlichen »*tam biet*«, das er soeben von der jungen Vietnamesin gelernt hatte, verabschiedete sich Alexander vom Taxifahrer. Und dieser, Tuyet überraschte es nicht, erwiderte freundlich dessen Gruß, während er für sie nur ein kaum merkliches Kopfnicken aufbrachte.

Ihr Hotelzimmer in der Hang Ma-Straße war sauber und geräumig, hatte jedoch kein Fenster. Während Alexander duschte, probierte Tuyet, ob es sich auch ohne Klimaanlage aushalten ließ, aber kurze Zeit später war die Luft warm und stickig. Damit ihre Kopfschmerzen nicht schlimmer wurden, nahm sie eine Tablette und schaltete die Klimaanlage wieder ein. Nur mit Slip und T-Shirt bekleidet streckte sie sich auf dem Bett aus und genoss das Gefühl, geduscht auf frischen Laken zu liegen und, wenn sie die Augen schloss, von einer unsichtbaren Hand tiefer in die Matratze hinabgezogen zu werden. Sie drehte sich auf die linke Seite und war schon beinahe eingeschlafen, als Alexander sich aufs Bett fallen ließ und wohlig grunzte. Als sie nicht reagierte, löschte er das Licht und presste sich an sie. Es war stockdunkel, und im Halbschlaf spürte sie, dass Alexander nackt war. Obgleich sie reglos blieb, schob er seine Hand unter ihr T-Shirt und streichelte sie, bis er sicher war, dass es sie erregte. Später, als sie verschwitzt und eng verknäult in der Dunkelheit lagen, war Tuyet glücklich, dass die ungeheure Müdigkeit ihren Kopf mit all seinen verzwickten Gedanken ausgeschaltet hatte. Endlich hatte sie mal nichts anderes gespürt als den Rausch ihres lustvollen Körpers, der ihr sonst so oft Ärger machte. Aus ihrem Auge rann eine Träne der Erleichterung, die sie verschämt fortwischte, obwohl Alexander tief und fest schlief. Zärtlich strich sie ihm eine Haarsträhne von der Wange. Während des Urlaubs würden hoffentlich sinnliche Momente, von denen sie in ihren ersten Beziehungsjahren gedacht hatte, sie würden ihnen auf ewig gehören, ihre Verliebtheit stärker zum Funkeln bringen.

Kennengelernt hatten sie sich auf einer der Partys, die in den Wochen nach ihrem Abitur haufenweise stattfanden. Mit zwei ehemaligen Schulfreundinnen hatte Tuyet gerade zum zigsten Mal auf das Ende ihrer Schulzeit angestoßen, als Alexander mit zwei Sektgläsern in den Händen auf sie zu schlenderte. Er grüßte in die Runde und reichte Tuyet ein Glas. Sie musste einigermaßen verdattert ausgesehen haben, denn ihre Freundinnen kicherten albern.

»Ich heiße Alexander«, stellte er sich vor, und ehe Tuyet ihm ihrerseits ihren Namen nennen konnte, fügte er hinzu: »Herzlichen Glückwunsch zum Abi.« Seine strahlenden Augen hatten sie sogleich in ihren Bann gezogen, und dass er reifer aussah als die Jungen ihrer Jahrgangsstufe hatte ihr geschmeichelt. Sie stießen an, redeten und tanzten bis zum Morgengrauen, und als Tuyet endlich in ihrem Bett lag, konnte sie nicht einschlafen, weil es in ihrem Bauch voller Sekt und Schmetterlinge gluckste und gluckerte. Kurz darauf erhielt sie eine SMS von Alexander, dem es nicht anders erging.

Tuyet lächelte ihrer Erinnerung zu. Wie lange das her war! Sie horchte auf Alexanders gleichmäßigen Atem, und die warme Vertrautheit, die er ausströmte, weckte ihr Bedürfnis, sich jetzt und hier alles von der Seele zu reden. Marina, die sie auf viel schmerzhaftere Art verloren hatte, als er ahnte. Das unselige Versprechen. Hanh, an deren Liebe sie sich nicht erinnerte. Und ihre Angst vor Unzulänglichkeit.

»Alexander«, wisperte sie.

»Nachher«, nuschelte er. »Wir müssen schlafen.«

Die Matratze bebte, und Alexander wälzte sich auf die andere Seite. Tuyet starrte in die Dunkelheit. Auch ihr Köper verlangte Ruhe, aber ihre Gedanken randalierten und hielten sie wach. Irgendwann war sie wohl doch eingeschlafen, denn sie erschrak als Alexander ihr zuflüsterte:

»Hanoi erwartet uns.«

Tuyet gelang es nicht einmal, ihre Lider zu öffnen. Aber da es kein Fenster gab, hätte sie sowieso nicht erkannt, ob es draußen hell oder dunkel war, sonnig oder regnerisch. Gerade mal ein angedeutetes Kopfschütteln brachte sie zustande. Ihre Knochen fühlten sich an, als habe jemand Zement hineingegossen, und ihr Kopf tat weh. Wenn sie jetzt keine Ruhe fände, käme dies einer Einladung an ihre Migräne gleich. Alexander küsste sie auf den Mund und deckte sie zu.

»Ich hole dich später ab.«

Sie schlief schon wieder, bevor er das Hotelzimmer verlassen hatte.

Als Tuyet ein paar Stunden später erwachte, fühlte sie sich alles andere als erholt. Mit stark pochendem Herzen verharrte sie kerzengerade im Bett, unfähig, ihre Traumbilder zu verscheuchen. Erst nachdem sie geduscht hatte und auf der belebten Hang Ma-Straße stand, schüttelte sie das beklemmende Gefühl ab, das bedrohliche Schatten hinterlassen hatten, die sie im Schlaf durch die verfallenen Gänge des Geisterhauses der Kim Ma-Straße hetzten.

Draußen wimmelte es von Vietnamesen und Ausländern, die ihren Geschäften nachgingen oder bummelten, alle bemüht, sich mithilfe von Regenschirmen, Fächern und Hüten gegen die heiße Nachmittagssonne zu verteidigen, was, wie ihr die Rezeptionistin in klagendem Ton erklärte, um diese Jahreszeit längst nicht mehr nötig sein sollte. In ihrem kurzen weißen Sommerkleid lief Tuyet die Hang Ma entlang und achtete sorgsam darauf, dass sie sich nicht am Auspuff eines kürzlich abgestellten Mopeds ihre Wade verbrannte. Hier, in den zum Teil engen Gassen der Altstadt, glichen die Gehwege Parkplätzen, was sie normalerweise gestört hätte. Doch im Augenblick mochte sie alles, was nach normalem Leben aussah, auch wenn sie immer wieder auf die Fahrbahn ausweichen musste und erschrocken zur Seite sprang, weil jemand direkt hinter ihr hupte.

In einem kleinen Straßencafé bestellte sich Tuyet einen Mangosaft und schlenderte erfrischt weiter. Autos und mit Touristen bepackte Elektrobusse fuhren vorbei, auch *Cyclos*, bei denen ein Fahrer in die Pedale trat, während seine überwiegend ausländischen Gäste vor ihm sitzend die Szenerie betrachteten. Tuyet blickte einem *Cyclo*-Convoi nach, der den übrigen Verkehr aufhielt, und stellte sich Hanoi vor gut zwei Jahrzehnten vor, als *Cyclos* und Fahrräder das Stadtbild bestimmten, die Luft sauberer und erfüllt von hellem Klingeln war. Hatte es so ihre Mutter erlebt, als sie Anfang der neunziger Jahre nach Vietnam zurückgekehrt war? Ein *Cyclo*-Fahrer bedeutete ihr, bei ihm einzusteigen. Kurz war Tuyet versucht, aber dann wurde ihr klar, dass man ziemlich tief saß und wahrscheinlich die Abgase der anderen direkt in die Nase geblasen bekam. Sie winkte ab und ging zu Fuß weiter. Welch ein Festmahl für ihre Augen! Gierig saugte sie die bunte Vielfalt auf, und mit jedem Schritt fühlte sie sich wohler. Vor den Geschäften in der Hang Ma hingen rote, grüne, pinke oder gelbe Lampions, die so dekorativ aussahen, dass sie Tuyets Blick von den wild zusammengeknoteten Stromkabeln und den abgeblätterten Fassaden der Häuser ablenkten, an denen das Alter und die Feuchtigkeit nagten. Auf dem Boden lagerten farbenfrohe Geschenkpapiere, Kerzen sowie goldene und silberne Girlanden und Partyartikel aller Art. Ein riesiger rosaroter Panther aus Plüsch lud in einen Spielzeugladen ein, über dem Geschäft daneben prangten wie Banner Superman- und Frozen-Kostüme zusammen mit bunten Drachen. Dazwischen gab es diverse Läden für Handybedarf, die Leute hier schienen genauso verrückt nach ihrem Handy zu sein, wie sie. Wie zur Bestätigung wäre sie beinahe über eine Verkäuferin gestolpert, die, da sie keine Kundschaft zu betreuen hatte, tippend auf dem Boden ihres Ladens saß. Ein *xe om*, der auf Kundschaft für sein Mopedtaxi wartete, tat dasselbe, nur hatte er sich dabei auf dem Sitz seines Fahrzeugs ausgestreckt, und ein paar junge Leute an einem Tisch hatten vor sich Getränke und tippten ebenfalls.

Auf der gegenüberliegenden Straßenseite konnte man Opfergaben aus Papier für die Ahnen kaufen. Das interessierte Tuyet, denn zu Hause hatte sie lediglich Speisen und Getränke dargeboten. Vielleicht könnte sie ihren Ahnen etwas Aufregenderes mitbringen. Allerdings stellte der chaotische Verkehr ein Hindernis dar, denn Tuyet traute sich nicht auf die Straße, die die Vietnamesen mit stoischer Miene überquerten. Manche streckten seitlich ihre Arme aus, als könnten sie damit die Blechlawine aufhalten. Als Tuyet sich schließlich überwand, setzte sie bedachtsam einen Fuß vor den anderen. Nur nie stehen bleiben, hatte es in ihrem Reiseführer geheißen, und richtig: Während ihr die Mopeds gezielt auswichen, sorgten zwei Touristinnen, die vor- und rückwärts sprangen für mehr Huperei und Chaos. Tuyet musste grinsen. Von Kindesbeinen an hatte sie eingetrichtert bekommen, nach links und rechts zu schauen. In Vietnam schien das Gegenteil zu gelten: »Schau dich nicht um, lauf einfach los und immer weiter.«

Sie erstand ein buntbedrucktes Haus, Hemden mit Krawatte, Fernseher, schicke Autos und Schmuck – alles aus Papier. In Frankfurt würde sie mit Bo überlegen, welchem Ahnen welches Geschenk zukäme. Während Tuyet bezahlte, ignorierte sie bewusst die Kinderröckchen, kleinen Hosen und winzigen Schuhe, die vor dem Fenster hingen, denn sie wollte sich nicht vorstellen, wie es wäre, für so junge Ahnen einzukaufen.

Ohne Zeitgefühl und Orientierung ließ sie sich weiter durch die Altstadt treiben. Mithilfe von Marinas altem Wörterbuch entschlüsselte sie die Straßennamen, die bis heute verrieten, welche Zünfte Hanois Herrscher hier vor Jahrhunderten angesiedelt hatten. So war die Hang Dao die Seidenstraße und bis heute reihten sich hier die Bekleidungsläden aneinander, in der Hang Bac arbeiteten die Silberschmiede und in der Cha Ca, nahe ihrem Hotel, verkaufte man Fisch. Doch gleichgültig, ob die Straßen ihrer Tradition treu geblieben waren oder nicht, es war für Tuyet eine Wonne, sie zu erkunden. Brauchte sie eine Verschnaufpause, verweilte sie im Schatten der großen, alten Bäume, die zum Teil schon zur Kolonialzeit gepflanzt worden waren. Hatten sich Bo und Hanh wohl unter denselben Bäumen ausgeruht?

Tuyet wich einer Frau mit Kegelhut aus, die über ihren Schultern eine Tragestange trug, an deren Ende je ein Korb befestigt war, in dem sie Kartoffeln und Früchte transportierte. Als Tuyet sie ansah, blickte die Verkäuferin fragend zurück, und Tuyet begriff, dass sie hoffte, ihr etwas zu verkaufen. Schnell schüttelte sie den Kopf und ging weiter. Vor einem Restaurant hockten zwei Mädchen im Teenageralter und zupften Kräuter auseinander. Nicht weit von ihnen kniete eine Frau, die mit weißem Styropor hantierte. Vor ihr stand eine große Styroporbox, in die sie lauter bunte Windrädchen gespießt hatte. Diese drehten sich sogar, obwohl Tuyet nicht den leisesten Windhauch spürte. Gerade bestrich die Frau eine Styropor-Fünfzig mit Kleber und streute lilafarbenen Glitter darüber. Tuyet bekam Lust, in die Glitterberge hineinzugreifen oder in einen der durchsichtigen Säcke, die voller kleiner, weißer Kügelchen waren. Ihr blieb schleierhaft, was man mit ihnen anstellte. Erschöpft setzte sie sich in ein Straßenlokal und bestellte eine *Pho Ga*, vietnamesische Nudelsuppe mit Huhn, die auch Bo so gerne aß, und behauptete, in Hanoi schmecke sie am besten. Ob das stimmte, konnte Tuyet nicht beurteilen, aber nachdem sie der Suppe Kräuter, Limetten und Chili beigefügt hatte, wusste sie zumindest, dass sie noch nie eine bessere gegessen hatte. Als sie kurz darauf ihren vietnamesischen Eiscafé, *Ca phe sua da*, verrührte, und zusah, wie die dicke, süßliche Kondensmilch vermengt mit dem Kaffee die Farbe von Karamell annahm, empfand sie eine ihr unbekannte Art von Befriedigung. Selten ließ sie sich einfach treiben, und wenn es im Urlaub vorgekommen war, dann in Begleitung anderer, meistens Alexander, da die Zeit, als sie begann, ohne ihre Eltern zu verreisen, ungefähr mit ihrem Kennenlernen zusammenfiel. Ohne seine ständigen Erklärungen nahm sie viel mehr wahr und freute sich an Kleinigkeiten, die ihr mit ihm zusammen bestimmt entgangen wären. Wie zum Beispiel der Anblick einer Gruppe junger T-Shirt-Verkäuferinnen in dem Geschäft gegenüber. Die eine hatte sich auf dem Boden ausgestreckt und schien zu schlafen. Eine andere drehte ihre leere Wasserflasche zwischen ihren Händen und hörte zu, wie ihre Kolleginnen mit Schwatzen und Kichern die Zeit füllten, bis die nächsten Kunden Beratung brauchten.

»Den interessantesten Job haben sie nicht«, dachte Tuyet, »und viel Geld verdienen sie auch nicht. Trotzdem sind sie fröhlicher als ich.«

Wie ein Schatten legte sich der Gedanke an ihre Arbeit auf ihre gute Stimmung. Und was ihr soeben noch wie ein kostbarer Augenblick vorgekommen war, erinnerte sie nun daran, dass sie nur deshalb hier saß, weil Irene sie suspendiert hatte.

Tuyet bezahlte und ging weiter, ihre Neugier erstickte unter ihren Sorgen. Trotzdem fiel ihr ein hübscher Tempel auf, der *Den Bach Ma* hieß, Tempel des Weißen Pferdes. Sie betrat seinen Innenhof, und der Altstadtlärm rückte in die Ferne. Nachdem Tuyet Räucherstäbchen entzündet und in ein eigens dafür aufgestelltes Gefäß gesteckt hatte, sah sie sich um. In der Haupthalle, eingerahmt von zwei goldenen Kranichen, stand ein weißes Pferd. Blumen, Bananen und gelbe Früchte namens »Buddhas Finger« lagen als Opfergaben bereit. Tuyet erinnerte sich, dass ihre ehemalige Vietnamesisch-Lehrerin über das weiße Pferd gesprochen hatte, aber sie hatte dessen Bedeutung vergessen. Zum Glück gab es eine Informationstafel. Vor über tausend Jahren hatte zwar ein hilfsbereiter Drache König Ly Thai To den besten Platz für seine neue Residenz gezeigt, weshalb der König sie *Thang Long*, Aufsteigender Drache nannte. Aber die Stadtmauern stürzten immer wieder ein. Eines Tages erschien jedoch Bach Ma und bedeutete mit seinen Hufen, wo die Schutzwälle erfolgreich befestigt werden konnten.

Bevor Tuyet den Tempel verließ, wandte sie sich noch einmal dem weißen Pferd zu. Freundlich lugte es hinter seinen Blumen hervor, und Tuyet wünschte, dass es auch ihr helfen würde, ihre eingestürzten Grundfesten aufzurichten. Ihr

Handy klingelte, und es war Alexander, der am Hoan Kiem-See saß und wissen wollte, ob sie ausgeschlafen habe. Als sie sagte, dass sie sogar schon auf eigene Faust die Stadt erkundete, freute er sich so übertrieben, als hätte sie wer-weiß-was vollbracht. Sie verabredeten sich vor der Touristeninformation, und nachdem sie das Gespräch beendet hatten, hielt Tuyet ein Taxi an und fuhr zum Treffpunkt. Alexander war noch nirgends zu sehen, und da sie etwas zu früh angekommen war, schlenderte Tuyet am See entlang. Es war halb sieben und bereits dunkel. Die Uferpromenade war voller Jogger, manche spielten Badminton oder machten Gymnastik. Männer tranken Tee oder Bier und spielten *Mah-Jongg*. Liebespaare hielten Händchen, gestört nur von ein paar Kindern, die ihrem Ball hinterherrannten. Was Tuyet ganz besonders entzückte, war eine Gruppe von vielleicht zwanzig oder dreißig Leuten, die Walzer tanzte. Sie ging näher und setzte sich auf eine Bank. Junge und ältere Paare tanzten am Straßenrand. Manche Männer trugen einen Anzug, manche Frauen hochhackige Schuhe und aufgesteckte Frisuren. Doch die meisten waren mit legeren Röcken, Blusen und Hemden bekleidet, einige sogar mit Shorts. Der Walzer war zu Ende und eine Dame mittleren Alters mit elegantem Haarknoten legte eine neue CD ein. Ein Tango erklang, und die Frau erteilte Anweisungen, die Tuyet nicht verstand. Die meisten Paare beherrschten diesen Tanz außerordentlich gut, doch es gab auch welche, die mit ihren Schritten zu kämpfen hatten. Tuyet schmunzelte. Unvorstellbar, dass die Deutschen auf offener Straße am Tanzunterricht teilnähmen. Viel zu groß wäre ihre Angst, sich zu blamieren. Überhaupt war Tuyet überrascht, dass diese Art von Standardtanz in Vietnam so starken Anklang fand. Sie traute ihren Augen nicht, als plötzlich Alexander hinter einem Baum hervortanzte. Und zwar gar nicht schlecht. Wie ein Leuchtturm ragte er mit seiner Größe von einem Meter und achtzig und seinen hellen Haaren zwischen den Vietnamesen hervor. Seine Partnerin war trotz hoher Absätze gut fünfzehn Zentimeter kleiner und genauso viele Jahre jünger. Sie trug ein enganliegendes, lilafarbenes Kleid und einen hübsch geflochtenen Zopf, in dem sie eine weiße Blüte befestigt hatte. Neckisch kickte sie mit ihrem hohen Absatz an ihren Po, schlang ihr Bein dann anmutig um Alexanders und vollführte eine graziöse Drehung, die in seinen Armen endete. Tuyet wurde fast ein bisschen schlecht, als sie sah, wie Alexander über ihren Rücken strich, um die nächste Figur einzuleiten. Erst nach ein paar Minuten stoppte die Musik, und sowohl Tänzerinnen und Tänzer als auch die Zuschauer klatschten. Alexanders Partnerin reckte sich, flüsterte ihm etwas ins Ohr und beide lachten. Tuyet sah auf ihre Armbanduhr und stellte fest, dass er sich nun verabschieden müsste, wenn er pünktlich an der Touristeninformation erscheinen wollte. Sie erhob sich. Alexander warf einen Blick auf seine Uhr und forderte mit einer theatralischen Verbeugung die junge Vietnamesin zu einem weiteren Tanz auf. Diese lachte und berührte mit einer flüchtigen Bewegung die Blume in ihrem Haar. Ein Herr um die siebzig und eine Dame desselben Alters, vermutlich seine Frau, sprachen auf Alexander ein, wobei sie ihn anerkennend anblickten. In gespielter Verzweiflung zuckte er seine Schultern, was alle zu amüsieren schien, dann drehten sich die Paare wieder. Wie in Zeitlupe sank Tuyet auf ihre Bank zurück. Die Musik hörte sie kaum noch, ihre ganze Energie konzentrierte sich darauf, Alexander nicht aus den Augen zu verlieren, und ihm dabei zuzusehen, wie er glücklich dreinblickend mit der jungen Frau tanzte. Mit jedem Schritt, so kam es Tuyet vor, entfernte er sich von ihr. Oder war sie es, die innerlich abrückte? Sie hatte das Gefühl, in die Zukunft zu blicken, und zu erahnen, dass Alexander eine andere Frau lieben würde.

Die Idee, sich ihm zu offenbaren, hatte sie vollends fallen lassen. Nicht nur, weil sie insgeheim fürchtete, dass Marina ihr das Leben noch mehr versauern könnte. Vielmehr hatte sie Angst, dass es Alexander abstoßen würde, wenn ihm klar wurde, wie wenig sie sich im Griff hatte. Hatte er nicht oft genug betont, wie anziehend er es fand, dass sie nach außen mädchenhaft und sanft wirkte, in Wirklichkeit jedoch eine zielstrebige, knallharte Anwältin in ihr steckte; eine Frau, die wusste, was sie wollte? Und würde sie es selbst ertragen, wenn Alexander durchschaute, dass sie genau das nicht mehr war? Dass zudem in ihrer Familie Chaos herrschte und sie ihre bis vor kurzem vergötterte Stiefmutter verabscheute? Ihr wurde klar, dass sie nicht mehr mit ihm schlafen könnte, wenn er all diesen Schlamassel in ihr sähe, sobald sich ihre Augen begegneten.

Seine junge Tanzpartnerin schwang ihre Hüften hin und her, und selbst Tuyet fand, dass sie sexy aussah. Dann setzte die Musik aus, es gab Applaus und Tuyet erhob sich erneut. Vielleicht hatte Alexander ihren bohrenden Blick gespürt, vielleicht hatte er sie auch schon während des Tanzes entdeckt, jedenfalls winkte er ihr sofort zu.

»Komm Tuyet«, rief er, »einen Walzer bekommen wir auch hin!«

Entsetzt wehrte sie ab. Vor all diesen Zuschauern würde sie sich nicht zum Affen machen. Doch da Alexanders Tanzpartnerin sich nicht von der Stelle rührte, ging sie doch mit steifen Beinen auf ihn zu. Am Ende käme er sonst auf die Idee, mit der anderen weiterzutanzen, und noch einmal ertrug Tuyet diesen Anblick nicht. Möglichst erhaben nickte sie ihrer Rivalin zu, die nun ihrerseits irritiert aussah. Die Musik hob an, aber leider war es kein Walzer, sondern erneut ein Tango, den Tuyet nie erlernt hatte. Alexander versuchte sie zu führen, aber ungelenk trampelte sie ihm auf den Füßen herum.

»Tanz irgendetwas«, riet er ihr lachend. »Es ist völlig egal, wie es aussieht, wir treffen die Leute nie wieder.«

Tuyet fand die Vorstellung grauenvoll, dass die Umstehenden sich über sie lustig machen könnten. Endlich war der Tanz zu Ende, und Alexander bedankte sich bei allen mit *cam on* und *tam biet*. Auf einer sonnengelben Vespa entdeckte

Tuyet seine Tänzerin, die bedächtig ihre Beine mit den Stöckelschuhen übereinanderschlug und so tat, als ob sie Alexander nicht bemerke. Jedenfalls fand Tuyet, dass sie angestrengt an ihm vorbeisah. Die Fahrerin drückte sich einen *Hello-Kitty*-Helm auf ihren langen braunen Zopf, dann brausten sie davon. Alexander sah ihnen nicht nach, sondern trank gierige Schlucke aus seiner Wasserflasche. Dann liefen Tuyet und er schweigend nebeneinander her.

»Das war witzig«, eröffnete Alexander schließlich das Gespräch.

»Ich wusste gar nicht, dass du Tango tanzen kannst«, erwiderte Tuyet und merkte selbst, dass es wie ein Vorwurf klang.

»Mit fünfzehn war ich in der Tanzstunde«, erklärte Alexander. »Mein Lehrer wollte mich sogar zum Turniertänzer ausbilden. Aber das wäre uncool gewesen. Seitdem habe ich selten getanzt. Ab und an auf einem Geburtstag mit alten Tanten.«

Tuyet blickte stur geradeaus.

»Na, da war deine heutige Partnerin natürlich attraktiver.«

Alexander zog sie an sich und gab ihr einen Kuss.

»Ja, vor allem meine letzte. Auch wenn ich von der blaue Flecken zurückbehalte.«

Tuyet schüttelte ihn ab.

»Das gehört sich nicht.«

Alexander seufzte, dann sagte er:

»Na komm, wir setzen uns auf eine Bank unter den Bäumen. Wie die anderen Liebespaare.«

Sie fanden einen freien Platz, und Alexander legte den Arm um Tuyet. Der Schildkrötenpavillon erstrahlte inmitten des Hoan Kiem-Sees, dem See des Zurückgegebenen Schwertes. Hier musste der Legende nach König Le Loi 1427 der damals im See lebenden goldenen Schildkröte das wundersame Schwert wiedergeben, das ihm zum Sieg über die Chinesen verholfen hatte.

»Weißt du, dass es im Hoan Kiem-See wirklich eine uralte Schildkröte gibt? Sozusagen eine Nachfahrin der sagenumwobenen?«

Alexander zog Tuyet näher zu sich heran. Ihre Haut kribbelte unangenehm. Seine körperliche Nähe passte nicht zu der Distanz, die sie aufgebaut hatte.

»Hab's gelesen. Man nennt sie Cu Rua, Urgroßvater Schildkröte, und es soll Glück bringen, sie zu sehen. Aber wer weiß, ob sie in der Brühe überlebt hat.«

»Hat sie anscheinend. Die Frau, mit der ich getanzt habe, hat sie letztes Jahr mit eigenen Augen gesehen. Sie hat mir sogar ein Foto gezeigt.«

»Und daraufhin wurde ihr das große Glück zuteil, mit dir zu tanzen?«

Teils belustigt, teils verständnislos schaute Alexander Tuyet an.

»Sag bloß, du bist eifersüchtig? Mensch, Tuyet, ich habe den Leuten beim Tanzen zugesehen. Sie hat mich aufgefordert, und da es keinen einzigen Grund gab, abzulehnen, habe ich mit ihr getanzt. Und ja, Spaß dabei gehabt. Stört dich das?«

Tuyet lehnte sich zurück und beobachtete ein paar Moskitos, die vor ihr herumschwirrten. Sie holte ihr Mückenspray aus der Tasche und sprühte sich ein. Dann reichte sie es Alexander. Er nahm es an, benutzte es aber nicht.

»Antwortest du mir?«

»Nein.«

Alexander starrte sie fassungslos an.

»Ich meine, es stört mich nicht.«

»Aha.«

Jetzt besprühte auch er seine Arme und Fußgelenke. Tuyet wandte ihren Kopf zur Seite und gab vor, einige Frauen in geblümten, weiten Hosen und Blusen zu beobachten, die am Ufer Gymnastik zu Diskomusik machten. Einen Moment lang sagte keiner etwas, dann räusperte sich Alexander.

»Eigentlich wollte ich dich erst in der Ha-Long-Bucht fragen, wenn wir ein bisschen erholter sind. Aber jetzt scheint mir der bessere Zeitpunkt zu sein.«

»Was fragen?«

»Tuyet …« Alexander ergriff ihre Hand. »Möchtest du mich heiraten?«

Ruckartig zog sie ihre Hand zurück und fuhr herum. Etwas Kleines und Glänzendes flog durch die Luft und verschwand im See. Entsetzt riss Tuyet ihre Augen auf, Alexander japste, ansonsten verharrten sie reglos. Um sie herum schwatzten, lachten und aßen die Menschen, als wäre nichts geschehen. Aus ihrem Augenwinkel warf Tuyet Alexander einen unsicheren Blick zu. Seine Kiefer mahlten und er starrte so angestrengt auf den See, als erwarte er, dass der Ring wieder auftauchte. Würde er ihr vor all den Spaziergängern eine hässliche Szene machen?

Statt sie anzubrüllen, trat er wortlos ans Seeufer, und Tuyet fürchtete, er könne in den See springen, um nach dem Ring zu tauchen. Schnell stellte sie sich neben ihn und sagte bittend: »Entschuldige, Alexander. Das wollte ich nicht. Ich hatte ja keine Ahnung …«

Alexander drehte sich um und sah Tuyet voller Zorn an.

»Nein, du hattest keine Ahnung. Aber, mein Gott, wir sind seit zehn Jahren zusammen, und du reagierst auf meinen Antrag, als hätte ich etwas Unmoralisches von dir verlangt. Oder etwas, das dir völlig zuwider ist.«

Er ließ sich auf die Bank fallen. Einige Spaziergänger starrten zu ihnen herüber. Hatten sie die Szene beobachtet? Eine Postkartenverkäuferin blieb stehen und wollte ihre hübsche Ware vor ihnen ausbreiten, aber Alexander schüttelte grimmig den Kopf.

»Ich frage mich, ob die Tatsache, dass der Ring, den ich dir schenken wollte, bei der alten Schildkröte gelandet ist, bedeutet, dass du mich nicht mehr … liebst? Aber warum dann diese alberne Eifersuchtsszene?«

Aus seinem kleinen Rucksack zog er eine Schachtel Zigaretten hervor und zündete sich eine an. Eigentlich rauchte Alexander nur gelegentlich, wenn er besonders entspannt war. Jetzt wirkte seine hektische Art, den Rauch auszustoßen, aufgebracht. Nach wenigen Zügen war nur noch die Kippe übrig, und er steckte sofort die nächste an. Die Packung schmiss er achtlos auf die Bank. »*Ngua Trang*« hieß die Zigarettenmarke. Weißes Pferd. Tuyet hätte nicht erwartet, ihm so schnell wieder zu begegnen.

Besänftigend legte sie ihre Hand auf Alexanders Knie. Er ließ es geschehen oder bemerkte es nicht.

»Natürlich liebe ich dich«, sagte sie und versuchte, eindringlich zu klingen. »Es ist nur … Die letzten Monate waren nicht leicht, und noch mehr Stress kann ich nicht gebrauchen. Ich möchte erst heiraten, wenn mein Kopf frei dafür ist.«

»Phff«, machte Alexander und stieß den Qualm aus, indem er Ringe formte.

»Verzeihung, Stress wollte ich dir mit meinem Heiratsantrag keinesfalls bereiten. Ich hatte auch nicht an eine königliche Großveranstaltung gedacht, eher an etwas Kleines, Gemütliches mit unseren Freunden und ein bisschen Familie. Wenn du willst, auch nur wir beide. Aber ehrlich gesagt, denke ich, dass es darum gar nicht geht.«

Tuyets schlechtes Gewissen verwandelte sich in Ärger.

»Und worum geht es deiner Meinung nach? Sag es mir. Du weißt doch sowieso alles besser!«

Alexander ignorierte ihre letzte Äußerung. Er nahm seinen Rucksack, stand auf und entfernte sich. Tuyets Herz schlug so heftig, dass sie es im Hals spürte. Ihr Vorgefühl von vorhin fiel ihr ein. Würde Alexander sie verlassen? Unruhe breitete sich in Tuyet aus. In der letzten Zeit war ihr fast alles abhandengekommen, was ihr Leben ausgemacht hatte. Was, wenn sie nun auch noch Alexander verlor? Was, wenn er sie in diesem fremden Land einfach sitzen ließe und sie zusehen müsste, wie sie zurechtkäme? Sie starrte ihm nach. An einem Getränkestand blieb Alexander stehen und kehrte kurz darauf mit einer transparenten Tüte voller Dosen zu ihr zurück. Merkwürdigerweise empfand Tuyet ein wenig Enttäuschung darüber, als ob ein Teil von ihr gespannt darauf gewartet hätte, dass die letzte Verankerung ihres bisherigen Lebens abriss.

»Ich muss verrückt geworden sein«, dachte sie. »Viviane hat Recht, und ich hätte mich um eine Therapie kümmern sollen.«

Doch als sie daran dachte, wie vehement ihre Freundin auf sie eingeredet hatte, so als geschähe wer-weiß-was, wenn Tuyet nicht auf der Stelle, damit begänne, wurde sie ungehalten. Viviane sollte sich lieber um ihre eigenen Probleme kümmern. Zum Beispiel darum, dass es kein Mann länger als drei Monate mit ihr aushielt. Oder sie nach kurzer Zeit einen Rückzieher machte.

Alexander hielt ihr eine Dose »Hanoi Beer« hin. Um sie herum brummte und hupte der Verkehr, Musik spielte und Leute riefen sich etwas zu. Dennoch kam Tuyet das zischende Geräusch beim Öffnen der Bierdose extrem laut vor.

»Ich werde dir sagen, was ich denke«, begann er nun ohne Umschweife. »Ich will, wie ich schon mal sagte, kein Teddybär sein, der parat steht, wenn es dir passt. Seit langem habe ich den Eindruck, dass ich dir gleichgültig bin. Zuerst habe ich es auf dein Examen geschoben. Dann auf den stressigen Arbeitseinstieg. Dann auf Marinas Krankheit, schließlich auf ihren Tod. Eigentlich ist immer irgendetwas. Ich will für dich da sein, aber du redest nicht mit mir. Du verschließt dich, kommst abends immer später nach Hause, angeblich aus deiner Kanzlei und hast null Interesse daran, Zeit mit mir zu verbringen.«

»Angeblich aus der Kanzlei?« Tuyets Stimme kippte, so wütend war sie.

»Streich das angeblich. Eine Weile dachte ich, dass du einen anderen Mann kennengelernt hast. Dann bin ich allerdings zu dem Schluss gekommen, dass du dafür mit viel zu großen Scheuklappen durch die Welt läufst. Deshalb denke ich, dass du mich brauchst, weil ich deinen Alltag erleichtere. Aber du liebst mich nicht.«

Tuyet hörte sein Schlucken, während er das Bier hinunterkippte. Sie nippte an ihrem, und als sie ihn ansah, weinte er. Oh Gott, das war ihre Schuld.

»Natürlich liebe ich dich ...«

Es klang lahm, und sie wusste es. Alexander brachte sie mit einer Handbewegung zum Schweigen und öffnete ein neues Hanoi Beer.

»Jetzt hör mir mal zu. Die ganze Zeit habe ich nichts gesagt, um dich nicht noch mehr zu belasten. Krampfhaft überlege ich jeden Tag, was ich noch tun könnte, um dich in unser normales Leben zurückzuholen. Aber es kann nicht immer nur um dich gehen. Um deine Gefühle. Darum, dass ich dich zu nichts drängen darf. Du weißt, dass ich mir Kinder wünsche. Warum reden wir nicht vernünftig darüber? Weshalb guckst du mich an wie einen Perversen, wenn ich das Thema anspreche?«

Tuyet zerdrückte ihre Bierdose und nahm sich zitternd eine Zigarette. Sie rauchte nicht, brauchte aber dringend etwas, um sich festzuhalten.

»Weil du mich unter Druck setzt. Jedes Mal, wenn wir miteinander schlafen, schlägst du vor, das Kondom wegzulassen. Und nur, weil ich leidenschaftlich arbeite, heißt das nicht, dass ich nichts anderes sehe. Vielleicht nur nicht die Dinge, die du wichtig findest.«

Sie hoffte, Cu Rua würde auftauchen. Wenn schon mit Bach Ma nicht zu rechnen war. Aber den Gefallen tat die alte Schildkröte ihr nicht, und anstatt mit einer Portion Glück musste sie sich mit einem weiteren Bier begnügen.

»So ein Quatsch. Deine sogenannte Leidenschaft hat zu deinem Nervenzusammenbruch geführt. Wenn du das wenigstens zugeben würdest. Tuyet, dein Unfall hätte sich nicht ereignet, wenn du nicht wie eine Schlafwandlerin über die Straße gegangen wärst!«

Das nächste Bier ploppte. Alexanders Augen waren gerötet und seine Bartstoppeln, die er im Urlaub unregelmäßig rasierte, wirkten ungepflegt. Während Tuyet ihren Freund verstohlen betrachtete, verstärkte sich ihr Gefühl von Distanz. Sie trank einen großen Schluck aus ihrer Bierdose. Werden wir uns trennen?, durchzuckte es sie. Sie erschrak über diese direkte Frage. Niemals zuvor hatte sie sich ein Leben vorgestellt, in dem Alexander nicht vorkam. Irritiert stellte sie ihr Bier ab. Alkohol und Hitze ließen merkwürdige Ideen in ihr entstehen. Während Alexander alles dramatisierte. Mein Gott, sie hatte sich für ihr Missgeschick mit dem Ring entschuldigt. Konnte er es nicht gut sein lassen, sondern musste direkt daraus schließen, dass sie ihn nicht liebte? Plötzlich sehr erschöpft, massierte Tuyet ihre Schläfen. Ob es ihren Streit entschärfte, wenn sie ihm doch alles erzählte? Oder würde er ihr vorwerfen, dass es wieder nur um sie und ihre Geschichten ginge?

Mit ihren spitzen Fingernägeln drückte Tuyet tief in das Zigarettenpapier, als bearbeite sie eine Voodoo-Puppe. Nur wen wollte sie bestrafen? Und wofür?

Alexander schüttete die letzten Reste der leeren Dosen in den See und packte sie in die Tüte.

»Vielleicht war es nicht gut, dass wir uns so früh kennengelernt haben. Immerhin warst du erst achtzehn, und ein paar andere Männererfahrungen hätten dir sicher gutgetan. Vielleicht würdest du mich dann heiraten.«

Er streckte ihr seine Hand zum Aufstehen entgegen. Eine alte Gewohnheit? Oder eine versöhnliche Geste? Von weitem musste sie romantisch aussehen, Tuyet hingegen kam sie arrogant vor. Der herrliche Alexander, der selbst dann noch für Tuyet sorgte, wenn er am Boden zerstört war. Ohne seine Hand zu nehmen, stand sie auf und fixierte ihren Freund. Als sie loslegte, klang sie hitziger, als es normalerweise ihre Art war.

»Es tut mir unendlich leid, dass ich deine Pläne ruiniere. Du hast dich so gefreut, dass ich meinen zeitraubenden Job los bin und nun zu deiner Verfügung stehe, stimmt's? Du hast dir vorgestellt, dass dein Ring an meinem Finger mich alle Sorgen vergessen lässt, und wären wir erst mal verheiratet, stellten sich auch die Kinder ein. Am besten in London, weil ich dort ja nichts anderes zu tun hätte, als zu brüten? Hast du einmal darüber nachgedacht, ob ich das will? Oder ist es nicht so, dass meine Krise deinen Träumen ganz gut in den Kram passt?«

In seinen Augen meinte sie ein unsicheres Flacken zu erkennen. Doch es erlosch sogleich wieder.

»Ich kann nicht glauben, dass du so mies von mir denkst.«

Er stapfte davon, und sie folgte ihm. Ohne nach rechts und links zu sehen, hasteten sie durch die Altstadt. In Deutschland wären sie längst tot gewesen. Ein paar Straßen waren für einen Nachtmarkt gesperrt worden und luden zum Bummeln ein. Die Händlerinnen und Händler bauten Stände mit Hosen, Blusen, Postkarten, Schmuck, Kämmen, Gürteln und Speisen auf. Es roch nach gegrilltem Fleisch und Süßem. Blind für den Charme des Abends verrammelten sich Alexander und Tuyet in ihrem fensterlosen Zimmer. Ihr Schweigen schmerzte hier noch stärker als im Lärm der Stadt. Während sie nebeneinander in der Dunkelheit lagen und jeder für sich leise Tränen vergoss, streckte Cu Rua vorsichtig ihren Kopf aus dem Hoan Kiem-See, um frische Luft zu schnappen. An diesem Abend wählte sie eine von Büschen geschützte Stelle, und niemand entdeckte sie.

Als Tuyet am nächsten Morgen um halb zehn den Frühstücksraum betrat, waren die anderen Gäste schon zu ihren Besichtigungstouren aufgebrochen. Auf den Tischen stand benutztes Geschirr herum, lediglich Alexander stocherte noch mit seinen Essstäbchen im Reis und las gleichzeitig die *Viet Nam News*, eine englischsprachige Tageszeitung. Einen Augenblick betrachtete Tuyet wehmütig seinen vertrauten, muskulösen Rücken und sehnte sich nach Harmonie. Ihr gestriger, leicht masochistischer Wunsch, auch die Brücke zu Alexander hinter sich abzurechen, hatte sich verflüchtigt. Da ihr Gaumen am Morgen wenig experimentierfreudig war, holte sie sich Toast, Marmelade, Orangensaft und Tee und setzte sich zu Alexander. Auf seinem Teller lagen Reste von Reis, Frühlingsrollen und Fischsauce, vermischt mit Mangostückchen und Drachenfrucht. Wie ein Schlachtfeld sah sein Teller aus, und als habe er gar nicht darauf geachtet, was er sich auffüllte.

»Morgen.«

»Morgen«, antwortete Alexander, doch ein Lächeln brachte er nur einseitig zustande. »Wie geht es dir?«

»Ganz gut«, entgegnete Tuyet. Was insofern stimmte, als dass sie trotz Bier und Streit keine Migräne bekommen hatte. Ihr Kopf war schmerzfrei und nur ein bisschen müde vom Jetlag. Eine junge Kellnerin räumte die Tische ab, und Tuyet fühlte sich genötigt, schneller zu essen.

»Unseren Trip in die Halong-Bucht sollten wir canceln«, sagte Alexander und goss sich Kaffee nach. Tuyet ließ ihr Brot sinken. Jetzt kam es. Er würde abreisen.

»Im Juli wurden wegen heftiger Regenfälle die Kohleminen in der Region überflutet, und die giftige Brühe ist in die Halong-Bucht gelaufen.«

Tuyet stöhnte. Einerseits aus Erleichterung darüber, dass Alexander sich nicht verabschiedete, andererseits, weil sie sich auf nichts so sehr gefreut hatte, wie darauf, mit einem komfortablen Boot durch die verwunschene Landschaft dieser Karstinseln zu schippern und an Deck, eingehüllt in hauchdünnen Morgendunst, ihren Tee zu schlürfen.

»Ein anderer Gast erzählte mir, dass seine Freunde kürzlich dort waren«, fuhr Alexander fort. »Nachdem seine Kinder geschwommen sind, bekamen sie Ausschlag und Magenprobleme.«

Damit war auch für Tuyet die Halong-Bucht vom Tisch.

»Das ist ja schrecklich. Vor allem für die Menschen, die dort leben. Tut man etwas, um das Wasser zu reinigen?«

Alexander zuckte die Achseln. Normalerweise regte er sich immer maßlos auf, wenn Umweltkatastrophen passierten, und wetterte über das verantwortungslose Verhalten der Menschen. Die Gleichgültigkeit, die er nun an den Tag legte, versetzte Tuyet einen Stich. Auf Alexanders Zeichen stellte die Kellnerin ein neues Kännchen Kaffee vor ihm ab.

»Hast du den vietnamesischen probiert?«

Tuyet schlug einen unbeschwerten Plauderton an, auf den Alexander nicht einging.

»Noch nicht.«

Er blätterte im Reiseführer und zeigte schließlich auf ein Foto mit einem beeindruckenden Bergpanorama.

»Wir könnten in den Nordwesten nach Sapa fahren. Hast du Lust?«

Tuyet sah sich das Bild genauer an und überflog den Text. Während der Kolonialzeit hatte Sapa den Franzosen als Rückzugsort vor der Hitze gedient. Heutzutage fuhren die Hanoier aus demselben Grund hin. Tuyet nickte.

»Ja, das klingt schön.«

»Gut. Dann besorge ich Tickets für den Nachtzug. Könntest du unsere Sachen packen und um fünf Uhr treffen wir uns zum Essen?«

Wortlos nickte sie, damit ihre Stimme nicht zitterte. Alexander bräuchte wohl kaum so lange, um Fahrkarten zu kaufen. Deutlicher hätte er ihr nicht zu verstehen geben können, dass er ihre Gesellschaft nicht wünschte. Stehend stürzte Alexander seinen Kaffee hinunter, verabschiedete sich mit einer flüchtigen Handbewegung und verließ das Hotel. Tuyet zahlte und ging die Stufen zu ihrem Zimmer hinauf, nicht zu schnell, denn körperlich fit fühlte sie sich immer noch nicht. An einem Flurfenster verschnaufte sie. Der dunkelgraue Himmel kündigte einen Wolkenbruch an, und als Vorboten klatschten die ersten Tropfen gegen die Scheibe. Dann brachen Wassermassen aus den Wolken hervor, und binnen Sekunden war der Boden des kleinen Hinterhofes, auf den Tuyet blickte, von Wasser bedeckt. Es stieg rasch, und Tuyet starrte auf eine Plastikschale, die wie ein vom Kurs abgekommenes Boot dahintrudelte. Eine Ratte mit gesträubtem Fell hetzte über den Hof und riss die Schale mit sich. War es das monotone Rauschen oder das trostlose Grau, in das der Regen diesen Tag tunkte, das dafür sorgte, dass Tuyet schon wieder mit den Tränen kämpfte? Eilig flüchtete sie in ihr Zimmer, dessen fensterlose Mauern den Rest der Welt aussperrten, und sogar die Zeit. Geschützt vor den Blicken anderer, aber auch in dem Gefühl, einsam zu sein, weinte Tuyet, bis keine Tränen mehr übrig waren.

Als sie später vor ihren gepackten Rucksäcken saß, war erst früher Mittag, und bis zu ihrer Verabredung mit Alexander musste sie noch einige Stunden totschlagen. So verletzbar wie sie sich gerade fühlte, schreckte sie die Idee ab, hinauszugehen und umgeben von Hitze, Lärm und Abgasen in einem der überfüllten Straßenrestaurants zu essen. Was aber sollte sie in ihrem stickigen Zimmer mit dem kalten Neonlicht anfangen? Tuyet schaute sich um, wobei ihr Blick an ihrem Rucksack hängen blieb. Sie zog einen Reißverschluss auf und eine Plastiktüte hervor, aus der, als sie diese etwas ungeschickt öffnete, Hanhs Briefe herausflatterten. Eigentlich hatte sie den Gedanken, Hanh finden zu können, immer wieder beiseitegeschoben. Das mulmige Gefühl, nach all den Jahren alte Wunden wieder aufzureißen, und sich – hinter dem Rücken ihres Vaters – in sein Leben einzumischen, war einfach zu stark gewesen. Aber nun lagen die Briefe wieder vor ihr. Angerührt hatte Tuyet die Briefe seit dem unglückseligen Tag vor Marinas Beerdigung nicht mehr, sondern sie zusammen mit ihren Jungmädchen-Tagebüchern weggeschlossen. Jetzt würden sie ihr helfen, zähe Stunden zu überbrücken. Im Schneidersitz machte es sich Tuyet auf ihrem Bett bequem und vertiefte sich, Kekse knabbernd, in Hanhs Briefe. Dabei übersetzte sie mithilfe ihres Wörterbuches Vokabeln und Passagen, die sie bisher ausgelassen hatte, und als sie schließlich den endgültigen Trennungsbrief in seinen Umschlag zurücksteckte, war vor ihr ein detaillierteres Bild von Hanh entstanden. Tuyet durchschaute nun, dass diese gegenüber ihrer kränklichen Mutter ein schlechtes Gewissen geplagt hatte. Sie bewunderte Phong, weil er klug und gebildet war, und in Zeiten, als dieser Zweifel hegte, bestärkte sie ihn darin, dass er es schaffen würde, ein erfolgreicher Arzt zu sein. Sie war voller Sorge um Tien gewesen, deren Leistungen in Vietnam rapide nachließen, und traurig, weil sie ihr nicht helfen konnte. Doch selbst nach Tiens Unfall, als Hanh mehreren Jobs, einer kranken Mutter und einem schwer verletzten Kind gerecht werden musste, tat sie schlichtweg, was zu tun war, meisterte ihr Leben klaglos und konsequent. Jedenfalls gewann Tuyet diesen Eindruck. Dennoch fragte sie sich, was wohl in Hanh vorgegangen sein mochte, nachdem sie ihren endgültigen Trennungsbrief abgeschickt hatte? Sich scheiden zu lassen, widersprach in Vietnam immerhin den gesellschaftlichen Erwartungen an eine Frau. Wie war ihre Mutter damit umgegangen, dass sie mit dem Unmut ihrer Familie rechnen musste oder gar damit, stigmatisiert zu werden? Hatte sie sich jemandem anvertrauen können? Oder fühlte sie sich genauso allein wie sich Tuyet zurzeit fühlte? Ich glaube, Hanh ist stärker als ich, dachte Tuyet. Sie selbst versuchte ständig, es allen recht zu machen. Ihrem Vater, ihren Lehrern, ihrer Chefin, Alexander, ja, sogar der verstorbenen Marina. Ohne großen Erfolg, wie man an ihrer derzeitigen Lage leicht erkannte.

Plötzlich hörte sie ein Geräusch, das wie ein Seufzer klang, im selben Moment ging das Licht aus und die Klimaanlage verstummte. Stromausfall. Binnen kurzer Zeit würde sich ihre dunkle Höhle entsetzlich aufgeheizt haben. Während

Tuyet nach ihrer Handtasche und ihren Schuhen tastete, ging ihr Hanh nicht aus dem Sinn. Was war nach ihrer Scheidung aus ihr und Tien geworden? Hatte Bo versucht, es herauszufinden?

Tuyet zog die Zimmertür hinter sich zu und murmelte: »Nein. Sonst wäre bestimmt die Sache mit den Briefen aufgeflogen.« Während sie der Rezeptionistin zulächelte und auf den Hotelausgang zuging, waren alle Zweifel wie weggeblasen. Ich will endlich wissen, wer meine Mutter ist! Ihr war klar, dass sie es sich nie würde verzeihen können, wenn sie jetzt kniff. Schwitzend, stärker vor Aufregung als Hitze, bestellte Tuyet in einem Café einen Mangosaft und dachte über ihre nächsten Schritte nach. Auf den Umschlägen stand Hanhs Adresse. Vielleicht lebte sie noch immer dort? Allerdings wollte sie nicht ohne Vorwarnung bei ihrer Mutter vor der Tür stehen. Sie nahm einen Block und einen Stift aus ihrer Tasche. Einen Moment zögerte sie, denn die Tragweite ihres Briefes, den sie schreiben wollte, war ihr bewusst. Wie Hanhs Briefe, hätte Bo ihren Inhalt gekannt, hatte auch der ihrige das Potenzial, ihr Leben zu verändern. Tuyets Fingerspitzen kribbelten.

Nachdem sie verschiedene Varianten verworfen hatte, entschied sie sich für eine schnörkellose. Sie schrieb lediglich, dass sie ihren Urlaub in Vietnam verbrächte und sich sehr freuen würde, wenn Hanh sie über die beigefügte E-Mail-Adresse kontaktierte. Ihre Zeilen waren einfach formuliert, denn sie hatte keine Ahnung, ob das Deutsch ihrer Mutter genauso beschränkt war wie Tuyets Vietnamesisch. Vorsichtshalber übersetzte sie den Brief ins Vietnamesische und hoffte, dass Hanh ihn, auch wenn er fehlerhaft wäre, verstehen und ihren guten Willen anerkennen würde. Erleichtert sank sie gegen ihre Stuhllehne. Mit etwas Glück würde sie bald ihre Mutter treffen. Wie es wohl wäre, ihr gegenüberzustehen? Hatten sie sich gleich etwas zu sagen? Sahen sie einander ähnlich? Nachdem sie den Saft bezahlt hatte, eilte Tuyet zum Hotel zurück. Sie wollte gar nicht die Chance haben, es sich anders zu überlegen. Als sie in die Eingangshalle trat, stellte Tuyet erleichtert fest, dass der Strom wieder lief. An der Rezeption bat sie um einen Umschlag, auf den sie die Adresse ihrer Mutter schrieb. Dann übergab sie ihn der lächelnden Dame. Falls Alexander bemerkte, wie aufgekratzt sie war, ließ er sich nichts anmerken, und sein mürrisches Gesicht, als sie beim Essen saßen, dämpfte ihre gute Stimmung.

Am Abend warteten sie am Hauptbahnhof auf ihren Nachtzug Richtung Norden nach Lao Cai. Von dort aus würde es mit dem Bus nach Sapa weitergehen. Den Aufruf zur Abfahrt verstanden sie zwar nicht, aber wie Alexander richtig vermutete, brauchten sie nur der Menge der anderen Reisenden hinterherzulaufen. Das Viererabteil, das sie sich mit einem spanischen Pärchen teilten, war eng, aber sauber, auf einem winzigen Fenstertisch standen ausreichend viele Wasserflaschen für die neunstündige Fahrt. Als der Zug losfuhr, quetschten sie sich ans Fenster und staunten, dass er eine ziemlich lange Strecke mitten durch ein Wohnviertel ratterte. So dicht fuhren sie an den Häuserwänden entlang, dass Tuyet mit ausgestrecktem Arm die gewaschene Wäsche hätte berühren können, die die Bewohner vor ihren Fenstern zum Trocknen aufgehängt hatten. Die Kochstellen hätten keinen Deut näher an den Schienen aufgestellt werden dürfen, ebenso wie die Käfige mit Hühnern, Mopeds oder die Hocker, auf denen insbesondere ältere Leute saßen und dem Zug nachblickten. Tuyet mochte sich gar nicht vorstellen, dass hier tagsüber auch Kinder spielten. Als sie die Lichter der Stadt endlich hinter sich ließen, war es draußen zu dunkel, um noch etwas zu erkennen. Die Spanier hatten es sich bereits in ihren Betten bequem gemacht, Alexander hantierte mit einem Moskitonetz, das er versuchte, so geschickt zu befestigen, dass er und Tuyet geschützt schlafen konnten. Als sie etwas später im oberen Bett lag und fror, weil die Klimaanlage auf vollen Touren lief und ihr direkt ins Gesicht blies, reichte er ihr seinen

Kapuzenpulli hinauf. Tuyet mummelte sich so gut es ging hinein und wickelte sich zusätzlich einen Schal um den Hals. Der Spanier schnarchte, Alexander auch, und Tuyet schaukelte das Ruckeln des Zuges in eine Art Dämmerschlaf, der gar nicht so unangenehm gewesen wäre, wenn ihr nicht an jeder Haltestelle gleißendes Scheinwerferlicht ins Gesicht gestrahlt hätte.

Am frühen Morgen erreichten sie Lao Cai und eine gute Stunde später erblickten sie Sapa, das malerisch inmitten des Hoang-Lien-Son-Gebirges lag. Die Frühnebel überzogen die Reisfelder wie ein feiner Schleier. Als sie in die Stadt hineinfuhren, bemerkten sie schnell, dass Sapa kein idyllisches Bergdorf war, sondern ein Ort, den der Tourismus fest im Griff hatte. Doch obwohl sich ein Hotel an das nächste reihte und die unterschiedlichen Trachten der Bergbevölkerungen die Stadt farbenfroh und lebendig aussehen ließen, war diese Gegend bitterarm. Somit war es nicht verwunderlich, dass die Menschen versuchten, ihre Waren an zahlungskräftige Touristen zu verkaufen. Mit ihren bestickten Tüchern, Taschen, Schmuckstücken und Früchten umringten sie die Neuankömmlinge, die sich entweder breitschlagen ließen oder die Flucht ergriffen. Bereits vor dem Frühstück hatte Tuyet mindestens zwanzig Mal die Aufforderung »*Buy for me*!« abgelehnt. Meistens waren es Frauen der Schwarzen *Hmong* in indigoblauen Trachten, die sich nicht abwimmeln ließen. Aber auch Grüne *Hmong* mischten mit, Blumen-*Hmong*, die kunterbunte Kleider und Tücher anhatten, oder Rote Dao, die Tuyet an ihrer roten, kissenartigen Kopfbedeckung und den abrasierten Augenbrauen erkannte. Manchmal boten auch Kinder, die eigentlich in die Schule gehörten, etwas an.

Nach einer serpentinenreichen Taxifahrt kamen sie schließlich am Ziel ihrer Reise an. Es war eine hübsche Hotelanlage mitten in den Bergen, die aus kleinen strohbedachten Steinbungalows bestand. Man hatte eine atemberaubende

Aussicht auf die terrassenförmig angelegten Reisfelder, die während der Sommermonate frisch gesetzt in hellem Grün oder in reifem Sonnengelb leuchteten. Ende Oktober war es für diese Farbenpracht zu spät, aber selbst jetzt, als solle man zu keinem Augenblick Zweifel an seiner Fruchtbarkeit hegen, haftete dem abgeernteten Boden ein reizvolles Dunkelgrün an, von dessen Anblick sich Tuyet nicht losreißen konnte. Aus der Ferne sahen die Reisfelder eher nach einem Kunstwerk aus als nach dem Resultat harter Arbeit. Und das war es, wie die freundliche Rezeptionistin erklärte, während Alexander und Tuyet bei einer Tasse grünem Tee darauf warteten, ihr Zimmer zu beziehen. Bevor dieses Berghotel eröffnete, hatte die Hmong-Angehörige selbst ihrer Familie beim Reisanbau geholfen. Die Samen wurden zum Auskeimen in trockenem Boden ausgesät und das eigentliche Reisfeld mit Hilfe von Wasserbüffeln umgegraben. Mühsam war es, die jungen Setzlinge einzeln und per Hand ins Feld zu setzen und zu wässern. Verwandelten sich die knallgrünen Reislandschaften in strahlendes Gold, dann stand die Erntezeit vor der Tür, und man konnte dreschen und die Reiskörner auf flachen Dächern oder den Straßen trocknen.

»Im Süden kann man wegen des guten Klimas sogar dreimal im Jahr ernten«, seufzte die Hotelangestellte. Jedenfalls seit den späten achtziger Jahren, als die kommunistische Partei *Doi Moi*, die Politik der Erneuerung, beschloss. Wirtschaftliche Planvorgaben wurden abgeschafft, und die Bauern durften fortan vom Staat Felder pachten und Reis nach eigenem Gutdünken anbauen. »Heute gehört Vietnam zu den größten Reisexporteuren der Welt«, betonte die Rezeptionistin stolz. Bevor Alexander dazu kam, weitere Fragen zu stellen, klingelte ein Handy.

»Ihr Zimmer ist fertig«, teilte die Angestellte mit und lief diensteifrig voran, um ihnen den Weg zu weisen. Das Zimmer war ein Traum. Tuyet trat auf den kleinen Balkon hinaus und konnte sich an den Reisfeldern nicht sattsehen. Hier und da zog ein Wasserbüffel gemächlich einen Pflug durchs Feld. Auf manchen ritten Kinder, andere wurden von einer Bäuerin geführt.

»Alexander!«, rief Tuyet. Er trat neben sie, und Tuyet legte ihre Hand um seine Hüfte, er seinen Arm um ihre Schulter. Gemeinsam sogen sie die frische Luft ein und mit ihr die Hoffnung, zueinanderzufinden, wenn sie nur lang genug dieses friedliche Panorama betrachteten. Zu Mittag aßen sie gebratenes Schweinefleisch, Wasserspinat und Papayasalat. Danach, aufgemuntert von einem vietnamesischen Kaffee, spazierten sie los, um die Gegend zu erkunden. Kaum hatten sie das Hotel verlassen, hefteten sich acht Frauen der Schwarzen Hmong an ihre Fersen. Sie trugen dunkle Kopfbedeckungen und Stulpen, ihre dunklen Röcke waren mit bunten Stickereien verziert. Zwei von ihnen hatten ihre Babys auf den Rücken gebunden, die anderen geflochtene Körbe, in denen Tuyet ihre Waren vermutete.

»Oh nein«, sagte sie enttäuscht. »Wir werden schon wieder belagert.«

Alexander lachte. »Was erwartest du? Hier oben gibt es nicht viele Touristen, da müssen sie sich an uns halten.«

Eine Händlerin, die sich forsch an die Spitze des kleinen Trupps gesetzt hatte, sprach Tuyet mit dem ihr schon bekannten »*Buy for me*« an.

»Nein, danke«, erwiderte Tuyet freundlich.

Eine jüngere Verkäuferin mit Baby drängelte sich vor und hielt Tuyet eine bestickte Geldbörse hin. Dabei deutete sie auf das schlafende Kind.

»*School. School. Buy for me.*«

Tuyet machte eine unwirsche Handbewegung und schüttelte ihren Kopf.

»Das dauert noch fünf Jahre, bis die Kleine eingeschult wird«, raunte sie Alexander zu und lief schneller.

»Sei nicht so zynisch«, erwiderte er. »Vielleicht hat sie mehrere Kinder, die zur Schule gehen.«

Zwei der Frauen hatten Alexander in ihre Mitte genommen und redeten in englischen Bruchstücken auf ihn ein. Offenbar begriffen sie, dass er der Zugänglichere war. Was auch stimmte, denn Alexander erklärte sich bereit, am Ende des Spaziergangs einen Blick auf ihre Tücher zu werfen.

»Die könnten meiner Mutter gefallen. Oder Viviane.«

Keuchend stapfte Tuyet den nächsten Abhang hinauf und stellte deprimiert fest, dass selbst der ältesten Hmong-Frau nicht ein Schweißtropfen von der Stirn perlte, obwohl sie einen Korb schleppte. An einem kleinen Bach, über den ein Baumstamm als Brücke gelegt worden war, hielten alle an. Tuyet tat so, als betrachtete sie intensiv die Berge und hoffte, die Frauen würden, abgespeist mit Alexanders Versprechen, weiterlaufen. Doch wie eine folgsame Schulklasse warteten sie auf der anderen Bachseite.

Eine Hmong streckte Tuyet ihre Hand entgegen. Große Ringe baumelten an den Ohren der Frau und ihr Gesicht war voller Falten, obgleich sie höchstens vierzig war.

»*I help you*«, erbot sie sich.

Ohne darauf einzugehen, setzte Tuyet vorsichtig einen Fuß auf den Baumstamm und balancierte los. Fast war sie angekommen, als die hilfsbereite Hmong ihr Handgelenk umfasste, um sie auf den festen Boden zu ziehen. Doch Tuyet riss sich los, geriet aus dem Gleichgewicht und stürzte mit einem Aufschrei in den Bach. Ihre Leinenhose war durchnässt, ihr Rücken und ihr Fuß schmerzten.

»Könnt ihr uns nicht einfach in Ruhe lassen. Haut endlich ab!«

Die Hmong tuschelten und warfen Alexander unsichere Blicke zu. Die beiden Frauen mit dem Baby entfernten sich, die anderen sechs blieben, wo sie waren. Inzwischen hatte Alexander Tuyet aus dem Wasser gefischt und befühlte ihren Fuß.

»Kannst du auftreten?«

Ein dumpfer Schmerz fuhr durch ihren Knöchel, aber sie

konnte gehen. Alexander machte mit seinem Daumen ein Okay-Zeichen.

»Alles in Ordnung«, rief er auf Englisch.

»Okay, okay!«, riefen die Hmong und lachten.

»Gar nichts ist okay«, keifte Tuyet. »Wenn sie mich nicht gezogen hätte, wäre ich gar nicht erst gefallen.«

So schnell es ihr Fuß zuließ, humpelte sie davon. Alexander holte sie ein, zwei Meter hinter ihnen liefen die Frauen.

»Jetzt mach doch nicht so ein Riesending daraus. Es ist doch nichts passiert.«

Tuyet warf ihm einen giftigen Blick zu. Sie triefte, ihr Knöchel war verknackst, aber er fand, das sei nicht der Rede wert.

»Ich hasse es, bedrängt zu werden!«

»Ich auch. Im Hotel nehmen wir entspannt einen Drink zu uns und gucken den ganzen Abend auf den Phan Xi Păng. Aber bitte verdirb nicht die Stimmung wegen ein paar armer Frauen, die ein wenig Geld verdienen wollen.«

Tuyet blieb stehen und stemmte ihre Hände in die Hüften. Ihr war gleichgültig, was die Hmong von ihr dachten.

»Musst du für alles und jeden Verständnis haben? Das nervt!«

Alexanders verletzter Blick traf sie, aber Tuyet hatte keine Lust, ihren Vorwurf abzumildern. Mit zusammengebissenen Zähnen ging sie weiter, und war froh, als sie ihr Hotel vor sich sah.

»Ich kaufe noch ein«, sagte Alexander und wandte sich den Hmong zu, die ihn schnatternd und sich gegenseitig fortschubsend umschwirrten. Durch ein blumenberanktes Tor betrat Tuyet den Garten des Hotels und fühlte sich in Sicherheit. Sollte Alexander doch von allen etwas kaufen und die ganze Welt retten. Sie duschte, schmierte ein wenig Sportsalbe auf ihren Knöchel und genehmigte sich ein Glas vietnamesischen Wein, der gar nicht übel war. Hinter dem Phan Xi Păng versank die Sonne in leuchtendem Rot und färbte auch den Himmel ein. Nur gegen die schwarzen Wolken, die an den

Berggipfeln festhingen, kamen ihre Strahlen nicht mehr an. Tuyet seufzte, nippte an ihrem Wein, und der Druck, der den ganzen Nachmittag auf ihr gelastet hatte, ließ nach.

Die beiden nächsten Tage vergingen schnell. Während Alexander sich mit dem Mountainbike abstrampelte, durch Bambuswälder wanderte und Kardamom-Pflanzungen besichtigte, erholte Tuyet sich und ihren Fuß, indem sie die Natur vom Gartenstuhl aus genoss. Mit ihrer Urlaubslektüre kam sie nicht recht voran, denn immer wieder legte sie ihr Buch beiseite, um den subtropischen Insekten zu lauschen, deren monotones Zirpen sie trotz der unfassbaren Lautstärke eindösen ließ. Manchmal schweiften ihre Gedanken ziellos umher. Doch, wenn sie auf Marina oder Tuyets Arbeit zuflatterten, öffnete sie schnell ihre Augen und flüchtete sich zurück in ihren Roman. Eine Frage ließ sie jedoch nicht mehr los. Wie kam es bloß, dass Bo nicht das geringste Interesse bekundete, Vietnam wiederzusehen.

»Frag ihn, ob er mitkommt«, hatte Alexander vorgeschlagen, als Tuyet vor ihrer Reise laut darüber nachdachte, dass Vietnam eines der ärmsten Länder gewesen war, als Phong es verließ, während man heute im Fernsehen fast täglich einen überschwänglichen Reisebericht sehen konnte. Tuyet war überzeugt gewesen, dass es Bo leichterfallen würde, gemeinsam mit ihr und Alexander in seine alte Heimat zurückzukehren. Allerdings schien dies gar nicht sein Herzenswunsch zu sein, denn Bo hatte freundlich, aber bestimmt abgelehnt.

»Nett, dass du fragst, Tuyet«, hatte er gesagt. »Aber ich wüsste nicht, wer sich über meinen Besuch freuen sollte. Und wie ein Tourist durchs Land zu reisen und euch jungen Leuten auf der Pelle zu sitzen, gefällt mir nicht.«

Tuyet hatte versucht, ihn zu überreden, aber seitdem die Momente des Schweigens zwischen Alexander und ihr immer häufiger wurden, und sie sich regelrecht das Gehirn zermarterte, was sie sagen oder fragen könnte, war sie froh, dass

Bo nicht dabei war. Und wenn, dann hätte er vermutlich zu Alexander gehalten.

Als Alexander an diesem Abend von einer Wanderung zurückkam, gab es keine Gesprächspausen. Erfüllt von seinem Tag, berichtete er, dass seine kleine Gruppe bei einer Familie der Roten Dao zu Mittag gegessen habe. Während die Frauen auf einer Feuerstelle im Inneren des Hauses gekocht hatten, hatte er mit den Kindern gespielt und zugeschaut, wie andere Dorfbewohner aus Holzrinden und Pilzen Naturheilmedizin herstellten.

»Du wolltest doch wissen, weshalb sich die Frauen die Brauen und Stirnhaare rasieren«, plauderte er weiter. »Angeblich hat einmal eine Ehefrau ihr Haar ins Essen fallen lassen, und dem Mann ist es nicht bekommen. Deshalb mussten sich seitdem verheiratete Frauen rasieren.«

Obgleich sie sich nicht erinnern konnte, danach gefragt zu haben, und Alexanders Berichte ein wenig langatmig schienen, empfand Tuyet den Nachmittag als harmonisch. Umso irritierter war sie, als Alexander appetitlos mit seinen Essstäbchen im Essen herumstocherte und sie schließlich beiseitelegte.

»Geht es dir nicht gut?«, fragte sie.

Alexander rutschte unbehaglich auf seinem Stuhl hin und her, bevor er zu sprechen begann.

»Ich habe nachgedacht«, sagte er und sein Tonfall ließ Tuyet aufhorchen.

»Du scheinst ruhebedürftig zu sein, was ich nach allem, was los war, verstehe. Aber ich möchte auf dieser Reise so viel wie möglich entdecken. Deshalb habe ich vor, in der nächsten Woche in die Phong Nha Ke Bang-Höhlen zu fahren. Allein. Ein paar Tage nur, dann treffen wir uns wieder. Was meinst du?«

Tuyet ließ ihre Stäbchen sinken.

»Ich meine«, sagte sie, »dass du dir deine Frage sparen kannst. Du hast doch schon alles geplant.«

Alexander wiegte seinen Kopf hin und her, woraus sie schloss, dass er ihr Recht gab.

»Ich muss gestehen, dass ich über deine heftige Reaktion auf meinen Heiratsantrag noch immer geschockt bin. Als du vorgestern die Hand der Hmong-Frau ausgeschlagen hast, die dir bloß über einen wackeligen Steg helfen wollte, ist mir klar geworden, dass du seit Monaten nichts anderes tust. Du schlägst um dich und lässt niemanden an dich heran.«

In Tuyets Kopf begann es zu rauschen. Ihre Finger zerfledderten eine Papierserviette, und sie erfasste, dass es um mehr ging als nur ein paar getrennt verbrachte Urlaubstage. Scheinbar hielt er sie für hysterisch. Konzentriert riss sie ihre Serviette in winzige und noch winzigere Stücke. Wollte sie unbedingt, dass Alexander blieb? Hatte sie Vietnam nicht meistens dann genossen, wenn sie allein gewesen war? Möglichst würdevoll erhob sich Tuyet, denn obwohl sie diese Frage eindeutig mit Ja beantwortete, sollte Alexander nicht denken, dass er sie vor vollendete Tatsachen stellen durfte.

»Wie du meinst«, sagte sie kühl und nahm ihre Tasche. »Ich werde in Hanoi bleiben.«

»Du kannst mich immer auf dem Handy erreichen«, versprach Alexander, und mit Genugtuung stellte Tuyet fest, dass in seiner Stimme ein Hauch schlechten Gewissens mitschwang.

Zurück in Hanoi hatte Tuyet Alexander zum Hauptbahnhof, *Ga Ha Noi*, gebracht, und sie hatten sich verabschiedet, als führe er fürs Wochenende von Frankfurt nach Köln. Als der Zug Richtung Süden abfuhr, fragte sich Tuyet, wie es nach dem Urlaub weitergehen würde. Rasch schüttelte sie diesen Gedanken ab. Was war schon dabei, wenn sie ein paar wenige Tage ihren jeweiligen Interessen nachgingen?

Tuyet bummelte die nahegelegene Hauptstraße Kham Thien entlang, wo es einen guten und günstigen Schneider geben sollte. Nachdem sie zwei Sommerkleider in Auftrag gegeben hatte, schlenderte sie weiter. Obwohl offiziell der Hanoier Herbst begonnen hatte, zeigte das Thermometer über dreißig Grad an, und auf Tuyets dünner Bluse bildeten sich Schweißflecken. Sie achtete nicht darauf, da sie damit beschäftigt war, ihre nächsten Tage zu entwerfen. Hinauswagen wollte sie sich, auf keinen Fall in ihrem Hotelzimmer versacken, wo sie nur trübsinnig werden würde. So in ihre Planung vertieft, hätte sie beinahe ein grünes Eisentor übersehen, auf dem das Datum 26. 12. 1972 prangte. Hinter dem Tor erhob sich ein Denkmal, vor dem eine Frau in dunklen Hosen, lila T-Shirt und Kegelhut gerade frische Lotusblumen auf einem Altar arrangierte. Als sie innehielt, um sich den Schweiß von der Stirn zu wischen, fiel ihr Blick auf Tuyet. Sie öffnete das Tor.

»Möchten Sie hereinkommen?«

Die Vietnamesin war um die fünfzig, hatte ein breites, freundliches Gesicht und einen herzlichen Blick.

Tuyet betrat den kleinen Hof, der inmitten des hektischen Stadtverkehrs Ruhe ausstrahlte. Die Frau nickte ihr zu und fuhr fort, kleine Vasen mit frischen Blumen zu füllen. Tuyet betrachtete das Denkmal, das aus einer hoch aufragenden Säule und einer bronzenen Frauenfigur bestand, die ein totes Kind an sich drückte. Es war den Opfern der Weihnachtsbombardierungen von 1972 gewidmet, bei denen die Amerikaner die Kham Thien-Straße in Grund und Boden gebombt hatten. Sah man sich heute in der pulsierenden Straße um, erinnerte rein gar nichts an den Horror jener Tage. Nur der verzweifelte Blick der bronzenen Frau, der Tuyet in eine andere Zeit versetzte, sodass sie meinte, zwischen Autolärm und hupenden Mopeds ängstliche Schreie zu vernehmen. Sie sah die junge Mutter vor sich stehen, aus Fleisch und Blut, inmitten des dröhnenden Bombenhagels gleichgültig gegenüber ihrem eigenen Leben, weil gerade ihr Kind getötet worden war. Erst als die Vietnamesin ihr sanft eine Hand auf den Arm legte, merkte Tuyet, dass sie ihre Hände vor den

Mund geschlagen hatte. Sie ließ sie sinken und sah die Frau an. Ihr Blick war traurig, wie der der Bronzestatue. Falls die Frau inzwischen bemerkt haben sollte, dass Tuyet eine *Viet Kieu* war, schien es sie nicht zu stören. Langsam begann sie zu erzählen, und als sie merkte, dass Tuyets Vietnamesisch nicht weit reichte, spickte sie, ohne Befremden zu zeigen, ihre Geschichte mit englischen Worten. Tuyet verstand bei Weitem nicht alles, aber sie kamen zurecht.

»Ich war sieben«, sagte die Frau, »und wir waren aus dem Dorf, in dem wir während des Krieges lebten, nach Hanoi gekommen. Wir waren sicher, dass die Amerikaner Weihnachten feierten und keine Bomben schmeißen würden. Wir irrten. Präsident Nixon befahl seinen Soldaten, unsere Städte so heftig zu attackieren wie nie zuvor. Uns in die Knie zu zwingen.«

Ihr Körper straffte sich, und für einen kurzen Augenblick wich die Trauer ihrem Stolz.

»Das ist ihnen nicht gelungen. Aber wie viele Menschen sind gestorben! Meine Mutter, meine Schwester, meine Tante und so viele Nachbarn haben dieses Weihnachtsfest nicht überlebt. Ich bin froh, dass wir jetzt in Frieden leben.«

Tuyet drückte ihr die Hand.

»Danke, dass Sie mir das erzählt haben. Ich hatte keine Ahnung.«

»Das haben viele junge Leute nicht«, sagte die Vietnamesin. »Manchmal stört mich das, und ich sage meinen Kindern, dass sie niemals vergessen dürfen, wie grausam der Krieg war. Aber sie kennen ihn ja gar nicht, und letztlich bin ich glücklich darüber, dass sie sich heutzutage für eine gute Arbeit, schicke Kleidung und Handys interessieren können.«

Einen Moment lang schwiegen die Frauen, dann lächelte Tuyet.

»Ich heiße übrigens Tuyet«, sagte sie.

»Ich bin Lan.«

Zum Abschied schenkte Lan Tuyet eine hübsche Blüte und

wünschte ihr alles Gute. Als Tuyet wieder auf die Kham Thien-Straße trat, war es ihr, als wäre sie weit fort gewesen.

Benommen von der Hitze, die ihr außerhalb der schattigen Gedenkstätte entgegenschlug, blieb Tuyet am Straßenrand stehen. Sie setzte ihre Sonnenbrille sowie ihre neue hellblaue Baseballkappe auf und leerte in wenigen Schlucken ihre Wasserflasche. Die Sonne brannte auf ihrer Haut, ohne jedoch den lästigen Schweißfilm zu trocknen, der aus ihren Poren kroch, sobald sie ihr klimatisiertes Hotel verließ. Tuyet beschloss, sich eine Dusche und einen kurzen Mittagsschlaf zu gönnen, bevor sie weitere Pläne schmiedete. Leider waren alle Taxis, die an ihr vorbeifuhren, belegt, und da sie nicht auf der Stelle geröstet werden wollte, schlich sie durch die Hitze Richtung Bahnhof. Auf dem Weg dorthin würde sich schon ein freies Fahrzeug finden. Die an sich hässliche Kham Thien-Straße betrachtete Tuyet nun mit ganz anderen Augen. Sie war die Zeugin einer Tragödie, in der vielleicht sogar die Familien der Menschen, die heute in ihr lebten, fürchterliches Leid erfahren hatten. Tuyet winkte einem Taxi, doch der Fahrer hupte nur. Im Vorbeifahren schauten seine Fahrgäste Tuyet so unbeteiligt an, als wollten sie ihre Freude darüber verbergen, ein kühles Taxi ergattert zu haben. Autos und Mopeds flitzten vorüber, die Luft war staubig und roch nach verbranntem Gummi. Irgendwo ertönte inmitten des Großstadtlärms das durchdringende Krähen eines Hahns. Tuyet war völlig in Gedanken versunken. Auch ihre Eltern hatten den Vietnamkrieg erlebt. Bo sprach jedoch nur selten über diese Zeit, und wenn, dann meistens, um seinen Kindern klarzumachen, wie verwöhnt sie waren, weil ihnen beispielsweise ein Essen nicht schmeckte oder Julian als Kind über die Fülle seiner Hausaufgaben stöhnte. Meistens hatten sie ungeduldig darauf gewartet, dass Bo endlich damit aufhörte, die Hungerjahre nach dem Krieg auszuwalzen und die Nächte, in denen er sich beim trüben Schein einer Petroleumlampe mit knurrendem Magen auf die Aufnahmeprüfung der Universität vorbereitet hatte. Bestürzt stellte Tuyet fest, dass die Geschichte einer wildfremden Frau ihr stärker ans Herz ging als die ihres Vaters. Weil Lan nicht in dieser pädagogischen Art über den Krieg spricht, sondern ihre Gefühle zeigt, dachte Tuyet. Bo hingegen kramte lediglich zu passenden Gelegenheiten seine immer selben Anekdoten hervor, ansonsten schien seine Vergangenheit nicht zu existieren.

Ob Hanh auch so war? Oder ähnelte sie Lan, die offen darüber redete, was ihr widerfahren war? Tuyet hoffte es, denn die Aufrichtigkeit der Denkmalpflegerin hatte sie beinahe dazu gebracht, sich dieser wildfremden Frau anzuvertrauen. Im letzten Augenblick hatte sie sich jedoch zurückgehalten, denn im Grunde sehnte sie sich danach, mit ihrer Mutter zu sprechen. Es war zum Verzweifeln, dass sich Hanh noch nicht gemeldet hatte. Weshalb nicht? Fühlte sie sich überrumpelt? Schlimmer noch, rannte Tuyet einem Hirngespinst hinterher, und Hanh wollte sie gar nicht sehen? Dafür gibt es keinen Grund, tröstete sie sich. Keinen ersichtlichen jedenfalls, aber wer wusste schon, was man ihr noch verheimlichte. Aber was wäre, wenn Hanh, was wohl am wahrscheinlichsten war, verzogen war und Tuyets Brief nicht bekommen hatte?

Zwei junge Vietnamesinnen in schicken Sommerkleidern kamen ihr unter einem aufgespannten Regenschirm entgegen. Obwohl Tuyet diesen Anblick witzig fand, weil Regenschirme einfach nicht zu diesem strahlend blauen Himmel passten, beschloss sie, künftig auch einen bei sich zu tragen, da ihre Baseballkappe gegen die knallheiße Sonne nicht ankam. Lachend spazierten die Frauen an ihr vorbei, beide telefonierten, die eine hatte auffallend weiße Haut, die einen unnatürlichen Kontrast zu ihren schwarzen Haaren bildete. Vermutlich eine dieser Bleichcremes, dachte Tuyet, die nicht verstand, wie man seiner Haut das antun konnte.

Endlich hielt ein Taxi.

»Wohin?«, fragte der Fahrer. Obwohl sie wusste, dass sie

sich erkälten würde, wenn er die Klimaanlage nicht herunterdrehte, genoss sie auf der Rückbank den kalten Luftzug auf ihrer Haut. »Wohin?«, wiederholte der Mann und fuhr los, ehe sie geantwortet hatte. Tuyet nannte ihm ihr Ziel, das ihr ohne Zögern über die Lippen ging. Sie wollte zu Hanh. Wohnte sie nicht mehr in ihrem alten Haus, musste Tuyet es wissen, damit sie die neue Adresse ausfindig machen konnte. Um sicher zu gehen, dass der Fahrer sie richtig verstand, zeigte Tuyet ihm Hanhs Adresse auf einem ihrer Briefe. Der Fahrer nickte, hupte und gab Gas, während seine kleine goldene Winkekatze, die er auf dem Armaturenbrett befestigt hatte, unablässlich grüßte. Behutsam entfaltete Tuyet ihren Lieblingsbrief, den sie wie ein Maskottchen in ihrer Handtasche verwahrte. Ihre verschwitzten Finger hinterließen schmierige Abdrücke. Es war Hanhs erstes Schreiben aus dem Jahre 1990, das bewies, dass sie Tuyet nicht im Stich gelassen hatte. Nachdem Tuyet fünfundzwanzig Jahre lang geglaubt hatte, ihre Mutter habe nichts von ihr wissen wollen, war die Erleichterung darüber, dass es nicht so war, noch immer überwältigend. Was gäbe sie dafür, dass Hanhs liebevolle Worte sie damals erreicht hätten? Auch Hanh tat ihr leid. Während sie diesen Brief schrieb, ahnte sie nicht, dass es bei den Papierküssen bleiben und sie ihr Kind verlieren würde. Tuyet wischte sich eine Träne von ihrer Wange und bemerkte, dass der Taxifahrer sie im Rückspiegel neugierig betrachtete. Rasch wandte sie den Blick ab und starrte aus dem Fenster. Ein Moped tuckerte im Schneckentempo vor ihnen her, aber trotz des Hupkonzertes, das der junge Fahrer deshalb auslöste, tippte er in aller Seelenruhe eine SMS. Zwei Mopeds schossen heran, die den langsamen Fahrer riskant schnitten und davonrasten. Tuyet stellte fest, dass ihr bei derartigen Szenen nicht mehr der Atem stockte.

In der Nähe des Botanischen Gartens hielt der Taxifahrer an und erklärte, dass er wegen einiger Baustellen nicht weiter in die Gassen hineinfahren könne. Von Tuyet verlangte er einen übertriebenen Fahrpreis. Tuyet fluchte leise über ihre Dummheit, nicht auf sein Taxameter geachtet zu haben. Dass er es manipuliert hatte, verstieß gegen ihr Rechtsempfinden. Empört redete sie auf ihn ein, in Englisch, Vietnamesisch und mit Gesten, aber plötzlich verstand der Fahrer, der eben noch passabel Englisch gesprochen hatte, überhaupt keine Sprache mehr. Irgendwann hielt sie ihm rigoros einen Geldschein hin und stapfte davon. Hinter sich hörte sie, dass er aufs Gaspedal trat. So leicht gab er sich also geschlagen? Misstrauisch kontrollierte Tuyet ihre Geldbörse. Dann schlug sie sich ihre Hand vor die Stirn. Sie hatte einen falschen Schein erwischt und ihm viel mehr gezahlt, als er verlangt hatte. Sie ärgerte sich nicht allzu lange darüber. Immerhin war sie im Begriff, ihre Mutter wiederzusehen, allein das zählte. Die Gassen, durch die sie lief, wurden immer schmaler, bei jedem Schritt klopfte ihr Herz vor Aufregung schneller. Würde sie Hanh antreffen? Wie würde ihre Mutter reagieren? Wie würde sie selbst reagieren? Tuyet hastete vorbei an Verkäuferinnen, die frische Ingwerwurzeln, Gurken und Zwiebeln anpriesen, Garküchen verbreiteten den Geruch von gebratenem Fleisch. Am Ende dieser Gasse würde Tuyet riechen wie nach einem Abend am Lagerfeuer. Manche Frauen boten vor ihren Geschäften rohes Fleisch an. Um die Fliegen fernzuhalten, schwangen sie ihre Fächer. Tuyet, die die hübsch drapierten Säcke voller Gewürze, Reis und Mais bevorzugte, wurde von dem Anblick ein bisschen übel, aber vielleicht lag es auch an ihrer wachsenden Nervosität. Das nächste Sträßchen, in das sie einbog, war mit rot-blau-weißen Plastikplanen überdacht, und hielt die Sonne einigermaßen in Schach. An der Ecke reparierte jemand alte Fahrräder, daneben saß ein Mann vor einem winzigen Laden, in dem sich sowohl neue als auch zerlegte Fernsehgeräte stapelten. Ein Haus weiter frisierte ein junger Vietnamese mit grün gefärbten Haaren eine ältere Frau. Suchend sah Tuyet sich um. Wie weit war es denn noch? In einem Schmuckladen saß auf einer niedrigen

Holzbank neben der Auslage eine alte Frau und hielt ein Baby im Arm. Einen Moment blickte sie auf und musterte Tuyet. Als diese keine Anstalten machte, den Laden zu betreten, wandte sie sich dem Kind zu. Ihr Mann, neben dessen Bambusmatte drei Mopeds parkten, aß Reis. Tuyet fragte ihn nach Hanhs Adresse, woraufhin er mit seinen Essstäbchen wortlos die Gasse hinabdeutete. Tuyet dankte ihm und atmete tief durch. Womöglich stand der wichtigste Augenblick ihres bisherigen Lebens unmittelbar bevor. Als sie weitereilte, genoss sie das Gefühl, wieder die Regie zu übernehmen.

Die Gasse endete, und Tuyet trat auf einen kleinen Platz hinaus. Aus einer gelbgetünchten Schule strömten Schüler, kleine Geschäfte reihten sich an Cafés und Garküchen. Doch sie hatte jetzt kein Auge für ihre Umwelt mehr. Ihr Blick scannte die Hausnummern, und als sie die richtige gefunden hatte, zögerte sie nicht, aus Angst, es sich sonst anders zu überlegen. Durch einen schmalen Seitenweg gelangte sie zum Eingang des Hauses und klingelte. Mit Herzklopfen wartete sie darauf, dass sich die Tür öffnete. Sie hörte Stimmen, klapperndes Geschirr, dann schlurfende Schritte, ehe die Tür überraschend heftig aufflog. Tuyets Augen weiteten sich. Vor ihr stand eine Frau zwischen sechzig und siebzig. Sie war ein Stück kleiner als Tuyet, ihre grauen Haare in einen Knoten gebunden. Sie trug einen geblümten Hausanzug und hielt einen Topf mit Erbsen in der Hand. Neugierig starrte sie Tuyet an, die nicht wusste, wie sie sich vorstellen sollte. War das Hanh?

»Ich bin Tuyet«, begann sie vorsichtig. Als die alte Dame keine Reaktion zeigte, fügte sie hinzu:

»Ich hatte geschrieben, dass ich in Vietnam bin. Ist mein Brief angekommen?«

Die Frau stellte ihren Topf auf den Boden und musterte Tuyet wortlos.

»Mein Vietnamesisch ist leider nicht so gut«, entschuldigte sie sich. Instinktiv sprach sie lauter, um sich besser verständlich zu machen. »Sprechen Sie Englisch? Oder Deutsch?«

Die Frau lachte schallend und schüttelte den Kopf.

»Nein, mein Kind, ich spreche nur Vietnamesisch.«

Immerhin betonte sie die Wörter klar und langsam, sodass Tuyet sie sehr gut verstand. Aber sie war unsicher, wie sie die Frau höflich ansprechen sollte. In Vietnam konnte man selbst innerhalb der Familie viel falsch machen, wenn man in der Anrede das Alter oder den Status einer Person nicht berücksichtigte. Für jede Situation schien eine andere Regel zu gelten. Und weder wusste Tuyet, ob sie ihre Mutter oder eine völlig fremde Frau vor sich hatte.

»Bist du … Sind Sie … Hanh?«

»Nein.«

Das Interesse der alten Dame war erloschen, und sie hob den Erbsentopf vom Boden auf. Da tauchte ein Mädchen von etwa vierzehn Jahren auf. Sie trug eine dunkle Hose, ein weißes Hemd und um den Hals ein rotes Tuch. Es handelte sich dabei um eine Schuluniform, die Tuyet bereits an anderen Kindern gesehen hatte. Ihr braunes Haar hatte sie in einen Pferdschwanz gebunden, und über ihrer Schulter hing eine Tasche, die nicht ganz schloss, weil ein zu großes Buch herausschaute. Die Hand des Mädchens spielte mit einem Handy.

»Xin chào«, begrüßte sie Tuyet. »Kann ich helfen? Meine Großmutter hört nicht so gut.«

Tuyet schöpfte Hoffnung.

»Wohnt hier Frau Hoang Thi Hanh?«, fragte sie.

Das Mädchen tippte etwas in ihr Handy und antwortete nebenbei:

»Nein, nicht mehr.«

»Wie bitte?« Tuyet spürte, wie ihr das Blut in den Kopf strömte. Nicht eine Minute hatte sie in Erwägung gezogen, dass Hanh nicht mehr leben könnte. Das Handy des Mädchens klingelte.

»Entschuldigen Sie, einen Moment, bitte. Da muss ich rangehen.«

Die Großmutter verabschiedete sich, und verschwand in der Wohnung. Einen Moment später wandte sich das Mädchen wieder Tuyet zu.

»Entschuldigen Sie, ich habe morgen eine wichtige Prüfung und bin mit einer Freundin zum Lernen verabredet. Wenn Sie in zwei Stunden wiederkommen, ist meine Mutter von der Arbeit zurück. Sie kann Ihnen bestimmt helfen.«

Sie rief ihrer Großmutter etwas zu, verabschiedete sich von Tuyet und rannte davon.

Enttäuscht blickte Tuyet auf ihre Uhr. Zwei Stunden warten, um vielleicht doch nichts zu erfahren. Aber da sie nun schon mal hier war, wollte sie ihre Chance nutzen. Angespannt umrundete sie den kleinen Platz. In seiner Mitte befand sich ein grünlicher Teich, aus dem verrostete Metallstücke herausragten. Drum herum schwammen Fische. Tuyet lehnte sich an das Geländer, um die Szenerie genauer zu betrachten.

»Möchten Sie etwas über den B-52-Bomber in unserem Huu-Tiep-See wissen?«

Ein zirka neunjähriger Junge in Schuluniform zeigte auf das Wrack im Wasser und sah Tuyet dann erwartungsvoll an.

»Gerne. Ich spreche nur nicht so gut Vietnamesisch.«

»Sie sehen aus wie eine Vietnamesin, aber sprechen unsere Sprache nicht?«

Schlagartig kam sich Tuyet wie eine Mogelpackung vor. Hatte er sie wirklich für eine waschechte Vietnamesin gehalten? Sie hätte vermutet, dass man ihr das Fremdsein ansah, an der Art, wie sie sich bewegte, umsah, kleidete. Sie selbst fühlte sich, wie man sich als Touristin eben fühlte, in einem Land, dessen Sprache man nicht beherrschte, und dessen zahllose ungeschriebene Codes und Regeln, die den Alltag bestimmten, man nicht kannte.

»Ich bin hier nicht aufgewachsen«, erklärte sie dem Jungen, zu dem sich in der Zwischenzeit ein paar andere Kinder gesellt hatten. Anscheinend hatte sie ein falsches Wort benutzt, denn alle sahen sie verwirrt an und kicherten. Vorsichtshalber wiederholte sie ihren Satz auf Englisch.

»Wo dann?«, wollte ein Mädchen mit Brille und festgeflochtenen Zöpfen ebenfalls auf Englisch wissen. »In Amerika?«

Halb inquisitorisch, halb fasziniert hoffend klang ihre Frage.

»Nein«, antwortete Tuyet. »In Deutschland.«

»Da gibt es tolle Fußballspieler!«, rief ein Junge.

»Kennen Sie Kaiser Otto?«, rief ein anderer.

»Kaiser Otto?« In einer ihrer hintersten Wissensschubladen schreckte Kaiser Otto aus seinem Tiefschlaf, in dem er sich seit ihrer Schulzeit befand. Trotzdem fiel Tuyet nicht viel zu ihm ein, und inständig hoffte sie, dass kein Kind Genaueres wissen wollte. Zum Glück kam ihr der Junge, der sie zuerst angesprochen hatte, unbeabsichtigt zu Hilfe. Er hatte wohl beschlossen, dass ihre mangelnden Sprachkenntnisse ihn nicht aufhalten durften. Und die anderen ihm vor allem nicht die Show stehlen.

»Ich spreche langsam«, sagte er. »Wenn Sie etwas nicht verstehen, sagen Sie es ruhig.«

Er begann seinen Vortrag, und die anderen Kinder, die schon besser Englisch sprachen als er, halfen beim Übersetzen. Wenn das nicht klappte, spielten sie die Szenen vor.

»Meine Schule heißt Ngoc Ha, nach dem Blumendorf, das hier früher war. Während des amerikanischen Krieges, im Dezember 1972, wollten die Amerikaner es bombardieren, aber unsere Luftstreitkraft war sehr gut. Sie haben dieses Flugzeug abgeschossen, bevor es seine Bomben abwerfen konnte. Trotzdem sind viele Vietnamesen gestorben, aber nicht so viele wie seine Bomben getötet hätten.«

Schon wieder die Weihnachtsbombardierungen. Tuyet betrachtete das Wrack, das sie nicht mehr als Flugzeug identifiziert hätte. An einer Stelle wuchs ein kleines Bäumchen durch das Metall hindurch, triumphierend, als habe das Leben über den Tod gesiegt. Tuyet fiel ein, dass Hanh das Wrack in einem Brief erwähnt hatte. In diesem Zusammenhang war auch von einer grauenvollen Nacht die Rede gewesen. Was war ihr damals zugestoßen?

»Meine Großmutter hat das miterlebt«, riss ein Mädchen Tuyet aus ihren Gedanken. »Sie sagt, die Leute sind aus den Bunkern gekrochen und haben sich so gefreut, dass sie die ganze Nacht nicht schlafen konnten. Sogar General Vo Nguyen Giap kam am nächsten Tag und sprach zu ihnen. Danach hatten alle wieder Kraft, um weiterzukämpfen und zu siegen.«

Ein anderes Mädchen drängelte sich zu Tuyet vor. »Wir kommen oft her und sammeln den Müll auf. Das ist wichtig. Auch, dass Fremde unsere Geschichte kennen. Deshalb erzählen wir sie Ihnen gerne.«

Auch wenn das Geschichtsbild der Kinder sicherlich einseitig geprägt war, rührte es Tuyet, wie sehr sie sich bemühten, ihr den Mut der Vietnamesen näherzubringen. Alexander hätte ihnen bestimmt Löcher in den Bauch gefragt.

»Der Bus kommt«, rief ihr erster kleiner Lehrer. Die Kinder schnappten ihre Taschen und winkten. Tuyet winkte zurück und rief ihnen »*cam on!*« hinterher. Dann setzte sie sich in ein Café, das tatsächlich Café B-52 hieß, und bestellte Tee. Sie überlegte, was sie täte, wenn die Mutter des Mädchens ihr nicht weiterhelfen konnte, beschloss dann aber, diese Frage beiseitezuschieben, bis es soweit war. Auf einmal hetzte eine Frau um die Ecke, die ihren rechten Fuß etwas nachzog. Bepackt mit Tüten, aus denen Gemüse herausragte, steuerte sie auf Hanhs Haus zu. Tuyet zwang sich, ihren Tee möglichst langsam auszutrinken, um der Frau etwas Zeit zu geben. Dann folgte sie ihr und klingelte. Als die Tür geöffnet wurde, stand Tuyet der Frau gegenüber. Sie war ungefähr Mitte dreißig, vielleicht auch älter, etwas kleiner als Tuyet und kräftig gebaut. Ihr langes, welliges Haar fiel bis auf ihre Schultern, und ihre Lippen leuchteten in knalligem Rot. Die rasierten Brauen waren so nachgezeichnet worden, dass sie ihre großen Augen betonten. Neben dem linken klebte ein großes Pflaster. Ihre Bluse haftete am Bauch und zeigte Schweißflecken. Irgendwie kam sie Tuyet bekannt vor. Ohne ein Wort zu sagen, musterten sie sich.

»Du bist Tuyet«, stellte die Frau fest, als wäre es das Normalste von der Welt. »Ich bin Tien.«

Ihre große Schwester.

Sie kannte Tien nur von alten Kinderfotos, aber ihre wunderschönen Mandelaugen hatte sie gleich erkannt.

»Tien?«

Was sollte sie tun? Lachen? Weinen? Ihrer Schwester um den Hals fallen? Ihr die Hand reichen? Überwältigt von ihren Gefühlen stand Tuyet da, unfähig, auch nur einen Finger zu heben. Sehnsüchtig wartete sie darauf, dass ihre Schwester die Initiative ergriff und sie umarmte, hineinbat oder mit Fragen bestürmte. Doch Tien verharrte genauso reglos wie sie. Schließlich sagte Tien: »Bitte geh und komm nicht wieder.«

Ein paar Sekunden dachte Tuyet, sie hätte sich verhört, aber da nickte Tien ihr kurz zu, als wollte sie ein Minimum an Höflichkeit wahren, und schloss leise die Tür.

Hanoi, Dezember 1972

Seit einer Weile schon rätselte Hanh über den blassblauen Winterhimmel. Waren es leichte Federwölkchen, die ihn verschleierten? Tausende von Kondensstreifen, die die Kampfflugzeuge hinterließen, die fast pausenlos über ihre Köpfe hinwegjagten? Oder war es der Dunst des Todes, in dem sich der Staub einstürzender Häuser und Straßen mit der Asche von verbranntem Menschenfleisch vermischte, und den der Wind wie ein schmutziges Trauerlaken über ihr Land breitete? Was es auch war, Hanh war dankbar für eine Verschnaufpause, obgleich das Donnern der B-52 selbst in dieser Totenstille in ihren Ohren nachhallte. Kaum noch hatten sie die Bunker verlassen und waren voller Angst um ihre Familien, die in Hanoi oder der Hafenstadt Haiphong lebten. Wenn sie denn noch lebten. Hanhs weiße Abschiedsbluse, die sie zur Feier des glücklichen Wiedersehens mit ihrer Familie den Ahnen hatte opfern wollen, war längst verschwunden. Dabei hatte es vor kurzem endlich Hoffnung gegeben. Ein Abkommen zwischen Vietnam und den USA, das den Menschen endlich Frieden bringen sollte, war in Sicht gewesen. Doch dann, Mitte Dezember, scheiterten die Verhandlungen, und seitdem warfen die Amerikaner so viele Bomben ab wie nie zuvor. Kummervoll dachte Hanh an ihren Vater, der im Süden gefallen war, an ihre große Schwester und ihren geliebten Bruder, von denen sie seit langem nichts gehört hatte. Wenigstens ihre Mutter und Tao waren halbwegs in Sicherheit, wenn auch in einem anderen Dorf als Hanh. Xuan und Hop, ihre Freundinnen, hatte sie aus den Augen verloren, und die meisten der Absolventen wie auch Tuan waren in den Krieg gezogen. Wenigstens Phong, der zeitweise in einem anderen Dorf lebte, war zurückgekehrt.

»Sieh an, der Geschichtenerzähler«, hatte Hanh ihn möglichst beiläufig begrüßt, als sie sich das erste Mal gegenüberstanden. Die Art, in der er sie angrinste, verriet, dass er genau wusste, wie sie sich freute. Seine Augenbrauen erschienen Hanh noch dichter, aber vielleicht wirkten sie auch nur so, weil der Rest von ihm weniger geworden war. Bevor er weiterging, hatte er blitzschnell ihr Haar berührt. Also hatte er bemerkt, dass sie ihre langen Zöpfe abgeschnitten hatte. Sie trug ihr Haar nun kinnlang, weil das praktischer war. Hanh seufzte und lief zum Roten Fluss hinunter. Wer wusste, wann die Angriffe erneut begännen. Vorher wollte sie zu ihrem versteckten Altar, um ihre Ahnen um Zustimmung für etwas zu bitten, was strengstens verboten war. Nachdem sie gebetet hatte, schlug sie den kleinen Pfad zum Flussufer ein. Dort saß Phong und starrte aufs Wasser. Wortlos setzte sie sich neben ihn, schloss aber die Augen, denn sie wollte nicht sehen, ob sich der Fluss noch röter verfärbt hatte. Das Zirpen der Insekten klang wie ein nicht enden wollender Warnruf.

»Weißt du noch, als wir uns vor den Flugzeugen in den Büschen versteckt haben?«, fragte Phong plötzlich.

Hanh warf ihm einen missmutigen Seitenblick zu. Wie könnte sie vergessen, dass sie vor dem versammelten Dorf gerügt worden waren. Noch dazu völlig unnötigerweise.

»Heute wäre das viel zu gefährlich«, fügte er hinzu.

»Du hast Recht.«

Hanh legte ihr Kinn auf ihre angewinkelten Knie und entschied, dass sie nicht nur mit den Ahnen, sondern auch mit Phong reden würde.

»Hast du Nachricht von deinem Vater bekommen?«, fragte sie.

»Nein.«

»Von deiner Mutter?«

Kopfschütteln.

Zwei Tage zuvor hatten die Amerikaner in Hanoi das größte Krankenhaus Nordvietnams zerstört. Hanhs Lehrerin hatte berichtet, dass Ärzte, Schwestern und Patienten des Bach-Mai-Hospitals verschüttet worden waren. Phongs Eltern arbeiteten beide dort. Womöglich wäre auch Hanhs große Schwester Anh unter den Opfern gewesen, wenn sie nicht im vorigen Jahr an Typhus gestorben wäre.

Hanh blickte nun doch aufs Wasser, aber seine Farbe sah aus wie meistens. Rotbraun. Sie streckte ihre Füße hinein und plätscherte mit ihren Zehen.

»Es ist Weihnachten«, sagte Hanh.

Phong streckte seine Füße ebenfalls aus.

»Na und?«

»Die Amerikaner feiern und werden uns in Ruhe lassen. Ich will nach Hanoi und nach meinen Großeltern und Cousinen sehen. Kommst du mit?«

Rasch zog Phong seine Beine ein, als hätte Hanh eine ansteckende Krankheit, die sich auf ihn übertrüge, wenn er nicht Acht gab. Mit aufgerissenen Augen sah er sie an.

»Bist du verrückt? Es ist absolut verboten, dass wir das Dorf verlassen. Willst du eine Strafe riskieren?«

Gefasst erwiderte Hanh seinen Blick. Mit dieser Reaktion hatte sie gerechnet.

»Willst du nicht wissen, ob deine Eltern leben?«

Statt einer Antwort griff Phong nach einem Stein und ließ ihn über das Wasser hüpfen. Einmal, zweimal, dreimal. Dann versank er.

»Du weißt, dass ich es hasse, bestraft zu werden. Aber nicht zu wissen, ob meine Familie in Hanoi tot ist, ist unerträglich.«

Phong warf noch einen Stein ins Wasser. Er plumpste gleich in die Tiefe.

»Man wird uns suchen und wieder wird es heißen, wir hätten alle in Gefahr gebracht.«

»Wir hinterlassen eine Nachricht.«

»Wie willst du überhaupt nach Hanoi kommen?«

»Mit dem Fahrrad.«

»Welches Fahrrad?«

»Wir … borgen … uns eins. Es ist doch nur für zwei Tage.«

Plopp. Plopp. Plopp.

»Jetzt hör schon auf, Steine zu schmeißen. Tausende von jungen Vietnamesen und Vietnamesinnen, die nicht viel älter sind als wir, ziehen in den Krieg. Und du traust dich nicht einmal nach Hanoi? Dann bleib eben hier und tröste dich mit schönen Geschichten!«

Erbost sprang Hanh auf und klopfte sich den Staub von ihrer dunklen Hose. Phong erwischte sie an deren Saum.

»Warte«, stöhnte er. »Warte. Ich besorge die Räder. Wann treffen wir uns?«

Stärker mit ihren Augen als den Lippen lächelte Hanh. Na bitte, eigentlich hatte sie nichts anderes erwartet.

»Wenn es keinen Alarm gibt, schleichen wir uns aus dem Dorf, wenn niemand mehr wach ist. Verschlaf bloß nicht.«

Mit einer kleinen Geste grüßte sie ihn und lief davon.

Als Hanh mitten in der Nacht an ihrem Treffpunkt am Fluss erschien, wartete Phong schon. Er legte seinen Zeigefinger auf die Lippen und forderte sie mit einer Handbewegung auf, ihm zu folgen. Verborgen hinter Büschen stand ein rostiges Rad.

»Nur eins?«, flüsterte Hanh.

Entschuldigend hob Phong seine Hände und schob das Rad auf den Trampelpfad. Nachdem sie ein paar Minuten stumm nebeneinanderher gegangen waren, gelangten sie zu der Straße, auf der Hanh und Tao ihre Eltern verabschiedet hatten. Hanh setzte sich auf den Gepäckträger. Er war unbequem und irgendetwas stach in ihre Oberschenkel. Phong stellte sich auf die Pedale und trat los. Das Fahrrad schlingerte, und als sie durch ein Schlagloch fuhren, das Phong im Dunkel übersehen hatte, fiel Hanh hinunter. Phong machte so ein verdutztes Gesicht, dass sie ein Kichern unterdrücken musste, damit niemand sie hörte. Nach einer Weile fanden sie ihr

Gleichgewicht und radelten ruhig dahin. Der sternenklare Himmel erstreckte sich über ihnen; es war lange her, dass Hanh ihn sich in Ruhe angesehen hatte. Um sie herum war es still, das einzige, was sie vernahm, waren Phongs Keuchen und das Klackern seiner Pedale. Ab und zu schrie ein Tier, Zweige knackten und raschelten. Mit einer Hand hielt Hanh sich am Sattel fest, ihre andere ruhte in ihrem Schoß. Plötzlich huschte eine riesige Ratte über den Weg, und Phong wich ihr aus. Fluchend holperte er über ein Schlagloch, und sie kippten beinahe um. Hanh klammerte sich an ihm fest, aber auch, als er das Rad wieder unter Kontrolle gebracht hatte, ließ sie ihn nicht los, sondern umschlang ihn mit ihren Armen und legte den Kopf an seinen schwitzenden Rücken. Phong radelte weiter, als wäre ihm die Nähe ihres Körpers gar nicht aufgefallen. Mit geschlossenen Augen stellte sich Hanh vor, wie sich diese Nachtfahrt wohl gestalten würde, wenn sie keine Angst vor Bomben und um ihre Angehörigen haben müssten.

»Phong hat Recht«, dachte sie. »Es muss etwas anderes geben.«

Ihr Magen krampfte sich zusammen und presste eine Furcht hervor, die Hanh bisher noch nicht wahrgenommen hatte. Was Todesangst war, wusste sie genauso gut wie alle anderen, die täglich mit ihr im Bunker saßen und nichts tun konnten, außer zu beten, dass der nächste Einschlag sie nicht treffen möge. Nahmen die Angriffe kein Ende, hatte sich Hanh sogar schon mal einen schnellen Tod herbeigesehnt, damit sie das Donnern, Krachen, Schreien und ihre eigene Panik nicht länger ertragen musste. Doch heute graute es Hanh davor, vielleicht niemals eine richtige Frau zu werden, mit einem Mann und eigenen Kindern, für die sie arbeiten und leckeres Essen kochen könnte. Abrupt bremste Phong ab, und Hanh öffnete ihre Augen.

»Was ist los?«

Zuerst dachte sie, sie litte unter einer Sinnestäuschung. Dann aber wurde ihr bewusst, dass sie ihrer Realität gegenüberstand. An der Straße, neben in den Dreck gestürzten Fahrrädern und Handkarren, lagen Leichen, vermutlich eine Familie. Teilweise hatten sie bizarr verdrehte Gliedmaßen, eine Frau lag über ihren Kindern, als hätte sie versucht, sie vor dem Tod zu bewahren. Entsetzt wandte Hanh ihren Blick ab. Sie wollte nicht darüber nachdenken, wer wohl die anderen gewesen waren. Ihnen eine Geschichte, wenn auch bloß eine erfundene, zu geben, machte ihre leblosen Körper zu Menschen. Wie sie. Wie Phong. Wie ihre Familien. Waren sie auf dem Weg nach Hanoi gewesen? Oder von dort gekommen?

»Fahr weiter«, presste Hanh mit rauer Stimme hervor, aber Phong rührte sich nicht. Sein Atem ging schnell, und sie begriff, dass er an seine Eltern dachte. Da nahm Hanh ihm den Lenker aus der Hand.

»Du musstest schon die ganze Zeit strampeln. Jetzt bin ich dran.«

Ohne zu widersprechen, ließ Phong Hanh anfahren und sprang hinten auf. Schwankend und in Schlangenlinien entfernten sie sich von den Toten. Phong legte seine zitternden Hände an Hanhs Taille. Als wäre der Teufel hinter ihnen her, hetzte Hanh die Straße entlang, getrieben von dem Wunsch, Hanoi lebend zu erreichen und ihre Familie gesund vorzufinden. Gedämpft, als führe sie durch einen zähen Nebel, registrierte Hanh, was um sie herum geschah. Dass der Nachthimmel sich aufhellte, wobei der Mond und die Sterne verblassten. Dass die Straße belebter wurde. Dass sie Hanoi erreicht hatten. Es dauerte noch eine ganze Weile, bis sie zum Haus von Phongs Tante Anh in der Kham Thien-Straße gelangten.

Sie kochte gerade Reis, als Hanh und Phong eintraten. Vor Überraschung hätte Tante Anh fast den Topf vom Feuer gestoßen.

»Mein Junge«, rief sie und umarmte Phong. Dabei wiegte sie ihn wie ein kleines Kind, streichelte sein Haar und bekam vor lauter Schluchzen keinen weiteren Ton heraus. Mit gesenktem Kopf stand Hanh daneben. Solche Szenen hatte sie schon öfter beobachtet, in ihrem Dorf, wenn Angehörige erschienen und traurige Nachrichten überbrachten. Hatte auch Phong es begriffen? Oder wollte er sich seiner Hoffnung so lange hingeben, bis seine Tante, die Worte aussprach, vor denen er sich fürchtete?

Schließlich verebbten Tante Anhs Tränen, und sie erklärte Phong, dass sein Vater, ihr Bruder, während des Bombenangriffs auf das Bac-Mai-Krankenhaus ums Leben gekommen war. Vielleicht hatte der Feind die nahegelegenen Kasernen oder die Öllager treffen wollen, aber der Bombenteppich vernichtete das Hospital. Unter den Verschütteten, die man tot geborgen hatte, war Phongs Vater nicht zu finden gewesen, weshalb man davon ausging, dass von ihm nichts übrig geblieben war. Für seine Mutter bestand allerdings Hoffnung, denn sie war seit neuestem als Ärztin im Süden im Einsatz und nicht mehr im Hospital gewesen. Als sie geendet hatte, erbrach sich Phong. Sein schmächtiger Körper schwitzte und bibberte zur selben Zeit, seine dichten Brauen wurden zu einem schwarzen Balken über seinen Augen. Obwohl er nicht schrie, sah Hanh, dass jede seiner Fasern von Verzweiflung erfüllt war.

Unauffällig verließ sie das Haus, um Phong und Tante Anh gemeinsam um Vater und Bruder trauern zu lassen. Vor der Tür stand ein Junge von ungefähr sieben Jahren, der sich auf ein zu großes Fahrrad stützte.

»Wie lange bleibt ihr?«, fragte er, anstatt sich nach Hanhs Namen zu erkundigen. Wahrscheinlich hatte er an der Tür gelauscht.

»Weiß ich noch nicht«, antwortete Hanh.

»Willst du ein sicheres Versteck sehen? Ich meine, falls es Alarm gibt?«

Hanh sah ihm an, dass er es ihr unbedingt zeigen wollte.

»In Ordnung.«

Der Kleine führte sie hinter Tante Anhs Haus, an dessen Rückwand es einen kleinen Eingang gab, der ebenfalls ins Innere führte. Der Junge zeigte auf einen Treppenabsatz, der mit allen möglichen Materialien verstärkt worden war.

»Das habe ich gebaut«, sagte er stolz und stellte sein Rad ab. »Das beste Versteck aller Zeiten. Du darfst auch hinein.«

Hanh lächelte.

»Wie nett von dir. Haben wir denn beide Platz?«

Der Junge nickte eifrig. Sie krochen in den Verschlag und Hanh betete, dass sie ihn nicht benötigen würden. Zusammen mit dem Jungen kehrte sie ins Haus zurück. Tante Anh deutete auf eine Ecke, in der Phong auf einer Bambusmatte lag. Auch der Schlaf trocknete seine feuchten Wangen nicht, und seine Kiefer arbeiteten unaufhörlich, als wollten sie die schreckliche Nachricht zermalmen. Voller Mitgefühl betrachtete ihn Hanh. Wären sie jetzt alleine, würde sie sich zu ihm legen und seine Hand halten. Doch inzwischen waren Phongs Großmutter, zwei Cousinen, die in einer Fabrik arbeiteten, sowie sein Cousin nach Hause gekommen. Leise begrüßten sie Hanh, dann, um Phong nicht zu stören, aßen sie schweigend. Anschließend zeigte Tante Anh Hanh, wo sie sich waschen konnte.

»Im Nebenzimmer liegt noch eine freie Matte. Ruh dich aus, mein Kind. Du musst ja vollkommen erledigt sein«, sagte sie, bevor sie sich auf den Weg zur Arbeit im Elektrizitätswerk machte. Zärtlich strich sie Hanh über das Haar und ging. Hanh streckte sich auf einer Bambusmatte aus. Auch die anderen hatten sich hingelegt, denn falls die Amerikaner nachts angriffen, würde niemand schlafen können. So schnell, wie Phongs Stein im Roten Fluss untergegangen war, versank Hanh mit schweren Gliedern in einem traumlosen Schlaf.

Als sie erwachte, war es bereits dunkel und die anderen Bambusmatten leer. Sie stand auf, um nach Phong zu sehen. Zusammengerollt und mit geschlossenen Augen lag er auf der

Seite, und Hanh fiel es schwer zu entscheiden, ob er schlief oder nur so tat. Sie setzte sich neben ihn auf den Boden und legte behutsam ihre Hand auf seine Schulter.

»Es tut mir schrecklich leid«, flüsterte sie ihm zu.

Phong drehte sich zu ihr, und sie blickte in seine von Tränen und Erschöpfung geröteten Augen. Er nahm ihre Hand, drückte sie kurz, dann richtete er sich auf und schüttelte kaum merklich den Kopf. Hanh verstand, dass er eine Pause vom Weinen brauchte und deshalb nicht über seinen Vater reden wollte.

»Ich fahre jetzt nach Ngoc Ha«, erklärte sie ihm. »Ich muss wissen, was mit meiner Familie los ist.«

Sie erhob sich und ging zur Tür. Als sie sich noch einmal umwandte, war auch Phong aufgestanden und schulterte eine kleine Tasche, in die er eine Wasserflasche packte.

»Du kommst mit?«, fragte Hanh überrascht.

Trotz seiner Traurigkeit lächelte Phong sie an.

»Wie soll ich denn sonst in unser Dorf zurückkommen? Wir haben doch nur ein Rad.«

Die Hälfte des Weges hatten sie bereits zurückgelegt, als über die Lautsprecher, die überall in der Stadt aufgestellt waren, eine helle Frauenstimme ertönte. Auf dem Land gab es ein derartiges Alarmsystem nicht, weshalb Hanh und Phong sich einen Moment lang irritiert umsahen.

»Die Flugzeuge sind noch siebzig Kilometer von Hanoi entfernt«, sagte die Sprecherin ruhig.

Die Menschen liefen zügig, aber nicht panisch weiter. Viele schienen zu wissen, wohin sie wollten, andere sicherten sich sofort eines der zahllosen Schutzlöcher, die am Straßenrand ausgehoben worden waren. Jeweils eine Person passte hinein, und wenn die Bombardierung begann, verschloss man das Loch, indem man einen Deckel über sich zog. Hanh und Phong zögerten zu lange, und bald waren alle Schutzlöcher in ihrer Nähe belegt.

»Was jetzt?«, fragte Hanh.

»Spring auf!«, rief Phong. »Ein bisschen Zeit bleibt uns noch.«

Während sie weiterfuhren, verkündete die Lautsprecherstimme, dass sich die Flugzeuge inzwischen bis auf dreißig Kilometer genähert hatten. Die Streitkräfte wurden aufgefordert, sich zum Kampf bereitzuhalten. Die Bevölkerung, einen Schutz aufzusuchen. Und alle sollten Ruhe und Entschlossenheit bewahren.

»Da! Ein freier Unterstand!«

Während Phong das Rad vorsichtig hinlegte, glitt Hanh schon in das Loch. Phong zwängte sich dazu.

»Es ist zu klein.«

Er hievte sich hinaus, rannte einen Platz weiter, doch der war besetzt. Mit rasendem Herzen sah Hanh, wie Phong von einem Unterstand zum nächsten sprintete. Endlich fand er einen, der frei war, und verschwand im Boden. Sekundenlang war Hanh erleichtert, doch dann fand sie es unerträglich, getrennt von Phong in diesem Loch zu sitzen. Es war falsch, dass sie nicht zusammengeblieben waren.

»Bitte lasst nicht zu, dass ich alleine sterben muss«, flehte sie ihre Ahnen an, insbesondere ihren Vater. Der Gedanke an ihn machte ihr das Herz schwer, aber beruhigte sie auch. Die Sirenen heulten los, aufschwellend und abschwellend, immer wieder. Wer jetzt noch keinen Schutz gefunden hatte, rannte um sein Leben, denn auch, wenn noch kein Flugzeug in Sicht war, konnte jeden Moment die Hölle losbrechen. Vorsichtig streckten die Menschen ihre Köpfe aus den Schutzlöchern und observierten den Himmel. Auch Hanh. Niemand sprach ein Wort, und deshalb rief auch sie nicht nach Phong. Weshalb sah sie ihn nicht? Hatte er seinen Deckel bereits zugezogen?

Neben ihr schaute ein Mädchen gleichen Alters aus dem Boden heraus. Seine Zöpfe waren zerzaust, und als sich ihre Blicke begegneten, meinte Hanh, dass die Augen des Mädchens zu einer müden, alten Frau gehörten. Zwei Schutzlöcher weiter, sichtbar bis zur Brust, stand ein Mann und starrte in ein aufgeschlagenes Buch. Ob er wirklich las? Ein Loch neben ihm lugte eine alte Frau mit einem dicken Strohhut hervor, die ihren Reistopf wie einen Schatz umklammerte. Die Welt schien erstarrt zu sein. Alle warteten auf das kommende Unheil. Aus ihrem Augenwinkel nahm Hanh eine Bewegung war und erblickte eine junge Mutter, die mit ihrem Baby auf dem Arm die Straße entlanghetzte. Immer wieder blieb sie stehen und blickte sich hilfesuchend um. Das Baby zappelte und sein kleiner Strohhut fiel ihm vom Köpfchen. Rasch bückte sich die Mutter und setzte ihm den Hut wieder auf. Schon war die Luft von dem bedrohlichen Brummen der Flugzeuggeschwader erfüllt. Detonationen waren zu hören und Rauch stieg in den Himmel. Um Hanh herum waren jetzt alle Schutzdeckel geschlossen. Ihr wurde übel vor Angst, aber sie konnte ihre Augen nicht von der verzweifelten Mutter wenden. Was, wenn sie keinen Unterschlupf für sich und ihr Kind fand? Plötzlich stand Phong neben ihr und ergriff ihre Hand.

»Komm mit!«, schrie er und zog sie aus dem Loch. Hanh rief nach der jungen Mutter, die auf sie zu stolperte und weinend vor Angst und Dankbarkeit ihren Unterstand übernahm. Phong schob den Deckel über sie, dann zerrte er Hanh mit sich fort.

»Dort hinten ist ein großer Bunker.«

Er zeigte auf ein Schild, und kurz darauf kauerten sie mit Dutzenden von anderen Menschen in einem Luftschutzkeller unterhalb einer ehemaligen Schule. Keinen Moment zu früh, denn schon stürzten so viele Bomben herab, wie Hanh es noch nie erlebt hatte. Das elektrische Licht begann zu flackern, dann erlosch es ganz. Sie hörten Schreie, die Luft war verdickt von Qualm und Gestank und brannte in den Lungen. Und es hörte nicht auf. Immer mehr Bomben fielen, bis Hanh sich kein Ende mehr vorstellen konnte. Sie und Phong klammerten sich aneinander, und Hanh war sich sicher, dass sie so sterben würden. Aber wenigstens nicht allein, jeder für sich in einem dunklen Loch.

Nach qualvollen Stunden war es vorbei, und sie hatten überlebt. Als sie aus dem Bunker krochen, dämmerte es. Hustend, sich den Staub und Mörtel aus den Haaren schüttelnd, gewöhnten sie ihre Augen an das Morgenlicht. Phong reichte ihr die Wasserflasche und trank selbst den Rest. Langsam kamen sie zu sich und schauten sich um. Die Straße war relativ unversehrt, aber Krankenwagen fuhren, verletzte, weinende Menschen irrten umher, und jemand brüllte, dass die Kham Thien-Straße verwüstet worden sei. Hanh und Phong warfen sich einen Blick zu. Ihr Fahrrad lag nicht mehr da, weshalb sie einfach losrannten, genau in die Richtung, aus er sie am Abend zuvor gekommen waren. Hanh spürte weder Durst noch Hunger, ihre Panik trieb sie an. Der Anblick der Kham Thien-Straße ließ ihren Atem stocken. Da, wo noch Stunden zuvor eine dicht besiedelte Wohngegend gewesen war, gab es nur noch Trümmer und Bombenkrater, in denen ganze Häuser mit ihren Bewohnern verschwunden waren. Phong stürmte weiter, dorthin, wo das Haus seiner Tante gestanden hatte. Bis auf ein paar Mauerreste hatten es die Bomben dem Erdboden gleichgemacht. Phong sank auf seine Knie und schrie. Hilflos legte Hanh ihre Hand auf seinen Arm, aber er schüttelte sie ab und stolperte orientierungslos auf den Steinen herum, warf mal hier, mal da einen fort, grub wie besessen mit seinen bloßen Händen und brach dann weinend zusammen. Hanh ließ ihn gewähren, sie konnte ihm jetzt nicht helfen. Außer Entsetzen empfand sie nichts mehr. Um sie herum gruben die Menschen nach ihren Angehörigen und Nachbarn. Riefen ihre Namen. Manchmal ertönte ein Freudenschrei und zwischen den Steinen wurde jemand lebendig hervorgezogen und weinend umarmt. Doch meistens waren es verzweifelte Laute, die Hanh durch Mark und Bein gingen, wenn jemand die Leiche eines geliebten Menschen gefunden hatte, oder einen Teil von ihr. Trotz Mundschutz und Kopfbedeckung drang Hanh der Staub in Mund und Nase, und mit ihm der Gestank nach verbranntem Fleisch,

Blut und Dreck. Nie würde sie ihn vergessen, und manchmal, wenn die Vergangenheit sie in Alpträumen einholte, roch sie ihn noch Minuten, nachdem sie erwacht war. Er verfolgte sie genauso wie die grauenhaften Bilder der zerfetzten Toten, die die Straße säumten, und die der untröstlichen Menschen, denen sie etwas bedeutet hatten. Hanh sah zwei Männern nach, die einen schreienden Jungen forttrugen. Er hatte einen Fuß verloren, aber er lebte. Sein Anblick rüttelte Hanh auf, und so schnell sie noch konnte, rannte sie über Trümmer und Körper hinweg zur Rückseite von Tante Anhs Haus. Tatsächlich hatte der kleine Verschlag dem Angriff standgehalten und war mit das einzige, was von dem Gebäude übrig geblieben war. Panisch riss Hanh die Tür auf und taumelte rückwärts. Der Junge, dessen Namen sie nicht erfragt hatte, hing leicht vornübergebeugt auf seinem Rad, als habe er auf sie gewartet und sei darüber eingeschlafen. Seine kleine Hand lag auf der Bremse, und sein Körper sah unbeschädigt aus. Sein Versteck war gut gewesen, doch dem Druck der Bombenexplosion hatten seine Lungen nicht standhalten können. Wie versteinert stand Hanh vor ihm und schüttelte mechanisch den Kopf, wieder und wieder, bis ihre Tränen herausströmten, und sie brüllte, bis sie heiser war. Den Jungen riss sie von seinem geliebten Rad und wiegte ihn in ihren Armen.

Sie hätte nicht zu sagen gewusst, wer ihr den Jungen abnahm, wer sie von dem Verschlag fortführte, und sie festhielt, als ihr Körper zu zittern begann und ihre Zähne aufeinanderschlugen, als sei es bitterkalt geworden. Später erzählte ihr Tante Anh, dass es Phong gewesen war. Als Hanh zu sich kam, sei es weil der Dämmerzustand, in dem sie sich befunden hatte, nachließ, oder weil sie eingeschlafen war, saßen Tante Anh und eine von Phongs Cousinen neben ihr. Sie hatten eine Decke über Hanh gebreitet und reichten ihr Wasser.

»Wer war der Junge?«, fragte Hanh. »Wie hieß er?«

»Hung«, antwortete Tante Anh. »Der Sohn einer Nachbarin, der bei uns ist, wenn sie arbeitet. Sie weiß es noch nicht.«

Tante Anh schob ihren Schutzhut in den Nacken und wischte sich über die Stirn. Dann stand sie ohne ein weiteres Wort auf und schloss sich einer Gruppe an, die nach Verschütteten grub.

»Wir anderen waren im Bunker«, sagte Phongs Cousine, die wie Hanhs Schwester Tao hieß. »Jeder dachte, ein anderer hätte Hung mitgebracht. Warum ist er nur nicht gekommen?«

Hanh schloss die Augen. Sie wusste es. Hung hatte gedacht, in seinem Verschlag wäre er am sichersten.

»Wo ist Phong?«

Vage zeigte Tao über die Trümmerhaufen.

»Er hilft, Verschüttete zu bergen und Verletzte ins Krankenhaus zu bringen. Das tue ich jetzt auch. Kommst du zurecht?«

Sie erhob sich, und auch Hanh zwang sich auf die Beine. Ihre Decke hing an ihr herab wie ein staubiges Gewand. Unmöglich konnte sie tatenlos liegenbleiben, während andere mit dem Tode rangen. Tao schloss sich einer Helfergruppe an, während Hanh nach Phong suchte. Vielleicht konnte er ihre Hilfe gebrauchen. Wie in Trance schleppte sie sich über Steine, Haushaltsgerätschaften und zerstörte Möbelstücke, die durch die Luft geschleudert worden und irgendwo gelandet waren. Manchmal trat sie auf abgerissene Gliedmaßen und zerfetzte Korpusse, gewöhnte sich aber rasch an, nicht hinzuschauen. Ihre Kraft reichte gerade aus, um einen Fuß vor den anderen zu setzen, und sie bezweifelte, dass sie es bis zu ihren Verwandten schaffte. Plötzlich tauchte Phong in ihrem Gesichtsfeld auf. Er trug ein kleines Mädchen auf dem Arm, das sich nicht regte. Hanhs Herz bebte. Bitte nicht noch mehr tote Kinder. Das Bild von Tao, ihrer Schwester kam ihr in den Sinn, und sie betete, dass es ihr gut ging. Phong legte das Kind in den Arm einer Krankenschwester, dann kam er auf Hanh zu. Er wirkte müde, aber entschlossen. Als er ihren Gesichtsausdruck sah, berührte er sie sanft an der Schulter.

»Die Kleine wird es schaffen«, sagte er. »Und wir fahren jetzt nach Ngoc Ha.«

Er führte sie zu einem Steinhaufen, an dem Hungs Rad lehnte. Hanh strich über den Lenker, den Hung selbst im Tod nicht hatte loslassen wollen. Sie nickte, und war sicher, dass der kleine Kerl ihr sein liebstes Stück gerne anvertraut hätte. Während der Fahrt schlief Hanh mehrmals ein, schreckte auf, riss sich zusammen und döste wieder weg. Schlaff und schwer hingen ihre Arme und Beine von ihrem Körper herab, als hätten die Bomben das Leben auch aus ihren Knochen gesprengt. Und wie eine hässliche Hintergrundmelodie vermischten sich die Sirenen der Ambulanzen mit den Schreien und Klagen der Vietnamesen.

In Ngoc Ha hingegen herrschte euphorische Stimmung, denn die Luftabwehr hatte ein amerikanisches Flugzeug des gefürchteten B-52-Typs vom Himmel geholt. Teile seiner Überreste waren in dem kleinen Huu-Tiep-See gelandet, an dem auch Hanhs Verwandte lebten. Sie waren wohlauf und feierten den Abschuss wie einen Sieg.

»Als wir hörten, was passierte, sind wir alle aus den Bunkern gekommen. Wir wollten die B-52 mit eigenen Augen am Boden sehen.«

Sprachlos hörten sich Hanh und Phong die Berichte der Anwohner an. Zwar hatte es auch in Ngoc Ha Verletzte und Tote gegeben. »Aber«, sagte eine Cousine von Hanh mit Stolz in der Stimme, »nicht so viele, wie die Amerikaner geplant hatten. Wir haben sie abgeschossen, bevor sie ihre Ladung abwerfen konnte.«

Hanh und Phong aßen mit Hanhs Familie, und Hanh spürte, dass ihre Energie zurückkehrte. Ihre Verwandten lebten, und eine Tante hatte vor ein paar Tage sogar ihre Mutter und Tao wohlauf in deren Dorf gesehen. Nach dieser guten Nachricht fühlte sich Hanh fast befreit und ließ sich gerne von der Siegeslaune der anderen anstecken. Sie genoss den Klang der optimistischen Stimmen, die hier lauter klangen als die der Trauernden. Hanhs Augen brannten nicht mehr, statt nach Leichen roch es nach Reis und Tee, und schließlich war sie wieder bereit, zu glauben, dass sie schon bald ein besseres Vietnam erleben würde. Irgendwann fiel ihr auf, dass Phong fehlte. Etwas abseits vom Trubel lehnte er an einer Mauer und betrachtete das Flugzeugwrack. Als Hanh zu ihm trat, sah er sie nicht an.

»Wie ich diesen Krieg hasse!«, sagte er inbrünstig.

Besorgt blickte Hanh sich um.

»Shhht«, sagte sie. »Du sollst nicht immer so reden.«

Auch sie starrte nun auf die B-52 im See. Einige tote Fische trieben an der Oberfläche.

»Ich hasse unsere Feinde«, fügte sie hinzu. »Wenn wir die erst besiegt haben, wird Vietnam aufblühen. Und besiegen werden wir sie.«

Sie zeigte auf das Wrack, als lieferte es den Beweis dafür. Verhaltene Lacher drangen zu ihnen hinüber.

»In dem Flugzeug haben Menschen gesessen«, fuhr Phong fort. »Auch sie haben Familien, die um sie weinen.«

Hanh trat einen Schritt auf Phong zu, kurz davor, ihn zu ohrfeigen. Hatte er den Verstand verloren?

»Phong! Dieser Pilot hatte den Auftrag, uns zu ermorden. Vorher hat es ihn selbst erwischt. Soll ich darüber etwa traurig sein?«

Phong kaute an seinen Nägeln, und zum ersten Mal bemerkte Hanh, wie entzündet sie waren.

»Nein. Aber ein Grund zu feiern ist es auch nicht.«

Hanh funkelte ihn an, und nur damit niemand ihr Gespräch verfolgte, schrie sie nicht, sondern zischte:

»Du kannst einem jede kleine Freude verderben!«

In Phongs Augen flackerte etwas auf, das für Hanh nach Erschrecken aussah. Sekunden später hatte es sich in Verachtung verwandelt. Brüsk stieß er sich von der Mauer ab und band sich seine Tasche um. Einen Moment lang sah er Hanh ins Gesicht, und sie fürchtete, dass er vor ihr ausspucken würde. Sollte er doch! Und sie in Ruhe lassen mit seiner Nachsicht für den Feind. Als hätte sie ihre Gedanken ausgesprochen, wandte Phong sich ab.

»Wohin willst du denn jetzt?«, entfuhr es ihr.

»In unser Dorf.«

Während sich Phong von ihr entfernte, folgte Hanh ihm mit ihren Blicken und fragte sich, weshalb er alles noch komplizierter machen musste. Kurz bevor er um eine Biegung verschwand, rannte sie ihm nach.

»Warte«, keuchte sie. »Warte. Wir haben doch nur ein Fahrrad. Ich komme mit dir.«

»In Ordnung«, erwiderte er schlicht. »Aber eins musst du verstehen. Den Anblick von Toten und Verstümmelten halte ich kaum noch aus. Ich will Arzt werden und Menschen heilen, nichts weiter. In mir steckt kein kämpferischer Soldat.«

Nachdem sie sich von Hanhs Familie verabschiedet hatten, machten sie sich auf den Rückweg. Sie waren nicht die einzigen, die fort wollten. Viele Menschen flohen aus Hanoi, in der Hoffnung, auf dem Land sicherer vor den Bomben zu sein. Nur wenige Glückliche fuhren mit einem Auto. Hanh hätte schreien können bei dem Anblick ihrer ausgezehrten Landsleute, die auf Fahrrädern versuchten, ihre Kinder, Verletzte, Hühner und ein paar klägliche Besitztümer zu retten. Eine Mutter trug ihre beiden Babys in den Körben ihrer Tragestange. Andere zogen Handkarren oder schleppten am Leibe mit, was eben ging. Erschöpfte Kinder zogen sich weinend an den Händen von Erwachsenen vorwärts. Fast niemand sprach.

»Gespenstisch«, flüsterte Phong, und Hanh wusste nicht, ob er die Lebenden meinte oder die Leichen, die den Straßenrand säumten. Hanoi lag bereits hinter ihnen, aber sie hörten die Sirenen noch, die den nächsten Angriff ankündigten.

»Ich kann nicht mehr«, dachte Hanh, als sie das Dröhnen der herannahenden Flugzeuge vernahm. Sie schafften es noch, das Rad fallen zu lassen und in einen Graben zu springen. Dann ergoss sich das nächste Bombeninferno über sie.

Hanoi, Oktober 2015

Wie betäubt lief Tuyet durch die Straßen, nachdem Tien ihr die Tür vor der Nase zugeschlagen hatte. Weder Hupen, noch Rufe drangen zu ihr durch, als hätte jemand den Ton eines Films abgestellt. Keiner beachtete sie, und Tuyet hätte es nicht gewundert, wenn ihr Körper sich aufgelöst hätte in dem Moment, als ihre Schwester sie zurückstieß, weil sie sich so sehr wünschte, dass Tuyet nicht existierte. Jeder Schritt verschlimmerte ihre Kopfschmerzen, doch anscheinend war sie unsichtbar geworden, denn kein Taxifahrer reagierte auf ihr Winken. Mit pochendem Schädel erreichte sie ihr Hotel und hängte das »Bitte nicht stören«-Schild an ihre Zimmertür. Dann fiel sie in ihren schweißnassen Anziehsachen aufs Bett. Zwei lange Tage quälte sie die Migräne, und bestrafte die kleinste Bewegung mit stechendem Schmerz. Höchstwahrscheinlich wäre Tuyet dehydriert, hätte nicht eine pflichtbewusste Reinigungsfrau die Tür geöffnet. Ihr war es seltsam erschienen, dass auch nach mehrmaligem Klopfen niemand reagierte, und da sie im Laufe ihres Berufsalltags von erkrankten Touristen bis hin zu Selbstmördern so einiges erlebt hatte, beschloss sie nachzusehen.

Als Tuyet erwachte, rauschte die Klimaanlage und ein feuchter Lappen kühlte ihre Stirn. Auf dem Nachttisch stand Tee und in Reichweite platziert das Telefon. Dumpf erinnerte sich Tuyet daran, dass jemand sie aufgefordert hatte, etwas zu trinken. In ihren Träumen war es Hanh gewesen. Tuyet schüttete mehrere Gläser kalten Tee in sich hinein und sank in ihr Kissen zurück. Was für Hirngespinsten gab sie sich hin? Wenn schon ihre Schwester sie fortschickte, war es dann nicht wahrscheinlich, dass auch Hanh nichts von ihr wissen wollte? Mit wackeligen Knien stakste Tuyet zu ihrem Koffer hinüber und durchforstete ihn nach Hanhs Briefen. Im Bett las sie alle noch einmal. Nein, ihre Mutter wäre glücklich gewesen, sie wiederzusehen.

Tuyet hätte geläutet und Hanh die Haustür geöffnet. Ein Blick. Noch einer. Dann ein Ausruf der Überraschung. Sie wären sich in die Arme gefallen und hätten darüber geweint, dass sich all die verpassten Momente, die Kinder mit ihren Eltern zusammenschweißten, nicht nachholen ließen. Nie würde Hanh sich daran erinnern können, wie stolz Tuyet ihre Schultüte getragen hatte. Nie, wie gut sie in der Schule gelernt und Ballett getanzt hatte. Niemals würde sie sie trösten, weil ein freches Kind Tuyet geärgert hatte. Sie würden keine Sandburgen bauen und keinen Kindergeburtstag feiern. Denn all das hatte eine andere Frau getan. Dennoch konnten sie sich kennenlernen und eine Rolle im Leben der anderen spielen.

Es klopfte, und unwillig unterbrach Tuyet ihr Gedankenspiel.

»Ja, bitte!«

Die Reinigungsfrau betrat ihr Zimmer und stellte eine dampfende Schüssel *Pho Ga* auf Tuyets Nachttisch ab. Sie roch köstlich, und erst jetzt bemerkte Tuyet, wie ausgehungert sie war.

»Wunderbar! Ich danke Ihnen«, rief sie und lächelte die Vietnamesin an, die sie scheinbar als ihren Schützling betrachtete. Die Dame nickte und tat ihre Arbeit. Nach dem Essen fühlte sich Tuyet gestärkt genug, um noch einmal über Tien nachzudenken.

»Wahrscheinlich war sie einfach geschockt, mich zu sehen. Ob ich es noch einmal versuche?«

Viel Zeit blieb Tuyet nicht, denn schon am nächsten Tag käme Alexander zurück, und tags darauf flögen sie nach Frankfurt. Alles, was sie danach erwartete, waren Alexanders Pläne, nicht ihre. Sie hatte keine.

»Ich habe gar nichts, außer so viel Zeit, wie nie zuvor.«

Wie ein Mantra murmelte sie diesen Satz, der eine Idee aufblühen ließ, die Hanhs Briefe gesät hatten, und die ihr besser gefiel als all die Bilder, die Alexander von ihrer gemeinsamen Zukunft entworfen hatte.

Obwohl der Bahnsteig recht voll war, stach Alexander, groß und hellhaarig, aus der Menge hervor. Tuyet winkte ihm zu, einerseits froh, ihn zu sehen, andererseits lastete das Gespräch auf ihr, das sie gleich führen würden. In einem Restaurant in der Nähe des Bahnhofes kehrten sie ein, und während sie auf das Essen warteten, beschrieb Alexander begeistert die Phong Nha Ke Bang-Höhlen und zeigte ihr Bilder. Tuyet schämte sich dafür, wie engagiert er seine Erlebnisse mit ihr teilte, während sie im Geiste hin und her formulierte, damit sie Alexander nicht allzu sehr vor den Kopf stieß. Was sich nicht vermeiden lassen würde, gleichgültig in welch hübsche Worte sie ihren Entschluss verpackte. Jetzt, da Alexander vor ihr saß, gutaussehend und sprühend vor Energie, tat es ihr leid, dass sie seinen Antrag nicht einfach annehmen wollte und sich nicht für das Leben begeisterte, das ihm vorschwebte. Was war los mit ihr, dass sie ihre Beziehung aufs Spiel setzte für eine Familie, von der sie nicht einmal sicher sein konnte, dass sie es wert war?

»Tuyet, du machst wieder dieses Gesicht.«

Alexander füllte ihr Wasser nach und widmete sich dem Fisch, der ihnen soeben gebracht worden war. Sie wusste, welches Gesicht er meinte.

»Es sind aber hoffentlich nicht deine Mandanten, die dich bis Hanoi verfolgen?«, fragte er, bemüht, humorvoll zu klingen. Es gelang ihm nicht. Mit ihrer Gabel fuhr Tuyet durch ihre helle, sämige Soße. Feine Linien blieben zurück, dann glättete sich die Oberfläche, als wäre nichts geschehen.

»Nein«, antwortete sie und kaute, um Zeit zu gewinnen, extra sorgfältig. Schweigend verzehrte Alexander die Hälfte seines Fisches, dann legte er sein Besteck nieder. Seine bedächtigen Bewegungen widersprachen dem gereizten Blick, mit dem er Tuyet musterte.

»Und weiter?«

Tuyet zögerte und griff nach seiner Hand. Raus damit.

»Morgen fliege ich nicht mit. Ich bleibe in Hanoi.«

Die Augen ihres Freundes weiteten sich, und seine Hand entzog er ihr wahrscheinlich nur deshalb nicht, weil er es vor Verblüffung vergaß.

»Du machst einen Witz, hab ich Recht?«

»Nein.«

Jetzt nahm er seine Hand doch fort und fingerte eine Zigarette aus einer Packung.

»Noch vor ein paar Wochen bist du kaum fähig, eine Reise zu planen, und jetzt willst du alleine hierbleiben?«

»Ja.«

Er zündete die Zigarette an und saugte so fest, dass schon nach drei Zügen verbrannte Asche auf seinen Fisch fiel.

»Nein. Ja. Jetzt lass dir nicht alles aus der Nase ziehen. Verdammt noch mal, Tuyet, vor Gericht musst du doch auch reden!«

Er drückte seine halbgerauchte Zigarette aus, atmete durch, und Tuyet sah, wie schwer es ihm fiel, sich zu beherrschen. Sie verstand seine Wut.

»Hast du dir das ausgedacht, während ich in den Höhlen war?«

»Wahrscheinlich früher.«

Alexander schloss einen Moment seine Augen, dann winkte er der Kellnerin und bestellte ein Bier.

»Hörst du selbst, wie bescheuert das klingt?«

Ja, sie klang konfus, aber ihr Gehirn erinnerte sich an keine der Erklärungen, die sie sich zurechtgelegt hatte. Sie riss sich zusammen.

»Ich möchte besser Vietnamesisch lernen und die Heimat meiner Eltern kennenlernen.«

Alexander stützte den Kopf in seine Hände.

»Okay, dann hättest du wohl doch mit mir zu den Höhlen kommen sollen, ein großartiges Stück Heimat deiner Eltern.«

Das Bier wurde gebracht, und Tuyet schob ihren Teller von sich fort.

»War das Essen nicht gut?«, erkundigte sich die Kellnerin besorgt. Tuyet und Alexander beeilten sich, ihr zu bestätigen, dass es köstlich gewesen war.

»Du schmeißt ohne mit der Wimper zu zucken unsere Pläne über den Haufen?«

»Die Pläne hast du gemacht.«

»Weil du dazu nicht in der Lage warst!«

»Jetzt bin ich es!«

»Und das knallst du mir einen Tag vor dem Rückflug vor den Latz?«

Erbost sprang Alexander auf und donnerte Dong-Scheine auf den Tisch. Die anderen Gäste starrten unverhohlen zu ihnen herüber, was Tuyet unangenehm fand.

»Wo willst du hin?«, raunte sie ihm zu.

Alexander warf sich seinen Rucksack über die Schulter.

»Ich muss hier raus«, antwortete er, »mich bewegen.«

Trotz des Gewichtes auf Alexanders Rücken hatte Tuyet Mühe, Schritt zu halten. Sie hasteten die Kham Thien-Straße entlang, als wären sie für irgendetwas zu spät dran. Nahe der bronzenen Frauenfigur mit ihrem toten Kind blieb Alexander stehen. Unter anderen Umständen hätte ihn die Geschichte des Denkmals interessiert. Doch jetzt rang er geschafft nach Atem, und Tuyet hätte sich dafür ohrfeigen können, dass Alexander noch unglücklicher aussah als damals am Hoan Kiem-See. Damals. So viel, wovon er nichts ahnte, war seit seinem Antrag geschehen. Jedenfalls kam es Tuyet so vor. Mit einer müden Geste strich Alexander seine Haare aus der Stirn.

»In letzter Zeit habe ich mich gefragt, warum ich dich eigentlich noch liebe. Aber ich tue es eben, auch wenn alles ganz schön kompliziert geworden ist. Dein Hampelmann bin ich deswegen trotzdem nicht, und ich werde dieses Scheißgefühl nicht los, dass du mir nicht die Wahrheit sagst.«

Er sah ihr geradewegs in die Augen, als könnte sein gezielter Blick ihre tatsächlichen Motive aufspüren. Tuyet hielt ihm ruhig stand, während sie abwog, was sie entgegnen konnte, damit ihr Streit nicht eskalierte. Und das würde er, wenn sie Alexander erklärte, dass sie seinen Vorschlag, in Vietnam gemeinsam nach ihrer Familie zu forschen, zwar rigoros abgelehnt hatte, aber nun, kaum war er zu den Phong Nha Ke Bang-Höhlen aufgebrochen, auf eigene Faust suchte. Verletzt wie Alexander momentan wirkte, würde er ihre Initiative als Affront verstehen, als Beweis dafür, dass sie sein Vertrauen missbrauchte. Tuyet wollte ihn nicht noch mehr kränken, und ihr selbst fehlte nach der letzten Migräne und Tiens Abfuhr die Kraft für weitere aufreibende Diskussionen.

Der Moment verstrich, und mit ihm Alexanders Angebot, sich auszusprechen. Tuyet trat einen Schritt auf ihn zu und unterdrückte den Impuls, ihm über seine dunklen Augenringe zu streichen. Stattdessen berührte sie sanft seine Hand.

»Du hast dich oft gewundert, dass ich mich nicht für Vietnam interessiere. Irgendwie hatte es bisher nichts mit mir zu tun. Aber jetzt bin ich hier und laufe durch dieselben Straßen wie früher meine Eltern. Dabei frage ich mich, was Bo empfinden würde, wenn er Hanoi heute sähe. Kannst du wirklich nicht verstehen, wie sehr mich das alles aufwühlt?«

Sie legte versöhnlich ihre Hand auf seinen Arm. Ihr Nagellack war abgeblättert, ihre Nagelhaut rissig.

»Du willst dich also von mir trennen und traust dich nur nicht, mir das zu sagen?«

Tuyet lachte auf, ein bisschen zu laut.

»Das ist nicht dein Ernst, oder?«

Alexander sah sie abwartend an. Tuyet trat unbehaglich

von einem Fuß auf den anderen, was sie auf ihre hohen Absätze schob. Ihre neuen Schuhe waren für längere Fußmärsche einfach nicht gemacht.

»Quatsch. Ich glaube nicht, dass ich mich trennen will.«

»Du glaubst …?«

»Verflixt, Alexander. Du bringst mich völlig durcheinander! Nein, ich will mich nicht trennen.«

Alexander nahm den Rucksack ab und lehnte ihn gegen eine Hauswand. Er holte eine Wasserflasche hervor, trank und reichte sie Tuyet.

»Taxi?«, rief ein Taxifahrer, aber Tuyet winkte ab.

»Ich fasse das mal zusammen«, sagte Alexander, als wiederholte er den Redebeitrag einer seiner Schülerinnen.

»Du möchtest einen Sprachkurs besuchen und ein paar Wochen durch das Land deiner Eltern reisen. Da du zurzeit keine beruflichen Verpflichtungen hast, stimme ich dir zu, dass dies ein optimaler Zeitpunkt dafür ist. Kann ich damit rechnen, dass du anschließend zu mir nach London kommst?«

Tuyet merkte, dass ihr das Blut in den Kopf schoss. Seine Frage, so folgerichtig sie auch war, traf sie unerwartet, und ihr Magen zog sich zusammen. Innerlich hatte sie London eine klare Absage erteilt. Das bedeutete doch nicht, dass sie Alexander nicht liebte. Für ihn vielleicht schon, denn sein aggressiver Blick sowie seine hervortretenden Halssehnen verrieten die Hochspannung, unter der er stand. Kein Zweifel, sie befanden sich an einem Scheideweg, und er erwartete, dass sie sich für eine Richtung entschied.

»Ich denke schon«, sagte sie in dem Gefühl, nicht aufrichtig zu sein, aber den Konsequenzen einer negativen Antwort hätte sie sich nicht gewachsen gefühlt. Alexander seufzte und entspannte sich ein wenig.

»Das muss mir wohl im Augenblick reichen«, erwiderte er. »Nimm dir Zeit, Tuyet, aber lass mich nicht zu lange schmoren.«

Den letzten Urlaubstag verbrachten sie wie ganz normale

Touristen. Sie bummelten durch die Straßen, Alexander kaufte Souvenirs und schrieb endlich Postkarten. Im Hotel tranken sie Kaffee und sprachen über Belanglosigkeiten, bis die Rezeptionistin das Taxi ankündigte, das Alexander zum Flughafen bringen würde. Abwechselnd mit beiden Zeigefingern trommelte Alexander auf die Tischplatte. Es klang wie ein dezenter Tusch, der ein wichtiges Ereignis ankündigte.

»Dann geht's wohl los«, sagte er und wuchtete sein Gepäck hinaus. Tuyet ging hinterher, und obwohl seine Maschine noch nicht einmal gestartet war, schien ihr Alexander bereits sehr weit weg zu sein.

Sie erwachte mit einem drückenden Gefühl im Bauch und tastete nach Alexander. Natürlich war er nicht da. Auf dem Weg zum Flughafen hatten sie geschwiegen, nicht einmal die bunt angestrahlte Nhat Tan-Brücke hatte Alexander kommentiert. Als sie ihm nachsah, wie er die Passkontrolle passierte, war ihr zum Weinen zumute gewesen, und später im Taxi, das sie in die Altstadt zurückbrachte, heulte sie wie ein Schlosshund.

Eine dumpfe Angst beschlich Tuyet, dass sie ihre Entscheidung bereuen könnte. Dass sie die falschen Prioritäten setzte. Sie zog ihre Bettdecke über den Kopf, aber das änderte nichts daran, dass Tag eins ihres neuen Lebens in Hanoi angebrochen war. Nachdem sie eine Weile herumgegrübelt hatte, gab sie sich schließlich einen Ruck und stand auf. Die Temperaturen hatten sich abgekühlt, und Tuyet ließ sich durch die morgendliche Altstadt treiben. Während sie die *Viet Nam News* las, trank sie frisch gepressten Limettensaft und probierte sich durch vietnamesische Kaffeevariationen. Nach und nach fühlte sie sich besser. Doch mittags, nachdem sie den Literaturtempel besichtigt hatte, und in einem Straßenrestaurant auf eine *Bun Cha* wartete, eine Hanoier Spezialität aus Reisnudeln und mariniertem, gegrillten Fleisch, fiel ihre Stimmung in sich zusammen. Niemand außer ihr, so kam es Tuyet jedenfalls vor, aß allein, und häufig waren es Kolleginnen und Kollegen, die gemeinsam ihre Pause verbrachten. Als sie lauthals »*Em oi! Em oi!*« brüllten, um von dem Kellner die Rechnung zu verlangen, stellte sich Tuyet vor, wie sie anschließend in ihr Büro oder Geschäft zurückkehren würden, das Essen kommentierten und sich dann ihrer Arbeit widmeten. Tuyet dachte an den regen Austausch, den sie im Kollegenkreis gepflegt hatten. Natürlich gab es auch Streit, harsche Kritik, jemand lästerte oder versuchte, einen anderen auszustechen. Aber diese durchaus anstrengenden Situationen schienen ihr plötzlich ein geringer Preis dafür zu sein, dass sie zu einer Gemeinschaft gehört hatte, die sich über eine angesehene Tätigkeit definierte.

Als Tuyet schließlich am Tee nippte, tat sie es in dem Gefühl, dass ihr Tag, der früher nie genügend Stunden zu haben schien, lang und sinnlos vor ihr lag. In einer derart deprimierten Stimmung schaffte sie es nicht einmal, das zu tun, weshalb sie in Hanoi geblieben war. »Tien läuft ja nicht weg«, dachte sie und zog sich in ihrem Hotelzimmer die Bettdecke über den Kopf, bis es dunkel wurde. Am Abend fühlte sie sich besser, und als sich die Promenade des Hoan Kiem-Sees leerte und die Restaurants schlossen, ging auch sie in dem Gefühl zum Hotel zurück, den Tag geschafft zu haben.

Ihr Heimweg führte an einem Internetcafé vorbei, und sie fragte sich, ob sie Bo eine E-Mail schicken sollte, bevor Alexander ihn mit den neusten Entwicklungen überraschte. Würde ihm ihre Planänderung zusetzen? Hin und wieder plagte sie die Frage, ob es richtig war, Bo alleine zu lassen. Würde er sich nicht übernehmen? An seine Medikamente denken? Sie beruhigte sich damit, dass es so gesehen keinen Unterschied darstellte, ob sie in Hanoi oder London lebte. Bloß, dass ein Aufenthalt in London mit Alexander Bos volle Zustimmung fand. Unschlüssig blickte Tuyet in das Internetcafé, in dem viele junge Leute vor Bildschirmen saßen und tippten. Geknickt seufzte sie. Welche für Bo akzeptable Begründung hatte sie vorzuweisen dafür, dass sie den Heiratsantrag seines geschätzten Schwiegersohnes in spe abgelehnt, dessen Ring im See versenkt und alle Pläne über den Haufen geworfen hatte? Mit Sicherheit fragte Bo sich, was in seiner Erziehung falsch gelaufen war, und wie es kam, dass Tuyet trotz bester Voraussetzungen auf ganzer Linie versagte. Sie schrieb nichts. Dafür sehnte sie sich stärker denn je nach Hanh. War es nicht denkbar, dass der einzige Mensch, der nie irgendwelche Erwartungen in Tuyet gesetzt hatte, sie einfach so lieben könnte, wie sie war? Um das herauszufinden, müsste sie Tien aufsuchen, allerdings nicht in ihrer jetzigen Verfassung, sondern in einem Augenblick, in dem sie selbstbewusst und überzeugend auftrat.

Damit sie ihre Schwermut loswurde, musste ein Minimum an Tagesstruktur her. Deshalb stellte sie den Wecker auf sechs Uhr morgens und plante, wie die Vietnamesen in aller Frühe Gymnastik am See zu treiben. Außerdem würde sie ein Café finden, in dem sie täglich essen und Tagebuch schreiben wollte, eine Gewohnheit, die sie aus Zeitgründen aufgegeben hatte. Da sie ihren Laptop in Frankfurt gelassen hatte, kaufte sie sich ein Notizbuch in DIN A5, das sie an ihr Freundschaftsbuch aus der Grundschulzeit erinnerte. Es war in weichen, blauen Stoff gebunden und mit goldenen Fäden verziert, und Tuyet freute sich darauf, seine leeren Seiten mit ihren Gedanken zu füllen.

Bereits am dritten Mittag begrüßten die Kellner Tuyet mit einem herzlichen Lächeln und einer wollte wissen, ob sie Schriftstellerin sei und das *Cong Caphe* in ihrem Buch vorkäme. Das Gefühl, erkannt zu werden, tat Tuyet gut, weshalb sie diesen Ort endgültig zu ihrem Stammplatz auserkor. Außerdem gefielen ihr im oberen Stockwerk die großen Fenster, durch die das Sonnenlicht hereinstrahlte, was den Raum trotz seiner schlichten Holzeinrichtung und den roten Ziegelmauern nicht dunkel, sondern gemütlich erscheinen ließ. Dazu trugen auch die dicken, bunt gemusterten Kissen bei sowie die Bücher, die sich in Holzregalen stapelten. An den Wänden hingen Poster und Fotos, die den Alltag zu Kriegszeiten dokumentierten, und aus derselben Zeit stammte garantiert auch das Kochgeschirr, das zur Dekoration ausgestellt war. Die Fenstersimse zierten ein altmodisches Telefon und dickbäuchige Tongefäße, in denen Pflanzen steckten. Besondere Aufmerksamkeit erregten bei Tuyet die Petroleumlampen, bei deren Anblick sie sofort an Bo und seine Geschichten dachte. Eigentlich gab es innerhalb dieses Cafés lauter interessante Dinge zu entdecken, trotzdem wählte Tuyet einen Fensterplatz mit Blick auf die Straße. Sie packte ihre Schreibutensilien aus, und warf erst jetzt einen Blick auf das übrige Publikum. Es wirkte studentisch auf sie, wobei ihr eine kleine Gruppe von jungen Frauen und Männern bereits an den Vortagen aufgefallen war. Sie hatten ihre Rucksäcke und Mopedhelme an der Wand gestapelt und brüteten vor den Bildschirmen ihrer Laptops. Ab und zu diskutierten sie, aber so schnell und kreuz und quer, dass Tuyet ihnen nicht folgen konnte. Das Grüppchen ließ sie an die Arbeitsgruppen ihrer eigenen Studienzeit denken, und sie schmunzelte. Vielleicht sollte sie Eva, einer ehemaligen Kommilitonin, schreiben. Sie war bereits vor Jahren durch Vietnam gereist und hatte davon geschwärmt. Nach ihrem Uni-Abschluss hatten sie sich aus den Augen verloren.

Auf der schmalen Holztreppe waren eilige Schritte zu hören, dann stürmte eine junge Frau herein, die sich ihren Helm vom Kopf riss und ihr langes kastanienbraunes Haar schüttelte. Fasziniert stellte Tuyet fest, dass mit ihr eine erfrischende Energie durch den Raum fegte, in dem es bis eben gedämpft zugegangen war. Jemand drehte die Musik auf, Fenster wurden geöffnet, die Stimmen lauter, und das, obwohl die Frau selbst noch nicht einmal *xin chào* gesagt hatte.

Im Vorbeigehen warf sie Tuyet einen interessierten Blick zu, und diese war sich nicht sicher, ob er ihr oder ihrem Tagebuch gegolten hatte. Sie lächelten sich an, und Tuyet fand, dass es das hübscheste Lächeln war, das sie seit langem gesehen hatte. Die Gruppe begrüßte die Frau, und einer der Männer fragte, ob er einen Stuhl von Tuyets Tisch für seine Freundin nehmen dürfe. Er rückte ihn ihr zurecht, wobei er in einem mürrischen Ton sprach und auf seine Armbanduhr deutete. Während sie zuguckte, rätselte Tuyet, wie es sein konnte, dass sich so viele erwachsene Frauen mit *Hello-Kitty*-Helmen auf die Straße trauten. Der Freund hatte seine Standpauke beendet, und kurz huschte der Blick der *Hello-Kitty*-Frau zu Tuyet hinüber. Sie verdrehte ihre Augen, grinste, und Tuyet genoss den Augenblick des stillen Einvernehmens darüber, dass rechthaberische Männer nichts als nervten. Zumindest glaubte Tuyet, dass Hello-Kitty ihr genau das hatte mitteilen wollen. Ebenfalls grinsend zuckte Tuyet mit ihren Schultern und meinte damit: »Was willst du machen, so sind sie halt.«

Hello-Kitty, zu der dieser Name eigentlich gar nicht passte, da weder ihre wachen Augen noch ihre vollen Lippen an ein niedliches Katzengesicht mit rosa Haarschleife denken ließen, wandte sich nun einem Bildschirm zu und kräuselte konzentriert ihre Stirn. Auch Tuyet vertiefte sich in ihr Tagebuch und notierte die Szene, die sie gerade erlebt hatte.

»*Chi*, woher kommst du?«

Hello Kitty stand mit Helm und Tasche vor ihr und hatte Tuyet mit ›ältere Schwester‹ angesprochen. Tuyet schätzte sie auf Anfang zwanzig, weshalb sie sie mit *em*, ›jüngere Schwester‹, ansprechen würde. Es wunderte sie nicht, dass die Frau, obwohl sie noch kein Wort gewechselt hatten, sie für eine Ausländerin hielt. Sie hatte selbst nicht den Eindruck, vietnamesisch zu wirken.

»Ich komme aus Deutschland.«

»Ich habe mir gedacht, dass du keine Vietnamesin bist«, sagte die Frau und musterte Tuyet aufmerksam mit schräg gelegtem Kopf. »Ich glaube, du guckst und bewegst dich anders als wir. Bist du Journalistin?«

»Nein, ich schreibe nur Tagebuch«, antwortete Tuyet. Sie hätte die Frau gerne zu einem Kaffee eingeladen, aber zum einen traute sie sich nicht, zum anderen riefen ihre Freunde nach ihr.

»*Chào, chi*«, verabschiedete sie sich und setzte ihren Helm auf.

»*Chào, em*. Ich heiße übrigens Tuyet. Und du?«

»Linh. Es war nett, dich kennenzulernen.«

Sie winkte Tuyet zu und verschwand mit den anderen. Tuyet strich den Namen Hello Kitty aus ihren Aufzeichnungen und ersetzte ihn durch Linh.

Am nächsten Mittag war Linh nicht in Tuyets Lieblings-Café, wohl aber ihre Freunde, die sie mit einem Kopfnicken bedachten. Tuyet aß ein paar knusprige Frühlingsrollen, die ihr genügend Kraft gaben, um Tien gegenüberzutreten. Den ganzen Morgen hatte sie überlegt, was sie ihr sagen würde, und schließlich alle Varianten verworfen. Sollte sie lieber ein anderes Mal hingehen? Zeitdruck hatte sie ja keinen. Aber da dachte sie auf einmal an die dynamische Linh, die selbst mit einem albernen *Hello-Kitty*-Helm auf dem Kopf so wirkte, als würde sie Entscheidungen, die sie getroffen hatte, durchziehen.

Auf dem Weg nach Ngoc Ha fiel Tuyet gerade noch rechtzeitig ein, dass sie ihrer Schwester etwas mitbringen sollte. In einem Supermarkt kaufte sie Pralinen und in einem Blumenladen einen hübschen Strauß, der hoffentlich Tiens Geschmack entsprach. Es war später Nachmittag, und wenn Tien um dieselbe Zeit wie beim letzten Mal heimkam, müsste sie jetzt zu Hause sein. Vor deren Haus angekommen, zögerte sie nicht lange, läutete und horchte auf die schlurfenden Schritte, die sich näherten. Dann stand sie wieder der alten Dame gegenüber, die heute einen gelben Hausanzug mit schwarzen Blümchen trug. Sie sah überrascht, aber nicht unfreundlich aus, weshalb Tuyet es wagte, nach Tien zu fragen.

»Sie kommt später«, sagte die alte Dame. Tuyet biss sich auf die Lippen. Was jetzt?

»Komm herein. Nicht, dass die schönen Blumen vertrocknen.«

Sie schlappte davon, und da sie die Haustür nicht schloss, folgte ihr Tuyet, obwohl sie nicht sicher war, das Richtige verstanden zu haben. Die Dame, die Yen hieß, holte eine Vase und versorgte die Blumen.

»Setz dich doch.«

Sie zeigte auf das Sofa und die Sessel, vor denen ein rechteckiger Holztisch stand, auf dem sie die Vase abstellte. Dann holte sie Tee.

»Ein schöner Strauß«, freute sie sich. »Und was ist das?« Verschmitzt lächelnd zeigte Yen auf den Pralinenkasten. Tuyet reichte ihn ihr. Wer immer sie war, sie gehörte höchstwahrscheinlich zu Tiens Familie, und es gab keinen Grund, ihr die Süßigkeiten vorzuenthalten.

»Hm, köstlich zum Tee.«

Sie schob den Kasten zu Tuyet hinüber, die höflich den Kopf schüttelte.

»Dankeschön.«

Yen kicherte, und auch Tuyet musste lachen, da Yen so gar keinen Hehl daraus machte, dass sie die Pralinen liebend gerne alleine verzehrte.

Da flog eine Tür auf und ein dickbäuchiger Mann um die sechzig stand in beigefarbener Hose im Wohnzimmer. Sein weißes Unterhemd hatte er wegen der Hitze bis zur Brust gerollt, was Tuyet etwas peinlich war, denn sein nackter Oberkörper wirkte ihr in diesem dämmerigen Wohnzimmer zu intim. Ihn schien das nicht zu stören.

Während Tuyet sich erhob, warf Yen eine Zeitung über den Pralinenkasten, aber der Mann hatte ihn schon bemerkt.

»Mutter, was hast du da?«

Yens gute Laune verflog und nahm ihr Lächeln gleich mit. Ihren Sohn nicht aus den Augen lassend, zeigte sie ihm die

Pralinen. Der Mann lachte, und wenn sein Gesicht nicht so aufgedunsen gewesen wäre, hätte man es als gutaussehend bezeichnen können. Er stopfte sich eine Praline in den Mund.

»Diese Angewohnheit hat sie seit der Nachkriegszeit. Essen verstecken. Stets auf der Hut sein, dass niemand anderes es ihr wegnimmt«, erläuterte er kauend und schob noch eine Praline hinterher.

Mit zusammengekniffenen Lippen verließ Yen das Zimmer, die Pralinenschachtel an sich gepresst. Nachdenklich sah Tuyet der alten Frau nach. Ihr hatte Yen Pralinen angeboten. Ohne Tuyet aufzufordern, wieder Platz zu nehmen, zog der Mann gemächlich eine zur Hose passende Jacke über und griff nach einer Mütze, die auf einem der Sessel gelegen hatte. Als er fertig angekleidet war, stand vor ihr einer der Verkehrspolizisten, die Tuyet schon bedauert hatte, weil sie sich stundenlang inmitten der Abgase aufhalten mussten.

»Mit wem habe ich das Vergnügen?«

Er sprach freundlich, aber Tuyet registrierte, dass seine Augen aufdringlich ihren Körper abtasteten. Tuyet schauderte und wünschte, Yen käme zurück.

»Ich heiße Tuyet. Ich bin Tiens jüngere Schwester aus Deutschland.«

Im selben Augenblick ließ die Art, wie er lächelte, bei Tuyet Zweifel entstehen, ob sie weitersprechen sollte. Wer war er? Tiens Mann? Vermutlich, auch wenn er Tuyet recht alt vorkam.

Seine Jacke straffte sich über der Brust, als hätte er tief eingeatmet und dann die Luft angehalten.

»Wie interessant. Und angenehm.«

Er drückte ihre Hand so kräftig, dass es weniger einem Gruß gleichkam, sondern eher einer Klarstellung, wer hier der Herr im Haus war. Unter seinem bohrenden Blick fühlte sich Tuyet wie eine Verkehrssünderin, die das Tempolimit missachtet hatte und erwischt worden war.

»Wir haben erst seit Kurzem Kontakt. Wobei Kontakt übertrieben ist …«

Ehe Tuyet sich weiter verhaspelte, wurde die Wohnungstür aufgeschlossen und Stimmen im Flur näherten sich. Tien, ihre Tochter und ein ungefähr zwölfjähriger Junge traten ein. Alle Blicke richteten sich sofort auf Tuyet, dann auf den Mann in Uniform. Tuyet hätte schwören können, dass Tien es nicht nur unerfreulich fand, sie zu sehen, sondern geradezu entsetzt war.

»*Xin chào*«, grüßte die Tochter.

»Wer ist das?«, wollte der Junge wissen. »Hat sie die Blumen mitgebracht?«

Alle starrten zur Vase hinüber, und Tuyet wünschte, sie wäre nicht hergekommen. Nein, das stimmte nicht. Sie wollte mit Tien sprechen. Jetzt gleich. Deshalb musste sie es unbedingt vermeiden, dass Tien sie rausschmiss.

»Ja«, bestätigte sie, bemüht ihrer Stimme einen weichen, aber selbstbewussten Ton zu verleihen. »Die sind für euch.«

Tien erwachte aus ihrer Schockstarre und legte die Sonnenbrille, die auf ihrem Kopf steckte, auf den Tisch. »Nam, geh mit deiner Schwester hinunter zu eurer Tante. Sie macht euch etwas zu essen.«

»Aber …«, widersprach der Junge.

»Jetzt!«

Nam trollte sich, während seine Schwester noch zögerte.

»Geh mit ihm, Hoa.«

Hoa nickte.

»Danke, Me, hierfür.«

Sie hielt ihre Hände in die Luft, und Tuyet sah, dass jeder Fingernagel kunstvoll mit einem anderen Monstergesicht bemalt war. Natürlich, bald war Halloween. Wäre die Situation nicht so angespannt gewesen, hätte sie Hoa gerne gefragt, ob sie ihre Nägel aus der Nähe bewundern dürfte. Auch der Polizist verabschiedete sich.

»Ich muss los«, erklärte er. »Wir sehen uns später, Tien.« Er nickte Tuyet zu. »Bis bald, hoffe ich.«

Tuyet konnte seinem Tonfall keine Gefühlsregung entnehmen. Die Haustür schlug zu, und sie waren allein. Tien rührte sich nicht. Denk nach, Tuyet. Wie fängst du am besten an?

»Was machst du hier? Ich habe doch gesagt, du sollst fortbleiben«, kam Tien ihr zuvor. Sie hatte nun vom Vietnamesischen ins Englische gewechselt, das sie nicht fehlerfrei, aber gut verständlich sprach.

»Ich wollte mich dafür entschuldigen, dass ich neulich einfach hereingeplatzt bin.«

Ihren Kopf in den Nacken werfend, stieß Tien einen verächtlichen Laut aus. Dabei fielen ihre Haare aus dem Gesicht und ein dunkelblauer Fleck am Auge wurde sichtbar.

»Und deshalb stehst du dieses Mal gleich unangemeldet mitten in meinem Wohnzimmer?«

Sie bemerkte Tuyets Blick.

»Was ist?«

Vorsichtig fuhr sie mit ihrem Zeigefinger über den Fleck.

»Ach, das. Ich bin mit dem Moped gestürzt. Habe Glück gehabt, dass nicht mehr passiert ist.«

Plötzlich sah sie erschöpft aus, blieb aber stehen, weshalb auch Tuyet sich nicht setzte.

»Meine Kinder wissen nichts von dir. Von Phong auch nicht. Für sie ist er tot. Und das soll er auch bleiben. Verstehst du das?«

Sie strich sich durchs Haar, und Tuyet sah, dass auch ihre Hand Halloween-Monster zierten. Vielleicht könnte sie über das Nagelthema einen Zugang zu Tien finden.

»Hast du die Monster gemalt? Sie sehen großartig aus.«

In ihren eigenen Ohren klang es wie ein plumper Versuch, die andere mit Komplimenten einzuwickeln. Tuyet war fast erstaunt, als Tien antwortete:

»Ich betreibe ein kleines Spa. Maniküre, Pediküre und Massagen. Königlich verdiene ich nicht, aber der Laden läuft einigermaßen, und er gehört mir.« Sie begann die Teegläser einzusammeln, die auf dem Tisch standen. »Willst du sonst noch etwas wissen?«

Tuyet, die einen Moment lang Hoffnung geschöpft hatte, traf es hart, in einem Tonfall abgeblockt zu werden, als sei sie eine lästige Haustürvertreterin. Insgeheim hatte sie sich gewünscht, nicht nur ihre Mutter zu finden, sondern eine Schwester, mit der sie sich austauschen und gemeinsam die Wissenslücken der letzten Jahrzehnte auffüllen könnte. Und dann? Tuyet wäre bereit gewesen, den Versuch zu wagen, eine schwesterliche Beziehung aufzubauen. Doch Tiens abweisender Blick und ihr geschäftiges Herumräumen zeigten, dass sie sich von dieser Idee verabschieden musste. Abwimmeln ließ sie sich trotzdem nicht so leicht und streckte ihren Rücken, wie sie es im Gericht tat, um größer zu erscheinen.

»Natürlich würde ich gerne vieles wissen. Aber im Augenblick wäre ich dir schon dankbar, wenn du mir die Adresse unserer Mutter geben könntest. Danach bin ich weg. Versprochen. Weißt du, Tien, mein Leben lang habe ich gedacht, dass sich Hanh nichts aus mir macht. Jetzt weiß ich, dass es nicht stimmt.« Sie brach ab und schluckte, denn noch immer war dieser Gedanke nicht selbstverständlich. Tien hielt in ihrer Bewegung inne und starrte sie an, als stünde die Überbringerin einer Hiobsbotschaft vor ihr. Lippen und Augen presste sie so fest zusammen, dass ihr Gesicht nichts als Ablehnung ausdrückte.

»Vor ein paar Wochen habe ich alte Briefe gefunden, die meine Stiefmutter versteckt hatte«, fuhr Tuyet fort »Glaub mir, hätte Bo sie gelesen, wäre unser beider Leben anders verlaufen.«

Gespannt schwieg sie. Es fühlte sich merkwürdig an, zum ersten Mal auszusprechen, was sie noch niemandem anvertraut hatte. Kurz hatte sie überlegt, ob das Versprechen, das sie Marina gegeben hatte, auch Stillschweigen gegenüber Tien bedeutete. Doch Tuyet hatte keine Wahl. Nur, wenn Tien ihre

Situation nachvollziehen konnte, hatte sie eine Chance, von ihr zu erfahren, wo Hanh lebte. »Wenn es dich interessiert, zeige ich dir die Briefe«, fügte sie hinzu, hoffend, dass sie nicht allzu anbiedernd daherkam.

Tiens Blick verlor sich in den Blumen, doch schon nach ein paar Sekunden kehrte er zu Tuyet zurück. Er flackerte nicht, und auch sonst zeigten ihre schönen Augen keinerlei Unsicherheit. Die halbvollen Gläser mit kaltem Tee stellte Tien auf den Tisch zurück und verschränkte die Arme vor ihrer Brust.

»Wäre! Hätte! Als kleines Mädchen habe ich höllisch darunter gelitten, dass Bo nicht zurückkehrte. Nachts konnte ich nicht schlafen, weil ich mir das Gehirn zermartert habe, was ich so Schlimmes angestellt haben könnte, dass er nicht mehr bei mir sein will. Aber jetzt bin ich eine erwachsene Frau, und Tuyet, du bist es auch. Die Zeit lässt sich nicht zurückdrehen, und daher ist es völlig unerheblich, ob unser Leben anders verlaufen wäre, wenn, wenn, wenn …«

Sie stemmte ihre Hände in die Hüften und fuhr in einer Mischung aus Englisch und Vietnamesisch fort:

»Hanhs Briefe sind mir egal. Was auch immer zwischen Phong und ihr vorgefallen ist, er hätte mir regelmäßig schreiben müssen. Stattdessen hat er den Kontakt einschlafen lassen. Du kannst dir ja wohl vorstellen, was es für ein Kind bedeutet, wenn es begreift, dass es dem Vater gleichgültig ist. Oder hast du eine andere Erklärung dafür, warum er mich nie besucht oder eingeladen hat? Mein Gott, wie habe ich darauf gewartet!«

Sie ging zum Fenster, ihr rechtes Bein nun stärker nachziehend, und sah hinaus. Weinte sie? Tuyet meinte, zu erkennen, dass ihre Schultern leicht zuckten. Sie schämte sich, dass sie zu intensiv mit ihrer eigenen Misere beschäftigt gewesen war, um einen Gedanken daran zu verschwenden, dass auch Tiens Gefühle tief verletzt waren. Aber genau darin lag auch ihre Chance, denn gemeinsam könnten sie ihre Wunden vielleicht heilen.

»Tien«, setzte sie noch einmal an, »ich weiß nicht, warum er sich so verhalten hat. Aber vielleicht gibt es dafür einen anderen Grund, als du denkst. Wir sollten herausfinden, was mit unserer Familie passiert ist. Genau deswegen möchte ich Hanh unbedingt sehen.«

Langsam wandte Tien sich um. Sie kam so dicht an Tuyet heran, dass diese ihren leichten Schweißgeruch wahrnahm. Von Tränen keine Spur.

»Me will dich aber nicht sehen«, zischte sie, und auf einmal fühlte sich Tuyet, als wäre sie in einem ihrer Alpträume gelandet. Während ein Schauer ihren Rücken hinunterlief, sprach Tien gedämpft weiter.

»Glaubst du, ich hätte ihr nicht erzählt, dass du hier bist? Sie weiß es, aber sie will dich nicht treffen.«

Nach Atem ringend trat Tuyet einen Schritt zurück.

»Ich glaube dir kein Wort«, rief sie. »Dafür gibt es keinen Grund!«

Tiens schöne Augen blitzten kalt.

»Ach, nein? Kannst du dir vorstellen, wie es war, als wir Anfang der Neunzigerjahre nach Hanoi zurückgekommen sind? Natürlich nicht. Denn du hast im Schlaraffenland gewohnt, und alles bekommen, was du wolltest.«

Jetzt taxierte Tien Tuyets Körper, ihre schlanke Figur, den Stoff ihrer Kleider, ihre teuren Schuhe, die sie sich vor dem Urlaub geleistet hatte, und die zu ihnen passende Handtasche.

»Anwältin bist du also geworden? Ich nehme an, du hast ein bombiges Gehalt, eine geräumige Wohnung und unternimmst viele Reisen. Nein! Du hast keine Ahnung, was wir durchgemacht haben. Als Phong nicht kam, fingen die Leute an, sich das Maul zu zerreißen. Einen Verräter schimpften sie ihn. Vietnam hatte ihm sein Studium in der DDR ermöglicht und was tat er? Haute ab und zollte seinem Land nicht den Tribut, den es verdiente. Und rate mal, wer das ausbaden musste?«

Tien machte eine Pause und wischte sich mit ihrem Ärmel über die Stirn.

»Richtig. Me! Obwohl sie zurückgekommen war, traf sie Häme und Verachtung. Eine alleinerziehende Mutter, sitzen gelassen von einem Verräter. Mit ein wenig Fantasie kannst du dir ausmalen, was das für sie und für mich in der Schule bedeutet hat. Heute führt Me endlich ein ruhiges Leben. Mach ihr das nicht kaputt. Fahr nach Hause und lass sie in Ruhe.«

Tiens Worte prasselten auf Tuyet ein, bis sie einsah, dass es mehr Wahrheiten gab, als die, die sie zu kennen glaubte. Oder mehr Lügen? Wortlos standen sich die Schwestern gegenüber. Die Stille wog schwer, wie vor einem Duell, nur dass ihres bereits entschieden war.

Tien würde sie nicht zu ihrer Mutter vorlassen, so viel war klar. Wollte diese sie wirklich nicht sehen? Natürlich hatte Tuyet Mitleid mit Hanh und wollte sie nicht noch mehr quälen, als das Leben es ohnehin schon getan hatte. Andererseits machte es sie rasend, dass Tien ihr etwas verwehrte, worauf sie ein Recht hatte. Dass sie nichts dagegen unternehmen konnte, befeuerte ihre Wut. Tuyet ergriff ihre Tasche und ging zur Haustür. Hinter sich hörte sie Tien. Weshalb geleitete sie Tuyet hinaus? Weil es sich so gehörte? Oder weil sie sich vergewissern wollte, dass Tuyet verschwand?

Noch einmal drehte sich Tuyet zu ihrer Schwester um, und ihre Blicke trafen sich. Triumphierte Tien innerlich, weil Tuyet mit hängenden Schultern abzog wie nach einer verlorenen Schlacht? Fühlte sie sich als Gewinnerin, wo es doch um verletzte Gefühle ging, deren mögliche Heilung Tien verhinderte? Tuyets zarter Optimismus der letzten vierundzwanzig Stunden verglühte in ihrem Zorn, und sie wollte nicht zulassen, dass Tien mit sich im Reinen die Tür schloss.

»Übrigens«, sagte sie ruhig und deutete auf Tiens blaues Auge, »das war kein Verkehrsunfall.«

Tien zuckte zusammen und strich rasch ihr Haar über die verletzte Gesichtshälfte.

»Verschwinde!«

Tuyet fuhr zum Hotel zurück und kaufte sich auf dem Weg dorthin ein paar Flaschen Bier. Es hatte ihr eine kurze Genugtuung verschafft, mit ihrer letzten Bemerkung klarzustellen, dass Tien sie nicht für dumm verkaufen konnte. Nach jedem Schluck Bier fühlte sie sich jedoch mieser. Der Alkohol brachte sie auf andere Gedanken, aber nicht auf bessere. Kurz bevor sie einschlief, fragte sie sich, was sie noch in Vietnam hielt, wenn sie ihre Familie nicht kennenlernen konnte? Aber was sollte sie in Frankfurt oder London?

Außer sich vor Zorn stürzte Tien, nachdem sie die Tür hinter Tuyet zugeschlagen hatte, ans Fenster und riss es auf, um ihrer Schwester ein weiteres »Verschwinde!« nachzubrüllen. Doch dann besann sie sich und schaute zu, wie Tuyet in einem für ihre hohen Absätze erstaunlichen Tempo in der nächsten Gasse verschwand. Hoffentlich sah sie sie nie wieder. Langsam schloss Tien das Fenster und stierte durch die Scheibe hinaus, ohne etwas wahrzunehmen. Sie schämte sich nicht dafür, dass Tuyet den blauen Fleck entlarvt und ihr den Mopedunfall nicht abgekauft hatte, vermutlich glaubte niemand daran. Und Tuyets Bedürfnis, ihrer Hilflosigkeit entspringende billige Rache zu üben dafür, dass Tien die Adresse ihrer Mutter nicht herausrückte, verstand Tien sogar. Jede andere Beleidigung hätte sie achselzuckend weggesteckt. Wofür sie Tuyet zutiefst verabscheute und was sie ihr nie verzeihen würde, war, dass sie Tien mit geringschätzigem Unterton zu verstehen gab, welch ein erbärmliches Leben sie führte, erniedrigt und von ihrem Ehemann geprügelt wie ein Hund. Am unerträglichsten war, dass für Tien seit letzter Woche jegliche Hoffnung gestorben war, daran etwas zu ändern. Obgleich ihre Hüften zu schmerzen begannen, rührte sie sich nicht von der Stelle, gefangen genommen von den scheußlichen Szenen, die sich abgespielt hatten, einen Tag, nachdem Tuyets Brief eingetroffen war, in dem sie Hanh bat, sich per E-Mail zu melden. »Deine Schwester ist in Vietnam? Ich dachte, die hättest du abgeschrieben.«

Tuan warf Tuyets Brief auf den Tisch, an dem Tien saß und Bohnen strippte. Allem Anschein nach hatte er ihn gelesen, was Tien nicht weiter schlimm gefunden hätte. Abwechselnd heiß und kalt wurde ihr allerdings, wenn sie daran dachte, wo er ihn gefunden haben musste. Damit er nicht sah, dass sie rot wurde, senkte sie ihren Kopf tiefer über die Bohnen.

»Das habe ich auch«, murmelte sie.

Tuan trat neben sie, nahm ihr das Messer aus der Hand und legte es auf den Tisch.

»Was will sie?«

Tien blickte auf und hoffte, dass ihre Gesichtsfarbe normal war. Vielleicht hatte Tuan ja nur den Brief entdeckt. Etwas breitbeinig stand er vor ihr, in dunklen Leinenhosen und einem hellblauen, kurzärmeligen Hemd, und runzelte die Stirn.

»Also?«

»Me besuchen. Tuyet dachte wohl, sie wohnt hier.«

Um nicht vor ihm zu sitzen wie eine Gefangene im Verhör, erhob sich Tien und füllte den Bohnentopf mit Wasser. Anschließend entzündete sie den Gasherd und stellte den Topf auf die Flamme.

Tuan ließ sich auf einen Stuhl fallen, und Tien reichte ihm ein Glas mit grünem Tee.

»Was mich am meisten stört«, sagte Tuan, pustete in sein Glas und nippte dann an seinem Tee, »was mich am meisten stört, ist, dass du mir etwas verheimlichen wolltest.«

Zu brüsk setzte er sein Glas ab, sodass der heiße Tee überschwappte.

Er schrie auf und fuchtelte mit seiner Hand herum. Rasch stellte Tien ihm eine Schüssel mit kaltem Wasser hin, in der er seine Finger kühlte. Anscheinend reichte das nicht, denn er sprang auf, lief ins Badezimmer und hielt seine Hand unter fließendes Wasser. Dabei schimpfte er vor sich hin, doch Tien hörte ihm nicht mehr zu. Geflucht hatte Tuan seit sie ihn kannte, viel und laut. Seit er jedoch vor zwei Jahren aufgrund eines neuen Polizeigesetzes von der Straße ins Büro wechseln musste, fluchte er fast nur noch. Lediglich bei Engpässen setzte man ihn als Verkehrspolizist ein, denn draußen sollten fortan die großen, sportlichen stehen, lächelnd, ohne Sonnenbrille, und die Hanoier Verkehrspolizei von ihrem aggressiven, korrupten Image befreien. Als sie davon hörte, war Tien gleich klar gewesen, dass Tuan mit seinem jahrelang gepflegten Schmerbauch nicht dem gewünschten Typus entsprach, und davon, die Auto- und Mopedfahrer zuvorkommend wie geschätzte Kundschaft zu behandeln, hielt er auch nicht viel. Tuan war außer sich geraten, und Tiens Versuche, ihn zu überzeugen, dass es im Büro viel angenehmer wäre, weil er im Sommer nicht auf abgasdunstigen Straßen braten musste, hatten zu nichts geführt. Denn, und das war der springende Punkt, mit der Arbeit im Freien entfiel das Abkassieren der Verkehrsteilnehmer, die Tuan eines Regelverstoßes überführte. Wer deshalb Ärger machte, zahlte doppelt, und Tuan hatte diese Möglichkeit, sein mageres Gehalt spürbar aufzubessern, weidlich genutzt. Da seine zusätzlichen Einnahmen eher in Bia Hoi-Restaurants und zu gewissen Damen flossen als in Tiens Haushaltskasse, war der finanzielle Verlust für sie unbedeutend. Belastend war nur, dass sich Tuans Aufmerksamkeit seither auf ihre Einnahmen richtete, die in den letzten Jahren gewachsen waren. Ab sofort verlangte er, dass sie ihm genügend Geld aushändigte, damit er sich nach getaner Arbeit angemessen erholen konnte. Tiens Einwand, dass sie das Geld für die Ausbildung ihrer Kinder und für den Erwerb eines größeren Kosmetiksalons sparte, bekam ihr schlecht, und Nam und Hoa, völlig verschreckt, hatten bei Tiens Schwägerin übernachtet.

Als Tuan aus dem Bad kam, beeilte sich Tien zu sagen: »Ich wollte dir nichts verheimlichen. Ich musste nur erst nachdenken.«

Sie säuberte den Küchentisch von Bohnenresten und wischte ihn ab. Tuan stand im Türrahmen und sah ihr dabei zu. Seinen Blick spürend, bemühte sich Tien, ihr Hinken zu verbergen.

»Und was ist dabei herausgekommen?«

Tien schüttete sich Tee ein, der inzwischen abgekühlt war.

»Genau darüber wollte ich mit dir reden. Ich dachte, es ist am besten, wenn wir meiner Mutter nichts von Tuyet erzählen. Es würde sie nur aufregen. Und wozu sollte das schon gut sein?«

Nachdenklich blickte Tuan sie an. Tien wartete ab und hoffte, dass diese Entscheidung in seinem Sinne war. Eigentlich mochte er keine Fremden, empfand sie als Störung. Endlich nickte er.

»Ja, das wird am besten sein. Taucht erstmal deine Schwester auf, kommt dein Vater vielleicht auch noch auf die Idee, bei uns aufzukreuzen.«

Er kräuselte seine Nase, als ob es in der Küche plötzlich stinken würde.

»Noch mehr schwarze Schafe aus deiner Familie kann ich nicht gebrauchen. Mir reichen schon die, die ich durchfüttern muss.«

Er zog seinen Rotz hoch, und einen Moment lang traute Tien ihm zu, vor ihr auf den Boden zu spucken. Innerlich bäumte sie sich auf, sowohl gegen sein unflätiges Verhalten als auch die Art und Weise, wie er über ihre Familie sprach. Am liebsten hätte sie ihn angebrüllt.

»Du fütterst niemanden durch, das tue höchstens ich! Und wo leben wir denn, deine Schwester und ihre Familie, deine Mutter, du selbst? Das ist das Haus meiner Mutter. Also spiel dich nicht so auf!« Sie war es auch, die stets die Einkäufe bezahlte, den Lehrern Geld zusteckte, damit ihren Kindern ausreichend Aufmerksamkeit zuteilwurde. Und die jedes Mal, wenn seine Mutter im Krankenhaus lag, die Schwestern bestach, damit sie den zuständigen Arzt für ein Gespräch ausfindig machten. Extraausgaben dieser Art hatte sie einige zu bewältigen, und noch nie hatte sich ihr Mann daran beteiligt.

Tuan starrte sie an. Mein Gott, hatte sie etwa ausgesprochen, was sie dachte? Nein, undenkbar.

»Möchtest du noch Tee?«, fragte sie.

Tuan schüttelte seinen Kopf und kam auf sie zu. Er wollte doch jetzt nicht mit ihr schlafen?

»Die Kinder kommen gleich nach Hause«, sagte Tien.

Tuan lächelte und legte seine Hände um ihr Gesicht. Sie waren groß und warm, und vor vielen Jahren hatte Tien diese Geste gemocht. Sie sahen sich in die Augen, Tien verwirrt über seinen Stimmungswechsel, aber zunehmend bereit nachzugeben, falls er sie jetzt küssen wollte.

»Tien«, sagte Tuan mit heiserer Stimme, »deine Schwester soll machen, was sie will. Sie ist mir egal. Aber ich rate dir, verkauf mich nie wieder für dumm. Du würdest es bereuen.«

Er machte eine Pause, damit seine Drohung auf sie wirken konnte. Tien perlte der Schweiß von der Stirn, und sie hätte schwören können, dass Tuan sich an ihrer Angst weidete.

»Du hast meine untrügliche Spürnase unterschätzt«, fuhr er fort. »Sie hat mich nämlich zu deiner Wäschekommode geführt. Und was entdecke ich unter Blusen und Unterwäsche? Schokoladenschachteln. Weil mich Appetit auf Süßigkeiten überkommt, öffne ich eine. Doch es ist gar keine Schokolade darin, sondern lauter Dong-Scheine. Und siehe da, in den anderen Schachteln ist noch mehr Geld.«

Wie Spinnen krabbelten seine Hände von ihren Wangen in die Haare und hielten sie fest. So brutal, dass Tien gezwungen war, ihren Kopf nach hinten zu legen, damit es nicht schmerzte. Ihr Hals lag frei wie der eines erbeuteten Tieres, das den todbringenden Biss erwartete. Ihr Herz jagte davon, und ihre Knie schlotterten. Also hatte er es doch entdeckt, ihr Versteck, das jahrelang funktioniert hatte. Seit Tuan öfter Geld von ihr forderte, hatte sie mit dem Gedanken gespielt, es bei einer Bank aufzubewahren. Aber dann, wenn sie allein war, die Scheine auspackte, befühlte und zählte, hatte sie es nicht über sich gebracht, sie aus den Händen zu geben, denn sie brauchte den spürbaren Beweis dafür, dass es ihr gelingen würde, sich finanziell unabhängig zu machen. Wie idiotisch! Jetzt war es zu spät.

Plötzlich ließ Tuan ihr Haar los, holte aus und schlug zu. Vor Schmerz schnappte Tien nach Luft und noch einmal traf Tuans Hand ihr Gesicht, sodass ihr Kopf zur Seite flog. Ihr linkes Auge tat weh, und Blut tropfte aus ihrer Nase. Tien berührte sie, und stellte erleichtert fest, dass sie dieses Mal nicht gebrochen war. Tuan hatte sich bereits abgewandt und sagte im Hinausgehen:

»Geheimniskrämerei gehört sich für eine Ehefrau nicht. Das solltest du wissen.«

Keuchend stützte sich Tien auf der Spüle ab, und ließ ihr Blut aus der Nase tropfen. Ihre Tränen vermischten sich mit dem Rot im Waschbecken. Wie aus der Ferne hörte sie Stimmen an der Haustür. Ihre Kinder, die aus der Schule kamen. Dann war es still, zu still, weshalb Tien, sich ein Taschentuch unter die Nase haltend, umdrehte. Hoa und Nam standen wie zwei Statuen im Türrahmen, und fast hätte Tien geschrien, dass sie abhauen sollten, weil sie ihre entsetzten Blicke nicht ertrug. Aber sie blieb ruhig, denn um nichts in der Welt hätte sie die beiden noch mehr erschüttert. Hoa hatte sich als erste unter Kontrolle.

»Setz dich, Me, und beug deinen Kopf vor.«

Sie befeuchtete ein Handtuch mit kaltem Wasser und presste es ihrer Mutter in den Nacken. Dann drehte sie den Herd aus und schüttete das Bohnenwasser ab.

»Nam«, stieß Tien hervor, und bei jedem Wort schmerzte ihr Kiefer, »geh zu deiner Tante hinunter.«

»Nein!«

Nam rannte zu ihr und vergrub seinen Kopf in ihrem Schoß. Automatisch streichelte Tien sein dichtes, welliges Haar. Sie lauschte auf die Haustür, und obwohl Tien sicher war, dass Tuan nicht vor dem nächsten Morgen zurückkäme, zuckte sie bei jedem Geräusch zusammen.

»Me, so geht das nicht weiter«, flüsterte Hoa, als käme es ihr ungehörig vor, dergleichen auszusprechen.

»Muss es aber«, erwiderte Tien und verschluckte sich an der Flut von Tränen, die aus ihr hinausdrängten, die sie aber wegen ihrer Kinder zurückhielt. Jedes Husten verursachte Schmerz und schien ihr Gesicht mehr anschwellen zu lassen.

»Geh mal zur Seite, Hoa.«

Ohne dass jemand es bemerkt hatte, war Yen dazugekommen. Mit großer Vorsicht betastete sie Tiens Gesicht, reinigte es mit einem sauberen Tuch, träufelte irgendeine Flüssigkeit auf ihr Auge und schmierte Salbe auf Tiens Wange. Dann nahm sie eine Bürste und entwirrte die Knoten in Tiens zerzaustem Haar.

»Danke«, sagte Tien.

»Männer sind so, Hoa«, begann Yen. »Sie sind von Natur aus aggressiver und schneller zornig als wir. Damit die Welt nicht im Chaos versinkt, ist es unsere Aufgabe, ihr heißes Blut zu besänftigen. Für Harmonie zu sorgen.«

Nam grub sich tiefer in Tiens Schoß und heulte:

»Ich will aber niemanden schlagen!«

Hoa umarmte ihn.

»Das meinte Ba auch nicht, du Dummerchen.«

Sie wandte sich an ihre Großmutter.

»Wie soll Me für Harmonie sorgen, wenn Bo sich so aufführt?«

Behutsam bürstete ihre Großmutter Tiens Haar, und diese hörte in deren Stimme ein trauriges Lächeln.

»Du musst deinen Mann so nehmen, wie er ist, und dich möglichst so verhalten, wie es ihm gefällt. Das ist alles. Tien hat euren Vater hereingelegt, und das hat ihn natürlich aufgebracht.«

Tien fuhr herum, aufschreiend vor Schmerz und Empörung.

»Hereingelegt? Ich spare für unsere Zukunft, und er versäuft das Geld.«

Yen bedachte ihre Schwiegertochter mit einem mitleidigen Gesichtsausdruck, und Tien ahnte, was er bedeutete: »So war es, und so wird es bleiben.«

Schwerfällig stützte sich Tien auf der Tischplatte ab und kam auf die Beine.

»Hoa, Nam, bitte geht zu eurer Tante hinunter.«

Hoa nickte, nahm ihren Bruder an die Hand und verließ die Küche.

Tien und Yen schauten sich an.

»Du hast alles mit angesehen?«, fragte Tien mit lauter Stimme.

Yen senkte ihren Kopf.

»Er ist mein Sohn«, antwortete sie, nahm Tropfen und Salbe und ging. Tien schleppte sich ins Schlafzimmer. Große Hoffnungen, dass von ihrem Geld etwas übrig war, hegte sie keine, musste aber mit eigenen Augen sehen, dass Tuan ihr ihre Zukunft gestohlen hatte. Angestrengt zog sie die Kommode auf. Die Schokoladenschachteln sahen aus wie immer. Doch sie waren leer. Alle leer. Auch ihre Notreserve, die sie unter losen Holzdielen versteckt hatte, war nicht mehr da. Wie eine Wahnsinnige riss Tien Tuans Kommode auf, obwohl ihr klar war, dass er ihr Geld nie und nimmer dort gelassen hatte. Richtig. Außer ein paar Papieren und einem geschnitzten Drachen fand sie nichts. Verzweifelt starrte sie die vergammelte Holzfigur an. Dann warf sich Tien aufs Bett, hämmerte mit ihren Fäusten auf die Kissen und weinte, bis sie vor Erschöpfung einschlief. Sie spürte nicht mehr, dass Yen die Bettdecke über sie breitete und das Licht löschte.

Das Geklapper von Tellern und Schüsseln veranlasste Tien, sich endlich vom Fenster abzuwenden. Yen war dabei, wortlos den Tisch zu decken. Was hatte sie sich nur dabei gedacht,

Tuyet ins Haus zu lassen? War sie so schwerhörig, dass sie beim ersten Besuch nicht mitbekommen hatte, dass Tien Tuyet nicht sehen wollte? Wollte sie sie ärgern? Tien stöhnte. Manchmal war ihr schleierhaft, was die alte Frau verstand und was nicht.

»Lass mal, ich mache das schon«, sagte sie und nahm Yen die Essstäbchen aus der Hand. Eine alltägliche Tätigkeit war nach dem Streit mit Tuyet genau das, was ihre Nerven beruhigen würde.

»Setz dich hinaus, jetzt ist es angenehm.«

Yen drückte ihre Hand und ging. Wenig später hörte man sie mit ein paar Nachbarinnen schwatzen. Tien verteilte die Stäbchen und hoffte, dass Tuan erst nach Hause käme, nachdem die Kinder mit dem Essen fertig wären. Zwar arbeitete er heute als Verkehrspolizist und war vermutlich guter Dinge. Aber vielleicht hatte Tuyets Besuch ihn stärker aufgeregt, als es den Anschein gehabt hatte. Mit einer Tasse Tee setzte sich Tien aufs Sofa und legte ihre vom langen Stehen geschwollenen Füße hoch, zig Kundinnen hatte sie an diesem Tag massiert. Langsam fiel die Anspannung der letzten Stunden von Tien ab, und sie bemühte sich, in ihrem Kopf Ordnung zu schaffen.

Hatte sie einen Funken Freude darüber verspürt, als sie las, dass Tuyet sich in Hanoi aufhielt? Falls ja, war er schnell im tosenden Meer ihrer Gefühle erloschen. Von Anfang an war ihr klar gewesen, dass sie ihre Schwester von Hanh fernhalten wollte. Erst recht, nachdem sie übers Internet herausgefunden hatte, dass Tuyet, jung wie sie war, in einer Top-Kanzlei als Anwältin arbeitete. Doch bevor sie Tuyet getroffen hatte, war sie hin und her gerissen gewesen. Was erlaubte sie sich, ihrer Schwester ein Wiedersehen zu verwehren? Mehrmals war sie kurz davor gewesen, auf ihr Gewissen zu hören und Tuyet eine E-Mail zu schreiben. Zum Glück hatte sie keine rechte Zeit dazu gefunden. Dann hatte ihre Schwester vor ihr gestanden. Jung, ansehnlich und offensichtlich wohlbetucht. Vor allem hatte sie ausgestrahlt, wonach Tien sich sehnte: Unabhängigkeit, Erfolg und die Freiheit, das zu tun, was ihr beliebte. Sie sah aus wie eine Tochter, auf die ihre Mutter stolz sein würde. Wie die Tochter, die Tien nie gewesen war. Bis zu diesem Nachmittag hatte sie Tuyet darum beneidet, jetzt hasste sie sie dafür.

Hier, allein auf ihrem Sofa, gestand Tien sich ein, Angst zu haben. Nicht zuletzt vor ihrer eigenen Bitterkeit, von der sie gehofft hatte, befreit zu werden, als der viel ältere Tuan um sie warb, sie zur Frau nahm und sie ihre Kinder gebar. Doch die hoffnungsfrohe Zeit war von kurzer Dauer gewesen, und nach wenigen Jahren haderte Tien mit ihrem Leben stärker als je zuvor. Zu viele Opfer hatte sie bringen müssen, für die niemand sie entschädigte. Ganz zu schweigen von all den Entscheidungen, die andere ihr überstülpten. Tuan zu heiraten, war eine der wenigen gewesen, die sie durchgesetzt hatte. Gegen den Willen ihrer Mutter. Deshalb konnte sie sich nie bei ihr ausweinen, denn Hanhs Ich-habe-dich-gewarnt-Blick würde sie nicht aushalten. Vermutlich hatte Tien ihre Mutter oft enttäuscht. Aber dennoch war sie die einzige Tochter, die sich stets um sie kümmerte, die in schwierigen Zeiten angepackt und ihr Enkel geschenkt hatte. Letztlich wäre sie zur Stelle, wenn das Alter begänne, Hanh zuzusetzen. Insofern spielte Tien eine einzigartige Rolle im Leben ihrer Mutter, und das sollte so bleiben. Tuyet müsste sich mit Phong und ihren Privilegien zufriedengeben, und die Familie akzeptieren, wie sie war. Getrennt.

Eine Träne kullerte Tiens Wange entlang. Lange hatte sie nicht an ihren Vater gedacht, aus gutem Grund. Die Erinnerungen, sogar die schönen, stachen in Tiens Herz, aber da dieses sowieso schon verwundet war, kam es darauf auch nicht mehr an. Draußen lachte der Garküchenbesitzer, rief etwas, die Schulkinder strömten aus der Ngoc Ha-Schule, und Tien war selbst wieder ein Kind. Ein Mädchen, das noch nicht hinkte und in Berlin die aufregende Zeit des Mauerfalls erlebte.

☆

»Noch ein Schokoladeneis?«

Ermutigend grinste Phong seine achtjährige Tochter an, und bevor Tien zum Nicken kam, drückte er ihr bereits eine neue Eistüte in die Hand. Es schmeckte köstlich, nach purem Glück.

»Morgen darfst du eine andere Sorte probieren«, sagte Phong und schleckte sein Zitroneneis zu Ende. Blaubeere, Erdbeere, Stracciatella, Waldmeister, Banane und sogar Mangoeis lägen noch vor ihnen. »Au ja!«, rief Tien, wusste aber genau, dass sie wieder Schokolade bestellen würde, weil dieser Glücksgeschmack bestimmt unschlagbar war. Phong ergriff ihre Hand, und sie schlenderten über den Weihnachtsmarkt vor der Gedächtniskirche. Tien konnte sich nicht sattsehen an all den Lämpchen, Engelsfigürchen, Leckereien und Dekorationen, die die Verkaufsstände schmückten. Es roch nach Waffeln, Zuckerwatte und Glühwein, und als ein großer, dicker Weihnachtsmann im roten Mantel wissen wollte, was sie sich zum Fest wünschte, fiel Tien rein gar nichts ein. So selig war sie.

Phong beabsichtigte, Hanh und Tuyet etwas besonders Hübsches zu schenken, denn schließlich handelte es sich um ein ganz besonderes Weihnachtsfest. Die Mauer, die Osten und Westen achtundzwanzig Jahre lang trennte, hatte sich geöffnet. Für Tien klang das, als schwängen prunkvolle Pforten eines Märchenlandes auseinander und gewährten ihnen Einlass. Und wann immer sie Phong auf seinen Entdeckungstouren in West-Berlin begleiten durfte, fühlte es sich auch so an. Dass ihre Mutter und Schwester zu Hause blieben, störte Tien nicht im Geringsten. Erstens freute sie sich, ihren Vater für sich alleine zu haben, und zweitens war ihre Mutter eine Spaßbremse, die sich beharrlich weigerte, auch nur einen Fuß in den Westen zu setzen. Tien fand das übertrieben. Selbstverständlich wusste sie, dass die DDR, in der sie lebten, Vietnams Bruderland war und der Westen nicht, aber da ihren Vater das nicht zu stören schien, machte es Tien auch nichts aus. Sie kauften ein rotes Flauschjäckchen für Tuyet und erstanden einen sehr schönen warmen Pullover für Hanh. Am Abend fuhren sie heim, und in der warmen U-Bahn zwischen all den mit Einkaufstüten beladenen Menschen, lärmenden Kindern, Musikern mit Gitarren und Akkordeon, die im Waggon sangen und Geld dafür bekamen, schlief Tien, an Phong gekuschelt, glücklich ein.

So hatte sie sich weiß Gott nicht immer gefühlt. Drei Jahre zuvor hatten ihre Eltern ihre Tochter aus Vietnam in die DDR nachgeholt. Zwar wäre Tien beinahe hier geboren worden, aber, wenn sie es richtig verstanden hatte, hätte sie erst gar nicht entstehen dürfen, weshalb ihre Mutter hochschwanger nach Hanoi fuhr und sie dort zur Welt brachte. Danach kehrte Hanh allein zu ihrer Arbeit und zu Phong zurück, während Tien bei ihren Großmüttern aufwuchs. Als Phong sie abholte, war er für sie ein Fremder, der sie in eine genauso fremde Welt verfrachtete. Denn in Berlin verstand Tien rein gar nichts, und das Schlimmste war, dass sie nicht einmal wusste, wie sie sich ihren Eltern gegenüber benehmen sollte. Deshalb sprach sie nur, wenn sie etwas gefragt wurde, bemühte sich, höflich zu sein und nicht zu stören. Über die Späße ihres Vaters musste sie manchmal lachen, aber als Arzt verbrachte er mehr Zeit im Krankenhaus als daheim. Kam er morgens von seiner Nachtschicht zurück, hatte er irgendwo eine Süßigkeit für sie aufgetrieben und frühstückte mit ihr, bevor er sich schlafen legte. Tien mochte ihn lieber als ihre Mutter, die zwar ebenfalls fleißig arbeitete, danach aber bedeutend schlechter gelaunt war. Vielleicht lag es daran, dass ihr die Wäscherei nicht gefiel, in der es feucht, heiß und vor allem sehr laut zuging. Um Hanh Ruhe zu gönnen, schlich Tien deshalb wie ein Mäuschen durch die Zimmer, hatte aber den Eindruck, dass diese sich trotzdem gestört fühlte, mit oder ohne Lärm. Abends setzte sie sich an Tiens Bett, sang ihr etwas vor und umarmte sie. Aber es fühlte sich nie richtig an, sondern so, als habe es ihr jemand aufgetragen. Auch die Schule, auf die

Tien sich gefreut hatte, fiel ihr zunächst schwer, und sie kam sich wie ein Schwachkopf vor, weil sie nicht verstand, was die Lehrer sagten. Die Kinder riefen ihr »Fidschi« nach, was Tien mehr erstaunte als erschreckte, denn was hatten diese Inseln mit Vietnam zu tun? Als sie begriff, dass die anderen sie beschimpften, legte sie sich ins Bett und weinte sich fast die Augen aus dem Kopf. Anschließend fasste sie einen Entschluss. Als hinge ihr Leben davon ab, büffelte sie Deutsch und konnte schon bald in anderen Fächern beweisen, was für ein schlaues Mädchen sie war. Es gab Lehrerinnen und Lehrer, die sie unterstützten, und als sie sich besser verständigen konnte, freundeten sich ein paar Kinder mit ihr an.

Und es gab Oma Holle, die im selben Haus wohnte, und auf Tien aufpasste, wenn deren Eltern arbeiten mussten. Oma Holle besaß einen Dackel, den Tien vom ersten Augenblick an liebte, und er sie, besonders weil Tien ihm Stückchen ihres Apfelkuchens unter den Tisch warf, den Oma Holle regelmäßig buk, weil Tien ihn so gerne aß. Hatte sie ihre Hausaufgaben erledigt und hockte mit einer Tasse heißer Schokolade vor Oma Holles Blümchentapete, entdeckte sie inmitten der bunten Aufdrucke lauter fantastische Märchenwesen und Gesichter von allerlei freundlich dreinblickenden Monstern.

Eigentlich hieß Oma Holle Erika Holler, aber kurz vor ihrer ersten Begegnung hatte Phong Tien das Märchen von Frau Holle erzählt, die ihre Betten aufschüttelte, bis die Federn flogen, woraufhin es dann auf der Welt schneite. Seitdem hieß die Nachbarin für Tien Oma Holle. Da Frau Holle aber nicht nur Schnee fabrizierte, sondern fleißige Mädchen mit Gold und faule mit Pech überschüttete, bemühte sich Tien, Oma Holle im Haushalt zur Hand zu gehen. Schon bald buken und kochten sie gemeinsam, und Oma Holle zeigte Tien, wie sie in Karotten und Kartoffeln dekorative Muster schneiden konnte. Mit Oma Holle hielt sich Tien so manches Mal den Bauch vor Lachen und wenn sie sich auf den Mund schlug, weil sie fürchtete, die Nerven der alten Dame zu strapazieren, lachte diese noch viel lauter, so laut, dass Tien sich die Ohren zuhielt. Goldene Taler schenkte Oma Holle ihr nie, aber die wundervollen Nachmittage waren Tien viel mehr wert, und wenn plötzlich Hanh in Oma Holles kleiner Stube erschien, um sie abzuholen, wäre Tien am liebsten gar nicht mitgegangen. Dafür schämte sie sich, denn Hanh gab sich große Mühe mit ihr. Sie nähte ihr schöne Kleider, kochte leckeres Essen und manchmal durfte sie eine Freundin einladen. Aber die meisten Kinder wunderten sich über ihren Ahnenaltar und kicherten, wenn Hanh etwas nicht verstand oder ein Wort falsch aussprach, weshalb Tien die Kinder lieber zu Oma Holle brachte, zu ihrem Apfelkuchen und dem Dackel. In der Schule behauptete sie, Oma Holle sei ihre Großmutter, und selbst als die anderen sie wegen Lügerei beim Lehrer verpetzten, blieb sie hartnäckig dabei. Deswegen musste sie fünfzig Mal »Ich darf nicht lügen« in ihr Heft schreiben. Zu ihrem allergrößten Erstaunen schalt ihre Mutter sie nicht, sondern strich ihr, während sie schrieb, übers Haar.

Nach und nach richtete sich Tien in ihrem neuen Leben ein. Weil sich ihr Fleiß auszahlte und sie gute Noten schrieb, ging sie gerne zur Schule. Sie liebte Phongs Geschichten, und ihr Leben in Hanoi rückte in immer weitere Ferne. Völlig aus dem Häuschen geriet Tien, als sie eines Morgens aus dem Fenster schaute und ihren ersten Schnee vom Himmel fallen sah, leise und unfassbar weiß. Barfuß und im Schlafanzug stürzte sie zu Oma Holle, nur, um nachzuschauen, ob diese am Ende tatsächlich ihre Kissen ausschüttelte. Oma Holle lachte und drückte Tien fest an ihre Brust. Als sie in ihre Wohnung zurückkam, kniete Hanh vor der Toilette und erbrach sich.

»Ist Me krank?«, fragte Tien erschrocken.

»Nein.«

Da niemand ihr weitere Auskünfte erteilte, machte sich Tien für die Schule fertig. Ihre Eltern sprachen leise miteinander, und kurz darauf, ziemlich blass, aber lächelnd erschien Hanh im Türrahmen.

»Mir geht es gut. Leider habe ich es jetzt eilig. Lern brav in der Schule.«

Tien mochte es nicht, wenn ihre Mutter das sagte. Unfairerweise klang es so, als gäbe Tien sich sonst keine Mühe. Hanh winkte und brach zur Wäscherei auf, in der sie arbeitete. Nachdem die Tür ins Schloss gefallen war, ließ Phong sich in einen Sessel plumpsen.

»Tien, komm mal her.« Tien setzte sich und blickte ihren Vater an. Der blickte etwas unbehaglich zurück.

»Kannst du ein Geheimnis für dich behalten?«

Begeistert nickte Tien.

»Du darfst niemandem verraten, was ich dir sage, sonst könnten wir gehörig Ärger bekommen.«

Diesen Satz kannte Tien von ihrer Großmutter in Hanoi. Dort hatte sich Tien aus Angst, versehentlich etwas auszuplaudern, angewöhnt, gar nichts zu erzählen, was in der Familie besprochen wurde.

»Ich verspreche es dir.«

Um ihm zu beweisen, wie ernst es ihr damit war, streckte sie ihm ihre Hand entgegen. Phong schlug ein.

»Also gut«, begann er. »Deine Me erwartet ein Kind.«

Tien wartete ab, was er weiter zu berichten hatte, aber es kam nichts mehr. War das alles? Zwar war Tien ganz und gar nicht erpicht darauf, ihre Eltern so schnell mit einem schreienden Säugling zu teilen. Überrascht war sie allerdings nicht, denn dass ihre Mutter schwanger war, reimte sie sich selbst zusammen. Auch ihre Tanten und älteren Cousinen hatten sich dann übergeben. Doch warum war es in Deutschland verboten, ein Kind zu bekommen? Obwohl Tien wusste, dass sie aus genau diesem Grund in Vietnam aufgewachsen war, leuchtete ihr das nicht ein.

»Bo, was ist so schlimm daran?«

In seinen Augen entstand Panik.

»Du sagst es keinem!«, insistierte er.

Tien schüttelte den Kopf. Phong streckte seine Hand aus und zog Tien zu sich auf den Schoß.

»Natürlich ist es nicht schlimm, ein Kind zu bekommen. Aber nicht nur die Deutschen, auch unsere Regierung möchte, dass wir erst eine Familie gründen, wenn wir wieder zu Hause sind. Das musste Hanh versprechen, bevor sie nach Deutschland gekommen ist.«

Tien richtete sich auf und sah ihren Vater schockiert an.

»Was machen sie mit uns, wenn jemand verpetzt, dass Me ihr Wort gebrochen hat?«

Es kam Tien nicht in den Sinn, dass Phong genauso am Wortbruch beteiligt gewesen war wie ihre Mutter. Deshalb empfand sie es als höchst ungerecht, dass auch er und sie bestraft werden könnten.

»Sie schicken Hanh zurück. Oder fordern sie auf, das Baby nicht zu bekommen.«

Ja, konnte sich Me denn nicht einfach dazu entscheiden? Wenn ja, wäre das nicht die beste Lösung? Doch die Augenbrauen ihres Vaters zogen sich bei seinen Worten so düster zusammen, dass Tien diese Möglichkeit ausschloss. Eine neue Sorge überfiel sie. Wenn Hanh fortgeschickt wurde, musste Tien dann mit? In ihrem Bauch rumorte es vor Aufregung, denn sie wollte nicht weg. Nicht mehr.

»Von mir erfährt keiner etwas!«, versicherte sie. Dann stand sie auf und strich ihren Rock glatt.

»Bringst du mich zur Schule?«

Nachmittags, während Tien ein Bild malte, setzte sich Hanh zu ihr.

»Wenn unser Baby ein Junge wird, entscheidet Bo über seinen Namen. Ist es ein Mädchen, darfst du ihn aussuchen. Wie findest du das?«

Tien sah von ihrem Blatt Papier auf und nickte feierlich. Sie platzte beinahe vor Stolz darüber, dass Hanh ihr diese wichtige Aufgabe übertrug. Ihre Mutter lächelte, wirkte aber nicht fröhlich dabei, und Tien überlegte, ob es an ihr lag oder daran, dass Hanh sich nicht auf ihr Baby freute.

Seit jenem Nachmittag erwartete Tien voller Ungeduld die Geburt ihrer Schwester, denn eine Schwester sollte es werden, damit sie Tuyet heißen konnte. Ihr war sofort klar gewesen, dass nur dieser Name in Frage kam. Wenn Tien fortan mit ihren Freundinnen Schneemänner baute und sich lustige Schneeballschlachten lieferte, rief sie lauthals »*Tuyet!*«, »*Tuyet*!«, und wenn die anderen sie fragten, was das denn bedeute, antwortete sie schlicht: »Schnee.«

Der Winter endete, der Frühling ließ Tien über unbekannte Blumen und Baumblüten staunen, und sie wartete auf den Augenblick, da ihre Mutter nach Vietnam reisen würde, um Tuyet zu gebären, so wie sie es damals bei Tien getan hatte. Ihre Abreise schien kurz bevorzustehen, denn ihre Eltern tuschelten mit ernsten Gesichtern, und was sonst sollte das bedeuten?

»Wann fährst du nach Hanoi?«, fragte Tien ihre Mutter, als diese nach der Arbeit ihre geschwollenen Beine auf dem Bett ausstreckte. Insgeheim freute sich Tien darauf, eine Weile mit Phong allein zu leben.

»Ich fahre nicht nach Hanoi«, erwiderte Hanh überrascht.

Tien überlegte, ob sie alle Zusammenhänge gut verstanden hatte.

»Musst du denn nicht das neue Baby bei Ba abgeben?«

Und als Hanh sie verständnislos ansah, fügte sie hinzu:

»Na, so wie mich.«

Zu Tiens Entsetzen füllten sich Hanhs Augen mit Tränen. Fieberhaft dachte sie nach. Hatte sie etwas Dummes gesagt? Gar etwas Schlimmes? Ihr Herz klopfte vor Sorge. Doch zu ihrer Verwunderung zog Hanh sie auf ihren Schoß, küsste ihr Haar, und Tien spürte, dass diese Küsse von Herzen kamen. Nach einer Weile sagte Hanh:

»Dieses Mal bleibt das Baby bei uns. Wir haben etwas organisiert, und Frau Holler hilft auch mit.«

Verwirrt rutschte Tien von Hanhs Schoß. Wenn das so einfach ging, weshalb hatten ihre Eltern dann sie weggegeben?

»Ich mache Hausaufgaben«, verkündete sie. In der Küche kaute sie auf ihrem Bleistift herum und versuchte, die neuen Wendungen zu verstehen. Tuyet würde bei ihnen wohnen. War das gut oder nicht? Tien entschied sich, dass es gut wäre, weil Schnee bisher nichts als Freude in ihr Leben gebracht hatte.

Doch Tiens großes Herz, mit dem sie Baby Tuyet neugierig erwartete, schrumpfte bald, denn just als sie dachte, einen Platz im Leben ihrer Eltern gefunden zu haben, kam Tuyet und machte ihn ihr streitig. Sie war klein, süß, vor allem aber ständig krank. Fieber. Husten. Bronchitis. Lungenentzündung. Diese Worte schwirrten durch Tiens Nächte, wenn sie nicht schlafen konnte, weil Tuyet schrie, während Phong sie stundenlang herumtrug oder zu den unglaublichsten Uhrzeiten ins Krankenhaus hetzte. Ging Hanh mit, blieb Tien allein, manchmal tapste sie mit ihrer Decke zu Oma Holle hinauf, die sie zum Schlafen aufs Sofa bettete. Doch auch hier war nichts mehr, wie Tien es geliebt hatte. Denn nun lag Tuyet bei Oma Holle in einem Stubenwagen, den die alte Dame hin und her schaukelte, wobei sie Tuyet verzückt ansah.

Apfelkuchen buken sie seltener, und immer öfter musste Tien alleine Gemüse schneiden, während Oma Holle Tuyet mit einem Milchfläschchen fütterte. Tien empfand Oma Holles Paradies nicht mehr als so behaglich wie früher.

Eines Nachmittags kam Tien zeitig aus der Schule heim. Sie war hungrig, und in der Annahme, die Wohnung leer vorzufinden, lief Tien zur Küche. Mit Tuyet im Arm saß Hanh am Tisch und betrachtete verliebt ihr Baby. Leise summte sie ein Lied, das sie nur unterbrach, um Tuyet alberne Namen wie »Süße«, »Herzchen«, »Sonne« oder ähnlichen Schwachsinn zu geben. Tien erstarrte im Türrahmen, gepeinigt von Gefühlen, die sie überwältigten. Sie hasste Tuyet, sie hasste Hanh, und falls Phong sich genauso aufführte, würde sie auch ihn hassen. Unbemerkt zog sie sich ins Schlafzimmer zurück und weinte. Etwas später schickte Hanh sie mit Tuyet zu Oma Holle, die an diesem Tag gebacken hatte. Doch der süßliche Geruch des Apfelkuchens besänftigte Tien keineswegs. Speiübel wurde ihr, und als Oma Holle ihr ein Stück anbot, lehnte sie ab. Daran konnte auch der bettelnde Blick des Dackels nichts ändern, den Tien, nebenbei bemerkt, auch nicht mehr leiden konnte, seit sie ihn dabei ertappt hatte, Tuyet, die es nicht einmal merkte, genauso anzuschauen. Tien gab vor zu lesen, um nicht mit Oma Holle sprechen zu müssen. Sonst stellte sie ihr liebend gerne Fragen, die Oma Holle dazu bewegten, Geschichten aus ihrer Schulzeit zu erzählen, von ihren Eltern, den bösen Nazis und den schweren Nachkriegsjahren, in denen sie vor lauter Hunger nicht einschlafen konnte. Diese Tortur kannte auch Tien aus Hanoi, und gegenseitig versicherten sie sich, wie gut es wäre, nun ein Stück Apfelkuchen in sich hineinzustopfen.

An diesem Tag jedoch steckte Tien ihre Nase tief in Erich Kästners »Das doppelte Lottchen«, las aber nicht, sondern lauschte bloß auf das Zischen des dampfenden Bügeleisens und das Ticken der Wanduhr. Plötzlich schellte es, und Oma Holle stellte das Bügeleisen ab.

»Meine Kohlen werden geliefert«, informierte sie Tien. »Ich muss in den Keller. Gib gut auf Tuyet Acht!«

Scheinbar in ihr Buch vertieft, nickte Tien. Kaum schlug die Wohnungstür zu, sprang Tien auf und beugte sich über Tuyet. Mit rosigen Bäckchen lag die Kleine da, ihre winzigen Händchen bewegten sich im Schlaf, ihr kleiner Mund schmatzte etwas.

»So süß bist du doch gar nicht«, sagte Tien laut. »Keine Ahnung, warum sie dich behalten und mich in Vietnam gelassen haben. Schau mal, was du für hässliche Ohren hast. Ganz faltig.«

Kurzentschlossen holte sie Oma Holles Bügeleisen und hielt es an Tuyets Ohr. Tuyet stieß gellende Schmerzensschreie aus, und so schnell sie konnte, stellte Tien das Bügeleisen zurück. Dann zerrte sie Tuyet aus dem Stubenwagen und wiegte sie in ihrem Arm, so wie es die Eltern taten. Doch es nützte nichts, Tuyet schrie wie am Spieß, und bald war ihr Kopf genauso rot angelaufen wie das verbrannte Ohr. Tien war beinahe froh, als Oma Holle hereinstürzte, die dem Gebrüll hoffentlich ein Ende bereitete.

»Ihr Ohr brennt!«, brüllte Tien, woraufhin Oma Holle ihr das Baby aus dem Arm riss und ins Bad rannte. Tien wagte es nicht, ihr zu folgen, aber nach einiger Zeit verebbten die Schreie und gingen in ein klägliches Wimmern über. Mit zerzaustem Dutt und schweißgebadet kehrte Oma Holle mit Tuyet auf dem Arm ins Wohnzimmer zurück, ein kleines Handtuch mit Eiswürfeln auf deren Ohr gepresst. An Tuyets Wimpern hing noch eine Träne, die ihren Blick noch vorwurfsvoller erscheinen ließ.

»Was ist passiert?«

Vorsichtig setzte sich Oma Holle aufs Sofa und gab Tuyet einen Kuss auf ihre Nase. »Aufs Näschen« wie sie zu sagen pflegte, jedenfalls wenn sie von dem Baby sprach. Tien brach in Tränen aus.

»Ich wollte die hässlichen Falten aus ihren Ohren bügeln!«, jammerte sie.

Oma Holle brauchte einen Augenblick, um Tiens Geständnis zu begreifen.

»Mein Gott, warum denn?«

Tien schniefte. Tja, warum?

»Damit sie für Me und Bo noch hübscher ist?«

Falls Oma Holle ihren zweifelnden Ton bemerkt hatte, ließ sie sich nichts anmerken.

»Wir müssen es deinen Eltern sagen, denn ein Arzt muss untersuchen, ob das Ohr geschädigt ist.«

»Nein! Nein! Oma Holle, bitte, verrat mich nicht. Ich will nicht wieder weggeschickt werden.«

Oma Holle sah Tien an, dann strich sie ihr übers Haar.

»Mach dir keine Sorgen, mein Kind. Warum sollte jemand einen Schatz wie dich fortschicken? Aber mit deinen Eltern muss ich trotzdem sprechen.«

Voller Angst wartete Tien. Zum Glück war es Phong, der sie abholte. Oma Holle schickte Tien mit dem Dackel hinaus, und sie erfuhr nie, was die Nachbarin ihrem Vater erzählt hatte. Jedenfalls erklärte er Hanh später, es wäre ein Unfall gewesen, der sich nicht ereignet hätte, wenn Oma Holle nicht in den Keller gegangen wäre. Und da sich Tuyets Gehör völlig normal entwickelte, war die Sache bald vergessen.

Nicht nur für die Deutschen war das Weihnachtsfest 1989 ein besonderes, sondern auch für Tien. Es war das erste, das sie unter einem geschmückten Tannenbaum feierte, darauf hatte Hanh bestanden. Tuyet schlief und störte nicht weiter, und Tien bekam die deutsche Ausgabe der *Grimms Märchen* geschenkt. Nach dem Essen bat ihre Mutter sie, *Dornröschen* vorzulesen, und lobte Tien, wie gut sie das hinbekam. An der Stelle, als Dornröschen in den hundertjährigen Schlaf fiel, nahm Hanh Phongs Hand, und beide hatten Tränen in den Augen. Das wunderte Tien, denn jeder wusste doch, dass die Geschichte gut ausging. Als sie geendet hatte, sagte Phong: »Schön, dass ich die ganzen Märchen jetzt auch lesen kann. Auf Französisch waren sie mir immer zu schwer.«

Hanh, die gerade dabei war, ihren neuen Pullover anzuprobieren, hielt inne.

»Was sagst du da? Du hast mir die Geschichten doch übersetzt. Du weißt schon, damals im Krieg. Am Roten Fluss.«

Phong lächelte, als wäre ihm ein guter Streich gelungen.

»Das Buch gehörte meinem Vater, er sprach fließend Französisch. Sooft hat er mir die Geschichten auf Vietnamesisch erzählt, dass ich sie alle auswendig kannte. Wort für Wort.«

Hanh starrte ihn an, und Tiens Blick huschte zwischen ihren Eltern hin und her. Würden sie sich streiten? Wie vor ein paar Tagen, als sie dachten, Tien schliefe tief und fest, weshalb sie sich nicht bemühten zu flüstern. Doch da kicherte Hanh und schüttelte ihren Kopf.

»Du hast nur so getan? Und beichtest mir das erst heute?«

Sie schnappte sich einen Socken, der auf dem Boden herumlag und warf ihn nach Phong. Der lachte und warf ihn zurück. Daraufhin bekam er einen Handschuh an den Kopf und Hanh im Gegenzug eine Wollmütze. Wie ausgelassene Kinder lachten sie und jagten sich durch die kleine Wohnung. Tien rannte hinterher, weil sie nicht glauben konnte, was sie sah. Plötzlich blieb Phong vor Tien stehen und umarmte sie. Tien genoss seine Wärme, und als er sich von ihr löste, blieb das Gefühl, dass sie eine richtige Familie geworden waren, und nicht einmal das Gejammer der erwachenden Tuyet verdarb Tien ihre gute Laune. Sie nahm ihre kleine Schwester auf den Arm und sagte: »Komm, Tuyet, jetzt probierst du deine neue Jacke an.«

Der Abend klang friedlich aus, und als sie endlich im Bett lag, hielt Tien die Vorstellung kaum aus, dass es ein ganzes Jahr lang dauern sollte, bis sie wieder Weihnachten feierten.

☆

Etwas schwerfällig erhob sich Tien. Ihre Beine schmerzten. Vor allem ihr rechtes, das sie sich als Kind bei einem schweren Unfall gebrochen hatte. Die Knochen waren nicht richtig zusammengewachsen, weshalb sie seitdem hinkte. In der Küche stellte Tien den Gasherd an, damit das Essen warm wäre, wenn die Kinder und Tuan nach Hause kämen. Während sie das Gemüse und Hühnerfleisch mit Stäbchen umrührte, horchte sie auf die Haustür. Nein, sie war noch immer allein. Allein mit der Last ihrer Erinnerungen, die sie so lange zu tragen vermochte, wie sie sich nicht regte. Doch seit Tuyets Ankunft nahmen längst verblasste Bilder Farbe an und spulten sich in ihrem Kopf ab wie ein Film. Auf ihrer Zunge lag sogar ein kühler Schokoladengeschmack, der ihr ins Gedächtnis rief, dass es in ihrem Leben eine Zeit gegeben hatte, in der alles möglich gewesen war. Bis zu jenem ungewöhnlich heißen Tag im März 1990, an dem sie ihren Vater und Tuyet zum letzten Mal sah.

Noch immer wusste Tien nicht recht, wie ihr geschah, als sie, ihren Stoffesel ans Herz gedrückt, am Flughafen stand. Hanh hatte wie viele ihrer vietnamesischen Kolleginnen ihren Arbeitsplatz verloren und wenig Aussicht auf einen neuen. Man hatte ihr Geld dafür angeboten, dass sie in ihre Heimat zurückkehrte, und Hanh nahm es an. Mit dieser Summe, erklärte sie Tien, würden sie in Hanoi ein neues Leben beginnen. Aber das wollte Tien gar nicht. Warum konnte sie nicht bei ihrem Vater und Tuyet in Berlin bleiben? Wie üblich bat niemand sie um ihre Meinung, und so war es eine beschlossene Sache: Tuyet und Phong blieben allein zurück. Vorläufig, sagte Phong, bis in ein paar Monaten sein Arbeitsvertrag ausliefe. Bis dahin wären auch Tuyets Lungen vollständig ausgeheilt. Vor ihren Eltern setzte Tien ein gleichgültiges Gesicht auf, aber bei Oma Holle schüttete sie ihr Herz und ihre Tränen aus. Sie wollte nicht weg, Deutschland war ihr Zuhause geworden. Oma Holle wiegte sie in ihren Armen und schniefte, während der Geruch nach Süßigkeiten und Dackel, der ihrem Kleid anhaftete, Tien noch trauriger machte.

»Ach, Kind, was für Zeiten!«, murmelte sie in Tiens Haar. So, wie Oma Holle es betonte, klang das gar nicht schön. Und genau das wollte Tien nicht in den Kopf. Für sie war der Mauerfall ein wunderbares Abenteuer mit ihrem Vater gewesen. Noch vor wenigen Wochen hatten sie gefeiert, dass künftig weder Familien getrennt leben müssten, noch Menschen gehindert würden, dorthin zu gehen, wohin sie wollten. Und nun herrschten plötzlich schwere Zeiten? In ihrer Erinnerung war ihr Leben in Hanoi viel komplizierter gewesen.

Phong und Tuyet hatten sie zum Flughafen begleitet. Ihr Vater hielt Hanhs Hand fest, auf seinem anderen Arm hing Tuyet und schlief. Ihr Kleidchen war hochgerutscht, ihre

Strumpfhose mit kleinen Elfen bedruckt. Ab und zu hustete sie und sabberte dabei die Zipfelmütze ihres Sandmännchens voll. Ihre Hand krallte sich in den lustigen Ziegenbart der Puppe, aber wohl kaum, weil sie etwas zum Festhalten brauchte, sie hatte ja Phong. Tien hätte alles in Kauf genommen, um mit ihrer Schwester zu tauschen. Sogar deren Lungenbeschwerden.

»Hanh, du bist sicher?«

Tien sah, dass Phongs Daumen fahrig über Hanhs Handrücken strich, als wollte er einen Schmutzfleck entfernen. Auf diese minimale Bewegung konzentrierte sich Tien, um sich von ihrem stärker werdenden Drang zu weinen abzulenken. Besonders neugierig auf die Antwort ihrer Mutter war sie nicht.

»Natürlich.«

Hanhs Tonfall bezeugte, dass sie diese Frage schon viele Male beantwortet hatte. Phongs Daumen streichelte langsamer, dann erstarb die Bewegung ganz, ebenso der winzige Funke Hoffnung, der sich in Tien geregt hatte, ob sie es wollte oder nicht. Aber nein, sie würden nicht zusammen in ihre kleine Wohnung zurückfahren. Die Hände ihrer Eltern entließen sich, und da es nichts mehr zu betrachten gab, blickte Tien auf. Die dunklen Augen ihrer Mutter schimmerten feucht, aber Tränen flossen keine. Ein unsichtbarer Damm schien sie zurückzuhalten, denn obwohl Tien ahnte, dass ihrer Mutter der Abschied von Tuyet schwerfiel, weinte sie nicht einmal, als sie den schmalen Rücken ihrer Jüngsten streichelte. Mit zusammengebissenen Zähnen folgten Tiens Augen dieser zärtlichen Geste. Tuyet hustete, schmatzte ein bisschen und seufzte dann, als drücke das Gewicht dieses Abschieds auf ihre zerbrechlichen Schultern. Phong brachte Tuyet in eine für ihn bequemere Stellung, beugte sich zu Tien und gab ihr einen Kuss.

»Pass gut auf deine Mutter auf. Und auf dich.«

Er hob Hanhs Handgepäck auf und wollte es ihr reichen, aber Hanh nahm es nicht an, sondern streichelte Tuyet stattdessen immer weiter. Endlich zog sie ihre Hand zurück. Doch ihre Finger wollten nicht gehorchen. Ein ums andere Mal zupften sie Tuyets Kleid zurecht, strichen über ihr Haar und berührten die weichen Kinderwangen. Dabei bewegten sich lautlos Hanhs Lippen. Flüsterte sie Tuyets Namen oder sprach sie schützende Worte? Warum wisperte sie nie ihr, Tien, etwas zu, sanft und sorgenvoll?

»Wir warten in Hanoi auf euch«, verabschiedete sich Hanh schließlich, nahm ihr Handgepäck und schob Tien eilig in Richtung Passkontrolle. Immer wieder wandte Tien ihren Kopf, um sich zu vergewissern, dass ihr Vater noch an derselben Stelle stünde. Die Schlange der Reisenden drängte langsam vorwärts, nach der Sperre gäbe es kein Zurück. Plötzlich riss sich Tien los und rannte zu ihrem Vater.

»Bitte lass mich bei dir bleiben! Wo ich doch jetzt so gut in der Schule bin und Ärztin werden möchte.«

Mit seinem freien Arm drückte Phong sie.

»Aber das kannst du doch auch in Vietnam. Lern fleißig weiter, Tien, denn unser Land braucht gute Ärztinnen.«

»Tien! Komm jetzt!«

Tien rührte sich nicht vom Fleck und setzte denselben Blick auf wie Oma Holles Dackel, dem man selten etwas abschlagen konnte. Phongs Augen flackerten, und seine schwarzen Augenbrauen trafen sich über der Nasenwurzel, wie immer, wenn ihm etwas nicht behagte.

»Hör auf deine Mutter.«

Tien spürte seine unterdrückte Ungeduld, die ihn schneller sprechen ließ. Trotzdem war sie entschlossen, stur zu bleiben, bis er sie mitnahm. Wenn er danach ihren Ungehorsam bestrafen wollte, bitte schön, es wäre ihr egal.

»Wir kommen bald nach. Versprochen.«

Dann wurde sie von Hanh gepackt und fortgezerrt.

»Me! Me!«, ertönte da ein lautes Klagen. Tien blickte zurück und sah, dass Tuyet zappelnd ihre Arme ausstreckte. Das Sandmännchen fiel auf den Boden.

»Schrei lauter!«, flehte Tien im Stillen, »vielleicht hört sie auf dich.«

Doch Hanhs Griff wurde nur kräftiger und fast etwas grob, ohne sich umzusehen, schob sie Tien auf die Passkontrolle zu.

Gut gelaunt war Tuan zum Abendessen erschienen, denn sein Tag hatte sich gelohnt. Tien ahnte, was das für sie bedeutete. Sie ließ es über sich ergehen, und als Tuan sich von ihr runterwälzte, war sie froh, dass er kurz darauf schnarchte. Obwohl Tien unendlich müde war, ausgelaugt von ihren Erinnerungen wie von ihrem aktuellen Leben, konnte sie lange nicht einschlafen. Wenigstens ihrer Zukunft hatte sie eine Chance bieten wollen, und dieser Möglichkeit hatte Tuan sie beraubt. Wie viele Jahre dauerte es, um erneut so viel zu sparen, dass sie an ein größeres Spa denken könnte? Die Antwort ließ sie verzweifeln, und sie war sich nicht sicher, wie lange sie noch durchhalten konnte. Leise stand sie auf und kleidete sich an. Dann fuhr sie zum Roten Fluss, damit sein sanfter Wellenschlag sie beruhigte.

Der November brachte die von Tuyet ersehnte Abkühlung, allerdings prasselte nun jeden Morgen starker Regen gegen das Fenster ihres Hotelzimmers. Sein plätscherndes Geräusch erinnerte an herbstliche Gemütlichkeit, was sie nicht gerade dazu drängte, ihr Bett zu verlassen. Anstatt, wie sie es sich vorgenommen hatte, beim Klingeln des Weckers aufzustehen, döste sie bis in den späten Vormittag hinein. Selten genoss Tuyet ihr Privileg, ausschlafen zu können, vielmehr deprimierte sie ihre mangelnde Disziplin, gegen die sie ohne ihren Arbeitsrhythmus schwer ankam. An diesem Morgen verspürte sie keinen Frühstückshunger, sondern beschloss, erst einmal ihre E-Mails zu checken. In einem kleinen Internetcafé nahe des Hotels loggte sich Tuyet ein und fand eine Nachricht von Alexander vor. Unwillkürlich schlug ihr Herz schneller, nicht aus verliebter Vorfreude auf seine Worte, sondern weil sie insgeheim fürchtete, Alexander würde sich doch von ihr trennen. Ihre Sorge war unbegründet. Alexander klang wie immer.

Liebe Tuyet,
wie geht es dir?

Seit letzter Woche ist nicht viel passiert. Unsere Sachen sind verpackt, deine Kisten habe ich zu deinem Vater gebracht. Wie immer war er zurückhaltend, konnte sich ein paar Fragen verständlicherweise nicht verkneifen. Insgesamt nimmt er deine Entscheidung gefasst auf, hält sich aber daran fest, dass du bald wieder da bist. Ich habe ihm bestätigt, dass er davon ausgehen kann. Sei unbesorgt, insgesamt macht er einen stabilen Eindruck, auch wenn ihm Marina schrecklich fehlt.

Bis ich nach London gehe, wohne ich bei Daniel, da unsere Wohnung bereits ab Mitte November vermietet ist. Es ist ein komisches Gefühl, alles so aufgeräumt zu sehen, ohne Fotos, deine Aktenberge und meine Bücher. In den Ferien reise ich mit meiner Mutter und ihrem Mann durch Großbritannien. Das habe ich vor zwanzig Jahren zum letzten Mal getan und bin gespannt, wie wir klarkommen. Was machen deine Reisepläne? Wie läuft dein Sprachkurs?

Falls du dich an Weihnachten einsam fühlst, ruf mich bitte an.

Dein Alexander

Fast wie immer. Tuyet konnte nicht leugnen, zwischen den Zeilen seine Distanz zu spüren. Sie schrieb eine kurze Mail zurück, in der sie sich dafür bedankte, dass er nach Bo gesehen hatte. Sie war erleichtert zu hören, dass ihn Tuyets Entschluss, in Hanoi zu bleiben, nicht übermäßig schockierte. Schließlich wünschte sie Alexander einen schönen Urlaub und versprach, sich bald zu melden. Auf seine Nachfragen ging sie nicht ein, einfach deshalb, weil sie nichts Neues zu berichten hatte. Weder besuchte sie einen Sprachkurs noch schmiedete sie Reisepläne. Und ihrer Mutter war sie auch keinen Schritt näher gekommen. Zwar hatte sie längst das Internet durchforstet, dort jedoch so viele Hoang Thi Hanhs gefunden, dass es ihr unmöglich erschien, sie auf diesem Weg ausfindig zu machen. Voller Tatendrang hatte sich Tuyet zu einer Polizeistation aufgemacht, die ihr in der Nähe des Hauptbahnhofes aufgefallen war. Unsicher, ob der Polizist begriff, was sie von ihm wollte, hatte sie mithilfe ihrer Hände und Füße sowie des ständigen Verweisens auf Hanhs Namen und deren ehemalige Anschrift ihr Anliegen vorgetragen, und war immerhin zu der Polizeiwache geschickt worden, die für den Bezirk zuständig war, in dem Tien heute lebte. Euphorisch, in dem Gefühl, ihrem Ziel ein Stück näher zu sein, erklärte Tuyet dem nächsten Beamten, wen sie suchte. Dieser hörte zu, und Tuyet sah darüber hinweg, dass er dabei nicht aufhörte, mit gelangweilter Miene und einem Zahnstocher seine Fingernägel zu reinigen. Als sie nicht wusste, was sie noch hinzufügen sollte, fragte er sie nach ihrem Familienbuch. Tuyet hatte keine Ahnung, was das sein sollte, bis ein anderer Polizist, der besser Englisch sprach als sein Kollege, ihr erklärte, dass jeder Haushalt ein Familienbuch über die dort gemeldeten Personen führe. Das würde die Suche erheblich erleichtern. Als Tuyet zu verstehen gab, dass sie keins besäße, zuckten die Männer mit den Schultern. Sie händigten ihr einen Stapel Papiere aus, den Tuyet in ihre Handtasche stopfte, frustriert, weil sie gleich gesehen hatte, dass sie nicht viel verstand. Ihr Elan war dahin, woran sie erst Tien die Schuld gab, weil diese sie ohne Aufwand zu Hanh bringen konnte, wenn sie wollte. Doch dann ärgerte sie sich noch stärker darüber, dass sie sich neuerdings von jeder Hürde entmutigen ließ, anstatt die Herausforderungen anzunehmen.

Ihr unumstößlicher Fixpunkt blieb das Mittagessen im *Cong Caphe*. Hier schrieb sie weiterhin Tagebuch, las Zeitung sowie Bücher über Vietnam. Zweimal war Linh aufgetaucht, aber sie und ihre Freunde schienen hinter ihren Laptops ernsthaft beschäftigt zu sein, weshalb sie sich nur freundlich grüßten. Immer wieder schaute Tuyet zu Linh hinüber und versuchte zu verstehen, was sie so anzog. Mit Sicherheit war es Linhs Lachen, fröhlich und unbeschwert, aber auch ihr aufmerksamer Blick, mit dem sie sich auf andere Menschen konzentrierte. Hörte sie jemandem zu, zwirbelte sie nicht einmal eine Haarsträhne, so wie es Frauen mit langer Mähne gerne taten. Humor schien sie auch zu haben, denn so manches Mal lachten die anderen erheitert auf, wenn sie etwas sagte. Ihre Bewegungen waren kraftvoll und selbstsicher, und Tuyet gestand sich ein, dass Linh sie faszinierte, weil sie an ihr Eigenschaften registrierte, die ihr selbst fehlten. Oder die ihr abhandengekommen waren.

An diesem Tag war Linh nicht im Café, und Tuyet kannte nur wenige Gesichter. Ihr Lieblingskellner servierte ihr einen Salat und Ingwertee, den er ihr gegen das Halskratzen, das sie plagte, empfohlen hatte. Noch keine drei Seiten hatte sie gelesen, als sich plötzlich ein unbekannter junger Mann von ungefähr achtzehn Jahren vor ihr verbeugte.

»Tanzt du?«, fragte er auf Englisch und streckte Tuyet galant seinen Arm entgegen.

Verwirrt blickte diese ihn an. Sie musste ihn falsch verstanden haben. Aber war seine Geste nicht eindeutig?

»Ohne Musik?«, fragte sie, um seine Reaktion zu testen, die ihr verraten würde, ob sie sich verhört hatte.

Der junge Mann grinste und tippte auf sein Herz.

»Die spielt hier.«

Tuyet musste lachen.

»Bei dir vielleicht, bei mir nicht.«

Weshalb sie sein Angebot nicht höflich ablehnte, sondern sich stattdessen erhob und sich von ihm in die Mitte des Raumes führen ließ, verstand Tuyet selbst nicht.

»Ist dir ein Cha-Cha-Cha recht?«

»Auf gar keinen Fall, lieber ein Walzer«, antwortete Tuyet entschieden.

Gekonnt drehte der junge Mann sie nun durch den Raum und wich ihren Füßen aus, wenn diese drohten, auf seine zu treten. Die übrigen Gäste klatschten den Rhythmus mit und knipsten Fotos. Wenn Alexander sie jetzt so sehen könnte! Der verkrampfte Tanz am Hoan Kiem-See fiel ihr ein, und sie bedauerte es, dass sie über ihre Patzer nicht hatte lachen können wie jetzt. Der junge Mann geleitete sie zu ihrem Stuhl zurück, deutete eine weitere Verbeugung an, während seine Freunde, unter denen Tuyet nun Linh entdeckte, johlend applaudierten.

»Ich hatte beim Kartenspiel die Runde verloren«, erklärte Tuyets Tänzer. »Deshalb musste ich dich auffordern.«

Wie bitte? Mit ihr zu tanzen galt als Strafe? Na toll, soweit war es also gekommen! Doch hatte Tuyet keine Lust, in schlechte Laune zu verfallen. War das Lachen nicht befreiend gewesen? Und hatte sie sich nicht wohl dabei gefühlt, zur guten Atmosphäre in ihrem Stammcafé beizutragen, anstatt ihrem Tänzer miesepetrig einen Korb zu geben?

»Moment mal!«

Augenblicklich wurde ihr die Aufmerksamkeit des ganzen Cafés zuteil.

»Niemals sagst du einer Dame, dass ein Tanz mit ihr eine Strafe war. Sag ihr, dass du ein wahrer Glückspilz bist. Weil sie mit dir getanzt hat. Kapiert?«

Etwas verlegen kehrte ihr Tänzer zu seinen Freunden zurück, die ihn Schulter klopfend empfingen, während die Frauen kicherten. Linh gab Tuyet ein Daumen-nach-oben-Zeichen, was diese freute. Sie steckte ihr Buch in die Tasche und zog dafür ihr Tagebuch heraus. Lächelnd trat Linh an ihren Tisch.

»Schreibst du diese Szene auch auf?«

»Ja«, antwortete Tuyet. »Sowas vergisst man sonst schnell.«

Linh nickte und deutete auf einen freien Stuhl.

»Darf ich mich setzen?«

»Gerne!«

Es hatte begeistert geklungen, und Linh schien darüber zu schmunzeln.

»Ich habe die ganze Zeit überlegt, weshalb du mir bekannt vorkommst«, erklärte sie. »Du hast am Hoan Kiem-See Walzer getanzt. Mit deinem Mann oder Freund, glaube ich.«

Tuyet schluckte. Dass Linh sie an jenem Abend gesehen hatte, war ihr unangenehm. Hatte sie etwa ihren Streit mit Alexander beobachtet?

»Bevor du kamst, hat er mit meiner Cousine getanzt. Die in lila.«

Vor Tuyet poppte das Bild der attraktiven Frau mit Blumen im Haar auf und hinterließ ein etwas mulmiges Gefühl. Dann fiel es ihr ein. *Hello-Kitty*-Helm, gelbes Moped und langer, brauner Zopf.

»Ach ja«, sagte Tuyet, »du bist mit ihr weggefahren, stimmt's?«

Linh nickte.

»Nachdem ich gemerkt habe, dass dein Gesicht immer finsterer wurde, und ich nicht riskieren wollte, dass ihr euch wegen meiner Cousine streitet. Sie ist ganz in Ordnung und hat einen Freund, den sie demnächst heiratet. Aber bei Tango kann sie einfach nicht widerstehen.«

Linh lachte und bestellte sich einen Tee.

»Entschuldige, du fandst das gar nicht komisch, was? Ihr habt euch doch hoffentlich nicht wirklich gestritten?«

Linhs teilnahmsvoller Blick ruhte auf Tuyet, die ihre Kaffeetasse hin und her drehte.

»Äh, doch. Aber nicht wegen deiner Cousine.«

Mist, das war ihr herausgerutscht. Dabei wollte sie auf keinen Fall über Alexander sprechen. Nicht mit Linh, die sie kaum kannte und die aus einem Land stammte, in dem Frauen in Tuyets Alter schon als »spät dran« galten – was Bo nicht müde wurde anzudeuten.

Linh löste ihren Blick von Tuyet und rührte in ihrem Tee.

»Ich hoffe, jetzt ist alles in Ordnung?«

Das Gespräch nahm eine Wendung, die Tuyet missfiel. Gut gelaunt hatte sie mit Linh plaudern wollen und keine Probleme wälzen. Gleichzeitig drängte es sie massiv, ihr Herz auszuschütten. Deswegen entschied sie sich, ehrlich zu antworten:

»Ich weiß es nicht. Mein Freund ist allein zurückgeflogen und zieht bald nach Großbritannien. Eigentlich sollte ich mit.«

Wie wirr das klang. Nein, sie konnte keiner Unbekannten ihre Beziehungskrise erklären.

»Und stattdessen tanzt du in Hanoi Walzer«, stellte Linh trocken fest. Gegen ihren Willen grinste Tuyet, erleichtert darüber, dass Linh ihr Unbehagen dezent mit einem Spruch überspielte.

»Sieht so aus. Ich habe noch Urlaub und dachte, ich schaue mir mal das Land meines Vaters an. Ich bin noch nie hier gewesen.«

Linh sah nicht überrascht aus.

»Woher kommt er?«

»Bo? Aus Hanoi.«

»Ach so.«

Wunderte sich Linh, dass Bo Vietnam nie mit Tuyet besucht hatte? Wenn es so war, beherrschte sie ihre Gesichtszüge hervorragend.

»Wo lebst du in Deutschland?«, wollte Linh nun wissen.

»In Frankfurt.«

»Im Osten oder Westen?«

»Im Westen«, sagte Tuyet, und äußerte Erstaunen darüber, dass Linh von beiden Frankfurts gehört hatte.

»In Hanoi wirst du viele Leute treffen, die etwas über Deutschland wissen oder sogar dort waren, weil die Verbindung zwischen Vietnam und der DDR sehr intensiv war«, erklärte Linh. »Auch meine Mutter hat ein paar Jahre in der

DDR gearbeitet. Aber das war lange vor meiner Geburt, ich selbst war nie im Ausland.«

»Mein Vater hat in der DDR studiert.«

»Und was macht er?«

»Er ist Arzt.«

Linh nickte anerkennend.

»Und deine Mutter?«

Tuyet zögerte. Wenn sie von ihrer leiblichen Mutter zu erzählen begann, käme sie um intime Familienangelegenheiten nicht herum. Nein, das wollte sie auf keinen Fall.

»Sie ist vor ein paar Monaten an Krebs gestorben.«

Einen Moment lang schwiegen sie, dann sagte Linh:

»Das ist furchtbar. Es tut mir sehr leid.«

Es beschämte Tuyet, dass sie Linhs Mitgefühl mit der halben Wahrheit begegnete. Ob Linh spürte, dass sie nicht aufrichtig war? Sie hoffte nicht, denn sie fürchtete, dass Linh sonst das Interesse an weiteren Unterhaltungen verlieren könnte.

Tuyet lächelte Linh an.

»Und deine Eltern? Haben sie sich in Deutschland kennengelernt?«

Tuyet war froh, von ihrer Person abzulenken, indem sie eine Frage zurückgab.

Doch Linh blickte plötzlich auf ihre Armbanduhr und trank hastig ihren Tee aus.

»Nein, in Vietnam. Aber darüber reden wir ein anderes Mal. Jetzt muss ich zur Arbeit. Du bist doch hoffentlich noch öfter hier?«

Auch Tuyet packte ihre Sachen zusammen.

»Ja, ich komme morgen Mittag her. Vorher möchte ich endlich Ho Chi Minh einen Besuch abstatten. Dreimal habe ich es versucht, aber immer war das Mausoleum geschlossen.«

Linh lachte, jetzt wieder in der ihr eigenen Fröhlichkeit.

»Da wirst du auch morgen kein Glück haben. Um diese

Jahreszeit hält sich Onkel Ho in Russland auf. Dort wird sein Leichnam konserviert.«

Gemeinsam verließen sie das Café. Linh rückte ihren *Hello-Kitty*-Helm zurecht und startete ihr Moped.

»Kann ich dich irgendwo absetzen?«

»Ich will mir *Hoa Lo* anschauen.«

»Das Gefängnis? Das liegt leider nicht auf meinem Weg.«

»Kein Problem. Ich laufe sowieso gerne.«

Linh winkte, hupte und düste davon, und wie ein Schweif wehte ihr langer Zopf hinter ihr her. Schon lange nicht mehr hatte sich Tuyet in der Gegenwart eines wildfremden Menschen so wohl gefühlt. Vielleicht lag es daran, dass Linh die Sympathie, die Tuyet ihr entgegenbrachte, so offen erwiderte. Vielleicht aber auch daran, dass sie ebenso zurückhaltend war, wie sie. Schon jetzt freute sich Tuyet darauf, sie näher kennenzulernen.

☆

Hoa Lo. Auf langen Podesten entlang den Wänden aufgereiht saßen, stumm und dicht gedrängt, die Gefangenen. Nachdem sich Tuyets Augen an das gräuliche Dämmerlicht gewöhnt hatten, erkannte sie, dass deren Füße mit schweren Eisen an den Beton gekettet waren. Schaudernd stellte sie sich vor, wie unerträglich es sein musste, Tag für Tag und Nacht für Nacht dort zu hocken, ohne ein Minimum an Privatsphäre, kaum in der Lage, seine Stellung zu verändern. Tage, Wochen, Monate. Sogar Jahre? Eigens um den vietnamesischen Widerstand gegen die Franzosen zu brechen, hatten diese gegen Ende des neunzehnten Jahrhunderts die Bewohner eines kompletten Handwerksdorfes umgesiedelt und an dessen Stelle einen Gefängniskomplex für rund fünfhundert Häftlinge errichtet. Zweitausend Frauen, Männer und sogar Kinder waren es jedoch, die hier gegen Ende der französischen Kolonialzeit, Mitte der Fünfzigerjahre des zwanzigsten Jahrhunderts, auf engstem Raum ihr Dasein fristeten. Viel Fantasie brauchte Tuyet nicht, um sich die hygienischen Bedingungen, Krankheiten und psychischen Belastungen auszumalen, unter denen sie gelitten hatten. Bei den heutigen Insassen handelte es sich Gott sei Dank um lebensgroße Puppen, die dem Museum dazu dienten, das Grauen dieser Epoche zu veranschaulichen.

Langsam schritt Tuyet den Gang entlang, den einst französische Wächter auf und ab marschierten, um die vietnamesischen Widerstandskämpfer zu kontrollieren und zu foltern. An seinem Ende gelangte Tuyet zu einem höhergelegenen Podest, in das Löcher gesägt worden waren. Hier, für alle sichtbar, hatten die Gefangenen über einem Eimer ihre Notdurft verrichten müssen.

Düstere, monotone Musik aus Lautsprechern erfüllte die Halle und verstärkte Tuyets Ahnung der Todesangst, die hier einst geherrscht hatte. Das verzweifelte Wispern, Stöhnen und Klagen gequälter Menschen, das die alten Mauern über Jahrzehnte hinweg eingesogen hatten, schien ihnen zu entweichen und strömte auf Tuyet ein. Ganz plötzlich erinnerte sie sich daran, dass Phong einmal von einer Vorfahrin erzählt hatte, die in *Hoa Lo* inhaftiert gewesen war. War es seine Urgroßmutter gewesen? Oder deren Schwester? Weder an den Namen konnte sich Tuyet erinnern noch daran, was ihr vorgeworfen worden war. Angesichts des Leides, das sich an diesem Ort abgespielt hatte, kam es ihr unverzeihlich vor, dass sie mal wieder nur mit halbem Ohr hingehört hatte. Zugegebenermaßen war das alles furchtbar lange her und Tuyet bei Weitem nicht so geschichtsbesessen wie ihr Bruder, dennoch hasste sie Unrecht, und außerdem floss das Blut dieser Ahnin durch ihre Adern, ein Gedanke, der Tuyet auf eigenartige Weise berührte. Sie nahm sich vor, Phong nach dieser uralten Geschichte zu fragen.

Tuyet setzte ihre Tour durch das ehemalige Gefängnis fort. Nach dem Abzug der Franzosen saßen hier gewöhnliche Straftäter, bis der Vietnamkrieg losbrach und die Nordvietnamesen amerikanische Kriegsgefangene in *Hoa Lo* einsperrten. Gemeinsam mit anderen Museumsbesuchern sah sich Tuyet einen Film über diese Zeit an. Der Anblick der amerikanischen B-52- Flugzeuge, die massenhaft Bomben auf Hanoi fallen ließen, vor denen sich Vietnamesen in ausgehobene Erdlöcher flüchteten, bedrückte sie. Hatte auch ihr Vater in solch einem Ein-Personen-Bunker um sein Leben gebangt? Wohl eher nicht, weil man ihn, wie sie sich besann, mit anderen Kindern in ein Dorf evakuiert hatte. Zum zweiten Mal an diesem Tag schüttelte Tuyet über ihre Ignoranz den Kopf und gab Alexander, wenn auch widerstrebend, recht. Ja, über ihren eigenen Tellerrand hatte sie beschämend wenig geschaut. Spätestens seit sie erwachsen geworden war, hätte sie Bo über seine Kindheit, Jugend und Liebe zu Hanh ausfragen sollen. Was hätte er wohl geantwortet? Was Vietnam an sich betraf, hielt sie sich zugute, dass ihr als Deutsche die europäische Geschichte nun einmal viel näher stand. Sie erinnerte sich an den Besuch eines Konzentrationslagers in der Oberstufe. Ähnlich wie in den Zellen der vietnamesischen Gefangenen hatte das Wissen schwer gewogen, dass Menschen auf dem Boden, den sie berührte, gefoltert oder getötet worden waren.

»Ich habe gelesen, dass auf Vietnam mehr Bomben gefallen sind als auf Europa im zweiten Weltkrieg«, flüsterte eine Frau, die neben Tuyet stand, ihrem Begleiter zu. Unvorstellbar, dachte Tuyet, verlor aber trotzdem das Interesse an dem Film, der die Haftbedingungen der amerikanischen Kriegsgefangenen darstellte, als hätten diese in *Hoa Lo* ihre Ferien verbracht. Basketball, Schach, Souvenirs für die Entlassenen. Und zu Thanksgiving wurde Truthahn serviert, während die Vietnamesen hungerten? Selbst wenn die Amerikaner deutlich besser behandelt worden waren als die früheren vietnamesischen Insassen, fand Tuyet diese Berichterstattung zu einseitig. Sie nickte dem Paar zu, als hätte das gemeinsame Fernsehen Verbundenheit erzeugt, und ging in den nächsten Raum.

Gleich am Eingang erhob sich drohend eine Guillotine, eine Hinterlassenschaft der Franzosen. Daneben hingen die Fotos einiger Opfer, deren Köpfe man damals zur Abschreckung ausgestellt hatte. Wie Tuyet nachlesen konnte, handelte es sich um die Hauptverdächtigen im sogenannten »poisoning case«. Im Jahre 1908 hatten sie versucht, die französische Kolonialarmee zu vergiften, mithilfe einer tödlichen Dosis Stechapfel, den die Köche unter das Essen der Soldaten mischten. Doch der Anschlag schlug fehl. Etwas regte sich in Tuyet, aber es gelang ihr nicht, den Hauch dieser Idee festzuhalten.

Eine weitere Tafel zeigte die Fotos einiger Frauen, die in *Hoa Lo* gelebt hatten und dort vermutlich auch gestorben waren. Eines der Bilder hielt Tuyet gefangen. Eine junge Frau ihres Alters bohrte ihren Blick geradewegs in den des Betrachters. Er verriet ihre Erkenntnis, dass ihr Schicksal besiegelt war. Doch während Tuyet in den Augen der anderen Gefangenen Resignation erkannte, schaute diese Frau noch immer trotzig und kämpferisch in die Kamera. Ihr langes Haar trug sie offen, nicht gebändigt wie es ihrer Zeit entsprochen hätte. Um besser im Gesicht der jungen Frau lesen zu können, trat Tuyet dichter an das Schauglas heran. Und plötzlich fiel es ihr ein. Ihre Ahnin, deren Namen sie nicht kannte, hatte etwas mit diesem »poisoning case« zu tun gehabt. Tuyet erinnerte sich an ein Gespräch mit ihrem Vater, und zwar genau deshalb, weil sie das englische Wort »poison« für »Gift« als Kind noch nicht gelernt hatte.

»Ihr Mann war Koch gewesen«, hatte Bo erzählt, »und sie hat ihm geholfen, die Franzosen zu vergiften.«

»Wie hat sie das gemacht?«

»Sie hat das Gift besorgt, das die Köche den Soldaten unterjubelten. Aber die Aktion ging schief, und am Ende war nicht die französische Armee tot, sondern die Initiatoren des Aufstandes.«

Tuyet hatte kurz von ihren Hausaufgaben aufgeschaut.

»Und deine Ahnin?«

»Unsere Ahnin? Lange hat sie in dem schrecklichsten Gefängnis Hanois gesessen und wurde im »poisoning case« angeklagt.

Kichernd hatte sich Tuyet wieder über ihr Französischheft gebeugt.

»War er verdorben oder wie wollten sie damit die Soldaten töten?«

Als hätte sie den Verstand verloren, hatte Bo sie angeschaut und geseufzt.

»Das ist wahrhaft keine lustige Geschichte, Tuyet. Unsere Ahnin konnte sogar fliehen, aber leider nicht schwimmen, weshalb sie auf ihrem Weg in die Freiheit im Roten Fluss ertrunken ist.«

»Traurig«, hatte Tuyet zugestimmt, war aber mit ihren Gedanken anderweitig beschäftigt gewesen. »Poisson case«, der Fischfall. Letzte Woche erst hatte sie das französische Wort für Fisch gelernt. Aber wie wollte man damit eine Armee umbringen? Hätte man nicht schrecklich viele alte Fische benötigt? Und hätte man sich nicht schon wegen des ekelerregenden Geruchs verraten? Hatte der Aufstand deswegen nicht geklappt?

Tuyet sah sich am Bleistift kauend mit Bo am Küchentisch sitzen. Weshalb hatte sie ihre Gedanken nicht ausgesprochen? Wollte sie möglichst schnell ihre Hausaufgaben erledigen, um anschließend ins Ballett zu eilen? Oder hatte sich Bo bereits hinter einem Buch verschanzt, womit er ihr signalisierte, wie unangemessen er ihre Reaktion fand?

Wieder versenkte sich Tuyet in den Blick der jungen Frau, die inzwischen ungefähr hundertdreißig Jahre alt wäre. Natürlich würde Tuyet nie erfahren, was aus ihr geworden war. Vielleicht hatte sie irgendwann um Gnade gebettelt. Womöglich hatte sie unter Folter Freunde verraten. Doch in jenem Moment, vermutlich soeben überwältigt und zwecks Registrierung fotografiert, setzte sie ihren Feinden selbstbewusst ihren Mut entgegen. Sie strahlte den Stolz einer Frau aus, die unter widrigsten Umständen zu ihren Entscheidungen stand. Ihre großen Augen und ihr sinnlicher Mund kamen Tuyet ein wenig vertraut vor, und es streifte sie die aufregende Idee, dass sie gerade ihre Ahnin betrachtete. Ausgeschlossen war es nicht. Doch viel wahrscheinlicher war, dass Tuyet sich nach der Ähnlichkeit mit einer Frau sehnte, die sich entschlossen ihrem vertrackten Leben stellte.

Wie jämmerlich kam sie sich in diesem Augenblick vor. Was war ihr bisher denn schon abverlangt worden? Vergleichsweise wenig, aber unter diesem Wenigen ächzte sie wie unter einer unerträglichen Last. Für jedes Gewicht, das sie niederdrückte, suchte sie bei anderen die Schuld. Früher bei Hanh, heute bei Alexander, Irene, Stella, ein kleines bisschen bei Bo. Und bei Marina, natürlich. Aber an die wollte sie nicht denken.

War es zu fassen, dass sie, noch ehe sie die Suche nach ihrer Mutter richtig aufgenommen hatte, bereits fürchtete, dass alles zu kompliziert werden könnte? Instinktiv straffte Tuyet ihre Schultern und gab sich mit der toten Frau als Zeugin ein stilles Versprechen. Dann verließ sie das Museum, fuhr ins Hotel zurück und übersetzte bis in den späten Abend hinein die Papiere, die der Polizist ihr ausgehändigt hatte. Die spärlichen Informationen, die sie über ihre Mutter hatte, füllte sie aus und lieferte die Papiere am folgenden Tag bei der Polizeistation ab.

Erschüttert saß Tuyet einige Tage später abermals im Internetcafé, um Berichte über terroristische Anschläge in Paris zu lesen. Zuerst hatte sie gar nicht geglaubt, dass die schrecklichen Bilder, die tonlos über den Fernsehbildschirm der Hotellobby flimmerten, tatsächlich aus Frankreich stammten. Mittlerweile wusste sie, dass es stimmte und viele Menschen getötet worden waren. Unwillkürlich fiel ihr Stella ein, die häufig nach Paris reiste, da ihr Freund dort lebte. Plötzlich hielt Tuyet es nicht aus, noch mehr Artikel über Gewalt und Angst zu lesen. Stattdessen lud sie ihre E-Mails herunter.

Vielleicht hatte sich Alexander gemeldet, weil er sich mit ihr über die Anschläge austauschen wollte? Doch keine E-Mail von ihm war dabei. Sollte sie sich melden? Rasch verwarf sie diesen Gedanken, denn mit Sicherheit wollte Alexander nicht nur ihre Ansichten zum Weltgeschehen hören, sondern erwartete persönliche Antworten auf seine Fragen. Und die konnte sie ihm gerade nicht geben. Dafür schrieb sie Stella, und überlegte einen Moment, ob sie sich dabei nach dem Fall von Joachim Schleicher erkundigen sollte, ließ es dann aber. Sie sah auf ihre Uhr und stellte fest, dass sie bald mit Linh verabredet war. Doch die E-Mail ihres Vaters, die er vor zwei Tagen abgeschickt hatte, musste sie zuvor lesen.

Liebe Tuyet,
deine Mail erreichte mich nicht unvorbereitet, da Alexander mich besucht hatte. Ich will dir nicht verhehlen, dass ich ärgerlich bin. Deinen Wunsch zu erfahren, wo deine vietnamesischen Wurzeln liegen, verstehe ich und will dich nicht davon abhalten. Allerdings gehören Selbstfindungstrips in die Urlaubszeit, und diese sollte man nicht nach eigenem Gutdünken verlängern. Um voranzukommen, braucht man Disziplin und Pflichtgefühl, und beides meine liebe Tuyet, ich bedaure zutiefst, das sagen zu müssen, scheint dir abhandengekommen zu sein. Anders kann ich es mir nicht erklären, dass du, gesundheitlich offenbar wiederhergestellt, nicht nach Frankfurt zurückkehrst, um deiner Chefin deine Rückkehr in die Kanzlei anzubieten. Wer reist, kann auch arbeiten. Jedenfalls ist das meine Meinung.

Wenn ich in Betracht ziehe, dass nicht nur der Verkehrsunfall deine Arbeitspause verschuldet hat, sondern, wie Alexander es nennt, eine generelle Überlastung, solltest du dich an eure Vereinbarung halten und bei ihm in London zu Kräften kommen. Tuyet, bald wirst du dreißig und verhältst dich Alexander gegenüber wie ein planloser Teenager. Wie lange, glaubst du, macht er das noch mit? Als dein Vater möchte ich meinem allergrößten Missfallen über ein derart leichtfertiges Verhalten Ausdruck verleihen.

Ich gehe davon aus, dass dich meine Worte an eines erinnern: Aus den guten Startmöglichkeiten, die Marina und ich dir mitgegeben haben, erwächst Verantwortung, dir und deiner Familie gegenüber.

Melde dich bald und pass auf dich auf,

Bo

Tuyet war fast ein bisschen geschockt über seinen Ton. Ihr erster Impuls war, sich bei ihm zu entschuldigen und ihr Verhalten zu erklären. Aber genau das durfte sie nicht tun. Regte er sich am Ende jetzt schon zu stark auf? In ihrem Kopf pochte es verdächtig, ihr Gehirn war nach den Nachrichten aus Paris und all dem Rotieren um Alexander und ihre Familie nicht bereit, sich noch mehr anzustrengen. Was sollte sie Bo nur schreiben? Unbeantwortet schloss Tuyet seine E-Mail.

Linh stieg gerade von ihrem Moped ab, als Tuyet angehetzt kam.

»*Cháo, chi*«, grüßte sie freundlich, und sah Tuyet dann prüfend an.

»Wie geht es dir?«

Tuyet pustete ihre Ponyfransen aus der Stirn.

»Danke, gut«, antwortete sie.

Linh nahm ihre Tasche, und sie liefen Richtung *Cong Caphe*.

»Und? Wie war dein Museumsbesuch?«

Tuyet strich sich über die Stirn, um den Kopfschmerz zu vertreiben.

»Eindrucksvoll.«

Jetzt blieb Linh stehen und hielt Tuyets Arm fest.

»Geht es dir wirklich gut? Du siehst ziemlich blass aus.«

»Ich habe Kopfschmerzen«, gestand Tuyet. »Und die Anschläge in Paris haben mich ganz schön geschockt. Hast du davon gehört?«

Linh nickte und zog Tuyet zum Moped zurück.

»Was hältst du davon, wenn wir bei dem schönen Wetter mal woanders hingehen? Ich könnte dir mein Lieblingscafé am Ho Tay, am Westsee, zeigen.«

Tuyet hatte nichts dagegen, und nachdem Linh durchgesetzt hatte, dass Tuyet ihren *Hello-Kitty*-Helm aufsetzte, brausten sie los. Zuerst klammerte sich Tuyet panisch an Linh fest. Schon bald jedoch, als sie merkte, wie gelassen sich diese ihren Weg bahnte, wurde sie ruhiger, genoss den Fahrtwind und das Gefühl, zusammen mit Linh ein Teil des rollenden Hanoier Alltags zu sein. Eine vierköpfige Familie ratterte auf einer Vespa an ihnen vorbei. Vorne thronte winkend ein zirka fünfjähriger Junge mit schwarzer Sonnenbrille und blauem Käppi. Sein Vater lenkte mit konzentriertem Gesichtsausdruck; die Mutter saß hinter ihm und hielt ein kleines Mädchen fest, das gerade erst stehen gelernt haben konnte und sich ans Hemd des Vaters klammerte. Über den Kopf der Kleinen hatte man zum Schutz vor Sonne und Staub ein hauchdünnes Tuch gebreitet, durch das eine pinke Brille schimmerte. Einen Moment lang stellte Tuyet sich vor, sie wäre mit ihren Eltern und Tien auf einem Motorroller durch Hanoi gebraust.

So ein Quatsch, dachte sie, als ihre Gedanken eine Richtung einschlugen, der sie nicht folgen wollte, zu meiner Kindheit hätte sich kaum ein Vietnamese ein Moped leisten können. Natürlich wären wir Fahrrad gefahren.

Im Stadtteil Tay Ho lebten viele Ausländer, und er war bekannt für seine Geschäfte und Restaurants, die westlichem Geschmack entsprachen. Tuyet hatte sich hier noch nicht oft aufgehalten und betrachtete neugierig die Szenerie. Zwischen den vietnamesischen Restaurants entdeckte sie italienische, libanesische, indische und spanische, eine französische Bäckerei, eine italienische Gelateria, Kebabstände, Burgerbuden und sogar einen deutschen Imbiss, der für seine Currywurst warb. Alle Plätze waren gut besucht. Es gab einen Supermarkt, Friseure, Bekleidungsgeschäfte, Musik- und DVD-Läden, Massage, Schneidereien, Bambusmöbel, kleine Lädchen, die von

Shampoo-Tütchen über Knabbereien und Telefonkarten alles Mögliche im Sortiment hatten, und immer wieder Verkäufer, die vor ihren Körben mit frischen Blumen auf Kundschaft warteten, was nicht ungefährlich war, denn sichere Gehwege gab es auch hier nicht. Wie die anderen Mopedfahrer donnerte Linh dicht an ihnen vorbei, dann bog sie in eine Seitenstraße ab. Schlagartig sank der Geräuschpegel. Jetzt fuhren sie am Westsee entlang, der so riesig war, dass er sich nicht überblicken ließ. Die Luft wurde frischer, was die zahlreichen Jogger vermutlich ebenso genossen wie die Radfahrer und diejenigen, die am Ufer saßen, um Tee zu trinken, Mittag zu essen oder zu angeln. Tuyet konnte kaum glauben, dass nur wenige Meter entfernt das Stadtleben brummte. Versunken in den Anblick des Sees, der im Sommer, wenn der Lotus blühte, märchenhaft aussehen musste, wäre sie, als Linh abbremste, beinahe vom Sattel gekippt. Linh lachte.

»Regel Nummer eins. Auf dem Moped niemals träumen.«

»Aber telefonieren, ja?«, konterte Tuyet, woraufhin Linh eine gespielt schuldbewusste Miene aufsetzte. Tuyet mochte ihr Geplänkel, denn es gab ihr das Gefühl, sich in der Gesellschaft einer guten Freundin zu befinden. Linh hakte sich bei Tuyet unter, während sie sie zum Café führte.

»Für Vietnamesen ist das Handy wie ein Körperteil. Es gehört einfach zu uns, egal ob du auf dem Reisfeld stehst oder auf dem Moped sitzt. Wenn es klingelt, gehst du ran, sonst würde sich der Anrufer nur Sorgen machen.«

Tuyet schüttelte ihren Kopf. Das überstieg selbst ihre Handy-Toleranz.

»Hast du auch eine Festnetznummer?«, wollte Tuyet wissen.

»Mein Onkel, ja. Aber wer ruft da schon an? Wahrscheinlich liegt es daran, dass das Festnetztelefon erst Ende der Neunziger nach Vietnam kam. In abgelegenen Regionen besaßen die Leute früher ein Handy als ein festes Telefon. Wir sind das nicht anders gewöhnt.«

Sie fanden einen Tisch direkt am Wasser und bestellten geröstete Erdnüsse und Fruchtsaft. Der riesige See lud vor der beeindruckenden Stadtkulisse zum Baden ein, was auch einige Hanoier taten. Doch Tuyet sah, dass tote Fische an der Oberfläche trieben und wollte gar nicht wissen, was sonst noch im See schwamm. Ins Wasser hinein zog es sie nicht, aber die Badenden zu beobachten, die jungen Leute, die sich schwatzend auf Bambusmatten niederließen, die Angler und die Liebespärchen, die eng umschlungen auf ihren geparkten Mopeds saßen, all das beruhigte Tuyets aufgewühltes Gemüt.

»Hier sieht es so friedlich aus, dass man sich kaum vorstellen kann, was für grauenhafte Szenen sich in Paris ereignet haben«, sagte sie bedrückt.

»Und an so vielen anderen Orten.«

Tuyet nickte. Nachdem Linh noch etwas zu trinken bestellt hatte, sagte sie: »In Europa, habe ich immer gedacht, wäre die Welt in Ordnung.«

Tuyet seufzte. »Bestimmt nicht, solange an den Grenzen verzweifelte Flüchtlinge festsitzen, die nicht wissen, wie es mit ihnen weitergeht.«

Linh beugte sich vor und blickte Tuyet zweifelnd an.

»Ich habe gehört, dass es Streit gibt, weil nicht alle Länder Flüchtlinge aufnehmen. Allerdings kommt es mir normal vor, dass jede Regierung erst mal die Interessen ihres Landes schützt.«

In Tuyet wallte Ärger auf, und sie spürte, dass sie deshalb rot anlief.

»Willst du Menschen, die vor Krieg und Tod flüchten, die Tür vor der Nase zuschlagen?«

Einen Augenblick lang starrten sie sich an, beide verwundert über die disharmonische Entwicklung ihres Gesprächs. Ohne ihren Blick abzuwenden, lehnte sich Linh zurück.

»Nein«, erwiderte sie, »du hast recht. Wahrscheinlich hat jedes Land schon Flüchtlinge hervorgebracht, die auf Hilfe angewiesen waren.«

Sie blickte sich kurz um und fuhr dann etwas leiser fort.

»In Ho-Chi-Minh-City habe ich zwei Freundinnen. Teile ihrer Familien sind Ende der Siebziger als Boatpeople aus Vietnam geflohen. Heute leben sie in Deutschland und den USA. Was wäre aus ihnen geworden, wenn niemand sie aufgenommen hätte?«

Erleichtert darüber, dass Linh einlenkte, nickte Tuyet. Sie dachte an ihre Frankfurter Nachbarin, Frau Ly, die dasselbe Schicksal geteilt hatte. Linh hörte aufmerksam zu, als Tuyet von ihr erzählte.

»Habt ihr viele südvietnamesische Freunde?«, wollte sie anschließend wissen. Tuyet musste nicht lange nachdenken.

»Weder aus dem Süden, noch aus Nordvietnam. Mein Vater war an der vietnamesischen Community nicht besonders interessiert. Er ist nett und höflich zu allen, aber spezielle Feste oder die Pagode hat er nicht besucht.«

»In Hanoi träumen viele junge Leute davon, nach Ho-Chi-Minh-City zu gehen. Dort kann man Geld verdienen, und es ist einfach mehr los. Mir ist es völlig egal, woher jemand stammt, aber in der letzten Generation war das noch ganz anders.«

Obwohl Linh leise sprach, klang ihre Stimme engagiert und ihre Augen funkelten, was Tuyet gut gefiel. Unerwartet spürte sie Bedauern darüber, dass sie sich mit ihrer Schwester Tien nicht ebenso offen unterhalten konnte. Nach kurzer Überlegung nickte Tuyet.

»Bei vielen Vietnamesen in Deutschland ist das genauso. Die Nordvietnamesen denken, sie haben den Süden befreit, die Südvietnamesen sehen das nicht so und trauern um ihre Angehörigen, die in Umerziehungslagern zu Schaden oder auf der Flucht ums Leben gekommen sind. Es gibt nordvietnamesische Vereine, und südvietnamesische, die sogar ihre eigene Flagge hissen.«

Sie hielt inne und dachte an Bo.

»Ich glaube, meinem Vater waren all diese Ressentiments zuwider, weshalb er sich aus all dem herausgehalten hat.«

Mit ihrem Zeigefinger fuhr Linh die Konturen ihres Helms nach.

»All diese Feindschaft«, sagte sie. »Ich will keine alten Lasten mit mir herumschleppen, mit denen ich selbst nichts zu tun habe.«

Tuyet lächelte aufmunternd.

»So wie dir geht es immer mehr jungen Leuten, auch in Deutschland. Eine Bekannte von mir, deren Familie aus dem Süden stammt, hatte sich in einen Nordvietnamesen verliebt. Lange hat sie sich nicht getraut, es ihren Eltern zu erzählen. Nun sind sie seit ein paar Jahren verheiratet, haben ein Kind, und alle leben damit. Unsere Generation hat die unverarbeitete Trauer unserer Eltern und Großeltern geerbt, und wir müssen Wege finden, mit ihr umzugehen. Deswegen hat sie auch etwas mit uns zu tun, ob wir wollen oder nicht.«

Überrascht stellte Tuyet fest, dass sie meinte, was sie sagte, denn bis vor kurzem war ihr die Vergangenheit gleichgültig gewesen. Erst Hanhs Briefe, ihre Begegnung mit Tien und die Erinnerung an ihre Ahnin in *Hoa Lo* hatten ihr Interesse dafür geweckt. Linh machte eine wegwerfende Handbewegung.

»Ach, die meisten Vietnamesen, die heute leben, haben den Krieg selbst nicht erlebt. Irgendwann muss man einen Schlussstrich ziehen und weitergehen. Pass mal auf, ich zeige dir, wie das geht. *Em oi!*«

Sie hatte sich dem jungen Kellner zugewandt und fuchtelte mit ihrer Hand herum. Während Linh nicht aufhörte, ihm »*Em oi!*« zuzurufen, räumte der Kellner gemächlich einen Tisch ab, wischte ihn sauber und schlenderte schließlich auf Tuyet und Linh zu.

»Geht es noch langsamer, Vinh?«, erkundigte sich Linh. Grinsend fuhr sich Vinh durch sein blau gefärbtes Haar.

»Denke schon«, entgegnete er. »Möchtet ihr noch etwas bestellen?«

Linh schlug eine Getränkekarte auf und zeigte auf einen Cocktail mit dem Namen B-52.

»Meine Freundin kommt aus Deutschland«, sagte sie, »könntest du ihr erklären, was B-52 bedeutet?«

Zweifelnd sah Vinh Tuyet an.

»Nun ja, das steht da doch. Das ist ein Cocktail.«

Kichernd stieß Linh Tuyet mit ihrem Ellenbogen an.

»Siehst du, das meinte ich.«

Vinh heftete seinen Blick auf Tuyet und runzelte die Stirn, dann schien ihm ein Licht aufzugehen.

»Ach, ihr Ausländer wollt immer über den Krieg reden«, moserte er. »Natürlich weiß ich, dass B-52 ein amerikanisches Kampfflugzeug ist. Aber weshalb sollte ich daran denken, wenn ich in einem Café stehe und mit Gästen die Getränkekarte studiere?«

Linh lachte immer noch, so sehr, dass sie sich verschluckte und Vinh ihr auf den Rücken klopfen musste. Jetzt grinste auch Tuyet, und niemand merkte, dass sich ein alter Herr zu ihnen gesellt hatte.

»Mein Großvater«, stellte Vinh vor. »Er würde das Wort B-52 noch hören, wenn er am anderen Ende Hanois stünde und ihr es flüstertet. Habe ich recht, *Ong*?«

Der alte Mann setzte sich und erzählte, wie er als Junge um sein Leben rannte, sobald der Fliegeralarm ertönte, und beschrieb, wie das Dröhnen der B-52 über ihren Köpfen klang. Das Geräusch der fallenden Bomben, die Explosionen, die Schreie. An dieser Stelle verstummte er und lächelte. Worüber, erschloss sich Tuyet nicht. Sanft berührte Linh seinen Ärmel.

»*Ong*, wir können uns vorstellen, dass der Krieg schrecklich war«, sagte sie. »Auch wenn viele das annehmen, interessieren wir uns nicht ausschließlich für Handys, lackierte Fingernägel und …« Sie machte eine Pause und warf Vinh einen Blick zu. »… und Haarfarben.«

Wieder lachte sie und steckte Vinh, Tuyet, ja sogar den alten Mann an. Dieser wischte sich eine Träne aus dem Augenwinkel. Was hatte sie hervorgetrieben, die Erinnerung an den Krieg oder sein herzliches Lachen? Er erhob sich und tätschelte Vinhs Oberarm.

»Ich weiß, ich weiß«, sagte er und räusperte sich. »Ich bin froh, dass ihr bei B-52 eher an einen Cocktail denkt. Empfehlen würde ich ihn nachmittags allerdings nicht. Ich bin sicher, dass er euch umhaut.«

Er verabschiedete sich und die jungen Leute sahen ihm nach.

»Na gut, dann die Rechnung«, sagte Linh zu Vinh. Während sie ihr Moped aufschloss, beobachtete Tuyet sie. Linhs unkomplizierte Art, mit der sie ernste Themen anpackte, unterschied sich gewaltig von ihrer eigenen. Seltsam, dass sie zu Linh, über die sie kaum etwas wusste, so schnell Vertrauen fasste, wozu sie im Allgemeinen nicht spontan neigte. Als Linh nun aufsah und sie anlächelte, war Tuyet sich beinahe sicher, dass es ihr ähnlich ging.

»Was hast du jetzt vor?«

Tuyet zuckte die Schultern.

»Keine Ahnung.«

Linh reichte ihr den *Hello-Kitty*-Helm.

»Dann steig auf«, befahl sie, »ich zeige dir, wo ich arbeite.«

Ohne zu widersprechen, schnallte Tuyet den Helm fest und setzte sich hinter Linh auf den Sattel. Das Angebot, Linhs Leben besser kennenzulernen, schlug sie gewiss nicht aus.

Je weiter sie gen Westen fuhren, desto breiter wurden die Straßen. Was leider nicht bedeutete, dass sich der Verkehr entspannte. Tuyet schwitzte unter Linhs Helm und bereute es, dass sie ihre Sonnenbrille vergessen hatte. Nicht nur die Nachmittagssonne, sondern auch der Staub, den die vielen Fahrzeuge aufwirbelten, stachen in ihren Augen. Tuyet kniff sie ein wenig zusammen, sodass sie ihre Umwelt nur noch verschwommen erkannte. Viel anzuschauen gab es in diesem Teil der Stadt ohnehin nicht, sah man von großflächigen Werbetafeln für Milchprodukte, Schmuck und Kosmetika ab. Bis zum Horizont erstreckten sich Häuserreihen, hier und da ragten am Straßenrand Bäume empor, die inmitten der Autos und Mopeds wirkten wie Überlebende einer verlorenen Schlacht. Weitaus interessanter erschienen Tuyet die anderen Mopedfahrer, und zu gerne hätte sie Linh auf so manche aufmerksam gemacht. Einer transportierte riesige zusammengeschnürte Wasserflaschen und mühte sich, den meterlangen, gefährlich wippenden Stahlstangen auszuweichen, die sein Vordermann geladen hatte. Ein lebendes Schwein, Hühner und Enten in Käfigen, Säcke voller Kräuter, Körbe mit Früchten und Gemüse, Fahrräder und Vasen, auf wundersame Weise fand all das auf den Mopeds Platz. Tuyet traute ihren Augen nicht, als eine ältere Vietnamesin neben ihr zum Halten kam, die meterhoch gestapelte Paletten mit Hühnereiern durch die Stadt kutschierte. Unwillkürlich sah Tuyet eine weißgelbe Riesenlache vor sich und hoffte inständig, die Fahrerin würde ihr Ziel mit unversehrten Eiern erreichen.

Vor einer Baustelle, die die Fahrbahn massiv verengte, ging schließlich nichts mehr, außer einem dichtgedrängten, quälenden Stop-and-go. »Pass auf deine Beine auf!«, rief Linh ihr durch ihren Mundschutz hindurch zu. Tuyet beherzigte den Rat und achtete nun penibel darauf, dass ihre Wade keinen Auspuff streifte.

»Keine Sorge, es dauert nicht mehr lange!«, verkündete Linh wenig später, und als ob sie ihren Worten Nachdruck verleihen wollte, gab sie abrupt Gas und zwängte sich, beinahe die Eierfrau rammend, in eine vor ihnen entstandene Lücke. Mit einem Schreckensschrei klammerte sich Tuyet an Linh fest, beschwerte sich aber nicht, als diese unbekümmert lachte, selbst dann noch, als ein beige uniformierter Verkehrspolizist sie ungeduldig weitertrieb. Tuyet sah ihm sein miesepetriges Gesicht nach. Stundenlang inmitten von Blechlawinen herumzustehen, musste nervtötend sein, um keinen Preis hätte sie mit ihm tauschen wollen.

Gute dreißig Minuten später bog Linh in eine kleine Seitenstraße ein, die sie über Schotter und Schlaglöcher hinweg entlangholperten, wobei sie Staubwolken hinterließen. Linh bremste.

»Wir sind da«, sagte sie und stieg vom Moped. Tuyet löste den Helm und strich ihr Haar zurecht. War das möglich? Gerade noch standen sie auf einer Hauptstraße in einem dicken Verkehrsstau und jetzt blickten sie auf eine Pferdekoppel? Fragend sah sie Linh an, doch die zog sie schon weiter.

»Komm, ich bin spät dran.«

Sie liefen an einem hölzernen Stelzenhaus vorbei, unter dem einige Tische und Stühle standen. Davor lag ein kleiner, umzäunter See. Über einen lehmigen Pfad gelangten sie schließlich zu den Koppeln und einem Reitplatz, auf dem gerade ein Mann mit Cowboyhut ein Pferd mit einem Kind auf dem Rücken im Kreis führte. Neben dem Pferd ging eine Frau, die das Kind stützte. Offenbar hatte es Schwierigkeiten, sein Gleichgewicht zu halten. Am Zaun standen drei weitere Kinder mit ihren Müttern und sahen zu. Als ein kleines Mädchen Linh bemerkte, jubelte sie und rannte auf sie zu. Linh nahm die Kleine auf den Arm.

»Das ist Lan«, stellte sie das Mädchen vor, das Tuyet anlachte und winkte. »Sie leidet am Down-Syndrom, wie die anderen Kinder, die jetzt ihre Reitstunde bekommen. Stimmt's, Lan, du freust dich schon darauf, meiner Freundin Tuyet zu zeigen, wie schön du reiten kannst?«

Die kleine Lan quiekte und nickte, wobei ihre dünnen geflochtenen Zöpfe hin und her wackelten. Dann plusterte sie ihre Wangen auf, blies die Luft heraus und klang wie ein schnaubendes Pferd. Tuyet und Linh lachten.

»*Chào*, Linh«, mischte sich plötzlich eine dunkle Männerstimme in ihr Gelächter. »Da bist du ja. Löst du mich für die nächste Runde ab?«

Noch während er sprach, wanderte sein Blick zu Tuyet. Grüne Augen strahlten sie aus einem braungebrannten Gesicht an. Als der Mann seinen Hut abnahm, kamen kurze blonde Haare zum Vorschein und eine Narbe, die sich über seine Stirn zog. Er streckte Tuyet die Hand entgegen. Sie fühlte sich kräftig an und passte zu einem Mann, der mit Pferden arbeitete.

»Hallo, ich bin William, der Reitlehrer.«

»Tuyet.«

Noch immer hielt er ihre Hand fest und einen Moment lang schien es, als würden sie so stehenbleiben.

»Ist Lan die nächste?«, fragte Linh.

William ließ Tuyet los und setzte seinen Hut wieder auf.

»Ja. Sie hat gute Fortschritte gemacht. Sag ihrer Mutter, wenn es ihr zeitlich passt, soll sie noch einen zweiten Termin pro Woche vereinbaren.«

Lan reckte ihre Ärmchen schon dem Pferd entgegen.

»Geduld, Lan«, sagte Linh und streichelte ihre Wange. »Jetzt muss Bong sich erst mal erholen.« Alle zusammen gingen sie zum Zaun und sahen zu, wie der schöne weißbraune Schecke durstig Wasser schlürfte. Linh unterhielt sich mit den Müttern, scherzte mit den Kindern und schien ganz in ihrem Element zu sein.

»Kinder mit Down-Syndrom leiden oft unter einer schlaffen Muskulatur«, erklärte William, »Reiten ist eine wunderbare Art, um ihre Muskeln und das Gleichgewicht zu stärken. Lan ist erst drei, bei ihr kann man noch viel erreichen.«

Tuyet hörte gebannt zu. Auf einmal hatte sie den Eindruck, sich in den letzten Jahren fast nur mit Juristen unterhalten zu haben. Und mit Lehrern. Dabei gab es so viele andere spannende Menschen.

»Ist dieser Hof ausschließlich für therapeutisches Reiten gedacht?«

William schob mit einem Zeigefinger seinen Hut zurück und verzog seinen Mund.

»Nein, soweit ist es noch nicht. Hier reiten überwiegend Expat-Kinder, die das Glück auf dem Rücken der Pferde schon in ihrem Land entdeckt haben. Es kommen aber auch immer mehr Vietnamesen. Über eine vietnamesische Mutter habe ich Kontakt zu einem Projekt bekommen, das sich um Down-Syndrom-Kinder kümmert. Sehr viele Angebote für diese Kinder gibt es nicht und das Reiten wird dankbar angenommen. Im Dezember starten wir eine Autisten-Gruppe, die Linh übernimmt. Sie ist ein Engel. Ich wüsste nicht, wie ich ohne sie klarkäme.«

Tuyet sah zu, wie Linh das Pferd streichelte und Lan ein Karottenstück auf die Handfläche legte. Das Mädchen streckte seine Hand aus, und Bong nahm die Karotte vorsichtig auf. Tuyet war es, als könnte sie die weichen Nüstern auf ihrer eigenen Haut spüren und hätte nichts lieber getan, als Bong zu streicheln. Lan jauchzte begeistert. Als Kind war Tuyet ein paar Mal geritten und hatte davon geträumt, einen Strand entlangzugaloppieren oder durch einen Wald. Aber Marina hatte höllische Angst vor Pferden gehabt, und auch Bo fand, dass das Ballett geeigneter wäre.

William stupste sie an.

»Du bekommst wohl selber Lust, oder?«

»Ja, auch wenn mein Outfit dazu nicht passt.« Beide blickten sie auf ihren weißen, kurzen Rock und die hochhackigen hellen Schuhe.

»Wenn du das nächste Mal mit Linh herkommst, zieh etwas anderes an, dann gebe ich dir eine Stunde. Woher kennt ihr euch?«

»Wir sind uns vor ein paar Tagen in einem Café begegnet.«

Es klang unglaublich, kam es ihr doch so vor, als würde sie Linh schon viel länger kennen. Das fand auch William.

»Ich hätten schwören können, dass ihr dicke Freundinnen seid«, sagte er erstaunt.

Linh führte Bong nun am Zügel im Kreis, Lans Mutter lief nebenher, aber ihre Tochter brauchte keine Hilfe. Lan sah aus, als wäre sie mit dem Pferderücken verwachsen und nichts und niemand könnte sie dort oben aus dem Gleichgewicht bringen. Linh sagte etwas und Lan samt ihrer Mutter brachen in Gelächter aus. Tuyet bemerkte, dass William Linh fixierte und sein Blick weich wurde. Es gab ihr einen Stich, den sie zu ihrer eigenen Verwirrung als Eifersucht identifizierte. War dieser gutaussehende Reitlehrer Linhs Freund? Mit warmer Stimme sagte er:

»Linh macht das großartig. Sie ist gut für den Hof und der Hof für sie.«

Tuyet hätte gerne gefragt, wie er das meinte, aber die Ahnung, dass sie damit vorschnell und ohne Erlaubnis in Linhs Privatsphäre eindringen würde, hielt sie zurück.

»Arbeitest du in Vietnam?«, wollte William nun wissen.

Tuyet schüttelte ihren Kopf.

»Sagen wir, ich nehme eine längere Auszeit von meinem Dasein als Anwältin.«

Das war zwar nur ein kleiner Teil der Wahrheit, aber William schien er zu reichen. Interessiert musterte er sie.

»Mir gefallen Menschen, die den Mut besitzen, ihr Leben zu überdenken«, antwortete er. Wieder schob er mit dem Zeigefinger seinen Cowboyhut zurück.

»Hast du dir diese Geste aus alten Westernfilmen abgeguckt?«, neckte ihn Tuyet. William schien einen Moment verdutzt zu sein, dann nahm er seinen Hut ab und setzte ihn ihr auf.

»So, Cowgirl. Du wirst sehen, dass er einem irgendwann immer tiefer in die Stirn rutscht.«

Keine zwei Minuten und Tuyet verstand, was er meinte. Breit grinsend schob sie den Hut mit derselben Geste zurück. Sie sahen sich an, und Tuyet konnte nicht verhindern, dass sie auf seinen Mund starrte, den sie umgeben von Bartstoppeln höchst anziehend fand. Es war ewig her, dass sie einen anderen Mann geküsst hatte als Alexander. Irritiert über diesen Gedanken wandte sie sich ab.

»Linh!«, rief William, »übernimmst du die nächste Tour auch noch? Dann zeige ich deiner Freundin das Krokodil.«

»In Ordnung!« Linh winkte ihnen zu und konzentrierte sich wieder auf Lan und Bong.

»Krokodil?«

Tuyet traute ihren Ohren nicht. William führte sie zurück zum Stelzenhaus.

»Das ist das Restaurant *Ngua Hanh Phuc*, was übersetzt so viel wie glückliches Pferd bedeutet. Wie dieser Reiterhof gehört es Loan, meiner Chefin. In dem Teich lebt ein Krokodil, das wahrscheinlich irgendwann im Kochtopf landen wird. Da, sieh mal.«

Mit zusammengekniffenen Augen stierte Tuyet auf den Teich. Tatsächlich. Der Körper des Krokodils war nicht zu sehen, wohl aber sein mächtiger Kopf, der unbeweglich mit zusammengebundenem Maul auf dem Wasser zu liegen schien.

»Mein Gott«, entfuhr es Tuyet. »Ist das nicht gefährlich?«

»Nur für das Krokodil. Durch den Zaun entkommt es nicht.«

William zeigte ihr den Rest des Reiterhofes. Neben Pferden und ihren Fohlen gab es auch andere Tiere. Zu ihrer großen Verwunderung entdeckte Tuyet einen Vogelstrauß, der neugierig aus einem Gebüsch hervorlugte. Nahe der Stallungen döste in der Sonne eine Katzenmutter, während ihre Jungen unermüdlich versuchten, sie zum Spielen zu bewegen. Plötzlich richtete die alte Katze sich auf und fixierte aufmerksam einen Hahn, der lauthals seine Hühner über den Hof scheuchte, doch rührte sie sich nicht vom Fleck. Einige Hunde jagten über die Koppeln und handelten sich gehörig Ärger mit einer Stute ein, die ihr Fohlen bedroht glaubte. Tuyet fühlte sich, als verlebe sie Ferien auf dem Bauernhof. Wieder am Reitplatz angekommen, setzte sie sich auf den Holzbalken des Gatters,

William blieb vor ihr stehen und grinste, als sei er ein stolzer Gutsbesitzer. Tuyet sog den Geruch nach Tieren und Stroh ein, der den Abgasgestank der nahen Hauptstraße übertünchte. Sie nahm von William ein Kaugummi an und ließ ihre Blicke umherschweifen. Besonders gefielen ihr die Palmen, die das Areal säumten und Häuser und Straßen verdeckten. Hinter einer Palme trottete ein Esel hervor, gefolgt von einem Fohlen, das bereits mutig genug war, sich von seiner Mutter zu entfernen. Tuyet sprang vom Zaun, wobei sie sich nicht darum kümmerte, dass ihr Rock einriss, und ging mit William zur Koppel hinüber.

»Die Pferde mögen den Esel«, erklärte William, »und er mag die Pferde. Mit Menschen hat er es nicht so, wahrscheinlich ist er von seinem früheren Besitzer geschlagen worden.«

Die Tiere blieben am Zaun vor Tuyet stehen und blickten sie erwartungsvoll an. William reichte ihr zwei Karotten, die sie durchbrach und verteilte. Während der Esel kaute, streichelte sie seine stoppelige Mähne.

»Donnerwetter!«, entfuhr es William, als der Esel nicht zurückwich. »Wenn das nicht Liebe auf den ersten Blick ist.«

Tuyet, die nicht sicher war, ob er wirklich nur den Esel meinte oder mit ihr flirtete, ging nicht darauf ein. Stattdessen bot sie den Tieren weitere Karottenstücke an und sagte:

»Unglaublich! Eine Oase mitten in Hanoi. Das hätte ich nie gedacht.«

Als es dunkel geworden war, half Tuyet, die Pferde zu putzen. Immer wieder wanderte ihr Blick zu Linh und William hinüber, zum einen um festzustellen, was für eine Art Beziehung die beiden pflegten, aber auch, weil sie dankbar war, zwei so reizende Menschen getroffen zu haben. Bevor sie aufbrachen, ging Linh zur Toilette. Tuyet wartete am Moped auf sie und auch William stand rauchend daneben.

»Ich würde mich sehr freuen, dich wiederzusehen«, sagte er. »Das Reitstundenangebot steht.«

»Können wir los?«

Linh schwang sich auf ihr Moped und reichte Tuyet den *Hello-Kitty*-Helm, den diese vor Williams Augen lieber nicht angezogen hätte. Aber dann tat sie es doch und sah genau, dass William schmunzelte.

»Bis morgen, William«, rief Linh, während sie den Motor zündete.

»Bis morgen! Bis bald, Tuyet!«

Ruckartig fuhren sie an, eierten über ein Schlagloch, fingen sich und gelangten über den Schotterweg zur Hauptstraße. Es war Rushhour und die Autos und Mopeds standen, was Tuyet nicht für möglich gehalten hätte, noch gedrängter als am Nachmittag. Trotzdem fühlte Tuyet sich wohl. Nicht mehr orientierungslos durch den Weltraum trudelnd, sondern sich dem Erdboden nähernd, um Fuß zu fassen.

Von nun an begleitete Tuyet Linh regelmäßig zum Reiterhof, und wie versprochen, erteilte William ihr Reitunterricht. Als Tuyet zum ersten Mal auf Bong saß, war sie zwar sehr aufgeregt, doch schon bald entspannte sie sich und stimmte William insgeheim zu, als dieser sie dafür lobte, wie geschickt sie sich anstellte. Schon bald fuhr sie nicht nur wegen ihrer Reitstunde mit, sondern auch, weil es ihr Spaß machte, William und Linh auf dem Hof zu helfen. Sie striegelte Pferde, mistete deren Ställe aus oder stützte Kinder, die sich nicht selbst auf dem Pferd halten konnten. Die Stunden verflogen dabei, und wenn Tuyet abends ihre staubige, nach Pferd riechende Kleidung auszog, ertappte sie sich manchmal bei dem Gedanken, dass sie froh war, den Tag nicht an ihrem Schreibtisch in der Kanzlei verbracht zu haben. In einer solchen Stimmung suchte sie das Internetcafé in ihrer Straße auf und antwortete Phong endlich auf seine vorwurfsvolle E-Mail.

Hanoi, den 17. 12. 2015

Lieber Bo,
entschuldige, aber ich brauchte etwas Zeit, um über deine E-Mail nachzudenken. Zuerst möchte ich dir sagen, dass ich froh bin, dass ich einen Vater habe, der sich um mein Wohlbefinden und meine Zukunft sorgt. Niemals käme es mir in den Sinn, zu vergessen, was du für mich getan hast. Bitte hab Vertrauen und sei versichert, dass ich mich nicht leichtfertig verhalte.

Meinen Urlaub habe ich nicht eigenmächtig verlängert. Ich hatte ja nicht einmal darum gebeten, sondern er wurde mir von meiner Chefin nahegelegt. Das hat mich verletzt, aber jetzt sehe ich die Chance, die in dieser Unterbrechung liegt. Vor ein paar Tagen habe ich ein kleines Appartement am Westsee angemietet. Eine Bekannte hat es mir vermittelt, und seit ich dort und nicht mehr im Hotel wohne, fühle ich mich wie eine Hanoierin. Wenn ich aufwache, ist mein erster Anblick der großzügige See, an dem ich meine morgendliche Runde drehe oder mit anderen Frühaufstehern Gymnastik mache. Linh, eine junge Vietnamesin, erteilt mir Vietnamesischunterricht, dafür helfe ich, ihr Englisch zu verbessern. An einigen Nachmittagen arbeite ich auf einem Reiterhof. Bestimmt wirst du jetzt die Stirn runzeln, aber glaub mir, es ist toll. Neben Kindern, die einfach nur reiten lernen, wird dort therapeutisches Reiten angeboten. Meine Freundin Linh kümmert sich um eine Gruppe autistischer Kinder, und es ist wunderbar zu sehen, wie empfänglich diese für die Berührungen mit den Pferden sind. Bis sie sich auf das Pferd hinauftrauen, wird es bei manchen noch eine Weile dauern, aber bereits die Wärme, das weiche Fell und der Geruch der Tiere scheinen auf die meisten positiv zu wirken. Manchmal unterstütze ich Linh, manchmal den kanadischen Reitlehrer, der Kinder mit Down-Syndrom unterrichtet. Es ist eine Freude zu sehen, wie viel Spaß die Kleinen haben, aber auch ihre Eltern. Dir als Kinderarzt muss ich nicht sagen, wie befriedigend es ist, wenn man den Kindern ein Lächeln aufs Gesicht zaubert. Ab und zu erhalte ich selbst eine Reitstunde und erfülle mir damit einen alten Traum.

Lieber Bo, ich wäre sehr glücklich, wenn du akzeptieren könn-

test, dass diese Zeit in Vietnam wie eine Medizin für mich ist. Eine Frage hätte ich noch: Wer war noch einmal unsere Ahnin, die aus Hoa Lo flüchtete? Jetzt, nachdem ich das Gefängnis besichtigt habe, interessiert es mich brennend.

Bitte pass ebenfalls auf dich auf und grüß Julian von mir.

Deine Tuyet

Was sie ihm verschwieg, war, dass man sie auf der Polizeistation schon kannte, weil sie sich fast täglich nach Hanh erkundigte. Man ermahnte sie, geduldig zu sein, doch das gelang Tuyet nicht. Eines Tages hatte sie der diensthabenden Beamtin einen Geldschein zugeschoben, in der Hoffnung, den Prozess zu beschleunigen. Aber die Polizistin hatte ihr den Schein rasch zurückgegeben und ihr empört etwas zugezischt, was Tuyet, vielleicht zu ihrem Glück, nicht verstand. Zerknirscht war sie davongeschlichen, hatte erneut versucht, über Google und verschiedene soziale Netzwerke etwas herauszufinden, war dabei aber nur auf Tien gestoßen. Den Gedanken, diese doch um das so hilfreiche Familienbuch zu bitten, hatte sie aufgegeben. Jeden Abend nahm sich Tuyet Zeit, ihre Erlebnisse in ihrem Tagebuch festzuhalten. Im hinteren Teil des Büchleins sammelte sie ihre Fragen über Vietnam und ihre Familie; die Liste wurde immer länger. Über William schrieb sie, außer dass er Reitlehrer war, nichts. Man musste keine Anwältin sein, um zu wissen, dass es unklug wäre, solange man liiert war, schriftlich über einen anderen Mann zu sinnieren. Zwar war es unwahrscheinlich, dass Alexander ihr Büchlein jemals in die Hände bekäme, aber dumme Zufälle gab es immer wieder. Außerdem war zwischen ihr und William ja nichts Erwähnenswertes passiert, und Tuyet hatte das Gefühl, solange sie seinen Namen nicht aufs Papier brachte, würde das auch so bleiben.

Zwischen ihm und Linh schien ein zärtliches, aber rein freundschaftliches Verhältnis zu bestehen, und mit seiner vietnamesischen Freundin, die er in Australien kennengelernt und wegen der er den Job des Reitlehrers in Hanoi überhaupt angenommen hatte, war es, wie er ihr offenbarte, aus und vorbei. Sie würde einen Vietnamesen heiraten, der dem Geschmack ihrer Eltern entsprach, und selbst wenn diese William als Schwiegersohn akzeptiert hätten, wäre eine Hochzeit für ihn nicht in Frage gekommen. Während William den Sattel von Bongs Rücken zog, hatte er seine strahlend grünen Augen auf sie gerichtet und hinzugefügt, dass er sich im Grunde freute, wieder frei zu sein.

»Und du? Bist du es auch?«

Die Direktheit seiner Frage hatte bei Tuyet zu einer vollständigen Kopfleere in Verbindung mit einem Schweißausbruch geführt. Sie wollte ihm nicht verschweigen, dass es Alexander gab, was ihr nicht nur William, sondern auch Alexander gegenüber schäbig vorgekommen wäre. Abrupt beenden wollte sie den feinen Flirt, der zwischen ihnen entstanden war, aber auch nicht. Stumm wie ein Fisch hatte sie ihn angestarrt. Lächelnd hatte William den Sattel über den Zaun gehängt und ihre Hand genommen.

»Es gibt also irgendwo jemanden?«

»Irgendwo. Ja.« Ihre Hand fühlte sich pitschnass an, was William natürlich merkte. Er zog Tuyet ein wenig näher zu sich heran, und das Grün seiner Augen schien immer intensiver zu werden. Vielleicht wegen der gelben Sprenkel rund um seine Pupillen, die wie sprühende Funken aussahen.

»Von mir aus muss das zwischen uns nichts ändern.« Es klang, als wäre wer-weiß-was zwischen ihnen vorgefallen. Aber da Tuyet sprachlos, mit wackeligen Knien und schweißgebadet vor ihm stand, war es ja vielleicht auch so.

»Habt ihr Bongs Sattel gesehen?«

Tuyet ließ Williams Hand los und schnappte sich den Sattel. »Hier ist er!«

Beinahe wäre sie über den Sattelgurt gestolpert, weil Williams Berührung sie noch immer ablenkte. Plaudernd schlenderte sie mit Linh zur Sattelkammer, wobei sie hoffte, dass ihre Freundin nicht merkte, wie durcheinander sie war. William hatte ihr ein Angebot gemacht, und an ihr war es zu entscheiden, ob sie es annehmen wollte.

Am darauffolgenden Samstag erwachte Tuyet noch vor ihrem Handyweckruf. Sie hatte intensiv von ihrer Mutter geträumt, und ihr Traum, an den sie sich nur noch verschwommen erinnerte, hinterließ ein angenehmes Gefühl. Tuyet betrachtete das als ein gutes Omen. Ausgestattet mit ihrer Sonnenbrille, einer Handtasche und einem breitkrempigen Sonnenhut marschierte sie zeitig zur Polizeistation. Genervt verdrehte die diensthabende Polizistin ihre Augen, als sie Tuyet erkannte. Es war dieselbe, der sie Geld angeboten und sich damit deren Zorn zugezogen hatte. Die Polizistin wusste auch an diesem Morgen nichts Neues zu berichten, und verabschiedete Tuyet mit unverhohlener Ungeduld.

Missmutig winkte Tuyet ein Taxi heran und ließ sich zum Botanischen Garten bringen, wo man unter schattenspendenden Bäumen an einem kleinen See spazierengehen und Kaffee trinken konnte. Noch während der Autofahrt ärgerte sich Tuyet darüber, dass ihre fast schon ritualmäßigen Besuche bei der Polizei zu nichts führten. Mussten die Mühlen der Bürokratie so langsam mahlen? Gab es denn nichts, was sie tun konnte? Mit der *Viet Nam News*, die seit dem vergangenen Tag in ihrer Tasche steckte, fächelte sie sich Luft zu. Und wenn ich in einer Tageszeitung eine Anzeige schalte? Tuyet fächelte schneller, überrascht von ihrem Geistesblitz. Gleich darauf verwarf sie ihn. Sie wusste ja nicht einmal, ob ihre Mutter regelmäßig Zeitung las. Und falls sie es tat, welche? Resigniert ließ Tuyet ihre *Viet Nam News* sinken. Weshalb machte Tien ihr das Leben so schwer? Tuyet verstand ja, dass sie verbittert war, aber was konnte sie dafür?

Im Botanischen Garten war bereits einiges los.

Sogar die Sportgeräte waren alle in vollem Einsatz. Insbesondere Ältere nutzten das Fitnessangebot mit bewundernswerter Ausdauer. Tuyet überlegte, ob sie auf einen freien Crosstrainer warten sollte, um sich durch das Treten abzureagieren, aber dann widerstrebte es ihr, freiwillig zu schwitzen. Lieber drehte sie ein paar gemächliche Runden durch den Park und überdachte ihre Situation. Sollte sie doch noch einmal zu Tien gehen? Seit ihrem Raumschmiss hatte sich Tuyet nicht mehr in die Nähe ihres Viertels getraut. Aber es war nicht weit, und der Tag hatte mit einem guten Vorzeichen angefangen. Auf dem Weg zu Tiens Haus am Huu-Tiep-See kämpfte sie dagegen an, mit jedem Schritt mutloser zu werden. Bis sie den See mit seinem verrosteten B-52-Wrack erreichte, hatte sie realisiert, dass alles dafür sprach, dass Tien ihr die Tür vor der Nase zuschlagen würde. Da sie plötzlich ziemlich Hunger hatte, ging sie erst mal ins Café B-52, um sich einen schattigen Platz zu suchen, von dem aus sie freie Sicht auf Tiens Haus hatte, und bestellte Tee und ein Sandwich. Vorsichtshalber nahm sie ihre Sonnenbrille nicht ab. Unter ihrem großen Hut würde Tien sie sicher nicht erkennen. Mit jedem Bissen in das köstliche Sandwich verbesserte sich Tuyets Laune, und sie schmunzelte sogar darüber, dass sie wie eine Detektivin die Straße observierte. Da sie nichts anderes vorhatte, sprach nichts dagegen, noch ein Weilchen sitzen zu bleiben. Denn wer weiß, überlegte Tuyet, vielleicht besucht Hanh an den Wochenenden ihre Familie. Mit etwas Glück böte ihr das die Chance, ihre Mutter abzufangen und sich vorzustellen, ob es Tien passte oder nicht. In ihrer Phantasie spielte sie alle möglichen Varianten eines Zusammentreffens durch. Nebenbei trank sie mehrere Tassen Tee und beobachtete Tiens Haustür. Doch es waren nur Unbekannte, die kamen und gingen, darunter zwei betagte Damen, die zu alt waren, um ihre Mutter zu sein. Am frühen Mittag reichte es Tuyet. Verließ Tien denn gar nicht ihre Wohnung? Vielleicht könnte sie, wäre Tien erst mal fort, heimlich ihre Tochter befragen. Die konnte ihr doch sicher verraten, wohin ihre Großmutter gezogen war. Oder Yen, die sie freundlich empfangen und ihre Pralinen verspeist hatte. Sicher, die Familie ihrer Schwester auszuspionieren war nicht die feine Art, aber ließ Tien ihr eine Wahl? Plötzlich öffnete sich die Haustür, und Tien trat mit ihren Kindern hinaus, alle herausgeputzt und mit Taschen bepackt. Hellwach legte Tuyet Geld auf den Tisch und erhob sich. Unter Mithilfe von Hoa und Nam verstaute Tien die Taschen auf ihrem Moped, und als sie damit fertig war, quetschten sie sich auf den Sattel, während Tien den Motor startete. Na, wenn das nicht nach einem Familienausflug aussah. Einer Eingebung folgend winkte Tuyet dem *xe ôm*-Fahrer, der seit einer Stunde auf seinem Moped abwechselnd döste, rauchte oder seine Fingernägel reinigte.

»Folgen Sie der Frau da«, sagte sie so schnell es ihr Vietnamesisch zuließ, und als er sie verständnislos anblickte, wiederholte sie es auf Englisch, hektisch auf Tien deutend: »Follow! Follow!« Der *xe ôm*-Fahrer lachte auf, reichte Tuyet einen Helm und ließ sein Moped an. Tuyet, bemüht, Tien, die losgefahren war, nicht aus den Augen zu verlieren, wedelte, um den Fahrer zur Eile anzutreiben, mit ihrem Sonnenhut, den sie wegen des Helms in der Hand hielt. Der Fahrer ließ sich nicht lange bitten, heizte los und hätte Tien eingeholt, wenn Tuyet ihm nicht durch Zuruf und Gesten klargemacht hätte, dass sie genau das nicht beabsichtigte. Nach kurzer Zeit verstand der *xe ôm*-Fahrer, was von ihm erwartet wurde. Hin und wieder wandte er den Kopf und grinste Tuyet an, bestimmt kam er sich wie James Bond vor. Sie fuhren am Botanischen Garten vorbei, wo der Verkehr lebhaft lief, sie aber nicht daran hinderte, Tien in sicherem Abstand zu folgen. Dies erwies sich als umso einfacher, da sie die meiste Zeit geradeaus fuhren. Tuyet vermutete, dass Tien in die Altstadt abbiegen würde. Was für eine irrsinnige Idee, sich an ihre Fersen zu heften, dachte Tuyet. Vielleicht führe sie gar nicht zu Hanh. Und falls doch, was geschähe dann? So weit wollte Tuyet jetzt nicht denken, sondern war froh, nicht länger tatenlos herumzusitzen. Als sie sich der Altstadt näherten, und immer mehr Fahrzeuge die Straßen verstopften, schloss der Fahrer bis zu Tien auf, gerade rechtzeitig, denn im nächsten Moment bog diese ab, und zwar nicht in die Altstadt.

»Vielleicht will sie zur Long Bien-Brücke und über den Fluss«, rief er Tuyet über seine Schulter hinweg zu. Tuyet wünschte, er würde nicht spekulieren, sondern sich einfach aufs Fahren konzentrieren, denn ein gelb-roter Bus drängelte sich vor sie und versperrte ihnen die Sicht. Ihr Fahrer fluchte. Gewagt versuchte er dann, sich an dem Bus vorbeizulavieren, aber andere Mopedfahrer taten dasselbe, was zu ohrenbetäubendem Gehupe führte. Es dauerte eine Weile, bis sie den Bus überholen konnten. Hastig suchte Tuyet die Straße ab, doch sobald sie meinte, Tien geortet zu haben, und ihren Fahrer anstachelte zu beschleunigen, war sie im nächsten Moment unsicher, ob es sich wirklich um Tien handelte, die sie in der Ferne vermutete. Bald gestand sie sich ein, dass ihre Verfolgung fehlgeschlagen war. Bis zur Long Bien-Brücke fuhren sie trotzdem. Dort ließ Tuyet den Fahrer anhalten, und schon während sie ihn nach seinem Preis fragte, den auszuhandeln sie vor Fahrtantritt versäumt hatte, schwante ihr Übles. Wie sich zeigte zu Recht, doch zahlte sie widerspruchslos, denn James Bond hatte sein Bestes gegeben. Nachdem er sich mit einer freundlich-bedauernden Geste verabschiedet hatte, lief Tuyet zusammen mit anderen Fußgängern ein Stück die Long Bien-Brücke entlang. Um sie besser betrachten zu können, blieb Tyuet stehen, angelehnt an einen ihrer stählernen Brückenträger. Während des Vietnamkriegs zerbombten die Amerikaner die Brücke viele Male, und die Hanoier bauten sie immer wieder auf. Heute nutzten sie Fußgänger und Mopeds zur Überquerung des Roten Flusses. Ungehalten starrte Tuyet ihnen nach. War Tien soeben hier entlanggefahren? Hätte sie Tuyet, ohne es zu ahnen, zu Hanh gebracht, wäre der Hanoier Verkehr nicht in die Quere gekommen? Erschöpft fuhr Tuyet in die Altstadt zum *Cong Caphe*, wo sie zu Mittag essen und ihre Tagebuchaufzeichnungen ergänzen wollte. Die junge Kellnerin hinter dem Tresen nickte ihr zu und fragte:

»*Coconut milk coffee?*«

Tuyet lächelte, weil sich die junge Frau gemerkt hatte, wie süchtig sie nach diesem Getränk geworden war.

»Ich kann ihn kaum erwarten.«

Auf der schmalen Treppe, die ins obere Stockwerk führte, stieß sie mit der strahlenden Linh zusammen.

»*Chào*, chi. Das ist ja eine schöne Überraschung. Schade, dass du erst jetzt kommst. Willst du mit zum Reiterhof?«

Während sie sprach, löste sie ihren Haarknoten und band ihre lange Mähne zu einem Pferdeschwanz, der unter ihren Helm passte. Augenblicklich wich Tuyets Niedergeschlagenheit ihrer Wiedersehensfreude, die so groß war, als hätte sie Linh wochenlang nicht gesehen. Das ging ihr nicht einmal mit Viviane so, auf die das häufig zutraf und mit der sie seit langem befreundet war. Dennoch schüttelte sie den Kopf.

»Nächstes Mal gerne. Aber heute brauche ich Ruhe. Und meinen Lieblingskaffee. Da kommt er schon.« Sie drückte sich an die Wand, um die Kellnerin vorbeizulassen, die ein Tablett balancierend die Treppe hinaufstieg. Da Linh sie erstaunt ansah, fügte sie hinzu:

»Ich hatte einen ziemlich verrückten Tag, deshalb.«

Jetzt schaute Linh noch fragender drein, aber als Tuyet nicht fortfuhr, sagte sie freundlich:

»Morgen fahre ich nach Bat Trang. Hast du Lust, mitzukommen?«

»Ins Töpferdorf?«

»Genau. Meine Mutter lebt dort, und sonntags besuche ich sie. Also, magst du?«

Dieses Mal stimmte Tuyet zu. »Soll ich dich abholen?«, erkundigte sie sich.

Ein blitzschnelles Stirnrunzeln deutete Linhs Unbehagen an, doch gleich darauf hellte sich ihre Miene auf.

»Hast du etwas dagegen, wenn wir uns an der Long Bien-Brücke treffen? Von dort aus fahren wir gemeinsam weiter.«

Sie verabredeten sich früh für den nächsten Morgen, dann

stieg Tuyet die Treppe hinauf und stellte erfreut fest, dass ihr Kaffee sie auf einem Tisch direkt am Fenster erwartete. Zwei Freunde von Linh grüßten sie, die anderen Gäste waren ins Gespräch, ihre Laptops oder Handys vertieft. Während sie sich das Treiben auf der Straße anschaute, nippte sie an ihrem Glas und ließ den dezenten Kokosgeschmack auf ihrer Zunge zergehen. Dann schob sie die kleine Vase mit hübschen, blauen Blumen darin beiseite und schrieb Tagebuch.

»Morgen nimmt mich Linh mit nach Bat Trang«, notierte sie gegen Ende. »Ich freue mich auf den Tag mit ihr und auch darauf, Linhs Mutter kennenzulernen. Manchmal habe ich das Gefühl, dass auch Linh nicht geradeheraus über ihre Familie spricht. Warum lebt ihre Mutter allein? Ist sie geschieden oder verwitwet? Sie erwähnt ihren Vater nie. Und von ihrem Onkel und seiner Familie, bei der sie wohnt, scheint sie nicht allzu viel zu halten. Natürlich werde ich die Letzte sein, die Linh mit Fragen bedrängt. Wenn meine eigene Geschichte nicht so verzwickt wäre, hätte ich ihr gerne von meiner Verfolgungsjagd erzählt. Ich glaube, sie ist das Verrückteste, was ich je gemacht habe. Per *xe ôm* durch Hanoi rasen, um meine ältere Schwester zu beschatten. Alexander hätte seinen Augen nicht getraut, so eine draufgängerische Tuyet kennt er nicht. Obwohl ich Hanh nicht gefunden habe, bin ich froh, dass ich es versucht habe, spontan und ohne darüber nachzudenken, was andere davon halten.«

An diesem Abend ging sie früh zu Bett, um fit für ihre Tour mit Linh zu sein. Diese empfing Tuyet frühmorgens am vereinbarten Treffpunkt, noch etwas verschlafen, aber gut gelaunt. Kein Dunst verschleierte die Sonne, die Luft war noch angenehm kühl. Linh reichte Tuyet ihren *Hello-Kitty*-Helm mit den Worten: »Keine Widerrede! Als Einheimische fühle ich mich für deine Sicherheit verantwortlich. Am besten kaufst du dir bei Gelegenheit einen eigenen Helm.«

Tuyet gab nach und schwang sich hinter Linh aufs Moped.

»Na, dann los«, rief sie ihr zu, was Linh sich nicht zweimal sagen ließ und losknatterte, hinüber auf die andere Seite des Roten Flusses.

☆

Schnaufend stellte Linhs Mutter zwei schwere Körbe ab, mit denen sie vom Markt zurückgekommen war. Frühmorgens hatte sie dort Kartoffeln, Gemüse, Limonen und Ingwerwurzeln gekauft, aus denen sie einen wohltuenden Tee bereiten wollte. Dann nieste sie kräftig. Für Mitte Dezember war es zwar noch immer zu warm, aber erkältet hatte sie sich trotzdem. Vor ihrem kleinen Laden drängten sich grüne, orangene, gelbe und blaue Vasen in verschiedenen Formen und Größen, allerdings nicht diese mannshohen, mit denen man Pagoden und Hotels dekorierte. Bereits wenige dieser Exemplare hätten ausgereicht, um ihren Laden auszufüllen. Andächtig strich sie über einen bunten Keramikdrachen, ihre höchsteigene Kreation, und rückte ihn ein wenig in den Vordergrund. »Wenn wir doch etwas mehr Platz hätten«, dachte sie und warf einen wehmütigen Blick auf den weitläufigen Verkaufsraum ihrer Nachbarin. Allein auf deren Treppenstufen fanden nicht nur riesige Vasen Platz, sondern ganze Rudel an beigen und weißen Hunden aus Keramik, gelbe Katzen, Löwen und lustige Hasen, die den Blick potentieller Käufer auf sich zogen und dazu einluden, das umfangreiche Angebot im Ladeninneren zu begutachten. Niesend und schniefend hob sie ihre Einkäufe auf und betrat *Xuan Ceramics*. Eine Frau in hellen Jeans und grüner Bluse eilte auf sie zu. Sie war im selben Alter wie Linhs Mutter, doch ihr Haar, das sie schulterlang trug, zeigte noch keine grauen Strähnen und ihre Haut machte einen makellosen Eindruck. Es war Xuan, ihre Kindheitsfreundin, mit der sie seit nunmehr dreizehn Jahren das Geschäft in dem Keramik-Dorf Bat Trang führte.

»Endlich«, rief sie erfreut. »Ich habe einen Zahnarzttermin, der etwas länger dauern wird.« Gequält verzog sie das Gesicht. »Ich beneide dich um deine guten Zähne.«

»Na, irgendeinen Vorzug muss ich ja haben, wenn ich schon runzeliger und grauer bin als du.«

Xuan fuhr sich durchs Haar.

»Jetzt leben wir schon so lange zusammen, und du nimmst an, das sei meine Naturfarbe?« Ungläubig schüttelte sie den Kopf. »Nächste Woche ist mein Haar wieder fällig. Komm doch mit, wenn dein Grau dich stört.«

Linhs Mutter winkte ab und nieste.

»Ich hab's nicht ernst gemeint. Schließ bitte ab, wenn du gehst, ich muss noch mal nach oben.«

Ihre kleine Wohnung, bestehend aus einem Schlafraum, den sie sich teilten, einem kleinen Wohnzimmer, Küche und Bad, lag genau über dem Geschäft. Linhs Mutter setzte Teewasser auf und packte die Körbe aus. Dann brach sie ein großes Stück Ingwerwurzel ab, schälte es, rieb es klein und goss den Ingwertee in einer mit roten Libellen bemalten Kanne auf. Schließlich gab sie frische Minze hinzu und fühlte sich schon beim Inhalieren des würzigen Geruches besser. Zurück im Laden entriegelte sie die Tür und blieb mit ihrer Teeschale draußen stehen. Um sie herum wurden die Schutzgitter der anderen Geschäfte hochgezogen, Nachbarn radelten grüßend vorbei, auf Holzkarren transportierten Männer Teller, Tassen und Schüsseln von der Brennerei zu den Geschäften. Linhs Mutter schmunzelte, als ein Moped die Straße entlangtuckerte, auf dem drei sehr große Keramikhunde festgeschnürt waren, denn von Weitem wirkten sie fast echt. Außer an den Wochenenden, wenn die Touristen und junge Hanoier zum Bummeln ins Dorf kamen, ging es hier beschaulich zu, und selbst die meisten Mopedfahrer passten ihren Fahrstil dem Umstand an, dass zerbrechliche Keramik allgegenwärtig war. Linhs Mutter nickte der Besitzerin des gegenüberliegenden Ladens zu und nippte weiter am Tee. Sie mochte Bat Trang. Von Hanoi lag es bloß eine gute halbe Stunde entfernt, was jedoch ausreichte, damit sie sich weit weg wähnen konnte von der umtriebigen Hauptstadt mit all seinen schmerzlichen Erinnerungen. Nun kam ein gelbes Moped um die Ecke geschossen, und sie seufzte. Natürlich war es Linh, die sich von all der Keramik nicht vom Rasen abhalten ließ. Jetzt bremste sie scharf und winkte vergnügt. Auf dem Rücksitz saß eine junge Frau, die sich an Linh festkrallte und deren *Hello-Kitty*-Helm trug. Stirnrunzelnd sah sie zu, wie die beiden abstiegen und sich ihre Kleider und das Haar zurechtstrichen. Wie oft sollte sie Linh noch ermahnen, niemals ohne Helm zu fahren. Die Unfallrate in Vietnam war hoch, eine Tatsache, die Linh, die großes Vertrauen in ihre eigenen Fahrkünste hegte, nicht genügend beeindruckte. Linh strahlte ihre Mutter an und umarmte sie, und sofort war deren Unmut vergessen. Eine besonders zärtliche Frau war sie zwar nicht, aber Linh sorgte immer dafür, dass sich ihre Laune schlagartig hob, und heute bekämpfte sie ihre Erkältungsschlappheit mindestens ebenso gut wie der Ingwer. Mit ihrer freien Hand tätschelte sie Linhs Rücken, dann schob sie ihre Tochter von sich.

»Steck dich nicht an«, sagte sie und musste wie zur Erklärung niesen. Linh wartete, bis ihre Mutter fertig war, dann drückte sie ihr einen Kuss auf die Wange.

»Ach, Me«, entgegnete sie, »so empfindlich bin ich nicht.«

Sie trat einen Schritt zur Seite und streckte ihre Hand nach Tuyet aus. »Me, ich möchte dir eine Freundin vorstellen. Das ist Tuyet. Sie ist Deutsche und bleibt ein paar Wochen in Vietnam. Sie unterstützt William und mich bei den Reitstunden. Tuyet, das ist meine Mutter.«

Linhs Freundin trat näher heran, und begrüßte sie. Linhs Mutter strich eine graue Strähne, die sich aus ihrem morgens geschwind aufgesteckten Haar gelöst hatte, aus ihrem Gesicht und begrüßte Tuyet per Handschlag. Dabei registrierte sie weiche Haut und sehr gepflegte Fingernägel, die sie von einer Pferdepflegerin nicht erwartet hätte. Linh schnitt ihre kurz, auch wenn sie ansonsten modebewusst war. Ihr Blick begegnete Tuyets, und einen Moment lang setzte ihr Herzschlag aus, denn sie meinte, in die großen, dunklen Augen ihres geschiedenen Mannes zu schauen. Als Tuyet sich ihre Ponyfransen aus dem Gesicht blies, kamen kräftige, dunkle Brauen zum Vorschein, die allerdings nicht wucherten, sondern in einen reizvollen Bogen gezupft worden waren. Tu-yet, Tu-yet, Tu-yet. So wild schlug ihr das Herz gegen die Rippen, dass es ihr Blut aufgebracht durch den Körper jagte, bis es in ihren Ohren rauschte. Ein leichter Schwindel erfasste sie. Konnte es denn wahr sein? Stand sie ihrer Tochter gegenüber?

»Dein Name ist Tuyet?«, hörte sie sich fragen.

Sachte zog Tuyet ihre Hand zurück und nickte freundlich. Wie man einer älteren Dame, der man vorgestellt wurde, eben zunickte.

»Es freut mich sehr, Sie kennenzulernen.«

Weder in Tuyets Stimme noch in ihren Augen lag ein Erkennen. Keine noch so winzige Ahnung. Nicht einmal ein kurzes Stutzen. Wie sollte es auch? Keine drei Jahre alt war Tuyet gewesen, als sie ihre Mutter zum letzten Mal gesehen hatte.

»Mich auch.«

Um Tuyet nicht unablässig anzustieren, wandte sie sich um und hüstelte. Dann fügte sie mit einer einladenden Geste hinzu: »Bitte kommt doch hinein.«

Während sie den jungen Frauen folgte, explodierten in ihrem Kopf blitzlichtartig Bilder aus längst vergangenen Zeiten. Spielten ihre geheimsten Wünsche, die sie seit Jahrzehnten sorgsam unter Verschluss hielt und fortdrückte, wann immer sie sich hervorwagten, ihr einen Streich? In den ersten Jahren nach ihrer Trennung hatte sie unzähligen kleinen Mädchen, die in Tuyets Alter gewesen waren, hinterhergestarrt. Sogar hinterhergerannt war sie manchen, deren wippende Zöpfchen, kindliche »Me«-Rufe oder Gelächter sie ganz besonders an ihre Tochter erinnerten. Doch sobald die

Mädchen sich umwandten und sie in befremdete, gar ängstliche Gesichter sah, stürzte ihre Hoffnung in sich zusammen und verwandelte sich in Verzweiflung. Nach und nach hatte sie gelernt, sowohl ihre hartnäckige Erwartung, Tuyet wiederzusehen, als auch ihre zähe Traurigkeit darüber, dass ihr Kind weit entfernt von ihr aufwuchs, zu kontrollieren. Ihre Schuldgefühle betäubte sie, indem sie sich vor Augen führte, dass Tuyet bei ihrem Vater in Wohlstand lebte und es leichter haben würde als bei ihr. Irgendwann glaubte sie, akzeptiert zu haben, dass eines ihrer Kinder für sie verloren war; Gott sei Dank nicht an den Tod, sondern an ein besseres Leben. Dann, vor einigen Jahren, ertappte sie sich erstmals dabei aufzuhorchen, sobald eine helle deutsche Stimme aus dem Laden zu ihr in die Werkstatt drang. Tuyet war erwachsen geworden, und es war nicht auszuschließen, dass sie ihre Mutter treffen wollte, ein Gedanke, der sie erzittern ließ, aus Sehnsucht und Furcht. Letztlich hatte es sich jedoch stets um kaufinteressierte Touristinnen gehandelt, von denen keine nach ihr fragte. Dieses Mal war es anders, sie spürte es. Während sie drei Schälchen mit Tee füllte, beobachtete Linhs Mutter unauffällig Tuyet. Deren Augen und ihr zurückhaltendes Lächeln erinnerten sie an ihren Ex-Mann, Tuyets volle Lippen und ihre bedachtsamen Bewegungen an sich selbst. Allerdings war sie mit dem Alter schwerfällig geworden, während Tuyet die aufrechte Grazie einer Tänzerin innewohnte sowie die selbstbewusste Ausstrahlung einer Frau, die mit beiden Beinen fest auf dem Boden stand. Im Gegensatz zu Linh, die noch immer ziellos durchs Leben polterte und stolperte, wobei die eine oder andere Keramikvase zu Bruch gegangen war. Nichtsdestotrotz ruhte ihr Blick zärtlich auf ihrer Jüngsten, der einzigen ihrer Töchter, von der sie sich sicher sein konnte, dass diese niemals an ihrer Liebe gezweifelt hatte.

Gut gelaunt plapperte Linh auf Tuyet ein und erklärte ihr, dass Bat Trang in einer lehmreichen Gegend lag, die seit Jahrhunderten für seine Porzellan- und Keramikprodukte bekannt war. Mal sprach sie Vietnamesisch, mal Englisch, wovon ihre Mutter wenig verstand, dennoch begriff sie, dass Tuyet Haushaltswaren für ihre neue Wohnung benötigte. Sie stellte die Teeschalen auf ein kleines Tablett und hatte gar nicht bemerkt, dass Linh zu ihr getreten war.

»Ist alles in Ordnung, Me? Du bist heute so still.«

»Wegen meiner Erkältung«, antwortete sie, »ich habe schlecht geschlafen.«

Linh gab ihr noch einen Kuss.

»Deine Hausmittelchen in allen Ehren, Me, aber ich besorge dir jetzt eine anständige Medizin und Schnupfenspray. Nein, keine Widerrede. Bei der Gelegenheit kann ich Tuyet gleich das Dorf zeigen.«

Bevor sie aufbrachen, tranken Linh und Tuyet den Tee, sprachen über das Wetter, die Keramikdrachen, die Tuyet hinreißend fand, und Linh erzählte ihrer Mutter von den autistischen Kindern auf dem Pferdehof. Als endlich die Tür klappte, atmete sie befreit auf. Die Unterhaltung hatte sie angestrengt, und in ihrem Hinterkopf pochte es. Ihre letzte Migräne lag Jahre zurück, und wenn sie keinen Anfall riskieren wollte, brauchte sie dringend eine Verschnaufpause. Sie trank ihren Tee aus, machte ein paar Atemübungen und lauschte. Schwatzend begannen in der kleinen Werkstatt im hinteren Teil des Ladens die beiden Töpferinnen, Quynh und My, ihr Tagewerk.

Als sie sie begrüßte, hatten ihre Angestellten bereits die bunten Plastikplanen gelüftet, die sie abends über die Regale mit fertiggestellten Tellern, Tassen, Schüsseln, Vasen und Dekorativen breiteten. My tauschte ihre schicken Schuhe gegen Flipflops ein, Quynh arbeitete barfuß. Während die drei sich unterhielten, öffnete sie das Eisengatter, das die Werkstatt nachts vor unerwünschten Eindringlingen schützte. Licht strömte hinein, und manchmal bedauerte sie es, dass ihr kleiner Garten so kahl war, weil sie ihn ausschließlich zum Trocknen ihrer Keramik nutzten, bevor sie diese zum Brennen brachten. Sie trat hinaus und schnupperte in die Morgenluft. Nicht nur die Qualität der Keramik profitierte davon, dass seit einigen Jahren in Bat Trang Flüssiggasöfen die Kohle verdrängten, sondern auch die Einwohner, da sich die Luft spürbar verbessert hatte. Nachdem sie für Quynh und My einen kleinen Standventilator und Musik eingeschaltet hatte, ergriff sie einen Klumpen Tonerde, den sie wie einen zähen Teig kräftig durchknetete, um ihn geschmeidig zu machen. Für ein paar Minuten vergaß sie ihre Anspannung. My, die aus der Masse eine Schüssel formen würde, holte sich einen Eimer Wasser, damit sie, während sie arbeitete, den Ton befeuchten könnte. Auf einem roten Plastikschemel nahm sie an ihrer Drehscheibe Platz und fasste, ohne aufzuhören, von ihrer Familie zu erzählen, ihr langes Haar mit einer Spange zusammen. Im Gegensatz zu My, die ihre Jeans und meist hellen Oberteile stets mit einer Schürze schützte, machte es Quynh nichts aus, am Abend über und über mit Ton besprenkelt zu sein. Beide Frauen waren Künstlerinnen ihres Faches, aber Quynh dabei zuzusehen, wie sie mit ihren schlanken Fingern den Ton genussvoll drückte und zog, bis er die gewünschte Gestalt annahm, liebte sie besonders. Doch dieser Anblick lenkte sie nicht von Tuyet ab. Es war doch Tuyet, die in ihrem Laden gestanden hatte? Schlagartig fiel ihr ein, dass dessen Vordertür unverschlossen war. Sie überließ den jüngeren Frauen die Werkstatt, um nach dem Rechten zu sehen.

Der Laden war leer und sie begann, die Waren neu zu sortieren. Vielleicht könnte sie ja doch noch ein wenig Platz schaffen, und ohnehin war es ratsam, ihrer Verwirrung routinierte Tätigkeiten entgegenzusetzen. Es nützte nichts, denn die Angst, ob sie sich Hirngespinsten hingab, ließ sie nicht los.

Als sie vor einem Regal mit Drachen kniete, fiel ihr Blick auf Tuyets schicke Handtasche, die vergessen auf einem Holzhocker lag. Wieder pochte ihr Herz schneller, aber dieses Mal, um sie vor einer unrechtmäßigen Handlung zu warnen. Sie zögerte. Aber eine solche Gelegenheit böte sich ihr so schnell nicht noch einmal. Mit kribbelnden Fingern öffnete sie Tuyets Tasche. Schlüssel, Taschentücher, ein Stadtplan, ein Spiegel, Tabletten, Lippenstifte, ein Handy – und endlich das, wonach sie suchte. Ein Portemonnaie, das eventuell etwas Aussagekräftiges enthielt. Tuyets Pass war zwar nicht dabei, wohl aber ihr Personalausweis und ein internationaler Führerschein. Hektisch fingerte sie die Dokumente aus ihren Schutzhüllen und betrachtete sie. Es fiel ihr schwer, die kleine Schrift zu lesen, aber mit zusammengekniffenen Augen entzifferte sie das Wichtigste. Tuyet Neumann, wohnhaft in Frankfurt am Main, geboren am 28. März 1987 in Berlin. Also hatte sie den deutschen Namen angenommen.

Tuyet. Sie war es. Ein kehliger Laut entfuhr ihr, brennend schossen ihr Tränen in die Augen. Sie sank auf den Hocker, auf dem Tuyets Tasche gelegen hatte, und stützte ihren Kopf in die Hände. Tuyet. Endlich war ihre Tochter gekommen. In wenigen Minuten könnte sie sie in ihre Arme schließen, und dafür empfand sie eine tiefe Dankbarkeit. Allerdings, und dieser Gedanke wirkte ernüchternd, bezweifelte sie, dass es Tuyet genauso ergehen würde. Würde sie ihr vorwerfen, eine Rabenmutter zu sein, die ihr Kind vernachlässigt hatte? Sie stöhnte auf. Wie würde Linh darauf reagieren? Erinnerte sie sich überhaupt daran, dass es eine dritte Schwester gab? Als Linh klein war, rutschte ihr Tuyets Name einmal heraus.

Erfreut hatte Linh in ihre Hände geklatscht: »Wann treffen wir sie?«

»Wahrscheinlich nicht so bald«, hatte sie geantwortet.

»Warum nicht?«

»Sie wohnt in einem ganz anderen Land, sogar auf einem anderen Kontinent.«

Eine Weile hatte Linh sich nach ihrer Schwester erkundigt, aber da diese nichts als ein Phantom blieb, erlosch ihr Interesse. Woher kannte sie Tuyet bloß? Hatte sie sie aufgespürt? Nein, diesen Aufwand würde Linh niemals betreiben. Dafür lebte sie viel zu sehr in ihrem Hier und Jetzt, und was drum herum geschah, kümmerte sie herzlich wenig. Nicht einmal um ihre Zukunft schien sie sich zu sorgen. Ausgeschlossen, dass sie in Vergangenem herumstöberte. Und Tien? War es möglich, dass sie sich trotz ihres überlasteten Lebens Zeit für Nachforschungen genommen hatte? Aber dann hätte sie bei ihren letzten Besuchen doch darüber gesprochen. Nein, nichts ergab einen Sinn.

Rasch steckte sie Tuyets Dokumente in deren Portemonnaie zurück und legte die Handtasche auf den Hocker. Es bedrückte sie, dass sie wie eine Diebin herumschnüffeln musste, um etwas über ihre eigene Tochter zu erfahren. Tränen, die sie für versiegt gehalten hatte, strömten aus ihr heraus, und sie schluchzte, als sie sich klarmachte, dass sie nicht einmal wusste, was Phong und Marina der kleinen Tuyet erzählt hatten. Hatten sie sie als herzlos dargestellt? Unwillkürlich schüttelte sie den Kopf. Nein, das würde Phong ihr nicht antun. Wenn man wiederum bedachte, wie hässlich ihre Ehe geendet hatte, war es aber auch nicht undenkbar. In der kleinen Toilette neben der Werkstatt schnäuzte sie sich ihre Nase und betrachtete ihr Spiegelbild. Vom Weinen waren ihre Augen gerötet und geschwollen, ihre Haut fleckig. Auf ihrem Kopf sah es ebenso wirr aus wie darin, und sie machte sich daran, ihr strähniges Haar neu aufzustecken. Sie strich die weite Hose ihres dunklen Hausanzuges glatt und blickte auf ihre schmuddeligen Gummilatschen. Auf einmal schämte sie sich für ihr nachlässiges Äußeres. Sonderlich viele Gedanken hatte sie sich nie darüber gemacht, doch seit sie mit Ton arbeitete, schien es ihr erst recht sinnlos, schicke Kleidung zu tragen. Jetzt wünschte sie, sie sähe mehr wie Xuan aus, gepflegt und geschmackvoll gekleidet. Sie trat näher an den Spiegel heran und betrachtete sich. Was würde Tuyet in ihr sehen, wenn sie wüsste, dass sie ihre Mutter war? Eine gealterte Frau, deren Äußeres ihrem verpfuschten Leben Ausdruck verlieh?

Als sie Stimmen hörte, eilte sie in den Laden. Die ersten

Touristen des Tages kamen, um ihre Preise mit denen der anderen Verkäufer zu vergleichen. Sie war froh, dass sie ihre Beratung ablehnten und sich nur umsehen wollten. Mit Tuyets Handtasche setzte sich an einen kleinen Tisch nahe des Werkstattraums. Erneut flog die Tür auf, und ihre Töchter traten ein.

»*Chào*, Me, hier ist deine Medizin.«

Linh stellte die Apothekentüte vor ihrer Mutter ab, die Linh und Tuyet kraftlos anlächelte.

»Bat Trang gefällt mir richtig gut«, sagte Tuyet. »Und direkt am Roten Fluss ist es wunderschön gelegen.«

Linhs Mutter nickte. »Das nächste Mal fahr mit dem Schiff. Es legt in Hanoi ab und kommt ganz in meiner Nähe an. Ein netter Ausflug.«

Sie hustete. Hatte sie geklungen, als bettelte sie um einen weiteren Besuch?

Aber Tuyet schien von der Idee recht angetan zu sein. Sie bedankte sich dafür, dass sie ihre Tasche verwahrt hatte, und meinte dann:

»Jetzt sehe ich mir mal Ihre wundervollen Sachen an. Ich kann mich gar nicht entscheiden, was ich alles kaufen möchte.«

Mit ihren Augen folgte ihr Hanh, und hätte sie gerne stundenlang beobachtet. Andererseits hielt sie es kaum aus, ihre höfliche Distanz zu wahren. Immerhin war Tuyet ihre Tochter, und sie hatte es geahnt, noch ehe der Ausweis den Beweis dafür lieferte. Voneinander trennte sie allerdings ein Vierteljahrhundert ohne jeglichen Kontakt, eine Barriere, die man nicht so leicht überwand.

»Me! Hörst du mir zu? Ich sagte, du siehst furchtbar aus!« Linh flüsterte, damit die Kunden nicht aufmerksam wurden. »Leg dich hin. Ich bleibe im Laden und bediene die Kunden.«

»Ich möchte mich von Tuyet verabschieden«, sagte ihre Mutter, dankbar für Linhs Vorschlag. Linh legte den Arm um sie und begleitete sie zu Tuyet.

»Meine Mutter ist krank«, erklärte Linh. »Kannst du ein Auge auf die Touristen haben, solange ich sie ins Bett bringe?«

»Natürlich«, erwiderte Tuyet.

»Migräne«, erklärte Linhs Mutter, all ihre Kräfte zusammen nehmend, um die Begegnung mit Tuyet unauffällig über die Bühne zu bringen. »Dazu noch diese Erkältung. Das warme Wetter bringt einen ganz durcheinander. Ich würde mich freuen, wenn du ein anderes Mal wiederkämst. Ich lerne ... Linhs Freundinnen ... gerne besser kennen.«

Tuyet wühlte in ihrer Tasche und reichte ihr eine Paracetamol.

»Bei mir hilft das manchmal«, sagte sie, »ich leide auch an Migräne.«

»Oh, das tut mir leid.«

Ausgerechnet ihre Anlage zur Migräne hatte sie Tuyet vererbt? Obwohl sie dafür nun wahrhaftig nichts konnte, empfand sie deshalb ein schlechtes Gewissen. Im Schlafraum angekommen, half Linh ihrer Mutter, sich zu entkleiden, und deckte ihr Bett auf. Während Linh das Fenster verdunkelte, schluckte sie die Paracetamol.

»Wo hast du sie kennengelernt?«

Eine faire Chance einzuschlafen, hatte sie nur, wenn sie das wusste.

»Tuyet? In einem Café. Das heißt, vorher habe ich sie am Seeufer tanzen sehen. Mit ihrem Freund. Aber jetzt ruh dich aus, Me.«

Ihre Mutter hielt Linhs Hand fest, und diese streichelte sie.

»Was macht sie hier?«

Linh zuckte mit den Schultern.

»Hauptsächlich Vietnam kennenlernen, da ihr Vater aus Hanoi stammt. Aber sie will auch über ihren Freund nachdenken. Und über ihre Arbeit. Vor allem muss sie, glaube ich, den Tod ihrer Mutter verkraften. Jedenfalls ginge mir das so, wenn du kürzlich gestorben wärst.«

Ihre Mutter richtete sich auf und hustete. »Die Mutter ist tot?«

Linh strich ihr beruhigend über den Rücken und wartete, bis der Hustenanfall vorüber war.

»Sie hatte Krebs. So, und jetzt musst du schlafen. Ich bleibe im Laden, bis Xuan zurückkommt.«

Doch ihre Mutter war noch nicht fertig und griff wieder nach ihrer Hand.

»Und ihr Vater? Was ist mit ihm?«

»Du meinst, was er macht?«, fragte Linh verwundert. »Er ist Arzt. Und wenn du jetzt keine Ruhe gibst, rufe ich einen solchen an, Me. Du kannst Tuyet das alles selber fragen, wenn es dir besser geht.«

Sanft befreite sich Linh von ihrer Mutter, und diese schloss ihre Augen. Aber es war unmöglich, Entspannung zu finden nach dem, was sie gerade erfahren hatte.

»Danke, mein Liebes«, murmelte sie. »Nimm meinen Helm mit, damit ihr zwei habt.«

Sie spürte Linhs weiche Lippen auf ihrer Stirn, dann war sie allein. Ihre Kopfschmerzen wurden nicht besser, aber, obwohl ihr Gehirn einiges zu verdauen hatte, auch nicht schlimmer. Trotz allem, was geschehen war, bestürzte sie die Nachricht von Marinas Tod. Also war Phong nun auch allein. Ob er sich noch immer in seine Bücher flüchtete, gerade dann, wenn sich das Leben schwierig gestaltete? Sie sah ihn am Roten Fluss sitzen und aus seinem Märchenbuch rezitieren, während das Dröhnen der Bomberverbände noch nicht verklungen war. Sie rollte sich auf die Seite und zog ihre Decke enger um ihren Körper. Hundertmal, mit Xuan von allen Seiten betrachtet, ließen sich die alten Bilder ertragen. Trotzdem begann ihre Kopfhaut wie verrückt zu jucken, gleichzeitig wurden ihre Fingerspitzen taub. Sie wimmerte, denn die erschütternde Erkenntnis, von der ihr Körper sie abzulenken versuchte, war bereits zu ihr durchgedrungen. Nicht einmal erwähnt hatte Tuyet gegenüber Linh, dass ihre richtige Mutter in Vietnam lebte. Die Rabenmutter. Rein gar nichts deutete darauf hin, dass Tuyet nach ihr suchte. Sie wollte nichts von ihr wissen.

Leise weinte sie sich in den Schlaf, und als sie am nächsten Morgen erwachte, war sie sicher, von Phong geträumt zu haben.

Hanoi, 1978

Hanhs Arbeitstag in der Schneiderei war vorbei, und sie blinzelte in die Sonne. Das unzureichende Licht, in dem sie arbeitete, strapazierte ihre Augen. Ihr Rücken schmerzte von der gebeugten Haltung, in der sie stundenlang nähte. Aus diesem Grund war es eine Wohltat, an den Hoan Kiem-See zu laufen, dessen Wasser um diese Tageszeit im rotgoldenen Schein der Nachmittagssonne glitzerte. Hier war sie mit Phong verabredet. Hanhs Magen knurrte, aber das tat er meistens, und so versuchte sie, ihn so gut es ging zu ignorieren. Sie setzte sich auf eine Bank und ließ ihren Blick über das Wasser schweifen. Von Ferne erkannte sie Phongs schmächtige Gestalt, die schnellen Schrittes auf sie zukam. Hanhs erster Impuls war es, ihm zuzurufen, dass er sich gefälligst schonen solle, denn noch immer war er gezeichnet vom Kampf gegen die Tuberkulose, den er fast verloren hätte. Stattdessen winkte sie Phong zu und presste ihre Hand dann auf den hungrigen Magen. Während des Krieges sagten die Leute, dass es leichter wäre zu sterben, als an eine Mahlzeit zu kommen. Seit drei Jahren war der Krieg beendet, siegreich sogar, aber die Versorgungslage hatte sich dramatisch verschlechtert. Ob sie je wieder satt sein würde? Sofort rief sie sich zur Raison. Mit welchem Recht beklagte sie sich? Ihr Körper war gesund, während fast jeder, den sie kannte, an irgendwelchen Mangelerscheinungen litt. Instinktiv strich sie sich durch ihr kinnlanges Haar. Noch saß es fest in seinen Wurzeln, aber seit es ihrer Mutter und Cousine büschelweise ausfiel, fürchtete Hanh den Tag, an dem auch sie dunkle Strähnen in der Hand hielte.

»*Xin chào, em.*«

»*Xin chào, anh.*«

Phong japste ein paar Male, dann setzte er sich in gebührendem Abstand neben sie. Obwohl es sich gehörte, dass er sie mit »kleine Schwester« ansprach, während Hanh ihn als »großen Bruder« bezeichnete, kam es Hanh oft so vor, als wäre sie die Ältere, Realistischere. Sie hatte früh begriffen, worauf es im Leben ankam. Ausdauer. Mut. Und ein klares Ziel, für das man keine Opfer scheute. Ihres war ein glückliches Vietnam.

Phong strahlte Hanh an, als lebten sie bereits sorgenfrei. Unwillkürlich musste sie lächeln. Noch als Zwanzigjähriger wirkte Phong jungenhaft. Nicht nur, weil er dünn war, sondern weil trotz allem, was er mitgemacht hatte, in ihm noch der kleine Träumer steckte, der sich, wenn das Leben ihm übel mitspielte, in Fantasien flüchtete. Manchmal beneidete sie ihn um seine Gabe, die Wirklichkeit auszusperren. Meistens jedoch, besonders wenn ihr vor Hunger übel wurde, machte es Hanh rasend, wenn er sich Geschichten über andere Länder ausdachte, als könnte man mit ihnen das Loch im Magen stopfen.

»Du siehst fröhlich aus«, sagte sie. »Hattest du einen guten Tag?«

Phong nickte, und Hanh machte es bereits kribbelig, dass er gar nicht aufhörte zu grinsen.

»Ja. Ich habe den ganzen Tag einen Dolmetscher über Deutschland ausgefragt.«

Hanh faltete ihre Hände, um sich davon abzuhalten, diese erneut auf ihren Magen zu drücken. Heute war einer der Tage, an dem Phongs Märchen sie aufregten.

»Ach, Phong. Ich meine, ob du dich gesund fühlst. Hast du dich noch einmal untersuchen lassen?«

Phong griff nach ihrer Hand, doch erschrocken zog Hanh sie zurück. Was, wenn jemand sie beobachtete und ihrer Mutter erzählte, dass sie mit Phong am helllichten Tag Händchen hielt? Ihre Mutter würde ihr die Ohren lang ziehen, zumal sie sowieso nicht viel von Phong hielt. Oder wollte er um ihre Hand anhalten? Das würde die Lage ändern, denn als nicht vertrauenswürdig erachtete ihre Mutter ihn vor allem deshalb, weil er dazu noch keine Anstalten gemacht hatte. Ein bisschen wunderte sich Hanh selbst darüber. Andererseits hatte nie ein Zweifel daran bestanden, dass Phong und sie zusammengehörten, und ob das früher oder später unterschrieben wurde, war ihr letztlich nicht so wichtig. Außerdem sprach es für ihn, dass er sich zurückgehalten hatte, solange er nicht als vollständig genesen galt. Phong war ernst geworden und eine seltsame Spannung ging von ihm aus. Als er dieses Mal ihre Hand nahm, ließ sie es geschehen.

»Hanh«, sagte er.

Die Hände, die sich hielten, schwitzten. Phong rang, was selten vorkam, um Worte. Offensichtlich hatte er ihr etwas Überwältigendes mitzuteilen. Da brach es aus ihm heraus.

»Ich bin ausgesucht worden, um im Ausland zu studieren. Verstehst du, Hanh? Meine ganze Lernerei hat sich gelohnt. Ich kann es noch immer nicht fassen. Mein Traum wird wahr!«

Der letzte Satz hallte in Hanh nach. Jetzt war Phong nicht mehr zu stoppen. Für die Sowjetunion, wohin nur die Besten geschickt wurden, hatten seine Noten nicht gereicht. Eigentlich auch nicht für das Bruderland DDR. Aber sein Onkel, der beim Ministerium für Hochschulwesen arbeitete, hatte ein gutes Wort für ihn eingelegt. Immerhin hatte Phongs Vater Lai sowohl gegen die Franzosen als auch die Amerikaner gekämpft und war im Krieg gegen letztere gestorben. Ebenso wie seine Schwester. Man schickte ihn in das Land, das ihn am meisten interessierte. Phong lachte glücklich. Die Heimat einer Reihe berühmter Wissenschaftler und Mediziner. Das Land seiner verehrten Gebrüder Grimm. Das einzige fremde Land, zu dem er eine klitzekleine persönliche Beziehung hatte, weil sein Vater ihm den Ring eines bei der Schlacht um Dien Bien Phu gefallenen Deutschen hinterlassen hatte. Diesen Ring seiner Frau zukommen zu lassen, war der letzte Wunsch des Soldaten gewesen. Doch wie hätte sein Vater das anstellen sollen? Vielleicht hätte Phong nun die Chance, diese Mission zu erfüllen.

Hunger spürte Hanh keinen mehr. Viele seiner Worte rauschten an ihr vorbei. Während Phong redete und redete, würgte sie ihre Tränen hinunter. Er ging fort, und sie blieb hier. Als hätte jemand ein warmes Licht ausgeknipst, verschwand alles Schöne, während Hunger, Sorgen und Not in der Dunkelheit gespenstisch leuchteten. Selbst in schwersten Zeiten hatte Phong sie daran erinnert, dass es bezaubernde Momente gab. Ein klarer Nachthimmel, ein farbenprächtiger Schmetterling, das hinreißende Lächeln eines Kindes. Oder die Zuverlässigkeit ihrer Freundschaft. Schlagartig begriff Hanh, dass sie ihre innere Kraft nicht nur ihrer Charakterstärke verdankte, sondern Phongs Blick auf die Welt, den sie als verträumt verspottete. Phong zu verlieren, schien ihr unerträglich. Doch das sagte sie nicht. Um keinen Preis würde sie sein Glück trüben. Als er endlich innehielt, versicherte sie ihm, wie stolz sie auf ihn wäre. Weil doch nur die Besten ins Ausland kamen, damit sie anschließend mit ihrem neuen Wissen halfen, Vietnam aufzubauen. Sie sagte, dass sie sich für ihn freute. Und es stimmte ja auch, denn trotz seiner Krankheit hatte er Tag und Nacht gebüffelt, mit leerem Magen und oft nur beim schwachen Schein einer Öllampe. Zudem, wer wusste besser als sie, was es ihm bedeutete, die Welt zu sehen?

Der rötliche Schimmer auf dem Wasser wurde dunkler und verlosch schließlich ganz. Als hätte er sein buntes Tagesgewand abgelegt und gegen einen grauen Pyjama gewechselt, lag der Hoan Kiem-See vor ihnen und erwartete die Nacht. Außer den Moskitos, die sie umschwirrten, und einer Ratte, die quiekend irgendeine Beute verfolgte, war niemand in ihrer Nähe. Hanh hoffte, dass Phong im Dämmerlicht ihre Bestürzung nicht bemerkte. Aber seit ihrer Kindheit war er ihr Freund und kannte sie gut. Hanh spürte den Druck seiner Hand, die noch immer die ihre hielt. Er war an sie herangerückt, und seine Nähe nahm ihren Schutzschild fort. Sie konnte nicht verhindern, dass ihr die Tränen kamen. Liebevoll verstrich Phong sie mit seinem Daumen.

»Wie lange wirst du fort sein?«

»Ein paar Jahre. Vielleicht fünf oder sechs.«

Hanh senkte ihren Kopf.

»Bestimmt kann ich dich besuchen«, presste Phong hervor, jetzt selbst den Tränen nahe. Hanh hätte ihre Reisration darauf verwettet, dass er nicht überzeugt davon war. Sie biss sich auf ihre Unterlippe. Heulen nützte nichts. Phong würde fortgehen, daran ließ sich nichts ändern. Und um seinetwillen wollte sie das auch nicht. Auf einmal legte Phong seine verschwitzte Hand an ihre Wange und küsste Hanh. Vor Aufregung vergaß sie das Atmen, aber nicht daran lag es, dass ihr fast die Sinne schwanden. Eine warme Woge spülte sie mit sich fort, vertrieb ihren Hunger und ihre Traurigkeit. Als die Moskitos allzu gnadenlos zustachen, lösten sie sich voneinander und sahen sich an. Beide lächelten.

»Soll ich … Soll ich auf dich warten?«, fragte Hanh.

»Wer redet von warten? Bevor sie mich ausreisen lassen, muss ich Deutsch lernen«, flüsterte Phong. »Uns bleibt also noch Zeit.«

Hanh nickte. Es war stockfinster geworden, und sie musste dringend nach Hause. Auf ihrem Heimweg meinte sie zu schweben. Phong hatte ihr den wundervollsten Augenblick ihres Lebens geschenkt. Und so wie er sie angeschaut hatte, verhielt es sich umgekehrt ebenso. Wie sollte sie klar denken? Es war unmöglich, und deshalb konnte sie ihrer Mutter keine befriedigende Erklärung dafür abgeben, wo sie so lange gesteckt hatte. Während sie ein gewaltiges Donnerwetter über sich ergehen ließ, wusste sie eins ganz genau: Der Kuss, den sie und Phong ausgetauscht hatten, bedeutete mehr als jede Unterschrift. Bis Phong abreiste, erneuerten sie ihr stilles Versprechen viele Male.

Leipzig, Dezember 1978

Liebe Hanh,

wie geht es dir? Glaub nicht, ich hätte dich vergessen, aber die erste Zeit in Deutschland war so anstrengend, dass ich abends keinen Stift mehr halten konnte. Todmüde bin ich ins Bett gefallen. Langsam wird es besser, und ich erzähle dir alles von Anfang an.

Zwei Wochen waren wir von Hanoi aus mit der Eisenbahn unterwegs. Vietnam, China, die Mongolei, die Sowjetunion, Polen und schließlich die DDR. Langweilig ist es nie, wenn man mit so vielen Studenten unterwegs ist. Oft habe ich aber einfach aus dem Fenster geschaut und zugesehen, wie sich die Landschaft verändert. Schließlich kamen wir erschöpft in Berlin, der Hauptstadt der DDR, an. Hier sind die Straßen breit und die Häuser mehrstöckig, nicht so klein wie bei uns. Die Menschen sehen alle kräftig aus. Selbst die Schuljungen sind größer als ich. Zu Beginn hatten wir keine Zeit, uns umzusehen, denn zuerst wurde uns von einem Arzt Blut abgenommen. So viel, dass einige von uns Angst hatten, davon krank zu werden. Aber das ist Quatsch. Die deutschen Ärzte haben uns gründlich untersucht, und ich bin froh, dass meine Tuberkulose gut ausgeheilt ist. Wie ich hörte, wurde jemand nach Vietnam zurückgeschickt, weil er nicht gesund war.

Später fuhren wir mit einem Bus nach Leipzig, das liegt 150 Kilometer südwestlich von Berlin. Hier, am Herder-Institut, lerne ich weiter Deutsch, damit ich es richtig gut kann, wenn das Studium losgeht. Die Busfahrt war sehr interessant. Es gab so unglaublich viele Autos auf den Straßen. Da es ein Donnerstag war, dachte ich, dass alle Beamten schon ins Wochenende führen. Aber nein. Ganz normalen Leuten gehören diese Autos. Kannst du dir das vorstellen? Im Bus bekamen wir endlich etwas zu essen. Dunkles Brot mit Wurst, die aus der Leber von Schweinen und Rindern besteht. Und Bockwurst, ebenfalls aus Schwein und Rind gemacht, gewürzt und in Schweinedärme gefüllt. Es knackt, wenn man hineinbeißt, und schmeckt sehr lecker. Dazu tranken wir Cola, ein brauner, süßer Saft, der im Hals kribbelt. Ein Student fürchtete, daran zu ersticken. Aber als nichts passierte, wollte er gerne mehr Cola trinken. Zur Begrüßung erhielten wir einen Einkaufsgutschein. Das war gut so, denn obwohl damals erst September war, fror ich. An unserem ersten Tag in Leipzig haben wir uns also neue Hosen, Hemden, Pullover und Jacken zugelegt. Unsere eigene Kleidung ist viel zu dünn. Ich erwähnte schon, dass die Deutschen größer sind als Vietnamesen. Deshalb mussten wir in der Kinderabteilung einkaufen, alles andere hätte uns nicht gepasst. So waren die Kinderjacken schnell ausverkauft, aber was hätten wir tun sollen?

Obwohl der Deutschunterricht sehr schwer ist, mache ich gute Fortschritte und lerne die Sprache gerne. Das geht nicht allen so, manche Studenten verzweifeln an diesen ungewohnten Lauten und haben Angst, dass sie nach Hause fliegen müssen, wenn ihre Noten nicht gut sind. Zum Glück ist unsere Deutschlehrerin sehr hilfsbereit. Wenn wir Fragen haben, ist sie immer für uns da. Sie hat auch gemerkt, dass einige von uns an Heimweh leiden, und hat meine Gruppe eingeladen, sie und ihre Familie nach Weihnachten zu besuchen.

Manche von uns vertragen das deutsche Essen nicht und nehmen ab. Man isst hier gerne Brot, Fleisch, Kartoffeln und alles Mögliche, das aus Milch hergestellt wird. Das sind wir nicht gewöhnt, aber zum Glück habe ich keine Probleme damit. Wenn es mich nach vietnamesischem Essen verlangt, findet sich immer jemand, der Reispapier und Glasnudeln mitgebracht hat. Dann braten wir Frühlingsrollen, und Vietnam ist uns ein Stück näher.

Liebe Hanh, dieser Brief wird lange unterwegs sein, und bis dahin gibt es sicher schon wieder viel Neues zu berichten. Bitte richte meiner Mutter aus, dass es mir wirklich gut geht. Sie sorgt sich grundlos. Ich bin wohlauf, außer dass ich mir eine Erkältung zugezogen habe, wie fast jeder bei diesen kalten Temperaturen. Als Entschädigung darf ich dafür in einer weißen Schneelandschaft spazieren gehen. Es sieht aus, als wären Häuser, Bäume und Straßen von hellem Zucker überzogen. Leider schmeckt es nicht so. Ich vermisse dich,

Phong

Während Hanh seinen Briefen, die sie alle paar Wochen erreichten, entnahm, dass für ihn das letzte Jahr der Siebziger wie im Flug verging, schleppte sich ihr Alltag mühsam dahin. Noch immer arbeitete sie viel, ohne dass sie deshalb ihren oder den Hunger ihrer Familie stillen konnte. Da jegliche Form privater Initiative verboten war, gab es kaum eine Möglichkeit, ihren kargen Verdienst aufzustocken. Zudem hatten die Amerikaner ein Embargo verhängt, das finanzielle Hilfen an Vietnam verhinderte. Dabei hatte ihr »Agent Orange« nicht nur Menschenleben, sondern auch die Umwelt zerstört. Wie sollte sich die Landwirtschaft bloß erholen? Wie das ganze Land? Vor allem, da vietnamesische Truppen in Kambodscha die »Roten Khmer« bekämpften und China deshalb in Nordvietnam eingefallen war? Wieder starben junge Menschen. Und glaubte man den schrecklichen Geschichten, die kursierten, flüchteten die Menschen zu Hunderttausenden in klapprigen Booten aus Südvietnam. Lief Hanh von der Schneiderei nach Hause und sah all die verwaisten Kinder, die Hungernden und Kriegsversehrten, begann sie sich zu fragen, wie sich Vietnam je in das blühende Land verwandeln sollte, von dem sie träumte?

Wurde ihr dann schwer ums Herz, setzte sie sich an den Hoan Kiem-See und las Phongs Briefe. Manches von dem, was er beschrieb, war schwer zu glauben. Sie nahm an, dass er ihr Märchen auftischte, die sie nicht gleich als solche erkannte. Wurde er wirklich nicht nur täglich satt, sondern konnte sogar entscheiden, auf welche Speisen er Lust hatte? War es möglich, dass er zu jeder Tageszeit Zugang zu Wasser und Strom besaß? Wie es klang, schienen die Studenten viel Spaß miteinander zu haben. In seinem Wohnheim teilte sich Phong mit zwei anderen Vietnamesen ein Zimmer und mit vielen anderen eine Gemeinschaftsküche, in der sie vietnamesische Gerichte kochten. Wenn sie nicht gerade Deutsch lernten, spazierten sie durch Leipzigs Parks und Wälder, besuchten Konzerte oder fuhren am Wochenende in die Hauptstadt.

Auch der frostige Winter, wegen dem sie Phong bemitleidet hatte, schien ihm zu gefallen. Hanh musste lachen, als sie las, dass Phong den Geschmack eines Eiszapfens herausfinden wollte, der in Sekundenschnelle an seiner Zunge festfror. Ja, seine Geschichten aus einer Welt, die mit ihrer nichts zu tun hatte, rissen sie aus ihrer grauen Stimmung.

Von Herzen gönnte sie es Phong, dass er es gut hatte, und freute sich, dass er sich Mühe gab, sie sehen, riechen oder schmecken zu lassen, was er erlebte. Doch so sehr Hanh es versuchte, das Meiste konnte sie sich nicht vorstellen. Dann fühlte sie sich dumm, weil er ihr so viel erklärte und sie so wenig wusste. Würde ihn das stören? Sie nahm das Foto in die Hand, das Phong ihr geschickt hatte. Es zeigte ihn inmitten einer Gruppe junger Vietnamesen vor einem mit bunten Kugeln und Gold- und Silberfäden geschmückten Baum. Neben Phong stand eine hübsche blonde Frau, seine Deutschlehrerin, an deren Rockzipfel sich ein kleines Mädchen klammerte. Hatten in Deutschland alle Frauen volle Wangen und so ein strahlendes Lächeln? Oder war diese besonders schön? Neben ihr lachte Phong in die Kamera. Offensichtlich hatte er zugenommen, was ihm gut stand. Nur sein Haar kam Hanh ein bisschen zu lang vor. Sie seufzte. Ob er noch derselbe Mann war, den sie geküsst hatte? Sie suchte die Antwort in seinen Augen, aber die waren nur undeutlich zu erkennen. Hanh packte das Bild fort. Es machte sie traurig, und sie vermisste Phong so heftig, dass ihr Körper schmerzte.

In seinem letzten Brief aus Leipzig teilte er ihr mit, dass er seine Deutschprüfungen mit einer Auszeichnung bestanden hatte. In wenigen Tagen würde er nach Berlin umziehen, wo es mit dem Medizinstudium losginge. Hanhs Herz klopfte unruhig. Phongs Welt würde wieder ein Stück größer werden, und sie hatte Angst, dass er sich von ihr entfernte. Von Vietnam entfernte. Anders konnte sie sich nicht erklären, dass er sie allen Ernstes fragte, wie die Situation in Hanoi wäre. Was sollte sie ihm darauf antworten? Hatte er nach einem Jahr schon vergessen, dass Briefe geöffnet wurden, und alles, was als Kritik gewertet wurde, Ärger bereitete? Sie würde ihn dezent daran erinnern müssen. Hanh packte Phongs Briefe zusammen. Zu Hause würde sie ihm schreiben. Ihre Zeilen würden wie üblich kurz ausfallen. Denn was sie wirklich bewegte, konnte sie ihm nicht schreiben. Und darüber hinaus? Was hatte sie schon zu erzählen?

Berlin, Dezember 1979

Liebe Hanh,
es ist beruhigend zu lesen, dass es dir gut geht. Ich hoffe, auch deine Mutter fühlt sich kräftiger. In meinem letzten Paket an meine Familie habe ich eine gute Medizin mitgeschickt. Habt ihr sie bekommen?

In Deutschland ist es wieder sehr kalt. Aber es ist ja schon der zweite Winter für mich, und die Kälte überrascht mich nicht mehr.

Berlin ist größer als Leipzig, und es gibt Züge, die unterhalb der Erde fahren. Ich hatte dir schon geschrieben, dass Berlin durch eine Mauer in Ost und West geteilt worden ist. Die Untergrundbahnen der Westdeutschen durchqueren das Territorium der DDR. Halten dürfen sie nicht.

In meinem Wohnheim fühle ich mich wohl. Studenten aus aller Welt wohnen hier, und ich teile mir ein Zimmer mit Martin, einem Deutschen. Er studiert auch Medizin und soll mir helfen, gut zurechtzukommen. Wenn ich etwas nicht verstehe, erklärt er es mir. Zweimal hat er mich ins Dorf seiner Eltern mitgenommen. Seine Familie und Freunde sind nett zu mir. Letztes Mal hat seine Mutter mir zum Abschied einen Stollen, ein typisches Gebäck der Winterzeit, geschenkt und mich zum Weihnachtsfest eingeladen.

Leider finde ich Deutsch noch immer anstrengend. Es ist etwas ganz anderes, ob man im Sprachkurs mit der Lehrerin redet oder zum Beispiel mit Martins Freunden, die nicht darauf achten, langsam und deutlich zu sprechen. Oder ob man einem Professor in der Vorlesung zuhört, aber gleichzeitig Notizen machen muss. Ich tröste mich damit, dass es bald besser wird. Einsam bin ich nicht. Ständig lerne ich in der Universität oder treffe meine Semi-

nargruppe. Im Wohnheim kochen wir Studenten zusammen und besuchen kulturelle und politische Veranstaltungen der FDJ (das ist der deutsche Jugendverband), des »Kommunistischen Jugendverbandes Vietnam« oder des Internationalen Studentenkomitees, das die Interessen von uns Ausländern vertritt. Zudem organisiert man für uns Ausflüge, und wir werden angehalten, Sport zu treiben. Deshalb spiele ich jetzt Fußball. Sooft ich kann, lerne ich in der Bibliothek. Sie ist mein zweites Zuhause geworden. Ich möchte sehr gute Leistungen erbringen, damit ich meine Pflicht gegenüber Vietnam bestens erfülle. Und damit du stolz auf mich bist.

Es grüßt dich herzlich,
Phong

Berlin, 1980

Phong gab sich Mühe, Hanh sein neues Leben anschaulich zu erklären, aber ihm war bewusst, dass sie es sich so wenig vorstellen konnte wie er, bevor er die DDR mit eigenen Augen gesehen hatte. Manchmal überfiel ihn ein schlechtes Gewissen, dass es ihm so viel besser ging als den Menschen in Vietnam. Dann überlegte er, was er in das nächste Paket packen sollte, damit seine Lieben noch stärker von seinem Auslandsaufenthalt profitierten. Ihm fielen tausend Dinge ein, die sie benötigten, aber mehr als ein Paket pro Monat durfte er nicht abschicken. Einige seiner Kommilitonen schraubten ganze Fahrräder auseinander, um sie nach Vietnam zu senden. Dort wurden sie wieder zusammengebaut und verkauft. Mit vielen seiner Landsleute teilte Phong das dankbare Gefühl, im Paradies gelandet zu sein. Allerdings bezog sich dies nicht mehr ausschließlich auf die reichhaltige Nahrung, die zuverlässige medizinische Versorgung oder die exzellenten Studienbedingungen, die er vorfand. Je länger all das zu einem festen Bestandteil seines Lebens wurde, desto stärker reizte es ihn herauszufinden, was seine deutschen Kommilitonen taten, wenn sie nicht studierten. Er wollte ihre Mentalität verstehen und hatte sich vorgenommen, all das zu tun, was Deutsche taten. Wie er das anstellen sollte, war ihm leider unklar, denn er traute sich nicht, die deutschen Studenten anzusprechen, um sich mit ihnen privat zu verabreden. Obgleich Phong, wo er ging und stand, Vokabeln lernte, sich durch deutsche Bücher und Zeitungsberichte ackerte und fernsah, fürchtete er sich zu sehr davor, falsche Artikel zu verwenden oder wegen seiner Aussprache ausgelacht zu werden. Außer mit Martin traf er sich daher meistens mit anderen Vietnamesen, manchmal auch mit den Jungs seiner Fußballmannschaft, die aus Mosambik, Kuba, Polen und der Tschechoslowakei stammten.

Das änderte sich. Während sich Phong eines Mittags in der Staatsbibliothek durch ein Anatomielehrwerk quälte, hörte er am Eingang des Lesesaals ein ausgelassenes Frauenlachen, kräftig und tief, das ihn sofort aufschauen ließ. Er wusste, dass es zu einer hübschen Studentin mit unglaublich blauen Augen gehörte, die, wie er beobachtet hatte, nicht nur zum Lernen herkam, sondern um sich mit anderen im Bibliothekscafé zu treffen. Seit letzter Woche grüßte sie ihn, was Phong in Hochstimmung versetzte. Einen Stapel Bücher an ihre Brust gedrückt, stand sie nun an der Buchausgabe und nahm einen weiteren Wälzer in Empfang. Sie trug einen roten Pullover und Jeans – echte Levis, wie sich bald herausstellte. Aber noch wusste Phong nicht, dass das von Bedeutung war. Die hellbraunen Haare der Studentin fielen wellig auf die Schultern herab, und als sie sich umwandte, traf ihr Blick auf Phongs. Komischerweise schienen ihre Augen in noch intensiverem Blau zu strahlen als sonst. Kurz lächelte sie ihn an. Dann trat sie an den Tisch neben Phong. Der Luftzug, den sie verursachte, streifte ihn wie eine leichte Berührung. Während sie mit einer anderen Studentin tuschelte, versuchte Phong, sich auf die Anatomie des Menschen zu konzentrieren. Wie er die Stoffmenge bewältigen sollte, war ihm schleierhaft. Dabei war das Medizinische nicht sein Hauptproblem. Schlimmer war, dass er die Werke von Marx und Lenin durchackern musste, und zwar auf Deutsch, weil es keine vietnamesische Übersetzung gab. Es dauerte ewig, alle unbekannten Wörter nachzuschlagen, und wenn er damit fertig war, hatte er noch lange nicht den Inhalt der Texte begriffen. Plötzlich fiel ein Schatten auf seine Buchseiten. Vor ihm stand die Frau mit dem schönen Lachen.

»Hallo«, sagte sie, »du bist ganz schön fleißig.« Sie schaute auf die aufgeschlagenen Buchseiten. »Ah, Mediziner. Kannst du dir all diese Muskeln merken? Ich würde verrückt werden.«

Sollte er zugeben, dass es ihm genau so erging?

»Wenn man sie oft wiederholt, geht es schon.«

Die Bibliothekarin räusperte sich auffällig laut, und Phong registrierte ihren mahnenden Blick.

»Möchtest du eine Pause machen? Meine Freundin und ich gehen Kaffee trinken.«

Obwohl Phong sein geplantes Pensum noch nicht geschafft hatte, überlegte er nicht lange. Die freundliche Einladung dieser faszinierenden Frau würde er keinesfalls ausschlagen.

»Gerne. Ich kann eine Pause gut gebrauchen.«

Sie lächelten sich an, und er folgte den Frauen ins Café der Bibliothek.

»Ich heiße übrigens Phong und komme aus Vietnam.«

Die Studentinnen lachten, vielleicht, weil sie sich das gedacht hatten.

»Das ist Verena«, sagte diejenige, die ihn angesprochen hatte. »Und ich heiße Marina.«

Während sie ihren Kaffee tranken, fragte Marina ihn ein bisschen aus. Er erzählte von Hanoi, Leipzig und dass es ihm trotz aller Anstrengungen schwerfiel, den deutschen Vorlesungen zu folgen. Marina schlug ihre schlanken Beine übereinander und strich sich ihr Haar hinters Ohr. Es sah kräftig und gesund aus wie alles an ihr. Auch ihre Freundin war hübsch, aber längst nicht so aufgeschlossen wie sie.

»Ich bin Lehramtsstudentin«, sagte Marina. »Aber Verenas Bruder hat mit Medizin angefangen! Stimmt doch, oder?«

»Ja. Warum?«

Phong hätte schwören können, dass Verena ein bisschen beunruhigt aussah, aber Marina bemerkte es wohl nicht. Eine Haarsträhne um ihren Finger wickelnd schien sie nachzudenken.

»Manche Studenten benutzen Blaupapier. Könnte Stefan

Phong nicht den Durchschlag seiner Mitschriften geben, damit Phong sich aufs Zuhören konzentrieren kann?«

Innerlich jubilierte Phong. Von anderen Vietnamesen hatte er gehört, dass sie es genauso machten. Allerdings hatte er es bisher nicht gewagt, einen Deutschen um diesen Gefallen zu bitten, und niemand hatte es ihm angeboten.

»Und du willst Lehrerin werden«, stöhnte Verena. »Wahrscheinlich wirst du suspendiert, weil du deinen Schülern zu oft hilfst. Nebenbei bemerkt bin ich nicht sicher, ob Stefan das recht wäre.«

Doch damit ließ Marina sie nicht davonkommen. Sanft stupste sie ihre Freundin mit dem Ellenbogen an.

»Fragst du ihn? Es ist doch kein Aufwand.«

Schließlich willigte Verena ein.

»Also gut. Du würdest ja doch keine Ruhe geben.«

Obgleich Phong noch keine Ahnung hatte, woher er Blaupapier bekam, fühlte er sich, als wäre ihm eine Last von den Schultern genommen worden. Freudig spendierte er eine neue Runde Kaffee.

»Du Glückliche hast schon wieder eine neue Levis«, sagte Verena gerade, als Phong die Tassen abstellte. Sie strich über Marinas Oberschenkel, als befühle sie einen wertvollen Stoff. Phong betrachtete Verena und verstand sie nicht. Sie trug doch eine sehr ähnliche Hose. Verena bemerkte seinen fragenden Blick.

»Die ist nicht echt«, erklärte sie ihm. »Echte Jeans kommen aus dem Westen, und da habe ich keine Verwandten, die mir welche schicken könnten.«

Wie sie das Wörtchen ich betonte, ließ Phong verstehen, dass Marina sehr wohl Verwandte hatte, die sie mit echten Jeans ausstatteten. Er versuchte, einen Unterschied zwischen den echten und unechten auszumachen, fand aber keinen. Und hübsch wie die beiden waren, leuchtete ihm sowieso nicht ein, was daran so wichtig war. Marina schien der Verdruss ihrer Freundin nicht zu kratzen. Vergnügt erklärte sie Phong:

»Unsere eigenen Jeans werden nach dem Waschen steif oder verlieren ihre Farbe. Das sieht nicht gut aus. Weißt du was, Verena? Mein Bruder hat eine Levis im Schrank, die ihm nicht mehr passt. Vielleicht kannst du sie haben, wenn ich ihn freundlich darum bitte.«

Verena rollte mit den Augen.

»Selbst wenn sie deinem Bruder zu klein geworden ist, versinke ich darin. Er ist mindestens doppelt so dick wie ich.«

Phong sah den geeigneten Augenblick gekommen, um sich bei Verena für die Blaupapier-Aktion erkenntlich zu zeigen.

»Ich habe einen Freund, der sehr gut näht. Er könnte dir die Jeans enger machen.«

Verena winkte ab. »Einfach enger machen reicht nicht. Man darf den Schnitt nicht verderben. Die Nähte müssen stimmen, die Taschen müssen richtig sitzen.«

»Ja, ja, das kann er bestimmt. Er näht für viele Leute.«

Verena blickte zu Marina.

»Was hast du schon zu verlieren? Morgen treffen wir uns also um die gleiche Zeit. Phong bringt Blaupapier mit, und ich die Jeans. Einverstanden?«

Alle willigten ein, und Marina zwinkerte Phong zu. Sah sie ihm einen Augenblick länger als nötig in die Augen? Dann kehrten sie in den Lesesaal zurück, wo Phong auf seinen Freund Tung stieß.

»Tung, siehst du die beiden Frauen? Die Deutschen dort?«

Tung nickte. »Was ist mit ihnen?«

»Kann ich sie morgen zu dir bringen und du schneiderst eine wirklich gute Jeans?«

»Klar, wenn sie zahlen.«

»Machst du ihnen einen günstigen Preis?«

Grinsend sah Tung ihn an.

»Du hast dich verguckt, was?«

»Natürlich nicht«, erwiderte Phong ein bisschen zu scharf. »Ich möchte mich für ihre Hilfe revanchieren.«

Genervt legte die Bibliothekarin ihren Zeigefinger an die Lippen. Wer weiß, wie oft sie das an diesem Tag schon hatte tun müssen. Tung grinste noch immer, und Phong zog sich an seinen Tisch zurück. Während er auf die Abbildungen verschiedener Muskeln starrte, ging ihm Marinas Lachen nicht aus dem Kopf. Das hatte er nur Tungs blöder Bemerkung zu verdanken.

Seit Tung für Verena ein wahres Meisterstück von einer Jeans gezaubert hatte, und ihr Bruder Stefan seine Mitschriften an Phong weiterreichte, hatte sich sein Kontakt zu den jungen Deutschen intensiviert. Zunächst traf er sie nur in der Bibliothek, aber bald fragte Marina, ob er Lust hätte, sie und ihre Freunde am Wochenende zu treffen. Phong freute sich, zumal Martin, der seine Pflichten als Betreuer anfangs sehr ernst genommen hatte, jetzt lieber alleine zu seinen Eltern fuhr.

»Er hat eine Freundin«, erklärte Phong, als Marina nach dem Grund fragte. »Deshalb möchte er mich nicht so gerne dabeihaben. Und ich will nicht das dritte Rad am Wagen sein.«

Diesen Ausdruck hatte Phong in einem Buch gelesen und war stolz, ihn anwenden zu können.

»Das fünfte Rad«, lachte Marina. »Sei froh, dass Martin nicht ständig wissen will, was du treibst«, fügte sie leichthin hinzu, aber Phong verstand, worauf sie anspielte. Inzwischen hatte er von anderen erfahren, deren Betreuer nicht nur als Freund, sondern auch als Kontrolleur fungierte, was so manchem experimentierfreudigen Auslandsstudenten Ärger eingebracht hatte. Martin war zwar zum Glück mit seinem eigenen Leben beschäftigt und schien in Ordnung zu sein. Doch fiele es ihm eines Tages ein, negativ über Phongs Lebenswandel zu berichten, bedeutete das ernsthafte Schwierigkeiten mit der vietnamesischen Botschaft.

»Ich komme gerne mit«, stimmte Phong zu. »Ich möchte alles über Deutsche lernen.«

»Das wirst du«, antwortete Marina.

Manchmal gingen sie mit Marinas Freunden ins Kino, ein anderes Mal in eine Disko, wo sie zu Rockmusik tanzten und Bier tranken. Anfangs hatte es Phong geniert, sich zu den wilden Rhythmen zu bewegen. Aber dann hatte Marina ihn auf die Tanzfläche gezerrt, und nachdem er seine Scheu überwunden hatte, zappelte er zur Musik wie die anderen und fühlte sich blendend dabei. Leider hatte er noch nicht durchschaut, ob der stets etwas grimmig dreinblickende Physikstudent mit schwarzen Locken und dem Namen Michael Marinas Freund war. Manchmal sah er sie lange nicht zusammen. Ein anderes Mal umarmten sie sich und tanzten eng umschlungen miteinander. Dann zog es in Phongs Magen, und er wünschte sich, er wäre an Michaels Stelle. In Wirklichkeit war ihm sonnenklar, dass Marina besser ein Traum für ihn bliebe, denn eine Liebesbeziehung zwischen Deutschen und Vietnamesen war weder von der einen noch von der anderen Regierung erwünscht.

Als es wärmer wurde, fuhren sie an den Müggelsee. Im Erdboden versunken wäre Phong am liebsten, als er sah, dass die Menschen, die dort badeten, nackt waren. Er wusste nicht, wohin er schauen sollte. Nacktheit war für ihn stets ein Ausdruck von Armut gewesen. Dass Menschen sich freiwillig entblößten, war ihm neu. Auch Marina und ihre Freunde entledigten sich ihrer Röcke, Hosen, T-Shirts und Unterwäsche, und Phong war klar, dass man von ihm dasselbe erwartete.

»Das ist hier ganz normal«, sagte Marina, die ungeniert vor ihm stand und sich ihr Haar zu einem Zopf band. »Und im Wasser sieht dich keiner.«

Sie lachte und rannte Stefan, Verena und Michael nach, die sich am Seeufer mit Wasser bespritzten. Michael umarmte Marina und zog sie ins Wasser, in dem sie kreischend vor Vergnügen versanken. Es versetzte Phong einen Stich, aber nur kurz, denn zu beschäftigt war er damit, sich umzusehen. Frauen und Männer saßen unbekleidet nebeneinander und unterhielten sich. Manche lagen auf dem Bauch, den Allerwertesten unbedeckt, und lasen. Wieder andere spielten Federball, wobei es ihnen nichts auszumachen schien, dass ihre Körperteile, nun ja, nicht alle fest saßen. Niemand zierte oder schämte sich. Eine Frau um die vierzig ging an ihm vorbei und schüttelte ihren Kopf. Sie sagte etwas zu ihm, und obgleich er nicht alles verstand, konnte er sich die unfreundliche Bedeutung zusammenreimen.

»Steht in voller Montur da und glotzt.«

Plötzlich war es Phong unangenehm, angezogen zu sein. Stück für Stück legte er seine Kleider ab und faltete sie ordentlich. Dann schloss er die Augen und streckte sich in der warmen Frühlingssonne aus. Als die anderen zurückkehrten, kommentierte niemand, dass er nackt war. Michael reichte ihm ein Bier, und wenig später alberte Phong, der nicht schwimmen konnte, mit den anderen am Seeufer herum. Fast kam es ihm normal vor. Jedenfalls solange er Marina nicht ansah.

Seit er sie und ihre Freunde kannte, gab es immer mehr Dinge, die er Hanh nicht schreiben konnte, ohne dass sie ihn für übergeschnappt hielte. Außerdem wollte er nicht riskieren, dass jemand, dem es nicht gefiele, zu lesen bekam, wie er seine Freizeit verbrachte, und auch nicht mit wem. Bereits in Vietnam hatte man den Studentinnen und Studenten eingeschärft, dass sie ausschließlich zum Studieren nach Deutschland entsandt wurden, um sich später ihrer Heimat als nützlich zu erweisen. Phong ahnte, dass er nicht erklären könnte, inwiefern seine neuen Vergnügungen dazu beitrugen. Er nahm nun nur noch an den offiziellen Veranstaltungen teil, die zum Pflichtprogramm gehörten. Soweit es ging, organisierte er seine Freizeit selbst. Weiterhin spielte er Fußball, nähte abends mit Tung Jeans und Jacken, was es ihm ermöglichte, mehr Geld nach Hause zu schicken. Einen Teil seines zusätzlichen Verdienstes verwendete er, um die DDR kennenzulernen. Für Studenten waren Fahrkarten günstig, und er kam viel herum. Potsdam, Dresden und Weimar, die Insel Rügen und Usedom, die Sandsteinfelsen der Sächsischen Schweiz und der Thüringer Wald. Phong verliebte sich in all diese Landschaften und konnte gar nicht genug bekommen.

An den meisten Orten lebten andere vietnamesische Studenten, bei denen er für ein oder zwei Nächte unterkam. Er träumte davon, in die Tschechoslowakei zu reisen, nach Polen und nach Ungarn. Er freute sich aber auch auf das Sommertreffen, zu dem alle vietnamesischen Studentinnen und Studenten der DDR kommen würden. Er freute sich sogar auf seinen Erntehelferjob. Immer gab es etwas Neues zu entdecken, und noch nie hatte er so unbeschwert gelebt.

Einmal fuhr er mit Marina, Stefan, Michael und Verena an die Ostsee. Zum ersten Mal sah er das Meer, und Phong fand es wunderbar, beim Rauschen der Wellen einzuschlafen und davon aufzuwachen. Schon vor dem Frühstück unternahm er einen Spaziergang, wobei er nach seinen Freunden Ausschau hielt, die es ebenfalls nicht mehr in ihrem Zelt gehalten hatte. Am Strand, ihre Arme um die Hüften des anderen gelegt, standen Marina und Michael, scheinbar versunken in den Anblick des Meeres. Störte es sie, wenn er zu ihnen ging? Als ob der Wind seine Zweifel ans Wasser getragen hätte, wandte Michael sich um. Wie er so mit wehenden, dunklen Locken und athletischer Figur auf ihn zukam, verstand Phong einen Moment lang, was Marina an ihm fand.

»Ich trinke einen Kaffee«, sagte Michael und lächelte, was selten genug vorkam – leider, denn er wirkte dabei so viel sympathischer. Phong ging zu Marina und freute sich, dass er sie ein paar Minuten für sich allein haben würde.

»Guten Morgen.«

»Morgen.«

Marina wandte ihren Blick nicht vom Meer.

»Schön, nicht wahr?«

»Sehr. Ich hoffe, wir können einmal wiederkommen.«

Marina nickte und ließ sich in den Sand nieder, wobei sie ihn mit sich zog. Sie legte ihr Kinn auf ihre Knie und blickte in die Ferne. Ihre Oberschenkel berührten seine, was Phong noch aufregender fand als den Anblick des rauen Meeres. Ihr Haar hatte Marina hochgesteckt, doch ein paar zu kurze Strähnen zappelten im Wind. Phong hätte sie ihr gerne hinter ihr hübsches Ohr geschoben.

»Wie ist es, so weit weg von Vietnam zu sein? Vermisst du es?«

Phong löste sich von Marinas Ohr und richtete seine Aufmerksamkeit auf die Wellen, die schäumend brachen.

»Meine Familie fehlt mir«, antwortete Phong, »die Wärme, bestimmte Geräusche und Gerüche. Der Hoan Kiem-See. Dort habe ich oft gesessen.«

Unwillkürlich dachte er an Hanh. Manchmal gelang es ihm einfach nicht mehr, sich ihr Gesicht vorzustellen, und das Foto, das sie geschickt hatte, war so zerknittert, dass es ihm auch nicht half. Doch an die schönen Stunden am See mit ihr erinnerte er sich gut.

»Aber unser Leben in Vietnam ist schwer. Ich bin dankbar dafür, dass ich in der DDR studieren darf. Ich sehe, lerne und denke so viel Neues. Mein Blick ist viel … weiter geworden.«

»Verstehe«, sagte Marina und vergrub ihre Zehen im Sand. Sie berührten Phongs. Am Horizont fuhr ein Schiff entlang.

»Wie weit ist es nach Hanoi?«

»Hm, ungefähr neuntausend Kilometer. Jedenfalls dauert die Reise mit dem Zug zwei Wochen.«

Marina nickte und deutete auf das Schiff, das man nur noch erkennen konnte, wenn man sich große Mühe gab.

»Es fährt vielleicht nach Schweden. Oder Dänemark. Luftlinie sind beide Länder weniger als hundertfünfzig Kilometer entfernt. Die Bundesrepublik fünfzig. Nicht viel, aber man gelangt schwerer hin als nach Vietnam.«

Sie sah Phong nicht an, sondern zeichnete mit ihren schlanken Fingern Striche und Linien in den Sand, so konzentriert, als wären ihre Sandbilder bedeutender als ihr Gespräch. Phong wusste nicht, was er erwidern sollte, daher schwieg er. Bald war das Schiff seinem Blickfeld entschwunden. Träumte Marina etwa davon, das westliche Ausland zu bereisen? Es gab doch so viele andere Länder zu sehen. Dann fiel ihm ein, dass ihre Verwandten in der Bundesrepublik lebten, und sie diese nicht besuchen konnte. Zum ersten Mal streifte ihn der Gedanke, dass die DDR nicht für alle das Paradies war, in dem er sich wähnte. Gerne hätte er Marina danach gefragt, aber er traute sich nicht. Womöglich hatte er sie falsch verstanden, und sie fasste seine Nachfragen dahingehend auf, dass es ihn in den Westen zog. Falls jemand das mitbekam, konnte es das Ende seines Studienaufenthaltes bedeuten.

»Wo leben deine Verwandten?«, fragte er.

»In Frankfurt. Am Main.«

»Aha.«

Marina blinzelte, da die Sonne sie blendete, und grinste ihn an, als habe sie durchschaut, dass er nicht genau wusste, wo die Stadt lag. Sie legte ihre Hand auf seine und ein angenehmer Schauer durchlief ihn.

»Die Gebrüder Grimm, die du so magst, stammten aus Hanau. Das liegt ganz in der Nähe von Frankfurt.«

»Wirklich?«

Phong freute sich, dass sie sich sein kindliches Interesse gemerkt hatte. Deshalb erzählte er ihr auch von dem Ring des deutschen Soldaten, den sein Vater Lai ihm zusammen mit einem Brief an dessen Verlobte und dem Märchenbuch der Gebrüder Grimm hinterlassen hatte. Marina hörte ihm gespannt zu, was Phong durchaus genoss.

»Ich glaube, Mainz stand auf dem Brief«, endete er.

»Das ist auch nicht weit von Frankfurt.«

Marinas Hand ruhte noch immer bei ihm und Phong stellte sich vor, sie wären ein Paar. Er hätte nichts dagegen gehabt, den ganzen Tag mit Marina dazusitzen, aber hinter ihnen waren vergnügte Lacher zu vernehmen. Verena, Stefan und Michael kamen mit Bechern und einer Thermoskanne. Marina zog ihre Hand zurück, und Phong rückte ein Stück von ihr ab.

»Wenn ihr nicht zum Frühstück erscheint, kommt es eben zu euch«, rief Verena. Sie verbrachten einen herrlichen Sonnentag. Doch jedes Mal, wenn ein Schiff zu sehen war, fragte sich Phong, welchen Hafen dieser Welt es wohl ansteuerte.

Am nächsten Morgen erwachte er und hatte von Marina geträumt. Nackt hatte sie neben ihm gelegen, und er hatte ihre Haut liebkost. Leider schnarchten nur Stefan und Michael an seiner Seite, während Marina mit Verena in einem anderen Zelt schlief. Dennoch konnte Phong sein Glück kaum fassen. Zum ersten Mal hatte er auf Deutsch geträumt. Was für ein Wendepunkt.

»Ab jetzt brauchst du nicht mehr für mich mitzuschreiben«, informierte er Stefan nach einer der nächsten Vorlesungen, als dieser ihm den Durchschlag seiner Mitschrift überreichte. Stefan klopfte Phong anerkennend auf die Schulter, was dessen Feierlaune noch steigerte. Er kaufte ein und beschloss, für die Studenten seines Stockwerkes ein leckeres Essen zu kochen. Als er im Wohnheim ankam, wartete ein Brief auf ihn. Nachdem er ihn gelesen hatte, musste er sich setzen. Im Herbst würde Hanh als Vertragsarbeiterin nach Deutschland kommen. Phong freute sich für sie. Es war wunderbar, dass Hanh die Chance erhielt, sich aufzupäppeln, für ihre Familie zu sorgen und mit eigenen Augen zu sehen, wie groß die Welt war, und wie facettenreich. Andererseits, und allein es zu denken, deprimierte Phong, war er nicht sicher, ob es ihn glücklich machte.

»Kommst du nun oder nicht?«, rief eine tschechische Studentin in sein Zimmer hinein. »Wir sehen fern.«

Meistens bedeutete es, dass sie Westfernsehen schauten.

»Klar komme ich.« Das Gemüse konnten sie auch schneiden, während »Tagesschau«, »Tatort« oder die Werbung liefen. Im Augenblick lief ein Bericht über eine deutsche Familie, die aus der DDR in den Westen geflohen war. Obgleich Phong sich ein wenig daran gewöhnt hatte, was es im Westfernsehen alles zu sehen gab, brachte ihn diese Nachricht aus der Fassung. Weshalb würde man wohl das Leben seiner Kinder aufs Spiel setzen, um das zu tun? Wussten diese Leute gar nicht zu schätzen, wie gut sie es in der DDR hatten? Auch die anderen sahen es so, jedenfalls diejenigen, die ihre Meinung äußerten. Doch aus irgendeinem Grund dämpfte der Bericht Phongs Euphorie. Er nahm die Gemüsetüten, die Messer und sein Schneidebrett und erhob sich.

»Ich mache in der Küche weiter. Hilft mir jemand?«

Die Tschechin und zwei andere Frauen begleiteten ihn, und bald alberte er mit ihnen herum, als wäre nichts gewesen.

Hanoi, Herbst 1980

Ein paar Tage vor ihrem Abflug nach Deutschland verabschiedete sich Hanh von ihren Kolleginnen. Noch immer konnte sie ihr Glück nicht fassen. Manche Frauen umarmten sie mit Tränen, andere mit Neid in den Augen. Doch alle wünschten ihr das Beste. Genosse Viet, der für Hanhs Schneider-Kooperative zuständig war, lächelte.

»Ich bin froh, dass ich deine Mutter überzeugen konnte«, sagte er. »Du bist fleißig, zuverlässig und wirst Vietnam alle Ehre machen.«

»Danke, Genosse Viet.«

Als Hanh am Hoan Kiem-See entlanglief, wurde sie einen Moment lang melancholisch. Wann würde sie das nächste Mal an seinem Ufer stehen? Phong hatte zwar geschrieben, dass es in Berlin viel Wasser gab. Aber ob es aussah wie hier? Wohl kaum, denn in Deutschland schien ja alles ganz anders zu sein. Ihr Herz pochte ängstlich, und sofort ermahnte sie sich.

Es war ein Privileg, dass sie in die DDR gehen durfte, wo sie gutes Geld verdienen würde. Und Vietnams Aufbau unterstützen.

»Daran willst du deine Tochter doch nicht hindern, Genossin.«

Das wollte Hanhs Mutter nicht und unterschrieb die Einverständniserklärung. Nachdem Genosse Viet das Haus verlassen hatte, war sie in Tränen ausgebrochen.

»Ach, Kind! Wer weiß, wann ich dich wiedersehe! Ob man dich gut behandelt? Und wer hilft mir hier, da Tao zu ihrem Mann gezogen ist?«

Das war Hanhs geringste Sorge, denn in Hanoi lebten viele

Verwandte. Trotzdem weinte auch sie. Gleichzeitig sehnte sie sich danach, nicht mehr zu hungern. Ihrer Familie und ihrem Land zu helfen. Phong wiederzusehen. Wenn sie an ihn dachte, konnte sie ihren Abflug kaum noch erwarten. Sie verbot sich, zu erwägen, dass Phong sie nicht hübsch finden könnte, mager wie sie war. Aber schließlich verbanden sie und ihn nicht nur Äußerlichkeiten, sondern Ideen, Träume, eine unzertrennliche Freundschaft. Und leidenschaftliche Küsse.

Hanh wandte sich vom See ab und zog ein Foto aus der Tasche, das Phong geschickt hatte. Sie hatte es sorgsam vor ihrer Mutter versteckt, denn es hätte ihr nicht gefallen. Mit vom Wind zerzausten Haar stand Phong am Strand und sah so gut aus, dass Hanh ein angenehmes Ziehen in ihrem Magen spürte, ähnlich dem, als er sie küsste. Zu Hause roch es köstlich nach *Pho Ga*, und zwar so intensiv, dass Hanh schummerig wurde.

»*Xin chào*, Me«, rief sie und linste sofort in den Suppentopf, in dem ihre Mutter rührte. »Wo hast du das Huhn her?«

»Pscht!«, machte ihre Mutter. »Das muss doch nicht gleich ganz Hanoi wissen. Tuan hat es gebracht.«

Erstaunt sah Hanh sich um. So manches Mal hatte Tuan ihnen eine Kleinigkeit gebracht, hin und wieder auch eine Flasche Schnaps, die Hanhs Mutter verkaufte, sofern sich ihr Schwager nicht darüber hermachte. Doch ein Huhn war noch nie dabeigewesen. Weshalb Tuan gerade mit ihrer Familie teilte, hatte er nie gesagt. Doch instinktiv wusste Hanh, dass es etwas mit ihrer gemeinsamen Kriegszeit im Dorf zu tun hatte. Von einer Bambusmatte aus lächelte er ihr zu.

»*Chào, anh.*«

»*Chào, em.*«

»Wie geht es dir?«, erkundigte sich Hanh.

»Gut, gut.«

Hanh hatte keine andere Antwort erwartet, obwohl Tuan unter Kriegsverletzungen litt. Während er den amerikanischen Krieg äußerlich unbeschadet überstanden hatte, war er in Gefechten gegen die Chinesen schwer verletzt worden. Ob er je wieder ohne Krücken laufen würde, war unklar. Damit platzte auch sein Traum von einer ausgezeichneten Karriere beim Militär.

Hanhs Tante und Onkel, ihre Cousinen und ihre Großmutter setzten sich, und voller Genuss verspeisten alle die Suppe. Sie sprachen über die Geschehnisse des Tages, und während Hanh zuhörte, fühlte sie sich, als stünde sie kurz vor der Amputation eines ihrer Körperteile. Ihre Familie zu verlassen, brach ihr das Herz. Ebenso Vietnam, obwohl es hier weder gut bezahlte Arbeit noch genug zu essen gab. Etwas später verabschiedete sich Tuan.

»Begleitest du mich ein Stück?«, fragte er.

Hanh warf ihrer Mutter einen unsicheren Blick zu. Eigentlich hatten sie vor, Hanhs Kleider flicken, die sie mit nach Deutschland nähme. Doch ihre Mutter nickte und beorderte zwei Cousinen, den Abwasch zu erledigen. Hanh bemühte sich um einen gemächlichen Schritt, da sie Tuan keinesfalls das Gefühl geben wollte, zu langsam zu laufen.

»Es war sehr nett von dir, das Huhn zu bringen.«

»Mach dir keine Sorgen. Ich vergesse deine Mutter nicht, auch wenn du fort bist.«

Er blieb stehen und stützte sich auf einem Mauervorsprung ab.

»Schmerzen?«

»Ja«, antwortete Tuan. »Und Ngoc bin ich nicht mehr gut genug, seit ungewiss ist, was aus mir wird.«

»Oh. Das tut mir leid.«

Wie zufällig berührte Tuan ihre Hand, aber Hanh spürte, dass er es beabsichtigt hatte.

»Viel Glück, Hanh«, sagte er. »Manchmal denke ich …« Er schüttelte den Kopf. »Was soll's. Pass auf dich auf.«

Jetzt drückte er ihre Hand, und sie erwiderte die Geste.

»Alles Gute, Tuan.«

Eilig lief sie nach Hause, wo ihre Mutter schluchzend nähte. Hanh umarmte sie.

»Denk an all die schönen Sachen, die ich schicken werde. Allen wird es besser gehen. Das ist kein Grund zum Weinen.«

Doch dann schluchzte auch sie in den Armen ihrer Mutter.

»Hanh, ist das wirklich die richtige Entscheidung? Allein in der Fremde. Nicht einmal die Sprache verstehst du. Was ist, wenn du krank wirst?«

Hanh riss sich zusammen und widmete sich Nadel und Faden.

»Mit mir reisen viele andere. Wir werden von Dolmetschern begleitet. Ich bin nicht allein, Me.«

»Wäre es nicht doch besser, du bliebest hier und würdest Tuan heiraten?«

Hanh stach sich in den Finger.

»Tuan? Me, wie kommst du denn darauf?«

Ihre Mutter seufzte, als ob Hanh etwas Dummes gefragt hätte.

»Was glaubst du, weshalb er uns hilft? Wo doch jeder weiß, wie zornig er durch den amerikanischen Krieg geworden ist. Kein Wunder. Er war viel zu jung, um Soldat zu sein. Seine Tante sagt, der Krieg hätte aus dem schüchternen Angsthasen einen brüllenden Bullen gemacht.«

Eindringlich sah sie Hanh an, die das Blut von ihrem Finger saugte. »Aber mit dir, Hanh, spricht er ganz anders. Das musst du doch merken.«

Sie hatte es gemerkt. Ihr gegenüber hatte Tuan sich stets respektvoll verhalten. So wie sie ihn freundlich behandelt hatte, auch zu Zeiten, als andere noch wagten, ihn aufzuziehen.

»Er hat ständig andere Frauen. Wie kommst du darauf, dass er sich für mich interessiert? Weshalb reden wir überhaupt darüber? Ich gehe fort, und selbst wenn ich hier bliebe, würde ich ihn nicht heiraten.«

An ihrer Art, ihre Lippen zusammenzukneifen, erkannte

Hanh, dass ihre Mutter das anders sah. Doch Hanh wollte sich nicht streiten. Also schwieg sie und nähte. Dann zerschnitt die Stimme ihrer Mutter die Stille.

»Zweimal schon hat Tuan sein Leben für unser Land aufs Spiel gesetzt. Und er hat sich um uns gekümmert. Glaubst du etwa, Phong wartet auf dich?«

Erschrocken sah Hanh auf. Ihre Mutter lächelte, aber es lag ein so angriffslustiger Zug um ihre Mundwinkel, dass Hanh sich nicht traute zu erwähnen, dass Phong ihnen nützliche Medikamente übermittelt hatte.

»Ich bin nicht dumm, Hanh. Natürlich sehe ich, wie du strahlst, wenn Briefe von ihm kommen. Weil es sonst nicht viel zu lachen gibt, habe ich sie nicht unterbunden.« Ihre Stimme brach, aber sie fasste sich sogleich. »Wie hätte ich ahnen sollen, dass du weggehst und ihn wiedersiehst. Er ist nicht der Richtige für dich.«

Hanh schluckte ihre Wut hinunter, und schweigend nähten sie, bis alles fertig war. Die letzten beiden Tage vergingen schnell. Viele Leute kamen vorbei, um sich zu verabschieden oder um Hanh zu bitten, Briefe und Päckchen für Angehörige mitzunehmen. Da ihre Mutter am Abreisetag völlig aufgelöst war, begleitete eine ihrer Tanten Hanh zu dem Treffpunkt, von dem aus ihre Gruppe zum Flughafen fahren würde. Vom Start in ihr neues Leben bekam Hanh nicht viel mit. Ihre Augen schwammen in Tränen. Es war gut, dass sie nicht am Fenster saß und zusah, wie Hanoi unter ihr kleiner und kleiner wurde.

Am nächsten Tag landete ihre Maschine in Berlin-Schönefeld. Von dem langen Flug erschöpft, nahm Hanh kaum etwas um sich herum war. Die ärztliche Untersuchung, die Phong ihr angekündigt hatte, ließ sie klaglos über sich ergehen. Schließlich drückte eine Ärztin ihr eine Packung mit kleinen Pillen in die Hand. Fragend sah Hanh die vietnamesische Dolmetscherin an, eine Frau um die dreißig mit einer selbstbewussten Stimme. Sie hatte einige Jahre in der DDR studiert und kannte sich aus. Hanh beneidete sie darum, dass sie alles verstand.

»Davon schluckst du am besten jeden Morgen eine«, übersetzte sie. »Dann bekommst du kein Kind. Du weißt ja, wer schwanger wird, fährt sofort nach Hause.«

Hanh steckte die Packung ein, obwohl sie jetzt schon wusste, dass sie keine einzige Pille nehmen würde. Am Ende könnte sie davon nie Kinder bekommen. Schließlich wurden alle Ankömmlinge auf Busse verteilt, die sie zu ihren unterschiedlichen Betrieben brachten. Hanh erfuhr, dass sie in Berlin in der Textilbranche arbeiten würde. Jetzt bekam sie auch mit, dass die meisten Frauen in andere Regionen des Landes geschickt wurden. Nicht eine Sekunde hatte sie daran gedacht, dass man sie sofort wieder von Phong trennen könnte. Dankbar dafür, dass ihre Ahnen es gut mit ihr gemeint hatten, ließ sie sich in den Sitz sinken und schaute aus dem Fenster. Wie tausend aneinandergereihte Bilder rauschte Berlin an ihr vorbei. Große Häuser, breite, befahrene Straßen. Autos und Busse hielten an, damit Fußgänger die Straße überqueren konnten. Auf ein Signal hin blieben die Menschen stehen, und der Verkehr rollte an. Hanh war froh, dass Phong ihr so ausführlich über Deutschland berichtet hatte. Andernfalls wäre ihr mit Eindrücken überfrachtetes Gehirn sicher geplatzt. Oder sie würde so dümmlich wie ihre Sitznachbarin aus dem Fenster starren, mit geweiteten Augen und offenem Mund.

Es stellte sich heraus, dass diese Chi hieß und aus einem kleinen Bergdorf stammte. Hanh mochte sie auf Anhieb, und als der Bus vor einem Wohnkomplex mit vielstöckigen Häusern anhielt, war sie glücklich, dass sie mit Chi ihr Zimmer teilen sollte. Es war sauber und die Möbel wirkten neu. Außer einem Stockbett, einem Tisch, einem Schrank und zwei Stühlen hatte zwar nichts anderes Platz. Aber da Hanh ihre Schlafstätte stets mit mehreren geteilt hatte, kam es ihr vor wie ein Königreich. In ihrem Gebäude lebten viele vietnamesische Arbeiterinnen und Frauen aus anderen Ländern. Die Männer waren in anderen Häusern untergebracht.

»Besucher müssen beim Pförtner gemeldet werden und das Gebäude bis zweiundzwanzig Uhr verlassen«, übersetzte die vietnamesische Dolmetscherin alles, was Helmut erklärte, ein dicklicher Mann mittleren Alters, dessen Augen hinter seiner Brille stark vergrößert wirkten. Es passte zu seiner Aufgabe als Betreuer, der für organisatorische Fragen zuständig war, aber auch dafür, zu kontrollieren, ob die Besuchszeiten eingehalten und die Zimmer anständig geputzt wurden. Hanh nickte zu allem, was Helmut sagte, doch das meiste vergaß sie gleich wieder. Hinlegen und schlafen, an mehr konnte sie nicht denken. Als sie endlich im Bett lag, sank sie sofort in tiefen Schlaf, obwohl es laut zuging auf dem Flur, wo Frauen schwatzten, die gerade von ihrer Arbeitsschicht zurückkehrten oder dorthin aufbrachen. Hanhs erster Traum in ihrem neuen Zuhause handelte vom Strandfoto-Phong, der sie umarmte und zur Begrüßung sanft küsste.

Berlin, 1980/1981

Gemeinsam mit Marina, Michael und vielen anderen wartete Phong darauf, dass die Tür zur Disko geöffnet wurde. Nächste Woche finge die Uni an, aber da seine Leistungen zufriedenstellend gewesen waren, machte Phong sich keine Sorgen. Sein Sommereinsatz war körperlich anstrengend gewesen, was ihm Spaß gemacht hatte. Indem er Kartoffeln, Kohlrabi und Möhren erntete, hatte er zusätzliches Geld verdient und sich den ganzen Tag an der frischen Luft bewegt. Nach all den Wochen, die er zuvor in Vorlesungssälen und Bibliotheken verbracht hatte, um sich auf seine Prüfungen vorzubereiten, gab es nichts Besseres. Eine Woche lang hatte er an einem Sommerlager für alle vietnamesischen Studierenden in der DDR teilgenommen. Hier hatte Phong sich über seine Erfahrungen austauschen können und Neuigkeiten aus Vietnam erfahren. Immer öfter dachte er an Hanh und fragte sich, wann sie ankäme. Es fiel ihm schwer, sie sich in Deutschland vorzustellen.

Die jungen Leute drängten in einen nicht sonderlich großen Kellerraum, der zur Disko umfunktioniert worden war. Ein junger Mann mit langen Haaren legte Platten von Kiss, AC/DC, Diana Ross und den Bee Gees auf, und sofort begannen die ersten zu tanzen. Michael schnappte sich Marina, Phong ein Bier und wippte den Rhythmus mit dem Fuß mit. Wie alle hier liebte er die Musik aus dem Westen, mochte aber auch die deutschen Bands Karat, Electra und die Puhdys, zu deren Texten er sehr viel schneller mitsingen konnte als zu den englischen, die er nicht verstand. Verena winkte ihm zu. Sie stießen an, dann tanzten auch sie, denn zum Unterhalten war es viel zu laut. Irgendwann fühlte Phong sich beobachtet und drehte sich um. Marina prostete ihm zu, und er war froh, dass er die neuen Jeans trug, die er sich geschneidert hatte.

»Gute Musik«, rief er ihr zu. »Wo ist Michael?«

Obwohl Marina ihn immer noch faszinierte und eine feste Besucherin seiner nächtlichen Träume war, hatte er sich den Sommer über damit abgefunden, dass sie zu Michael gehörte. Etwas, das Phong nicht durchschaute, schien die beiden zu verbinden. Ein kraftvolles Band von der Art, das auch ihn und Hanh über viele Jahre hinweg zusammengehalten hatte.

»Weggegangen«, antwortete Marina, blinzelte ihn mit glasigen Augen an und rülpste.

»Ups.«

Etwas geziert drückte sie ihre Fingerspitzen auf ihre Lippen. Phong musste lachen, nahm ihr aber trotzdem die Bierflasche aus der Hand.

»Ich glaube, du hast genug getrunken. Soll ich dich nach Hause bringen?«

»Nein.«

Marina zog einen Schmollmund, den er noch nie an ihr gesehen hatte, aber sehr süß fand.

»Lass uns tanzen«, sagte sie und zog Phong mit sich.

Die Musik war langsamer geworden. Von Abba lief »I Have a Dream«, und Marina schlang ihre Arme um Phongs Hals. Als er zögerte, kicherte sie, und legte seine Hände um ihre Hüften. Ihr Kleid war noch sommerlich, und durch den dünnen Stoff fühlte Phong, das sie verschwitzt war. Ihr warmer Körper eng an seinen geschmiegt, irritierte und erregte ihn. Ein paar wundervolle Minuten lang wiegten sie sich im gemeinsamen Rhythmus, dann sagte Marina:

»Gehen wir mal raus?«

Phong wäre mit ihr überallhin gegangen, also folgte er ihr. Draußen standen ein paar andere junge Leute und rauchten. Sie setzten sich auf die Bordsteinkante, und auch Marina zündete eine Zigarette an. Der Schweiß hatte ihre Schminke verschmiert, und Phong erlaubte sich, den schwarzen Strich neben ihrem Auge zu entfernen.

»Danke«, sagte Marina und presste ihren Mund auf seinen. Er schmeckte nach Bier und Nikotin, und für Phong einfach himmlisch. Dennoch schob er sie sanft von sich.

»Was ist mit Michael?«

»Hab ich doch gesagt. Er ist nach Hause gegangen.«

»Nach Hause hast du nicht gesagt.«

Marina zog an ihrer Zigarette und sah ihn verdutzt an. Dann lächelte sie.

»Hast du in Hanoi eigentlich eine Freundin?«

Phong wurde heiß und kalt. Doch Hanh zu verleugnen brachte er nicht über sich.

»Ja«, antwortete er zögerlich. »Aber wir haben uns zwei Jahre nicht gesehen.«

Marina strich ihm über die Hand.

»Schreibt ihr euch? So richtig romantische Liebesbriefe?«

Wieder stieß sie auf und kicherte.

»Normale Briefe.«

»Damit niemand etwas mitbekommt?«

Phong nickte. Dass Hanh sich vielleicht schon in der DDR aufhielt, behielt er für sich. Irgendwie war Marina an eine neue Bierflasche gekommen.

»Heute will ich nicht vernünftig sein«, verkündete sie und nahm einen kräftigen Schluck. Dann reichte sie Phong die Flasche. Er trank, nicht weil er Lust auf mehr Bier gehabt hätte, sondern weil er Lust auf Marina hatte. Sie lehnte seinen Kopf an seine Schulter.

»Martin ist doch nicht da. Kann ich mit zu dir kommen?«

»Was?«

Sie lachte leise und sah ihn mit glasigen Augen an.

»Du hast mich schon verstanden.«

Phong blickte auf seine Uhr. Unmöglich konnte er Marina um diese Uhrzeit ins Wohnheim schmuggeln. Eigentlich wusste sie das.

»Weißt du was?«, fragte sie plötzlich und stand auf. »Ich glaube, ich komme lieber morgen.«

»Morgen? Warum?«

Da übergab sie sich schon. Als sie fertig war, reichte Phong ihr ein Taschentuch, und aus ihrer Handtasche kramte sie ein Kaugummi.

»Von meinen Westverwandten«, nuschelte sie, während sie es in den Mund stopfte. Ein paar ihrer Freundinnen, die in derselben Gegend wohnten, verließen die Disko, um heimzufahren.

»Ich komme morgen Mittag«, flüsterte sie Phong zu. »Einverstanden?«

Sie wartete seine Antwort nicht ab, sondern schloss sich den anderen an.

»Einverstanden«, flüsterte Phong.

Am nächsten Morgen putzte er Martins und sein Zimmer auf Hochglanz. Er lüftete und stapelte einige Medizinbücher gut sichtbar auf dem Tisch. Dann duschte er, rasierte sich und entschied sich für eine Jeans und ein buntes Hemd. Als nichts weiter zu tun war, stellte er zwei Wassergläser und eine Flasche Saft auf den Tisch. Gleich war es halb Zwölf, und Phong war vorbereitet. Außer, dass er schlecht denken konnte und fürchtete, sich wie ein Vollidiot zu benehmen, wenn Marina vor ihm stünde. Um kurz nach Zwölf klopfte es. Er atmete einmal tief durch, dann öffnete er und lächelte. Nicht zu viel und nicht zu wenig, das hatte er vor seinem Spiegel ausprobiert. Vor ihm stand … Hanh.

»Hanh? Bist du das?«

Ein feines Lächeln huschte über Hanhs Gesicht.

»Guten Tag. Wie geht es?«, sagte sie auf Deutsch. Jetzt lächelte sie breit, gleichzeitig schossen Tränen in ihre Augen. Ihm ebenfalls. Er zog sie ins Zimmer und umarmte sie. Seine Freude, sie zu sehen, war größer, als er je vermutet hätte. Machte ihn sprachlos. Er drückte Hanh an sich, zuerst fest, dann vorsichtig, weil er durch das Kleid hindurch ihre Knochen spürte und Angst hatte, sie zu zerbrechen. Dann umfasste er ihre Wangen, und sie sahen sich an. Hanhs dunkle Ringe ließen ihre Augen größer wirken, zu groß für ihr schmales Gesicht. Phong küsste sie, und sofort öffnete sie ihre Lippen. Dann besann er sich, dass jeden Augenblick Marina vor der Tür stehen konnte.

»Möchtest du etwas trinken?«, fragte er.

»Gerne.«

Phong füllte Apfelsaft in die beiden Gläser auf dem Tisch und reichte ihr eins. Er setzte sich auf einen Stuhl, Hanh auf seine Bettkante.

»Seit wann bist du hier?«

»Seit zwei Wochen«, erwiderte Hanh. »Aber ich war ständig müde.«

Sie erzählte ihm von Hanoi, von ihrem Wohnheim und dass es schwer war, gut zu schlafen, weil die Frauen sich nicht unbedingt leise verhielten. In den nächsten zwei Monaten würde sie jeden Tag Deutsch lernen, bis sie in ihrem Betrieb mit der Arbeit anfinge. Deutsch zu sprechen fiel ihr schwer, aber da sich die Buchstaben nicht allzu sehr von der vietnamesischen Schrift unterschieden, hatte sie rasch gelernt, ihren Namen und ihre Adresse aufzuschreiben. Und Phongs. So hatte sie den Weg zu ihm gut gefunden.

»Und wie geht es dir?«, wollte sie nach einer Weile wissen.

Bevor Phong dazu kam zu antworten, klopfte es. Marina, durchzuckte es ihn. Er öffnete, und tatsächlich. Marina stand vor ihm, umwerfend wie immer. Den Kater sah man ihr nicht an, und sie strahlte.

»Hallo! Erkennst du mich nicht? Oder weshalb siehst du mich an wie einen Geist?«

Phong räusperte sich.

»Hallo, Marina. Hast du dich beim Pförtner angemeldet?«

Sie lachte.

»Allerdings. Er wollte wissen, ob ich zu deinem Harem gehöre. Wie meinte er das? Und willst du mich nicht hineinbitten?«

Phong trat zur Seite.

»Meine Güte!«, sagte Marina, »hier ist es aber aufgeräumt. Warst du das?«

Dann entdeckte sie Hanh. Hanh, die still auf der Bettkante saß und ihr Glas zwischen den Händen drehte. Hanh, die neben Marina noch kleiner und magerer wirkte. Vor Mitleid zog sich Phongs Herz zusammen. Gleichzeitig, und das machte ihn ganz verrückt, war er ein bisschen ärgerlich auf sie, weil sie ausgerechnet heute gekommen war. Vielleicht wäre es seine einzige Chance gewesen, Marina zu küssen. Richtig zu küssen. Er sah sie an und bedauerte, dass es nicht dazu kommen würde.

»Hallo, ich bin Marina.«

Sie streckte Hanh ihre Hand hin. Hanh nahm sie und erhob sich.

»Ich bin Hanh«, stellte sie sich auf Deutsch vor. Dann sah sie hilfesuchend zu Phong. Auch Marina blickte zu ihm, spöttisch.

»Irgendetwas sagt mir, dass das deine Freundin ist.«

Phong nickte.

»Ich wusste nicht, dass sie kommt.«

Das stimmte, wenn man es auf den heutigen Tag bezog. Marina hob eine Augenbraue, Hanhs Blicke huschten von einem zum anderen.

»Sie wird in Berlin arbeiten«, erklärte Phong. »Ich hatte keine Ahnung, dass sie schon in Deutschland ist.«

»Verstehe.«

Marina bat ihn, Hanh zu fragen, wie es ihr in Berlin gefiele und ob sie Hilfe bräuchte. Während Phong übersetzte, bewunderte er Marina dafür, wie souverän sie die Situation meisterte, denn er selbst hätte nichts zu sagen gewusst. Hanh erwiderte, dass es ihr gut ginge. Nach einer halben Stunde verabschiedete sich Marina.

»Bis dann«, sagte sie zu Phong. Ob sie wütend oder enttäuscht war, konnte er nicht beurteilen.

»Woher kennst du sie?«, fragte Hanh, nachdem er die Tür geschlossen hatte.

»Von der Uni.«

»Sie ist nett. Und hübsch.«

»Sie ist sehr nett«, stimmte Phong zu.

Hanh saß wieder auf der Bettkante, und er setzte sich neben sie. Es fühlte sich gut an, und ihm war, als wäre mit Hanh ein Stück Heimat zu ihm gekommen. Seit sie Kinder gewesen waren, kannten sie sich. Sie verstand ihn ohne viele Worte, und die Worte, die sie sprach, begriff er auf Anhieb, ohne dass er ein Wörterbuch zu Rate ziehen musste. Wie sehr er ihre Vertrautheit vermisst hatte, spürte er erst jetzt. Hanh ergriff seine Hand und küsste ihn begierig. Nur zu gern schaltete Phong seinen Kopf aus, und Hanh, die ihre Augen geschlossen hatte, tat dasselbe.

Es dauerte eine Weile, bis Hanh merkte, dass sie schwanger war. Und wer weiß, wann sie ohne Marina darauf gekommen wäre. Wie eine Gynäkologin ihr viele Jahre später erklärte, hatte ihr Körper infolge unzureichender Nahrungsaufnahme auf Sparflamme geschaltet, weshalb auf ihre monatliche Blutung kein Verlass war. Daran hatte sie sich gewöhnt. Schon lange achtete sie nicht mehr darauf, ob sie ihre Regel bekam oder nicht.

Das neue Jahr hatte gerade begonnen, und der Januar war bitterkalt. Zähneklappernd lief Hanh durch Berlins Straßen, daran änderten selbst die warmen Kleider nichts, die sie gekauft hatte. Außerdem war sie ständig müde, obwohl Phong ihr versichert hatte, dass man die Zeitumstellung rasch verkraftete. Bei Hanh schien das anders zu sein. Auch das deutsche Essen, das ihr gar nicht so schlecht schmeckte, verdaute sie nicht problemlos. Regelmäßig übergab sie sich, was sie aus Sorge, dass ihr Gruppenleiter sie zum Arzt schickte, sogar Chi verheimlichte. Um keinen Preis würde sie riskieren, dass man eine Krankheit feststellte, die sie zwang, nach Vietnam zurückzufliegen. Nur Phong erzählte sie, was mit ihr los war.

»Mach dir keine Sorgen«, beruhigte er sie. »Das ist nicht ungewöhnlich. Du brauchst eben länger, um dich an all das Neue zu gewöhnen.«

Während Hanh ihren Deutschkurs besuchte, ging es noch. Doch nach zwei Monaten begann ihre Arbeit, und zwar nicht, wie Hanh vermutet hatte, in einer Schneiderei. Vielmehr fand sie sich in einem Waschhaus wieder, das so von Wasserdampf erfüllt war, dass einem das Haar binnen weniger Augenblicke am Kopf klebte. Hanh war überrascht, als sie erfuhr, dass sie zur Textilreinigungsfacharbeiterin ausgebildet werden sollte. Mithilfe riesiger Maschinen würde sie Tischtücher, Bettwäsche, Kleidung und Servietten waschen und mangeln sowie lernen, diese makellos zu bügeln, zu falten und zu sortieren.

Von den deutschen Frauen, mit denen Hanh zusammenarbeitete waren die meisten hilfsbereit, aber größer und viel kräftiger als Hanh. Den lieben langen Tag Säcke voller Schmutzwäsche zu schleppen und die klatschnassen Sachen aus den Maschinen zu zerren, machte ihr zu schaffen, und wenn sie abends aus dem feuchtwarmen Waschhaus in die eisige Dunkelheit hinaustrat, verschlug es ihr nicht selten den Atem. Völlig erschöpft sackte sie in ihr Bett. Noch schlimmer waren die Tage, an denen ihre Schicht wechselte und der Wecker zu einer gänzlich anderen Zeit schrillte als in den Tagen davor. Traf sie sich mit Phong, wollte er sie für die Schönheit des Winters begeistern, und da sie wusste, dass er den Schnee liebte, ging sie frierend neben ihm spazieren, ließ sich zeigen, wie man Schneemänner baute und wagte sich sogar auf das Eis eines zugefrorenen Sees. Ab und zu verabredeten sie sich mit anderen Vietnamesen, kochten oder sahen fern.

Marina hatte sie seit ihrer ersten Begegnung nicht wiedergesehen. Umso erstaunter war sie, als diese sie eines Sonntags aufsuchte. Was wollte sie von ihr? Als Marina einen Spaziergang vorschlug, mummelte sich Hanh seufzend in ihren dicken Mantel, Handschuhe und Stiefel. Warum zog es jemanden bei diesen ungemütlichen Temperaturen bloß ins Freie? Nachdem sie ein Stück gelaufen waren, wurde es ihr klar. Marina wollte ein vertrauliches Gespräch mit ihr führen. Nun ja, Gespräch traf es nicht ganz, denn außer Phongs Namen und einzelnen Worten verstand Hanh nicht viel von dem, was Marina sagte. Das Wichtigste verriet deren dezente Zeichensprache aber durchaus.

Phong musste ihr erzählt haben, dass es Hanh schlecht ging und sie pausenlos müde war, und jetzt deutete Marina an, dass Hanh schwanger sein könnte. Trotz der Kälte glühte Hanhs Gesicht. Bei jedem Schritt starrte sie auf ihre Stiefel und hoffte, dass Marina nicht bemerkte, wie sehr sie sich schämte. Wie kam Phong dazu, mit ihr über Hanhs Gesundheit zu sprechen? Was ging Marina das an? Wieso mischte sie sich überhaupt ein? Und wenn sie das schon tat, weshalb sprach sie dann nicht gleich mit Phong, der Deutsch verstand? Doch ehe Hanh richtig zornig wurde, gestand sie sich ein, dass es ihr unerträglich peinlich gewesen wäre, wenn Phong sie mit der Nachricht überrascht hätte, dass sie eventuell Mutter würde. Wie hätte Hanh denn dagestanden? Als Dummerchen, das von seinem eigenen Körper keine Ahnung hatte. Verstohlen blickte sie die hübsche Frau an, die sie gar nicht kannte und sich dennoch Gedanken um sie zu machen schien. Dann schauderte Hanh. Was um Himmels Willen geschah, wenn Marina Recht hatte?

Abrupt blieb Hanh stehen und tat so, als ob sie verschnaufte, dabei war es die sachliche Stimme der vietnamesischen Dolmetscherin, die in ihrem Kopf dröhnte und sie erstarren ließ. »Du weißt ja, wer schwanger wird, fährt sofort nach Hause.«

»Wer sagt denn, dass ich ein Kind bekomme?«, beruhigte sie sich, aber der Zweifel nagte an ihr.

»Nimmst du eigentlich diese Pille?«, hatte Phong sie bei einer ihrer ersten Verabredungen gefragt.

»Was meinst du?«

»Na, diese Pille, von der man nicht schwanger wird.«

Hanh erinnerte sich an die Schachtel, die ihr eine Ärztin gleich nach ihrer Ankunft in die Hand gedrückt hatte. Sie wusste nicht einmal, wohin sie die gepackt hatte.

»Wer weiß, was für ein Zeug das ist. Ich schlucke es nicht.«

»In Ordnung«, raunte Phong, der schon mit Hanhs Blusenknöpfen beschäftigt war, »dann passe ich gut auf.«

Und da Phong doch fast Arzt war, hielt Hanh den Fall damit für erledigt.

Jäh ergab alles einen Sinn. Die bleierne Müdigkeit, das Erbrechen, ja selbst, dass ihre Brüste größer geworden waren, was sie auf ihre üppigen Mahlzeiten, die sie neuerdings genoss, geschoben hatte.

Marina drängte sie nicht. Ausgiebig putzte sie ihre Nase, und es war Hanh, die bat, weiterzugehen. Die Kälte kroch ihr bis in die Knochen, aber nicht, weil das Thermometer Minusgrade anzeigte, sondern weil sie Angst hatte, schreckliche Angst. Ihre Familie verließ sich auf sie und erwartete ihr Geld und ihre Pakete. Keinesfalls durfte man sie nach Vietnam zurückschicken.

Sie passierten eine Bushaltestelle, und Marina hielt sie am Ärmel fest.

»Ich warte auf den Bus«, erklärte sie. Sie zog eine Schachtel aus ihrer Tasche hervor, reichte sie Hanh und deutete auf den Pappdeckel, auf dem in schöner Handschrift etwas geschrieben stand.

»Meine Adresse. Und ein Schwangerschaftstest. Sieh ihn dir mit Phong in Ruhe an.«

Was sich in der Schachtel befand, hatte Hanh nicht verstanden, wohl aber, dass es für Phong und sie bestimmt war. Marina sprach betont langsam, wofür Hanh ihr dankbar war.

Gleichzeitig wünschte sie, Marina täte es nicht, denn Hanh fühlte sich, als wäre sie schwer von Begriff. Im Dämmerlicht tauchten wie leuchtende Augen die Lichter des Busses auf, der kurz darauf vor ihnen bremste.

»Alles Gute«, verabschiedete sich Marina. »Wenn du Hilfe brauchst, dann melde dich.«

Am darauffolgenden Wochenende, nachdem Martin zu seiner Freundin aufgebrochen war, saß Hanh reglos neben Phong und wartete auf das Ergebnis des Schwangerschaftstests. Zum ersten Mal seit ihrem Wiedersehen verschmolzen Phongs Augenbrauen zu einem schwarzen Balken. Tobte in ihm derselbe Sturm wie in ihr? Auf keinen Fall durfte Hanh ihrer Familie die Schande antun, frühzeitig nach Hanoi zurückzukommen, schon gar nicht mit einem unehelichen Kind. Genauso wenig in Frage kam für sie allerdings die zweite Möglichkeit, über die sie die Frauen im Wohnheim hatte reden hören. Ein Arzt entfernte den Embryo aus dem Leib der Mutter. Hanhs Armhärchen stellten sich auf, obwohl sie inzwischen ahnte, dass viele Frauen in ihrer Lage diesen Weg wählten.

»Was denn für eine Wahl?«, dachte Hanh. Abtreiben oder in Schimpf und Schande heimfahren? Warum konnte sie nicht einfach ihr Kind bekommen, wie deutsche Frauen auch? Plötzlich drückte Phong ihre Hand. Nein, er zerquetschte sie fast.

»Positiv. Mein Gott, Hanh, du bist schwanger!«

Er vergrub seine Hände im Haar, während Hanh aufstöhnte. Verzweifelt starrte sie den Teststreifen an. Neben ihrer Angst spürte Hanh eine tiefe Traurigkeit. Mit beiden Händen umschloss sie ihren Bauch, wie um ihr Kind zu schützen.

»Du Armes«, zuckte es ihr durch den Kopf. »Anstatt uns zu freuen, wollen wir dich loswerden.«

Phong sah auf und verschränkte seine Finger mit ihren. Hatte sie ausgesprochen, was sie dachte?

»Es tut mir leid«, sagte er, ihren Rücken streichelnd. »Was machen wir jetzt?«

Als ob sie eine Antwort darauf hätte! Am allerliebsten hätte Hanh einfach geweint. Geweint, bis sich ihr Körper leergespült hätte, bis sie einschliefe, bis jemand ihr sagte, was sie tun sollte. Weder ihrer Dolmetscherin noch dem Gruppenleiter konnte sie sich anvertrauen, ohne dass diese ihre Heimreise einleiteten. War Chi zu trauen? Oder würde sie die Neuigkeit in Windeseile verbreiten? Letztlich fiel ihr nur eine Person ein, von der sie glaubte, dass sie ihr helfen konnte.

Marina versprach, sich unauffällig schlauzumachen und eine Lösung zu finden. Nach dem Treffen mit ihr fühlte sich Hanh viel besser, denn sie vertraute Marina. Und tatsächlich, eine Woche später hatte sie einen Plan entworfen.

»Hanh, mit deiner Übelkeit sollte es bald vorbei sein, und da du meistens weite Kleidung trägst, wird niemand etwas merken«, erklärte sie, während sie zu dritt durch den winterlichen Tierpark schlenderten. »Beginnt dein Bauch zu wachsen, binde ihn einfach so fest wie möglich ab.«

Phong übersetzte, dann fuhr Marina fort.

»Ich kenne eine Hebamme, die bereit ist, dir bei der Geburt zu helfen. Da du nicht ins Krankenhaus kannst, denke ich, die Datscha meiner Eltern wäre der beste Ort dafür. Wenn alles gut läuft, und Hanhs Betrieb keine Nachteile sieht, darf Hanh vielleicht bleiben. Dazu braucht ihr natürlich jemanden, der sich um das Kleine kümmert, während ihr nicht da seid. Keine Sorge, bis es soweit ist, fällt mir schon jemand ein. Ach ja, auf jeden Fall solltet ihr heiraten. Sonst habt ihr nicht die kleinste Aussicht, jemals an eine eigene Wohnung zu kommen.«

Während Phong übersetzte, passierten sie das Tigergehege, doch Hanh hatte keine Augen für die Raubkatzen. Sie war absolut nicht sicher, ob Marinas Vorschlag ein guter war. Nichtsdestotrotz war es der einzige, der ihr den Hoffnungsschimmer auf ein ehrenhaftes Leben ließ. Und von einem Punkt war Hanh hundertprozentig überzeugt: Phong und sie mussten heiraten. Für Hanh war das keine große Sache, denn hatten sie es nicht sowieso vorgehabt?

Sie versuchte, Phongs Mimik zu deuten, aber seine Augen verrieten nichts, als er sie ansah.

»Was meinst du? Sollen wir es so machen?«

Was blieb ihnen übrig? Ihr Alltag würde von der Unsicherheit geprägt sein, aufzufliegen, aber das war immer noch besser, als Deutschland sofort zu verlassen. Also nickte Hanh, Phong ebenfalls. Als er sich bei Marina für deren Hilfe bedankte, winkte sie ab. Dann lächelte sie fast ein wenig verschmitzt.

»Was meint ihr? Darf ich eure Trauzeugin sein?«

Nach einer unspektakulären Zeremonie im Standesamt feierten sie umso ausgelassener in der Datscha von Marinas Eltern, die diese freundlicherweise zur Verfügung gestellt hatten. In dem einfachen, aber gemütlichen Häuschen drängten sich bei leckerem Essen, Wein und Bier neben dem Brautpaar die Trauzeugen Marina und Tung, Chi, einige Frauen aus Hanhs Wohnheim, Fußballfreunde von Phong, vietnamesische Studenten, Verena, Stefan, Michael und Martin mit seiner Freundin. Noch immer war es draußen frostig, trotzdem wollte Hanh nichts lieber tragen als ihren aus leichtem Stoff gefertigten *Áo Dài*. Tung hatte sich selbst übertroffen, und Hanh fühlte sich so schön wie noch nie. Die luftigen, cremefarbenen Hosen umspielten ihre Beine und das rote, knielange Oberteil hatte Tung kunstvoll bestickt und seine Seiten optimal bis über die Hüfte geschlitzt. Chi hatte Hanh das Haar aufgesteckt und sie geschminkt. Geschmeichelt stellte Hanh fest, dass Phong sie immer wieder bewundernd anschaute. Und sie ihn, denn in seinem dunklen Anzug sah er ausgesprochen gut aus. Als Hanh mit Phong inmitten ihrer ausgelassenen Gäste tanzte, beschloss sie, dass ihre Hochzeit den Beginn einer guten Zukunft markierte.

Zunächst schien Marinas Plan aufzugehen. Sogar eine ältere Dame, die auf das Baby aufpassen könnte, hatte sie bereits im Blick. Hanh litt nicht mehr unter Übelkeit, und mit der ersten Frühlingssonne kehrte ihre Energie zurück. Die Arbeit in der Wäscherei war nach wie vor anstrengend, aber Hanh stellte sich geschickt an und gewann an Routine. Obwohl ihr Bauch nur langsam wuchs, band sie ihn vorsichtshalber ab und passte auf, dass niemand mitbekam, dass sie sich hin und wieder von der Hebamme Sabine untersuchen ließ. Alles schien in Ordnung zu sein, und als Hanh zum ersten Mal die Bewegungen ihres Kindes spürte, war sie glücklich. Da sie nach wie vor in getrennten Wohnheimen untergebracht waren und sich nur an den Wochenenden trafen, veränderte sich ihre Beziehung zu Phong nicht. Allerdings hatte er zwei Anträge gestellt. In seinem Wohnheim auf eine Ehepartnerwohnung, beim Amt für Wohnungswesen auf eine Mietwohnung, wobei sie wenig Hoffnungen hegten, eine solche in absehbarer Zeit zugewiesen zu bekommen.

Eines Nachmittags, während sie im Betrieb die Wäsche sortierte, schmerzte Hanhs Bauch. Hatte sie ihn zu fest gebunden? Möglichst unauffällig verschwand sie auf die Toilette, um nachzusehen. Soeben hatte sie ihre Schürze abgelegt und die Bluse angehoben, als sich die Tür öffnete und ihre Brigadeleiterin Frau Breuer vor ihr stand. Hektisch zupfte Hanh ihre Bluse zurecht. Hatte Frau Breuer ihren umwickelten Bauch gesehen? In ihrem Kopf hämmerte die Angst. Wortlos reichte Frau Breuer Hanh deren Schürze.

»Komm mal in mein Büro«, ordnete sie an.

Hanh folgte ihr, obwohl sie nicht wusste, wie sie es schaffte, einen Fuß vor den anderen zu setzen. Vor ihren Augen tanzten schwarze Punkte, ihre Zunge klebte am Gaumen, sodass sie kaum schlucken konnte. War es das jetzt? Würde Frau Breuer ihren Gruppenleiter und die Botschaft verständigen? Säße sie schon morgen im Flugzeug nach Hanoi? Hanh fühlte sich einer Ohnmacht nahe.

»Setz dich«, sagte Frau Breuer, nachdem sie die Tür geschlossen hatte. Ihrerseits nahm sie hinter einem Schreibtisch Platz und betrachtete Hanh einige Sekunden lang eindringlich. Ihre große, schwarze Brille dominierte ihr Gesicht. Schweigend goss sie für beide Wasser in Gläser und reichte eins Hanh.

»Hier«, sagte sie, »wenn man den ganzen Tag in diesem Wasserdampf arbeitet, vergisst man leicht zu trinken.«

Hanh umklammerte ihr Glas. Bemerkte Frau Breuer, dass sie zitterte?

»Ich habe den Eindruck, dass du dich gut eingearbeitet hast. Du bist pünktlich, zuverlässig, und die meisten Kolleginnen beschreiben dich als freundlich und anstellig.«

Unerwartet lächelte sie.

»Arbeitest du gerne bei uns?«

Obwohl Hanhs Deutsch besser geworden war, fehlten ihr vor Nervosität die Worte. Wohin führte dieses Gespräch?

»Ich fühle mich hier wohl«, wisperte sie. Dabei legte sie eine Hand auf ihren Bauch und hätte sich im selben Augenblick für diese verräterische Geste ohrfeigen können. Frau Breuer nahm ihre Brille ab und rieb sich ihre Augen. Dann kaute sie auf einem der Bügel. Ohne die strenge Brille sah sie viel zugänglicher aus.

»Wann ist es soweit? Wann kommt dein Baby?«

Hanh brach der Schweiß aus, und ihr Deutsch war wie weggeblasen. Am liebsten wäre sie fortgerannt. Nun legte Frau Breuer ihre Brille auf dem Tisch ab.

»Ich habe eine gute Meinung von dir und will dir helfen«, fuhr sie leise fort. »Dazu musst du aber mit mir reden. Wann kommt es?«

Helfen? War das ein Trick, damit sie sich verriet? Hanh zögerte. Doch etwas in Frau Breuers Art, mit ihr zu sprechen, verstärkte Hanhs Gefühl, dass sie ihrer Brigadeleiterin trauen konnte.

»August.«

»Und außer dem Vater weiß es niemand?«

»Nur eine gute Freundin.«

Frau Breuer nickte und betrachtete eingehend ihre Hände, während Hanh auf ihre Schuhe starrte.

»Hör zu«, fuhr Frau Breuer fort. »Wir haben dich eingearbeitet, und ich möchte dich nicht gleich verlieren. Wie wäre es, wenn du einen Sommerurlaub in Vietnam verbringst und danach normal weiterarbeitest. Verstehst du, was ich meine?«

Sie wiederholte, was sie gesagt hatte, und langsam begriff Hanh. Sie würde ihr Kind in Vietnam zur Welt bringen und nach der Geburt bei ihrer Mutter zurücklassen. Ihr Herz protestierte, aber schon im nächsten Moment überwog ihre Erleichterung. Die Gefahr, jeden Moment ihr Aufenthaltsrecht zu verlieren, wäre gebannt. Als verheiratete Frau, die redlich ihr erstes Kind erwartete, käme sie in Hanoi an. Begännen die Wehen, vor denen sich Hanh schrecklich fürchtete, kümmerte sich ihre Mutter um sie anstatt eine fremde Hebamme, deren Sprache sie nicht verstand. Sie würde nicht in irgendeiner Datscha liegen, voller Furcht, dass jemand ihre Schmerzensschreie hörte und meldete. Als Preis für all das musste sie sich von der wundervollen Vorstellung verabschieden, mit Phong und ihrem Baby ein eigenes Zuhause zu teilen. Wie viele andere vietnamesische Kinder, deren Mütter ins Ausland gegangen waren, um Geld zu verdienen, würde auch ihres getrennt von seinen Eltern aufwachsen. Hanh trank einen Schluck Wasser und konzentrierte sich auf den Gedanken, dass sie nach einigen Jahren in Vietnam vereint wären.

Frau Breuer hatte ihre Brille wieder aufgesetzt.

»Also, was sagst du dazu?«

»Ja«, antwortete Hanh, »ich sage ja.«

Frau Breuer nickte und füllte Hanhs Glas auf.

»Gut. Dann besprechen wir jetzt alles.«

Benommen kehrte Hanh an ihren Arbeitsplatz zurück. Ihre Kollegin Gisela empfing sie mit einem besorgten Blick.

»Du warst ja ewig weg! Was wollte die Breuer denn von dir?«

»Nur wissen, wie ich mich eingelebt habe.«

»Sonst nichts?«

Abwartend sah Gisela sie an. Doch als Hanh ihren Kopf schüttelte und nach einem gereinigten Bettlaken griff, zuckte Gisela mit den Schultern und packte das untere Ende des Lakens.

»Na, dann falten wir mal. Ecke auf Ecke. Tadellos.«

Der Abschied von Hanh fiel ihm schwer. Hätte er mitfliegen sollen? Überlegt hatten sie es, waren jedoch schnell zu dem Schluss gekommen, dass ein Flug für beide viel zu teuer wäre. Fast hätte Phong genauso losgeweint wie Hanh, als sie zum Flughafen Schönefeld fuhren. Es war kurios. Noch vor einem Jahr hatte er sich Hanh nicht in seinem Berliner Leben vorstellen können. Jetzt war sie seine Frau, mit der er nicht nur zahllose Erinnerungen teilte, sondern Beständigkeit, Wärme und ihrer beider Zukunft. Es graute ihm davor, dass ihr bei der Geburt des Kindes etwas zustieße. Als er das sagte, flossen noch mehr Tränen, durch die hindurch Hanh lachte.

»Du Dummkopf. Millionen von Frauen bringen Kinder zur Welt. Warum sollte bei mir etwas schiefgehen?«

Er verzichtete darauf, ihr zu erklären, dass er in einer Fachzeitschrift einen Artikel über Müttersterblichkeit gelesen hatte, für die es diverse Gründe gab. Rasch wechselte er das Thema.

»Ich freue mich, wenn du zurück bist und wir zusammen leben.«

Wenige Tage zuvor war ihnen eine Ehepartnerwohnung zugesagt worden. Ein Raum, eine kleine Küche und ein Bad, das sie ganz für sich alleine hätten. Hanh hakte sich bei Phong unter und strahlte ihn an.

»Das wird schön.«

Am Flughafen wartete Marina. Phong sah zu, wie sie Hanh

umarmte und sich mit aufmunternden Worten von ihr verabschiedete. Schließlich war die Zeit für seine letzte Umarmung gekommen, und danach verschwand Hanh im Abflugbereich. Phong und Marina blickten ihr hinterher, bis Marina ihre Hand auf Phongs Schulter legte.

»Mach dir nicht zu viele Sorgen. Es geht bestimmt alles gut.«

Seufzend nickte Phong. Es gab nichts mehr, was er tun konnte.

»Hast du Lust auf einen Spaziergang?«, fragte er.

»Gerne.«

Von einem wolkenlosen Himmel knallte die Mittagssonne herab, und sie fuhren zum Müggelsee. An einem kleinen Imbissverkauf versorgten sie sich mit Bratwurst und Getränken, dann spazierten sie am See entlang. Es war angenehm ruhig, denn die Sommerferien hatten noch nicht begonnen, und die Schüler schwitzten im Unterricht. Nach einer Weile ließen sich Phong und Marina an einer ebenen Stelle am Ufer nieder und streckten ihre Füße ins Wasser. Dabei sprachen sie über das Baby und darüber, wie seltsam es Phong vorkam, dass er Vater würde, aber keine Ahnung hatte, wann er sein Kind zum ersten Mal sähe. Marina wünschte sich zwei Kinder, ein Mädchen und einen Jungen. Allerdings wollten Michael und sie noch abwarten.

»Warum?«

»Über ein paar Dinge müssen wir uns noch klar werden«, erwiderte Marina.

Phong hakte nicht weiter nach, vorwiegend, da er wenig Lust verspürte, sich über Michael zu unterhalten. Seit Hanh in Berlin angekommen war, hatten sich kaum Momente ergeben, in denen er Marina alleine sah, und so richtig es war, dass die unterschwellige Anziehung, die ihre Freundschaft gewürzt hatte, abflaute, so sehr vermisste Phong diese reizvolle Spannung. Meistens trafen sie sich mit anderen, in der Bibliothek oder auf ein Bier. Phong ging zwar ohne Hanh tanzen, da diese laute Kellerdiskos nicht ertrug, doch niemals hatte Marina einen weiteren Flirtversuch unternommen.

»Ich weiß wirklich nicht, was wir ohne dich getan hätten«, sagte Phong. »Danke, dass du für Hanh und mich da warst.«

Marina schüttelte den Kopf und winkte ab.

»Letzten Endes hatte Brigadeleiterin Breuer wohl die vernünftigste Idee. Meinst du nicht?«

Phong warf einen Stein, der viermal über die Wasseroberfläche hüpfte, ehe er versank.

»Als Vertrauensperson bist nur du in Frage gekommen. Ich habe dich immer dafür bewundert, wie du schwierige Situationen meisterst. Zum Beispiel damals, als plötzlich Hanh in meinem Zimmer saß …«

Hastig, um sich zum Schweigen zu bringen, trank Phong einen Schluck warme Cola. Die Anspielung auf den Tag, an dem Marina ihn im Wohnheim besucht hatte, war ihm herausgerutscht und lenkte ihre Unterhaltung in eine viel zu intime Richtung, obwohl Hanh nicht einmal seit drei Stunden im Flugzeug saß. Etwas Cola tropfte auf seinen Arm, und Marina wischte sie mit ihrem Zeigefinger fort. Ihre leichte Berührung ließ ihn nicht kalt, doch er zeigte es nicht.

»Wäre Hanh nicht bei dir gewesen, hätte ich dich verführt.«

Phong ließ einen weiteren Stein über den See springen. Und noch einen. Er fixierte die Stellen, an denen sie versanken. Fast automatisch beugte er sich zu Marina und küsste sie. Sofort öffnete sie ihre Lippen, und indem er sie näher zu sich heranzog, rückten der See, die Bäume, Vogelrufe und das Summen der Insekten in die Ferne, bis er nichts mehr hörte, außer seinem Atem, und Marinas. Es gab nur noch sie beide, und es fühlte sich fantastisch an. Phongs Finger strichen über ihren Arm, und er genoss ihre samtene Haut und dass er spürte, wie sie auf seine Berührung ansprach. Seine Hand wanderte über Marinas Hüfte bis zu ihren Knien, die sie angezogen hatte. Einen Moment lang ließ er seine Hand dort liegen, dann wagte er es, sie vorsichtig unter Marinas weiten Rock zu schieben. Im selben Augenblick hielt ihre Hand seine fest. Langsam, als täte sie es widerwillig, löste Marina ihren Mund von seinem, und ihr Atem beruhigte sich.

»Verdammt«, sagte sie.

Beide brachen in Gelächter aus, so hysterisch, dass ein Mann, der seinen Hund spazieren führte, sich missbilligend umsah. Sein Hund kläffte. Ihr Lachkrampf ebbte ab, ebenso wie die Spannung, die sich zwischen ihnen aufgebaut hatte. Marina sah Phong an, und in ihrem Blick lag Bedauern.

»Ich liebe Michael«, sagte sie schlicht, »und ich mag unsere tapfere Hanh. Was ich für dich fühle, Phong Hoang, weiß ich nicht so genau.«

Sie machte eine Pause, und lehnte ihren Kopf an seine Schulter, jetzt nicht viel mehr als eine harmlose Geste der Vertrautheit.

»Du hast mir vom ersten Tag an gefallen«, fuhr sie fort und zwickte ihn lachend in den Bauch. Es war das tiefe Marina-Lachen, das er so mochte. »Wobei dir die zusätzlichen Kilos, die du dir zugelegt hast, eindeutig besser stehen.«

Sie wurde wieder ernst.

»Anfangs wollte ich dir bloß helfen. Aber das war schnell vorbei. Du bewunderst, dass ich schwierige Situationen meistere? Ich fasse es kaum, wie fließend du in kurzer Zeit Deutsch gelernt hast. Wie unvoreingenommen du dich auf ein fremdes Land einlässt. Wie neugierig und offen du für das Neue bist. Und immer siehst du zuerst das Positive, obwohl du Schlimmes hinter dir hast.«

Ihre Worte berauschten ihn. Nie hätte er gewagt sich einzubilden, dass Marina ihn so sah. Nie hatte er sich selbst auf diese Weise betrachtet. Er wünschte, sie spräche weiter. Marina ergriff seine Hand.

»Hör zu, Phong, wir haben beide unsere Wege eingeschlagen; ich mit Michael und du mit Hanh. Es sind Menschen, die keine Halbherzigkeit verdienen. Ich möchte, dass wir Freunde sind, Phong. Für alles andere haben wir uns zur falschen Zeit getroffen. Und am falschen Ort.«

Phongs Rausch folgte schlagartig der Kater. Diese Wendung hatte er nicht erwartet, nicht an diesem Tag. Benommen sah er zu, wie Marina aufstand und sich Grashalme von ihrem Rock klopfte. Sie streckte ihm ihre Hand entgegen.

»Lass uns aufbrechen.«

In den nächsten Wochen lernte Phong wie besessen und legte mit herausragenden Ergebnissen seine Prüfungen ab. Nebenbei nähte er mit Tung, spielte Fußball, fuhr zum alljährlichen vietnamesischen Studententreffen und arbeitete wie im Jahr davor bei der Erntehilfe. Von dem Extrageld reiste er in die Tschechoslowakei. Der Gedanke, dass er vielleicht schon Vater geworden war, schien ihm beinahe irreal, genauso wie der Nachmittag, den er mit Marina am Müggelsee verbracht hatte. Sie begegnete ihm seitdem mit freundschaftlicher Herzlichkeit, als hätte sie ihn niemals leidenschaftlich geküsst. Seine Liebesbeziehung zu ihr blieb, was sie von Anfang an gewesen war: ein für Phong unerfüllbarer Traum. Dann erreichte ihn endlich ein Brief von Hanh. Er war Vater einer Tochter geworden, und sie hieß Tien.

Hanoi, Dezember 2015

Ergriffen lauschte Tuyet den Sängerinnen und Sängern des Internationalen Chores, deren Stimmen, getragen von den Klängen des Orchesters, den Hanoier Opernsaal mit ihrem kraftvollen »Halleluja« erfüllten. Rechts außen bei den Bässen sang William und wirkte in seinem schwarzen Anzug auf Tuyet wie ein ganz anderer Mann. Als er sie zum Weihnachtskonzert einlud, hatte Tuyet zunächst gezögert, da sie mit geistlicher Musik nicht viel anfangen konnte. Jetzt aber freute sie sich, dass sie gekommen war, und sog nicht nur die Musik in sich auf, sondern auch das prächtige Ambiente des der alten Pariser Oper nachempfundenen Gebäudes mit seinen neobarocken Säulen und verzierten Balkonen. Während Tuyet sich in den dunkelroten, weichen Polstern dem musikalischen Genuss hingab, stellte sie sich vor, wie die Kolonialherren und -damen in feinen Anzügen, langen Kleidern und wagenradgroßen Hüten 1911 in die neueröffnete Oper strömten, voller Enthusiasmus darüber, sich ihr Klein-Paris in Hanoi zu erschaffen. Gleichzeitig folterten und töteten sie nicht weit entfernt vietnamesische Gefangene in *Hoa Lo*. Schnell schob Tuyet die grausamen Bilder beiseite und konzentrierte sich auf das voluminöse Ende des »Halleluja«.

Das Publikum applaudierte begeistert, dann drängten die Zuhörer aus dem Saal. Vor der Oper wartete Tuyet auf William, der sie per SMS gebeten hatte, ihm ein paar Minuten zum Umziehen zu geben. Diese Zeit nutzte Tuyet, um sich ins Gedächtnis zu rufen, was sie in ihrem *Architekturguide Hanoi* gelesen hatte. In Eile gewesen, hatte sie das Buch mit einem Stadtführer verwechselt, und es aus Versehen gekauft. Jetzt, und sicher wäre Alexander darüber verblüfft gewesen, fand sie es hochinteressant, anhand von Hanois Architektur seine Geschichte zu entdecken. Nicht nur wegen der Franzosen war die Oper ein geschichtsträchtiger Ort, sondern auch, weil von ihrer Balustrade aus die *Viet Minh* im August 1945 die vietnamesische Revolution ausriefen, gegen die vom Zweiten Weltkrieg geschwächten Besatzungsmächte Frankreich und Japan. Genau hier, wo sie bibbernd stand, weil es frisch geworden war und nieselte, hatten die Vietnamesen ihr Schicksal in die Hand genommen.

»Hi, Tuyet, schön, dich zu sehen.«

William, nun wieder in Jeans und T-Shirt, lächelte sie an, und wieder raubten ihr seine Augen den Atem.

»Es war großartig«, lobte Tuyet ihn. »Ihr scheint alle großen Spaß am Singen zu haben.«

»Ja«, stimmte William zu, »aber jetzt habe ich vor allem Hunger. Lust auf Italienisch?«

Sie überquerten den Platz vor der Oper, und nachdem William sie durch einige schmale Gassen geschleust hatte, betraten sie ein kleines italienisches Restaurant. Gerade rechtzeitig, denn der Nieselregen hatte nur den Wolkenbruch eingeleitet, der jetzt herniederging. Der Besitzer begrüßte William wie einen guten Bekannten und bot ihnen einen Zweiertisch am Fenster an. Das Wasser schlug gegen die Scheiben und durchnässte binnen Sekunden alles, womit es in Berührung kam; die kleine Gasse war überschwemmt, noch bevor sie ihr Essen bestellt hatten. Bei Kerzenschein und gutem Wein verstärkte das Geprassel des Regens jedoch Tuyets Wohlbefinden. William schien es ähnlich zu ergehen, denn entspannt lehnte er sich zurück und grinste Tuyet breit an.

»Interessant, dich mal anders als beim Putzen und Herumführen von Pferden zu erleben.«

Tuyet lachte auf und trank einen großen Schluck Rotwein.

»Du hast das Reiten vergessen. Danke, dass du mir so geduldig Stunden gibst.«

»Du machst dich sehr gut. Loan findet das auch und meinte damit nicht nur deine Reitkünste, sondern auch deinen Umgang mit den Kindern und Pferden. Solange du als Anwältin pausierst, bist du in Hanoi ganz bestimmt nicht arbeitslos.«

Das hatte ihr auch Loan, die Besitzerin, schon gesagt, und Tuyet freute sich darüber. Die Arbeit tat ihr gut, und zwar nicht nur, weil sie gemeinsam mit den Vietnamesisch-Stunden ihrer Woche einen Rahmen gab, sondern auch, weil sie sich am Spaß der Kinder und an deren Fortschritten erfreute, den Geruch und die Wärme der Pferde als wohltuend empfand, und wenn sie ritt, alles andere um sich herum vergaß. Ihr Kopf fühlte sich so frei an, wie lange nicht, sodass ihre Vorratspackung Paracetamol noch immer ungeöffnet im Badezimmerschrank lag. Die Pizza wurde serviert, und voller Appetit aßen sie.

»Hast du Linh bei den Pferden kennengelernt?«

William kaute schneller, damit er antworten konnte:

»Nein, im Frühjahr über meine Ex bei einer Protestaktion.«

»Was denn für eine Protestaktion?

»In Hanoi sollten Tausende gesunder Bäume gefällt werden. Viele stammten noch aus der Kolonialzeit. Nun störten sie angeblich den Straßenverkehr oder andere Projekte. Unter dem Namen »6700 Menschen für 6700 Bäume« gründete sich sogar eine Facebookgruppe, und die hatte schon nach ein paar Stunden Zehntausende Follower. Ein paar Hundert Bäume mussten trotzdem dran glauben, aber dann hatte der vehemente Protest aus der Bevölkerung Erfolg, und das große Baumschlachten wurde gestoppt. Die Hanoier lieben ihre Bäume. Erstens, weil sie ein besonderes Flair in der Stadt verbreiten, zweitens weil sie Schatten spenden und drittens, weil sie die Luftqualität verbessern, und das ist bitter nötig.«

Tuyet ließ ihr Besteck sinken.

»Sind Demonstrationen denn erlaubt?«

William warf nun einen genauso aufmerksamen Blick in die Runde, wie Tuyet es schon bei Linh und ihren Freunden beobachtete hatte.

»Bis jetzt sind sie selten«, antwortete er dann. »Aber es scheint, als wären die Umweltaktivisten nicht vordergründig ins Visier des Staates geraten, solange sie sich nicht auch zu anderen Themen äußerten. Außerdem hielten sich an dem Tag der Aktion ausländische Parlamentarier in der Stadt auf. Vor denen wollte man keine friedlichen Demonstranten festnehmen.«

Tuyet schüttelte den Kopf.

»Und Linh war dabei? Das hätte ich nicht gedacht.«

William sah jetzt ernst aus.

»Sie ist eine kluge und engagierte junge Frau auf der Suche nach dem geeigneten Weg in ihre Zukunft. Manchmal braucht sie dabei ein bisschen Unterstützung.«

Er goss Tuyet und sich Wein nach.

»Na ja, andere haben diesen Weg mit über dreißig immer noch nicht gefunden.«

Tuyet hätte gerne gefragt, ob er von sich sprach, aber da William womöglich zurückfragen würde, wonach sie denn suchte, ließ sie es. Stattdessen blieb sie bei Linh.

»Wie ist Linh denn auf dem Hof gelandet?«

»Meine Ex hatte mir erzählt, dass sie mit behinderten Kindern arbeitet. Und da ich in Kanada gute Erfahrungen mit therapeutischem Reiten gemacht habe und wusste, dass Loan für jede Idee aufgeschlossen ist, die ihrem Hof zu mehr Bekanntheit verschafft, habe ich Linh gefragt, ob sie mit ihren Kindern reiten möchte. Feuer und Flamme war sie dafür. Sie sagte einmal, dass sie gerne etwas für Kinder tut, die es in der Gesellschaft schwer haben. Vielleicht, weil sie sich als uneheliches Kind auch so manches anhören musste.«

Tuyet strich ihren Pony aus dem Gesicht. Er war viel zu lang geworden.

»Ist Linhs Vater abgehauen?«

William blickte Tuyet erstaunt an, dann vertiefte er sich in die Dessertkarte.

»Sieht so aus«, sagte er. »Du quetschst mich aus wie eine Zitrone, und dabei dachte ich, ihr wärt dicke Freundinnen. Worüber unterhaltet ihr euch den ganzen Tag? Tiramisu oder Crème Caramel?«

»Crème Caramel.«

Während William bestellte, ging Tuyet auf die Toilette. Es war nicht so, dass sie sich mit Linh nur über Oberflächliches unterhielt. Sie sprachen miteinander zwar nicht in der für Tuyet unbegreiflichen Offenheit, die einige ihrer Frankfurter Freundinnen pflegten. Dazu war sie auch bei ihnen nie bereit gewesen, was eine kleine, aber spürbare Distanz schaffte. Bei Linh war das anders. Sie zeigte ihr deutlich, dass ein Rückzug von jedem Thema problemlos möglich war. Deshalb hatte sich Tuyet auch auf ein Gespräch über ihre Träume einlassen können.

Sie waren nach einer Reitstunde darauf gekommen, die Linh ihr statt William erteilt hatte, weniger lehrreich, dafür witzig, weil sie beinahe an Akrobatik gegrenzt hatte. Tuyet führte den hübschen Schimmel Silver zum Putzplatz, Linh folgte ihr lächelnd.

»Phantastisch, dass du dir deinen Kindheitstraum erfüllst. Nicht jeder hat so viel Glück.«

Während Tuyet ihr Pferd vom Sattel befreite, antwortete sie: »Ja, vor allem, weil ich mich erst in Hanoi daran erinnert habe.«

Gewissenhaft hängte sie den Sattel auf und begann, Silvers Fell trocken zu reiben.

»Und du? Weißt du noch, was du als kleines Mädchen werden wolltest?«

»Ärztin.«

Wie aus der Pistole geschossen kam Linhs Antwort, während sie Silvers Hufe reinigte. »Allerdings ist Studieren nichts für mich.«

Nachdem sie Tuyet den Hufkratzer in die Hand gedrückt hatte, setzte sie sich auf das Holzgatter und sah amüsiert zu, wie Tuyet mit dem Bein ihres Pferdes, das sie nicht zu fassen bekam, kämpfte.

»Und wovon träumst du heute?«

»Heute? Dass Silver endlich stillhält!«

Nach schweißtreibenden Minuten war Silver versorgt, und Tuyet brachte ihn auf die Koppel.

»Im Ernst«, hakte Linh nach, als Tuyet zurückkam. »Was erwartest du von deinem Leben?«

Tuyet setzte sich neben ihre Freundin und nahm einen großen Schluck aus der Wasserflasche, dann wandte sie sich an Linh: »Wie ist es denn bei dir?«

Lachend drohte ihr Linh mit dem Zeigefinger. »Eine Gegenfrage gilt nicht. Aber sei's drum. Mein größter Wunsch ist eine eigene Wohnung. Morgens aufzuwachen und nicht gleich in missgelaunte Gesichter zu schauen, muss traumhaft sein.«

Das Wort »traumhaft« zog sie in die Länge, und Tuyet verstand, wie schwierig es für Linh war, noch bei ihren Verwandten zu wohnen. Tuyet wurde klar, dass Linhs Traum etwas war, was sie für selbstverständlich hielt.

»Dann wäre da noch der nette und rasend gutaussehende Freund, der mich vergöttert und nicht glaubt, ich wäre hauptsächlich fürs Kochen zuständig. Mit ihm würde ich mir eine eigene Pferdefarm kaufen«, sinnierte Linh weiter. »Meine Mutter nähme ich auch mit, sie könnte töpfern und für die Reitkinder und uns kochen. Ich muss mir bloß noch überlegen, wie ich meine Mutter davon überzeuge, nach Neuseeland zu ziehen.«

Tuyet prustete los. »Nach Neuseeland? Meine Güte, Linh, deine Pläne hören sich sehr ausgereift an.«

»Das sind Träume, Tuyet, keine Pläne.«

Tuyet warf Linh einen kurzen Blick zu, hörte auf zu lachen und beobachtete ihre Freundin.

»So, jetzt bist du dran«, brach Linh ihr kurzes Schweigen.

»Du bist Anwältin, hast offenbar einen tollen Freund und reist durch die Welt. Nicht zu vergessen deine schöne Wohnung am Westsee. Bist du am Ende wunschlos glücklich?«

Der Ton, in dem Linh ihr diese Frage stellte, klang keineswegs provokant, sondern aufrichtig interessiert. Tuyet kniff ein Auge zusammen und linste mit dem anderen in ihre Wasserflasche, als würde sie darin eine Antwort auf Linhs Frage suchen.

»Weißt du, Linh, ich kann mich nicht mal daran erinnern, was ich als Kind oder Jugendliche werden wollte. Mir war immer klar, dass ich Jura studieren würde, weil mein Vater es so vorgesehen hatte. Versteh mich bitte nicht falsch, ich bin gerne Juristin, aber ob es mein Wunsch gewesen ist, eine zu werden? Keine Ahnung.« Sie trank ihre Flasche leer und zielte dann mit ihr auf einen Mülleimer, den sie tatsächlich traf.

»Mir ist es in der letzten Zeit nicht gut gegangen. Immer habe ich davon geträumt, eine steile Karriere zu machen, aber die Wahrheit ist, dass meine Chefin mich beurlaubt hat, weil ich mit meiner Arbeit nicht mehr klargekommen bin. Und dafür schäme ich mich.«

Tuyets Augen brannten. Gedemütigt und verzweifelt sah sie sich in Irenes Büro sitzen und wurde dieses Bild nicht los. Schnell sprach Tuyet weiter. »Alle sagen, dass mich die viele Arbeit krank gemacht hat. Der Stress, der Druck. Seit ich in Hanoi bin, denke ich manchmal, dass sie Recht haben. Trotzdem fühle ich mich, als wäre eine Abrissbirne in mein Leben gekracht, und hätte alles, was es bisher ausgemacht hat, ruiniert.«

Tuyet stockte, überrascht darüber, was sie alles zugab. Teilnahmsvoll blickte Linh sie an und legte behutsam ihre Hand auf Tuyets.

»Was ist mit Alexander? Du sagtest doch, er warte in London auf dich. Das klingt nach einem Freund, auf den du dich verlassen kannst und nicht, als wäre alles zerstört. Willst du ihn nicht sogar heiraten?«

Für ein paar Sekunden schloss Tuyet ihre Augen. Dann erwiderte sie:

»Das ist auch so eine Sache. Alexander möchte, dass wir heiraten und Kinder bekommen. Mein Vater drängt mich dazu. Aber ich weiß nicht, ob ich das will. Mir wird langsam klar, dass ich viel zu selten über meine Wünsche nachgedacht habe. Deshalb kann ich auf die Frage danach auch keine so schöne Antwort geben wie du.«

Linh schnitt eine Grimasse. »Träume allein machen nicht glücklich.« Sie ließ eine Kaugummiblase zerplatzen. »Dein Leben ist ganz schön kompliziert. Wie sehr muss dir deine Mutter fehlen.«

Entgeistert starrte Tuyet ihre Freundin an. Was sagte Linh da? Es dauerte einen Moment, bis ihr aufging, dass sie Marina gemeint hatte.

Tuyet sprang vom Gatter und zog ihre Reithose zurecht. Für heute hatte sie genug in ihrer Psyche herumgerührt und wollte nur noch nach Hause.

»Sieh mal, der Himmel ist ganz schwarz. Wenn wir uns beeilen, schaffen wir es vielleicht noch vor dem Wolkenbruch!«, gab Linh das Signal zu Aufbruch.

Ob sie ihre plötzliche Sprachlosigkeit merkwürdig fand oder als stumme Trauer interpretierte, wusste Tuyet nicht. Aber sie war erleichtert gewesen, dass Linh wie immer im richtigen Augenblick keine Fragen stellte.

Als Tuyet zu ihrem Platz im Restaurant zurückkehrte, stand die Crème Caramel auf dem Tisch.

»Und, hast du für heute genug über Linh erfahren, und wir können uns anderen Themen widmen?«

Er sagte es mit einem humorvollen Unterton und nahm, ohne den Blick von ihr zu wenden, ihre Hand, die nicht den Löffel hielt, mit dem sie an der Karamellcreme kratzte.

Tuyet tauchte ins Grün seiner Augen ein und ließ sich Zeit mit ihrer Antwort. Meinte er wohl, was sie vermutete, was er meinen könnte? Plötzlich hatte sie keine Lust, darauf zu warten, dass er die Dinge vorantrieb. Ihr war nach Flirten und Küssen zumute, und zwar am besten gleich.

Will ich Alexander betrügen? Direkt beim Namen genannt, klang diese Idee ungeheuerlich. Sie sah den fassungslosen Alexander vor sich, so gekränkt dreinblickend wie in jener Nacht, als sein Ring im See versank. Tuyets Magen zog sich zusammen. Sie wollte jetzt nicht an Alexander denken. Rasch trank sie ihren Rotwein aus.

»Also, wonach ist dir?«

Nah und verführerisch klang Williams Stimme, und sein charmantes Lächeln überstrahlte Alexanders vorwurfsvolles Gesicht. Aber war sie wirklich bereit für eine Affäre? Noch lag es in ihrer Hand, dem Abend eine unverfängliche Wendung zu geben.

»Es hat aufgehört zu regnen. Wir könnten zu mir fahren«, hörte sie sich sagen.

»Etwas in der Art hatte ich mir auch vorgestellt«, erwiderte William.

Tuyet bestellte die Rechnung, die William sich weigerte, von ihr bezahlen zu lassen. Draußen roch die Luft sauber und erfrischend, und durch die dichten Wolken bahnte sich der Vollmond seinen Weg. Etwas angesäuselt nahm Tuyet auf Williams Moped Platz und wusste zunächst nicht, wohin mit ihren Händen. William ergriff sie und legte sie um seine Hüften. Der Fahrtwind zerzauste ihr Haar, und auf dem Westsee und dem Truc Bach-See funkelten die Restaurantschiffe, märchenhaft beleuchtet, eine wundervolle Ergänzung zu den weihnachtlichen Lichterketten in den Straßen. Romantik pur. Tuyet konnte nicht anders, als sich enger an William zu schmiegen. Den warmen Körper eines Mannes zu spüren, der nicht Alexander war, erschien ihr ungewohnt und aufregend. Hatte sie etwas versäumt, indem sie ausschließlich mit Alexander zusammen gewesen war? Immerhin hatte er ein recht ausschweifendes Liebesleben ausgekostet, bevor sie ein Paar wurden. Doch seitdem, da war Tuyet sich sicher, war er ihr treu gewesen.

»Es ist naiv zu denken, man könne für jemanden die Hand ins Feuer legen«, hatte Stella einmal behauptet und ihre Kolleginnen hatten zugestimmt. Tuyet hatte so getan, als wäre sie in ihren Fall vertieft, und hatte die anderen im Stillen bedauert.

»Geradeaus und dann links!«, brüllte sie William ins Ohr, nur um etwas zu sagen, womit sie ihr schlechtes Gewissen übertönen konnte. Doch bis sie bei ihr ankamen, wurde sie es nicht los. William schloss sein Moped ab.

»Notbremse?«, dachte Tuyet. Doch anstatt sie zu ziehen, stieg sie unter Williams Blicken, die spürbar an ihren Beinen hafteten, zu ihrem Appartement hinauf. Sie schloss die Wohnung auf und warf ihre Tasche aufs Sofa. Dann knipste sie das Licht an.

»Lass das Licht aus«, sagte William und deutete auf ihr großes Fenster. »Der Mond scheint so hell, dass er völlig ausreicht. Wow, was für eine Aussicht auf den See!«

»Deswegen wollte ich die Wohnung unbedingt haben. Sie ist ein Glücksgriff. In Tay Ho, direkt am Westsee und bezahlbar.« So nah, dass sich ihre Hände leicht streiften, standen sie nebeneinander und blickten auf den See. Seine ruhige Wasseroberfläche schimmerte silbern und bildete einen hinreißenden Kontrast zur urbanen Geräuschkulisse: Motoren, Hupen, Rufe und Musik. Seit Tuyet hierher gezogen war, hatte der Lärm sie nie gestört. Im Gegenteil, saß sie allein am Fenster und trank ihren Tee, verhinderte er, dass sie sich von Gott und der Welt verlassen fühlte. Tuyet holte zwei Gläser und stellte eine angebrochene Weinflasche auf den Tisch.

»Magst du noch einen?«

»Gerade nicht.«

William wandte sich vom Fenster ab und kam auf Tuyet zu. Ohne sich zu berühren, standen sie voreinander und sahen sich an, bis Tuyet die Spannung nicht mehr aushielt. Sie küsste William, erst vorsichtig, um seinen Mund zu erkunden, dann leidenschaftlich, und ein paar Minuten später lagen sie nackt auf Tuyets Sofa und pressten ihre Körper aneinander. Keuchend genoss Tuyet ihre eigene Erregung ebenso sehr wie Williams eindeutiges Verlangen nach ihr. Ein Handy läutete. Es war Williams, denn Tuyet hatte, wie ihr sogleich einfiel, ihres nach dem Konzert noch nicht wieder laut gestellt. Noch vor wenigen Wochen wäre ihr das nicht passiert. Jetzt war sie froh, dass sie nicht erreichbar war.

»Das darf doch nicht wahr sein«, nuschelte William in ihr Ohr und zog sie auf sich. Seine Hände lagen fest auf ihrem Po, sie küsste ihn heftig, um ihn das Handy vergessen zu lassen. Endlich war es ruhig. Tuyet löste ihre Lippen von Williams und ließ ihre Küsse seinen muskulösen Körper hinabwandern. Stöhnend vergrub William seine Hände in ihrem Haar.

»Du machst mich ganz verrückt«, raunte er, »jetzt will ich dich verwöhnen.« Langsam rollte sich Tuyet auf den Rücken, ihre Lust befeuert durch Williams Blicke und seine begehrenden Hände auf ihrer Haut. Erneut bimmelte sein Handy. Einen Moment lang streichelte William sie weiter, dann stieß er einen genervten Laut aus.

»Wer stört uns denn so penetrant?«

Sanft schob er Tuyet von sich.

»Entschuldige. Wenn ich nicht nachsehe, kann ich mich nicht mehr so gut auf dich konzentrieren, und das würde ich gerne. Hallo?«

Während William seinem Gesprächspartner mit gerunzelter Stirn zuhörte, ergötzte sich Tuyet am Anblick seines durchtrainierten Körpers. Sie stand auf, drückte sich von hinten an ihn, und streichelte seinen Bauch. Sie brannte auf den Augenblick, da er sich ihr zuwenden würde.

»Bin unterwegs.«

William legte sein Handy fort und nahm Tuyet, die ihn schockiert ansah, in den Arm. Er küsste sie, schnappte sich seine Jeans und schlüpfte hinein, ohne sich die Mühe zu machen, seine Unterhose zu finden.

»Was ist los? Warum willst du fort?«

»Nicht wollen. Müssen«, murmelte William in sein T-Shirt, das er sich hektisch über den Kopf zog.

»Linh. Sie braucht Hilfe.«

William griff nach seinem Handy und Schlüssel, dann schlug die Tür zu, und Tuyet war allein mit der Frage, ob ihre Ahnen das Äußerste verhindert hatten.

Gut anderthalb Stunden später saß Linh mit ihrer Freundin Phuong in Decken gemummelt auf dem Sofa und wärmte ihre Hände an warmen Teetassen. Mit grimmiger Miene zündete sich William, ohne zu fragen, eine Zigarette an, deren Asche er in seine leere Teetasse schnippte. Tuyet quetschte sich auf die Sofalehne neben Linh und legte den Arm um sie. Niemand sagte ein Wort.

Nachdem William fortgehetzt war, hatte Tuyet einen Moment auf den nächtlichen See gestarrt. »Wie in einem schlechten Film«, hatte sie gedacht. Eben noch in voller Ekstase, stand sie von einer Sekunde auf die andere nackt und allein im Dunkeln. Doch dann wurde ihr bewusst, weshalb William gegangen war. Was um alles in der Welt war Linh zugestoßen? Ein Unfall? Sicher würde William sich melden, wenn er es herausbekommen hatte. Endlich nahm sie ihr Handy aus der Tasche, um es auf laut zu stellen. Ein Anruf war eingegangen. Von Linh. Tuyet checkte die Uhrzeit und bekam vor Schreck eine Gänsehaut. Bevor sie William anrief, hatte Linh versucht, Tuyet zu erreichen. Und sie hatte es nicht bemerkt, weil sie mit William beschäftigt gewesen war. Rasch wählte Tuyet Linhs Nummer. Doch ihr Handy war ausgeschaltet. Jetzt machte sich Tuyet ernsthaft Sorgen. Sie trank ein Glas Wasser, um einen klaren Kopf zu bekommen, zog ihren Pyjama an und legte sich auf die Couch. Ungeduldig drückte sie Williams Nummer, aber er ging nicht dran. Also wartete sie. Eine Dreiviertelstunde später rief er an.

»Wir kommen zu dir«, sagte er und drückte sie weg, ohne ihre Antwort abzuwarten. Tuyet sprang auf, zog sich an und beseitigte in Windeseile die Spuren ihrer unterbrochenen Liebesnacht. Anschließend kochte sie eine große Kanne Tee und legte warme Decken für Linh bereit. Als es klingelte und Tuyet die Tür öffnete, stand dort ein Trio. William, Linh und Phuong, die Tuyet bereits im *Cong Caphe* wegen ihrer hüftlangen, rotgefärbten Haare aufgefallen war. William sah wütend aus, die Frauen hingegen am Boden zerstört.

»Kommt rein!«

William schob die beiden direkt zum Sofa und legte die Decken um sie. Tuyet reichte allen Tee, und da niemand ernsthaft verletzt zu sein schien, wartete sie einfach ab, wer zuerst das Wort ergreifen würde. Trotz des heißen Getränks und der Decke zitterte Phuong, Tränen rollten ihre Wangen hinab. Linh zog ihre Knie ans Kinn und starrte vor sich hin, mit einer Hand tastete sie nach ihrer Freundin.

»Mit einem blauen Auge sind sie davongekommen«, sagte William. Tuyet fragte sich, gegen wen sich wohl der unterdrückte Zorn in seiner Stimme richtete.

»Wollt ihr mir nicht erzählen, was passiert ist?«, fragte sie möglichst ruhig.

Schniefend sah Phuong zu Linh, die nickte.

»Wir hatten Phuongs Moped gegenüber von Ducs Haus abgestellt. Duc ist ein Freund von uns. Als wir die Straße überquerten, kamen Duc und Minh, ein anderer Freund, schon aus der Haustür und winkten uns zu. Gerade wollte ich zurückwinken, da tauchten vier Männer auf, umringten die beiden und verprügelten sie. Obwohl Duc und Minh schon am Boden lagen, traten die Männer auf sie ein.«

Linh hielt inne, schluckte mehrmals krampfhaft und knetete dabei ihre Finger. Ihre Mundwinkel zuckten. Den Kopf lehnte sie an Tuyets Schulter und schloss ihre Augen. Hinter ihren zuckenden Lidern spielten sich sicher hässliche Szenen ab. Sanft streichelte Tuyet ihr Haar und fragte:

»Was ist dann passiert? Haben die Männer euch etwas angetan?«

Gleichzeitig schüttelten Linh und Phuong ihre Köpfe.

»Nur auf uns gedeutet haben sie. ›Wir müssen hier weg, Linh!‹, habe ich gerufen, und so schnell wir konnten, sind wir gerannt. Einfach drauflos. Egal wohin.«

Tränen erstickten Phuongs Stimme, und sie verschluckte sich an ihren Worten. Schließlich stieß sie hervor:

»Wir haben Duc und Minh im Stich gelassen.«

Sie schlug ihre Hände vors Gesicht. William drückte seine Zigarette aus und räusperte sich laut.

»Das habt ihr nicht. Ihr habt Ducs Eltern angerufen, und dass ihr in eurer Panik daran gedacht habt, finde ich bewundernswert. Es war das Klügste, was ihr tun konntet. Was sonst hättet ihr gegen vier gewaltbereite Männer, die vielleicht bewaffnet waren, ausrichten können?«

Phuong linste zwischen ihren Fingern hindurch, und Linh öffnete ihre Augen. Tuyet hätte es schlauer gefunden, die Polizei zu rufen, aber da Williams Worte die beiden beruhigten, ja fast dankbar aussehen ließen, wollte Tuyet ihnen nicht das Gefühl geben, etwas versäumt zu haben.

»Könnt ihr die Männer beschreiben? Wenigstens ein oder zwei? Diese Schläger müssen festgenommen werden. Trinkt euren Tee aus, und dann gehen wir zur Polizei.« Tuyet griff nach ihrer Handtasche, doch Linh hielt sie zurück.

»Nein, warte. Wir gehen nicht zur Polizei.«

Verdattert wandte Tuyet sich um.

»Warum nicht? Wollte ihr etwa, dass diese Typen ungestraft davonkommen?«

Linh und Phuong fixierten den Fußboden, als gäbe es dort etwas Interessantes zu sehen und schwiegen. William seufzte und zündete sich eine neue Zigarette an.

»Duc und Minh sind Blogger. Sie haben sich nicht nur für Hanois Bäume eingesetzt, sondern ihre Meinung zu allem Möglichen kundgetan. Religionsfreiheit, Machtmissbrauch,

Landenteignungen, der Konflikt mit China, solche Sachen. Genau das kann die Regierung aber nicht leiden. Will heißen, dass der Überfall auf Duc und Minh eine Einschüchterungsaktion gewesen sein könnte. Wenn jemand festgenommen wird, dann vermutlich sie.«

Tuyet ließ sich auf einen Stuhl sinken. Natürlich, daran hatte sie überhaupt nicht gedacht. Die wunderschönen Landschaften, das emsige Treiben in den Städten, in denen sich ein Geschäft an das nächste reihte und junge Leute die Cafés bevölkerten, wo abends auf den Straßen getanzt und gespielt wurde, all das war die bunte, hübsche Seite Vietnams. Man vergaß leicht, dass es, auch wenn sich das Land in den letzten Jahren weit geöffnet hatte, noch immer eine andere Seite gab, eine, die dafür sorgte, dass Linh sich erst umsah und ihre Stimme senkte, wenn sie ihre Meinung zu kritischen Themen äußerte. Tuyet versetzte es einen Stich, sie musste an Alexander denken. Vor ihrer Reise hatte er ihr einen Artikel über Vietnam gezeigt, in dem es um die Haftstrafen kritischer Blogger und deren Anwälte ging. Auch von der Abschiebung einer Bloggerin, deren Mutter sich aus Protest gegen die Festnahme ihrer Tochter selbst verbrannt hatte, war die Rede gewesen. Tuyet hatte den Bericht überflogen und beiseite gelegt. Erst jetzt begriff sie, dass Alexander einen weiteren Versuch gestartet hatte, ihr Interesse zu wecken und sie aus ihrer Lethargie zu befreien, was ihm schon nicht durch seine Reiseplanung gelungen war. Wie abgestumpft sie sich gegenüber allem verhalten hatte, was nicht ihr eigenes Dilemma betraf, fand Tuyet inzwischen beschämend.

»Okay, verstehe«, sagte sie, obwohl sie nicht wusste, wie es jetzt weiterging. Deshalb erbot sie sich, neuen Tee zu kochen. Als sie mit der Kanne und ein paar Keksen zurückkehrte, fand sie Phuong erschöpft eingeschlafen vor, während sich Linh in Williams Arm gekuschelt hatte. Einen Augenblick lang störte Tuyet der Anblick. Doch sofort ermahnte sie sich. Linh hatte eine schlimme Nacht hinter sich, und William war ein guter

Freund. Flüsternd, um Phuong nicht aufzuwecken, kamen sie überein, dass auch Linh bei ihr übernachten sollte.

»Meine Familie denkt, dass ich bei Phuong schlafe«, sagte Linh, über Williams Vorschlag erleichtert. »Deshalb kann ich nicht mitten in der Nacht auf der Matte stehen. Außerdem ist mein Schwager Polizist, und er würde ausflippen, wenn er wüsste, mit wem wir verabredet waren.«

»Schreibst du auch Blogs?«, wollte Tuyet wissen.

Linh zuckte ihre Schultern.

»Wie sich heute wieder gezeigt hat, verhalte ich mich nicht besonders heldenhaft. Während der Baumkampagne habe ich mal etwas auf Facebook geschrieben, viel mehr nicht.«

William erhob und streckte sich.

»Und das kann man durchaus als risikofreudig bezeichnen.«

Mit düsterer Miene nickte Linh.

»Ich lasse euch jetzt schlafen. Es gibt nichts, was wir tun könnten. Schließt du mir unten das Eingangstor auf?«, sagte William zu Tuyet gewandt.

»Natürlich.«

Sie war froh, dass sie mit William einen Augenblick allein sein würde. Phuong schlief tief und fest und wurde auch nicht wach, als Tuyet das Sofa auszog, damit Linh sich hinlegen konnte.

»Ich bin gleich zurück«, sagte sie, deckte Linh zu und begleitete William. Im Hausflur ergriff William Tuyets Hände und sah sie an.

»Was für ein verrückter Abend, nicht wahr? Ich brenne darauf, den ersten Teil möglichst bald fortzusetzen.«

Lächelnd legte Tuyet ihre Arme um seinen Hals und küsste ihn.

»Gut, dass du so schnell reagiert hast.«

Sie zögerte, dann fügte sie hinzu. »Es klingt vielleicht blöd, aber mir wäre es recht, wenn Linh im Moment nichts von uns beiden mitbekäme.«

Sie kannte Linh nicht gut genug, um einschätzen zu können, ob diese, da sie von Alexander wusste, Tuyets Affäre verwerflich fände. Auf keinen Fall wollte Tuyet, dass Linh schlecht von ihr dachte.

»In Ordnung«, sagte William, ohne weiter nachzuhaken. Noch einmal küssten sie sich, dann schloss Tuyet die Tür auf.

»Was machst du eigentlich Weihnachten?«, erkundigte sich William beim Hinausgehen. »Hast du Lust, mit mir zu verreisen? Ich kenne einen hübschen, kleinen Ort, nicht weit von Hanoi entfernt, wo wir es uns nett machen könnten. Und ungestört wären.«

Erwartungsvoll sah er sie an. Tuyet schürzte ihre Lippen und überlegte. Die Aussicht war durchaus reizvoll. Doch wollte sie mit einem Mann, den sie kaum kannte, gleich ein paar Tage verbringen? Und was sollte sie Alexander sagen, wenn er sie fragte, wie sie die Feiertage verbrächte? Sie würde lügen müssen, und das, wo sie eben noch festgestellt hatte, wie fürsorglich sich Alexander ihr gegenüber verhielt. Hatte sie, Tuyet, denn nichts Besseres zu tun, als mit einem anderen Mann eine Affäre zu beginnen, kaum dass sie wenige Wochen alleine war? Wie als Antwort darauf zog William sie an sich und küsste sie so intensiv, dass Tuyet erschauerte und wünschte, er könnte die Nacht mit ihr verbringen. Oh Gott, sie war hoffnungslos verknallt und nicht bereit, diesen Rausch sofort zu beenden. Und, meldete sich eine bockige Stimme in ihr, hatte Alexander während ihres Streits am Hoan Kiem-See nicht selbst gesagt, dass es besser gewesen wäre, wenn sie Erfahrungen mit anderen Männern gesammelt hätte?

»Ich denke darüber nach«, versprach sie William.

William warf ihr eine Kusshand zu und verschwand in der Nacht. Gähnend stieg Tuyet die Treppen hinauf. William hatte Recht, es war ein verrückter Abend gewesen, und sie musste dringend ins Bett. Vorsichtig, um Linh nicht zu wecken, falls sie eingeschlafen sein sollte, lugte Tuyet ins Wohnzimmer. Im Schneidersitz saß Linh auf ihrer Schlafstätte und wedelte grinsend mit einer Männerunterhose. Williams Slip, nach dem er nicht mehr gesucht hatte.

»Von deinem Vormieter stammt die nicht, oder?«, flüsterte sie, einen Blick auf die schlummernde Phuong werfend.

»Äh, nein.« Eine schlagfertigere Antwort kam Tuyet nicht in den Sinn, denn zu peinlich war ihr die Situation. Was dachte Linh jetzt von ihr? Aber diese schien ganz unverkrampft, warf den Slip hinter sich und lächelte verschwörerisch.

»Mach dir keine Sorgen. Deinem Freund in London werde ich schon nichts verraten. Bist du verknallt in … Mr. X?«

Tuyet nahm sich etwas zu trinken und setzte sich zu Linh.

»Ja, ich denke schon«, erwiderte sie knapp. Frisch wie ihre Affäre war, wollte Tuyet sie gerne für sich behalten. Aber nun, da Linh etwas bemerkt hatte, sollte sie ihr nicht sagen, wer sich hinter Mr. X verbarg? Seufzend strich Linh über eins von Tuyets Kissen.

»Es ist schön, verliebt zu sein. Eine Weile war ich in Duc verknallt, aber er interessiert sich mehr für Phuong.«

Sie machte eine Handbewegung, die bedeutete, dass dies kein Drama wäre. »Ich habe festgestellt, dass er am liebsten selber redet und keine Meinung so interessant findet wie seine eigene. Da ist William ganz anders.«

Tuyet wurde hellwach.

»William?«

Linh nickte und ihr Blick verklärte sich. Dann sah sie Tuyet an, die sich unter Linhs prüfendem Blick unbehaglich fühlte. Doch als Linh fortfuhr, wurde ihr klar, dass ihre Freundin nur abgewogen hatte, ob sie sich Tuyet anvertrauen wollte.

»Er fragt mich nach meiner Meinung, hört genau zu, und wenn er etwas anders sieht, diskutieren wir darüber. Wenn mich etwas bedrückt, merkt er es. Ich glaube, William ist der aufmerksamste Mann, den ich kenne. Dass er mich auf den Hof geholt hat, war das Beste, was mir passieren konnte.«

Unruhig rutschte Tuyet auf Linhs Matratze hin und her.

Hatte ihr anfängliches Gefühl sie doch nicht getäuscht, und zwischen den beiden lief etwas? Sie nahm eine Haarklemme vom Tisch und steckte, damit sie Linh noch konzentrierter zuhören konnte, ihren störenden Pony fest.

»Wie meinst du das?«

Linh rückte näher an Tuyet heran und sprach noch leiser.

»Als meine Mutter nach Bat Trang zog, wollte ich meine Schule nicht wechseln und keinesfalls in einem Dorf leben. Deshalb wurde ich bei der Schwägerin meiner Schwester einquartiert. Meine Schwester wohnt mit ihrer Familie im selben Haus, aber wir kommen nicht miteinander aus. Das war schon immer so. Weder sie noch ihr Mann verpassen eine Gelegenheit, mir zu verstehen zu geben, dass ich unerwünscht bin.« Ihr Blick schweifte durch Tuyets Appartement.

»Eine eigene Wohnung ist mein Traum, aber ihn zu erfüllen, kann ich mir nicht leisten. Deshalb bin ich froh, so viel Zeit wie möglich auf dem Hof zu verbringen. Dort bin ich gerne gesehen und fühle mich zu Hause.«

»Wegen William?«

Der Tee war alle, und da sie das Gespräch nicht unterbrechen wollte, um neuen zu kochen, schenkte sie ihnen stattdessen den restlichen Rotwein ein. Linh ließ den Wein ein paar Mal in ihrem Mund kreisen, bevor sie schluckte, und antwortete.

»Nicht nur. Auch wegen des internationalen Umfeldes. Weißt du, ich habe meinen Vater nie kennengelernt, und meine Mutter spricht fast nie über ihn. Angeblich soll er ein netter Kerl gewesen sein. Aber weshalb ist er dann abgehauen? Jeder weiß doch, dass Frauen ohne Mann es schwer haben. Und ein uneheliches Kind zu sein …«, sie rollte mit den Augen und drückte ihr Kissen an ihre Brust wie ein Schutzschild, »… ist ein Makel. Aber den Ausländern, die ihre Kinder zum Reiten bringen, ist das egal. Noch nie hat mich jemand nach meiner Herkunft gefragt, und alle sind freundlich zu mir. Und die vietnamesischen Eltern, um deren

Kinder ich mich kümmere, sind einfach froh, dass ihre Kleinen etwas Abwechslung bekommen.«

Fieberhaft überlegte Tuyet, wie sie die Unterhaltung auf William lenken könnte, ohne dass ihre Nachfragen verdächtig wirkten. Doch schon kam Linh von allein auf ihn zurück.

»Alles, was ich über Pferde weiß, habe ich von William gelernt. Er hat mir Bücher über therapeutisches Reiten mit Downsyndrom-Kindern und Autisten besorgt. Er bestärkt mich darin zu studieren, aber ich glaube nicht, dass ich die Aufnahmeprüfung für die Universität schaffen kann. Na ja … Solange William mit Hien zusammen war, war er ein absolutes Tabu für mich. Aber sie sind getrennt, und William und ich könnten …« Mit einem großen Schluck Wein spülte sie das Satzende hinunter, als käme es ihr anmaßend vor, ihren sehnsüchtigen Gedanken auszusprechen. Tuyets Herz zog sich zusammen. William war es also, den sich Linh als netten, gutaussehenden Freund auf ihrer Farm in Neuseeland vorstellte. Wie, um alles in der Welt, sollte sie sich verhalten? Wenn sie Linh jetzt die Wahrheit sagte, würde sie ihr nach einem furchtbaren Tag einen weiteren herben Schlag verpassen. Womöglich würde Linh sich von ihr abwenden. In erstaunlich kurzer Zeit hatte Tuyet die jüngere Frau liebgewonnen und wünschte, ihre zarte Freundschaft erhielte die Chance zu wachsen. Möglicherweise wäre das Techtelmechtel mit William schneller vorbei, als es begonnen hatte, und dann hätte sie Linh umsonst verletzt. Tuyet räusperte sich, und kam sich mies vor, weil die Motive, aus denen sie nun in Linh drang, eigennütziger Natur waren.

»Hast du denn eine Ahnung, wie William darüber denkt? Meinst du, er ist in dich verliebt?«

Gebannt wartete sie auf Linhs Antwort. Diese lächelte verträumt.

»Manchmal umarmt er mich, er macht sich viele Gedanken darum, wie es mir geht und ich glaube, seit er nicht mehr mit Hien zusammen ist, schaut er mich anders an. Aber ich will ihn nicht drängen. Vielleicht braucht er noch etwas Zeit, um über seine Trennung hinwegzukommen.«

Tuyet trank ihren letzten Schluck Wein aus.

»Wir sollten jetzt ein wenig schlafen«, sagte sie.

Linh nickte und kuschelte sich in ihre Decke.

»Morgen Nachmittag fahre ich zu meiner Mutter. Es geht ihr besser, und sie würde sich bestimmt freuen, wenn du mitkämst. Sie hat nach dir gefragt.«

Plötzlich richtete Linh sich noch einmal auf und umarmte Tuyet.

»Vielen Dank, dass du Phuong und mich beherbergst. Bestimmt hat William dir einen ganz schönen Schrecken eingejagt, indem er dich so spät aus dem Bett klingelte. Aber es hätte sich für uns nicht geschickt, zu ihm zu fahren.«

In ihrer Stimme lag Bewunderung dafür, dass William so umsichtig gewesen war. Tuyet drückte Linh einen leichten Kuss auf die Wange und befreite sich sanft aus deren Umarmung, wobei sie versuchte, unbefangen auszusehen.

»Gute Nacht, Linh.«

Lange konnte Tuyet nicht einschlafen, da die Ereignisse der letzten Stunden, Tage und Wochen in ihrem Kopf rotierten. Hielt sie sich wirklich erst zwei Monate in Vietnam auf? So viel passierte, so breit war die Palette ihrer Gefühle und Gedanken, dass es ihr vorkam, als hätte sie mindestens ein Jahr durchlebt. Es wurde bereits hell, als sie endlich eindöste, und bis zum Mittag tief und traumlos schlief. Als sie aufstand, um Kaffee zu kochen, fand sie das Wohnzimmer aufgeräumt vor, das Sofa war zusammengeschoben und die Kissen ordentlich aufgereiht worden. Das Einzige, was Tuyet daran erinnerte, dass sie eine ungewöhnliche Nacht erlebt hatte, war Williams Slip, der über einer Stuhllehne hing.

Nach einem kurzen Frühstück machte sich Tuyet auf den Weg in die Altstadt. Das Wetter war trüb, und die Temperaturen lagen bei zwanzig Grad, was sie als kühl empfand. Dadurch allerdings erschien ihr die Weihnachtsdekoration in den Straßen nicht ganz so fehl am Platz. Dennoch überraschte es sie, dass Weihnachten in Hanoi derart präsent war. Hotels und Geschäfte hatten an ihren Eingängen festlich geschmückte Bäume aufgestellt. Wer daheim seinen eigenen Baum verzieren wollte, konnte sich mit Girlanden, Kugeln, Glöckchen und Figürchen jeglicher Farbe eindecken. Vor manchen Läden prangten nichts als rote Weihnachtsmannkostüme und blinkende Zipfelmützen, die Kinder und Jugendliche ungeniert trugen. Mit ihrem Handy knipste Tuyet ein paar Bilder, dann ging sie zu einer Bäckerei, von der sie gehört hatte, dass hier deutsche Backwaren herstellt würden. Sie kaufte Christstollen und Spekulatius, weil sie hoffte, Linhs Mutter damit eine Freude zu machen. Eventuell verband sie diese Leckereien mit ihrer Zeit in Deutschland, und falls nicht, könnte sie sie probieren. Tuyet schaute auf ihre Uhr. Eine Stunde hatte sie noch, bevor sie mit Linh am *Cong Caphe* verabredet war. Sie beschloss, ein paar Weihnachts-E-Mails zu schreiben und schlenderte zu einem Internetcafé. Zuerst stellte sie die Fotos, die sie soeben gemacht hatte, auf ihre Facebook-Seite. Benachrichtigungen, Einladungen und Anstupser häuften sich, aber Tuyet überflog diese nur. Ob es bei Alexander Neuigkeiten gab? Sie klickte sich durch seine Fotos, die eine harmonische Reise mit seiner Mutter dokumentierten. Und scheinbar, obwohl er erst ab Januar unterrichten würde, hatte ihn die Londoner Schule zu ihrer Weihnachtsfeier eingeladen. Auf einem Bild lachte Alexander inmitten eines überwiegend jungen Kollegiums vor einem riesigen Christbaum in die Kamera. Rechts und links von Alexander hatten sich zwei hübsche Frauen um die dreißig eingehakt. Entspräche eine der beiden wohl Alexanders Typ? Die Rothaarige oder eher die Blonde? Was würde sie empfinden, wenn er eine Affäre begänne? Sie fand keine Antwort darauf und schrieb Alexander eine unverfängliche Nachricht.

Lieber Alexander,
auf den Fotos sieht es so aus, als ob es dir gut ginge, das freut mich sehr. Sind deine neuen Kollegen alle so nett, wie sie aussehen? Mir geht es gut, und die Entscheidung, meinen Aufenthalt zu verlängern, kommt mir immer richtiger vor. Jetzt bin ich mit Linh verabredet. Du weißt schon, meine Vietnamesisch-Lehrerin. Gestern hat sie bei mir übernachtet, und wie das kam, berichte ich dir, wenn ich mehr Zeit habe.

Für heute liebe Grüße und frohe Weihnachten,
Tuyet

Zufrieden war sie mit ihrem Text nicht. Hätte sie Alexander schreiben sollen, dass es ihr leidtat, wie desinteressiert sie sich oft verhalten hatte? Hätte sie ihn um eine Telefonverabredung bitten sollen? Tuyet presste ihre Lippen zusammen und schickte die Nachricht ab. Nein. Wer weiß, ob nicht schon ihre Stimme oder ein Zögern ihre Untreue verriet. Für den Augenblick war es besser, Distanz zu wahren, zumal sie nicht wollte, dass Alexander eine Entschuldigung als Einlenken auffasste und damit rechnete, dass sie Anfang des Jahres nach London käme. Denn *so* schnell, das war Tuyet klar, würde sie ihre Zelte in Hanoi nicht abbrechen. Sie antwortete Stella, mit der sie sich seit den Pariser Anschlägen häufiger Nachrichten schrieb. Joachim Schleicher schien sie gut im Griff zu haben, und Tuyet war froh, dass er sie nichts mehr anging. Sie lud ihre E-Mails herunter und entdeckte eine von ihrem Vater.

Liebe Tuyet,
ich hoffe, du fühlst dich in der Weihnachtszeit nicht einsam. Jederzeit besteht die Möglichkeit, nach Frankfurt zu kommen. Oma Uscha und Marinas Tante Elli besuchen uns über die Feiertage. Mit Julian und Christa werden wir zusammen zu Abend essen. Christa, so anstrengend sie manchmal ist, hat sich als große Stütze und gute Freundin erwiesen. Ihre Familie ist über die Welt verstreut, und sie

hat sich über unsere Einladung gefreut. Von Alexander erhielt ich eine herzliche Weihnachtskarte. Allerdings schreibt er nichts davon, wie sich eure Pläne entwickeln. Wann reist du zu ihm?

Liebe Tuyet, du kennst meine Meinung, aber noch einmal bitte ich dich, vernünftig zu sein, an deine Zukunft zu denken und Alexander nicht länger in der Luft hängen zu lassen.

In der Ferne wünsche ich dir schöne Weihnachtstage und einen guten Rutsch ins Jahr 2016, das für uns alle hoffentlich ein besseres Jahr wird.

Herzlichst,

Bo

Über seine ewig gleichen Ermahnungen ärgerte sie sich. Interessierte es Bo denn gar nicht, wie es ihr in Hanoi gefiel? Stattdessen ging es ihm nur um Alexander und die Hochzeit, die er sich mehr wünschte als sie. Genervt öffnete sie ein neues Dokument und schickte ihrer Familie kurze Weihnachtsgrüße mit der Ankündigung, sich bald telefonisch zu melden. Nachdem sie an Viviane, Irene und Kolleginnen geschrieben hatte, widmete sie sich zwei unerwarteten Schreiben. Das eine stammte von Eva, ihrer ehemaligen Kommilitonin, bei der sie sich nach Jahren gemeldet hatte, das andere von Julian.

Tuyet antwortete auf Evas herzliche Mail und überflog dann Julians.

Hi, Schwesterherz,
wie feierst du Weihnachten in Hanoi? Oder bist du unterwegs? Ich wollte dir schon längst schreiben, aber irgendetwas kam immer dazwischen. Klausuren, meine Trennung von Dorothee (ja, ich glaube langsam auch, dass ich beziehungsunfähig bin), wieder Klausuren oder einfach mein Unvermögen, meine Gedanken zu sortieren. Und das habe ich schwer nötig. Vermutlich stecke ich in einer Art Krise, vor allem, was mein Medizinstudium betrifft. Wie du dir denken kannst, ist es unmöglich, mit Papa darüber zu sprechen. Dass ich ein paar Klausuren so richtig vergeigt habe, weiß er nicht. Ehrlich

gesagt auch deshalb, weil er mit seiner »missratenen« Tochter schon genug hadert. Manchmal denke ich, dass er verbohrter ist, als wir ihn in all den Jahren wahrgenommen haben, weil Mama ihm stets den Kopf zurechtrückte. Findest du nicht auch? Lange Rede, kurzer Sinn, ich nehme mir ein Beispiel an meiner großen Schwester und deshalb Ferien. Könnte ich dich im Januar besuchen? Bevor ich mit Papa rede, wollte ich hören, ob du überhaupt Lust auf deinen Bruder hast. Bitte antworte mir bald, damit ich ein Ticket kaufen kann.

Frohe Weihnachten!

Julian

Eilig antwortete sie, dass sie sich auf ihn freute, dann hetzte sie ins *Cong Caphe*, wo Linh auf sie wartete. Bei einer schnellen Tasse Kaffee und einem Sandwich erzählte diese, dass Phuong und sie Ducs Eltern kontaktiert hatten, nachdem weder Duc noch Minh zu erreichen gewesen waren. Diese hatten kurz angebunden erklärt, dass die beiden sich in ärztlicher Behandlung befänden und Ruhe benötigten.

»Mit anderen Worten wünschen sie keine weiteren Anrufe«, seufzte Linh. »Phuong ist deprimiert. Ich glaube, sie hat Duc sehr gern.«

Sie erreichten die Busstation, von der aus sie mit dem 47er nach Bat Trang fahren würden. Es war Linhs Vorschlag gewesen, und er bewies, wie mitgenommen sie war, denn normalerweise verzichtete Linh ungern auf ihr Moped. Bevor sie in den Bus stiegen, sagte Linh: »Bitte erwähne meiner Mutter gegenüber nichts. Sie sorgt sich schon genug um mich, und ein Vorfall wie gestern versetzt sie in Panik.« Tuyet versprach es.

Eine Stunde später saßen sie mit Linhs Mutter in deren kleiner Küche und aßen Weihnachtsstollen. Als sie ankamen, war der Tee bereits fertig gewesen, und Linhs Mutter hatte Tuyet herzlich die Hand gedrückt. Damit sie in Ruhe essen konnten, hatte sie die Tür des Ladens verriegelt und ein Schild aufgehängt, das über eine einstündige Pause informierte. Sie erkundigte sich nach Tuyets Arbeit und ihren Reiseplänen. Es rührte Tuyet, dass sie der Freundin ihrer Tochter so viel Interesse und Wärme entgegenbrachte. Doch gestand sie sich ein, dass auch Marina den Gästen ihrer Kinder stets offen und aufmerksam begegnet war. Wie sich Hanh wohl verhalten hätte?

Ach, Hanh. Die mürrische Polizistin hatte ihr deutlich gemacht, dass es sinnlos wäre, jeden Tag nach dem Stand der Dinge zu fragen. Alles ginge seinen üblichen Gang, und sie solle frühestens Anfang Januar wiederkommen. Tuyet hatte »in Ordnung« gemurmelt und war gegangen. Manchmal bezweifelte sie, dass sich irgendjemand um ihre Anfrage kümmerte, dann wiederum sagte sie sich, dass alles länger dauerte, weil sie dank Tien kein Familienbuch vorzuweisen hatte und in Vietnam unglaublich viele Menschen denselben Namen trugen. Auch wenn sie inzwischen ihren Alltag mochte, eifrig mit Linh Vietnamesisch lernte, Karaoke sang und die Arbeit auf dem Pferdehof genoss, wo sie häufig mit Linh, William und Loan zu Abend aß – das Warten war zermürbend, und Tuyet wusste, dass sie innerlich erst zur Ruhe käme, wenn sie Hanh getroffen hätte.

»Hm, lecker«, schwärmte Linhs Mutter. »Einen eigenen Stollen habe ich in Deutschland nie zustande gebracht. Aber meine Nachbarinnen buken um die Wette und beschenkten mich damit. Eine deutsche Kollegin brachte mir manchmal einen Dresdener Weihnachtsstollen mit, der war bekannt.«

Genüsslich verspeiste sie ein weiteres Stück Kuchen, und Tuyet freute sich darüber. Ohne Grippe und Migräne wirkte Linhs Mutter aufgeräumt wie jemand, der im Großen und Ganzen mit seinem Leben im Reinen war. Allerdings hätte sie das bis vor kurzem auch über Marina gesagt. Um den Gedanken an ihre Adoptivmutter zu verdrängen, richtete sie das Wort an Linhs Mutter, die sie, wie es üblich war, mit »Tante« ansprach.

»*Co*, was haben Sie eigentlich in der DDR gemacht, wenn ich fragen darf?«

Linhs Mutter lächelte. Heute hatte sie Lippenstift aufgetragen und ihre Haare in einen festen Knoten gebunden.

»In einer großen Wäscherei habe ich gearbeitet. Puh, dort war es feucht, warm und laut. Unsere Haut immer rau. Aber unsere Gruppe bestand aus vielen jungen Frauen, und so hatten wir trotzdem eine Menge Spaß zusammen.«

Sie betrachtete ihre Handrücken.

»Na ja. Heute sehen meine Hände auch nicht besser aus. Man hatte mir gesagt, ich würde im Bereich Textilien eingesetzt werden, und da ich Schneiderin war, ging ich davon aus, in einer Schneiderei zu nähen. Aber dann wurde ich der Wäscherei zugewiesen.«

Ob sie das bedauerte, hörte Tuyet nicht heraus. Schritte eilten die Stiege herauf, dann stand etwas atemlos eine andere ältere Dame in der Küche. Dame traf es, denn ihr volles schwarzes Haar war mit einer hübschen roten Spange aufgesteckt, und ihr helles Kostüm schmiegte sich perfekt an ihren schlanken Körper. Sie trat an den Tisch, nahm sich ein Stück Stollen und schloss genießerisch die Augen.

»Na, dann muss ich wohl nicht mehr fragen, weshalb ihr den Laden geschlossen habt.« Linh erhob sich, um ihren Platz anzubieten und stellte Xuan und Tuyet vor.

»Xuan?«

Verdutzt wandte sich Tuyet an Linhs Mutter. »Entschuldigung, *Co*, ich dachte, Xuan sei Ihr Name, weil Ihr Geschäft *Xuan's Ceramics* heißt.«

Die echte Xuan machte eine wegwerfende Handbewegung.

»Ach, eigentlich müsste es schon lange *Xuan's & Hanh's Ceramics* heißen. Aber das war Hanh nie besonders wichtig, deshalb haben wir es in all den Jahren so belassen.«

Tuyet zuckte zusammen. Hanh?

»Noch Tee? Tuyet? Linh?«

Linhs Mutter stellte die Teller zusammen und setzte neues Wasser auf. Währenddessen erklärte sie: »Es war wichtiger, unser Geld in andere Sachen zu stecken. Ob mein Name auf dem Schild steht oder nicht, interessiert doch niemanden. Übrigens sparen wir jetzt für einen Brennofen.«

Tuyet konnte sich eine Nachfrage nicht verkneifen. »Ihr Name ist Hanh?«

Meine Mutter heißt genauso, war sie versucht zu sagen, aber gerade noch rechtzeitig fiel ihr ein, dass sie Linh gegenüber nichts davon erwähnt, sondern lediglich von Marina erzählt hatte. Käme sie plötzlich mit einer zweiten Mutter daher, würde sich Linh vielleicht fragen, was Tuyet ihr noch verschwieg. Sie biss sich auf die Zunge. Hanh sah Tuyet an und nickte.

»Hanh bedeutet ›Glück‹, Xuan heißt ›Frühling‹«, erklärte Linh. »Schöne Namen, finde ich, aber in Vietnam heißen viele Frauen so. Und fast die Hälfte aller Vietnamesen heißt ›Nguyen‹ mit Familiennamen. Und jetzt rate, wie meine Mutter und ich heißen? Genau, nicht sehr ausgefallen.«

Sie umarmte ihre Mutter.

»Du bist natürlich trotzdem einzigartig, und deshalb gehörst du auch mit auf das Schild. Ihr könntet es selber herstellen, so teuer ist das nicht.«

»Mit der Einstellung spart man nie«, erwiderte ihre Mutter ernst, fuhr Linh dabei jedoch neckend durch ihr Haar.

»Mein Familienname ›Neumann‹ ist in Deutschland auch nicht rasend originell.«

Sie sprach zu Linh, beobachtete jedoch aus ihren Augenwinkeln Hanh. Seelenruhig brühte diese den Tee auf.

»Und deine Mutter? Wie hieß sie?«, wollte Linh wissen.

»Marina. Und mein Vater Phong.«

»Marina«, wiederholte Linh leise. »Das klingt schön.«

Eine gespannte Stille lag einen Moment lang in der Luft. Hanh verteilte den frischen Tee auf Schalen und stimmte Linh zu, dass Marina ein hübscher Name wäre.

»Was machst du Weihnachten?«, fragte sie Tuyet dann.

»Ich fahre ein paar Tage weg«, antwortete Tuyet, denn sie hatte beschlossen, Williams Angebot anzunehmen. »Vielleicht ans Meer.«

»Wird deine Familie dich nicht vermissen? Gerade jetzt? Linh erzählte, dass es ein schweres Jahr für euch war.«

Tuyet nickte.

»Das stimmt. Aber mein Vater ist mit meinem Bruder, Familie und Freunden zusammen. Er ist gut aufgehoben.«

»Wie kommt er denn mit dem Tod seiner Frau zurecht?«

Tuyet nahm wahr, dass Linh ihre Stirn runzelte und Xuan leicht ihren Kopf schüttelte. Sie selbst fand die Frage durchaus in Ordnung, aber vielleicht galten in Vietnam andere Maßstäbe?

»Er arbeitet viel und scheint sich in seiner Freizeit für syrische Flüchtlinge zu engagieren.«

Hanh sagte: »Ich kann mir vorstellen, dass er sich in seine Arbeit stürzt.«

Überrascht horchte Tuyet auf. »Wieso?«

»Weil ich es auch so täte«, antwortete Hanh. »Apropos Arbeit, wir müssen den Laden öffnen.«

Gemeinsam gingen sie hinunter. Xuan setzte sich mit Linh an den kleinen Ladentisch, Hanh zeigte Tuyet die Werkstatt und stellte ihr My und Quynh vor, die gerade mit zwei dickbäuchigen Vasen beschäftigt waren. Die beiden Frauen nickten ihnen freundlich zu, widmeten sich aber sogleich wieder dem Drehen, Befeuchten, Ziehen und Drücken ihres Tons. Es sah spielerisch und leicht aus, wie sie ihn durch ihre Finger gleiten ließen, Tuyet wusste jedoch aus eigener Erfahrung, dass großes Geschick und Sorgfalt vonnöten waren, um formschöne Gegenstände hinzubekommen. Ihr selbst war es in der Schule nicht besonders gut gelungen. Sie betrachtete das noch naturfarbene Keramikgeschirr, das sich an den Wänden der Werkstatt stapelte, und dachte, wie viel Spaß es machen müsste, die Teller, Tassen, Schüsseln und Figürchen zu bemalen. Fast zärtlich strich Hanh über einen kleinen Keramikdrachen.

»Ich habe das Keramikhandwerk erst spät gelernt«, erzählte sie. »Es ist besser für meine Augen als die Näherei, und ich liebe das Gefühl, wenn der kühle Ton zwischen meinen Fingern langsam Formen annimmt.«

Tuyet schaute sich das vertrocknete Gartenstück hinter der Werkstatt an, wo sich allerlei Gerümpel sammelte.

»Könnte man daraus nicht etwas machen?«

»Aus unserem Trockenplatz und der Müllhalde? Wie meinst du das?« Fragend wanderte Hanhs Blick zwischen dem Garten und Tuyet hin und her.

»Als Sie vorhin finanzielle Engpässe andeuteten, kam mir eine Idee. Wenn man im Garten Tische und Bänke aufstellte, dann könnten Touristen hier ihre eigenen Keramikteller bemalen. Gestern auf dem Reiterhof fragte mich eine Mutter, ob ich wüsste, wo sie eine Geburtstagsfeier für ihre Tochter organisieren könnte. Töpfern und Malen könnte man ohne allzu großen Aufwand anbieten. Das machen doch fast alle gern.«

Nachdenklich sah Hanh sich um.

»Ein bisschen frischen Wind im Laden könnten wir brauchen.«

Ihr Zuspruch ließ Tuyets Ideen sprudeln.

»Haben Sie eine Webseite? Nein? Linh hat eine Menge Freunde, die sich damit auskennen. Die könnten Ihnen bestimmt helfen, eine gute Werbung zu gestalten.«

Pläne schmiedend kehrten sie in den Laden zurück, wo Xuan gerade Kunden bediente und Linh deren Waren in Papier verpackte. Tuyet kaufte einen mit Palmen bemalten Salz- und Pfefferstreuer, dann, als die anderen Kunden fort waren, verabschiedete sie sich herzlich von Xuan, Hanh und Linh, die noch bleiben wollte.

»Ich finde, wir sollten über deinen Vorschlag nachdenken. Nachher werde ich mit Xuan sprechen«, sagte Hanh.

Xuan nahm ihre Brille ab.

»Worüber willst du mit mir sprechen?«

»Später. Jetzt bringe ich Tuyet zum Bus und kaufe auf dem Markt ein.«

Linh schloss sich an, was Tuyet gar nicht so recht war, denn gerne hätte sie sich alleine mit Hanh unterhalten. Als sie am Bus standen, reichte Tuyet Linh den Ersatzschlüssel ihrer Wohnung.

»Behalte ihn, bis ich aus dem Urlaub zurück bin. Es hat keinen Sinn, dass ich zwei Schlüssel mit mir herumtrage. Und wenn du mal deine Ruhe haben willst, dann geh zu mir.«

Linh umarmte sie. »Danke.«

Hanh schüttelte Tuyet die Hand, zog sie aber plötzlich ebenfalls in ihre Arme.

»Frohe Weihnachten, mein Kind«, sagte sie. Tuyet war zu überrascht, um etwas zu erwidern. Aber zum Glück fehlten Linh nie die Worte. Augen verdrehend zupfte sie ihre Mutter am Ärmel und sagte:

»Me! Ich kann es schon nicht leiden, wenn du mich ›mein Kind‹ nennst. Aber Tuyet ist achtundzwanzig. Was glaubst du, wie sie das findet?«

Die beiden winkten ihr nach, als der Bus Richtung Hanoi startete.

»Eigentlich ganz schön«, beantwortete Tuyet Linhs Frage für sich, während sie zurückwinkte. Auf der Rückfahrt meldete sich ihr schlechtes Gewissen wegen Linh. Wie weh würde es ihr tun, wenn sie wüsste, dass Tuyet mit William verreiste. Allerdings hätte Linh auch nichts davon, wenn sie es nicht täte, denn William interessierte sich nun mal für sie, nicht für Linh. Trotzdem gab sich Tuyet das Versprechen, Linh die Wahrheit zu sagen, sollte ihre Affäre diese kleine Reise überdauern. Mit geschlossenen Augen ließ sie sich von dem Bus in einen angenehmen Dämmerschlaf schaukeln. Je mehr sie sich entspannte, desto größer wurde ihre Vorfreude auf William.

☆

»Sie ist deine Tochter, nicht wahr?«

Wie ein Pfeil traf Hanh Xuans Frage. Japsend griff sie sich ans Herz und schaute ihre Freundin hilfesuchend an. Xuan setzte sich auf Hanhs Bettkante und nahm ihre Hand. Über den Rand ihrer schwarzen Brille hinweg lächelten ihre Augen Hanh an.

»Sie erinnert mich an dich als junge Frau«, sagte Xuan sanft. »Weiß sie es?«

Kopfschüttelnd senkte Hanh ihren Blick.

»Und Linh? Tien?«

Kopfschütteln.

Schweigend massierte Xuan Hanhs kalte Finger, bis diese aufsah. Die Blicke der beiden Freundinnen trafen sich und versicherten, dass sie einander vertrauten. Trotzdem sickerten Hanhs Worte zunächst spärlich hervor und versackten immer wieder im aufgewühlten Boden ihrer Gefühle. Nachdem sie mehrmals angesetzt hatte, stürzten sie jedoch wie ein Wasserfall aus ihr heraus und überschlugen sich. Ihre erste Begegnung mit Tuyet, ihre Augen, in denen Hanh nicht nur ihre Tochter, sondern auch Phong wiederfand, ihre heimliche Suche nach Tuyets Pass, Freude, Angst, Scham – nichts hielt Hanh zurück.

»Phong ist Arzt und auch aus Marina ist mit Sicherheit etwas Respektables geworden. Und ich? Mehr schlecht als recht schlage ich mich durchs Leben. Was habe ich vorzuweisen? Nicht mal meinen Namen auf einem Schild.«

Sie schluchzte, erst verhalten, dann schaffte sie es nicht mehr, sich zusammenzunehmen. In den Armen Xuans weinte sie sich aus.

»Natürlich übertreibst du«, sagte Xuan und tupfte Hanhs Gesicht mit einem Taschentuch trocken. »Du bist Inhaberin eines Keramikladens, der, wie es aussieht, zu neuen Ufern aufbricht.«

Hanhs Lippen bebten noch ein wenig nach. Erschöpft, aber auch befreit nahm sie das Glas Wasser an, das Xuan ihr reichte.

»Als habe jemand sie aus einem Hut gezaubert, steht deine verlorene Tochter vor dir. Wen brächte das nicht aus der Fassung? Wenn es aber stimmt, dass Tuyet gar nicht nach dir sucht, gibt es nur eine Erklärung dafür, dass sie trotzdem in unserem Laden erscheint, und die ist äußerst beruhigend.«

Jetzt war es Hanh, die nach der Hand ihrer Freundin griff.

»Welche?«

»Deine Ahnen haben Tuyet durch Linh hergebracht. Hanh, all die Jahre, in denen du nicht aufgehört hast, dein Kind zu vermissen, werden jetzt belohnt. Begreifst du das?«

Xuans Griff wurde fest. Hanh unterdrückte einen kleinen Aufschrei, wusste sie doch, dass Xuan sich bemühte, ihr eigenes hoffnungsloses Sehnen zu kontrollieren. Nach der Geburt ihres Sohnes Nang weigerte sich Xuans Körper, weitere Kinder auf die Welt zu bringen. Xuan liebte Nang von ganzem Herzen. Doch mit achtzehn starb er an Denguefieber, und kurz darauf verließ ihr Mann sie, um eine jüngere Frau zu heiraten. Die Trennung von ihrem Ehemann hatte Xuan bald verkraftet, den Tod ihres Sohnes nie.

Hanh stand auf, zog sich eine Jacke über und reichte Xuan einen Pullover.

»Komm«, sagte sie und führte ihre Freundin zum Ahnenaltar. Während Xuan, dem aufsteigenden Rauch der Räucherstäbchen nachblickend, Nang gedachte, dankte Hanh für die unvorhersehbaren Wege des Schicksals, die sie oft nicht verstand, die jedoch, und das war die Hauptsache, Tuyet zu ihr geführt hatten.

Sie kehrten in ihre Küche zurück, um sich, wie immer, wenn das Leben kompliziert wurde, einen Tee zu bereiten.

»Taste dich langsam an sie heran«, riet Xuan, die sich wieder gefangen hatte. »Es klingt nicht so, als reise Tuyet bald ab. Bitte sie, uns nach dem Tetfest zu helfen, diesen Kindergeburtstag zu organisieren. Dabei kommt ihr euch näher, und es wird dir leichter fallen, ihr alles zu erklären.«

Dampfend stand der frisch aufgebrühte Tee nun vor Hanh.

Tief sog sie seine Wärme und seinen würzigen Geruch ein und spürte, dass Xuans Worte sie beruhigten. Ein paar Male atmete sie durch, dann bemerkte sie, dass Xuan dabei war, Papier und Stifte auf dem Tisch auszubreiten. Fragend sah sie Xuan an, die ihr sogleich einen Bleistift in die Hand drückte.

»Du glaubst doch nicht, dass wir jetzt schlafen? Wir entwerfen ein neues Schild, damit dein Gejammer ein Ende hat.«

Hanh lachte, und pflanzte in ihrem Herzen, aus dem ihre Tränen den Unrat von Jahrzehnten gespült hatten, neuen Mut. Später, als Xuan schon schlief, versank Hanh in ihren Erinnerungen, die sie lange verschlossen gehalten hatte. Erst gegen Morgen schlief sie ein.

Berlin, 1985 bis 1990

»Bis morgen, Hanh. Schön, dass du bleibst.«

»Danke, Gisela. Tschüs!«

Am Tor der Wäscherei winkte Hanh ihrer Kollegin zu, dann lief sie zur Bushaltestelle. Ihr Bus war gerade abgefahren, aber Hanh machte es nichts aus zu warten. Ein paar ruhige Minuten kamen ihr gelegen. Jeder, der im Vorübergehen die junge Frau betrachtete, deren Gesicht sich mit geschlossenen Augen der Sonne entgegenreckte, musste vermuten, dass sie schlichtweg die wärmende Nachmittagssonne genoss. Dabei tobten in Hanh zwiespältige Gefühle. Hatte sie die richtige Entscheidung getroffen?

Laut ihres Vertrages hätte sie dieses Jahr nach Vietnam zurückkehren sollen, und voller Sehnsucht hatte sie auf diesen Tag hingelebt. Selbstverständlich war sie dankbar für ihre Jahre in der DDR. Dafür, dass sie ihre Familie und durch ihren monatlichen Beitrag den Aufbau ihres Landes unterstützen konnte. Doch jedes Mal, wenn sie ein neues Foto von Tien erreichte und Hanh vor Augen führte, wie schnell ihre Tochter größer wurde, drückte ein dumpfer Schmerz auf ihre Brust, und es folgten Tage, an denen sie sich traurig zur Arbeit schleppte, jeglicher Energie beraubt. Dass Phong überzeugt davon war, Tien würde es ihren Eltern einmal danken, was sie leisteten, half wenig. Nicht nur auf Papierbildern wollte Hanh am Leben ihrer Tochter teilnehmen, sondern sehen, wie sie aufwuchs, sie an sich drücken, ihr Lachen vernehmen, und Phong, der im Begriff stand, sein Studium abzuschließen, sollte seiner Tochter endlich all die Geschichten erzählen, mit denen er schon Hanh unterhalten hatte. Umgeben von ihrer Muttersprache hätten sie schon bald bei ihren Familien leben können und voll und ganz dazu gehört.

Danach sehnte sich Hanh, denn in der DDR hatte sich dieses Gefühl nie eingestellt. Obwohl ihr die meisten Kolleginnen freundlich begegneten, hatte es auch Vorfälle gegeben, die Hanh zeigten, dass manche sie ablehnten. Mal war es eine Tasche gewesen, die jemand just auf den freien Stuhl stellte, auf den Hanh sich setzen wollte, mal ein abweisender Blick oder eine verletzende Bemerkung. In letzter Zeit wurden Stimmen laut, die forderten, keine weiteren Vertragsarbeiter ins Land zu holen, da diese der DDR mehr Kosten als Nutzen brächten. Umso erstaunter war Hanh gewesen, als Frau Breuer ihr vorschlug, sich dafür einzusetzen, dass ihr Vertrag verlängert würde.

»Wie glaubst du, sollen wir unsere Produktionsziele erfüllen, wenn plötzlich Tausende an ausländischen Arbeitskräften wegfallen?«, erklärte sie offen. »Im Betrieb brauchen wir euch.«

Hanh hatte nachgedacht, hin- und hergerissen zwischen Heimweh und Verantwortung. Schließlich, da Vietnam auch zehn Jahre nach Kriegsende noch hungerte, hatten sie und Phong beschlossen, dass Hanh ihrer Familie einen besseren Dienst erwiese, wenn sie in der DDR bliebe. So vernünftig dieser Gedanke auch war, plumpste er wie ein schwerer Stein auf Hanhs Herz, wieder und immer wieder, sodass die Wunde, die ihre Trennung von Tien verursacht hatte, sie stärker plagte als je zuvor. Der Bus hielt, und bald war sie im Stadtteil Friedrichshain angekommen, wohin Phong und sie umgezogen waren – drei Jahre nach Phongs Antrag.

»Unfassbar! Eine Zweiraumwohnung. Bei der schlechten Wohnungslage«, hatte Phong gejubelt, »was für ein Glück!«

Als Hanh zum ersten Mal ihr neues Heim betrat, hätte sie allerdings am liebsten auf dem Absatz kehrtgemacht. Worin genau sah Phong in diesem verlotterten Altbau mit heruntergekommenen Böden und undichten Fenstern eine Verbesserung? Ihre Ehepartnerwohnung, die sie nach Hanhs Rückkehr aus Vietnam in seinem Wohnheim bezogen hatten, war zwar klein gewesen, aber modern, verfügte über eine Heizung, und vor allem wohnten andere Vietnamesen in der Nähe, mit denen sie sich unterhalten konnten. In Friedrichshain befand sich die Toilette ein halbes Stockwerk tiefer und zum Heizen mussten sie Kohlen aus dem Keller schleppen.

»Ach Hanh«, wehrte Phong, ganz aus dem Häuschen, ihre Bedenken ab. »Wir bekommen ein Zimmer dazu und können uns einrichten, wie wir wollen. Ich finde das großartig.«

Zunächst gab es viel zu tun, angefangen vom Streichen der Fenster bis zur Reparatur der Böden. Zum Glück hatten Phongs deutsche Freunde Kontakte zu Handwerkern, die ihnen halfen. Als die Wände gestrichen waren, Möbel und Pflanzen besorgt und Hanh einen kleinen Hausaltar mit Räucherstäbchen aufgestellt hatte, die hier keinen Heimhausmeister veranlassten, Vorträge über Brandschutz zu halten, freute sie sich dann doch über ihr schönes Zuhause.

Im Treppenhaus begegnete ihr Frau Holler, die ein Stockwerk über ihnen wohnte.

»Na, wieder einen Arbeitstag geschafft?«, fragte die ältere Dame freundlich.

Hanh nickte und lächelte. Frau Holler hatte ihr anvertraut, dass sie über ihre letzten Arbeitstage bis zur Rente eine Strichliste führte.

»Ich gehe gleich einkaufen. Soll ich Ihnen etwas mitbringen?«

»Das ist lieb, aber ich gehe selbst. Ich backe später Apfelkuchen. Wenn er fertig ist, bringe ich euch ein Stück.«

Hanh bedankte sich und schloss ihre Wohnungstür auf. Phongs Sportschuhe und ein paar Sandalen standen im Flur. Phong war also da und hatte Besuch mitgebracht. Weshalb schlug ihr dann Stille entgegen?

»Phong?«

Sie legte den Schlüssel ab und trat ins Wohnzimmer. Auf dem Sofa saß Phong und hatte die Finger in seinem Haar vergraben. Verena hatte ihren Arm um ihn gelegt. Als sie aufsah und »Hallo« sagte, blickte Hanh in gerötete Augen. Ihr Herz begann zu rasen.

»Was ist passiert?«

»Marina und Michael sind fort.« Phongs Stimme klang rau und verstört.

»Fort?«

Hanh hatte keine Ahnung, was Phong meinte. Anstatt sie aufzuklären, schluckte er mehrmals und drückte ihre Hand. Verena trank Bier.

»Ich hatte Besuch von der Staatssicherheit«, sagte sie tonlos. »Man wollte wissen, ob ich etwas von den Fluchtplänen wusste. Natürlich nicht. Selbst ihren Eltern hatte Marina kein Sterbenswörtchen verraten. Bei denen war die Stasi zuerst. Marina hatte ihnen eine Postkarte geschickt, aus Lübeck. Darauf entschuldigt sie sich für den Kummer, den ihre Entscheidung verursacht.«

Tränen quollen aus Verenas Augen, und sie trank mehr Bier. Vor Angst wurde Hanh heiß und kalt. Das Wort »Fluchtplan« kannte sie nicht. Doch »Stasi« reichte, um sie in Panik zu versetzen. Auf Vietnamesisch erklärte Phong, dass sich Marina und Michael mit einem Schlauchboot in die Bundesrepublik absetzen wollten. Marina hatte es geschafft. Michael nicht, er war allem Anschein nach ertrunken. Voller Entsetzen stellte sich Hanh vor, wie das Schlauchboot in der nächtlichen Ostsee sank und die beiden in Todesangst durch das schwarze, kalte Wasser schwammen. Wie entkräftet musste Marina gewesen sein, als sie mit Müh und Not das westdeutsche Ufer erreichte. Und wie verzweifelt, als sie merkte, dass Michael nicht hinterherkam. Hanh war zu erschüttert, um zu weinen. Bisher hatte sie diese abenteuerlichen Fluchtgeschichten mehr oder weniger für vom Westfernsehen verbreitete Propaganda gehalten.

»Warum?«, fragte sie, »warum haben sie das getan?«

Es wollte ihr einfach nicht in den Kopf. Aufgewachsen in dem wohlhabendsten Land, das der Sozialismus zu bieten hatte. Studieren, verreisen, eine Wohnung, irgendwann sogar ein Telefon und ein Auto. Warum hatten Marina und Michael nicht einfach ihre Kinder bekommen und führten, so wie Hanh es sich wünschte, ein normales Leben? Stattdessen hatten sie es aufs Spiel gesetzt – und verloren. Und Marina! Als Witwe saß sie im Westen, ohne Hoffnung darauf, ihre Familie und Freunde wiederzusehen. Wozu das alles?

Verena warf ihr einen gereizten Blick zu, bevor sie sich eine Zigarette anzündete und hektisch daran zog.

»Was für eine Zukunft hätten sie hier gehabt? Kannst du dir den begnadeten Physiker Michael den Rest seines Lebens als Hilfsarbeiter vorstellen? Oder Marina, die nie mehr unterrichten dürfte? Was glaubst du, hätte ihre Kinder erwartet? Schikanen in der Schule, und wären sie noch so schlau gewesen, auf eine Universität hätte man sie nicht gelassen.«

Phong übersetzte. Hanh hörte zu, irritiert über den Nachdruck, mit dem er Verenas Worte wiedergab, gerade so als wären es seine eigenen. Fast trotzig erwiderte Hanh:

»Sie hätten nie ihre Ausreise beantragen sollen.«

Das war der Anfang allen Übels gewesen. Deshalb hatte Marina ihre Arbeit verloren und Michael seine Berechtigung zu studieren. Weshalb sollte denn ein Land die Menschen unterstützen, die gar nichts von ihm wissen wollten? Das hatte Phong genauso gesehen, jedenfalls damals, als Marina ihnen kurz nach ihrer Heirat davon erzählte. Verena schnaubte.

»Meine Güte, Hanh. Ich kann ja verstehen, dass dir im Vergleich zu Vietnam vieles erstrebenswert erscheint. Bestimmt ist auch in der Bundesrepublik nicht alles Gold, was glänzt. Doch weder baut die Regierung dort eine Mauer noch verbietet sie ihren Leuten, dorthin zu gehen, wohin sie wollen. Marina und Michael sind nicht die einzigen, die für ihre Lebensvorstellungen bestraft werden. Findest du das etwa richtig? Gleich sagst du noch, dass Micha an seinem Tod selber schuld ist.«

Sichtlich erbost drückte Verena ihre Zigarette aus und qualmte die nächste. Auch Phong zündete sich eine an, schien den eingesogenen Rauch jedoch nicht auszustoßen. Hanh runzelte die Stirn. Zu behaupten, dass Michael seinen Tod verschuldet hatte, wäre ihr nicht in den Sinn gekommen. Allerdings hatte ihn wirklich niemand dazu gezwungen, nachts in ein Schlauchboot zu steigen. Diesen Gedanken behielt sie jedoch für sich, denn Verena sah aufgebracht genug aus. Dann brach diese in Tränen aus.

»Mein Gott, Micha ist tot. Und meine Freundin sehe ich wahrscheinlich nie wieder.«

Verena schlug ihre Hände vor ihr Gesicht, und Phong streichelte ihr Haar, woraufhin sie sich schluchzend an seine Brust warf. Phongs Augen schimmerten feucht. Hilflos sah Hanh dem Schmerz der beiden zu. Sie wusste, ihrer würde noch kommen. Plötzlich schellte es. Alle versteinerten. Das Ticken ihrer Wanduhr schien Hanh übertrieben laut. Würde man sie befragen? Es klingelte wieder. Dreimal, fünfmal, schrill und kurz wie ein Befehl. Sie sahen sich an, und wie in Zeitlupe stand Phong auf, um die Tür zu öffnen.

»Na, endlich. Mir fällt gleich der Kuchen aus den Händen. Wie groß ist euer Palast, dass es ewig dauert, bis jemand an die Tür kommt?«

Phong trat zur Seite und an seiner Geste erkannte Hanh, dass er sich Schweißperlen von der Stirn wischte. Sie sprang auf, um Frau Holler zu begrüßen, die mit einem Ausruf der Erleichterung ihren Kuchen abstellte. Ein köstlicher Backwarenduft breitete sich in der kleinen Küche aus.

»Er ist noch schön warm. Hoffentlich schmeckt er euch.«

Nun kam auch Verena hinzu, und falls Frau Holler aufgefallen war, wie blass alle aussahen, ließ sie sich nichts anmerken, sondern erläuterte begeistert ihr Rezept, während sie den Kuchen in gleich große Stücke schnitt. Hanh holte Teller und Tassen aus dem Schrank und setzte Kaffeewasser auf.

»Ich muss leider los«, sagte Verena.

Frau Holler nickte ihr zu, als wäre Verena ihre Besucherin. »Vielleicht heben dir die beiden ja ein Stück auf.«

Als etwas später Hanh und Phong Frau Hollers Apfelkuchen priesen, glitt deren Blick über Tiens Fotos, die Hanh über dem Sofa aufgehängt hatte.

»Wer ist denn die süße Motte?«

»Unsere Tochter. Sie lebt bei ihrer Großmutter in Vietnam.«

Jetzt drückten Hanhs Tränen, und so sehr sie sich auch bemühte, sie schaffte es nicht, sie zurückzudrängen. Frau Holler suchte nicht nach tröstenden Worten. Stattdessen stellte sie sachlich fest: »Hier wäre doch Platz für die Kleine.«

Hanh und Phong erklärten ihr, dass man vietnamesische Kinder in der DDR nicht gerne sah und sie außerdem niemanden hätten, der sich um Tien kümmerte, wenn Hanh im Schichtdienst arbeitete und Phong wie ein Wahnsinniger für seine Abschlussprüfungen paukte. Frau Holler tat sich ein weiteres Stück Kuchen auf.

»Betrachtet dieses Problem als gelöst«, sagte sie und kaute genüsslich. »Ich hatte mich schon gefragt, was ich den ganzen Tag tun soll, wenn ich Rentnerin bin.«

Im Sommer 1986 beendete Phong sein Studium mit so hervorragenden Ergebnissen, dass man ihm anbot, in Berlin zu promovieren. Für Phong stellte es einen unerwarteten Glücksfall dar, in der Charité unter namhaften Ärzten zu arbeiten. Zuvor würde er jedoch nach Vietnam reisen, wo er seit acht Jahren nicht gewesen war. Sein Onkel hatte ihm geraten, bald zu kommen, da Phongs Mutter schwer krank war und nicht mehr lange zu leben hätte. Obwohl Hanh mit Phong litt, barg seine Reise ein wunderbares Geschenk für sie. Er würde Tien mitbringen. Ihre Brigadeleiterin, Frau Breuer, hatte bei den Behörden ein gutes Wort eingelegt und überzeugend dargestellt, dass mit Hilfe der Nachbarin Holler kein Grund zu der Annahme bestünde, die Anwesenheit des Kindes beeinträchtige Hanhs Einsatz – im Gegenteil. Hanh war glücklich und sehr aufgeregt.

Kurz vor Phongs Abflug gerieten ihre Pläne ins Wanken. Schuld war die Reaktorkatastrophe in Tschernobyl. Erbost stürmte eines Nachmittags Phong in ihre Wohnung, als Hanh gerade Gemüse schnitt.

»In einem sowjetischen Kernkraftwerk gab es einen schrecklichen Unfall.«

Hanh hob die Augenbrauen und fuhr fort, Kohlrabi zu zerkleinern.

»Davon habe ich nichts gehört.«

Phong blies Luft durch seine Zähne. »Das ist es, was mich beunruhigt. Wieso erfahren wir nichts davon? Tung hat es aus dem Westfernsehen. Dort sagen sie, Kinder dürfen nicht im Sand spielen, und auf frisches Gemüse sollte man verzichten.«

Betreten starrte er auf Hanhs Kohlrabi.

»Das klingt maßlos übertrieben«, wiegelte Hanh ab. »Wenn bei uns niemand darüber berichtet, wird es schon nicht so schlimm sein.«

Doch dann erwähnten auch die Fernsehnachrichten der »Aktuellen Kamera« den sogenannten Störfall. Als Phong und Hanh abends durch Friedrichshain schlenderten, erzählte er ihr, dass sich Ärzte der Charité durchaus besorgt geäußert hatten, obwohl es offiziell hieß, dass keine gesundheitliche Gefährdung für die Bevölkerung bestünde.

»Vielleicht sollten wir Tien lieber in Vietnam lassen«, überlegte Phong. »Ich möchte nicht riskieren, dass sie krank wird.«

Erst glaubte Hanh, sich verhört zu haben. Dann blieb sie stehen und funkelte Phong an.

»Das meinst du doch nicht ernst! Phong! Wir beide haben gesehen, was es heißt, wenn Städte und Felder zerstört sind.

Sieh dich doch mal um. Alles sieht ganz normal aus. Natürlich bringst du Tien mit.«

Als gäbe er sich geschlagen, hob Phong seine Hände und umarmte Hanh.

»Schon gut«, lenkte er ein. »Es war ja nur ein Gedanke.«

»Ein ziemlich dummer«, legte Hanh nach, lächelte ihn dabei jedoch an. Immerhin sprach Sorge um Tien aus ihm, und was sonst zeichnete einen guten Familienvater aus? Zu Hause schliefen sie miteinander, und bis zu Phongs Abreise geschah dies häufiger als in den letzten Jahren, als ließe Hanhs Vorfreude auf Tien sie unbeschwerter werden. Nicht, dass Hanh Phong nicht attraktiv gefunden hätte. Das schon. Doch die Verhütung war ein Problem.

Nach wie vor verweigerte Hanh die Antibabypille, während Phong keine Kondome mochte. Auf dessen Achtsamkeit verließ sie sich nicht mehr, ebenso wenig wie auf Marinas Rechenmethode. Nach einer Abtreibung, zu der Hanh sich schweren Herzens durchgerungen hatte, weil sie ihrer Mutter nicht noch ein Kind aufhalsen konnte, hatte sie panische Angst, erneut schwanger zu werden. Regelmäßig erwachte sie schweißgebadet, weil das ungeborene Kind sie in Alpträumen heimsuchte, und Hanh schwor sich, nie wieder abzutreiben.

Der August kam, und als er zu Ende ging, stand Hanh am Flughafen, den neuen Teddy Paule in der Hand, und erwartete ihre Familie. Von einem Bein aufs andere tretend, reckte sie ihren Hals und hielt die Warterei kaum noch aus. Immer wieder betrachtete sie Tiens jüngstes Foto, ein fünfjähriges Mädchen, das ihr groß und klein zugleich erschien. Dann entdeckte sie Phong, der Tien an seiner Hand führte. Hanh wurde schwindelig, aber sie riss sich zusammen und rannte auf die beiden zu. Tausendmal hatte sie sich vorgestellt, wie Tien »Me! Me!«, riefe und sie umarmte. Doch Tien reagierte nicht auf Hanhs Winken, sondern blickte sich mit weit aufgerissenen Augen um. Auf einmal traute Hanh sich nicht, Tien um den Hals zu fallen. Sie kniete sich nieder und lächelte Tien durch einen Tränenschleier an.

»Meine Tochter«, flüsterte sie und nahm deren kleine, warme Kinderhand in ihre. Tien sagte nichts und kaute auf ihrer Lippe.

»Schau mal, wer dich auch begrüßen möchte.«

Hanh streckte Tien den Teddy Paule entgegen und ließ ihn winken. Da fing Tien an zu weinen, schlug nach dem Teddy und vergrub ihr Gesicht in Phongs Jacke. Als hätte nicht Paule, sondern sie der Schlag getroffen, wich Hanh zurück. Phong legte seinen freien Arm um sie und gab ihr einen Kuss.

»Sie wollte einfach nicht weg aus Hanoi«, sagte er leise. »So sehr hat sie sich an deine Mutter geklammert, dass ich dachte, ich bekäme sie nie ins Flugzeug.«

Hanhs Freude verpuffte, und auf einmal fühlte sie sich schwach. Nicht eine Sekunde hatte sie damit gerechnet, dass Tien lieber bei ihrer Großmutter bleiben wollte. Sie presste Paule an ihr Herz, damit es nicht zersprang.

»Lass ihr Zeit«, sagte Phong. »Das wird schon werden.«

Sie waren noch nicht zu Hause angekommen, da war Tien schon auf Phongs Arm eingeschlafen. Nachdem sie Tien ausgezogen und ins Bett gelegt hatten, erzählte Phong. Seine Mutter schien nur auf ihn gewartet zu haben, denn zwei Tage nach seiner Ankunft war sie gestorben. Hanhs Mutter hatte ihn distanziert, aber höflich begrüßt, und Phong glaubte, dass sie ihm seine Heirat mit Hanh verziehen hatte, da er nun tatsächlich Arzt geworden war.

»Tuan habe ich auch gesehen«, beendete Phong seinen Bericht. »Er lässt dich grüßen.«

Hanh horchte auf.

»Ach, ja? Bist du ihm bei meiner Mutter begegnet?«

»Bei deiner Mutter? Nein. Er hat mir kondoliert. Übrigens ist er verheiratet, hat aber noch keine Kinder.«

Phong gähnte und streckte sich auf dem Sofa aus.

»Wie geht es ihm?«

»Wem?«

»Na, Tuan. Du sagst, er hat keine Kinder.«

Gähnend richtete sich Phong auf.

»Lange haben wir nicht gesprochen. Jemand meinte, er wäre ein übler Kerl geworden.«

Hanh schüttelte ihren Kopf.

»Was die Leute so reden. Wie hast du dich in Hanoi gefühlt? Ist es dir schwergefallen, nach Berlin zurückzukommen?«

Phong schwieg, bis Hanh glaubte, er wäre eingeschlafen. Doch dann antwortete er mit überraschend wacher Stimme.

»Nein, Hanh, ist es nicht. Es war schwer, dort zu leben. Um ehrlich zu sein, war es ein Schock.«

Aufrecht und still hörte Hanh zu, wie Phong Hanoi beschrieb: ärmlich, hungrig, desolat.

»Wir leben ganz anders, Hanh. Damit meine ich nicht nur die bessere Infrastruktur, unsere Wohnung und was wir verdienen. Unser Horizont ist so viel weiter geworden. In Hanoi kommt mir alles … eng vor.«

Je länger sie Phong zuhörte, umso ärgerlicher wurde Hanh.

»Nach allem, was ich höre, weiß die Partei, dass sich etwas ändern muss. Es wird Reformen geben.«

»Mag sein.«

»Das Leben wird sich verbessern. Dafür werden wir sorgen. Darum sind wir hier, Phong. Nicht, um unseren persönlichen Horizont zu erweitern.«

Phong schien nun endgültig eingeschlafen zu sein, und Hanh breitete eine Decke über ihn. Dann kroch sie zu Tien ins Bett. Deren Tränen waren getrocknet, doch ihr Mund war noch immer verzogen, als finge sie an zu weinen. Hanh strich ihr eine Strähne aus der Stirn und küsste sie.

»Gute Nacht, Tien«, flüsterte sie.

☆

Zu Beginn des neuen Schuljahres wurde Tien eingeschult. Sie war erst fünf, aber Hanh und Phong erhofften sich davon, dass sie rasch Deutsch lernte und sich einlebte. So gut es ging, half Phong ihr bei den Hausaufgaben, und jeden Tag erkundigte sich Hanh, ob Lehrer und Kinder nett zu ihr gewesen waren. Doch viel bekam sie aus Tien nicht heraus, und die Gespräche beim Abendbrot verliefen schleppend. Ganz selten kam es vor, dass Tien lachte, meistens, wenn Phong sich Zeit nahm, um eine Geschichte zu erzählen. Hanhs Gutenachtkuss erwiderte sie nicht, und wann immer Hanh ihre Tochter ansah, meinte sie, einen Vorwurf in deren Augen zu lesen.

Kurz nach Tiens Ankunft stellte Hanh fest, dass sie schwanger war. Ihre Brüste reagierten empfindlich, und oft war sie so zerschlagen, dass sie sich fragte, wie sie ihre Schicht überstehen sollte.

»Machen wir es wie beim letzten Mal?«, fragte Phong. Doch Hanh war fest entschlossen, sich von diesem Kind nicht zu trennen. Weder würde sie es abtreiben noch fortbringen nach Hanoi.

»Wie stellst du dir das vor?«, widersprach Phong erschrocken. »Wenn es herauskommt, wirst du zurückgeschickt. Dann wird unsere Familie wieder getrennt.«

Er blätterte in einem Medizinbuch, und Hanh fragte sich, aus welchem Grund er ihren Blick mied. Ihr kam der Verdacht, dass er die Familie bloß vorschob, um Hanh zu einer Abtreibung zu bewegen, die ihm wohl als einfachste Möglichkeit erschien, um sein Berliner Leben ungestört fortzusetzen.

»Ich lass mir etwas einfallen«, versprach Hanh, noch ehe sie wusste, was sie tun konnte. Sie hatte von Frauen ihres ehemaligen Wohnheims gehört, denen es sogar dort gelungen war, Schwangerschaften zu verbergen. Hanh genoss die Privatsphäre einer Mietwohnung, ohne Betreuer, Gruppenleiter und Dolmetscher, die einen nicht aus den Augen ließen. Also musste es einen Weg geben.

Stumm nickte Phong und tauchte ab in seine Bücherwelt. Einige Tage nach ihrem Gespräch kontaktierte Hanh die Hebamme Sabine, die sich bei ihrer ersten Schwangerschaft um sie gekümmert hatte.

»Ich kenne einen Arzt, der nicht verrät, dass du bei ihm entbindest«, sagte Sabine frei heraus. »Er hilft nicht zum ersten Mal.«

Nicht nur Sabine, auch Frau Holler war Hanh unendlich dankbar. Immer wieder hatte ihre Nachbarin betont, wie viel Freude Tien ihr bereitete und dass sie problemlos ein zweites Kind beaufsichtigen könnte. Schließlich hatte Hanh ihr alles erzählt, und als hätte sie nur darauf gewartet, bot sich Frau Holler als Kinderfrau an. Jetzt hatte Hanh eine Chance, mit ihrem Baby in Deutschland zu bleiben.

☆

Ende März wurde Tuyet geboren. Die Geburt verlief unkompliziert, und befreit von Übelkeit und Gewicht fühlte sich Hanh wie ein neuer Mensch. Schon bald gingen sie und Phong ihrer gewohnten Arbeit nach. Abermals hatte Frau Breuer Hanh der Unterstützung des Betriebes versichert. An die große Glocke hängte Hanh Tuyets Geburt zwar trotzdem nicht, zitterte aber auch nicht ständig davor, entdeckt zu werden.

Als brächte Baby Tuyet die Familie zusammen, lümmelten sie an manchen Abenden auf dem Bett, spielten mit Teddy Paule oder lauschten Phongs Geschichten. Dann fühlte sich Hanh beinahe glücklich. Obwohl sie sich immer stärker nach Hanoi sehnte. Obwohl es mit Tien oft schwierig war. Obwohl zwischen ihr und Phong Misstöne entstanden waren, seit sie nach Marinas und Michaels Flucht darauf bestanden hatte, alles zu vermeiden, was die Aufmerksamkeit der Stasi oder den Unmut der vietnamesischen Botschaft erregen konnte.

Umso wütender war sie gewesen, als Phong drei Monate nach Tuyets Geburt mit Verena und Stefan loszog, um wie viele andere ein Konzert von David Bowie mitzubekommen, der vor dem West-Berliner Reichstagsgebäude auftrat, und über die Mauer hinweg gut zu hören war. Deswegen gab es Ärger mit der Volkspolizei, dem Phong und seine Freunde zwar entgingen, dennoch war Hanh außer sich, als er davon erzählte. Seitdem verhielt Phong sich deutlich reservierter, aber Hanh hoffte, dass ihre Beziehung spätestens in der Heimat ins Gleichgewicht zurückfände.

Im Herbst begann Tuyet zu husten, und hörte damit bis zum nächsten Frühjahr nicht auf. Unzählige Male fuhr Phong mit Tuyet ins Krankenhaus, und wenn Hanh über das eisige Wetter und den Ostwind fluchte, der ihrer Meinung nach Schuld an den Krankheiten war, erwiderte Phong ungehalten, wie froh sie sein könne, in der DDR zu leben, mit Zugang zu guten Krankenhäusern und Medizin. Im Rhythmus der Jahreszeiten hustete Tuyet mal mehr, mal weniger, ansonsten gingen für Hanh die achtziger Jahre ereignislos ihrem Ende entgegen. Ihr letztes Jahr in Deutschland war angebrochen; Ende 1990 würde ihre Familie endlich nach Hanoi zurückkehren. Hanh zählte die Tage, leise, denn Phong sprach nicht gerne über die Rückkehr. Am neunten November 1989 wurde bei Tuyet eine schwere Bronchitis diagnostiziert. Tien zog zu Oma Holle, während Hanh und Phong abwechselnd an Tuyets Krankenbett saßen. Dass die Berliner Mauer fiel, rauschte an ihnen vorbei wie jede andere Nachricht. Dann ging es Tuyet besser und Hanh begriff, dass etwas Weltbewegendes passiert war, was auch sie betraf.

Zunächst verlor Hanh ihren Job. Man bot ihr dreitausend Deutsche Mark, wenn sie nach Vietnam zurückkehrte, obwohl ihre Vertragszeit noch nicht abgelaufen war. Hanh zögerte keinen Augenblick. Eine bittere Pille war, dass Phong darauf bestand, Tuyet bei sich zu behalten, bis sein Vertrag endete. So lange es möglich war, wollte er beste Krankenhäuser und Medikamente in Tuyets unmittelbarer Nähe wissen. Schweren Herzens stimmte Hanh zu.

»Na gut«, sagte sie, »ein knappes Jahr werde ich schon überstehen.«

So viele Dinge musste Hanh organisieren, besorgen und für Angehörige verschicken, dass Tiens Gejammer in den Reisevorbereitungen unterging. Hanh verstand nicht, dass Tien der Abschied von Berlin so schwer fiel. In Hanoi hatte sie die meiste Zeit ihres Lebens verbracht, dort wohnte ihre Großmutter, von der sie sich so schwer hatte trennen können.

»Me, kann ich nicht bei Bo bleiben?«, bettelte sie jeden Abend. Aber Hanh hatte sich geschworen, ihre Älteste nicht noch einmal zurückzulassen. Sie nahm sie in den Arm und drückte ihr einen Kuss auf die Wange.

»Je früher du in deine vietnamesische Schule gehst, desto besser«, erklärte sie ihr. »Außerdem kann Bo nicht auf zwei Kinder aufpassen, von denen eins regelmäßig kränkelt.«

»Aber ich habe doch Oma Holle.«

»Schlaf jetzt, Tien.«

☆

An einem milden Februartag, kurz vor Hanhs und Tiens Abflug, spazierten Phong und Hanh mit ihren Kindern an der Spree entlang. Wie elektrisiert starrte Phong auf die Oberbaumbrücke, die von Friedrichshain in den westlichen Stadtteil Kreuzberg führte.

»Schau mal, Hanh«, sagte er fast feierlich, »mit den hübschen Türmen und Bögen sieht die Brücke wie ein Stadttor aus.« Er lächelte sie an mit einer Zuneigung, die ihr Herz freudig schneller schlagen ließ.

»Ich dachte, Ost-Berlin wäre der westlichste Ort, den ich je sehen würde. Und jetzt geht es noch weiter …«

Er blieb stehen und küsste Hanh, bis Tien an ihnen zerrte.

»Bo! Das ist peinlich!«

Phong lachte mit Tränen in den Augen. Er hob Tien vom Boden hoch, wirbelte sie herum, und sie juchzte. Mit verhaltener Stimme fuhr er fort:

»Tung hat mir diese Stelle gezeigt, an der wir unkontrolliert in den Westen hinüber können. Willst du nicht wenigstens ein einziges Mal mitkommen?«

Heftig schüttelte Hanh ihren Kopf. Ganz sicher würde sie sich auf den letzten Drücker keinen Ärger einhandeln, indem sie unerlaubt die Grenze zur Bundesrepublik überschritt. Riskant genug, dass Phong sich nicht davon abhalten ließ und sogar Tien mitgenommen hatte.

»Es ist nicht richtig«, sagte sie.

»Nicht richtig? Hanh! Hier passiert Geschichte. Siehst du das nicht?«

Tuyet quengelte, und Hanh nahm sie auf den Arm, wo die Kleine sich an ihre Schulter kuschelte. Aufmerksam verfolgte Tien die Diskussion ihrer Eltern.

»Bis gerade eben war dort drüben unser Feindesland. Und jetzt willst du zum Spaß hinüber? Was ist, wenn das herauskommt? Wir sind keine Deutschen, Phong, wir können nicht einfach in ein anderes Land spazieren.«

Tuyet war eingeschlafen und wurde langsam schwer.

»Lasst uns nach Hause gehen.«

Doch Phong rührte sich nicht von der Stelle, und Tien hielt seine Hand.

»Unsere Welt ist größer geworden. Du weißt, dass ich immer davon geträumt habe.«

»Unsere Welt ist groß genug.«

Enttäuscht seufzte Phong.

»Wovor hast du solche Angst, Hanh?«

Sie musterte ihn, und bedauerte, dass die Zärtlichkeit, die sie gerade noch verbunden hatte, schwand.

»*Du* hast Angst«, entgegnete sie und klang schroffer, als sie es beabsichtigt hatte. »Dir fehlt der Mut, zurückzukehren in ein Leben, das Einsatz erfordert, das unbequem ist. Vietnam hat dir deine Ausbildung in Deutschland ermöglicht. Findest du nicht, dass es nach über zehn Jahren an der Zeit ist, dich in deiner Heimat dafür erkenntlich zu zeigen?«

Phong öffnete seinen Mund, und Hanh hätte es nicht gewundert, wenn er sie zurechtgewiesen hätte. Doch er maß sie lediglich mit Blicken, und sie fochten ein stummes Duell. Tien zupfte an Phongs Ärmel und deutete auf Kreuzberg.

»Gehen wir hin, Bo? Bitte!«

Phong antwortete nicht gleich. Nach einer Weile strich er ihr übers Haar.

»Nein, Tien. Wir gehen nach Hause, wie deine Me es gesagt hat.«

Schweigend liefen sie nebeneinander her. Ab und zu hustete Tuyet, wachte aber nicht auf. Obgleich der Streit mit Phong sie betrübte, überwog Hanhs Erleichterung. Phong war ein pflichtbewusster Mann, der letztlich wusste, dass sie Recht hatte. War es nicht von jeher ihre Aufgabe gewesen, Phongs hochfliegende Träumereien einzufangen und im Zaum zu halten? Sein letzter Satz war ein Versprechen gewesen; darauf verließ sie sich.

Hanoi, Dezember 2015 bis Januar 2016

William hatte nicht zu viel versprochen. Bereits die vierstündige Fahrt zum Bergdorf Mai Chau war traumhaft gewesen. Grüne Hügellandschaften und Reisfelder so weit das Auge reichte. Das idyllische Tal, in das Mai Chau eingebettet lag, war von bewaldeten Bergen umgeben, und gierig sog Tuyet die klare Luft in ihre Lungen. Einquartiert hatte William sie in einem einfachen, traditionellen Stelzenhaus, das einer Familie Weißer Thai gehörte.

»Diese Häuser sind praktisch, weil Schlangen oder Ungeziefer nicht so leicht hineinkriechen«, erklärte er, und Tuyet hoffte, dass tatsächlich keine unerwünschten Gäste, den Weg in ihr Zimmer fänden. Das Ehepaar und seine drei Töchter, alle in ihren Zwanzigern, begrüßten sie herzlich, und Tuyet erfuhr, das William bei ihnen abzusteigen pflegte, wann immer er nach Mai Chau reiste. Die älteste Tochter, die eigentlich in Hanoi studierte, reichte Tee, und alle ließen sich auf den Bambusmatten im Wohnbereich des Hauses nieder. Überrascht stellte Tuyet fest, dass neben einem Hausaltar die gerahmten Zeugnisse der Töchter die Wände zierten.

»Oh, ja, wir sind sehr stolz auf unsere Kinder. Wenn sie fleißig lernen, werden sie eine gute Zukunft haben.« Sie plauderten eine Weile über das Klima, den Reisanbau und Ausflugsmöglichkeiten, wobei die jüngste Tochter eifrig übersetzte, wenn dies nötig war. Tuyet lehnte sich ein wenig zurück und schaute zu William hinüber, der ungezwungen in fehlerhaftem Vietnamesisch für Heiterkeit sorgte. In seiner natürlichen Art, auf andere zuzugehen, ähnelte er Alexander. Was ihr jedoch besser gefiel, war, dass William die Menschen nicht neugierig ausfragte, sondern unverfängliche Themen wählte. Schließlich zeigte die Vermieterin ihnen ihre Schlafstätte im oberen Teil des Hauses. Der Holzfußboden war mit Bambusmatten ausgelegt, auf denen fünfzehn bezogene Matratzen mit Kopfkissen und Decken lagen, über die jeweils ein Moskitonetz gespannt worden war. Erst jetzt wurde Tuyet bewusst, dass sie nicht nur das Bad, sondern auch den Schlafraum mit anderen Gästen teilen würden. Was war mit der ungestörten Zweisamkeit, die William ihr versprochen hatte? Als sie ihn flüsternd danach fragte, lachte er. »Gedulde dich etwas, die bekommen wir schon noch. Aber jetzt genießen wir erst mal diesen Ort.«

Sie liehen Fahrräder oder wanderten bei blauem Himmel und angenehmen Temperaturen in umliegende Dörfer. Mittags schlenderten sie durch die belebten Marktsträßchen Mai Chaus, vorbei an Bambusständen, an denen Händler Getränke, Snacks, Souvenirs und bunte Stoffe anboten, welche die Weberinnen vor ihren Augen herstellten. Nachmittags ruhten sie sich in Hängematten aus, die im Schatten des Pfahlhauses baumelten, und beobachteten Hähne und Hennen, die gackernd nach etwas zu picken Ausschau hielten. Manchmal döste Tuyet dabei ein, doch nicht, weil sie müde war. Wunderbar entspannt fühlte sie sich. Abends, gemeinsam mit anderen Gästen, aßen sie mit der Thai-Familie, lauschten deren Liedern und sangen, nachdem Tuyet ihre Scheu überwunden hatte, selber vor. Am lautesten von allen klatschte anschließend William und strahlte Tuyet an, als wäre sie ein Bühnenstar. Und so fühlte sie sich dann auch, obwohl sie genau wusste, dass man ihre Singstimme bestenfalls als durchschnittlich bezeichnen konnte. Lag es nur an Williams Verliebtheit, in der sie sich sonnte, dass sie in seiner Gesellschaft so aufblühte? Weshalb, fragte sie sich, während eine französische Touristin ein melancholisches Chanson darbot, hätte ich vor Alexander niemals zu singen gewagt? Ihre Frage verschwand im Applaus für die Sängerin, doch später, als sie mit bleischweren Gliedern unter ihrem Moskitonetz lag, kehrte sie zu ihr zurück. Es hatte etwas damit zu tun, dass sie bei

Alexander immer das Gefühl hatte, etwas falsch zu machen, in den letzten Jahren zumindest. Sie arbeitete zu viel und interessierte sich zu wenig für andere Dinge, sie schwieg zu oft, sie nahm übertriebene Rücksicht auf ihre Familie, aber unzureichende auf seine Wünsche, sie strebte nach Karriere und riss sich nicht darum, ihn zu heiraten …

Eine Träne kullerte Tuyets Wange hinunter. Noch nie hatte sie sich vor Augen geführt, wie lang die Liste ihrer Unzulänglichkeiten aus Alexanders Sicht geworden war. Leise schniefend kramte sie nach einem Taschentuch und schnäuzte sich die Nase. Hoffentlich hatte es im Schlafsaal niemand gehört. Vorsichtshalber linste sie durch ihr Netz zu William hinüber. Er schien zu schlafen. Obgleich sie bedrückt war, musste sie lächeln. Unvorstellbar, dass William ihr ellenlange Vorträge hielte, wie Alexander beispielsweise auf ihrer ersten Taxifahrt durch Hanoi. William legte Wert darauf, Tuyets Eindrücke zu erfahren, und gab ihr das Gefühl, eine interessante Gesprächspartnerin zu sein.

Mit geschlossenen Augen lauschte sie auf das Klappern der Töpfe und die Stimmen der Gastfamilie, die durch die lückenhaften Holzbretter so deutlich herauf klangen, als unterhielten sie sich in ihrem Zimmer, und bei jedem Schritt, den jemand tat, knarzte der Boden. Das Knarzen war nun direkt vor ihrem Bett angekommen. Ihr Moskitonetz hob sich und William schlüpfte zu ihr unter die Decke.

»Hallo«, wisperte er und nahm sie in den Arm. Hatte er mitbekommen, dass sie weinte? William küsste sie zärtlich, und Tuyet hatte keine Lust auf weitere Fragen.

☆

Nach ein paar Tagen zogen sie um, und zwar in eine kleine, auf einem Hügel gelegene Anlage, die sich, erbaut aus Stroh, Bambus und Holz, unauffällig in die bezaubernde Reisfeldlandschaft einpasste. Von ihrem Balkon blickten sie auf ein

Meer aus sanftem Grün, das sich bis zur Bergkette am Horizont erstreckte. Vietnamesische Dorfbewohner mit konischen Hüten radelten wie auf einem Postkartenfoto durch die Felder, und nur Touristengruppen, die sie überholten, als hätten sie einen dringenden Termin, brachen das Motiv. Stundenlang hätte Tuyet die Landschaft bewundern können, lieblich anzusehen, doch hart erarbeitet. Da sie nun aber endlich zu zweit waren, verließen sie ihr Zimmer selten. Tuyet hatte sich, kaum dass sie hereingekommen waren, auf das riesige Bett fallen lassen und William lachend mitgezogen. Dann liebten sie sich, lange und innig. Danach badeten sie in einer urigen Holzwanne, liebten sich wieder und sahen zu, wie die Sonne, leicht verschleiert, hinter den Bergen versank. Alles mit William, so schien es Tuyet, gestaltete sich unkompliziert, die Übernachtung im Gruppenschlafsaal des Stelzenhauses ebenso wie ihre leidenschaftlichen Nächte. Williams Berührungen ließen Tuyet nach mehr verlangen, und wenn sie ihn während des Abendessens im Restaurant anblickte, fieberte sie dem Moment entgegen, in dem sich die Zimmertür hinter ihnen schlösse. Keine Mandanten, keine Akten, keine Irene und auch keine Marina kamen ihr in die Quere. Ohne diese Hindernisse genoss sie ihren Sex, aber auch ihre Zärtlichkeiten danach, ihr humorvolles Geplänkel und die Kissenschlacht, zu der sie William anstiftete, als wären sie überdrehte Teenager. Im Gegenzug, womit Tuyet gewöhnlich nichts anfangen konnte, erzählte William ihr viele Witze und brachte sie zum Lachen, bis ihr Zwerchfell schmerzte. Anschließend fühlte sie sich so befreit, als ob sich in ihren ungehemmten Lachsalven auf eine gute Art die angestaute Spannung der letzten Monate entlud.

Nur wenn ihre Gedanken Alexander streiften, fühlte sie sich wie eine miese Betrügerin und schämte sich dafür, dass sie so viel Spaß mit William hatte. Nach unserer Reise ist Schluss damit, nahm sie sich fest vor. Doch noch war sie nicht vorbei, und Williams Küsse schoben ihre Skrupel in die Ferne.

Der Tag vor Silvester präsentierte sich grau und kühl, und obwohl Tuyet bereits beim Anblick des Nieselregens eine Gänsehaut bekam, duschte sie im Freien; vor neugierigen Blicken geschützt lediglich durch eine Steinmauer und Pflanzen, deren Blätter die Größe von Elefantenohren hatten. Sanft verstrich Tuyet die Seife, legte dabei ihren Kopf in den Nacken, und ließ das Wasser über ihr Gesicht plätschern. Herrlich war es, auf das grünbewachsene Bergpanorama zu schauen, während sie nackt in der frischen Luft stand und die leichte Brise auf ihrer Haut spürte. Ihr Körper fühlte sich geschmeidig und energiegeladen an, nicht länger wie ein überlastetes Vehikel, das von Tuyet gezwungen wurde, auf Hochtouren zu laufen, obwohl es kurz vor seinem Zusammenbruch stand. Ausreichender Schlaf und regelmäßige Mahlzeiten hatten sie ein paar Pfunde ansetzen lassen, was ihr gut stand, und Williams Komplimente, die er ihr ins Ohr raunte, glaubte sie ihm. Tuyet trocknete sich ab und schlüpfte unter ihre Decke. Sich anzukleiden hatte keinen Sinn, denn das Wetter forderte einen geradezu auf, den Tag im Bett zu verbringen, und das würden sie, sobald William zurückkäme. Die Tür öffnete sich, und mit einem Tablett voller Snacks, Süßigkeiten und Kaffee erschien er.

»Guten Morgen.«

Fröhlich reichte er ihr einen Becher Kaffee, zerrte sich seine Jeans von den Beinen und kroch zu ihr unter die Decke.

»Ich muss mich erst mal aufwärmen«, nuschelte er und begann sie zu streicheln.

»Nichts da«, rief Tuyet lachend und rückte von ihm ab, »erst wird gefrühstückt.«

Übertrieben diensteifrig belud William ihren Teller mit Frühlingsrollen und kleinen Crêpes gefüllt mit Schweinefleisch und Shrimps. Gemeinsam schwelgten sie in den kulinarischen Köstlichkeiten, ihr Schweigen durch nichts unterbrochen als durch genießerische Laute. William erzählte wenig von seinem Leben vor Vietnam und noch spärlicher von seinen

Zukunftsplänen. Nie behelligte Tuyet ihn mit Fragen, und er hielt es genauso. Geschah es doch einmal, dass sie ihre Arbeit, Bo oder Alexander erwähnte, begnügte er sich mit dem, was sie preisgab. Tuyet vermutete, dass auch er einiges in seinem Leben zu klären hatte und ihre sexuelle Unbeschwertheit nur möglich war, weil sie ansonsten Distanz wahrten.

»Bist du satt?«, fragte William und zog sie zu sich, noch ehe sie geantwortet hatte. Sie küssten sich ausgiebig und immer begehrlicher, als Tuyets Handy eine eingegangene SMS verriet.

»Schau später nach«, bat William, aber Tuyet entzog sich ihm und tastete nach ihrem Handy.

»Dass ich einen wichtigen Anruf verpasse, weil ich knutsche, passiert mir nicht noch einmal«, erwiderte Tuyet und las die Nachricht.

»Von Linh«, sagte sie. »Sie wünscht ein gutes neues Jahr und fragt, was ich mache.«

Prompt meldete sich ihr schlechtes Gewissen. Rasch tippte sie:

Danke! Bin in Mai Chau und lasse es mir gut gehen. Bis bald! Tuyet.

Sie kroch zu William ins Bett zurück, doch ihre Lust war erloschen. William merkte es.

»Warum bist du plötzlich steif wie ein Stock?«, fragte er, nachdem sie auf seine Zärtlichkeiten verhalten reagierte. »Habe ich etwas falsch gemacht?«

Kopfschüttelnd setzte Tuyet sich auf und stopfte sich ein Kissen in den Rücken.

»Nein. Nein, überhaupt nicht. Linh beschäftigt mich.«

Seufzend richtete sich auch William auf.

»Sie hat sich nach dir erkundigt«, resümierte er. »Da ihr befreundet seid, scheint mir das normal zu sein.«

Tuyet blies ihren Pony fort, obwohl er ihre Augen gar nicht mehr störte. Der Friseur, der ihren Haarschnitt in Schwung bringen sollte, hatte ihn so kurz geschnitten, dass er in der

Mitte ihrer Stirn endete. Mit dieser Frisur, die sie noch jünger aussehen ließ, hätte sie sich in Frankfurt nicht auf die Straße gewagt, aber in Hanoi, wo sie niemanden davon überzeugen musste, eine kompetente Anwältin zu sein, war es ihr gleichgültig. Während Tuyet ihre Halsmuskulatur dehnte, sagte sie beiläufig:

»Ich glaube, sie ist in dich verliebt.«

Amüsiert lachte William auf.

»So ein Unfug. Wie kommst du bloß darauf?«

Tuyet beendete ihre Lockerungsübungen und sah ihn ernst an.

»Sie hält es für möglich, dass es dir ähnlich geht.«

Zu ihrer Überraschung lauerte Tuyet stärker auf Williams Reaktion, als sie selbst vermutet hätte. Ihr Magen schmerzte und ein bisschen schlecht war ihr auch. Williams Gesicht drückte Unmut aus.

»Hat sie das gesagt?«

»Nicht wortwörtlich, aber so ungefähr. Also?«

Schockiert sah William sie an.

»Fragst du mich allen Ernstes, ob ich in Linh verknallt bin? Dann würde ich ja wohl kaum mit dir im Bett liegen.«

»Da wärst du nicht der Erste, für den das kein Widerspruch wäre«, entfuhr es ihr schnippisch. Doch im selben Augenblick begriff sie, dass sie sich selbst anklagte. William war Single und tat nichts, was einen anderen Menschen verletzt hätte. Sie hingegen betrog ihren langjährigen Freund und gierte danach, von ihrem Liebhaber zu hören, dass er keine andere Frau ansatzweise so anziehend fände wie sie. Ihr Magen krampfte sich zusammen.

»Entschuldige«, sagte sie, »das war blöd.«

»Ja, war es.«

William nahm ihre Hand und küsste jeden einzelnen ihrer Finger.

»An Schulmädchen habe ich kein Interesse. Glaub' mir, ich steh auf reife Frauen.«

Seine letzten Worte klangen schon wieder neckend, und Tuyet versetzte ihm grinsend einen angedeuteten Faustschlag. Dann wurde sie wieder ernst.

»Du weißt genau, dass Linh kein Schulmädchen ist. Du solltest Acht darauf geben, welche Signale du ihr sendest.«

»Du hast Recht«, stimmte William zu, weiterhin mit ihren Fingern beschäftigt. »Vielleicht rührt ihre Schwärmerei daher, dass sie fürsorgliche Männer nicht gewöhnt ist. Schließlich ist sie ohne Vater aufgewachsen und ihr Onkel scheint auch nicht gerade der Warmherzigste zu sein.«

Er küsste sich von ihrem Handgelenk zum Ellenbogen hinauf, hielt aber plötzlich inne.

»Du bist noch immer abgelenkt. Bedrückt dich noch etwas? Nur raus damit.«

Als wäre das ihr Stichwort gewesen, sprang Tuyet aus dem Bett und rannte auf die Toilette. Zuerst dachte sie an eine einfache Magenverstimmung, aber schon bald trommelte in ihrem Kopf ein Schmerz, der nichts mit ihrer üblichen Migräne gemein hatte, und sie bekam Fieber. Bis zum Abend war es auf neununddreißig Grad angestiegen. Im Bett zu liegen und nie mehr aufstehen zu müssen, war das Einzige, wonach sich Tuyet sehnte. Dank Paracetamol ging es ihr am nächsten Morgen etwas besser, trotzdem organisierte William einen Wagen nach Hanoi. Aufstehen? Sich anziehen? Allein bei der Vorstellung graute es Tuyet.

»Kann ich nicht einfach liegen bleiben?«, bettelte sie, als William sie aus dem Bett hievte, um ihr zu helfen, eine Hose und einen Pulli überzustreifen.

»Nein«, antwortete er bestimmt und zerrte einen Socken über ihren Fuß. »Es könnte Denguefieber sein, und in dem Fall möchte ich ein gutes Krankenhaus in der Nähe wissen.«

»Denguefieber?«

Tuyet hatte gelesen, dass in diesem Jahr viele Leute von der gefährlichen Krankheit, die Mücken übertrugen, erwischt worden waren, doch dass es sie treffen könnte, hatte sie nicht in Betracht gezogen. Allerdings musste sie zugeben, dass sie sich nicht mehr so konsequent vor Stichen geschützt hatte wie zu Beginn ihrer Reise.

»Vielleicht übertreibe ich, und du hast nichts weiter als einen harmlosen Infekt. Dennoch, sicher ist sicher.«

Auf der Rückfahrt hatte Tuyet für die Schönheiten der Natur kein Auge. Dösend lag sie auf dem Rücksitz, zu lädiert, um ihr etwas abzugewinnen. Aufs Geländer gestützt, gelangte sie zu ihrer Wohnung und blieb keuchend vor der Tür stehen. William stellte ihren Koffer und seine Sporttasche ab.

»Ist alles in Ordnung?«

Tuyet nickte. Sie wollte nur noch in ihr Bett.

»Gut«, sagte William beruhigt. »Leg dich schon mal hin, ich besorge dir noch etwas aus der Apotheke und dem Supermarkt.«

Dankbar nickte Tuyet erneut. Während William davoneilte, schloss Tuyet ihre Wohnung auf. Als sie eintrat, traute sie ihren Augen nicht. Am Wohnzimmertisch vor einem Laptop saß nicht nur Linh, sondern, eingenebelt von Nikotinschwaden zwei Tuyet unbekannte junge Männer, während es sich auf dem Boden drei Frauen in Linhs Alter bequem gemacht hatten und Tee tranken. Der Geruch nach gebratenem Fleisch und Zigaretten hing in der Luft, und ein kurzer Blick auf ihre Kochnische zeigte Tuyet, dass gekocht, aber nicht gespült worden war. Der Adrenalinstoß, der Tuyet beim Anblick ihrer okkupierten Wohnung durchfuhr, mobilisierte ihre Kräfte.

»Linh? Was ist hier los?«, rief sie.

Erschrocken starrten die jungen Leute sie an, als wäre Tuyet ein Eindringling, mit dem niemand gerechnet hatte. Linh sprang auf. Ihr Kopf war knallrot und ihre Stimme klang heiser.

»Tuyet? Was machst du denn schon hier?«

Hastig klappte einer der jungen Männer den Laptop zu und stand auf. Sein Freund tat es ihm gleich und griff nach seiner Jacke, die über dem Sofa hing.

»Ich wohne hier und kann kommen, wann ich will. Unangemeldet!«

Endlich kamen auch die Frauen auf die Beine und räumten hektisch ihre Teetassen in die Spüle. Bis auf Linh zog es alle Richtung Wohnungstür.

»Entschuldigung«, sagte einer der jungen Männer im Vorbeigehen. »Wir dachten, du kommst erst übermorgen.«

Er deutete eine Verbeugung an, und nun erkannte ihn Tuyet. Es war ihr Tänzer aus dem *Cong Caphe*. Tuyet war zu verdattert, um zu reagieren. Sie ließ sich auf einen Stuhl plumpsen und streifte mit ihrem Fuß den Schuh des anderen ab. Alle murmelten eine Entschuldigung, dann klappte die Tür, und Tuyet war mit Linh allein. Ihre Unterlippe zerbeißend, stand Linh vor ihr.

»Jetzt sieht sie doch wie ein Schulmädchen aus«, fuhr es Tuyet durch den Kopf. Dann erinnerte sie sich, was ihr das Adrenalin durch die Adern gepumpt hatte. Es waren weder die überquellenden Aschenbecher, noch die angepappten Essensreste gewesen.

»Bist du von allen guten Geistern verlassen, deine Bloggerfreunde in meine Wohnung zu bringen? Glaubst du, ich hätte Lust, eines Abends von einem Schlägertrupp erwartet zu werden?«

Linh deutete eine beschwichtigende Geste an, aber Tuyet war in Rage.

»Ich habe dir meine Wohnung anvertraut, damit du einen Rückzugsort hast. Ich meinte damit nicht, dass du halb Hanoi einladen kannst. Ohne mich zu fragen.«

Linhs Augen wurden feucht und ihre Stimme zitterte.

»Ich weiß, ich weiß. Aber, Tuyet, mein Onkel hat mich vor die Tür gesetzt. Er hat Wind von der Sache mit Duc und Minh bekommen. Er war unglaublich wütend, weil er mir den Umgang mit ihnen verboten hatte. Jetzt werde ich zu Hanh ziehen, aber bis du aus dem Urlaub zurückkommst, dachte ich …«

Mit einem Tritt schleuderte Tuyet ihre Schuhe durch die

Wohnung. So etwas Unbeherrschtes tat sie selten, aber der Frust über das verkorkste Jahresende mischte sich mit ihrer wahrhaftigen Empörung, und diese Mischung führte dazu, dass sie keine Lust hatte, sich zurückzuhalten.

»Spar dir die Mitleidsnummer. Natürlich hättest du bei mir wohnen können. Von mir aus sogar länger. Aber versteh bitte, dass ich krank bin und Ruhe brauche. Stattdessen finde ich meine Wohnung total verdreckt vor und von lauter Fremden okkupiert. Was ist mit meinem Bett? Haben das etwa auch andere benutzt?«

»Nein, nur ich«, erwiderte Linh. »Jetzt beruhige dich und leg dich hin. Ich koche dir Tee und schaffe Ordnung.«

Doch Tuyet war noch immer aufgebracht.

»Verdammt noch mal, Linh. Das ist ein echter Vertrauensbruch!«

Unglücklich sah Linh sie an. Dann ließ sie Wasser in die Spüle laufen und begann, das Geschirr abzuwaschen. Tuyets Adrenalinflut ebbte ab, womit auch ihre Kräfte wieder schwanden. Es klingelte.

»Ich gehe schon«, rief Linh. Während Tuyet ihre Schuhe einsammelte, hörte sie Linh erfreut »*Chào*, William« rufen.

Langsam dämmerte es Tuyet, dass die Situation eingetreten war, die sie hatte vermeiden wollen. Als William eintrat, äußerte er sich mit keinem Wort zu dem herrschenden Chaos, sondern bat Linh, ihm zu helfen, die Einkaufstüten auszupacken. Wie von Ferne hörte Tuyet, dass er sie aufforderte, ins Bett zu gehen, aber wie festgenagelt von der Ahnung, dass es gleich einen weiteren Ausbruch geben würde, blieb Tuyet stehen. Und da fiel Linhs Blick auf den schicken Koffer und die alte Reisetasche, auf die William gut lesbar seinen Namen geschrieben hatte. Linh stutzte, senkte den Blick, und mit klopfendem Herzen wartete Tuyet darauf, dass sie ihre Schlüsse zog. Als Linh aufsah, entdeckte Tuyet keine Spur mehr von Reue oder schlechtem Gewissen in ihren Augen.

»Echter Vertrauensbruch! Das war es doch, was du mir vorgeworfen hast?«

Eine ganze Palette an Gefühlen zog über ihr Gesicht. Wut, Eifersucht, Schmerz und eine gewaltige Enttäuschung. Schließlich wandte sie sich William zu. Offenbar hatte Linh nicht gelernt, in unpassenden Momenten ihre Tränen zu unterdrücken. Sie rannen über ihre Wangen, und obwohl sie sie entschieden mit ihrem Handrücken abwischte, flossen immer neue nach. William trat auf Linh zu und legte seine Hand auf ihre Schulter. Als hätte ein Stromschlag sie getroffen, zuckte sie bei seiner Berührung zusammen, riss sich los und stürzte ohne ein weiteres Wort davon. Tuyet lief ihr nach und brüllte »Linh!« durch das Treppenhaus.

Doch entweder hörte Linh sie nicht oder sie reagierte nicht. So schnell sie konnte, hastete Tuyet zum Wohnzimmerfenster und riss es auf.

»Lass sie«, riet William ruhig und schloss das Fenster wieder.

Tuyet schlug ihre Hände vors Gesicht und sank aufs Sofa. Sie fühlte sich entkräftet vom Fieber, das wieder stieg, seit die Wirkung der Paracetamol nachließ. Vor allem jedoch war es der Streit mit Linh. Ohne Frage hatte Linh einen Vertrauensbruch begangen, aber wie viel schwerer wog ihr eigener, nachdem Linh ihre Gefühle für William offenbart hatte. Ihr, einer Freundin, von der Linh annahm, dass sie sich nach einem miserablen Abend bei ihr aussprechen konnte. Mit verständnisvollen Fragen war Tuyet auf Linhs Verliebtheit eingegangen, doch nun musste es für sie so aussehen, als hätte Tuyet sie bloß ausgehorcht, um sich zu vergewissern, selbst freie Bahn bei William zu haben. Und darum war es ihr, zumindest an jenem Abend, ja auch gegangen. Wie selbstsüchtig sie gewesen war! Hatte Tuyet ihre Freundschaft, die ihr viel bedeutete, damit im Keim erstickt? William setzte sich und legte seinen Arm um sie. Sie war ihm dankbar dafür, dass er nichts sagte, sondern einfach ihr Haar streichelte. Tuyets erster Aufruhr legte sich, doch das Bild der fassungslosen Linh wurde sie nicht los.

Viele Freundinnen hatte sie nie besessen, und seit ihrer Schulzeit erst recht keine, die sie regelmäßig getroffen hätte. Sie war nicht wie Stella oder Viviane, die mit ihren Freundinnen jede Entscheidung von allen Seiten beleuchteten. Belächelt hatte Tuyet deren Frauenabende, und es als Zeichen ihrer Stärke betrachtet, dass sie weitgehend alleine zurechtkam. Hatte sie doch mal ein offenes Ohr vonnöten, waren Alexander und Marina für sie dagewesen. Genau in dem Augenblick, als beide Gesprächspartner für Tuyet wegfielen, war Linh in ihr Leben getreten. Ihre spontane Zuneigung war gewachsen, und Tuyet freute sich jedes Mal, wenn sie sich sahen. In der Vietnamesisch-Stunde lachte sie Tränen, wenn Linh versuchte, ihr mithilfe von Albernheiten die Aussprache eines Wortes näherzubringen, und sie bekam Denkanstöße, wenn sie über ihre Länder diskutierten. Nicht zuletzt wusste Tuyet es zu schätzen, dass Linh sie ihrer Mutter vorgestellt hatte und in Bat Trang ihr privates Vietnam mit ihr teilte. Ein Seitenblick auf William ließ sie aufschluchzen. Auch wenn er nichts von Linh wollte, kam es Tuyet vor, als hätte sie der Freundin etwas Kostbares weggenommen. Hemmungslos weinte sie an Williams Brust, bis sich auf seinem T-Shirt ein feuchter Fleck abzeichnete.

»Es reicht jetzt!«, sagte William, legte seinen Arm um ihre Hüfte und führte sie zu ihrem Bett. Sorgsam deckte er sie zu und brachte ihr Wasser mit einer Paracetamol. Dann hörte sie ihn in ihrer Küche herumhantieren und das Geschirr zu Ende spülen, das Linh stehen und liegen gelassen hatte. Doch noch kam Tuyets fiebriger Kopf nicht zur Ruhe. Ihr Streit mit Linh hatte Gedanken losgetreten, die sie verfolgten.

Wann hatte sie angefangen, ständig etwas zu verschweigen, weil sie sich andernfalls vor den Konsequenzen fürchtete? Mit Hanhs Briefen und der Sorge um Bo? Ihre Wut auf Marina schoss in ihr hoch. Doch dann wurde Tuyet plötzlich klar, dass sie sich etwas vormachte. Sie war bereits in einer

Familie aufgewachsen, die aus Experten für Zurückhaltung bestand. Lag es daran, dass sowohl ihr Vater als auch Marina aus Ländern stammten, in denen dies ein gebotenes Verhalten gewesen war, wollte man es vermeiden, unangenehm aufzufallen?

Tuyet hatte mit Alexander lieber halbherzig geschlafen, als mit ihm darüber zu sprechen, was sie beschäftigte oder was zwischen ihnen nicht stimmte. Nicht zuletzt ihre Schuld war es, dass ihre einst spritzige Liebe schal geworden war. Plötzlich verstand sie, weshalb Alexander so erpicht darauf gewesen war, in London einen Neuanfang zu wagen. Trotz aller Schwierigkeiten kämpfte er um sie, während sie, Tuyet, ihn auf Abstand hielt. Sie stöhnte.

»Brauchst du etwas?«, rief William aus der Küche.

»Nein, alles okay«, antwortete sie. Erschöpfung und Gliederschmerzen bemächtigten sich ihrer und trieben ihre Gedanken auseinander. Je stärker sie sich bemühte, sie zu fassen, desto weniger konnte sie sich fokussieren. Was wollte sie eigentlich vom Leben? Was von Alexander oder William? Hasste sie Marina noch? Und was würde sie Hanh sagen, stünde sie ihr je gegenüber? Während sie allmählich in den Schlaf gezogen wurde, wusste sie eines jedoch ganz genau. Linh wollte sie nicht verlieren. Sie würde sich ihre Freundschaft nicht entgleiten lassen, weil sie kompliziert geworden war. Sie würde sich bei Linh entschuldigen und alles daran setzen, dass sie ihr verzieh. Das Letzte was Tuyet wahrnahm, war Williams Hand, die ihre hielt.

☆

Den Übergang ins Jahr 2016 verschlief Tuyet. William war mit einigen Bekannten ausgegangen, und das war Tuyet, die vom Denguefieber verschont geblieben war, recht. William kümmerte sich rührend um sie und dass er ihretwegen Silvester im Haus verbrachte, hätte sie nicht gewollt. Ihre SMS an Linh, in der sie sie bat, sich zu melden, blieb unbeantwortet, was Tuyet nicht erstaunte, denn Linhs Wunde war frisch. Das Wichtigste war, dass sie den ersten Schritt auf Linh zu gemacht hatte. Als diese aber auch am nächsten und übernächsten Tag nicht auf ihre Nachrichten reagierte, begann Tuyet zu begreifen, dass sich ihr Streit nicht so schnell aus der Welt schaffen ließe, wie sie es wünschte. William hatte gehört, dass Linh sich freigenommen hatte, um ihrer Mutter im Laden zu helfen. Ein wenig erleichtert schien er darüber zu sein. Er riet Tuyet, sich in Geduld zu üben und abzuwarten, bis Linh sich bei ihr meldete.

Am vierten Tag des neuen Jahres fühlte sich Tuyet fit genug, um ein Internetcafé aufzusuchen. Ihr Vater schrieb, dass die Feiertage ruhig verlaufen seien, und er danach in Flüchtlingsheimen ausgeholfen hätte.

Dass Julian mitten im Semester verreist, schätze ich eigentlich nicht. Aber er hat eisern gespart, und so hoffe ich, dass ihm der Urlaub hilft, Marinas Tod zu überwinden. Ich erlebe ihn als niedergeschlagen und antriebslos, auch wenn ich davon ausgehe, dass an der Uni alles gut läuft.

Tuyet verdrehte die Augen. Glaubte er das wirklich? Oder übersah er geflissentlich, dass Julian kein Arzt werden wollte? Tante Uscha, Stella und Eva wünschten ihr ein glückliches neues Jahr, und Tuyet antwortete kurz auf ihre Grüße. Zum Schluss öffnete sie Alexanders E-Mail.

Liebe Tuyet,
bist du gut ins neue Jahr gerutscht? Was hast du gemacht? Was es auch war, ich hoffe, du hattest Spaß dabei. Wir beide erleben gerade eine Menge Neues, aber ich habe verstanden, dass du deine Eindrücke zurzeit nicht teilen möchtest. Bedrängen will ich dich nicht, allerdings fällt mir dadurch unsere Kommunikation schwer. Was also schreibe ich? Vielleicht, dass ich Weihnachten bei meiner Mutter und John verbracht habe. Seine drei Söhne (wie ich über

dreißig) waren mit ihren Frauen und Kindern da, und ich gebe zu, dass ich nun eine kleine Pause von intensivem Familienleben brauche. Wie immer bemüht sich meine Mutter, in unsere Treffen all die Aufmerksamkeit und Gespräche zu stopfen, die sie über Jahre hinweg versäumt hat. Obwohl ich sie verstehe, strengt es mich an. Zu Silvester bin ich mit vier Kollegen nach Südengland an den Strand gefahren. Raue See, raue Landschaft und rauer Wind, genau das, was mir gutgetan hat. Meine Wohnung ist nun eingerichtet, und freut sich jederzeit auf nette Gäste.

Sei umarmt, Alexander

Wen meinte Alexander, wenn er von netten Gästen sprach? Forderte er Tuyet auf, sich endlich auf den Weg zu machen? Ansonsten hätte er eine ähnliche E-Mail auch irgendjemandem schicken können, Floskeln und Urlaubsberichte. Ihr Mund wurde trocken, ihre Augen feucht. Sie verstand ihn ja. Immerhin hatte sie ihn zurückgewiesen und war nicht nach London mitgekommen. Bei dem Gedanken, dass Alexander plötzlich genug von ihr haben könnte, galoppierte ihr Herz los. In welche Richtung bloß? Was sollte sie ihm antworten? Tuyet schloss seine Mail. Einen Moment später öffnete sie sie erneut und schrieb.

Betreff: Neujahrsgrüße

Lieber Alexander,

schön, dass es dir gutgeht und du dich so schnell einlebst. Ich selbst habe Weihnachten in Mai Chau gefeiert, einem idyllischen Dorf in den Bergen. Ich bin Rad gefahren, gewandert und habe die gute Luft genossen. Zu Silvester hat mich leider ein fieser Virus erwischt, sodass ich nach Hanoi zurückkehren musste. Deshalb habe ich das neue Jahr sozusagen verschlafen. Zum Glück geht es mir wieder gut, ich lerne weiter Vietnamesisch und arbeite auf dem Hof. Ich wünsche dir nette Schüler, wenig nervige Eltern und viel Spaß,

Deine Tuyet

Sie zog eine Grimasse. Ihre Mail könnte man erst recht an Tante Uscha weiterleiten. Kurz hatte sie überlegt, ob sie im Zusammenhang mit Mai Chau William als Bekannten erwähnen sollte, sich dann jedoch dagegen entschieden. Tuyet seufzte. Sie las erst ihre Mail, dann Alexanders noch einmal. Es ließ sich nicht leugnen. Je mehr sie verschwieg, desto unmöglicher wurde es, Sätze zu formulieren, die nicht klangen wie das Geschwätz zweier Menschen, die einander nichts mehr zu sagen hatten. Oder die ihre Worte krampfhaft zurückhielten, da ihre Beziehung andernfalls Gefahr liefe zu explodieren.

Was sonst könnte sie Alexander schreiben? Sie öffnete ein neues Dokument und nannte es »Neujahrsmail 2«. Einmal angefangen, fegten ihre Finger geradezu über die Tastatur.

Lieber Alexander,
mich nervt es total, eine so nichtssagende Mail von dir zu bekommen und genauso nervt es mich, ebenso nichtssagend zu antworten. Aber könnte ich dir die Wahrheit sagen? Dass ich keine Ahnung habe, ob und wie es mit uns weitergeht. Dass ich nur weiß, dass wir an einem Scheideweg angelangt sind und mir das Angst macht. Du hast völlig Recht. Mit mir ist gerade kein offenes Gespräch möglich. Gerade dir, dem es in jeder Lebenslage darauf ankommt, mit offenen Karten zu spielen, konnte ich mich genau aus diesem Grund nicht anvertrauen. Mich bindet ein Versprechen, das mir viel bedeutet. Manches andere sage ich dir hingegen nicht, weil ich deine Reaktion und ihre Konsequenzen nicht einschätzen kann.

Keine E-Mail, sondern einen Roman müsste sie verfassen, wenn sie sich all das von der Seele schreiben wollte, wovon er nicht die leiseste Ahnung hatte. Sie tippte weiter, um ihre Gedanken zu ordnen:

Da wäre zuallererst meine Affäre mit W. Nie hätte ich gedacht, dass ich dich betrügen könnte, und mein Gewissen plagt mich ganz schön. Aber es ist toll, von W. als begehrenswerte, interessante Frau betrachtet zu werden, und weder als fragile Patientin, um die man sich kümmern muss, noch als unreifes Kind, das nicht versteht, was im Leben zählt. Genau dieses Gefühl gibst du mir, indem du mein Karrierestreben verächtlich belächelst oder mir signalisierst, dass ich mich nicht für die richtigen Themen interessiere. Passen wir überhaupt noch zusammen?

Während sie den letzten Satz noch einmal las, sammelte Tuyet Luft in ihren Wangen und blies diese langsam aus. Ja, genau das war der Gedanke, der in ihr rumorte. Alexanders bestürztes Gesicht, wenn er diese Mail läse, drehte Tuyet den Magen um. Ebenso wie die Vorstellung, er könnte sich auf der Stelle trennen, und nein, das wollte sie nicht riskieren, nicht heute, nicht, solange ihre Gefühle derart verworren waren. Verflixt, sie liebte ihn ja, aber war ihre Liebe groß genug, um ein gemeinsames Leben zu planen? Was müsste sie ihm noch sagen, um reinen Tisch zu machen?

Das zweite, was ich vor dir verheimliche, ist die Suche nach meiner leiblichen Mutter. Einmal wollte ich es dir sagen, aber, wie du selbst schreibst, unsere Kommunikation ist schwierig, und deshalb habe ich es nicht getan. Die Adresse meiner Mutter habe ich von Marina, die meinem Vater Briefe unterschlug, die unser aller Leben verändert hätten. Niemand weiß etwas davon, auch Bo nicht. Ach doch, meine Schwester Tien, aber die hat mich rausgeschmissen.

Ihr Handy läutete. Tuyet erkannte Linhs Nummer und ihr Herz setzte einen Schlag lang aus. Endlich!

»Linh«, flüsterte sie. »Ich bin im Internetcafé. In ein paar Minuten rufe ich zurück.«

Schnell drückte sie auf »Senden«, um Alexander ihre knappe Antwort auf seine nichtssagende Nachricht zu schicken. Die andere E-Mail speicherte sie unter ihren Entwürfen, vielleicht würde sie sie für ihre Tagebuchaufzeichnungen verwenden.

Kurz darauf stand Tuyet vor dem Café und wählte Linhs Handy an. Weißgrauer Nebel hing genauso trostlos über dem Westsee, wie man es ihr für den Januar angekündigt hatte, und verschleierte die entfernten Häuser an seinen Ufern. In der Leitung klickte es.

»Linh? Ich bin so froh, dass du dich meldest.«

»Tuyet? Hier ist Hanh. Können wir reden?«

»Hanh?«, wiederholte Tuyet verdattert. »Ist etwas mit Linh?«

»Mit Linh? Nein. Sie hat mir ihr Telefon geliehen, weil dort deine Nummer eingespeichert ist. Stell dir vor, wir setzen deine Idee in die Tat um. Könntest du deine Bekannte fragen, ob sie den Geburtstag ihrer Tochter bei uns feiern möchte?«

Mit freudig klopfendem Herzen starrte Tuyet auf die gegenüberliegende Straßenseite, wo eine Blumenverkäuferin gerade einen großen Korb mit üppigen gelben, lilafarbenen, orangenen und weißen Sträußen an ihrem Fahrrad befestigte. Erwartungsvoll schaute sie zu Tuyet hinüber, da sie annahm, dass ihre bunte Ware deren Aufmerksamkeit erregt hatte. Hastig wehrte Tuyet ab und richtete ihren Blick nun auf eine Frau mit Kegelhut, die vor einem kleinen Laden hockend in einer Wasserschüssel Töpfe spülte. Diese Haltung nachzuahmen, in der man mit gebeugten Knien die Fersen auf den Boden presste, führte bei Tuyet bloß dazu, dass ihre Füße schmerzten und sie ihr Gleichgewicht verlor.

»Natürlich frage ich sie. Kann ich sonst noch helfen?«

Hanh kicherte, als hätte sie auf diese Frage gewartet.

»Oh ja, wir haben alle Hände voll zu tun. Komm morgen vorbei, dann zeige ich dir alles.«

Tuyet stimmte zu und konnte sich eine letzte Frage nicht verkneifen.

»Ist Linh in der Nähe? Kann ich sie sprechen?«

Es entstand eine Pause, in der sich Hanh vermutlich nach ihrer Tochter umsah. Schließlich sagte sie:

»Tut mir leid, sie ist nicht da. Bis morgen also.«

Schlagartig erhielt Tuyets Freude darüber, dass Hanh und Xuan sich für ihre Idee begeisterten, einen Dämpfer.

In der Erwartung, Linh zu begegnen, betrat Tuyet am nächsten Nachmittag den Laden in Bat Trang.

»Heute arbeitet sie mit den Kindern«, erklärte Hanh, und ignorierte Tuyets Enttäuschung. Vielleicht bemerkte sie sie auch nicht, weil sie viel zu stolz darauf war, was sie geschafft hatten.

»Den Garten entrümpelt, den Boden geebnet und irgendwann werden wir ihn mit Stein fliesen. Gras vertrocknet zu schnell und wirkt dann ungepflegt.«

Tuyet war beeindruckt. Aufgereiht an der Hauswand standen niedrige Holztische und Hocker, die Linh besorgt hatte, ebenso wie die gemusterten Schürzen zum Schutz der Kleidung und alle möglichen Farben und Pinsel unterschiedlicher Größe. Auch im Ladenraum hatte Linh Spuren hinterlassen. Sie hatte ihre Mutter und Xuan davon überzeugt, die Regale umzustellen und die Waren neu zu stapeln. Viel geräumiger wirkte der Verkaufsraum jetzt und nicht mehr so vollgestopft wie zuvor. In der Werkstatt warteten bereits Teller, Tassen und Tierfiguren darauf, von Kindern und Erwachsenen bemalt zu werden. Ein Bäcker würde Kuchen liefern, ein anderer Nachbar Sommerrollen und Reisgerichte, sollte dies gewünscht werden.

»Hast du unsere Webseite gesehen?«

Begeistert zog Hanh Tuyet zum Computer. Das Erste, was Tuyet auffiel, war das Foto des neuen Türschildes, auf dem *Xuan und Hanh – creative ceramics* stand. Darunter prangte ein Bild der Besitzerinnen und eines von Hanhs bemalten Keramikdrachen. Fotos vom Garten und von Kunden, die emsig töpferten, malten und feierten, fehlten noch, aber für den Anfang reichte es. Nachdem Tuyet Hanh geraten hatte, einige Sonnenschirme für heiße Tage und genügend Ventilatoren anzuschaffen, bunte Lampions und Kerzen sowie Spaghetti und Pommes ins Kindermenu aufzunehmen, gab es für sie nicht mehr viel zu tun. Ohne Zweifel konnte die Geburtstagsparty nach den *Tet*-Ferien steigen.

Trotzdem beharrte Hanh darauf, dass Tuyet sie in den folgenden Wochen so oft wie möglich besuchte. Immer wieder kam ihr eine neue Idee in den Sinn, wegen der sie Tuyet unbedingt treffen musste.

»Bei unseren Sprachschwierigkeiten müssen wir eben auch Hände, Füße und Mimik einsetzen«, behauptete sie.

Abends bedankte sie sich für Tuyets Hilfe, obgleich sich diese des Gefühls nicht erwehren konnte, keinen Handschlag getan zu haben, außer Hanhs *Pho Ga* zu essen und sich in die Kunst des Töpferns einführen zu lassen. Während Hanh die Drehscheibe surren ließ, um kleine Kunstwerke zu formen, pflegte sie ein Lied zu summen, das Tuyet entfernt bekannt vorkam, schön und traurig zugleich.

»Ein Kinderlied«, antwortete Hanh schlicht, als Tuyet sie danach fragte.

An diesem Abend räumten sie gemeinsam mit Hanhs und Xuans Mitarbeiterinnen die Werkstatt auf. Bis zum letzten Bus nach Hanoi blieb noch Zeit für ein Glas Limettensaft in der kleinen Küche.

»Wird Linh bei dir bleiben?«

Hanh nickte.

»Bis auf Weiteres.«

Tuyet senkte ihren Blick. Richtete Linh es so ein, dass sie nie zu Hause war, wenn Tuyets Besuch anstand?

»Gib ihr etwas Zeit, bis sie über ihren Kummer hinweg ist.«

»Wie bitte?«

Tuyet traute ihren Ohren nicht, in ihrem Hirn ratterte es. Hatte Linh ihrer Mutter etwa von William erzählt? Oder wovon sprach Hanh? Wie in einem offenen Buch schien Hanh in ihren Gedanken zu lesen und lächelte.

»Von meinen drei Kindern ist Linh die Einzige, für die ich die Mutter bin, die ich gerne sein wollte. Sie erzählt mir viel, weshalb ich ihr zur Seite stehen kann.«

Hanh presste neue Limetten für frischen Saft aus. Tuyet sog den Duft der Früchte ein, der sich mit dem von gekochtem Reis, Gewürzen und grünem Tee mischte.

»Hast *du* dich mit deiner Mutter gut verstanden?«

Tuyet zögerte.

»Ja«, antwortete sie knapp. Hanhs Frage deprimierte Tuyet. Erstens weil sie sie an Marina erinnerte, aber auch weil sie ihr vor Augen führte, dass sie, was die Suche nach ihrer leiblichen Mutter betraf, seit ihrem gestrigen Besuch bei Tiens Schwiegermutter Yen, mit ihrem Latein am Ende war. Zu Tuyets Erleichterung drang Hanh nicht weiter in sie, sondern antwortete durch das geöffnete Fenster auf den Zuruf einer Nachbarin, deren Nichte vor kurzem geheiratet hatte. Während die beiden Frauen darüber schwatzten, dachte Tuyet an ihren letzten missglückten Versuch, ihre Mutter zu finden.

Am Tag zuvor, ein Werktag, hatte sie noch einmal im Café B-52 gefrühstückt und Tiens Haus beschattet. Neben ihr auf einem Stuhl lag der Pralinenkasten, den sie für Tiens Schwiegermutter gekauft hatte. Während Tuyet in ihrem Kaffee rührte, sah sie, wie ein Mann mit Tiens Kindern Hoa und Nam das Haus verließ. Obwohl er keine Polizeiuniform trug und Tuyet ihn wegen seiner großen Sonnenbrille nicht genau erkannte, ging sie davon aus, dass es Tuan war. Er brauste auf seinem Moped davon, Hoa und Nam liefen mit Freunden in Richtung ihrer Schule. Kurz darauf erschien Tien in einem Kostüm, das vermuten ließ, dass sie zur Arbeit fuhr. Gut so, dann hätte Tuyet jetzt Zeit, sich mit Schwiegermutter Yen zu unterhalten. Tuyet bezahlte und lief zu Tiens Haus, das ihr inzwischen auf eigentümliche Art vertraut war. Sie klopfte, erwartungsgemäß kamen Schritte angeschlurft, und Yen stand vor ihr. Ihre Augen weiteten sich, als sie Tuyet erkannte.

»*Xin chào*«, grüßte Tuyet lächelnd.

Yen nickte ihr zu und ihr Blick huschte abwechselnd von Tuyet zum Pralinenkasten und wieder zurück.

»Darf ich hereinkommen?«

Doch statt sie eintreten zu lassen, kam Yen zu ihr hinaus.

»Was möchtest du?«, fragte sie geradeheraus, aber nicht unfreundlich. Tuyet verbreiterte ihr Lächeln, und schon während sie Yen den Pralinenkasten entgegenstreckte, befielen sie Zweifel, ob sie einen Fehler beging.

»Sie mochten doch diese Pralinen so gerne«, sagte sie. Zögernd nahm Yen das Geschenk an, schien aber nicht recht zu wissen, was sie damit anfangen sollte.

»Vielen Dank«, sagte sie, wobei sie ein Lächeln andeutete. Es entstand eine Pause und Tuyet wurde klar, dass sie ihr Anliegen im Flur vorbringen musste.

»Vermutlich wissen Sie, dass ich Tiens Schwester bin«, begann sie erst zaghaft, dann schneller sprechend, als fürchte sie, Yen würde sie nicht zu Ende anhören. »Ich möchte Ihre Familie nicht belästigen, aber sicher verstehen Sie, dass ich meine Mutter wiedersehen will. Weshalb Tien das verhindert, weiß ich nicht, aber ich bitte Sie inständig, mir zu sagen, wo sie lebt. Bitte.«

Mit klopfendem Herzen blickte sie Yen an. Auf deren Gesicht zeigten sich widersprüchliche Gefühle. Ihre Augen verengten sich, als musterte sie Tuyet eingehend, sie öffnete ihren Mund, gab einen kurzen Laut von sich, als würde sie ansetzen, etwas zu sagen, dann presste sie ihre Lippen aufeinander, schloss ihre Augen, und als sie sie kurz darauf öffnete, schien Yen Klarheit gewonnen zu haben. Tuyet hoffte nur, dass sie sich durchgerungen hatte, Auskunft zu erteilen. Yen drückte ihr den Pralinenkasten in die Hand.

»Du dachtest, du kommst hierher und bestichst eine alte Frau mit Süßigkeiten? Das ist aber keine feine Art.«

Tuyet spürte, dass sie rot anlief und ihr der Schweiß ausbrach.

»Bitte, wenn Sie mir nicht helfen, weiß ich nicht, was ich noch tun soll«, flehte sie, »ich war schon bei der Polizei, aber ohne Familienbuch …«

Mit einer entschiedenen Geste schnitt Yen ihr das Wort ab.

»Das gebe ich sowieso nicht aus der Hand. Ich kenne dich doch gar nicht.«

»Aber ich gehöre zur Familie!«

Tuyet musste sich beherrschen, um nicht zu schreien.

»Mit wem redest du da, Mutter? Hast du mein frisches Hemd gesehen? Es liegt nicht mehr auf dem Bett«, tönte es aus dem Wohnungsinneren. Tuyet erkannte Tuans Stimme und verfluchte sich. Sie hatte sich getäuscht. Er war noch da.

Yen rief in die Wohnung hinein:

»Das ist die Frau, die die Stromgebühr abkassiert. Ich komme gleich.«

Wie gelassen Yen ihren Sohn belog, verblüffte Tuyet.

»Hör zu«, sagte Yen, »ich verstehe dich, aber kann dir nicht helfen. Du magst Tiens Schwester sein, aber ich kenne dich nicht. Tien ist meine Schwiegertochter, und sie hat es schwer genug. Ich werde ihr ganz bestimmt nicht in den Rücken fallen. Wenn sie dir Hanhs Adresse nicht verraten will, werde auch ich es nicht tun.«

Ihre Worte sickerten in Tuyets Ohr und riefen ein unangenehmes Rauschen hervor, als sie begriff, dass sie verloren hatte.

»Mutter? Wo bleibst du denn? Gibt's Probleme mit der Stromrechnung?«

Yen schloss langsam die Tür, und während sie Tuyet zunickte, erkannte diese Mitleid in ihren Augen.

Fix und fertig lief sie zum Botanischen Garten, reagierte sich auf einem der Crosstrainer ab und scherte sich wenig darum, dass die anderen Parkbesucher sie anstarrten, weil mehr Tränen als Schweißperlen ihre Wangen hinabliefen. Sie zog in Erwägung, Hoa nach der Schule abzufangen, verwarf die Idee dann wieder, weil es sich einfach nicht gehörte, Kinder mit Familienangelegenheiten zu behelligen. Nachdem sie sich beruhigt hatte, fuhr sie in die Altstadt, kaufte Räucherstäbchen und Papiergeld. Dann fuhr sie zum *Bach Ma*-Tempel und bat ihre Ahnen um Beistand. Den Pralinenkasten opferte sie für Marina.

»Ehrlich gesagt hatte ich ihn für Tiens Schwiegermutter gekauft«, sagte sie leise, um die anderen Betenden nicht zu stören. »Es sind feine Pralinen, bitte nimm sie an und hilf mir, Hanh zu finden.« Es fiel ihr nicht leicht, Marina um etwas zu bitten, doch hoffte sie, dass ihre Adoptivmutter im Jenseits das Bedürfnis verspürte, etwas an ihr gutzumachen. Einen Moment blieb sie mit geschlossenen Augen stehen, umgeben von Rauch, Gemurmel und den Blicken des Weißen Pferdes.

»Hast du etwas gesagt?«

Hanh, die ihren Plausch mit der Nachbarin beendet hatte, widmete sich wieder ihren Limetten. Hatte Tuyet etwa laut gedacht? Rasch besann sie sich darauf, dass sie mit Hanh über Mütter und Töchter gesprochen hatte.

»Was ist mit deinen anderen Töchtern? Leben sie hier oder in Hanoi?«, fragte sie.

Hanh schaute von ihrer Zitronenpresse auf.

»Wie kommst du darauf, dass ich nur Töchter habe?«

Tuyet stutzte. Hatte Hanh das nicht gesagt? Mit energischen Bewegungen drückte Hanh eine Limette nach der anderen aus.

»Meine Älteste lebt in Hanoi und führt ihr eigenes Geschäft. Sie hat Familie und besucht mich regelmäßig. Zu meiner zweiten Tochter habe ich keinen Kontakt. Aber ich weiß, dass es ihr gut geht.«

Hanh machte eine Pause, die von Gedanken gefüllt wurde, die sie nicht teilen wollte. Tuyets Herz krampfte sich vor Mitleid zusammen, denn Hanh stand ins Gesicht geschrieben, wie schwer es ihr fiel, darüber zu sprechen. Konnte man sich mit einer verständnisvollen Mutter wie Hanh derart überwerfen? Mit einer heftigen Bewegung warf Hanh die Limettenschalen in den Müll, als wollte sie sich ihrer traurigen Erinnerungen entledigen. Obwohl Tuyet neugierig war, würde sie nicht in Hanhs Wunden herumstochern. Ob die Mundwinkel ihrer eigenen Mutter genauso zuckten, wenn die Rede auf Tuyet kam? Erwähnte sie sie überhaupt? Hanh lächelte schon wieder und stellte den frischen Saft auf den Tisch.

»Irgendwelche Fehler machen wohl alle Eltern«, sagte sie. »Was ist mit deinem Vater? Was macht er?«

Gespannt sah sie Tuyet an.

»Er ist Kinderarzt. Das war sein Traum.«

Hanh räusperte sich.

»Kinderarzt. Sieh mal einer an. Wie ist er sonst so?«

Tuyet überlegte. Wie würde sie Bo beschreiben?

»Er arbeitet mit Leib und Seele«, antwortete sie. »Er kann humorvoll sein, aber heutzutage liest er meistens, wenn er zu Hause ist. Ich kenne niemanden, der sich häufiger hinter Büchern vergräbt als er. Für seine Familie tut er alles. Aber er verlangt auch viel.«

Hanh sah sie unentwegt an.

»Du liebst ihn sehr.«

Tuyet fuhr mit ihrem Zeigefinger auf dem Rand ihres Glases entlang.

»Ja«, erwiderte sie. »Nur im Augenblick ist es etwas schwierig mit uns. Er drängt mich ständig, meinen Freund zu heiraten. Das finde ich ganz schön anstrengend.«

Unter Hanhs aufmerksamen Blicken wollte sich Tuyets Zunge schon lösen, um von Alexander zu erzählen, als Hanh mit fester Stimme sagte:

»Natürlich will er, dass du bald heiratest, damit du am Ende nicht zu alt bist. Und wenn du sogar schon einen jungen Mann kennst, der etwas taugt, steht dem doch gar nichts im Wege.«

Jetzt klang Hanh keinen Deut anders als Bo.

»Selbst bei Linh erkundigen sich Verwandte und Nachbarn schon danach, wann sie heiratet. Und sie ist ein paar Jahre jünger als du.«

Tuyet fiel ein, dass Linh einmal wissen wollte, wie Alexander sei. Am meisten hatte sie fasziniert, dass er gut kochte und viel im Haushalt erledigte.

»Einen Mann, der im Haushalt und mit den Kindern hilft, wünsche ich mir auch«, hatte Linh gemeint. »Aber wenn ich das sage, winken meine Tanten ab. ›Da kannst du lange suchen‹, zetern sie und versuchen immer wieder, mich mit jungen Männern, die ihnen passend erscheinen, zu verkuppeln. Andererseits jammern sie, dass nach der Hochzeit das Leben einer Frau nichts als Mühsal sei.«

Hanh seufzte.

»Ich bin viel zu nachsichtig mit Linh. Weder hat sie einen ernstzunehmenden Freund noch studiert sie, obwohl sie einen guten Schulabschluss hat. Ich fürchte, eines Tages rächt es sich, dass ich ihre Leine ziemlich lang lasse.«

Da Tuyet keine Lust mehr auf vertraute Sprüche dieser Art hatte, wechselte sie das Thema.

»Linh sagt, du hast in der DDR gearbeitet. Wo hast du gelebt?«

»In Berlin.«

Auf einmal hellwach erkundigte sich Tuyet: »Hast du eine Hoang Thi Hanh gekannt?«

Ihr Herz klopfte heftig.

Bitte, sag ja. Bitte.

Hanh strich sich über die Stirn, faltete dann ihre Hände. Sie schien intensiv nachzudenken, jedenfalls dauerte es eine ganze Weile, bis sie antwortete.

»Das ist alles so lange her. So viele Namen sind in Vergessenheit geraten.«

Innerlich sackte Tuyet zusammen. Um ihre Enttäuschung zu verbergen, stand sie auf und stellte die benutzten Gläser auf die Spüle. Auf der Treppe klackerten Absätze und gleich darauf erschien Xuan.

»Hier seid ihr. Ist Linh noch nicht da? Es ist spät. Übernachtest du bei uns, Tuyet?«

Tuyet warf einen Blick auf ihre Armbanduhr. Der letzte Bus nach Hanoi würde bald abfahren.

»Nein, ich erwische den Bus noch.«

Zum Abschied drückte Hanh Tuyet an sich und sagte:

»Ich denke über Hoang Thi Hanh nach. Bis zu unserem nächsten Treffen fällt mir vielleicht etwas ein.«

»Das wäre schön«, erwiderte Tuyet mit belegter Stimme, und einen Augenblick verharrten sie in ihrer Umarmung. Dann rannte sie Richtung Busstation. Sie spürte, dass Hanh ihr nachblickte. Die Worte, die diese dabei murmelte, hörte sie nicht mehr.

»Sie fragt nach mir, und vor Schreck verstecke ich mich hinter einer Lüge. Wie feige ich bin! Schluss damit. Das nächste Mal spreche ich mit Tuyet.«

Hätte Tuyet sich umgesehen, wäre sie Zeugin geworden, dass Xuan ihre Freundin ins Haus zurückführte und sagte: »Jetzt, Hanh. Jetzt bist du soweit.«

☆

William bremste, und Tuyet, die noch müde war, prallte gegen ihn. William lachte und küsste sie.

»Viel Spaß mit deinem Bruder. Melde dich, wenn ihr Zeit habt, okay?«

Tuyet umarmte ihn und betrat das Flughafengebäude. Die Nacht war kurz gewesen, und gerne hätte sie den Wecker, der um fünf Uhr läutete, ignoriert. Aber jetzt, da die Anzeigetafel bestätigte, dass Julians Flugzeug gelandet war, wurde sie langsam wach. Seit drei Monaten hatte sie ihren Bruder nicht gesehen und freute sich auf ihn.

Julian gehörte zu den Letzten, deren Gepäck aufs Band

rollte. Tuyet beobachtete, wie er seinen blauen Rucksack aufschnallte und auf den Ausgang zusteuerte.

»Julian, hier!«, rief sie und sprang ein wenig in die Luft, damit er sie zwischen all den Abholern gleich entdeckte. Grinsend kam er auf sie zu.

»Schwesterherz!«

Er hob sie hoch und drückte sie.

»Huch, hast du zugenommen? Du kommst mir so schwer vor.«

»Richtig, habe ich«, antwortete Tuyet vergnügt. »Aber vielleicht bist du ja auch schlapper geworden.«

Julian knuffte sie in die Seite.

»Dein Haar ist gewachsen und eine schöne Hautfarbe hast du auch. Gut siehst du aus. Viel besser, als ich dich in Erinnerung hatte.«

Tuyet schnitt eine Grimasse.

»Schade, dass ich das Kompliment nicht zurückgeben kann.«

Im gleichen Moment tat ihr die Retourkutsche leid, denn es stimmte. Julian war blasser, als er selbst im deutschen Winter sein sollte, und seine Augenringe waren so dunkel, dass sie unmöglich von nur einer schlecht geschlafenen Nacht im Flugzeug stammen konnten.

»Ich freue mich, dass du da bist«, schob Tuyet schnell hinterher. Sie winkte ein Taxi heran, und kurz darauf bestaunte Julian die Palmen, Reisfelder und die moderne Schrägseilbrücke, über die Tuyet berichtete, was sie sich von Alexanders Ausführungen gemerkt hatte. Als sie den Westsee entlangfuhren, an dem frühe Verkäufer Obst, Sandwich und Blumen feilboten, seufzte Julian.

»Ein Jammer, dass Papa früher nicht mit uns hier hergefahren ist. Erst wollte ich ihn fragen, ob er mich begleitet, aber, ehrlich gesagt, brauche ich besonders von ihm Abstand.«

Übertönt wurden seine Worte von einem *Banh Mi*-Verkäufer, der vorbeiradelte und seine unterschiedlichen Sandwiches mithilfe einer leiernden, automatischen Ansage anpries.

Das Taxi hielt und Tuyet zahlte, während Julian den Kabelsalat über ihren Köpfen bestaunte.

»Vorsicht«, machte ihn Tuyet auf eine Leitung aufmerksam, deren offenes Ende in einer Pfütze baumelte. »Wenigstens meine Wohnung wollte ich dir gerne zeigen, bevor dich der Schlag trifft.«

Julian fühlte sich bei Tuyet gleich wie zu Hause, und innerhalb kürzester Zeit war der Inhalt seines Rucksacks über Stühle, Sofa und Fußboden verteilt.

»Tuyet, die Aussicht auf den See ist fantastisch. Fahren dort Fischerboote? Und dort, machen die alten Leute Gymnastik?«

Tuyet trat neben ihn. Sie erinnerte sich daran, wie überwältigt sie an ihrem ersten Tag in Hanoi von allem gewesen war.

»Stell dir vor, gleich auf dem Weg zum Hotel sind Alexander und ich an einem Geisterhaus gelandet.«

»Geisterhaus?«

Tuyet lachte, und während der vietnamesische Kaffee durch sein silbernes Sieb tröpfelte, erzählte sie Julian von ihren Erlebnissen, jedenfalls den schönen, denn den Tanzabend am Hoan Kiem-See, Alexanders Antrag und ihre Streitigkeiten in Sapa ließ sie unter den Tisch fallen. Nachdem sie von Linh, Bat Trang und dem Reiterhof berichtet hatte, bemerkte sie, dass Julians Augenlider schwer wurden.

»Du Armer, ich quassele dich voll, dabei willst du doch nichts als schlafen.«

Spontan umarmte sie ihren Bruder.

»Zwischendurch hatte ich Sorge, dass wir uns nichts zu sagen hätten. Völlig zu Unrecht, wie man sieht. Weshalb unterhalten wir uns in Frankfurt nie?«

Julian stellte das Frühstücksgeschirr zusammen und streckte sich.

»Muss ich sofort ins Kreuzverhör? Aber Recht hast du. Ich finde es auch spannend, so viel Zeit mit dir zu verbringen.«

Während Tuyet ihm ein Lager auf ihrem Sofa richtete, sinnierte sie weiter.

»Manchmal habe ich gedacht, dass du gar keine große Schwester brauchst, weil du so viele Freunde hast, mit denen du alles besprichst.«

Marinas Beerdigung fiel ihr ein, an der sie Julian trösten wollte, jedoch nicht an ihn herankam.

»Jetzt bin ich sehr froh, dass ich eine habe, die ich besuchen kann«, erwiderte Julian. Tuyet drehte sich um. Er sah nicht aus, als ob er einen Witz machte, sondern sehr ernst. Vertraut und gleichzeitig fremd kam er ihr vor. Sein Gesicht war kantiger geworden und verwundbarer. Kein Zweifel, ihr kleiner Bruder wirkte reifer, aber nicht unbedingt glücklich.

»Voilà«, lud sie ihn mit einer schauspielerischen Geste ein, »wünsche wohl zu ruhen.«

Doch Julian machte keine Anstalten, sich hinzulegen.

»Ich will gar nicht schlafen. Können wir nicht rausgehen? Am liebsten will ich sofort alles sehen.«

Tuyet prustete.

»Alles? Na, dann mal los.«

Zuerst fuhren sie zum Literaturtempel, *Van Mieu*, auf dessen Gelände zu Ehren Konfuzius' 1076 die erste Nationale Universität Vietnams gegründet worden war. Hier waren die Söhne der Mandarine und Hochbegabte ausgebildet und geprüft worden. Bereits am Eingangstor machte Julian ein Foto, weil ihn die alte Inschrift amüsierte, die Ankömmlinge aufforderte, vom Pferd zu steigen.

»Manche beginnen ihre Reise mit der Suche nach Geistern, ich hingegen im Schoß der Wissenschaft und Lehre. Das ist meiner würdig«, bemerkte Julian augenzwinkernd und bot Tuyet seinen Arm an, um hoheitsvoll die imposante Anlage zu beschreiten. Die geschwungenen Dächer, bewacht von Drachenfiguren, leuchteten rötlich und golden in der Sonne, die Gärten, durch die sie spazierten, wirkten gepflegt. Trotz Touristen und aufgedrehter Schüler, die ein Selfie nach dem anderen aufnahmen, verströmte dieser Ort Ruhe. Wie konzentriert die jungen Männer einst im Schatten dieser Bäume studiert hatten, in dem Wissen, dass von ihrem Erfolg die Zukunft ihrer Familien abhing, konnte Tuyet sich lebhaft vorstellen. In einem Hof reihten sich steinerne Schildkröten, die auf ihrem Rücken Stelen trugen, in die Namen, Geburtsorte und Ergebnisse erfolgreicher Prüflinge eingemeißelt waren. Tuyet faszinierte es, wie viele Jahrhunderte sie überstanden hatten, und sie musste ihre Hände in ihren Jackentaschen verstecken, um nicht dem Bedürfnis nachzugeben, sie anzufassen. Obwohl es verboten war, berührten einige junge Leute trotzdem die Schildkröten, um sich dadurch eine Portion Glück abzuholen.

»Damals hätte unser Vater wahrscheinlich alles dafür gegeben, unsere Namen auf diesen Steintafeln zu lesen«, sagte Julian. Humorvoll klang er nicht.

»Nur deinen«, erwiderte Tuyet, »für mich als Tochter wäre das kaum in Frage gekommen.«

Sie setzten sich auf eine Bank, und Tuyet reckte ihr Gesicht der wärmenden Sonne entgegen, die sich zu Julians Ehren durch die Wolkendecke des grauen Januars gekämpft hatte. Tuyet blinzelte. Viele Vietnamesen scheuten bei fünfzehn Grad weder Fellmützen noch Ohrenschützer, und schmunzelnd stellte sie fest, dass auch sie ihre Daunenjacke schätzte. Julian hingegen schälte sich aus seiner Jeansjacke, verschränkte seine Hände hinter dem Kopf und schloss die Augen. Tuyet dachte schon, er wäre eingenickt, als er sagte:

»Ich erinnere mich nicht daran, dass Papa mich je angeschrien oder gar geschlagen hätte. Wie kommt es, dass ich mich trotzdem gezwungen fühle, Medizin zu studieren?«

Seine Stimme klang bitter, und erschüttert warf Tuyet ihm einen schnellen Seitenblick zu. Eine Antwort schien er von ihr nicht zu erwarten, denn er sprach sofort weiter.

»In mir steckt kein Arzt. Meine Freunde verstehen gar nicht, dass ich mich nicht einfach für Politik und Geschichte einschreibe, sondern den Wunsch meines Vaters erfülle.«

Auf Tuyets Stirn bildeten sich kleine Schweißtropfen, weshalb sie ihre Daunenjacke nun doch auszog.

»Ich weiß, was du meinst, wenn es nach Bos konfuzianistischem Erziehungsideal ginge, sollten wir widerspruchslos das tun, was er sagt. Zum Glück hat Marina Bo in so mancher Hinsicht modernisiert.«

Tuyet holte tief Luft. Zum ersten Mal seit Monaten hatte sie etwas Positives über Marina gesagt. Sie wartete auf ihren Zorn, der üblicherweise aufflammte, wenn sie an Marina dachte, aber nichts geschah.

»Was Bos Vorstellung unserer Karrieren betrifft, kann er nicht aus seiner Haut. Für die guten Voraussetzungen, die er uns bietet, verlangt er Dankbarkeit. Weißt du, was ich mir anhören muss, weil ich noch nicht wieder in meiner Kanzlei sitze?«

Julian lächelte.

»Ich kann es mir denken. Wie bezaubernd.«

Nicht Tuyet war gemeint, sondern eine Gruppe von sechs jungen Mädchen, die sich, bekleidet in pinken *Áo Dàis* und weißen Hosen, vor den Schildkröten platzierten. Ihre schwarzen Haare hatten sie zu kunstvollen Frisuren geflochten und weiße Blüten hineingesteckt. Eine von ihnen fotografierte. Julian ging zu ihnen und erbot sich auf Vietnamesisch, sie mit jedem ihrer Handys abzulichten, wenn er dafür selbst ein Bild bekäme. Wie flüssig er sprach, beeindruckte Tuyet. Kichernd redeten die Mädchen durcheinander, dann forderten sie, dass sich Julian mit der gesamten Gruppe fotografieren ließe. Nach ungefähr zehn Minuten war die Prozedur vorüber, und Julian kehrte aufgeräumt zurück.

»So viel Schönheit gibt es auf der Welt und ständig ist man gezwungen, Probleme zu wälzen.«

Er winkte den Mädchen nach, und Tuyet fragte sich, ob er

ähnliche Shows abzog, wenn Dorothee bei ihm war. Sie stand auf und vertrat sich die Füße.

»Wir haben nie gelernt, Bo zu widersprechen«, sinnierte sie dabei. »Wenn es etwas zu verhandeln gab, hat das meistens Marina für uns übernommen. Aber dich als Gott in Weiß zu sehen, hat bestimmt auch ihr gefallen. Sollen wir weiter?«

Julian nickte, hakte Tuyet unter und gemächlich schlenderten sie Richtung Ausgang.

»Meiner Meinung nach sah es nur so aus, als hätte Mama die dominante Rolle gespielt. Inzwischen denke ich, dass Papa sein Königreich und Volk still, aber gezielt aus dem Hintergrund regiert.«

Als wollte er sich seines Grolls entledigen, kickte Julian einen Stein zur Seite. Tuyet widersprach ihm.

»So berechnend ist Bo nicht. Wahrscheinlich hat er keine Ahnung, wie du dich fühlst. Meines Wissens denkt er, dass in deinem Studium alles prima läuft.«

Julian schnaubte.

»Denkt er nicht! Zwar fragt er nichts, dafür spricht er pausenlos über die berufliche Befriedigung, die einem als Arzt vergönnt ist. Er will mich in die Flüchtlingsheime schleppen und tut so, als sei er an meiner Meinung zu medizinischen Fragen interessiert. Die würde ich ihm lieber in Bezug auf politische Entwicklungen und geschichtliche Hintergründe sagen. Aber davon will er nichts hören.«

Sie verließen den Literaturtempel, und Tuyet führte ihn über eine befahrene Straße, deren Verkehr Julian bei Weitem nicht so schockierte, wie Tuyet angenommen hatte.

»Lass uns im *Koto* essen«, schlug sie vor. Ein Angestellter öffnete ihnen die Tür, und da die Tische in der unteren Etage voll besetzt waren, stiegen sie ins nächste Stockwerk hinauf. Hier fanden sie Platz in einer bequemen Kissenecke, vor der ein niedriger Tisch stand. Eine junge Kellnerin brachte ihnen sogleich die Speisekarte. Gähnend streckte sich Julian auf den Kissen aus.

»Super! Genau die richtige Sitzgelegenheit für meinen Zustand.«

Als etwas später Frühlingsrollen, gegrilltes Hühnchen mit Zitronengras, Fisch in Bananenblättern, gebratene Ente und Papayasalat vor ihnen standen, lief beiden das Wasser im Munde zusammen. Beim Essen klärte Tuyet ihren Bruder darüber auf, dass man im *Koto* Straßenkinder zu Köchen und Servicepersonal ausbildete, und ihnen damit die Chance gab, ein normales Leben aufzubauen. So hervorragend war inzwischen ihr Ruf, dass viele von ihnen in gehobenen Hotels und Restaurants Arbeit fanden.

»Auch ich möchte im Job mein Bestes geben«, kam Julian bald auf seine eigenen Berufswünsche zurück. »Doch dafür muss ich mögen, was ich tue. Neulich fragte ich Papa, ob er jemals einen anderen Traum hatte, als Arzt zu werden.«

Tuyet, die gerade ihren Fisch aus einem dunkelgrünen Bananenblatt puhlte, sah interessiert auf.

»Und?«

»Ja, als Junge wollte er mal Lehrer für Literatur werden. Ich lockte ihn von dem Ärztethema weg und hörte endlich mal andere Geschichten als die, die wir im Wortlaut kennen. Während des Krieges, stell dir vor, wenn er mit den anderen Kindern im Bunker saß, lenkte er sie mit den Geschichten der Brüder Grimm ab. Hättest du gedacht, dass die in Vietnam bekannt waren?«

Tuyet verneinte.

»Für einige Augenblicke vergaßen die Kinder ihre Angst. Einmal schafften es deine Mutter und er nicht rechtzeitig zum Dorfbunker. In einem Gebüsch warteten sie den Angriff ab, und währenddessen hat er ihr von Dornröschen erzählt.«

Mit großen Augen sah Tuyet ihn an.

»Er hat mit dir über Hanh geredet?«

»Hat mich zuerst ziemlich gewundert, da er sie sonst nie erwähnt. Inzwischen denke ich, dass deine Reise nach Vietnam auch bei Papa etwas in Gang gesetzt hat. Mit Hanh ist er eines Tages um die Weihnachtszeit herum nach Hanoi geradelt. Dreizehn oder vierzehn waren sie und wollten wahrscheinlich ihre Familien besuchen, ich weiß es nicht genau. Plötzlich griffen die Amerikaner Hanoi an. Unser Großvater Lai ist dabei in dem Krankenhaus, in dem er arbeitete, verschüttet worden. Ich habe im Internet recherchiert, es war verheerend. Papa hat zerquetschte und verstümmelte Menschen aus den Trümmern gezogen. Auch vor Schmerz brüllende Kinder. Vor allem denen wollte er helfen. Manche trug er zum nächsten Krankentransporter, für andere konnte er nichts tun, weil er nicht wusste, was. Deshalb hat er sich geschworen, Arzt zu werden. Kinderarzt.«

Die Weihnachtsbombardements. Großer Gott, ihre Eltern hatten sie miterlebt. Und sie hatte geglaubt, in ihren Dörfern wären sie sicher gewesen. Jetzt verstand sie, weshalb Arzt zu sein für ihren Vater nie nur eine Arbeit gewesen war, sondern vielmehr seine Lebenseinstellung. So jedenfalls hatte Tuyet es erlebt. Mit gerunzelter Stirn versuchte sie einen flatterhaften Gedanken zu packen, der sie aus dem Konzept brachte. Bisher hatte sie es ausschließlich Marinas böswilliger Taktik zugeschrieben, dass Bo nicht nach Vietnam zurückgekehrt war. In einem ihrer ersten Briefe schrieb Hanh: »Vietnam braucht gute Ärzte.« Aber das wusste Bo, denn aus keinem anderen Grund hatte er sich zum Mediziner ausbilden lassen. Hatte wirklich allein Marinas Einfluss ausgereicht, um Bo von seinem Lebensziel abzubringen? Oder was hatte noch dazu geführt? Wieder einmal wurde Tuyet klar, wie wenig sie wusste.

Mit belegter Stimme sagte sie:

»Bist du satt? Dann möchte ich dir etwas zeigen.«

Mit dem Taxi fuhren sie in die Kham Thien-Straße. Vor dem Denkmal der Frau mit ihrem toten Kind ließ Tuyet den Taxifahrer halten. Lan, die freundliche Dame, die ihr bei ihrem ersten Besuch das Tor geöffnet hatte, war leider nicht da, aber Tuyet konnte sehen, dass Julian das Denkmal auch aus der Distanz beeindruckte. Die untröstliche bronzene Mutter kam ihr heute noch trauriger vor. Bisher hatte Lans Geschichte Tuyet insbesondere deshalb berührt, weil sie den vielen unbekannten Getöteten und Verletzten ein Gesicht und eine Stimme verlieh. Sie hatte mit einer Frau gesprochen, die an diesem Ort dem Tod knapp entronnen war. Seit heute wusste sie, dass dies ebenso für ihre Eltern galt.

Als ihre Emotionen sich beruhigt hatten, erzählte sie Julian von ihrer Begegnung mit Lan. Fast hätte sie ihm einen Spaziergang zum Huu-Tiep-See mit dem abgeschossenen B-52-Flieger vorgeschlagen, aber noch ehe sie angesetzt hatte, fiel ihr ein, dass sie dort womöglich Tien über den Weg liefe. Deshalb führte sie ihn lieber zum Hoan Kiem-See, und sie verloren sich den Rest des Nachmittags in den Gassen der Altstadt. Am frühen Abend verkündete Julian:

»Ein paar Sehenswürdigkeiten können wir für morgen aufheben. Ich muss dringend ins Bett.«

In Tuyets Wohnung nahmen sie einen letzten Drink mit Blick auf den abendlichen See und die beleuchteten Häuser zu sich, und gerne hätte Tuyet Julian nach Dorothee gefragt. Doch da er es nicht mal mehr schaffte, sein Bier auszutrinken, verschob sie ihre Neugier auf den nächsten Tag.

☆

»Sie hat mich betrogen und damit war's das für mich.«

Julian biss in sein Sandwich und spülte mit Kaffee nach, dann starrte er auf den See. Sie saßen in einem kleinen, von hohen Pflanzen umgegeben Café und frühstückten. Tuyet wusste, wie gut es tat, sich in düsteren Augenblicken in der Weite des Sees zu verlieren. Manchmal eröffneten sich dabei neue Gedanken. Sie ließ Julian in Ruhe und nutzte den Moment, um sich mit Moskitospray einzusprühen. Außerdem musste sie seine Aussage verdauen, und war im Nachhinein froh, dass sie Alexander nicht die Wahrheit gesagt hatte. Was, wenn er genauso reagierte? Von ihrem Bruder hätte sie allerdings eine weniger radikale Reaktion erwartet, denn wenn sie richtig vermutete, war das Fremdgehen in vorherigen Beziehungen sein Part gewesen.

»Zum ersten Mal kapiere ich, wie scheiße man sich fühlt, wenn einem so etwas passiert. Ich wüsste nicht, wie ich jemals wieder Vertrauen in Dorothee haben sollte. Aber nun ist sie ja sowieso mit dem anderen zusammen.«

Tuyet reichte ihm das Moskitospray, und Julian studierte die Aufschrift der Flasche, als handelte es sich um das Etikette eines guten Weines.

»Wie läuft es denn mit dir und Alexander? Liebt es sich gut auf die Entfernung?«

»Unsere beste Zeit ist es nicht«, nuschelte Tuyet.

Julian beugte sich hinab, um seine Fußgelenke zu bespritzen.

»Wie auch, wenn ihr euch nicht seht«, rief er zu ihr hinauf.

Tuyet wartete, bis er aufgetaucht war.

»Das ist es nicht. Er hat mir einen Heiratsantrag gemacht, und ich habe ihn abgelehnt. Dabei ist der Ring, den er mir schenken wollte, in den Hoan Kiem-See gefallen.«

Sie stöhnte auf, weil sie sich bei der Erinnerung grämte, aber auch weil es sie erleichterte, sie mit Julian zu teilen. Der verschwundene Ring interessierte Julian nicht.

»Du hast abgelehnt? Warum? Kommt einem das Ja denn nicht automatisch über die Lippen, wenn man sich so lange kennt wie ihr beide?«

Ein wenig klang er wie ein Junge, der gerade erfahren hatte, dass der Nikolaus bloß der eigene Vater war. Bedrückt schüttelte Tuyet ihren Kopf.

»Ich bin mir nicht sicher, wie es mit uns weitergeht.«

»Oh.« Julians Ausruf schwebte bedauernd über ihrem Tisch.

»Ist das der Grund, aus dem du dich in Vietnam verkriechst? Ins Pferdebusiness willst du ja wohl kaum einsteigen, oder?«

Trotz der Ernsthaftigkeit ihrer Unterhaltung musste Tuyet schmunzeln.

»Das ist einer meiner Gründe. Aber vor allem möchte ich Bos Heimat kennenlernen. Und da du das auch willst, schlage ich vor, dass wir aufbrechen. Dem schwierigen Thema Liebe können wir uns ein anderes Mal widmen.«

Julian war einverstanden, und nachdem sie bezahlt hatten, suchten sie sich ein Taxi.

»Fährst du nicht Moped?«, erkundigte sich Julian.

»Nur auf dem Rücksitz. Los komm.«

Vor dem Kolonialgefängnis *Hoa Lo* stiegen sie aus.

»Ich dachte, da du dich für Geschichte interessierst, beginnen wir hier. Bis sich die Franzosen 1954 aus Vietnam zurückzogen, inhaftierten sie hier vietnamesische Befreiungskämpfer. Mach dich auf etwas gefasst.«

Gute zwei Stunden später saßen sie in dem Hinterhofrestaurant der *Cinémathèque*, einem mit alten Filmplakaten dekorierten Liebhaberkino, das nicht weit von *Hoa Lo* entfernt lag. Im Kinosaal roch es etwas muffig, da die hohe Luftfeuchtigkeit für Schimmel sorgte, aber dafür wurden Filme gezeigt, die man nicht überall zu sehen bekam, und nicht selten waren die Regisseure anwesend. Doch auch wenn man keinen Film schauen wollte, war es nett, an diesem einladenden Ort zu essen.

Julian war von *Hoa Lo* ebenso beeindruckt gewesen wie Tuyet und hatte aufmerksam zugehört, als sie ihm von ihrer Ahnin erzählte, die vor über hundert Jahren den vietnamesischen Köchen geholfen hatte, die französische Armee zu vergiften. Von dieser Vorfahrin hatte er noch nichts gewusst.

»Ich habe Bo nach ihrem Namen gefragt, aber in seinen Mails ermahnt er mich bloß, an meine Zukunft zu denken«, beklagte sich Tuyet. »Schade, dass er nicht darauf eingeht.« Sie pustete in ihr Glas, da der Tee ziemlich heiß war.

»Typisch Papa«, antwortete Julian.

Er trank einen Schluck Cola und lächelte einer attraktiven Touristin am Nebentisch zu, die er damit davon abhielt, konzentriert ihren Reiseführer zu studieren. Flirtete ihr Bruder in der Gegend herum, weil er Single war, oder war er Single, weil er es nicht lassen konnte? Tuyet zerkaute einen Papierschnipsel und stopfte ihn in die Spitze eines Strohhalms, mit dem sie auf Julians Wange zielte. Da ihr Bruder keine Anstalten machte, sein Geschäker zu beenden, pustete sie feste und traf. Julian zuckte zusammen.

»Sorry, ich war kurz abgelenkt.«

Entschuldigend lächelte er Tuyet an, wurde dann aber ernst. »Bevor ich abgeflogen bin, hat Papa *mir* Moralpredigten gehalten. Er will nicht, dass ich nach Großvater und ihm die Medizinertradition breche.«

Julians Blick huschte zu der Touristin, und Tuyet verrückte ihren Stuhl, sodass sie ihm die Sicht versperrte. Julian lachte.

»Schon gut. Dabei hat er mir eine ziemlich ergreifende Geschichte unseres Großvaters Lai erzählt, der ja auch noch gegen die Franzosen gekämpft hat, wie unsere namenlose Ahnin. Willst du's hören?«

Als er loslegte, musste Tuyet zugeben, dass er das Talent ihres Vaters geerbt hatte. Gebannt hing sie an seinen Lippen, während ihr Tee kalt wurde.

»Auf der Suche nach Überlebenden kämpfte sich Lai durch den abgebrannten Dschungel. Es war einer der letzten Tage im April 1954, eine Woche später, nach fünfundfünfzig Kampftagen, würde sich die französische Armee in Dien Bien Phu ergeben, was das Ende ihrer Kolonialherrschaft einläutete. Ungefähr drei Monate später sollte Vietnam laut des Genfer Friedensabkommens am 17. Breitengrad geteilt werden. Der Norden würde den kommunistischen *Viet Minh* unterstehen, während sich die Franzosen in den Süden zurückzögen. All das wusste Lai zu diesem Zeitpunkt noch nicht. Jedoch glaubte er mit ganzem Herzen an den Sieg der Vietnamesen. Das war das Ziel, für das er den beißenden Rauch in seinen

Lungen ertrug, den Anblick der Leichenberge und für das er bereit war zu sterben. Sein ganzes Leben hatte er unter französischer Kolonialherrschaft zugebracht, sah man von der kurzen Phase ab, in der Frankreich vom Zweiten Weltkrieg zu geschwächt gewesen war, um seine Kolonie zu verteidigen. Kurz nachdem Ho Chi Minh 1945 die Unabhängigkeit Vietnams deklariert hatte, feierte Lai seinen fünfzehnten Geburtstag und hegte die Hoffnung, dass seine Kinder in einem freien Land zur Welt kämen. Indes dachten die Franzosen nicht daran, Vietnam aufzugeben, und starteten 1946 die Rückeroberung, ein Krieg, der seit acht Jahren wütete.

Lai hustete und stolperte, weil er immer wieder gezwungen war, seine Augen, die vom Qualm der Bomben und des Feuers brannten, zu schließen. Die Franzosen hatten Napalm eingesetzt und den *Viet Minh* ein Inferno beschert. Zwischen den Baumstümpfen lagen Körper, die kaum noch als solche erkennbar waren. Es stank nach verbranntem Fleisch, und Lai wusste, dass er die Schreie der Sterbenden niemals vergessen könnte. Er fand mehr Tote als Verletzte. Um diese kümmerte er sich, so gut es ging, das war seine Aufgabe als Arzt. Wer noch genügend Kraft hatte zu wimmern oder seinen Arm zu heben, hatte auf diesem Schlachtfeld eine bessere Chance, von ihm entdeckt zu werden. Das Wissen, dass diese Männer und Frauen, die alles geopfert hatten, qualvoll starben, während am Horizont schon die Freiheit winkte, brach Lai sein Herz, das er nicht schaffte, gegen das Grauen abzuhärten. Aber er war auch stolz auf sein Volk. Und das gab ihm Kraft.

Selbst die Franzosen mussten begriffen haben, dass ihre angeblich uneinnehmbare Festung in den Bergen Dien Bien Phus fallen würde. Ihr Plan, die vietnamesischen Truppen in eine letzte, vernichtende Schlacht zu zwingen, war gescheitert. Nicht zuletzt, weil sie den Freiheitswillen und das Durchhaltevermögen der vietnamesischen Bevölkerung unterschätzt hatten. Auf ihrem Rücken, auf Fahrrädern, Mauleseln und Büffelkarren schleppten die Leute alles an die

Front, was die Soldaten brauchten, Lebensmittel, Kleidung, Medikamente und Munition. Selbst schwere Artilleriegeschütze hievten sie Zentimeter für Zentimeter die steilen, vom Regen glitschigen Berge hinauf. Unter unmenschlichen Anstrengungen hatten die Leute Straßen nach Dien Bien Phu gebaut, die sie geschickt tarnten. Neu gefertigte Hängebrücken versenkten sie tagsüber im Fluss, damit der Feind sie nicht entdeckte. Nachts reparierten sie Straßen, die von Bomben oder Regenfällen zerstört worden waren. Jeder tat, was in seiner Macht stand, und doch würden viele den Sieg nicht erleben.

Lai presste sein Halstuch vor die Nase und stapfte weiter. Schreie, Schüsse und Bombeneinschläge waren seine ständigen Begleiter. Plötzlich wurde er auf einen Ruf aufmerksam.

›Hier, hier!‹

Ein Franzose? Jedenfalls trug er deren Uniform. Als Lai erkannte, wie schwer verwundet der Soldat war, kniete er sich neben ihn. Aus seinem Bauch quollen Blut und Gedärm, er musste halb wahnsinnig vor Schmerzen sein.

›Duc‹, presste er unter Stöhnen hervor. ›Duc‹.

Ein Deutscher also, was die Lage des Mannes nicht verbesserte. Franzose oder Deutscher, in wenigen Minuten wäre er tot. Lai warf einen kurzen Blick in sein Gesicht. Nicht zu lang, denn Gesichter hinterließen Erinnerungen. Er schätzte den Mann auf sein Alter, auch wenn sich dies wegen all seiner Wunden und des Drecks, der sich in seine Haut gefressen hatte, nicht mit Gewissheit sagen ließ. Lai nahm seine Wasserflasche und benetzte die Lippen des Sterbenden.

Statt eines dankbaren Nickens schloss der Mann kurz seine Augenlider. Lai wunderte sich nicht, in der Hölle des Dschungels einem Deutschen zu begegnen. Für ihre Fremdenlegion hatten die Franzosen Männer vieler Nationen rekrutiert. Auch in den Reihen der *Viet Minh* kämpften inzwischen Deutsche, denen der französische Krieg zu schmutzig geworden war, weshalb sie die Seite gewechselt hatten. Die Älteren unter ihnen waren kampferprobt, weil sie vor nicht allzu langer Zeit für ihr eigenes Land in den Krieg gezogen waren. Andere, wie vermutlich dieser Sterbende, waren dafür zu jung gewesen. Was hatte ihn dazu getrieben, für eine fremde Macht sein Leben aufs Spiel zu setzen? Hatte er damit gerechnet, nicht mehr in seine Heimat zurückzukehren?

Mit einem Schwall Blut flossen für Lai unverständliche Worte aus dem Mund des Deutschen hervor. Immer wieder presste dieser sein Kinn auf die Brust.

›Soll ich deinen Kopf anders legen?‹ fragte Lai, und hoffte, dass der Klang seiner Stimme den Mann beruhigte. Vorsichtig bettete er ihn in eine andere Position. Der Mann stöhnte, versuchte jedoch wieder seinen Kopf zu bewegen.

In Lais Blickfeld tauchten Männerbeine auf. Er vernahm das Klicken eines Gewehres, das entsichert wurde, und sah auf. Vor ihm stand ein *Viet Minh* und richtete seine Waffe auf den Deutschen.

›Verschwende deine Zeit nicht mit dem Feind‹, befahl er, stieß Lai zur Seite und drückte ab. Die Kugel zerschmetterte den Kopf des Deutschen. Der Vietnamese spuckte aus und marschierte weiter. Lai wandte seinen Blick ab, er landete auf seiner Wasserflasche, die von Blut und Gehirn besudelt neben dem Toten lag. Er erbrach sich. Nicht um dem Sterbenden sinnloses Leiden zu ersparen, hatte der Soldat gefeuert. Aus reinem Rachedurst hatte er ihn abgeknallt. Lai konnte nicht anders und warf doch einen Blick auf die Leiche. Es fiel ihm schwer, einen Feind in dem Mann zu sehen. Was war aus ihnen allen geworden? Auf beiden Seiten war er Zeuge so fürchterlicher Gräueltaten geworden, dass er kaum verstand, weshalb er nicht längst durchgedreht war. An seiner Kehle zerrte ein Schluchzen. Er unterdrückte es. War er am Ende doch verrückt, weil ihn der Tod des Gegners so mitnahm? Dessen beharrliche Kinnbewegung fiel ihm ein, und instinktiv griff er in die blutverschmierte Brusttasche. Er zog einen dünnen, verschlossenen Briefumschlag hervor. Trotz Blut und

Dreck war die Adresse leserlich geblieben. Lai betastete den Umschlag und erfühlte etwas Hartes, das sich wie ein Ring anfühlte. Erneut durchforstete er die Jacke. Weder einen Pass noch sonstige Papiere fand er, nur eines der Flugblätter, in denen die *Viet Minh* die Fremdenlegionäre aufforderten, zu ihnen überzulaufen. Hatte der Mann genau das versucht? Im ungünstigsten aller Augenblicke? Lai würde es nicht mehr erfahren. Da er es als Arzt gewöhnt war, alles genau zu begutachten, wendete er das Flugblatt. Ein mit Bleistift gezeichnetes Frauenprofil mit langem Haar war erkennbar, unter dem ›Helene‹ geschrieben stand. Wenn sie wirklich existierte, musste Helene hübsch sein. Lai verglich den Namen mit dem in der Anschrift auf dem Brief. ›Helene Walter‹. Den französischen Namen *Hélène* hatte Lai schon gehört und war sich daher sicher, dass es ein Frauenname war. Wahrscheinlich der Name der Frau des Deutschen. Er steckte den Briefumschlag und die Zeichnung ein und sagte zu dem Toten:

›Finde deinen Frieden, ich kümmere mich darum.‹

Einige Männer rannten auf ihn zu.

›Weg hier!‹, brüllten sie und rissen ihn mit sich. Lai hörte Flugzeuge, Bomben, die in der Nähe einschlugen, und die Welt schien ihm um die Ohren zu fliegen. Vier Jahre später wurde Phong geboren. In einem entkolonialisierten Land, wenn man so will, wie es sich unser Großvater Lai gewünscht hatte.«

Tuyet schüttelte den Kopf. Sie musste schlucken.

»Schrecklich! Großvater hat diesen Horror überlebt, und dann ist er trotzdem durch Bomben gestorben«, sagte sie schließlich seufzend. »Die Geschichte hat Bo mir nie erzählt, dabei war ich selbst dort, als er jener Helene den Brief und die Zeichnung gebracht hat.«

»Du hast sie kennengelernt? Ich weiß nur, dass Großvater selbst nie die Gelegenheit hatte, Helene Walter ausfindig zu machen. Als Papa aufs Land evakuiert wurde, vertraute er ihm ihre Sachen an, weil er dachte, dort wären sie sicherer aufgehoben.«

Melancholisch, mit aneinandergeschmiegten Wangen blickten Humphrey Bogart und Ingrid Bergman von einem *Casablanca*-Poster auf Tuyet und Julian herab, während Tuyet in ihren Erinnerungen kramte.

»Ungefähr sieben war ich. Bo sagte, er müsse eine Mission erfüllen. Das klang aufregend, und ich war ziemlich enttäuscht, als wir plötzlich einer alten Dame in einem Wohnzimmer mit Blümchentapete gegenübersaßen.« Tuyet lachte kurz auf und kniff dann ihre Augen zusammen, um mehr Bilder heraufzubeschwören.

»Helene gab mir eine Schüssel mit Lakritz zu essen. Hinterher war mir so speiübel, dass ich keine mehr angerührt habe. Wie jemand, der ein schlimmes Urteil erwartet, saß Helene da und starrte auf ihre Finger. Während ich mit meinen Lakritzen beschäftigt war, redete Bo, wahrscheinlich war es das, was du mir eben erzählt hast. Helenes Tochter, die mir auch uralt vorkam, legte den Arm um sie. Bo überreichte Helene einen Umschlag, aus dem, als sie ihn öffnete, ein Ring kullerte. Niemals hatte ich eine Erwachsene so bitterlich weinen sehen. Noch als wir die Treppe hinunterstiegen, hörte ich sie schluchzen.«

»Was stand denn in dem Brief?«

Tuyet zuckte die Achseln.

»Genau weiß ich es nicht, aber Bo sagte einmal, dass Helene und ihre Tochter erst an jenem Tag erfuhren, was passiert ist. Und dass der Legionär sich auf sein ungeborenes Kind gefreut hatte. Offenbar war sich Helene dessen nie sicher gewesen.«

Als sie geendet hatte, ließ Julian sich gegen seine Stuhllehne fallen.

»Was für eine tragische Geschichte, eine von Millionen. Wahrscheinlich hat sich Helene tausendmal gefragt, ob ihr Geliebter getötet worden ist, und falls ja, wie? Oder blieb er am Ende freiwillig in Vietnam? Hätte er sein Kind akzeptiert? Stell dir vor, du zermarterst dir dein Leben lang das

Hirn, und erst nach Jahrzehnten bekommst du Antworten. Fies.« Julian schauderte. »Ich besorge uns noch ein Bier.«

Noch ehe Tuyet nickte, schlenderte er zur Theke, die Touristin ebenfalls. Während Julian Handynummern austauschte, dachte Tuyet daran, dass sie als Kind nicht begriffen hatte, warum Helene bitterlich in Tränen ausbrach, gleichwohl Bo erklärt hatte, sie brächten ihr ein großes Geschenk.

Jetzt dämmerte es ihr, dass er die Gewissheit gemeint hatte, die, so traurig sie war, Helenes Leben erträglicher machte. Als Julian zurückkehrte, hatte er sein Charmeur-Gehabe bereits abgelegt. »Es ist doch zum Auswachsen. Anstatt mir diese Fortsetzung von Großvaters Dien Bien Phu-Geschichte zu erzählen, behämmert Papa mich damit, dass der Arztberuf quasi in unseren Genen läge. Das ist zwar nicht im eigentlichen Sinne autoritär, aber letztendlich auch nicht besser.«

Mitleidig, weil sie erfasste, wie sehr das Verhältnis zu seinem Vater ihn umtrieb, legte Tuyet ihre Hand auf Julians.

»Sag es ihm«, riet sie. »Schließlich geht es um dein Leben, nicht um seins. Nenn ihm deine Gründe, aus denen du nicht Medizin studieren willst. Er wird dir schon nicht den Kopf abreißen. Versuch es wenigstens.«

Julian platzierte seine zweite Hand auf ihrer. Über einen imaginären Brillenrand hinweg sah er sie an.

»Du meinst, so ehrlich wie du deine Gründe offenbarst, aus denen du in Hanoi bleibst?«

Tuyets Mund klappte mehrmals auf und wieder zu. Julian lachte schallend. Es war ansteckend, und sie lachten, bis ihnen die Augen tränten, wobei sich Tuyet ihrem Bruder nah fühlte wie nie zuvor. Nachdem ihr Gelächter verebbt war, tranken sie ihr Bier, doch Julians Frage stand im Raum. Sollte sie ihm die Wahrheit sagen? Bo war weit weg und seine Gesundheit lag Julian genauso am Herzen wie ihr. Wenn nur Marina nicht gar so schlecht wegkäme. Würde es das neu entdeckte geschwisterliche Einvernehmen nicht zerschlagen, wenn sie sogleich seine Mutter in ein schlechtes Licht rückte?

Als ihr Bruder plötzlich ermutigend Tuyets Hand drückte, hörte sie sich sagen:

»Ich bin auf der Suche nach meiner Mutter Hanh, deswegen bleibe ich in Hanoi.«

Julian lächelte sie an.

»Alles andere hätte mich auch gewundert«, erwiderte er, »ich begreife nur nicht, weshalb du so ein Geheimnis daraus machst. Papa hätte doch Verständnis dafür.«

Tuyet sog Luft ein und stieß sie so heftig aus, dass sich Julians Haar von diesem Hauch bewegte. *Jetzt.*

»Ich muss dir etwas sagen«, begann sie, »aber zuerst versprich mir, dass du es für dich behältst.«

»Okay.« Wie Kaugummi zog er das Wort in die Länge, und als er sah, dass ihr das nicht reichte, fügte er hinzu: »Ich versprech's.«

Alexander würde jetzt rauchen, dachte Tuyet, und fast war sie versucht, die Kellnerin um Zigaretten zu bitten. Stattdessen faltete sie einen Strohhalm zusammen und wieder auseinander.

»Als ich Marina das letzte Mal sah, musste ich ihr mein Ehrenwort geben, Bo unter keinen Umständen Kummer zu bereiten. Wegen seines Herzens.«

»Daran erinnere ich mich.«

»Einen Tag vor ihrer Beerdigung fand ich, tief vergraben in ihrem Schrank, Briefe meiner Mutter Hanh. Ich habe sie geöffnet und entziffert. Jetzt weiß ich, dass meine Mutter in Hanoi vergeblich auf Bo und mich wartete.«

Sie verstummte, damit diese Information bei Julian sacken konnte. Er schien nachzudenken, und je länger er das tat, desto irritierter sah er sie an.

»Wieso? Ich dachte, sie hat euch verlassen.«

Auf seine Frage hin erzählte Tuyet ihm alles von Anfang an, erst etwas stammelnd, dann stürzte ihre Geschichte aus ihr heraus. Julians schmerzlich verzogenes Gesicht, als sie von ihren veränderten Gefühlen für Marina sprach, bekümmerte sie zwar, aber sie spürte dennoch, wie sich eine niederdrückende Last langsam von ihrer Brust hob und sie freier atmete. Außer ihrer Affäre mit William ließ sie nichts aus, was sich in den letzten Monaten ereignet hatte. Einige Male unterbrach Julian, um sich zu vergewissern, dass er sie richtig verstanden hatte, und auch, um zu hinterfragen, ob Tuyet sicher war, dass ihre Anschuldigungen zutrafen. Doch je mehr sie erklärte, desto stiller wurde ihr Bruder, und schließlich sah er ebenso mitgenommen aus wie sie.

»Kaum zu fassen, dass du diese Geschichte alleine mit dir herumgeschleppt hast!« Spontan umarmte er seine Schwester. »Es tut mir so leid, und ich verstehe, dass du wütend und enttäuscht bist, ich bin es auch.«

Er sprang auf, lief zur Theke und kam etwas später mit zwei Tassen Kaffee zurück. Gut, Bier hatten sie genug getrunken. Schon während er die Tassen abstellte, sprach Julian weiter.

»Unfassbar! Nie im Leben hätte ich Mama so eine miese Nummer zugetraut.«

Besorgt beobachtete Tuyet, wie er hektisch seinen Kaffee schlürfte. Hatte sie jetzt auch seine Liebe zu Marina vergiftet?

»Bestimmt wäre ich direkt mit den Briefen zu Papa gerannt und schuld an einem Herzanfall gewesen. Bewundernswert, dass du dich all die Monate zurückgehalten hast, denn noch mehr Unglück hätte er wirklich nicht vertragen. Aber wann ist ein guter Zeitpunkt, es ihm beizubringen?«

Erschrocken rief Tuyet:

»Gar nicht, natürlich. Du hast es mir versprochen.«

Ungläubig starrte Julian zurück.

»Ich dachte, du willst mir irgendeine Affäre beichten, von der niemand erfahren soll. Hätte ich geahnt, dass es um Papas Geschichte geht, hätte ich gar nichts versprochen. Sobald er sich wieder gefangen hat, müssen wir es ihm sagen.«

Tuyet setzte ihre Tasse so heftig ab, dass der Kaffee überschwappte. Hatte Julian denn nichts verstanden? Bo würde niemals mehr erfahren, wie Marina es übers Herz brachte, ihn ihr Leben lang zu belügen. Für den Rest seiner Tage würde er sich mit dieser Frage herumquälen. Julians Stimme schnitt in ihre Überlegungen.

»Ich will weiß Gott nicht verharmlosen, was Mama getan hat. Aber ich glaube nicht, dass für Papa alles zusammenbrechen würde. Sie hat einen schrecklichen Fehler begangen, ja, aber es ist doch auch viel Positives dabei herausgekommen. Papa lebt gerne in Deutschland, und wir waren eine vergleichsweise glückliche Familie. Überleg doch mal, Tuyet, wärt ihr nach Vietnam zurückgegangen, hättest du auf mich verzichten müssen.«

Er grinste schief, wurde aber sogleich wieder ernst. Tuyet ignorierte seinen Versuch, ihren Streit zu besänftigen. Harscher als beabsichtigt, sagte sie:

»Es war ein Fehler, dass ich dir davon erzählt habe. Kapierst du nicht, dass es um mehr geht als einen kurzfristigen Schock? Sein halbes Leben wird in Frage gestellt, besonders seine Ehe mit Marina, und darunter wird er weit mehr leiden als nur in medizinischer Hinsicht.«

Einen Moment schwiegen beide, dann legte Tuyet nach:

»Marina hat Bo manipuliert, deshalb ist er geblieben. Und mir hat sie damit fünfundzwanzig unwiederbringliche Jahre mit meiner Mutter gestohlen. Sorry, Julian, aber daran ist nichts positiv.«

Ärgerlich fuhr sich Julian durchs Haar.

»Wenn du es so ausdrückst, natürlich nicht. Aber ist es nicht ein bisschen einfach, so zu tun, als hätte allein Mama den Lauf des Schicksals verändert? Hat Papa sich um Kontakt zu Hanh bemüht? Zu Tien? Wollte er je von dir wissen, ob du sie kennenlernen möchtest?«

Missbilligend runzelte Tuyet die Stirn. Was für eine primitive Masche, von Marinas Fehlverhalten abzulenken, indem er Bo kritisierte, auf den er gerade nicht gut zu sprechen war. So hatte sie sich das Gespräch nicht vorgestellt. Doch andererseits, zu leugnen war es nicht. All das, was Julian ihm vorwarf, hatte Bo unterlassen. Hätte sie Hanh früher kennengelernt, wenn sich Bo nicht beharrlich hinter seiner Passivität verschanzt hätte? Wäre Tien weniger verbittert, wenn er sie besucht hätte? Hatte er das je in Erwägung gezogen?

Widerwillig antwortete sie Julian.

»Nein, er hat mich nicht gefragt.«

Julians Blick wurde milder, doch Tuyet ließ nicht locker.

»Was ist mit deinem Versprechen?« Bestünde er darauf, Bo schonungslos die Wahrheit zu sagen?

»Das letzte Wort ist noch nicht gesprochen, aber vorläufig verrate ich Papa nichts.«

Tuyet nickte, damit konnte sie sich momentan zufriedengeben, schließlich ging auch Julian einen Kompromiss ein. Ein Gähnen unterdrückend streckte sich dieser und winkte nach der Kellnerin.

»Macht es dir etwas aus, wenn wir ein anderes Mal weiterreden? Kombiniert mit meinem Jetlag machen unsere Gespräche mich ganz schön groggy.«

Tuyet fühlte sich ähnlich, wollte aber trotzdem noch zum Pferdehof, wo sie sich seit Julians Ankunft nicht mehr hatte blicken lassen, und bot ihrem Bruder an, sie zu begleiten. Würde sie Linh dort antreffen? Sie brannte darauf, sie wiederzusehen, gleichzeitig fürchtete sie sich davor. Sie zahlten und brachen auf.

☆

Zweimal würgte der Fahrer, nachdem Tuyet ihm die Adresse des Reiterhofes genannt hatte, den Motor ab, dann fuhr er, wenn auch etwas holprig, los. Aus dem Fenster blickend saugte Julian die Straßenszenen auf. Tuyet legte ihren Kopf an seinen. Trotz ihres Streits war sie froh, ihm ihr Herz ausgeschüttet zu haben. Jetzt, da er von ihrer erfolglosen Suche nach Hanh wusste, könnte er ihr vielleicht sogar mit einer zündenden Idee helfen. Sollten sie gemeinsam zu ihrer Schwester gehen? Eventuell war Tien für den Charme ihres Halbbruders empfänglicher als für Tuyets Forderungen? In Gedanken versunken, achtete sie nicht auf den Weg, bis der Fahrer mit zehn Stundenkilometern durch die Stadt schlich, wobei er ohne Unterlass in sein Handy sprach. Auf seiner Stirn hatten sich Schweißtropfen gebildet.

»Der hat überhaupt keine Peilung, wohin wir wollen«, stellte Julian fest.

Tuyet sah sich um.

»Ich leider auch nicht. In diesem Viertel kommt mir gar nichts bekannt vor.«

Obwohl sie den Taxifahrer baten, anzuhalten, um in Ruhe mit seiner Zentrale zu konferieren, holperte dieser unbeirrt weiter.

»Okay. Okay«, versuchte er, sie zu beschwichtigen und lächelte sie im Rückspiegel an.

»Gar nichts ist okay«, meckerte Julian.

Endlich schien dem Mann ein Licht aufzugehen. Er wendete, und ließ sich von einer schnarrenden Stimme auf die korrekte Route leiten. Viel zu spät gelangten sie zum Reiterhof. Genervt zahlte Tuyet, aber als sie aussteigen wollten, hielt der Fahrer Julian am Ärmel fest. Augenzwinkernd erklärte er:

»Ich bin kein Taxifahrer. Ich habe meinen Freund vertreten. Der wollte mal schnell seine Freundin besuchen. Das verstehst du doch, oder?«

Im Stall wurden sie von William begrüßt, der gerade dabei war, einen Sattel zu reinigen. Anfangs war Tuyet ein wenig beklommen zumute, da sie fürchtete, Julian könnte merken, dass William nicht nur der Reitlehrer war. Doch ihr Bruder schien völlig arglos zu sein und stellte lauter Fragen, die seine fundamentale Unkenntnis über Pferde und den Reitsport preisgaben. Knarrend öffnete sich die Stalltür und ein kühler Luftzug strömte in Tuyets Rücken. Fröstelnd schaute sie sich um und sah zu ihrem Schreck Linh im Türrahmen stehen. Mit einem unverbindlichen Gruß in die Runde trat diese ein. Nachdem sie einen Hufkratzer gefunden hatte, blieb Linh unentschlossen bei den anderen stehen.

»Hey, Julian«, sagte William, »hast du Lust, dir den Hof anzusehen? Nur unser Krokodil kann ich dir leider nicht mehr zeigen. Das ist inzwischen vermutlich komplett verarbeitet worden.«

»Krokodil?«

Freundschaftlich schlug William Julian auf die Schulter und bugsierte ihn ins Freie. Die Tür klappte, und Tuyet und Linh waren allein. Betreten sah Tuyet Linh an, die an ihrem Hufkratzer herumspielte. Wie sehr hatte sie sich eine Aussprache gewünscht. Jetzt wusste sie nicht, wie sie beginnen sollte. Tuyet holte tief Luft, dieser Tag schien für Klärungen bestimmt zu sein.

»Es tut mir leid«, begann sie, »sehr sogar. Ich hätte dir von William erzählen müssen. Aber nachdem du mir angedeutet hattest, dass du in ihn verliebt bist, hatte ich Angst, dass du dann nichts mehr mit mir zu tun haben willst.« Sie bemühte sich nicht, zu vertuschen, dass ihr die Situation naheging. Doch Linh ließ sie schmoren und räumte unerträglich langsam einen Striegel ins Regal, der auf dem Boden gelegen hatte. Dann wandte sie sich um und zwirbelte an Tuyet vorbeischauend, ihr langes Haar. Diese Geste sah Tuyet bei ihr zum ersten Mal, und sie verriet, wie nervös Linh war, obwohl sie nach außen ruhig wirkte.

»Nach dieser schrecklichen Nacht habe ich mich bei dir sehr wohl gefühlt. Du warst so verständnisvoll, und ich dachte, das bist du, weil ich dich interessiere. Dabei hast du nur lauter Fragen gestellt, weil du dich für William interessierst.«

Tuyet ging einen Schritt auf Linh zu.

»Nein, bitte, glaub mir, so war es nicht. Ich war erschrocken, als ich begriff, dass wir in denselben Mann verliebt sind, und deshalb, ja, wollte ich herausbekommen, wie es um euch steht. Es war blöd von mir, dass ich es hintenherum versucht habe, anstatt dir die Wahrheit zu sagen.«

Tuyet trat an Linh heran, doch diese wandte sich rasch einem Pferd zu und strich ihm über die Nüstern. Behutsam legte Tuyet ihre Hand auf Linhs Schulter. Sie ließ es geschehen, als bemerke sie es gar nicht.

»Ich fände es furchtbar, wenn ich unsere Freundschaft zerstört hätte. Ich mag dich sehr und hatte lange keine so gute Freundin mehr wie dich.«

Linhs Mundwinkel zuckten, aber Tuyet war nicht sicher, ob sie lachen oder weinen würde.

»Eine gute Freundin stelle ich mir anders vor«, entgegnete sie, klang aber nicht mehr ganz so gekränkt, wie zu Beginn ihrer Unterhaltung.

»Ich auch, und es wird nicht wieder vorkommen.«

Jetzt schmunzelte Linh. »Was wird nicht mehr vorkommen? Dass du mir den nächsten Mann abspenstig machst?«

Tuyet lächelte. Eigentlich wollte sie Linhs Rüffel nicht auf sich sitzen lassen, denn es stimmte ja nicht, dass sie ihr William ausgespannt hatte, doch dann konzentrierte sie sich lieber auf das Friedensangebot, das Linh ihr machte.

»Künftig werde ich dir sagen, wenn es etwas zu besprechen gibt.«

Linh gab Bonny einen Kuss auf die Nüstern, dann umarmte sie Tuyet, von der der nächste Betonklotz abfiel. Bonny wieherte, als fühlte sie sich vernachlässigt. »Schon gut«, sagte Linh und tätschelte den Hals des Pferdes. Die Spannung im Stall löste sich auf, und Tuyet merkte, dass Linh ihr verziehen hatte.

»Ich habe mich selbst idiotisch benommen. Als ob ich nicht geahnt hätte, dass zwischen euch etwas läuft. Aber ich wollte es nicht wahrhaben. Nach dem Überfall auf Minh und Duc war ich aufgeregt und hatte das Bedürfnis, auch über William zu sprechen. Dann kam mir die blöde Idee, dass dich mein Geständnis vielleicht sogar von ihm abbringen könnte. Ganz schön bescheuert, oder?«

Unsicher lächelte sie Tuyet an. Diese lächelte zurück.

»Ja, das ist es. Aber dafür bin ich unverhältnismäßig ausgeflippt, als ich dich und deine Freunde in meiner Wohnung angetroffen habe. Ich weiß inzwischen, dass ihr lediglich die Website für Hanh und Xuan entworfen habt. Das mit dem Vertrauensbruch hätte ich nicht sagen sollen.«

Erneut schwiegen sie. Ein gutes Schweigen.

»Sind wir also quitt?«

Tuyet nickte und flüsterte: »Bin ich froh.«

Kichernd umarmten sie sich.

Etwas später lehnten sie mit einigen Kindern am Zaun des Reitplatzes und sahen zu, wie William sich mühte, Julian auf ein schwarzes Pferd zu hieven. Unterstützung erhielt er dabei von Tanya, einem etwa zwölfjährigen Mädchen aus Deutschland. Nach der Schule half sie auf dem Hof aus und war mit den Pferden bestens vertraut. Tanyas Mund bewegte sich unablässig, und Tuyet fragte sich, auf wen sie wohl beruhigend einredete. Auf Julian oder das Pferd. Irgendwann wurde es dem Rappen zu bunt. Er buckelte und trabte gemächlich in Richtung Koppel, wobei Julian, der wie ein schlecht festgebundener Kartoffelsack auf dessen Rücken hing, durchgeschüttelt wurde und aus vollem Hals nach William und Tanya rief. Einige Kinder, die auf dem Zaun saßen, purzelten fast hinunter vor Lachen, und auch Tuyet und Linh amüsierten sich köstlich. Nachdem Tanya das Pferd gestoppt hatte, sprang Julian auf die Erde und marschierte geradewegs auf Tuyet zu.

»Ihr müsst wahnsinnig sein!«, rief er. »Reine Folter ist das!«

»Wenn man's kann, macht es Spaß«, entgegnete Tuyet und zeigte auf Tanya, die aufrecht auf dem Rappen saß und ihn mit sicheren Anweisungen über ein Hindernis springen ließ.

Ihre langen blonden Haare wehten hinter ihr her und sie strahlte übers ganze Gesicht. Eine Weile sahen sie zu und schon bald war Julian mit den Kindern ins Gespräch vertieft.

»Gut macht er das«, dachte Tuyet, »sie reden gerne mit ihm, weil er sie ernst nimmt und ihren Ton trifft.«

Bo lag durchaus nicht falsch. Wahrscheinlich würde Julian einen hervorragenden Kinderarzt abgeben. Aber was nützte es, wenn nur andere das empfanden, er selbst hingegen nicht. Als die letzten Reitschüler gegangen und die Tiere versorgt waren, gesellte sich Loan zu ihnen und schlug vor, gemeinsam eine Karaokebar zu besuchen. Julian und Linh waren Feuer und Flamme, während William und Tuyet sich für ein ruhiges Abendessen entschieden.

»Spaßbremse«, warf Julian ihr vor. Doch Tuyet blieb dabei. Einige Ausflüge in die Welt des Karaoke hatte sie bereits hinter sich und verspürte keine Lust, den nächsten Tag verkatert und stockheiser zu verbringen.

Da es regnerisch und kühl geworden war, schob Tuyet, hinter William auf dessen Moped sitzend, ihre eiskalten Hände in die Seitentaschen seiner Daunenjacke. Zum Glück waren die Straßen nicht verstopft, und sie konnten Gas geben. Entlang ihres Weges flatterten die vietnamesischen roten Flaggen mit gelbem Stern. Auch vor Tuyets Haus war eine gehisst worden, da in Hanoi zurzeit der Zwölfte Kongress der Kommunistischen Partei tagte, um über die neue Führung des Landes zu entscheiden. Durchgefroren wie sie war, beschloss Tuyet zu duschen, und William begleitete sie. Als sie das winzige Bad sehr viel später verließen, hatte keiner von beiden mehr Lust, sich noch einmal anzuziehen, um ins Restaurant zu gehen. Sie bestellten Pizza, Tuyet öffnete zwei *Tiger Beer* und sie machten es sich auf ihrem Bett bequem. Die Fenster waren weit geöffnet und von draußen drang der abendliche Straßenlärm hinauf.

»Bald ist *Tet*«, stellte William fest. »Was wirst du mit Julian machen, wenn in Hanoi alles dicht ist?«

»Nicht nur hier«, entgegnete Tuyet. »Mir wurde gesagt, dass in ganz Vietnam eine Art Ausnahmezustand herrscht, weil alle ihre Familien besuchen. Mal schauen, wo es uns hin verschlägt.«

William griff nach seinen Zigaretten und warf Tuyet einen fragenden Blick zu.

»Von mir aus«, sagte sie und reichte ihm ihre leere Bierflasche als Aschenbecher. William zündete sich eine Zigarette an und sog genüsslich den Rauch ein.

»*Tet* ist für Vietnamesen doch das Fest der Feste. War das bei euch nicht so?«

»Nur ein wenig. Mein Vater pflegt vietnamesische Traditionen nicht sonderlich.«

»Und deine Mutter?«

Da war er wieder. Der Moment, in dem sie abwog, was sie sagte. Gerade William könnte sie die Geschichte ihrer beiden Mütter erzählen, ohne dass dies irgendwelche Konsequenzen nach sich zöge. Vielleicht hatte Marina im Jenseits selbst die Nase voll davon, ständig auf der Lauer zu liegen. Aber wo hätte Tuyet ansetzen sollen? William kannte ihre Familie nicht. Genaugenommen kannte er auch sie nicht.

Sie reckte sich und gähnte hinter vorgehaltener Hand.

»Meine Mutter auch nicht.«

William gähnte ebenfalls.

»Ich reise nächste Woche nach Thailand«, erklärte er. »Dort gibt es einen Anbieter für mehrtägige Dschungelritte und man hat mich gefragt, ob ich Interesse hätte, Gruppen zu begleiten. Da auf Loans Hof zu *Tet* sowieso nichts los ist, sehe ich mir das Ganze mal an. Wenn ihr Lust habt, kommt doch mit.«

Tuyet lachte auf. »Julian beim Dschungelritt? Vergiss es!«

Dann wurde sie ernst.

»Du gehst also fort?«

William strich ihr über den Rücken und zuckte mit den Schultern.

»Wenn es mir in Thailand gefällt, dann ja. Im Sommer endet

mein Sabbatjahr. Es wäre eine interessante Möglichkeit, noch einen anderen Teil Asiens zu entdecken.«

Traurig schmiegte sich Tuyet an ihn, obwohl sie nie daran gezweifelt hatte, dass sich ihre Wege trennen würden, sobald einer von ihnen Vietnam verließe. William schien das genauso zu sehen, denn so beiläufig, wie er ihr von Thailand erzählte, spielte sie für seine Zukunft keine Rolle.

»Es war schön mit dir«, sagte sie.

»Mit dir auch.«

Sie küssten sich lange, bis Tuyet aufstand und ins Bad ging. Als sie zurückkehrte, hatte William seine Augen geschlossen, aber Tuyet glaubte nicht, dass er schlief. Zärtlich betrachtete sie ihn, und es machte ihr nichts aus, dass sie im Grunde keine Ahnung hatte, wer er war. Umgekehrt fand Tuyet es sogar befreiend, dass William, wenn sie sich trafen, nicht die gestresste Anwältin, hadernde Tochter oder eine von Aktenbergen abgelenkte Geliebte vor Augen hatte, sondern eine unbeschwerte Tuyet, die sich eine Auszeit nahm, um Neues zu entdecken. Ihr Alltagsgesicht kannte er nicht, und Tuyet verspürte kein Bedürfnis, es ihm vorzustellen. Ihre Traurigkeit wich der Erkenntnis, dass der Zeitpunkt für ihren Abschied goldrichtig war. Ihre kurze Liebe zweier Menschen auf der Durchreise hatte sie aufblühen lassen, aber jetzt wollte sie sich mit ganzem Herzen fragen, was sie für Alexander empfand, der sie seit zehn Jahren samt ihrer weniger schmeichelhaften Facetten liebte und auf sie wartete.

»Was machst du nach deinem Sabbatjahr?«

William grinste und zog sie zu sich.

»Ich dachte schon, das willst du nie wissen, Frau Anwältin. Nach einem Jahr kehre ich nach Kanada zurück. Dort unterrichte ich Mathematik und Französisch an einer High-School.«

»Mein Gott, du bist Lehrer?«

William stützte sich auf seinen Ellenbogen und sah sie vergnügt an.

»Was hast du denn gedacht? Dass du einen hauptberuflichen Cowboy vor dir hast?«

Leicht fassungslos nickte Tuyet. Sie erinnerte sich daran, wie sie sich kennengelernt hatten und wie aufregend sie es fand, dass er einer anderen Spezies als Juristen und Lehrern angehörte. Dass William normalerweise vor pubertierenden Schülern stand, Tests korrigierte und Klassenfahrten begleitete, hatte sie nicht in Erwägung gezogen.

»Ich hoffe, du hast nichts gegen Lehrer«, sagte William etwas verschmitzt.

»Ganz und gar nicht. Im Gegenteil, ich fürchte fast, ich habe eine Schwäche für sie.«

In ihrem Bauch gluckste es und Sekunden später platzte ihr Lachen heraus. Sie lachte, bis ihr wieder mal die Tränen kamen. William schüttelte den Kopf.

»Keine Frau, die ich kenne, lacht und weint so ungehemmt wie du. Und dann noch gleichzeitig. Ist das nicht furchtbar anstrengend?«

»Nein«, erwiderte Tuyet und wischte sich übers Gesicht. »Denn in meinem normalen Leben tue ich das nicht.«

»Behalte es«, sagte William und beugte sich über sie.

Als es hell wurde, hörten sie die Wohnungstür klappen, einen Rums und lautes Fluchen. Dann war wieder Ruhe. Tuyet stellte sich vor, wie Julian durchs Wohnzimmer schwankte, sich den Fuß am kantigen Tischbein anschlug und voll bekleidet aufs Sofa plumpste. Vermutlich würde er sich nicht einmal über William wundern. Ob er am nächsten Tag fit genug wäre, um sie nach Bat Trang zu begleiten?

»Ehe ich es vergesse«, nuschelte William halb schlafend. »Vor ein paar Tagen trieb sich ein Polizist auf dem Hof rum. Er glotzte lange in den Krokodilteich, inspizierte das Restaurant und die Ställe. Angeblich wollte er die hygienischen Bedingungen und Sicherheitsvorkehrungen überprüfen. Loan hat ihm ein paar Dong zugesteckt und hofft, dass er sich damit zufriedengibt.«

»Du klingst, als ob du das nicht glaubst.«

»Es war ein Verkehrspolizist. Was haben die mit Hygienekontrollen zu tun? Außerdem meint Linh, Loans Beschreibung nach könnte es sich um ihren Schwager handeln.«

»Wie sieht der denn aus?«

Mit leiser werdender Stimme antwortete William.

»Dunkelhaarig … nicht sehr groß …«

»Na toll. Nichts Markantes? William?«

Dessen Brust hob und senkte sich gleichmäßig und ging nach einem kurzen Moment in ein leichtes Schnarchen über. Bevor sie sich selbst dem Schlaf ergab, führte das Gespräch über den Polizisten ihre Gedanken komischerweise zu Tien zurück. Wann wäre wohl der beste Zeitpunkt, um ihre ältere Schwester ein drittes Mal aufzusuchen?

»Noch vor *Tet*«, beschloss sie. Vor Beginn des neuen Mondjahres wollten die Vietnamesen ihre Schulden begleichen und Streitigkeiten aus dem Weg räumen. Möglicherweise händigte Tien ihr ja doch das Familienbuch aus, und sei es, weil es der Glaube verlangte. Und wenn nicht? Auch Tuyet konnte stur sein. Zur Abwechslung würde sie eine komplizierte Angelegenheit nicht für andere, sondern sich selbst durchboxen. Nicht eher würde sie Tien verlassen, als bis sie das Familienbuch oder Hanhs Adresse in ihren Händen hielte. Ins neue Mondjahr starten würde sie – das schwor sie sich – mit der Antwort auf die Frage, wer und wo ihre Mutter war. Zufrieden mit ihrer Entschiedenheit schlief Tuyet ein.

☆

Wie sehr feiner, leicht durchsichtiger Stoff hatte sich über dem Roten Fluss Dunst ausgebreitet. Menschenleer und farblos lagen die Ufer da. In dicke Jacken und Mützen gemummelt lehnten Tuyet und Julian an der Reling des kleines Schiffes, das sie nach Bat Trang brachte. Nur ein älteres Ehepaar stand fröstelnd mit ihnen an Deck, die anderen Touristen hatten sich ins Innere verzogen und wärmten sich bei einer Tasse Tee auf. Linh hatte diese Bootstour stets abgelehnt. »Wasser ist nichts für mich«, hatte sie gesagt, »ich kann nicht einmal schwimmen.« Doch Julian war begeistert gewesen. Jetzt allerdings starrte er trübsinnig ins rotbraune Wasser, an dessen Oberfläche tote Fische trieben, und Tuyet fragte sich, ob er nach seiner feuchtfröhlichen Karaoke-Nacht nicht doch hätte ausschlafen sollen. Obwohl sie sich darauf freute, ihrem Bruder Hanh und Xuan vorzustellen, spürte sie ebenfalls Melancholie in sich aufsteigen. Sie machte sich nichts vor. Ihr nächtlicher Optimismus hielt ihren drängenden Lebensfragen nicht stand; vor allem Alexander, von dem sie seit ihrer letzten Mail nichts gehört hatte, machte ihr zu schaffen. Ihr Blick glitt übers Wasser, und plötzlich musste Tuyet an die Glück bringende Schildkröte Cu Rua des Hoan Kiem-Sees denken, um die Vietnam seit Tagen trauerte. William hatte ihr erzählt, dass die Medien zunächst angehalten worden waren, Stillschweigen über den Tod des symbolträchtigen Tieres zu bewahren, eine Anweisung, die letztendlich nicht aufrechterhalten wurde.

»Nicht wenige Vietnamesen glauben, dass man Cu Ruas Ableben einen Tag vor Beginn des Parteitages als schlechtes Omen für die Zukunft der Kommunistischen Partei auffassen könnte.«

»Und du? Was denkst du?«

William hatte sie angesehen, als könnte er nicht fassen, dass sie ihm diese Frage stellte.

»Ich glaube, dass die alte Schildkröte es verdient hat, endlich in Frieden zu ruhen, anstatt durch verschmutztes Wasser zu paddeln.«

Die Wellen klatschten stärker gegen die Schiffswand. Unwillkürlich trat Tuyet einen Schritt zurück. Sie hoffte inständig, dass William Recht behielte und Cu Ruas Tod kurz vor *Tet* kein böses Omen für die Zukunft bedeutete.

Aus der Gegenrichtung kam ein anderes Boot angetuckert.

An Deck posierten zwei junge Vietnamesinnen in Jeans und Pulli. Die eine warf ihr hüftlanges Haar zurück, hob anmutig ihre Arme über den Kopf und ließ ihren hauchdünnen Schal im Fahrtwind flattern. Dann drehte sie sich, wobei sie ihre Bewegungen mithilfe des Schals akzentuierte. Ihre Freundin fotografierte sie dabei. Im Vorbeifahren wehte ihr Gelächter herüber. Tuyet grinste, als sie ihren Bruder ansah. Sie hatte richtig getippt, was immer ihm sonst durch den Kopf gegangen war, dieser Anblick weckte seine Lebensgeister. Er reckte sich und pfiff eine Melodie vor sich hin. Als er Tuyets amüsierten Blick bemerkte, zuckte er mit den Schultern.

»Seit gestern mein Ohrwurm«, erläuterte er. Er räusperte sich, um seine heisere Stimme zu klären. Es half nichts. »Allerdings erinnere ich mich nicht an die komplette Melodie. Ich werde Linh fragen müssen. Sie gefällt mir sehr.«

»Die Melodie? Oder Linh?«

Julians müdes Gesicht hellte sich auf.

»Zugegeben, beide«, antwortete er. »Schwesterherz, jetzt schau mich nicht so inquisitorisch an. Ich quetsche dich ja auch nicht über deinen Reitlehrer aus.«

Tuyet zuckte zusammen. Wie hatte er das denn mitbekommen? William war fortgewesen, bevor Julian seine Augen auch nur einen Spaltbreit geöffnet hatte.

»Seine verschlammten Schuhe«, erklärte Julian, als hätte er ihre Gedanken gelesen, »sie standen gestern Nacht vor der Tür. Ich bin darüber gestolpert.« Er grinste breit. »Gräm dich nicht, Tuyet. Für mich bricht keine Welt zusammen.«

Innerlich wand sie sich. Sollte sie Julian mehr von William erzählen?

»Er geht sowieso bald weg«, sagte sie schließlich. Dann legte sie ihre Hand auf Julians Arm. »Ich will mich nicht einmischen. Meinetwegen tritt zu Casanova in Konkurrenz, wenn es dich glücklich macht. Aber bitte lass Linh in Ruhe. Sie hat gerade eine Enttäuschung hinter sich und braucht nicht gleich die nächste.«

»Du meinst den Reitlehrer? Weil er sich in dich verguckt hat?«

Tuyet schnappte nach Luft. Pikiert fragte sie:

»Hat Linh dir das erzählt? Ich dachte, ihr singt.«

Julian lachte.

»Haben wir auch. Aber danach sind wir noch in einem Club gewesen und haben gequatscht. Abgefahren, sag ich dir. Total tote Gegend. Irgendein Typ parkt Linhs Moped in einem Hinterhof und öffnet uns eine Art Garagentor. Nach zwei Hinterhöfen öffnet er eine weitere Tür, und auf einmal stehen wir mitten im Trubel. Alles voller Leute, die man dort wirklich nicht erwartet hätte.«

Anscheinend merkte er, dass Tuyet sich nur mäßig für seinen Kneipenausflug interessierte und sagte: »Mach dir keine Sorgen um Linh. Ich bin nicht der Vollidiot, für den du mich zu halten scheinst.«

Tuyet warf ihrem Bruder, der wieder ins Wasser stierte, einen Seitenblick zu. Ob er gescherzt hatte oder beleidigt war, gaben weder sein Gesicht noch seine Stimme preis. In übermüdetem Zustand sollte man besser nicht zu persönlich werden. Zu schnell trat man sich gegenseitig auf den Schlips. Tuyet war selbst etwas verstimmt, als sie in Bat Trang anlegten und zum Keramikladen liefen. Als sie eintraten, nickte Xuan, die gerade Kunden bediente, ihnen fröhlich zu und wies mit einer Kopfbewegung nach oben. Tuyet führte Julian zu der kleinen Wohnung hinauf und bereits auf der Treppe hörten sie das Schwatzen und Lachen mehrerer Stimmen.

»*Xin chào*, Tuyet«, sagte Hanh und kam auf sie zu. Linh winkte und auch Duc, Phuong und Tuyets Tänzer aus dem *Cong Caphe* grüßten freundlich. Tuyets wütender Auftritt vor einigen Wochen schien vergessen zu sein.

»Du bist Tuyets Bruder?«, fragte Hanh.

»Julian«, bestätigte dieser und lobte in gutem Vietnamesisch das Geschäft, das Dorf und die Schiffstour. Als er verstummte, wandte Hanh ihren Blick nicht von ihm. Tuyet hatte den Eindruck, dass sie ihn regelrecht scannte, was ihr, obwohl sie Hanhs Interesse schätzte, unangebracht erschien. Bemerkte Julian nichts?

»Me«, rief Linh da ihrer Mutter zu, »lass uns ein wenig zusammenrücken. Irgendwo müssen die beiden auch sitzen.«

Hanh zuckte zusammen und schien aus einem Traum zu erwachen. Sie murmelte etwas vor sich hin, holte zwei kleine Hocker und stellte sie an den Küchentisch. Der kleine Raum platzte nun aus allen Nähten. Duc klappte seinen Laptop zu und erhob sich.

»Ich räume meinen Platz«, sagte er. »Eigentlich ist alles besprochen. Linh, wenn die Party vorbei ist, dann schick mir ein paar Fotos und ich aktualisiere die Website.«

Hanh brühte frischen Tee auf, während Tuyet und Julian es sich bequem machten.

Hanhs Blick wanderte zwischen den beiden hin und her.

»Ihr seht euch ähnlich«, stellte sie fest.

»Es gäbe Schlimmeres«, antwortete Tuyet lachend und knuffte ihren Bruder in die Seite. Sie nahm sich eine Tasse Tee, hielt sie mit beiden Händen fest und blies ab und zu hinein, um ihn abzukühlen. Sie spürte plötzlich, wie glücklich sie hier war, an diesem Tisch mit all den Menschen, die ihr so viel bedeuteten. Versonnen lächelte sie vor sich hin und nahm nicht wahr, wie die Tür aufging und eine Person ins Zimmer trat.

Erst als alle verstummten, blickte sie auf und drehte sich um.

Im Türrahmen stand Tien, die sie entgeistert anstarrte. Aus ihrem Gesicht war jegliche Farbe gewichen. Hatte Tien sie etwa gesucht, um ihr doch das Familienbuch zu übergeben?

»Tien«, krächzte Tuyet.

Niemand sprach. Niemand rührte sich. Tiens Mundwinkel zuckten nervös. Sie verschränkte ihre Arme vor der Brust und verengte ihre Augen zu Schlitzen.

»Ihr kennt euch?«, unterbrach Linh die Stille.

Aber Tien ignorierte sie, immer noch starrte sie Tuyet an, ihr Blick war hasserfüllt. »Offensichtlich hast du bekommen, was du wolltest.«

Tiens kalter Ton ließ Tuyet schaudern. Was war hier los? Ein leichter Schwindel ergriff sie. Die Gesichter der anderen verschwammen.

»Wieso kennt ihr euch?«

Laut und deutlich füllte Linhs Frage nun den Raum aus. Alle sahen sie beide an. Warteten auf eine Erklärung. Doch Tuyet war sprachlos. Heftige Hitzewellen brachten sie ins Schwitzen, schwemmten eine Ahnung näher, die aberwitzig und zugleich unglaublich einfach war …

Im selben Moment sprang Hanh auf: »Tuyet ist meine Tochter«, rief sie, dann sackte sie zusammen und ließ sich schwer wieder auf den Stuhl fallen.

Um sie herum herrschte Stille, doch in Tuyet echoten Hanhs Worte nach und trommelten Gesprächsfetzen und Gefühlsregungen der letzten Wochen zusammen, die sich in Sekundenschnelle zu einem klaren Bild ineinander fügten. Hanh war ihre Mutter. Unfassbar, und doch die einzig logische Erklärung für diese absurde Situation. Vor Freude, am Ziel zu sein, jagte Tuyets Herz los, auf Hanh zu, doch diese saß noch immer reglos da und starrte vor sich hin. Und plötzlich bestürmten sie Fragen: Warum hatte Hanh nichts gesagt, freute sie sich nicht?

»Wie konntest du mir verschweigen, dass ich deine Tochter bin«, presste sie heraus.

Zu meiner zweiten Tochter habe ich keinen Kontakt. Aber ich weiß, dass es ihr gut geht. Denn diese Tochter bist du, hätte sie spätestens jetzt hinzufügen müssen. Dann hätten sie, wie Tuyet es sich so oft erträumt hatte, die Chance auf einen Neuanfang gehabt. Stattdessen hatte sie Tuyet über Phong und Marina ausgehorcht. Die hilflose Geste, mit der Hanh ihre Hände hob, reizte Tuyet, Enttäuschung und Wut stiegen in ihr auf.

»Als du plötzlich vor mir standst, war ich überwältigt. Ich schämte mich. Hatte Gewissensbisse. Und Angst. Du schienst nicht einmal nach mir zu suchen.«

Vor Empörung wurde Tuyets Gesicht rot und heiß.

»Bei unserem letzten Treffen habe ich dich nach Hoang Thi Hanh gefragt.«

Hanh nickte und sah Tuyet gequält an.

»Ja. Und seitdem bereitete ich mich darauf vor, es dir bei unserem nächsten Treffen zu sagen. Leider ist heute alles anders gekommen.«

Krachend flog ein Stuhl um. Linh war aufgesprungen und bahnte sich einen Weg zur Tür. Dort blieb sie stehen und warf einen wütenden Blick in die Runde.

»Außer mir kapieren wohl alle, was los ist. Fein. Tuyet ist meine Schwester. Bis gerade eben hätte ich nichts dagegen gehabt. Jetzt schon, denn mal wieder bin ich der naive Dummkopf, der alles geglaubt hat.«

Sie wandte sich direkt an Tuyet.

»Meine Mutter ist an Krebs gestorben«, äffte sie deren traurige Stimme nach. »Weshalb sagst du so etwas?«

»Weil es stimmt. Und weil alles andere kompliziert geworden wäre.«

Tuyet machte einen Schritt auf Linh zu, aber diese wich zurück.

»Diese Familie macht mich verrückt! Über nichts wird gesprochen. Was euch ernsthaft beschäftigt, verschweigt ihr. Jedenfalls vor mir. Ich kenne ja nicht einmal den Namen meines Vaters!«

Sie ergriff ihren *Hello-Kitty*-Helm und rannte die Treppe hinunter. Bestürzt blickten sie ihr nach, aber niemand, auch Julian nicht, machte Anstalten, Linh nachzueilen. Tuyet verstand ihren Zorn nur zu gut, und es tat ihr leid, sie damit allein zu lassen. Aber im Augenblick musste sie loswerden, was ihr auf dem Herzen lag. Sie hörte Linh ihr Moped starten und davonrasen.

»Ich habe dir geschrieben!«, schleuderte sie Hanh aufgebracht entgegen. »Und als ich statt deiner Tien antraf, bat ich um deine Adresse.«

Sie zeigte auf Tien. »Sie erklärte mir, dass du mich nicht sehen willst. Dass ich dich in Ruhe lassen soll. Trotzdem suchte ich weiter. Der offizielle Weg führte zu nichts. Kein Wunder, da du ja wieder Nguyen und nicht Hoang heißt.«

Jetzt stand Hanh auf und drängte sich zu Tien durch.

»Wie konntest du so erbärmlich lügen? Warum tust du mir das an?«

Tiens aggressiver Gesichtsausdruck zerfiel, Schweißperlen bildeten sich auf ihrer Stirn, und einen Moment lang dachte Tuyet, sie würde sich bei Hanh entschuldigen. Die Blicke der Schwestern begegneten einander und Tiens verhärtete sich wieder.

»Tuyet hat alles. Sie steht auf der Sonnenseite des Lebens. Mit ihrem Schatten habe ich mich arrangiert. Mehr will ich von ihr nicht sehen.«

»Tien, halt dich zurück«, unterbrach sie eine ruhige, aber strenge Stimme. Xuan war dazugekommen und hatte anscheinend zugehört. Tien sah sie nicht an, als sie mit schneidender Stimme fortfuhr:

»Darf nur Linh sagen, was sie will?« Dann holte Tien tief Luft und atmete heftig aus.

»Mein Vater«, sie spie dieses Wort aus, »hat sich einen feuchten Dreck um mich geschert, und ich will ihn nie wiedersehen. *Wir kommen bald nach. Versprochen.* Das waren seine Abschiedsworte. Ich war ein kleines Mädchen, das ihm vertraute. Das auf ihn wartete. Wartete und wartete. *Was habe ich ihm getan?* fragte ich mich. Nichts. Das weiß ich heute. Ohne mit der Wimper zu zucken, hat er sich in sein neues Leben gestürzt. Den beiden«, sie stieß ihr Kinn Richtung Tuyet und Julian, »hat er alles geboten. Jedenfalls können sie es sich leisten, Urlaub zu machen, so lange es ihnen passt. Hat er sich je gefragt, wie ich über die Runden komme? Hat er auch nur einen Dong für meine Ausbildung gezahlt? Überlegt, mich zu sich zu holen? Nein! Und meine Mutter? Für Linh setzt Me sich sogar mit Bloggern an einen Tisch. Obwohl sie weiß, dass wir dafür in Teufels Küche landen können. Aber was bedeuten Tien oder Tuans Ruf bei der Polizei.«

»Tien! Es reicht.«

Während Xuan einen Schritt auf Tien zutrat, starrte Hanh sie mit weit aufgerissenen Augen an. Zweifellos hatte sie ihre Älteste nie zuvor in solch einer Verfassung erlebt.

»Seit drei Jahren hat Linh die Schule abgeschlossen. Aber studieren oder eine lukrative Arbeit finden? Ach, soll sie ruhig erst mal schlecht bezahlte Pferdegeschichten ausprobieren, wenn es ihr Spaß macht. Linh hat schiefe Zähne? Nicht mehr. Irgendwo kam das Geld für die Zahnspange her. Aber was war mit meiner Hüfte? Nichts. Ist es das, was ich dir wert bin?«

Tiens Aufschrei ließ alle zusammenzucken. Irgendwo tickte ein Wecker. Sekunden zogen sich in Tuyets Empfinden zu Minuten. Tien hielt sich ihre Wange, ihre Lippen bebten. Hanhs Hand hatte sich noch nicht vollständig gesenkt.

In Tuyet rebellierte es. *Marina. All den Hass hast du gesät.* Im nächsten Moment griff Tien ihre Tasche und rannte aus dem Haus. Tuyet fühlte sich furchtbar. Die Lawine, die sie mit ihrem Besuch in Vietnam ausgelöst hatte, verursachte mehr Chaos, als sie je für möglich gehalten hätte.

Nach Atem ringend, stützte sich Hanh an der Wand ab. In ihrem Gesicht zeigten sich Sorgenfalten, die Tuyet noch nicht bemerkt hatte. *Irgendwelche Fehler machen wohl alle Eltern*, hörte sie Hanh in ihrem letzten Gespräch sagen. Sie erinnerte sich plötzlich auch daran, wie betrübt Hanh ausgesehen hatte, als sie von ihrer zweiten Tochter sprach. Sollte sie sich ihrer Mutter nähern? Sie fragen, was sie ihr hätte sagen wollen, wenn nicht Tien den Tag entzweigeschlagen hätte? Der Moment verstrich und statt Tuyet legte Xuan ihren Arm um Hanh. Julian und Tuyet nickte sie zu und flüsterte: »Tuyet, komm morgen wieder. Dann sehen wir weiter.«

Benommen stand Tuyet auf der Straße. Zum ersten Mal bereute sie es, kein Moped zu fahren. Vollgas geben und abzischen, das wünschte sie sich.

»Was willst du jetzt machen?«, fragte Julian. Sie zuckte mit den Schultern. Am liebsten wäre sie an den Fluss gegangen. Allein. Aber sie wollte Julian nicht abkanzeln. Ihr Bruder hakte sie unter.

»Lass uns nach Hanoi fahren und irgendwo etwas essen. Wobei mir eigentlich eher nach trinken zumute ist.«

Tuyet rang sich ein Lächeln ab, und sie machten sich auf den Weg zum Bus.

Auf der holprigen Straße nach Hanoi wurden sie ganz schön durchgeschüttelt. Dennoch driftete Tuyet in einen erschöpften Halbschlaf, als wollte ihr Gehirn sich mit aller Macht eine Verschnaufpause verschaffen.

»Da ist Linh«, rief Julian aufgeregt. Tuyet schreckte auf. Am Straßenrand, einige Meter vor ihnen, stand Linh und schraubte am Tankdeckel ihres Mopeds. Nach einem Unfall sah es nicht aus.

»*Dung lai o day*!«, brüllte Julian durch den Bus, und tatsächlich hielt der Fahrer an. Schon sprang Julian auf die Straße.

»Kommst du nicht mit?«

Tuyet schüttelte ihren Kopf. Für eine weitere Konfrontation mit Linh hatte sie keine Kraft.

»Wir sehen uns später!«

Die Türen schlossen und der Bus fuhr an. Bald erreichten sie Hanoi, allein wollte Tuyet jedoch nichts essen gehen. Aber was sollte sie in ihrer Wohnung? Kurzerhand, obwohl das Wetter nach wie vor ungemütlich war, schlug sie den Weg zum Roten Fluss ein. Vorbei an Bananenstauden und ein paar kläffenden Hunden lief sie am Ufer entlang und setzte sich dort auf ein massives Stück Holz. Die subtropische Vegetation am Roten Fluss wirkte ungezähmt, trotzdem fühlte sie sich getröstet, wie immer, sobald sie einen Fluss betrachtete. Dafür verzichtete sie gerne auf den Anblick des scheinbar unendlichen Ozeans, in dem sich ihre Gedanken eher verloren als sammelten. Hanh. Sie hatte ihre Mutter endlich gefunden. Aber nun war ihre ganze Familie zerstritten, nur Bo saß in seinem Frankfurter Wohnzimmer, nichtsahnend, vermutlich mit einem Buch in der Hand. Hanhs verzweifeltes und Tiens hasserfülltes Gesicht kamen ihr in den Sinn, und Linhs wütender Abgang, nachdem sie begriffen hatte, dass Tuyet ihre Schwester war. Hoffentlich könnte sie sich irgendwann doch noch darüber freuen. Wie ging es denn nun weiter? Zwar hatte Xuan sie für den nächsten Tag eingeladen, aber wollte Tuyet ihre Mutter überhaupt so schnell wiedersehen? Immerhin hatte diese wochenlang so getan, als wäre Tuyet bloß ein gern gesehener Gast, und nicht ihre Tochter. Sie seufzte. Alexander würde ihr sagen, dass, falls sie jetzt kniff, sie keinen Deut besser wäre als Marina, Hanh oder auch Bo. Tuyet stützte ihre Ellenbogen auf die Knie und bettete ihr Kinn in die Handflächen. Um Jahre gealtert fühlte sie sich. Dabei war gerade mal ein halbes Jahr vergangen, seit Marina gestorben war und Tuyet die Briefe gefunden hatte. Was war ihr seither nicht alles passiert? Sie war zusammengebrochen, das sah sie inzwischen ein, obwohl ihr die Kanzlei danach sehr gefehlt hatte. So war es längst nicht mehr, auch wenn es Momente gab, in denen sie die Sicherheit klar definierter Aufgaben vermisste.

Sie hatte Alexanders Antrag abgelehnt und eine Affäre gehabt. Alexander. Wie fände er es wohl, dass sie doch nach ihrer Mutter gesucht hatte? Was würde er zu dem heutigen filmreifen Familiendrama sagen? Tuyet kickte einen kleinen Stein ins Wasser. Ob Marina sich dort oben prächtig darüber amüsierte? Warum hast du dafür gesorgt, dass ich Hanhs Briefe finde?, fragte sich Tuyet zum hundertsten Mal. Obwohl sie fröstelte, da der feine Nieselregen ihren Pullover durchdrang, konnte sie sich nicht dazu aufraffen, heimzugehen. Flüchtig nahm sie auf der anderen Flussseite eine Frauengestalt wahr. Was machte sie hier? Hing sie wie Tuyet ihren Gedanken nach?

Trotz aller Dramen, schoss es ihr durch den Kopf, möchte ich diese Reise um nichts in der Welt missen, und dank Hanhs Briefen, ist nicht nur eine touristische Rundreise daraus geworden, sondern ich habe meine vietnamesischen Wurzeln entdeckt. Dieser positive Gedanke, der Tuyet aufblicken ließ, wirkte wie eine stärkende Medizin, jedenfalls fühlte sie sich auf einmal viel besser. Denn schließlich gab es doch nur einen einzigen Grund, warum Hanh außer sich geriet, weil Tien Tuyet von ihr ferngehalten hatte. Und weshalb sie immer wieder einen Vorwand gesucht hatte, um Tuyet zu treffen. Hanh liebte sie, und langsam begriff Tuyet, dass ihre Mutter sich während all ihrer Gespräche über Eltern und Kinder für den Augenblick gewappnet hatte, es ihr zu sagen. Himmel, was mochte in Hanh vorgegangen sein, als Tuyet ohne Vorwarnung in ihrem Keramikladen auftauchte, völlig ahnungslos? Natürlich hatte sie Angst gehabt, sich als ihre Mutter zu präsentieren, denn sie konnte nicht wissen, ob Tuyet sie hasste und sich womöglich abwandte, noch ehe ihre Beziehung auf einem neuen Fundament stünde. Hatte nicht eine ähnliche Sorge Tuyet dazu bewogen, Linh nichts von William zu sagen? Mit geschlossenen Augen lauschte sie auf das Rauschen des Flusses, das wie eine leise Melodie ihre wachsende Freude darüber begleitete, dass sie trotz aller Hindernisse zu ihrer Mutter gefunden hatte. Sie glaubte auch nicht mehr, dass Marina beabsichtigte, ihr das Leben schwer zu machen. Marina, die in ihrem Leben so viel gewagt hatte, brachte den Mut nicht auf, ihren Betrug zuzugeben, und sah in den Briefen den einzig möglichen Weg, Tuyet wissen zu lassen, dass Hanh ihr nicht lieblos den Rücken gekehrt hatte. Ob nur Feigheit oder tatsächlich ihre Sorge um Bos Gesundheit eine Rolle gespielt hatte, bliebe Marinas Geheimnis. Aus ihrer Erinnerung wiederholte Tuyet das letzte Gespräch mit ihr und hörte sie fragen: *An deine richtige Mutter kannst du dich gar nicht erinnern. Bedauerst du das manchmal?*

Wozu? Mir fehlt nichts. Du bist meine Mutter. Niemand sonst.

Hätte sie dieses Thema nicht als belanglos abgetan, was hätte Marina ihr gesagt? Und was, wenn sie nach Hanh gefragt hätte? Doch Tuyet hatte es versäumt, Fragen zu stellen.

Vor Kälte zitternd kauerte sie sich enger zusammen und schlang ihre Arme um die Knie. Vor ihr entstand ein Bild, auf dem Bo und Julian Marinas Urne ins Grab versenken, während sie selbst daneben steht, überwältigt von ihrer hilflosen Wut. Auf einmal schluchzte Tuyet auf, hemmungslos, und weinte all die Tränen heraus, die am Beerdigungstag vertrocknet schienen. Sie spülten Tuyets Verbitterung fort, und irgendwann, so spürte sie, würde sie ihrer zweiten Mutter verzeihen, nicht an diesem Tag, aber es hatte begonnen.

Als sie sich ausgeweint hatte, war es fast dunkel geworden, auf der anderen Flussseite bellten wilde Hunde. Die Frauengestalt war lange verschwunden, und auch Tuyet machte sich auf den Heimweg. Ob Julian wohl zu Hause wäre? Vermutlich nicht, sicher hockte er mit Linh in einer Kneipe, wo sie ihre seltsamen Familien analysierten. Allein in ihrer Wohnung zu sitzen war keine einladende Vorstellung, nicht nach diesem Tag. Wie gerne würde sie mit jemandem reden, mit jemandem, dem sie vertraute. Im Geiste ging Tuyet die Namen derjenigen durch, die in Frage kamen, doch im Grunde wusste sie, dass es nur eine Person gab, der sie ihr Herz ausschütten wollte. Sie zog ihr Handy aus der Tasche, dessen Akku beinahe am Ende war. Um zu telefonieren, musste sie es dringend ans Stromnetz anschließen. Plötzlich hatte sie es sehr eilig nach Hause zu kommen, und zwei Stufen auf einmal nehmend, rannte sie die Treppe hinauf.

☆

Tien bremste, wobei ihr Hinterreifen wegschlidderte. Die Straße war vom Regen glitschig geworden, aber Tien gewann sofort wieder die Kontrolle über ihr Moped. Mehr als über ihre Gefühle. Niemals war sie derart aus der Haut gefahren. Sie erkannte sich selbst nicht wieder. Sie hielt an, und mit klammen Fingern fischte sie eine Zigarettenschachtel aus ihrer Jackentasche. Tuan würde durchdrehen, wenn er sie beim Rauchen erwischte. Aber er war nicht da, und Tien hatte entdeckt, dass das Nikotin sie besänftigte. Ein paar Mal sog sie den Rauch tief ein und stieß ihn hörbar aus, dann ließ ihr Herzrasen nach, und sie war in der Lage zu denken. Eine Frau mit Kegelhut und Daunenjacke briet am Straßenrand Maiskolben. Plötzlich knurrte Tiens Magen, was kein Wunder war, denn seit dem vorherigen Abend hatte sie nichts gegessen. Frühmorgens war sie aufgestanden, hatte Tuans Frühstücks-Box vorbereitet, die Kinder versorgt, Wäsche gewaschen, eingekauft und war zu ihrer Mutter aufgebrochen. Samstags war ihr Tag mit Hanh. Manchmal nahm sie die Kinder mit, aber oft fuhr sie allein, überließ ihrer Angestellten den Salon und half ihrer Mutter. Ein gemeinsames Mittagessen gehörte immer dazu. Es war die halbe Stunde, in der sie sich Neuigkeiten erzählten. Tuyet allerdings hatten sie sich gegenseitig verschwiegen. Und das gemeinsame Essen hatte nicht stattgefunden.

Tien bezahlte und biss in den heißen Maiskolben. Seine Wärme tat ihr gut. Nicht im Geringsten hatte sie vorgehabt, ein Gespräch mit ihrer Mutter derart eskalieren zu lassen. Als sie jedoch, während sie ihr Moped anschloss, Linhs Freunde aus ihrem Haus treten sah, begann es bereits in ihr zu brodeln. Hatte Tuan ihr den Umgang mit Kriminellen nicht untersagt? Unterwanderte Hanh sein Verbot? Das gehörte sich beileibe nicht. Dann hatte Xuan ihr von der anstehenden Party vorgeschwärmt. Wie oft hatte Tien den beiden ihre Dienste angeboten.

»Nein, nein«, hatte es jedes Mal geheißen, »wir haben alles im Griff und du hast so viel um die Ohren.«

So ein Blödsinn. Die Wahrheit war, sie hatten sie nicht dabeihaben wollen. Als Tien dann Tuyet mit ihrer Mutter und Schwester zusammensitzen sah, alle bester Laune, brannte ihr eine Sicherung durch. Oder vielmehr schwelte es in ihr, bis explodierte, was sie seit Jahrzehnten mit sich herumschleppte. Jeder der Anwesenden hätte sie noch viel mehr an den Kopf schmeißen können.

»Du bist gemein«, zeterte ihr Gewissen, »eine schlechte Tochter.«

Tien hasste diesen Vorwurf. Zeit ihres Lebens mühte sie sich ab, eine verantwortungsvolle Tochter zu sein. Und obwohl sie unter Hanhs Entscheidungen gelitten hatte, empfand sie Respekt für ihre Mutter, die sich durchs Leben gekämpft hatte, ohne jemals klein beizugeben. Niemand wusste das so genau wie sie. Linh nicht, Tuyet erst recht nicht. Und dennoch waren sie die geliebten und bewunderten Töchter, während Tien außen vor blieb.

Sie warf die Reste des Maiskolbens auf die Straße und setzte sich auf ihr Moped. Das Gefühl, eine Außenseiterin zu sein, kroch in ihr empor. Tien fröstelte und zündete sich eine weitere Zigarette an. Ihre Kinder liebten sie und sie liebte die beiden. Aber würden sie nicht eines Tages den Respekt verlieren, da sie Jahr für Jahr mit ansahen, wie entwürdigend Tien behandelt wurde? Würde sie ihre Machtlosigkeit nicht abstoßen? Sie trat ihre Zigarette aus und schlang die Arme um ihren Oberkörper. Wie sehr sehnte sie sich nach Liebe und Anerkennung. Ob es Hanh damals ebenso gegangen war? Ob sie deshalb …? Nein. Für die Affäre, aus der Linh hervorgegangen war, hatte Tien kein Verständnis. Manchmal fragte sie sich, warum Tuan sich von ihr abgewandt hatte, sie war jung und hübsch gewesen und hatte außerdem alles getan, um sein Leben so angenehm wie möglich zu gestalten. Na ja, im Grunde fragte sie sich sogar, weshalb er sie geheiratet hatte. Denn kurz nach ihrer Hochzeit verwandelte sich sein selbstbewusstes Auftreten, das ihr als blutjunger Frau so imponiert hatte, in einen herablassenden Befehlston, und er benahm sich auch nicht mehr wie der reife, charmante Mann, auf dessen Antrag sie so stolz gewesen war. Bis Hoa zur Welt kam, ging es noch, obwohl Tuan über ein Mädchen enttäuscht gewesen war. Spätestens jedoch nach Nams Geburt hatte ihre Sexualität rein gar nichts mehr mit Liebe zu tun gehabt. Tuan nahm sie, wie er sich alle anderen Frauen nahm, die er haben wollte.

Leicht zitternd zündete sich Tien noch eine Zigarette an. Trotz aller Demütigung kam eine Scheidung nicht in Frage, das würde sie ihren Kindern nicht antun. Tuan würde sie auch gar nicht gehen lassen, und wenn, würde er ihr die Kinder wegnehmen, ihren Salon und damit den Verdienst. Oder sie gleich umbringen. Bitter lachte sie auf und trat die halbabgebrannte Zigarette aus. Tuan sollte man lieber nicht verärgern. Außerdem war er nun mal ihr Mann und der Vater ihrer Kinder. Und was für eine Familie hatte sie denn sonst? Ihre Mutter und ihre Schwestern, die sie sowieso nicht bei sich haben wollten? Die sie nicht einluden, wenn sie sich trafen? Nein, sie musste ihre eigene Familie stärken. Sie allein zählte. Wenn es sein müsste, würde sie sich eben noch mehr um Harmonie bemühen. Wie ihr ihre Schwiegermutter geraten hatte. Vielleicht gefiele es Tuan, wenn sie sich eindeutig auf seine Seite stellte. Sie zog ihr Handy hervor und rief ihn an. Seine Sprachbox sprang an.

»Hier ist Tien«, sagte sie. »Du hattest Recht. Linh trifft sich noch immer mit diesen Leuten. Bei meiner Mutter. Ich habe es mit eigenen Augen gesehen, sonst würde ich es nicht glauben. Kommst du zum Essen? Bis später.«

Ein Moped raste vorbei und Tien meinte, unter einem *Hello-Kitty*-Helm Linhs langen Zopf zu sehen. Aber wer war der Fahrer? Sie zuckte mit den Schultern und fuhr zu ihrem Salon. Keinen anderen Ort würde sie jetzt ertragen. Verwundert stellte sie fest, dass er verschlossen war. Unmöglich konnte Huyen, ihre Angestellte, so früh heimgegangen sein. Vorsichtig schloss sie auf und legte ihre Tasche auf das kleine

Sofa, auf dem eigentlich Kundinnen sitzen und auf ihren Massagetermin warten sollten. Irgendetwas stimmte nicht. Kurz sah sie sich um, dann ergriff sie eine leere Wasserflasche und ging möglichst leise zu den Behandlungskabinen. Ein Vorhang war zugezogen. Tien horchte und vernahm ein eindeutig männliches Stöhnen. Vorsichtig zog sie den Stoff ein Stück beiseite. Was sie sah, ließ sie zurückfahren. Auf der Massagebank lagen Tuan und Huyen in eindeutiger Pose. Die Flasche fiel aus Tiens Hand, und als diese dumpf auf dem Boden aufschlug, fuhr Huyen erschrocken hoch.

»Oh, Tien!« Ihr rannen Tränen die Wangen herunter. Frische oder flossen sie, seitdem Tuan gekommen war? Tien war es gleichgültig. Sie war erstarrt, fühlte nichts mehr.

»Raus«, sagte Tien tonlos. So schnell sie konnte, griff Huyen ihre Schuhe und versuchte gleichzeitig ihre Bluse zuzuknöpfen. Als sie sich an Tien vorbeiquetschte, flehten ihre Augen um Verzeihung.

»Raus!«, wiederholte Tien und sah zu, wie Huyen jammernd den Salon verließ. Tuan zog seinen Gürtel zurecht und kämmte sich anschließend sein Haar. Kalt blickte er Tien an, während er in einem Ton, als wäre nichts Besonderes vorgefallen, sagte: »Ich dachte, du bist heute bei deiner Mutter.«

Am Ausgang drehte er sich noch einmal um.

»Für mich brauchst du nicht zu kochen. Es wird spät.«

Dann klappte die Tür und weg war er. Tien stürzte hinterher. Sie verriegelte das Schloss, warf sich aufs Sofa, trommelte mit ihren Fäusten auf die Polster und schrie ihre Verzweiflung heraus. Damit, dass Tuan fremdging, hatte sie leben können. Aber jetzt war er zu weit gegangen. Er hatte ihren Salon beschmutzt, den einzigen Ort, an dem sie sich als Mensch fühlte, weil man sie schätzte und ihr als fleißiger Geschäftsfrau Respekt zollte. Spräche sich herum, was sich in ihrem Salon abgespielt hatte, würden die Kundinnen fernbleiben. Alles, was Tien aufbaute, zerstörte Tuan. Ebenso gewissenlos wie er ihre Würde und ihr Geld geraubt hatte. Wofür rackerte sie sich eigentlich ab? Wofür kämpfte sie so verzweifelt? Sie dachte an Hoa und Nam. In einigen Jahren wären sie erwachsen und bräuchten sie nicht mehr. Bis dahin sorgte Tuan wahrscheinlich besser für die beiden, wenn er sich nicht mehr auf seine Frau verlassen konnte. Und sie hatten Hanh. An dieser Stelle unterbrach sie sich normalerweise und begann zu putzen, zu kochen oder aufzuräumen. Heute nicht. Mit dem Strom ihrer Gedanken trieb sie davon. Mit einem Mal überkam sie eine seltsame Gelassenheit. Ihr Schluchzen verstummte, ihre Tränen versiegten, und beinahe grazil erhob sie sich. Aus ihrer Handtasche entnahm sie nichts weiter als ihren Zündschlüssel. Als sie ihren Salon verließ, warf sie keinen Blick zurück. Mit starrer Miene startete sie ihr Moped und lenkte es zum Roten Fluss.

☆

Von dem heftigen Wunsch getrieben, mit Alexander zu telefonieren, stürmte Tuyet in ihre Wohnung. Flink verkabelte sie ihr Handy mit der Steckdose, entledigte sich ihrer nassen Kleidung und kochte Tee. Dann warf sie einen Blick auf die Uhr ihres Handys. In London war es Mittag, und am Wochenende standen die Chancen gut, dass Alexander Zeit hatte. Und die bräuchten sie, denn es würde ein langes Gespräch werden. Über so vieles musste sie mit ihm reden. Zuerst natürlich darüber, dass sie einige Stunden zuvor ihre Mutter gefunden hatte, was das reinste Chaos in ihrer neugewonnenen Familie auslöste. Ihre Gedanken überschlugen sich, alles, alles wollte sie ihm erzählen. Doch in dem Moment, als ihr Finger zum Drücken bereit über Alexanders Nummer schwebte, durchfuhr sie die Frage, ob er überhaupt noch Lust hätte, ihr zuzuhören. Ihr, seiner höchst anstrengenden Freundin, die sich zudem unaufmerksam und egoistisch verhielt, und zwar nicht erst seit dem letzten Sommer? Sie dachte beschämt daran, dass sie Alexanders Bewerbung an der Londoner Schule überhört hatte, es musste ihm wie der Gipfel an Achtlosigkeit vorgekommen sein. Wann war sie so nachlässig geworden, seit sie bei Irene arbeitete oder schon davor? Und dann sein Antrag! Tuyet biss sich auf die Lippen, als sie an die Ringszene dachte. Ein Wunder, dass sich Alexander nicht sofort von ihr getrennt hatte. Nein, ein Hampelmann, wie er es ausdrückte, war er gewiss nicht, sondern bewies immer wieder sein großes Herz, das Tuyet selbst dann noch liebte, als sie schwierig geworden war.

An ihrem Tee nippend stellte sie sich Alexanders Stimme vor, herzlich, dunkel und warm. Sie sah ihn vor sich, einfühlsam, sein Gesicht ihrem zugewandt, mit dem wachen Blick, in den sie sich verliebt hatte. Tuyets Magen zog sich plötzlich vor Sehnsucht zusammen. Waren Tausende von Kilometern Abstand nötig gewesen, um sich daran zu erinnern, dass sie niemandem so tief vertraute wie ihm? Wenn Alexander ihre ganze Geschichte kannte, würde er doch hoffentlich verstehen, dass Tuyet sie ihm verschwiegen hatte, weil ihr nach Marinas Tod die Kraft fehlte, gegen seine Wahrheitsliebe anzukämpfen, mit der er sie gedrängt hätte, Bo reinen Wein einzuschenken? Oder dass während ihres gemeinsamen Urlaubs die Distanz zueinander so groß geworden war, dass es ihr schwerfiel, sich zu öffnen? Wie Tuyet es auch drehte und wendete, fand sie, dass die Schuld dafür, dass ihre Beziehung auf der Kippe stand, hauptsächlich bei ihr lag. Am liebsten hätte sie sich sofort in Alexanders Arme geschmissen und um Verzeihung gebeten, denn sie wollte ihn nicht verlieren. Aufgeregt wählte Tuyet seine Nummer, ihr Herz pochte ihr bis zum Hals. Jetzt würde sie ihm sagen, dass sie ihn liebte und von ganzem Herzen mit ihm zusammen sein wollte. Mochte ihre plötzliche Liebeserklärung inmitten ihrer Funkstille ruhig etwas dramatisch klingen, genau daran würde Alexander erkennen, wie ernst sie es meinte.

Das Freizeichen ertönte, und Alexanders vertraute Stimme meldete sich.

»Alexander? Ich bin es, Tuyet.«

Sie klang aufgekratzt, aber es war ihr egal. Alexander konnte ruhig merken, dass sie sich freute, mit ihm zu sprechen.

Es entstand eine Pause. Tuyet hörte, dass im Hintergrund Musik lief. Es war Adele mit *Someone Like You*.

»Tuyet.«

Klang er überrascht? Erleichtert? Tuyet fiel es schwer, sich seinen Gesichtsausdruck vorzustellen. Entgegen ihrer sonstigen Art hatte sie nicht vor, lange um den heißen Brei herumzureden. Zu vieles brannte ihr auf der Seele.

»Ich hoffe, ich störe nicht«, begann sie. »Hast du Zeit?«

»Ja.«

Eine Tür klappte und Adele war nicht mehr zu hören.

»Nach deiner letzten Mail hätte ich so schnell nicht mit deinem Anruf gerechnet.«

»Ich weiß, sie war furchtbar«, erwiderte Tuyet. »Ich habe lange überlegt, ob ich sie abschicken soll.«

»Und warum hast du es getan?«

Er sprach ruhig, aber es gelang ihr nicht, das unterschwellige Beben in seiner Stimme zu ignorieren. Okay, ihre Liebeserklärung musste warten, bis sie sich ausgesprochen hatten.

»Warum? Ich dachte, es interessiert dich, wie ich Silvester verbracht habe und dass ich krank war.«

Sie hörte den leichten Vorwurf, der mitschwang. *Falsch, Tuyet, ganz falsch. Und außerdem stimmt es nicht.* Sie räusperte sich.

»Um ehrlich zu sein, wusste ich nicht genau, was ich dir schreiben soll. Oder besser gesagt, wie. Es gibt so vieles, das ich dir erklären muss. Deswegen rufe ich an.«

Der erste Schritt war getan und Alexander hatte hoffentlich verstanden, dass dies kein Blabla-Gespräch werden würde. Um ihm dennoch eine gewisse Leichtigkeit zu verleihen, fügte sie in scherzhaftem Ton hinzu:

»Deine Mail war auch nicht gerade tiefgründig.«

Aber Alexander lachte nicht.

»Ich fand deine ziemlich erhellend«, entgegnete er. »Noch nie hat mir eine Frau so unverblümt mitgeteilt, dass sie mit einem anderen Mann im Bett war. Und es dann grußlos dabei belassen.«

Tuyet erstarrte, gleichzeitig rasten ihre Gedanken. Wieso wusste Alexander von William? Was meinte er mit »grußlos«?

»Es tut mir leid«, sagte sie leise und hatte es noch nie so ernst gemeint. »Mit William ist es vorbei.«

Alexander atmete laut aus.

»Das ist nicht mehr wichtig«, erwiderte er. »Kannst du dir vorstellen, wie beschissen ich mich gefühlt habe? Ich öffne deine »Neujahrsgrüße« und lese zuerst, dass du nicht weißt, ob es mit uns weitergeht. So weit, so gut. Das fand ich ehrlich und manchmal habe ich dasselbe gedacht. Aber ich habe echt geglaubt, du setzt dich mit unserer Beziehung auseinander. Ach Tuyet, das hätte ich großartig gefunden. Aber dann? Du bist an ein Versprechen gebunden. Schön. Kannst dich mir deshalb nicht anvertrauen. Selbst die Suche nach deiner Mutter nicht? Als ich vorschlug, nach ihr zu forschen, hast du das abgelehnt. Ach, egal. Unter »ferner liefen« taucht dann dieser William auf. Mein Gott, Tuyet, warst du betrunken, als du das geschrieben hast? Ich bin ins Umland gefahren, habe mich auf irgendeinen Acker gestellt und stundenlang eine Vogelscheuche angebrüllt. Dann habe ich sie vollgeflennt und mich dabei selbst nicht wiedererkannt. Scheiße, Tuyet, was sollte das?«

Mit angezogenen Knien kauerte sie auf ihrem Sofa und presste das Handy an ihr Ohr. Sie sah sich im Internetcafé sitzen. Ihr Handy läutete. Linh. Rasch hatte sie auf Senden gedrückt. Sie musste aus Versehen die falsche E-Mail abgeschickt haben. Verflucht. Die Vorstellung, dass Alexander auf diese Art von ihrer Affäre erfahren hatte, brach ihr das Herz. Sie riss sich zusammen.

»Oh Gott, Alexander. Bitte hör mir zu. Das war ein Entwurf. Ein Versuch, keine oberflächliche Mail zu schreiben. Keinesfalls wollte ich das abschicken. Es tut mir entsetzlich leid.«

Alexander lachte so böse auf, dass Tuyet zusammenzuckte.

»Du meinst, du hättest mir all das lieber verschwiegen und weiter deine Abenteuer erlebt. Hast du irgendwann mal daran gedacht, dass ich in London sitze und auf dich warte?«

Ja, hatte sie.

»Du kennst doch das Sprichwort: Lieber ein Ende mit Schrecken als ein Schrecken ohne Ende. So sehe ich das auch. Es ist aus, Tuyet.«

»Alex? Where are you?«

»Just a moment, Grace.«

Wie im Traum nahm Tuyet Alexanders kurze Unterhaltung mit der anderen Frau wahr. War es eine seiner Kolleginnen? Würde er ihr, sobald das Gespräch beendet wäre, von seiner verkrachten Beziehung erzählen? Würde sie ihm verständnisvoll zuhören und ihn anschließend mit Küssen trösten?

»Alexander …« Ob sie ihren Stolz beiseiteschob und ihn bat, ihr eine zweite Chance zu geben? Vielleicht hätte sie das getan, wenn nicht die andere Frau bei ihm gewesen wäre.

»Alexander, bitte, ich will dich nicht verlieren. Lass mich dir doch erklären, was passiert ist. Bitte.« Ihre Stimme brach, Sie hörte Alexander tief durchatmen und betete um eine Chance.

»Hör zu, Tuyet, auch wenn ich stinkwütend und verletzt bin, wünsche ich dir trotzdem alles Gute. Ich mache jetzt Schluss.«

Es klickte, und die Leitung war unterbrochen. Seine endgültigen Worte schnitten Tuyet ins Herz, und sie hätte alles dafür gegeben, zu versteinern, um nichts mehr spüren zu müssen. Ihre Augen brannten, aber Tränen kamen nicht, und da sie nicht weinte, unterbrach nichts das erbarmungslose Gedankenkarussell, das sich drehte und drehte, bis ihr schwindelig wurde. Warum hatte sie nicht kontrolliert, welche E-Mail sie speicherte und welche sie verschickte? Warum hatte sie den blöden Text nicht einfach gelöscht? Nun weinte Tuyet doch und wünschte sich eine Migräne herbei, die sie vom Denken befreite und gleichzeitig bestrafte. Aber sie kam nicht, und während Stunden verstrichen, schaffte Tuyet es nicht einmal, sich eine Flasche Wein aus dem Kühlschrank zu holen. Irgendwann war sie wohl eingeschlafen, denn morgens weckte sie ihr Handy. Todmüde ging sie dran. Zwanzig Minuten später saß sie beklommen in einem Taxi und war auf dem Weg zum Krankenhaus.

☆

Während Tuyets und Alexanders Beziehung zerbrach, saßen Hanh und Xuan in ihrer kleinen Küche. Nachdem ihre Töchter fort gewesen waren, klappte Hanh zusammen. Derart raufte sie sich die Haare, dass einige davon später an ihren Fingern hafteten. Xuan schloss die Fenster und wartete ab, bis der Kummer ihrer Freundin leiser wurde und Annährung zuließ. Vorsichtig begann sie, Hanh über den Rücken zu streicheln, auf und ab, immer wieder. Als diese ihr endlich ein völlig verquollenes Gesicht zuwandte, starrte die pure Verzweiflung aus Hanhs Augen.

»Oh, Xuan, es ist furchtbar. Alle meine Töchter verabscheuen mich. Ich habe alles falsch gemacht. Hast du Tien gehört? Hast du sie gehört? Voller Bitterkeit und Zorn ist sie. Ein Zorn, der die ganze Welt einschließt. In Deutschland wäre der Unfall nicht passiert. In Deutschland hätte sie sich nicht durch die Schule gequält und sich aufgegeben, weil sie merkte, dass ihr Vater nie käme.«

Wieder weinte Hanh. Wieder streichelte Xuan sie.

»Wer kann wissen, was in Deutschland geschehen wäre«, sagte sie tröstend. »Tien besitzt einen gut gehenden Salon. Sie hat zwei bezaubernde Kinder und ist verheiratet. Übertreib es nicht mit deinen Schuldgefühlen.«

»Sie quälen mich aber. Sieh dir Tuyet an. *Oi gioi Oi*! Sie hat mich vermisst. Gesucht. Und dann steht sie mir gegenüber, und ich schließe sie nicht in meine Arme. Gibt es als Mutter etwas Verwerflicheres? Was soll jetzt bloß werden?«

»Du wirst es ihr erklären«, entgegnete Xuan. Anstatt Tee zu brühen, wie sie es normalerweise getan hätte, nahm sie Hanhs Arm.

»Lass uns an den Fluss gehen. Die frische Luft wird dir guttun, und vielleicht ist Cu Ruas Geist in der Nähe und vermag dich besser zu trösten als ich.«

Hanh ließ sich eine Jacke umlegen und hinausführen. Nicht, weil sie auf Cu Ruas Hilfe hoffte. Eher war sie davon überzeugt, dass der Tod der Schildkröte das Desaster eingeläutet hatte. Nein, sie musste raus aus diesem Haus, in dem die hässlichen Sätze, die ausgesprochen worden waren, nachhallten. Auch an Linh dachte sie kurz. Es schmerzte sie, dass ihre Jüngste auf diese Art erfahren hatte, dass ihre neue Freundin in Wirklichkeit ihre Schwester war. Aber mit Linh könnte sie reden. Ihr alles erklären und sich entschuldigen. Linh würde ihr verzeihen. Der Wind fuhr unter ihre Jacke, sodass sie auf den durchnässten Boden fiel. Hanh schlüpfte hinein und schloss den Reißverschluss. Nieselregen befeuchtete ihre Haut und wusch die Tränen ab. Ihr Handy läutete. Es war ihre Enkelin Hoa.

»Ba«, rief sie und klang panisch. »Kannst du zum Roten Fluss kommen? Zu der Stelle, an der wir manchmal sitzen, wenn wir den Leuten auf den Booten Decken und Kleidung bringen?«

»Was ist los, Kind?«

Hoa schniefte.

»Es ist Me. Sie will sich einfach nicht bewegen. Bitte komm!«

Wie eine eiskalte Hand umklammerte Angst Hanhs Herz. Sie sah zum dunklen Himmel hinauf, dessen Wolken tief hingen und mehr Regen ankündigten.

»Fühlst du ihren Puls?«

»Jaja.«

»Kannst du euch warm halten?«

»Ja, Ba! Ja! Bitte komm! Ich habe Angst.«

Hanh drückte sowohl ihre Enkelin als auch ihre eigene Panik fort und rannte los. Wie immer, wenn es schnell zu handeln galt, wurde sie innerlich ruhig. Ihre Tränen zogen sich zurück. Es gab Wichtigeres zu tun, als zu heulen. Während sie nach Hause eilten, erklärte Hanh Xuan keuchend, was Hoa gesagt hatte.

»Ich fahre dich«, bot Xuan an, doch Hanh wehrte ab.

»Wer weiß, wohin ich die beiden bringen muss. Mit mehr als drei Personen möchte ich bei diesem Wetter auf keinen Fall auf meinem Moped sitzen.«

In ihre Tasche warf sie hastig eine Flasche Wasser, zwei Decken und Geld, dann startete sie ihr Moped und flog damit nach Hanoi. Hanh wusste genau, wo sie Tien und Hoa finden würde. Eine Stunde später erreichte sie den Ort. Tien, bis zum Hals in eine blaue Plastikplane eingewickelt, lag auf dem Boden. Wie eine Leiche. Hanhs Herz krampfte sich zusammen. Im Matsch kniete Hoa, streichelte die Wange ihrer Mutter und sprach auf sie ein. Was für ein tapferes Mädchen. Hanh lehnte ihr Moped an einen Baum und stolperte die letzten Meter auf die beiden zu. Sie griff unter die Plane, spürte Tiens nasse Kleidung und atmete erleichtert auf, als sie ihren Puls ertastete.

»Weshalb hast du keinen Krankenwagen gerufen?«

Schuldbewusste blickte Hoa auf.

»Keinen Arzt. Das war das einzige, was sie gesagt hat.«

Hanh hüllte die trockenen Decken um ihre Tochter, bettete deren Kopf auf ihren Schoß und gab ihr Wasser. In knappen Worten berichtete Hoa, dass sie einen Anruf von Huyen, Tiens Kollegin, erhalten hatte.

»Sieh nach deiner Mutter. Es geht ihr schlecht«, hatte Huyen gesagt und sofort aufgelegt. Im Laden hatte sie Tien nicht angetroffen, aber da es ihrer Mutter meistens wegen Tuan schlecht ging, hatte Hoa angenommen, dass sie zum Roten Fluss gefahren war, wie so manches Mal, wenn sie sich gestritten hatten. Und richtig, dort saß sie, triefend und zitternd vor Kälte. Auf Hoa hatte sie, kaum reagiert, außer als diese den Krankenwagen erwähnte. Hoa hatte eine schmutzige Plane aufgetrieben, und eingewickelt ins wärmende Plastik hatte sich Tien auf den Boden sinken lassen. Hoa hatte schreckliche Angst gehabt, dass sie nicht mehr aufstehen würde.

»Ich bringe euch heim«, entschied Hanh. In diesem Augenblick schien Tien zu sich zu kommen.

»Nicht nach Hause«, flüsterte sie. Eine Sekunde lang sahen sich Hanh und Hoa ratlos an.

»Dann fahren wir nach Bat Trang.«

Dieses Mal widersprach Tien nicht. Gestützt von Hanh und Hoa ließ sie sich zu Hanhs Moped führen. Während Hanh fuhr, spürte sie Tiens Verzweiflung in ihrem Rücken. Tränen und der stärker rieselnde Regen verschleierten Hanh die Sicht. Sie riss sich zusammen und fuhr auf den glitschigen Straßen so vorsichtig, wie sie nur konnte. Sie war dankbar, Hoa als Stütze hinter Tien zu wissen.

In Bat Trang schälte Hanh ihre Älteste aus den nassen Sachen und half ihr wie einem kleinen Kind, trockene anzuziehen. Xuan gab Hoa frische Kleidung, kochte Tee und erhitzte eine *Pho Ga*. Anschließend bereitete sie Hoa ein Nachtlager aus Strohmatten und Decken. Hoa, die erleichtert darüber schien, dass Hanh und Xuan ihr die Verantwortung für ihre Mutter abgenommen hatten, schlief bald ein. Auch Tien, die auf Hanhs Bett ruhte, schloss ihre Augen und atmete gleichmäßig. Hanh wich nicht von ihrer Seite. Erinnerungen jagten sie und vertrieben die Müdigkeit. Selbstvorwürfe stachen auf sie ein, vor allem aber schwappte eine unendliche Traurigkeit über sie hinweg, als sie begriff, wie lebensmüde Tien sich fühlte. Manches Mal war diese Ahnung in ihr aufgekeimt, aber Hanh hatte sich getröstet: Ihre Tochter führte ein abgesichertes, ehrbares Leben mit alltäglichen Problemen. Behutsam zog sie Tiens Decke enger um deren Leib, als könnte diese liebevolle Geste etwas gutmachen.

»Me, du hattest Recht«, sagte Tien plötzlich. Unwillkürlich sah Hanh zu Xuan hinüber, die zum Glück nicht aufgewacht war.

»Tuan zu heiraten war ein Fehler.«

Hanh stieß einen langen Seufzer aus.

»Ach, Tien, glaub bitte nicht, dass mir deine Worte Genugtuung verschaffen.«

Tien rollte sich auf die Seite, öffnete ihre Augen und sah Hanh eindringlich an.

»Was ist der wahre Grund, aus dem du nicht wolltest, dass ich Tuan heirate? Damals bist du auf unserem Altersunterschied herumgeritten und darauf, dass er schon einmal verheiratet gewesen war. Aber das ist doch nichts Besonderes.«

Und doch hatte beides gestimmt. Ein Vierteljahrhundert, fand Hanh, war ein gewaltiger Graben, den Tuans Kriegsleid, über das er wie die meisten nicht sprach, verbreiterte. Nicht Tuans Scheidung als solche hatte Hanh befremdet, sondern dass er seine Frau verließ, weil sie keine Kinder gebären konnte. Tien sollte jemanden heiraten, der ihr bei jeder Laune des Schicksals zur Seite stünde.

»Me, was war es noch?«, hakte Tien nach.

»Ich kenne Tuan, seit wir Kinder waren, und schon immer steckte er voller Angst. Die anderen verspotteten ihn deswegen und schlossen ihn aus. Schließlich haben schwere Zeiten nicht Tuans beste Eigenschaften wachsen lassen. Er bestand darauf, dass ihn das Leben für seine Opfer zu entschädigen hätte. Doch statt zum Offizier brachte er es nur zum Verkehrspolizisten. Seine Ehe blieb kinderlos, und wieder fühlte sich Tuan benachteiligt. Als er dir einen Antrag machte, fürchtete ich, dass er eine junge, unerfahrene Frau suchte, um sich überlegen zu fühlen.«

Tiens Augen füllten sich mit Tränen.

»Ach, Tien«, sagte Hanh unglücklich, »hätte ich insistieren sollen? Du warst dir so sicher und warfst mir vor, dass ich dir dein Glück missgönne. Nachdem ich schon so viel falsch gemacht hatte, wollte ich nicht ...«

Hanhs Stimme brach weg. Ja, es stimmte, sie hatte weitere Fehler vermeiden wollen. Aber sie war auch erleichtert gewesen, die Verantwortung für Tien abzugeben. Tien hatte ihre Augen wieder geschlossen, aber auf einmal spürte Hanh Tiens Hand auf der ihren. Trocken und warm fühlte sie sich an und berührte Hanh zutiefst.

»Aber zu dir war er gut«, nahm Tien das Gespräch wieder auf. »Damals, als wir aus Deutschland zurückkehrten, und manche behaupteten, wir hätten uns vor den schweren Jahren in Vietnam gedrückt.«

Bitter lachte Tien auf. Hanh nutzte den Moment, um ihre Tochter zu unterbrechen. Sie wollte nicht, dass sie sich in einer Flut schlechter Erinnerungen verlor.

»Ja, einige feixten, als Phong nicht zurückkehrte.«

»Und uns nie einen Pfennig schickte.«

Hanh schluckte. Sie war froh, dass es dunkel war und Tien die Röte nicht sah, die ihr garantiert ins Gesicht stieg. War der Moment geeignet, um ihr zu beichten, dass Phong sehr wohl Geld für Tien überwiesen hatte? Hanh jedoch, nachdem ihre Älteste verheiratet und berufstätig war, beschloss, mit diesem Geld Linh abzusichern, deren Zukunft ihr unwägbar erschien? Nein, es war das erste persönliche Gespräch, das sie seit langem miteinander führten, und das dünne Eis, auf dem sie sich dabei bewegten, knarzte bei jedem noch so vorsichtigen Schritt. Hanh durfte die Last nicht übermäßig erhöhen und riskieren, dass der Boden unter ihnen brach.

»Ich werde Tuan nie vergessen, dass er mir sofort Arbeit besorgt hat.«

»Warum hat er ausgerechnet dir geholfen?«

Tiens Hand war auf einmal kälter geworden.

»Mein Gott, ahnt sie es?« Nein, nein, nein. Sie würde Tien niemals erzählen, dass Tuan früher einmal ihrer Mutter nachgestellt hatte. Ganz plötzlich hatte er damit aufgehört, und als er um Tiens Hand anhielt, lag alles so viele Jahre zurück, dass Hanh es als Ausdruck seiner damaligen Verwirrung abtat. Ihr Handy läutete. Irritiert sah Hanh auf ihre Uhr. Fast Mitternacht. Wer rief um diese Zeit an? Sie sah Xuan nach dem Handy tasten und ihr verstehen zu geben, liegen zu bleiben. Xuan verließ den Raum, und Hanh war dankbar, die Unterhaltung mit Tien nicht unterbrechen zu müssen.

»Tuan und ich haben zusammen im Bunker gesessen und um unser Leben gebangt. Das verbindet. Ich war nicht gemein zu ihm wie viele andere Kinder. Das hat er wohl nie vergessen.«

Erschöpft nickte Tien. Ihre Hand zog sich langsam zurück, doch Hanh hielt sie fest.

»Tien«, sagte sie so nachdrücklich, dass ihre Tochter aufsah. »Was hast du am Roten Fluss gemacht? Was hattest du vor?«

Tien richtete sich auf und stützte sich auf einem Ellenbogen ab.

»Ich hoffte, der Fluss nähme mich mit. Doch als ich mich vom Boden abstieß, begann ich zu schwimmen. Me, ich dachte nicht daran, dass Phong mir das Schwimmen beigebracht hat. Damals, in irgendeinem deutschen See. Selbst wenn ich versuchte, mich treiben zu lassen, bewegten sich meine Arme und Beine automatisch weiter. Dann tauchte Hoa zwischen den Bäumen auf, und ich wollte nicht, dass sie mich im Wasser entdeckt. Bevor sie mich fand, habe ich es an Land geschafft.«

Hanh nahm Tien in ihre Arme. Beide weinten, um Hoa nicht zu wecken, still und aneinandergeschmiegt. Mit dem Zipfel der Decke betupfte Hanh ihre Gesichter, um sie zu trocknen.

»So bist du, mein Kind«, sagte sie schließlich, »du gehst nicht unter, sondern schwimmst weiter. Weißt du, wie froh ich darüber bin?«

Tien bemühte sich um ein Lächeln.

»Was soll ich denn jetzt tun?«

Hanh küsste ihre Tochter auf die Stirn und gab die einzige Antwort, die ihr richtig erschien.

»Was immer du entscheidest, ich helfe dir dabei.«

»Sagst du mir, ich soll mich scheiden lassen?«

Ein Lichtschein verriet, dass Xuan ins Zimmer getreten war. Sie winkte Hanh zu sich. Diese strich Tien übers Haar.

»Ich sage, alles ist besser, als sich das Leben zu nehmen.«

»Hanh«, flüsterte Xuan, »Linh hatte einen Unfall.«

Hanh stöhnte, als hätte jemand ihr mehrfach in den Magen geboxt. Und genauso fühlte sie sich. Konnte es denn noch schlimmer kommen? Mitleidig legte Xuan ihre Hand auf Hanhs Schulter.

»Lass mich ins Krankenhaus fahren«, sagte sie sanft.

Hanh schüttelte den Kopf. »Ich muss zu Linh.«

Schüchtern lächelte Xuan ihre Freundin an.

»Sie hat eine leichte Gehirnerschütterung und einen Schlüsselbeinbruch. Es besteht keine Lebensgefahr. Und ein bisschen ist sie auch meine Kleine, nicht wahr? Du hast drei Töchter, Hanh, und sie alle brauchen dich. Heute aber musst du für Tien da sein. Meinst du nicht?«

Hin- und hergerissen überlegte Hanh. Schließlich nickte sie.

»Schick mir eine SMS, falls nötig. Ich komme morgen früh, sobald ich Tien und Hoa zu Hause abgeliefert habe.«

Kurz darauf blendeten Scheinwerfer auf und Xuan startete ihr Moped. Hanh horchte dem sich entfernenden Motorengeräusch hinterher. Tiens Wärme zu spüren, tat ihr gut, aber schlafen konnte sie trotzdem nicht. Voller Unruhe wälzte sich Hanh dem nächsten Tag entgegen. Unendlich dankbar war sie Xuan dafür, dass sie Linh wie eine zweite Mutter liebte. Es besänftigte Hanhs Gewissen, das an ihr nagte, weil sie ihrer Jüngsten den Vater vorenthalten hatte.

Hanoi, Sommer 1993

Hanh hockte auf dem Boden der Schneiderei und nähte. Seit sie ihre Scheidung von Phong beschlossen hatte, verbrachte sie viele Abende hier, und die Schneiderin, der der Laden gehörte, hatte nichts dagegen. Bis in die Nacht hinein fertigte Hanh Näharbeiten, für die sie besondere Muße benötigte, räumte auf oder sortierte Stoffreste und Knöpfe. Der eigentliche Grund, aus dem Hanh länger blieb als jede andere, lag jedoch darin, dass sie ihrer Familie auswich. Sie hatte es satt, sich anzuhören, was für einen gewaltigen Fehler sie beging. Dass sie aus falschem Stolz die Scheidung verlangte. Dass Phong vielleicht zu Hanh zurückkäme. Hanh wusste genau, dass sich alle das Maul über sie zerrissen, und nicht wenige ließen sie spüren, dass ihr ein paar Hindernisse recht geschähen, nachdem sie in der DDR gelebt hätte wie die Made im Speck. Inzwischen hatte Hanh es aufgegeben zu erklären, dass es dort nicht immer einfach gewesen war.

Nur Tuan hatte sich für ihr Leben in Deutschland interessiert und war ihr behilflich gewesen, Arbeit in der Schneiderei und als Putzfrau auf der Polizeistation zu finden. Er hatte sich als Freund erwiesen, doch auch das war vorbei. Hatte Tuan anfangs dezent mit ihr geflirtet, was Hanh mit einem Witz oder dem Hinweis, eine verheiratete Frau zu sein, im Keim erstickte, war er nun zu weit gegangen. Während sie eines Abends den Fußboden eines Büros schrubbte, schlich er sich von hinten an und umfasste ihre Brüste. Mit einem Aufschrei war Hanh herumgefahren und hatte ihrem Angreifer eine schallende Ohrfeige verpasst. Als sie erkannte, wer ihre Hände festhielt, lachte Tuan und blies ihr dabei seinen nach Alkohol und Zigaretten stinkenden Atem ins Gesicht.

Dann versuchte er, sie zu küssen, aber sie presste ihre Lippen aufeinander und ließ es nicht zu.

»Zier dich nicht«, hatte Tuan gelallt. »Hast du mir nicht erzählt, dass sich Frauen in Deutschland freier benehmen?«

»Ich nicht.«

Tuan hatte mit einer Hand zwischen ihre Beine gegrabscht.

»Bald bist du keine verheiratete Frau mehr. Werd meine Geliebte!«

Obwohl sie kräftemäßig keine Chance gegen ihn hatte, ließ sich Hanh ihre Angst nicht anmerken.

»Schämst du dich nicht?«, zischte sie. »Lass mich auf der Stelle los!«

Zu ihrem Erstaunen tat er es. Keuchend strich er sich über die Augen und sank auf einen der Bürostühle. Hanh überlegte kurz, ob sie weglaufen sollte, aber Tuan schien keine Gefahr mehr darzustellen.

»Entschuldige«, sagte er und klang ernst dabei.

»Schon gut«, lag ihr auf der Zunge, doch sie sagte es nicht. Es war nicht gut.

»Meine Ehe ist ein Reinfall. Diese Frau bekommt einfach keine Kinder. Nicht mal eine Tochter. Du und ich, wir haben uns immer gut verstanden. Wärst du damals nicht weggegangen, hätte ich dich geheiratet. Jetzt bist du allein, und ich bin es irgendwie auch. Warum tun wir uns nicht zusammen?«

Angewidert schüttelte sie ihren Kopf.

Obwohl er etwas aufgedunsen war, sah Tuan zwar immer noch gut aus. Wie er sich verhielt, fand Hanh jedoch widerwärtig.

»Nein«, antwortete sie ruhig. »Ich schätze deine Freundschaft, aber …«

»Freundschaft?« Tuan fuhr auf. »Freundschaft beruht auf Gegenseitigkeit. Ich habe dir oft geholfen. Aber du willst dich nicht einmal durch ein bisschen Freundlichkeit revanchieren. Oder bin ich dir etwa nicht gut genug, seit du mit einem Doktor …«

Er machte eine Handbewegung, die Sex andeutete. Hanh griff nach ihrem Besen und Putzzeug und verließ das Büro.

»Gute Nacht, Tuan.«

Noch während sie mit weichen Knien den Gang hinuntereilte, hörte sie ihn wüten.

Seither war Tuan zweimal in der Schneiderei aufgetaucht, wenn Hanh alleine arbeitete. Sie fürchtete, dass er sich nicht abwimmeln ließe, obwohl Hanh ihm gedroht hatte, die Schneiderin, die im oberen Stockwerk lebte, zu rufen.

Jetzt taten ihre Augen weh; es war höchste Zeit, nach Hause zu gehen. Seufzend sammelte sie die Stoffreste in einen Bambuskorb. Wie konnte sie Tuan nur loswerden, ohne ihn sich zum Feind zu machen? Auf einmal hielt sie inne. War da nicht ein Geräusch gewesen? Ja, jemand klopfte. Tuan? Nein, der würde sich nicht so rücksichtsvoll ankündigen. Vorsichtig öffnete Hanh die Tür. Vor ihr stand ein Mann, der ein paar Jahre älter war als sie. Seine braunen Augen erinnerten ihn an jemanden, aber ihr fiel nicht ein, an wen. Als er lächelte, bildeten sich kleine Falten um seine Augen.

»Erkennst du mich nicht?«, fragte er. Beim Klang seiner Stimme regte sich etwas in ihr, als lauschte sie einer Melodie aus Kindertagen.

»Ich bin es, Vuong«, sagte der Mann.

Natürlich. Vuong. Der Freund und Kriegsgefährte ihres gefallenen Bruders Do. Ein Geist ihrer Vergangenheit.

»Komm herein.«

Dankend trat Vuong ein.

»Ein hübscher Laden«, sagte er anerkennend.

»Nicht meiner«, antwortete Hanh schnell. »Kommst du zufällig hier vorbei?«

Vuong lächelte wieder. Im Lampenschein erkannte Hanh dieselbe Traurigkeit, die mit den Gesichtern vieler verwachsen war, die den Krieg überlebt hatten. Tuans Lächeln hatte einmal ähnlich ausgesehen, doch Bitterkeit und sein ungezügelter Alkoholgenuss hatten es hässlich verzerrt.

»Glaubst du an Zufälle?«, erwiderte Vuong verschmitzt. »Deine Mutter hat mir gesagt, wo ich dich finde. Ich habe es endlich über mich gebracht, ihr ein paar Dinge zu bringen, die Do gehörten. Einen Schuh, seine Mütze und Briefe, die sie ihm geschrieben hat. Tut mir leid, ich konnte es nicht früher.«

Hanh war sprachlos. Do war seit über zwanzig Jahren tot. Einen Moment lang schwiegen sie.

»Möchtest du Tee?«

»Gerne.«

Hanh winkte ihn ins Hinterzimmer, wo sie grünen Tee zubereitete. Anschließend setzten sie sich auf die ausgerollten Bambusmatten und tranken. Vuong zog ein zerdrücktes Foto aus seiner Tasche.

»Das solltest du bekommen«, sagte er und reichte es Hanh. »Do hat es mir kurz vor seinem Tod gegeben.«

Hanh starrte auf das Bild, das so zerknittert und mit bräunlichen Flecken überzogen war, dass man die Gesichter der Personen, die es zeigte, kaum noch erkannte. Sie wusste trotzdem, dass es ihre Familie war, kurz bevor der Krieg sie auseinanderriss und in alle Himmelsrichtungen verstreute. Ihre Mutter hatte auf dieses gemeinsame Bild bestanden, als ob sie ahnte, dass es keine andere Gelegenheit geben würde. Ein paar Wochen später war Do mit gerade mal siebzehn in den Krieg gezogen. Mutig und voller Zuversicht.

»Warum willst du fort?«, hatte Hanh ihren großen Bruder beim Abschied gefragt und sich weinend an ihn geklammert. Do hatte sich gesetzt und sie auf seinen Schoß gezogen.

»Ich will doch gar nicht fort«, hatte er geantwortet. »Viel lieber würde ich Tam heiraten, studieren und weiter meine kleine Schwester ärgern.« Er hatte Hanh gekitzelt, bis sie beide lachen mussten. Dann war er wieder ernst geworden. »Ich habe mir diesen Krieg nicht gewünscht. Aber nun ist er da, und deshalb muss ich kämpfen. Ich habe keine Wahl.«

Die Selbstverständlichkeit, mit der er das sagte, hatte Hanh bewundert. Klaglos tat er, was er für richtig hielt; auch sie wollte so werden. Es waren die letzten Worte, die Hanh von ihrem Bruder vernahm; sie sah Do nicht mehr wieder. Seinen Leichnam fand man nie.

Tief in Hanhs Innerem rumorte es. Wie viele Menschen hatten Bomben, Granaten, Krankheit und Hunger ihr geraubt? Einige hatten sich in den Schrecken des Krieges verloren, und es waren nur ihre Hüllen, die wie zum Schein durch Hanois Straßen liefen. Sich dem Schmerz hinzugegeben, hätte für Hanh bedeutet, die Kraft zu verlieren, um zu überleben. Deshalb durfte sie nicht trauern. In der DDR, wo die Welt einen unzerstörten Eindruck auf sie machte und wo ihre Alpträume nachließen, hatte sie es nicht mehr gewollt. Aber jetzt sah Vuong sie mit denselben Augen an, die Do hatten sterben sehen, und allein diese Vorstellung überwältigte Hanh. Ihr Kopf begann zu schmerzen und sie zitterte. Vuong merkte, dass sie nicht bereit war, sich dem zu stellen, was zu erzählen er gekommen war. Er füllte ihr Tee nach und lenkte ihre Gedanken fort von Do und dem Krieg.

»Wie ist es dir ergangen, Hanh? Deine Mutter erzählte mir, dass du in der DDR warst, verheiratet bist und Kinder hast. Geht es dir also gut?«

Hanh antwortete ehrlich. Natürlich hatte ihre Mutter die Scheidung verschwiegen, doch Hanh fand, dass Vuong es nicht verdiente, mit Floskeln abgespeist zu werden. Und wann war sie jemals mit so viel Ernsthaftigkeit nach ihrem Wohlbefinden gefragt worden? Sie erzählte ihm alles, sogar von Tuan. Fast unmerklich waren Vuong und Hanh näher zusammengerückt. Zunächst um möglichst leise miteinander sprechen zu können, aber dann, weil es behaglich war. Mit gesenktem Kopf sagte Hanh schließlich:

»Ich habe mich so sehr nach Hanoi gesehnt, und jetzt bin ich hier einsamer als je zuvor.«

Sanft hob Vuong ihr Kinn an und küsste sie. Seltsamerweise überraschte es Hanh nicht, und ohne zu zögern erwiderte sie seinen Kuss. Sie küssten sich lange, ohne Gier, und als würde dabei langsam ein Ventil aufgedreht, begannen Hanhs Tränen zu fließen. Ihre erstarrte Trauer schmolz und strömte aus ihr heraus. Endlich weinte sie um ihren Vater, um Do und all die anderen, deren Leben zerstört worden waren; sie weinte um Phong, um Tien, Tuyet, um Vuong und sich selbst. Vuong bedeckte ihr salziges Gesicht mit seinen Küssen. Irgendwann entschuldigte sie sich für ihren Ausbruch, aber Vuong nahm ihre Hände in seine und sagte:

»Es ist in Ordnung, Hanh. Es gibt so unendlich viel zu beweinen.«

»Wie ist Do gestorben?«

Vuong legte seinen Arm um Hanh.

»Wenn schon sterben, dann heldenhaft im Kampf. So hatten wir uns das gedacht, als wir im Zug gen Süden fuhren, um unsere Einheit zu treffen. Im Kampf gestorben sind dann viele. Aber was hatten wir uns bloß unter heldenhaft vorgestellt? Ohne Angst? Ohne Tränen und Schreie? Mit bedeutsamen letzten Worten auf den Lippen? So war es nie. Wer es noch schaffte zu schreien, der schrie. Was willst du auch sonst tun, wenn um dich herum Bomben und Granaten explodieren, die deine Körperteile abreißen? Und wenn nicht deine, dann die deiner Freunde. Nachts sehe ich sie immer noch vor mir, von zahllosen Kugeln durchlöchert, die Gedärme aus den Bäuchen quellend. Manche bitten mich inständig, sie zu töten, weil es sonst nichts mehr gibt, was ich für sie tun kann.«

Er hielt inne, und aufgewühlt wartete Hanh darauf, dass die Bilderflut, die über ihn hereinbrach, verebbte und Platz für Do schuf.

»Bei einem Angriff der Amerikaner wurde sein rechtes Bein zerfetzt. Ich sah Do stürzen, rannte zu ihm und zerrte ihn in einen der zahllosen Bombenkrater. Dort gab ich ihm Wasser und band notdürftig seine Wunden ab. Ich flehte ihn an durchzuhalten, versprach ihm, dass alles gut werden würde, dass er

Tam wiedersähe und viele Kinder mit ihr bekäme. Um uns herum tobte die Hölle, und ich erinnere mich, dass wir beide schrien. Als es vorbei war, sammelten die Überlebenden die Verletzten ein. Wir trugen sie durch den Dschungel und hofften, die nächste Krankenstation zu erreichen. Ich wünschte, das hätten wir. Im feucht-heißen Klima des Dschungels entzündete sich Dos Wunde, er fieberte, erbrach sich, litt an Durchfall, und wir hatten viel zu wenig Wasser. Wäre ich doch wenigstens bei ihm gewesen, als er starb. Aber nicht einmal das war möglich. Unser Kundschafter hatte eine Gruppe feindlicher Soldaten ausgemacht. Einige von uns blieben bei den Verwundeten, doch die meisten, auch ich, kämpften. Zur selben Zeit müssen die Zurückgebliebenen überfallen worden sein. Als ich zu unserem Platz zurückkehrte, fand ich nur noch Leichen. Allerdings war Dos nicht darunter. Ich hoffte, einige von uns wären davongekommen und hätten Do zur Krankenstation gebracht. Aber dort ist er nie angekommen.«

Vuong drückte Hanh an sich.

»Bevor ich ihn im Dschungel verließ, gab er mir dieses Foto. Ich wandte ein, dass ich im bevorstehenden Kampf wahrscheinlich früher sterben würde als er. Aber er bestand darauf, dass ich es nahm und seiner kleinen Schwester gebe.«

Sie weinten zusammen. Als sie erschöpft waren, streckten sich Hanh und Vuong auf den Bambusmatten aus, und Vuong sprach weiter vom Krieg.

»Du bist der erste Mensch, dem ich von all diesem Grauen erzähle. Als ich nach Hanoi zurückkehrte, versuchte ich, mein altes Leben aufzunehmen. Immerhin hatte ich mehr Glück als viele andere. Meine Frau lebte und wartete auf mich. Wir bekamen Kinder, und heute, nach der wirtschaftlichen Öffnung, laufen meine Geschäfte gar nicht so schlecht. Aber ich fühle mich, als wäre ich in zwei Männer gespalten worden. Den einen trifft meine Familie beim Frühstück, und äußerlich funktioniert er. Im Kopf des anderen wiederholen sich tagtäglich die schrecklichsten Szenen. Hinterrücks überfallen sie mich, egal, was ich gerade tue. Nie bin ich vor ihnen sicher. Nachts ist es noch schlimmer. Da schleichen sich die Toten in meine Träume, all die jungen Männer und Frauen, die auch so gerne gelebt hätten. Oft habe ich mich gefragt, wie lange ich all diese Erinnerungen noch ertragen muss.«

Er nahm Hanh in den Arm, und sie bettete ihren Kopf auf seine Brust. Hinter seinen Rippen vernahm sie das Pochen seines Herzens.

»Jetzt weiß ich es. Für immer. Für den Rest meines Lebens werden sie mich nicht mehr verlassen; sie sind ein Teil von mir. Es geht nicht darum, sie loszuwerden, sondern einen Weg zu finden, mit ihnen zu leben, ohne dass ich verrückt werde. Deshalb kam ich darauf, deiner Mutter endlich Dos Habseligkeiten zu überbringen und mit dir zu reden.«

Hanh sah zu, wie seine Brust sich beim Atmen hob und senkte. Wie von allein begann ihre Hand ihn zu streicheln.

»Warum sprichst du nicht mit deiner Frau darüber? Ich bin sicher, sie würde dich verstehen.«

»Natürlich würde sie das«, erwiderte er voller Liebe. »Sie hat selbst eine Menge durchgemacht. Aber ich möchte nicht, dass sie jedes Mal, wenn sie an mich denkt, einen verzweifelten, verdreckten, angsterfüllten Mann vor sich sieht. Unser gemeinsamer Alltag gibt uns Kraft und Halt. Unter der Last meiner Erinnerungen, fürchte ich, könnte er zusammenbrechen.«

Hanh hob ihren Kopf und blickte direkt in Vuongs Augen. Dass sie sich gegenseitig von dem Gewicht allein getragenen Kummers befreit hatten, erfüllte sie mit einem tiefen Vertrauen, das sie für noch keinen Menschen empfunden hatte. Sie beugte sich über Vuong und küsste ihn. Vuong zog sie auf sich. Während ihre Küsse hitziger wurden, entkleideten sie sich, und erkundeten ihre Körper. Je länger sie Vuongs Hände auf ihrer Haut spürte, desto heftiger verlangte Hanh danach, sich ganz zu öffnen und Vuong in sich zu spüren. Sie setzte sich auf ihn, und als sie später außer Atem und erlöst beieinander lagen, durchzuckte Hanh die Angst, schwanger zu werden. Doch ihr Glücksgefühl war stärker, und sie döste ein, in der Hoffnung, ihre Ahnen würden die Zeit einen Moment lang stillstehen lassen.

Ein Geräusch weckte Hanh. War es das Klappen der Tür gewesen?

»Hast du das gehört? Ob jemand im Laden ist?«

Flüchtig kam ihr Tuan in den Sinn. Aber nein, beruhigte sie sich. Weshalb hätte er um diese Uhrzeit herkommen sollen? Schließlich konnte er nicht ahnen, dass sie die Nacht in der Schneiderei verbrachte. Hastig zogen sie sich etwas über, um nachzusehen. Ruhig und dunkel lag der Ladenraum vor ihnen.

»Leb wohl, Hanh«, verabschiedete sich Vuong. »Mein Zug fährt bald. Ich danke dir für diese besondere Nacht. Sie war ein Geschenk.«

Noch einmal umarmten sie sich, innig und ohne Reue. Hanh war klar, dass sie Vuong nicht wiedersehen würde. Er liebte seine Familie, und sie war eine geschiedene Frau mit Kindern. Das führte zu nichts.

»Pass auf dich auf«, flüsterte sie, als Vuong die Schneiderei verließ. Hinter ihm verriegelte sie die Tür und streckte sich noch einmal auf den Bambusmatten aus. Bald begann ein neuer Arbeitstag, heimzufahren lohnte sich nicht.

Von der Hauswand löste sich Tuans Schatten und folgte Vuong. Hanoi schlief fest und nahm keine Notiz von den beiden Männern, die den Weg zum Bahnhof einschlugen. Nie erfuhr Hanh, dass Vuong sein Dorf nicht erreichte.

Hanoi, Februar – April 2016

Nachdem Tuyet im Krankenhaus zuerst nach Julian geschaut hatte, der jedoch schlief, fragte sie sich zu Linh durch. Als sie in deren Krankenzimmer trat, lag Linh mit blassem Gesicht im Bett und spielte auf ihrem Handy herum.

»*Chào, chi*«, sagte sie ohne Umschweife und legte ihr Handy zur Seite. »Meine ältere Schwester.«

Tuyet sah sich nach einem Stuhl um, aber alle Sitzgelegenheiten waren bereits okkupiert von den Angehörigen der Patientinnen, mit denen sich Linh das Zimmer teilte. Einige Besucher schienen im Hospital übernachtet zu haben, andere brachten Wasser und Lebensmittel vorbei, alle unterhielten sich. Tuyet grüßte und setzte sich auf Linhs Bettkante.

»Wie geht es dir? Kannst du dich bei diesem Trubel ausruhen?«

»Ja«, antwortete Linh. »Außerdem werde ich heute Nachmittag entlassen. Meine Knochen wachsen auch bei Me und Xuan zusammen.«

Erst jetzt bemerkte Tuyet, dass Linh einen Rucksackverband trug, der ihre Schultern stützte.

»Wie geht es Julian?«, erkundigte sich Linh ängstlich.

»Schädelhirntrauma, Handgelenkbruch, Prellungen. Die Ärztin will ihn zur Beobachtung hierbehalten.«

Linh weinte zwar nicht, aber Tuyet sah ihr an, wie sehr der Unfall sie mitnahm. Ihr Tonfall verriet, dass sie sich für Julians Zustand verantwortlich fühlte.

»Mir war das Benzin ausgegangen. Während ich einen Kanister besorgte, passte Julian auf mein Moped auf, und weil ich mich irgendwie erkenntlich zeigen wollte, habe ich ihm angeboten zu fahren. Obwohl er keine Übung hat. Obwohl die Straßen nass waren. Beim Anfahren an einer Ampel ist ein anderes Moped in uns reingebrettert. Keine Ahnung, wie es dazu kam. Wir hatten Glück, dass wir noch nicht viel Tempo draufhatten.«

Tuyet blies ihren Pony aus der Stirn und dankte im Stillen ebenfalls dafür. Julian hatte keinen Helm getragen. Der Unfall hätte weitaus dramatischer ausgehen können.

»Es hätte keinen Unterschied gemacht, wenn du vorne gesessen hättest.« Sie wagte es, Linhs Hand leicht zu berühren. Linh lächelte unsicher.

»Bist du nicht sauer auf mich?«

Fassungslos starrte Tuyet sie an.

»Auf dich? Natürlich nicht. Ich bin froh, dass ihr lebt! Furchtbar fühle ich mich, weil du mich für unaufrichtig hältst. Linh, ich habe selbst erst gestern begriffen, dass Hanh meine Mutter ist. Hätte ich dich für meine Schwester gehalten, hätte ich es dir gesagt. Glaube ich zumindest.«

Linh grinste und tätschelte Tuyets Hand.

»Während wir Benzin nachfüllten, haben Julian und ich über dieses Familiendrama gesprochen. Ich glaube dir, dass du mich nicht anlügen wolltest. Auch wenn es mir manchmal anders vorkommt, aber wir kennen uns kaum, und sowieso bist du nicht verpflichtet, dein Privatleben auszupacken. Es ist nicht verkehrt, zurückhaltend zu sein.«

Erleichtert lächelte Tuyet ihre jüngere Schwester an.

»Sieh mal an«, sagte sie mit belegter Stimme, »nach den letzten Monaten wäre ich beinahe zu einem anderen Schluss gekommen.«

Die Tür ging auf und Xuan kam herein. Als sie die Schwestern beieinandersitzen sah, winkte sie fröhlich. Tuyet erhob sich.

»Danke für deinen Anruf«, sagte sie und umarmte Xuan. »Ich sehe noch einmal nach Julian.«

Obwohl der Geruch nach Desinfektionsmitteln in ihrer

Nase brannte und das kalte Neonlicht alles andere als heimelig wirkte, lief Tuyet mit federnden Schritten die Gänge entlang. Ihr fiel ein Stein vom Herzen, dass Linh ihr nicht grollte. Wenn es doch nur Julian bald besser ginge! Seine Reise nach Vietnam sollte nicht als Fiasko enden. Und ihre eigene? Noch keine vierundzwanzig Stunden war Hanh offiziell ihre Mutter und sie waren bereits zerstritten. Allerdings, und das schmerzte Tuyet, hatten ihr die letzten Wochen eine Kostprobe davon geboten, wie sich ihre Beziehung hätte entwickeln können, wenn … Ja, was? Sie selbst aufmerksamer gewesen wäre? Hanh sofort die Karten auf den Tisch gelegt hätte? Tien sich nicht in ihren Frust verbohrt hätte? Jetzt, da sie Hanh und sogar *zwei* Schwestern gefunden hatte, konnte sie doch nicht einfach nach Frankfurt zurückkehren und so tun, als wäre nichts geschehen. Ging es Hanh genauso? Oder bedauerte sie es, wie Tien behauptet hatte, dass Tuyet alte Wunden aufriss? Scham, Gewissensbisse und Angst. Hanh hatte selbst gesagt, dass Tuyet diese Gefühle in ihr weckte. Ihre gute Laune wegen Linh verflog. War es überhaupt noch möglich, sich zusammenzuraufen? Eine Familie zu werden?

Auch in Julians Zimmer herrschte Hochbetrieb, dennoch schlief er tief und fest. Tuyet setzte sich an sein Bett und ergriff seine Hand. In den letzten Tagen waren sie sich nahegekommen, wozu Julian mit seinem Besuch den Anstoß gegeben hatte. Aus seinen Problemen machte er keinen Hehl, und ihr begegnete er tolerant und offen. Nicht einmal über ihre Eskapade mit William hatte er die Nase gerümpft. Was würde er sagen, wenn sie ihm erzählte, dass Alexander sich von ihr getrennt hatte? Schlagartig verdichtete sich ihre dumpfe Traurigkeit zu einem drückenden Kloß im Magen, und sie hustete, als könnte sie ihn dadurch ausstoßen. Sanft strich sie über Julians Handrücken und betrachtete sein Gesicht, das trotz der desolaten Situation entspannt aussah. Wenigstens Julian fühlte sich nicht von ihr verraten, denn zum Glück hatte sie ihm ihre Geschichte erzählt, bevor er sie bei Hanh erfuhr. »Letztendlich bin ich wirklich froh, dass du mich zu Hanhs Briefen geführt hast«, flüsterte Tuyet. »Jetzt weiß ich wenigstens, wer meine Mutter ist.«

Julian regte sich und gähnte.

»Verrätst du mir, mit wem du dich unterhältst? Und jetzt sag bitte nicht, dass es Mama ist.«

☆

Als Tuyet am Mittag Linhs Zimmer betrat, hatte diese bereits ihre Sachen zusammengepackt. Hanh half ihr in ihre Jacke, was wegen des Verbandes einige Mühe kostete. Unvermutet ihrer Mutter gegenüberzustehen, verunsicherte Tuyet.

»Wie geht es deinem Bruder?«, erkundigte sich Hanh sogleich und hängte Linhs Tasche über ihre Schulter.

»Etwas besser. Er schläft viel.«

Ehe ein unbehagliches Schweigen entstand, streckte Xuan ihren Kopf ins Zimmer.

»Seid ihr fertig?«

Da Tuyet noch Zeit bei ihrem Bruder verbringen wollte, verabschiedeten sich die Frauen auf dem Gang. Hanh blickte dabei so angestrengt auf ihre Schuhspitzen, als kontrollierte sie, ob diese Löcher enthielten. Plötzlich hob sie ihren Blick und sah Tuyet direkt an. Sie schien mit sich zu ringen. Schließlich sagte sie:

»Der gestrige Tag zählt zu den schlimmsten meines Lebens. Fast hätte ich alle meine Töchter am selben Abend verloren. Bei einem Verkehrsunfall. An den Roten Fluss. Und dich, Tuyet, wegen meiner Feigheit.«

Sie warf einen Seitenblick auf Xuan, die sie mit ihren Augen anfeuerte.

»Gott sei Dank ist mir das erspart geblieben. Dafür bin ich dankbar.«

Tuyet schluckte und ihre Augen brannten verdächtig. Ihr

Schlafmangel machte sie dünnhäutig. Zudem war sie sich sicher, dass sie weitere Emotionen nicht ertrug.

»Wenn wir uns alle ein wenig erholt haben, möchte ich mit meinen Töchtern reden. Wirst du kommen, Tuyet?«

Hanhs Augenlider zuckten. Fürchtete sie ernsthaft, Tuyet würde sie abweisen? Noch ehe sie antwortete, entspannte sich Hanh. In Tuyets Gesicht hatte sie deren Antwort gelesen. Fest drückte sie Tuyets Hände.

»Gut.«

Tuyet blickte den drei Frauen nach, die sich langsam entfernten, Linh in ihrer Mitte. Ihnen allen steckte die letzte Nacht in den Knochen. Nur was der Rote Fluss damit zu tun hatte, blieb Tuyet ein Rätsel. Das Bild der einsamen Spaziergängerin poppte vor ihr auf und verflüchtigte sich wieder. Sie gähnte und spürte, dass eine enorme Anspannung von ihr wich. Hanh wollte reden. Gab es Hoffnung auf ein Happy End?

Eine Woche später, kurz vor Beginn des vietnamesischen Neujahrs, lud Hanh zum Fest der Küchengötter ein. Julian war zwar aus dem Krankenhaus entlassen worden, fühlte sich aber noch so schlapp, dass er es vorzog, auf Tuyets Sofa zu liegen.

Tuyet traf als Letzte bei Hanh ein. Ihr Unbehagen wuchs, als Tien ihr entgegentrat. Sie hatte tiefe Ränder unter den Augen, eins war angeschwollen. Hatte ihr Mann sie wieder geschlagen? Betroffen dachte Tuyet an die gehässige Bemerkung, die sie Tien entgegengeschleudert hatte, an jenem Tag als diese sie hatte abblitzen lassen. *Eben, sie verhielt sich auch nicht besser.*

»*Xin chào*, Tuyet.«

»*Xin chào*, Tien.«

Mehr wussten sie nicht zu sagen. Hoa, die mitgekommen war, beäugte Tuyet mit unverhohlener Neugier, sprach jedoch wenig. Tuyet registrierte, dass sie blass aussah und sich bei weitem nicht so lebhaft benahm wie bei ihrer ersten Begegnung, als sie mit ihrer Freundin telefonierte. Mit einem scheuen Lächeln grüßte Hanh und wuselte dann geschäftig in der Küche herum. Nur Linh umarmte Tuyet unbefangen. Auf einer kleinen Anrichte unter einem rosaroten Pfirsichzweig hatten Hanh und Xuan Klebreiskuchen, Fleisch, Gemüse, getrocknete Früchte und Süßigkeiten aufgestellt. Damit dankten sie den Küchengöttern dafür, dass diese das ganze Jahr lang über die Familie gewacht hatten. Tuyet war mit dieser Tradition nicht vertraut, jedoch erleichtert, dass diese ein unverfängliches Einstiegsthema bot. Sie fragte nach der Geschichte der Küchengötter.

»Im Prinzip handelt es sich um zwei Männer und eine Frau, die nach einem furchtbaren Beziehungswirrwarr gemeinsam verbrannt sind.«

Missbilligend schnalzte Hanh mit der Zunge.

»Nicht so respektlos, Linh. Der Jadekaiser war von den tiefen Gefühlen dieser Menschen bewegt und erhob sie deshalb zu Küchengöttern. Kurz vor *Tet* erstatten sie ihm über das Leben einer jeden Familie Bericht. Ist dieser positiv, darf man auf Glück und Segen hoffen. Hat Phong dir das nie erzählt?«

Vehement schüttelte Tuyet ihren Kopf.

»Ginge es nach Bo, würden sich alle Menschen für eine bessere Welt engagieren, anstatt auf Glück zu hoffen und, wie er sagt, ihre Zeit mit religiösen Ritualen zu verschwenden.«

»Genau. Und dabei die Gewässer zu verschmutzen, in denen sie die Fische aussetzen.«

»Fische?«

»Na, irgendwie müssen die Küchengötter ja zum Jadekaiser gelangen. Man entlässt Karpfen in Seen und Flüsse, damit sie sich in Drachen verwandeln, um zu ihm in den Himmel zu fliegen. Und wie werden die Fische zum Wasser transportiert? In Nylontaschen, und die bleiben zurück, denn der Jadekaiser will sie auch nicht haben.«

Sehr entschieden stellte Hanh eine Platte mit Fleisch auf den Tisch.

»Diese Traditionen gehören zu unserer Kultur«, bemerkte sie spitz und wandte sich besorgt an Tuyet. »Aber einen Ahnenaltar habt ihr, hoffe ich?«

Nachdem Tuyet ihre Frage bejaht hatte, bat Hanh, an ihrem reichlich gedeckten Tisch Platz zu nehmen. Sie schenkte Tee ein, während Linh Klebreiskuchen zerteilte und jedem ein Stück auf den Teller legte. Tien rückte an die äußerste Kante ihres Stuhls heran, was Tuyet den Eindruck vermittelte, sie würde am liebsten aufspringen und das Weite suchen. Verursachte ihr etwa allein Phongs Name Unbehagen? Tuyets Anwesenheit? Oder schämte sie sich der abscheulichen Szene, die sie in diesem Raum aufgeführt hatte?

Als schließlich alle aßen, konnte man die Spannung förmlich mit den Händen greifen. Tien mied Tuyets Blick, selbst wenn sie sich Teller oder Schüsseln reichten, glitt ihrer an Tuyet vorbei. Ein flüssiges Gespräch kam nicht in Gang, und Tuyet war froh, dass sie sich über die köstlichen Speisen auslassen konnten, wobei sie sogar mehr aß, als sie anfänglich in dieser verkrampften Atmosphäre für möglich gehalten hätte. Hoa, die mit ihren Stäbchen lustlos im Klebreis stocherte, saß dicht neben ihrer Mutter. Immer wieder bedachte sie Tien mit besorgten Blicken, lächelte ihr aufmunternd zu oder legte ihre Hand auf deren Arm, als wollte sie Tien ihrer Anwesenheit versichern. Als wollte sie sie beschützen. Rührend fand Tuyet das, denn sie erinnerte sich, dass man es als Teenager eher peinlich fand, an seiner Mutter zu kleben. Sollte das in Vietnam anders sein? Dann drängte sich ein irritierender Gedanke auf. Hatte Hoa am Ende mit ansehen müssen, wie ihr Vater auf Tien eindrosch? Passte hier ein junges Mädchen auf seine Mutter auf, obwohl es selbst Beistand brauchte? Wer war für Hoa da? Plötzlich betrachtete sie ihre Nichte mit anderen Augen. Da streckte Hanh ihre Hand nach Hoa aus.

»Komm neben deine Großmutter«, forderte sie ihre Enkelin auf. »Du hast weiß Gott bewiesen, dass du alt genug bist, um dir meine Geschichten anzuhören.«

Hoa zögerte. Offenbar wollte sie lieber neben Tien sitzen. Doch da es unhöflich gewesen wäre, ihre Großmutter zurückzuweisen, quetschte sie ihren Stuhl neben Hanhs. Tuyets Blick huschte zu Tien, die Hoa dabei zusah. Ein zärtlicher Ausdruck lag auf ihrem Gesicht, der sie, wäre das geschwollene Auge nicht gewesen, hätte hübsch aussehen lassen. Im nächsten Augenblick verflüchtigte sich Tiens Sanftheit und ihre Kiefer mahlten nervös. Auch Tuyet und Linh warteten mit steifem Rücken darauf, dass Hanh das Wort ergriff. Liebevoll legte diese ihren Arm um Hoa.

»Ich möchte euch meine Geschichte erzählen. So wie ich sie erlebt habe.«

Sie gab Hoa einen Kuss auf ihr Haar. Dann sah sie aus dem Fenster, an dem schon wieder Regentropfen hinunterrannen.

»Jede meiner drei Töchter liebe ich sehr«, begann Hanh. »Leider schützt uns unsere Liebe nicht davor, Fehler zu machen. Wie trifft man Entscheidungen für seine Kinder? Du weißt es, Tien. Mit elterlicher Fürsorge. Aber auch Ängste, Hoffnungen und Überzeugungen spielen eine Rolle. Sie sind verpackt in die jeweilige Zeit, in der wir leben, und fest verschnürt mit den Erfahrungen, die uns prägen. Für mich gehört der amerikanische Krieg dazu.«

Sie nippte an ihrem Tee und schien dem Regen zu lauschen, der gegen die Scheiben trommelte, als spielte er die Ouvertüre zu Hanhs Geschichte.

»Ich war neun, als ich mit meiner Schwester Tao evakuiert wurde. Mein wertvollster Besitz war eine weiße Bluse. Kannst du dir das vorstellen, Hoa? Ich glaubte, wenn sie den Krieg überstünde, würde auch meine Familie unversehrt bleiben. Doch der Stoff löste sich auf und ein Angehöriger nach dem nächsten erkrankte oder fiel auf dem Schlachtfeld. Die Liebe zu Vietnam, die meine Eltern in mich pflanzten, überdauerte alles. Mein Land verlassen? Das konnte ich mir beileibe nicht vorstellen. Leider wurde der Hunger schlimmer. Die Angst um meine Verwandten wuchs. Und deshalb ging ich doch fort, in die DDR.«

Fast ein wenig verträumt klang es, als Hanh sagte:

»Aber auch Phong, dieser merkwürdige Junge, hatte etwas damit zu tun. Er träumte von anderen Ländern, und oft verstand ich gar nicht, was er vom Leben erwartete. Wir stritten viel. Trotzdem war er es, der meine Neugier auf die Welt weckte.«

Ein schalkhaftes Lächeln schlich sich in ihr Gesicht. Tuyets Anspannung löste sich etwas, da Hanh, anstatt Phong als unzuverlässigen Mistkerl vorzuführen, zu Beginn etwas Positives über ihn sagte. Bei Tien hingegen stießen die Brauen über ihrer Nase aneinander, und wären diese nicht bloß dünn gezeichnete Striche gewesen, sondern dicht und dunkel, dann hätte sie ausgesehen wie Phong, wenn er sich ärgerte. Ihre Finger knetend blickte Hanh eine nach der anderen an.

»Phong war, wie man heute sagt, absolut nicht mein Typ und erst recht nicht so, wie ich mir meinen Ehemann vorstellte. Ich liebte ihn trotzdem, und einig waren wir uns darüber, dass alles, was wir in der DDR lernten, Vietnam zugutekommen sollte. Mein größter Wunsch war es, unsere Heimat zu einem blühenden Land aufzubauen, in dem wir mit unseren Kindern und Enkeln frei und friedlich leben könnten. Wie sich zeigte, hegte Phong weitaus mehr Träume als ich, denen der Fall der Berliner Mauer neue Wege eröffnete. Dass er die Reise ins Ungewisse unserem gemeinsamen Leben in Vietnam vorzog, tat weh. Um drei Ecken von seiner neuen Familie zu erfahren, war … schmerzhaft.«

Hanh schloss ihre Augen, und die Pause, die folgte, ließ Tuyet erahnen, wie schmerzhaft. Tuyet erwartete Tränen, als Hanh ihre Augen öffnete, doch räusperte diese sich bloß und fuhr mit fester Stimme fort:

»Ich muss zugeben, dass mich diese Nachricht nicht vollkommen unvorbereitet traf, denn ich hatte einen Wahrsager aufgesucht, der mir so ziemlich alles vorhersagte. Dennoch weigerte ich mich zu glauben, dass Phong ein Leben in der Fremde mit einer deutschen Frau mehr bedeuten könnte als unsere Liebe, unsere Freundschaft, unsere Familie, unser Land.«

Wieder hielt sie inne, und Tuyet bekam eine Gänsehaut, so sehr ging ihr Hanhs Kummer ans Herz. Hoa hatte aufgehört zu blinzeln, Linhs Mund war leicht geöffnet, während Tien ihren zusammenkniff und ihre Hände unter die Oberschenkel schob, als hinderte sie sich selbst daran, wütend auf den Tisch zu schlagen.

»Zeit, um lange in Selbstmitleid zu versinken, gab es nicht«, nahm Hanh den Faden wieder auf. »Schließlich hatte ich ein Kind zu versorgen. Ich musste nach vorne schauen, nicht zurück.«

Gegen ihren Willen schmunzelte Tuyet. Da war es wieder, dieses »Nach-Vorne-Schauen«, was die Vietnamesen so gut konnten. Von der Vergangenheit schienen sie sich nicht lange aufhalten zu lassen, sondern sahen zu, dass sie Boden unter die Füße bekamen und das Leben in den Griff. Vermutlich trug diese pragmatische Haltung dazu bei, dass man einen Cocktail problemlos nach amerikanischen Kampfbombern benannte. Dank desselben Pragmatismus hatte Hanh quälende Gefühle ausgeblendet, als sie ihre Kraft dringend brauchte, um ihr kompliziertes Leben zu meistern. Jedoch, davon war Tuyet inzwischen überzeugt, bliebe die Gegenwart in großen Teilen unverständlich, wenn man das Vergangene ignorierte. Für Hanh und ihre Familie war jetzt die Zeit gekommen, alte Wunden zu behandeln und zu hoffen, dass die Narben, die unvermeidlich zurückblieben, gut verheilten.

Niemand unterbrach sie, als Hanh ihr Leben vor ihnen entfaltete. Manchmal, mehr als Worte, waren es Momente der

Stille, ein Blick oder Seufzer, die Bände sprachen. Tuyet sah Hanh mit wippenden Zöpfen vor sich, wie sie ihre kleine Schwester Tao tröstete, obwohl sie selbst um ihre Eltern bangte. Sie staunte über den Mut der Teenager Hanh und Phong und zitterte mit ihnen, während die Amerikaner Hanoi bombardierten. Sie lachte über die Scherze von Do, Hanhs Lieblingsbruder, und trauerte um ihn, als er vermisst wurde. Sie ließ sich von Hanhs Eindrücken in Deutschland überwältigen und von ihrer Liebe zu Phong. Gebannt hing Tien an Hanhs Lippen, als diese erzählte, wie furchtbar es gewesen war, ihr Töchterchen Tien in Vietnam zu lassen.

»Und dann kamst du in die DDR zurück, und ich war mit Tuyet schwanger. Neben der Arbeit blieb mir kaum Energie, mich um das kleine Mädchen zu bemühen, das mich kaum noch kannte. Und später in Vietnam war ich damit beschäftigt, uns durchzubringen. Es tut mir leid.«

Tien erwiderte nichts, aber Hanhs schlicht vorgebrachte Entschuldigung schien eiserne Stöcke aus ihren Knochen zu entfernen. Mit geschlossenen Augen lehnte sich Tien in ihrem Stuhl zurück, ihre Hände ruhten auf ihrem Schoß. Tuyet musste immer wieder ihre Tränen trocknen, als Hanh schilderte, wie sie sich am Flughafen von Phong und ihr trennte, nicht wissend, dass sie ihren Mann nie und ihr Kind erst ein Vierteljahrhundert später wiedersehen würde.

»Wie sehr habe ich dich vermisst, Tuyet. Du machst dir keine Vorstellung.«

Im Verlauf der Erzählung sah Tuyet Hanhs Wunsch größer werden, nach Vietnam heimzukehren und die damit verknüpften Konflikte wachsen. Wie sollte es mit Phong weitergehen, dessen Zukunftsvisionen sich von ihren unterschieden? Wie ohne ihn? Über die ersten Jahre nach ihrer Heimkehr äußerte sich Hanh zurückhaltend. Trotzdem durchschaute Tuyet, wie schwer es gewesen war, sich in Hanoi mit verschiedenen Arbeiten durchzuschlagen, wie einsam sie sich gefühlt hatte, als Phong sich nicht blicken ließ. Tuyet atmete auf, als endlich

Xuan in Hanhs Leben trat und ihr die Mitarbeit in ihrem Keramikladen vorschlug. Linh schniefte, seit Hanh von Vuong erzählt hatte, Linhs Vater, den sie eine Nacht lang geliebt hatte, der aber von seiner Tochter nichts ahnte. Sie begann Hanh mit Fragen zu löchern, bis diese sagte:

»Für heute ist Schluss. Meine Stimmbänder brennen schon. Ich verspreche euch, dass wir weiterreden.«

Die Erschöpfung stand ihr ins Gesicht geschrieben, aber sie sah auch zufrieden aus. Dezent hatte sich Xuan zu ihnen gesellt und versorgte sie mit grünem Tee. Auch Tuyet benötigte eine Pause. Was sie in den letzten Stunden erfahren hatte, schwirrte in ihrem Kopf herum wie ein aufgescheuchter Vogelschwarm, der sich neu sortieren musste.

»Unmöglich, dass Großvater sich einfach abgesetzt hat!«, brach es aus Hoa heraus. »Dass er nicht mal auf deine Briefe reagiert hat!«

Tien stieß einen Laut aus, der wie ein Knurren klang, während Tuyets Augen unwillkürlich zu ihrer Tasche huschten. Musste sie nicht genau jetzt Hanhs Briefe auf den Tisch legen, um das schräge Bild von Phong zurechtzurücken? Andererseits funkte bestimmt Tien mit ihrem Zorn dazwischen und hinderte Hanh daran, in Ruhe ihre eigenen Schlüsse zu ziehen. Nein, Tuyet wollte sie ihrer Mutter allein übergeben, nicht vor aller Augen.

»Zunächst schrieb er ja. Aber oft erreichten seine Briefe mich nicht. Ach, Hoa, du weißt nicht, wie es damals war. Tien und ich wohnten mal hier, mal dort, bis wir endlich unsere feste Bleibe gefunden hatten. Wenn ein Brief von Phong irgendwo ankam, waren wir schon wieder umgezogen. Natürlich erkundigte ich mich nach seiner Post, aber oft war diese mit anderem Papier verbrannt worden oder anders abhandengekommen. Telefone waren den staatlichen Stellen vorbehalten, zumindest kannte ich niemanden, der ein eigenes Telefon besessen hätte. E-Mails und Mobiltelefone gab es nicht.«

Hoa tastete nach ihrem Handy, als fürchtete sie, es könnte

sich vor ihren Augen in Luft auflösen, und checkte blitzschnell, ob neue Nachrichten eingegangen waren. Hanh lachte.

»Genau das meine ich. Ihr haltet keine halbe Stunde aus, ohne euch zu vergewissern, ob ihr etwas verpasst habt. Für uns war es normal, wochenlang darauf zu warten. Deshalb habe ich auch nicht ständig darunter gelitten.«

Tien begann, Essensreste auf einem Teller zu sammeln, und schichtete die leeren scheppernd übereinander.

»Ich schon«, sagte sie heiser, mit einem Gesichtsausdruck, der Tuyet verriet, wie schwer es ihr fiel, ruhig zu bleiben. Hanh strich sich eine graue Strähne, die sich aus ihrem Haarknoten gelöst hatte, hinters Ohr.

»Lass dich nicht von deinem Groll vergiften.«

»Als ob das so einfach wäre«, presste Tien hervor.

»Ich weiß«, sagte Hanh und machte sich ebenfalls daran, schmutziges Geschirr zusammenzustellen. »Dass es leicht ist, habe ich auch nicht gesagt.«

Tien öffnete ihren Mund, als wolle sie etwas erwidern. Dann fiel ihr Blick auf Hoa, und sie schluckte ihre Bemerkung hinunter.

»Ba, ich kann mir gar nicht vorstellen, dass du in meinem Alter schon so schlimme Sachen erlebt hast. Ich wäre in diesem Bunker vor Angst verrückt geworden.«

Hanh lächelte Hoa an. »Ich bin so glücklich, dass du nichts dergleichen erlebt hast.«

Langsam zogen sich die Geister der Vergangenheit zurück und machten Platz für die Aufbruchsstimmung, die Xuan verbreitete, da sie Jacken und Mützen verteilte.

»Lasst uns jetzt am Fluss die Fische freisetzen. Ich habe sie extra in eine Wanne gegossen und das Nylon entsorgt«, sagte sie augenzwinkernd zu Linh. »Dafür musst du mir helfen, die Wanne zum Wasser zu schleppen.«

Linh, deren Augen noch immer gerötet waren, grinste. »Gerne.«

Tien schaute zum zigsten Male auf ihre Armbanduhr. »Los, Hoa, hol deinen Helm. Wir fahren.«

Hoa gehorchte und wirkte plötzlich gehetzt.

»Kommt ihr denn nicht mit?«, schaltete sich Xuan ein. »Ein bisschen Glück schadet euch nicht, oder?«

Bestimmt schüttelte Tien ihren Kopf.

»Ich habe Nam versprochen, dass wir gemeinsam mit Tuan und Yen zum Fluss gehen. Außerdem muss ich meiner Schwägerin beim Kochen helfen. Sonst behauptet sie, unseren Haushalt zu führen.«

»Warum sagst du Tuan nicht, deine Mutter bestehe darauf, dass du bei ihr bleibst?«, fragte Hanh sanft. »Du könntest mit Hoa hier übernachten. Morgen übernimmst du das Kochen für alle.«

»Oh ja, Me, bitte. Lass uns bei Ba übernachten. Bitte.«

Die Dringlichkeit, mit der Hoa ihre Mutter anflehte, brach Tuyet das Herz. Es war unübersehbar, dass sie nicht nach Hause wollte. So wie Hanh ihre Enkelin ansah, war auch ihr das klar. Tien zögerte. Noch einmal schob sie ihren Jackenärmel zurück und checkte die Uhrzeit.

»Nein, Hoa. Noch kommen wir rechtzeitig und ich will nicht für mehr Ärger sorgen.«

Hoas Augen funkelten.

»*Du* sorgst doch nicht für Ärger!«

»Schluss jetzt. Wir fahren.«

Inzwischen standen alle warm eingemummelt vor der Haustür. Tien startete den Motor ihres Mopeds, während Hoa sich trotzig auf den Rücksitz plumpsen ließ. Hanh und Xuan umarmten die beiden. Linh winkte. Tien wandte sich Tuyet zu.

»Mach's gut. Wir sehen uns bald, nehme ich an.«

Dann fuhr sie los. Stumm schaute die kleine Gruppe den beiden nach, bis Tiens Moped im nieseligen Grauschleier verschwunden war.

Die mit Wasser gefüllte Plastikwanne, in der sich die golden schimmernden Fische tummelten, war ganz schön schwer. Obwohl sie sich mit dem Tragen abwechselten, kamen sie kräftig ins Schwitzen, bis sie den Fluss erreichten. Es hatte aufgehört zu regnen, und gemeinsam mit Hanhs und Xuans Nachbarn verbrannten sie Papierkleider für die Küchengötter. Danach, mit Hilfe eines Siebs, holte jede drei Fische – je einen pro Küchengott – aus der Wanne und entließ sie in die Freiheit. Der Fischbestand im Fluss musste an diesem Tag enorm ansteigen, und Tuyet fürchtete, dass die Fische weniger als Drache, sondern eher wegen des nächsten Angelhakens im Himmel landen würden. Nachdem die Zeremonie beendet war, beobachtete Tuyet, dass Xuan und Linh sich mit anderen ins Gespräch vertieften. Hanh stand daneben und wirkte ein wenig abwesend. Tuyet ging zu ihr.

»Ich habe etwas für dich«, sagte sie leise. »Können wir zu dir gehen?«

»So geheimnisvoll?«, fragte Hanh lächelnd, hakte Tuyet aber sofort unter. Einen Teil des Weges legten sie schweigend zurück. Dann sagte Hanh:

»Es tut mir leid, dass du den Ärger abbekommst, den Tien für Phong empfindet. Und für ihr sonstiges Leben. Ich fürchte, so schnell ist sie nicht zu versöhnen. Gib ihr Zeit.«

»Ich verstehe sie«, erwiderte Tuyet. »Im Gegensatz zu Linhs Vater wusste Bo, dass Tien existiert. Für sein Fernbleiben gibt es aus ihrer Sicht keine Entschuldigung. Übel nehme ich ihr nur, dass sie versucht hat, meinen Kontakt zu dir zu untergraben. Wenn ich nicht Linhs Bekanntschaft gemacht hätte, wären wir uns wahrscheinlich nie begegnet.«

Hanh schloss die Haustür auf.

»Das Leben ist wunderlich. Manchmal rollt es uns die dicksten Steine vor die Füße, dann räumt es sie gleich wieder fort. Wer weiß, wer von unseren Ahnen dabei seine Hand im Spiel hatte.«

Hanh verschwand im Badezimmer, was Tuyet Zeit verschaffte, die Umschläge aus ihrer Tasche zu nehmen. Sie fühlten sich weich an. Empfindlich. Zwischen ihren Fingern knisterten die Briefe, als wären sie aufgeregt, zu ihrer Schreiberin zurückzukehren. Fast alle kannte Tuyet in und auswendig. Trotzdem fiel es ihr plötzlich nicht leicht, sich von ihnen zu trennen. Blitzlichtartig sah sie sich in Marinas Zimmer stehen und begreifen, dass Hanhs alte Briefe Unruhe stiften würden. Wie recht sie damit gehabt hatte! Und wie gut, dass sie trotzdem den Mut gefunden hatte, sie zu öffnen. Jetzt war ihr Moment der Wahrheit, der dazu beitragen konnte, dass Hanh mit Phong Frieden schloss. Die Spülung rauschte, dann der Wasserkran, eine Minute später stand ihre Mutter vor ihr.

»Noch Tee?«

Tuyet schüttelte den Kopf. Ihre Finger waren feucht und klebten an den Umschlägen. Mit belegter Stimme sagte sie:

»Die gehören dir, Me.«

Ganz selbstverständlich war ihr diese Bezeichnung über die Lippen gekommen, vielleicht auch deshalb, weil die Briefe, die sie berührte, ihr den Weg gewiesen hatten. Vorsichtig, als könnte das Papier zu Staub zerfallen, reichte sie sie Hanh.

»Was ist das?«

Bereits während sie fragte, weiteten sich Hanhs Augen.

»Meine Briefe!«

Hanh starrte sie an. »Woher hast du sie?«

»Nach Marinas Tod habe ich sie verschlossen in ihrem Schrank gefunden.«

»In Marinas Schrank? Verschlossen?«

Wie ein Daumenkino durchblätterte Hanh die Umschläge. »Wer hat sie geöffnet? Du?«

Tuyet nickte.

»Glaub mir, es hat mich Überwindung gekostet. Aber jetzt bin ich froh, dass ich es getan habe. Verstehst du, Me, Marina hat deine Briefe abgefangen. Keinen davon hat Bo jemals zu Gesicht bekommen.«

Hanh taumelte etwas und stützte sich auf einer Stuhllehne ab. Kreideweiß sah sie aus, und Tuyet fürchtete, einen Fehler zu begehen. Überforderte sie ihre Mutter, indem sie ihr noch mehr Neuigkeiten aufbürdete? Aber jetzt gab es kein Zurück mehr. Sie schob Hanh einen Stuhl zurecht, und stöhnend ließ sich diese darauf fallen. Mit kehliger Stimme sagte sie:

»Wie hat sie das nur über sich gebracht? Sie war einmal meine Freundin! Heißt das, Phong und ich … wir hätten eine Chance gehabt?«

Mit den Umschlägen fächelte sie sich Luft zu. Aus einem flatterte ein Blatt zu Boden. Es war eine von Tiens Zeichnungen, die ein Mädchen mit einem wuchtigen Gips zeigte. Dennoch schien es sich über das Eis zu freuen, das es in der Hand hielt, denn das Mädchen lächelte. Hanh hob das Papier auf und betrachtete es wie einen besonderen Gegenstand. Dann, als hätte sie erst durch das Bild das volle Ausmaß ihres Dramas erfasst, warf sie die Briefe auf den Tisch und vergrub ihren Kopf in ihren Armen. Ihre Schultern zuckten, während Tuyet sie streichelte. Als Hanh sich beruhigte, flüsterte Tuyet:

»Genauso entsetzt war ich auch. Willst du meine Geschichte von vorne hören?«

Stumm richtete Hanh sich auf und sah Tuyet an. Von der Straße drangen Stimmen hinauf, und Tuyet betete, dass es noch nicht Xuan und Linh waren. Zum Glück entfernten sie sich wieder.

Nachdem Tuyet geendet hatte, griff Hanh nach ihrer Hand.

»Was hast du nun vor?«, fragte sie nach einer Weile. »Willst du deinem Vater wirklich nicht erzählen, dass wir uns getroffen haben?«

Tuyet schaute den winzigen Ameisen zu, die sich mit dem Abtransport von Reiskörnern abmühten, die wegen ihres raschen Aufbruchs zum Fluss noch nicht vom Tisch gewischt worden waren. In ihrer eigenen Wohnung fragte sich Tuyet jedes Mal, woher diese Tierchen wie aus dem Nichts auftauchten. Scheinbar witterten sie den kleinsten Tropfen vergossenen Saftes und alarmierten ihre Gruppe. Sie stand auf und holte einen Lappen.

»Eigentlich habe ich die Nase voll von Geheimnissen. Ich würde Bo so gerne alles sagen. Aber seinem Herzen geht es nicht gut. Seit Marinas Tod schluckt er noch mehr Tabletten. Was ist, wenn er keine weiteren Belastungen verträgt und einen Infarkt bekommt? Das würde ich mir nicht verzeihen.«

Hanh nahm die Briefe vom Tisch, damit Tuyet ihn säubern konnte. Tuyet sah ihr an, wie sehr sie darauf brannte, sie zu lesen, und rechnete es ihrer Mutter hoch an, dass diese trotzdem auf sie einging.

»Du hast am eigenen Leibe gespürt, wie schmerzhaft die Wahrheit sein kann. Hättest du sie deshalb lieber nicht erfahren? Mir stockte mein Atem, als ich meine Briefe erkannte, und mein Herz sticht noch immer. Hättest du sie mir deshalb lieber nicht zeigen sollen?« Etwas gequält lächelte sie, schüttelte ganz leicht den Kopf und strich Tiens Bildchen glatt, das sie nun ganz in Anspruch nahm. Für Tuyet war das ihr Zeichen zum Aufbruch.

»Ich werde mal nach Julian sehen. Nicht einmal etwas zu essen kann sich der arme Kerl machen.«

Hanh brachte Tuyet hinunter zur Ladentür. »Gute Nacht, Tuyet. Danke, dass du mich für stark genug hältst, um ehrlich zu mir zu sein.«

Auf dem Weg zum Bus sah Tuyet rasch nach, ob ihr Bruder sich gemeldet hatte. Hatte er nicht, und sie ging davon aus, dass er den Nachmittag verschlief oder las. Nachdenklich schob sie ihr Handy in seine Hülle zurück. Die moderne Technik, die in Vietnam heute selbstverständlich war, hätte vermutlich Hanhs Leben verändert. Aber wäre sie die Lösung gewesen? Immerhin, und dieser Gedanke verursachte Tuyet ein mulmiges Gefühl, hatten Alexander und sie auf jede erdenkliche Art miteinander kommunizieren können und waren trotzdem gescheitert.

Der Bus war fast leer, weshalb Tuyet ihre Beine auf dem Nebensitz ausstreckte. Lautstark unterhielt sich der Fahrer mit dem Fahrgast, der ihm am nächsten saß. Die anderen Passagiere dösten, telefonierten und tippten Nachrichten. Tuyets Augenlider wurden schwer, und bald zuckten ihre Muskeln, ein untrügliches Zeichen dafür, dass sie wegdämmerte. Sie hatte es verdient, zufrieden einzuschlafen, denn ihr war es zu verdanken, dass ihre Familie mit der Tradition des Schweigens gebrochen hatte. Dennoch fühlte sie sich bei Weitem nicht wie jemand, der eine Mission erfolgreich zu Ende geführt hatte. Unbehaglich rutschte sie auf ihrem Sitz herum. Hanhs letzter Satz ging ihr nicht aus dem Kopf. *Danke, dass du mich für stark genug hältst, um ehrlich zu mir zu sein.* War Bo es denn nicht auch? Sicher nicht direkt nach Marinas Tod. Nachdenklich starrte sie in die Nacht, wo Palmen und Häuser gleich dunklen Riesen an ihr vorbeizogen. Im Kern hatte sie Marina versichert, auf Bo und seine Gesundheit Acht zu geben. Allein dieses Versprechen, und darüber war Tuyet froh, hatte sie davon abgehalten, ihrem ersten Zorn nachzugeben, und Bo vor Marinas Beerdigung zu überrumpeln. Aber jetzt, da sich sein Gemütszustand laut Julian stabilisiert hatte, wäre er robuster. Was für einen Sinn hatte es, ein Geheimnis zu lüften, wenn sie dazu verdonnert war, sich in neue Lügen zu verstricken? Wie konnte sie ihrem Vater von Vietnam berichten, ohne Hanh, Tien oder Linh zu erwähnen? Einsam in seinem Haus, alle seine Kinder in Vietnam wissend, bohrte die Ungewissheit darüber, was aus seiner ersten Familie geworden war, vielleicht mehr denn je an ihm. Möglicherweise sehnte er sich danach, Tien zu sehen, doch versperrte ihm ein Vierteljahrhundert den Zugang zu ihr. Baute er am Ende auf sie? Immerhin hatte er Tuyet kurz vor ihrer Abreise beiläufig gefragt, ob sie vorhatte, nach ihrer Mutter zu forschen. Da sie allen Gesprächen ausgewichen war, die zu Hanhs Briefen hätten führen können, hatte Tuyet entschieden verneint. Doch wenn sie Bo von ihrem Wiedersehen mit Hanh berichtete, konnte sie ihm unmöglich verschweigen, dass Marina deren Briefe benutzt hatte, um ihn von seiner Familie zu entfremden. Angst und bange wurde ihr bei dem Gedanken, dass Bo für den Rest seines Lebens maßlos enttäuscht wäre von Marina, seiner großen Liebe. Im Gegensatz zu Hanh, die sich ein neues Leben aufgebaut hatte, in dem Marina keine Rolle mehr spielte, war Bos erfüllt von ihr, und seine Erinnerungen blieben es für immer, quälend oder tröstlich, je nachdem, wie Tuyet entschied zu handeln.

Sie presste ihre Stirn gegen das kühle Fensterglas. Ach, wenn ihr doch jemand einen Wink gäbe, was sie tun sollte. Kurz vor dem Halt am Busbahnhof döste Tuyet ein. Geweckt wurde sie durch die aussteigenden Fahrgäste, deren Lärm ihre Traumbilder verwischte – außer das von Helene Walter, die ihr immer wieder Lakritzschnecken anbot, deren Duft Tuyet in der Nase haftete, bis sie ihre Wohnung erreichte. Noch in derselben Nacht schrieb sie eine Mail an ihren Vater, in der sie ihn bat, nach Hanoi zu kommen.

☆

Hanh saß im Laden, und hing, da weit und breit keine Kundschaft in Sicht war, ihren Gedanken nach. Besonders, wenn sie etwas Wichtiges beschäftigte, wirkten diese Momente des Alleinseins wie Balsam, was Xuan wohl immer ein Rätsel bleiben würde. In einem Land, in dem Familien auf engem Raum lebten, bot sich selten eine Gelegenheit des Rückzugs, und viele Menschen entwickelten das Bedürfnis erst gar nicht. In Berlin hatte sich Hanh, nachdem sie mit Phong in ihre Wohnung gezogen war, selbst so manches Mal nach ihrem Wohnheim gesehnt, wo zu jeder Uhrzeit irgendjemand ansprechbar gewesen war. Erst nach einer Weile hatte sie es als wohltuend empfunden, in ihren vier Wänden allein zu sein, ungestört vom Rest der Welt.

Wie so oft seit dem Fest der Küchengötter drifteten ihre Gedanken zu Phong. Zum soundsovielten Male fragte sie sich, ob er zu ihr zurückgekehrt wäre, wenn er gewusst hätte, was

Marina getan hatte. Ob sie ein Paar geblieben wären. Hätte sie bloß nachgehakt, weshalb er sich nicht meldete.

»Du schreibst ja selber nicht«, hätte er vermutlich gekontert.

»Und ob ich das tue!«

Hätte er sich daraufhin bei der Post erkundigt? Beim Briefträger? Oder bei Marina? Wie hätte sie ihn dazu bringen können, dass er sich besann, wo er hingehörte? Ihn häufiger anrufen? Seufzend schüttelte sie ihren Kopf. Wer, bitte schön, wäre damals auf die Idee gekommen, Unsummen für ein Telefonat aus dem Fenster zu werfen? Ein einziges Mal war sie so verrückt gewesen. Aber da hatte sie einen triftigen Grund gehabt. Grünen Tee trinkend rief sich Hanh den Mai 1993 ins Gedächtnis.

In jenem Monat war die Hanoier Hitze unerträglich gewesen. Ebenso wie ihre Warterei auf Phongs Antwort. Wieder rechnete Hanh nach. Ungefähr Mitte April musste Phong ihren Brief erhalten haben. Mitte Mai hätte sie sein Rückschreiben in den Händen halten können; früher sogar, hätte er wie andere Auslandsvietnamesen jemanden aufgetrieben, der nach Vietnam reiste und seine Post mitnahm. Wenn er auch keinen gesteigerten Wert auf Kontakt zu seinen Landsleuten legte, angesichts ihrer drängenden Fragen, wäre eine Ausnahme angebracht gewesen. Denn jetzt ging der Monat zu Ende und Hanh saß wie auf heißen Kohlen.

Auf die kleine Wanduhr der Schneiderei blickend, legte Hanh ihre Näharbeiten zur Seite. Es war Mittag, was bedeutete, dass die meisten Menschen in Deutschland gerade aufstanden. Hanh streckte ihren Rücken, der vom langen gebeugten Sitzen wehtat, und massierte ihre eingeschlafenen Waden. Ihre Kolleginnen packten schwatzend das Mittagessen aus. Jeden Tag bedrückte es Hanh mehr, sich über Rückenschmerzen, Preise, Kinder und Schwiegermütter zu unterhalten, während sie Phongs Antworten entgegenfieberte. Hatten er und Marina ein Kind gezeugt? Hatte Phong heimlich, still und leise eine neue Familie gegründet? Sie wäre weiß Gott nicht die einzige, der das widerfuhr. Nur, dass Phong zu diesen treulosen Kerlen gehörte, wollte Hanh einfach nicht in den Kopf. In ihren Ohren schrillte das Kichern ihrer Kolleginnen.

»Willst du nichts essen?«, rief eine ihr zu.

Etwas steif erhob sich Hanh und winkte ab. »Ich muss Besorgungen machen.« Sie nahm ihre Tasche und verließ die Schneiderei. Dafür, dass sie keinen Spaziergang geplant hatte, bewegten sich ihre Beine recht zielstrebig auf das Postamt am Hoan Kiem-See zu, und Hanh gestand sich ein, dass es ihre Zweifel waren, die sie dorthin trieben. Drei Jahre waren ins Land gegangen, seitdem Phong ihr versprochen hatte, nachzukommen, und hin und wieder piekte Hanh die Vorstellung, dass nicht sie, sondern die selbstbewusste Marina mit ihrem Mann und Tuyet unter einem Dach wohnte. Doch hatte sie ihre Eifersucht in Schach gehalten, indem sie darauf vertraute, dass Phong nichts weiter tat, als seiner Familie eine finanzielle Grundlage zu schaffen.

Seit das Gerücht kursierte, dass Phong sie betrog, erinnerte sie sich jedoch häufig daran, wie er versucht hatte, sie zu überreden, in Deutschland zu bleiben. Damals hatte sie geglaubt, Phong von seiner Pflicht gegenüber Vietnam überzeugt zu haben. Jetzt erwog sie, dass sie sich in ihm getäuscht hatte.

Bevor Hanh das Postamt betrat, blickte sie zum Hoan Kiem-See hinüber. Würde Cu Rua ihr etwas Glück bringen? Vergeblich ließ Hanh ihren Blick über das Wasser schweifen und öffnete, als die weise Schildkröte sich nicht blicken ließ, seufzend die Tür zur Posthalle. Die Frau, die sie bediente, war mittleren Alters und sah Hanh mit durchdringenden Augen an, als diese schüchtern um eine Gesprächsverbindung nach Deutschland bat.

»Ich habe doch schon erklärt, wie kompliziert das ist«, sagte sie gereizt. »Und teuer!«

Da kaum jemand ins Ausland telefonierte, erkannte sie

Hanh wieder, die im März, direkt nachdem sie die schlechte Neuigkeit gehört hatte, schon einmal vor ihr gestanden hatte. Damals hatte der Betrag, den die Frau für das Telefonat nannte, Hanh derart abgeschreckt, dass sie gesenkten Hauptes aus der Post geschlichen war. Jetzt tastete sie nach ihren Ersparnissen, die sie seit zwei Tagen, sobald sie das Haus verließ, am Körper trug. Für den Fall, dass sie die Ungewissheit nicht mehr aushielt.

»Ich möchte es versuchen«, sagte sie ruhig aber bestimmt und zog einen Zettel, auf dem sie Phongs Telefonnummer notiert hatte, hervor. Ein paar Sekunden maßen sie sich mit Blicken. Dann wies die Frau auf eine Tür.

»Die Kabine dort.«

Hanh verstand nicht, weshalb die Frau unfreundlich zu ihr war, aber letztlich interessierte es sie nicht. Sie wünschte bloß, die Telefonverbindung käme zustande und Phong nähme den Hörer ab und würde sie schelten, weil sie aus einer Mücke einen Elefanten machte. »Marina ist unsere Freundin. Anstatt auf den Tratsch der anderen zu hören, solltest du dankbar sein, dass sie mir hilft.«

Und wie Recht er damit hätte. Stammten aus der vietnamesischen Gerüchteküche nicht viele falsche Behauptungen? Dass sie eine Affäre mit Tuan unterhielt, war eine davon, und Hanh ärgerte sich zur Genüge darüber, dass dieses dumme Gerede über Tausende Kilometer hinweg zu Phong vorgedrungen war.

Am Telefon wurde Hanhs Geduld auf eine harte Probe gestellt. Eine tosende Brandung schien durch die Kabel zu fluten, so rauschte es. Dann war die Leitung abrupt tot. Nächster Versuch. Als sie schon frustriert aufgeben wollte, knackte und ratterte es plötzlich, und sie vernahm eine leise Männerstimme.

»Phong?«, rief sie, ohne sicher zu sein, dass er es war. »Ich bin es. Hanh.« Hanh. Hanh. Wie ein entferntes Echo hallte ihr Name nach.

»Hanh ist hier!«, rief sie noch lauter. »Hörst du mich?«

Ihr Herz raste, und obwohl es in ihrem Kabuff dadurch noch brütender wurde, schloss sie die Tür.

»Hanh? Wo bist du?«

Phong klang sehr weit weg. Aber er hatte sie verstanden. Ihre Knie gaben nach, und sie schaute sich nach einem Schemel um. Es gab keinen. Mit ihrer linken Hand wischte sie über ihr schweißnasses Gesicht.

»In Hanoi. Wie geht es Tuyet?«

Sie musste es einfach wissen, auch wenn das Telefonat dadurch länger und teurer wurde. Eine beeindruckende Geräuschkulisse baute sich auf, und Hanh fürchtete, die Verbindung würde abreißen. Phong sagte etwas, was sie nicht verstand, dann hatte sie eine Kinderstimme im Ohr.

»Me?«

»Tuyet!«

In ihrem Kopf breitete sich Leere aus. Was konnte sie ihre kleine Tochter, die sie so lange nicht gesehen hatte, fragen? Was sagen? Unpassenderweise fielen ihr nur Koseworte und Schlaflieder ein. Sonst nichts.

»Wie geht es dir?«, wollte das Kind auf Deutsch wissen. Hanh brauchte einen Moment, um zu begreifen, was sie gesagt hatte.

»Gut!« Fast schrie sie es heraus. »Gut geht es mir. Wie geht es dir?«

Tuyets helle Stimme vermischte sich mit Hanhs Echo.

»Mein kleiner Bruder weint. Ich muss ihn trösten. Hörst du ihn?«

Sie schien den Hörer in den Raum hineinzuhalten, jedenfalls war ein forderndes Babygeschrei zu vernehmen. »Schade, dass Bo und Mama kein Schwesterchen gemacht haben. Na ja, mein Bruder ist auch süß.« Eine eiskalte Hand drückte Hanhs Kehle zusammen, bis sie keine Luft mehr bekam. Sie öffnete die Tür einen Spaltbreit. Die Welt außerhalb der Telefonkabine kam ihr unwirklich vor.

»Tuyet! Nimm Julian mit. Ich bin gleich da.« Bin gleich da.

Echo, Rauschen. Ein Knacken.

Hanh hatte auf die Telefongabel gedrückt. Schweißperlen tropften ihr von der Stirn, und ihre Bluse klebte klatschnass an ihrem Körper. In ihrem Schädel tackerte es.

»Ich will die Scheidung«, hörte sie sich leise sagen.

Wie in Trance blätterte sie der Postfrau ein kleines Vermögen vor die Nase und schleppte sich in die Schneiderei zurück. Der Tag endete mit einer heftigen Migräne, aber er verging, wie auch die nächsten. Ihre Schwester Tao war entsetzt, als sie von Hanhs Scheidungsplänen erfuhr, ihre Mutter und Tante heulten sich aus Scham vor den Nachbarn die Augen aus den Höhlen. Tien, als wäre es Hanhs Schuld, dass Phong in Deutschland ein neues Leben begann, sprach nicht mit ihr und auf ihrem gemeinsamen Nachtlager rückte sie so weit wie möglich von ihrer Mutter ab.

Bestürzt stellte Hanh fest, dass es Kolleginnen gab, die ihr das Unglück gönnten.

»Wundert dich das etwa?«, feixte ihre Cousine, als sie zu Besuch kam. »Zehn Jahre schwelgst du in Saus und Braus und kommst erst zurück, als es in Vietnam langsam aufwärts geht. Jetzt verstehst du mal wieder, dass das Leben kein Zuckerschlecken ist.«

Entgeistert starrte Hanh sie an. Dann wurde sie wütend.

»Das Geld und all die Pakete, die ich euch geschickt habe, wurden mir nicht geschenkt. Ich habe dafür ziemlich viel gearbeitet. Übrigens auch für deine Nähmaschine!«

Mit einer Handbewegung wischte ihre Cousine Hanhs Einwand weg und schnaufte spöttisch.

»Geschuftet haben wir alle. Nur Speck auf die Rippen haben wir davon nicht bekommen.«

Kurz nach dieser widerwärtigen Unterhaltung hörte Hanh von einer Anwältin, die selbst in der DDR gelebt hatte. Trotz des Gezeters ihrer Angehörigen vereinbarte Hanh einen Termin. Danach hatte sie zum ersten Mal das Gefühl gehabt, dass jemand auf ihrer Seite stand.

Noch immer hielt Hanh ihre Tasse fest umschlossen. Mühsam riss sie sich von ihrer Erinnerung los und sah auf die Uhr. Schon bald würden Xuan und Linh sie abholen, damit sie gemeinsam zum Friseur gingen und neue Kleider kauften, so wie es sich vor den *Tet*-Festivitäten gehörte. Hanh nippte am kalten, grünen Tee und verzog das Gesicht. Selbst für ihre Zunge schmeckte er zu bitter, was sie vollends in die Gegenwart zurückholte. Sie ging ins Bad, und während sie ihr Haar bürstete, schaute ihr im Spiegel das müde Gesicht einer gealterten Frau entgegen, durch deren Augen die junge Hanh sie anstarrte.

Ihr Leben wäre einfacher gewesen, hätte Phong als Arzt in Vietnam praktiziert. Tien hätte gut gelernt und wäre in seine Fußstapfen getreten, Ärztin und eine glückliche Frau geworden. Sie und Tuyet wären miteinander aufgewachsen und stünden sich nahe. Hätte Tuyet schon Kinder? Hanh und Phong gingen abends am Hoan Kiem-See spazieren oder sie kochte leckere Speisen, während er dicke Bücher wälzte und ihr daraus vorlas. Hanh legte ihre Bürste beiseite und spritzte sich kaltes Wasser ins Gesicht. Wäre es so gekommen? Oder hätte Phong ihr seine verpassten Chancen in Deutschland unter die Nase gerieben? Stirnrunzelnd ließ Hanh ihren Gedankenkreisel zu Ende drehen. Was, wenn er erwartete hätte, dass sie ihr Leben nach ihm richtete? Höchstwahrscheinlich gäbe es ihren geliebten Laden in Bat Trang gar nicht. Nachdenklich kehrte Hanh in den Verkaufsraum zurück und goss das hübsche Kumquatbäumchen, das sie mit Xuan hineingewuchtet hatte. Durchs Fenster sah sie, dass Linhs Moped um die Ecke fegte. Ein Anblick, der sie mit Wärme erfüllte und den es in ihrem anderen Leben nicht gegeben hätte. Auf der anderen Straßenseite plauderte Xuan mit einem Nachbarn. Als hätte sie Hanhs Blick gespürt, wandte sie sich um und winkte. Hanh winkte zurück. Die Fairness und Freundschaft, mit der sie sich alle anfallenden Arbeiten teilten, hatte Hanh immer geschätzt. Doch nie zuvor hatte sie so bewusst gespürt, dass ihre Gemeinschaft mit Xuan schon lange keine Notlösung mehr war.

Während Linh ihr Moped abschloss und Xuan begrüßte, fasste Hanh einen Entschluss. Gereift war er, während sie durch den Strudel ihrer *Wenn-* und *Hätte-*Fragen trieb, dem sie sich nur mit Phongs Hilfe entwinden konnte. Ohne störendes Rauschen und Geknister wollte sie seine Version der Geschichte hören. Sie nahm ihr Handy und tippte eine SMS.

Liebe Tuyet, ich habe niemandem etwas versprochen. Ich schreibe Phong. Me.

Während sie die Nachricht abschickte, traten Xuan und Linh ein. Linh umarmte sie. »Kann es losgehen, Me?«

Hanh schloss den Laden zu und las gleichzeitig Tuyets Nachricht, die soeben eingegangen war.

Bo weiß, dass wir uns getroffen haben. Ich habe ihn gebeten zu kommen.

Hanhs Hände wurden feucht, und fast wäre ihr das Handy entglitten. Und würde Phong Tuyets Bitte entsprechen? Oder zöge er es vor, in Deutschland zu bleiben, um keine störenden Geister zu beschwören? Das durfte nicht geschehen. Hanh spürte, dass sie Phong noch einmal wiedersehen musste, um auch dieses Kapitel ihrer Vergangenheit beruhigt zu schließen. Doch Linhs Drängeln ließ ihr keine Zeit für weitere Überlegungen. Zu dritt quetschten sie sich auf das gelbe Moped. Eingezwängt zwischen Xuan und Linh fühlte sich Hanh auf eine eigentümliche Art frei, und nach all den sorgenvollen Stunden der letzten Wochen keimte Freude in ihr, über ihre Töchter, das Kinderprojekt im Geschäft, auf ihren neuen Haarschnitt und das neue Jahr des Affen. Sie war sich fast sicher, dass es ein gutes werden würde.

☆

Tuyet stellte ihren Koffer ab und warf ihre Reisetasche aufs Sofa. Ihr Appartement mal wieder ganz für sich zu haben, war ein reizvoller Gedanke. Julian, mit dem sie die *Tet*-Ferien am Strand verbracht hatte, reiste weiter, um in seinem restlichen Urlaub noch etwas mehr vom Land zu sehen. Tuyet riss die Fenster auf und atmete tief durch. Offensichtlich waren die Feiertage vorüber und der normale Alltag zurückgekehrt. Knatternd und hupend zischte der Verkehr am Westsee vorbei, die Cafés waren voll, Musik schallte und an der nächsten Ecke verkaufte jemand Sparschweine jeglicher Größe und Farbe. Aufgereiht am Straßenrand standen sie da wie eine kleine Armee, eine empfindliche allerdings, denn ein einziger unvorsichtiger Mopedfahrer genügte, um nichts als einen Scherbenhaufen zurückzulassen. Flüchtig dachte Tuyet an einen Zeitungsartikel, in dem sie gelesen hatte, dass während der Feiertage dreihundert Vietnamesen auf dem Weg zu ihren Familien verunglückt wären. Daher war sie froh, dass Linh ihr getextet hatte, sie und Hanh seien wohlbehalten nach Bat Trang zurückgekehrt.

Hanhs Einladung, sie aufs Dorf zu begleiten, hatte Tuyet höflich und plausibel abgelehnt, da sie und Julian bereits ein Zimmer in dem malerischen Küstenort Hoi An gebucht hatten. Einerseits hatte sie zwar noch nie ein vietnamesisches *Tet*-Fest mit allem Drum und Dran miterlebt, andererseits war sie sicher, dass ihr Kopf bersten würde, wenn sie innerhalb weniger Tage Dutzende neuer Leute kennenlernen müsste. Sie sehnte sich nach Erholung, und das konnte sie laut Linh bei diesen Familientreffen vergessen.

»Die Frauen kochen, die Männer trinken, man sitzt zusammen, isst und redet. Und natürlich gehen wir zusammen in die Pagode. Eins wirst du nicht finden, und das ist Ruhe.«

Wenn Tuyet ehrlich war, hatte sie nicht die geringste Lust, als exotische Verwandte beobachtet zu werden oder sich mit erforderlichen Verhaltensregeln zu beschäftigen. Eine davon war, dass man ungebeten am Neujahrstag niemanden besuchte, da man womöglich Unglück ins Haus schleppte.

»Cousin Kien wird in diesem Jahr der erste Gast im Haus meiner Tante sein«, hatte Linh ihr erklärt. »Hinter ihm liegt ein erfolgreiches Jahr und außerdem ist er im Zeichen des Affen geboren. Wenn das kein Glück bringt.« Linh meinte es ernst, und, wie Tuyet erstaunt feststellte, schien dies keinen Widerspruch zu ihrer Skepsis gegenüber den Küchengöttern darzustellen. Tuyet gewann den Eindruck, dass die meisten irgendeinen Aberglauben pflegten, sogar Loan, die bodenständige, geschäftstüchtige Reitstallbesitzerin. Dass ihre ältere Schwester, deren Ehemann drei Monate zuvor gestorben war, aus diesem Grund bei keiner der *Tet*-Feierlichkeiten dabei sein durfte, hatte sie ohne mit der Wimper zu zucken hingenommen.

»Findest du das nicht herzlos?«, hatte sich Tuyet erkundigt, bemüht ihr Unbehagen hinter Erstaunen zu verbergen. »Braucht sie nicht den Beistand ihrer Familie?«

Mit einer energischen Handbewegung, die signalisierte, dass eine Diskussion sinnlos war, hatte Loan ihren Einwand fortgewischt.

»Glaubst du etwa, meine Schwester will schuld daran sein, dass alle anderen ein schlechtes Jahr vor sich haben?«

Tuyet war sehr zufrieden damit, dass sie das Jahr des Affen in Hoi An begonnen hatte. Frisch und gekräftigt fühlte sie sich nach den Tagen am Meer. Gemeinsam mit Julian war sie durch die einzige vom Krieg unzerstörte Altstadt Vietnams geschlendert und hatte deren Flair genossen. Einst war Hoi An eine Station der historischen Seidenstraße gewesen, und Tuyet sah vor sich, wie in den malerischen Gassen Japaner, Chinesen und Europäer mit Seide, Papier, Lackarbeiten und Porzellan ihren Handel getrieben hatten. Heute reihten sich Restaurants und Geschäfte aneinander, von denen einige entgegen Tuyets Erwartung an den Feiertagen öffneten. Sie ließ sich einen hübschen roten *Áo Dài* mit weißer Hose nähen, kaufte ein wenig Schmuck und Souvenirs und bewunderte die Architektur der chinesischen Handelshäuser und Kolonialbauten, an deren Balkonen oder Dachvorsprüngen nicht nur Blumen rankten, sondern bunte Lampions hin- und herbaumelten. Am Vorabend des neuen Jahres tauchten diese Hoi An in ein märchenhaftes Licht, das Tuyet verzauberte, gleichzeitig aber auch traurig machte, denn der romantische Anblick erinnerte sie an Alexander. Auf einem ihrer ausgedehnten Strandspaziergänge schüttete sie Julian ihr Herz aus. Zunächst riet er ihr, nicht gleich die Hoffnung zu verlieren, aber nachdem Tuyet ihm den Inhalt der fatalen E-Mail erklärt hatte, klang Julian weit weniger überzeugt. Natürlich unterhielten sie sich über Phong, Marina, Hanh, Tien und Linh, aber auch darüber, was in der Welt geschah. In Europa dominierten die vielen Flüchtlinge die Nachrichten, und Tuyet und Julian debattierten, welche Folgen es hätte, falls die EU sich weigerte, ihnen gemeinschaftlich zu helfen. Julian kannte sich gut aus und diskutierte mit einer Hingabe, die Tuyet veranlasste, ihn in seinem Studienwechsel zu bestärken. Als er ihre Meinung zu rechtlichen Aspekten wissen wollte, antwortete sie ebenso engagiert und registrierte ihr Bedürfnis, sich mit Themen jenseits ihres Privatlebens zu befassen. Wieder dachte sie an Alexander, der sie einmal aufgefordert hatte, über ihren juristischen Aktenrand hinauszublicken. Das hatte sie getan, und ihr Blick auf die Welt war ein anderer geworden. Als sie am letzten Urlaubstag ein Pferd mietete und mit ihrem *Guide* den Strand entlangritt, versprach sie sich, nie zu vergessen, dass der Anblick eines weiten Horizonts sie glücklich machte.

Mit geschlossenen Augen ließ Tuyet die Nachmittagssonne ihr Gesicht wärmen. Stimmte der Wetterbericht, würden die Temperaturen am nächsten Tag wieder abstürzen, doch hoffentlich nicht so sehr, dass Hanhs und Xuans Kinderfest, die

Premiere ihrer neuen Geschäftsidee, ins Wasser fiele. Tuyet freute sich darauf, den beiden dabei zu helfen, dass es ein Erfolg würde.

Am nächsten Morgen erwachte sie, bevor der Wecker schrillte. Vor ihrem Fenster klapperte und hämmerte es, Männerstimmen brüllten sich Befehle zu. Tuyet sprang auf, schlüpfte in einen Pulli und schob den Vorhang zur Seite. Zuerst bemerkte sie nur, dass das Wetter sonnig aussah. Dann traute sie ihren Augen nicht. Ungefähr fünf Meter über dem Erdboden, auf dem unüberschaubaren Wust an schwarzen Strom- und Internetkabeln hockte ein Mann in orangener Schutzweste und Helm. Neben ihm schwankte bedenklich eine riesige, hellbraune Bambusleiter, die er hinaufgeklettert sein musste, und mit der zwei seiner Kollegen, die unten auf der Straße standen, kämpften, damit sie den Kabelsalat nicht hinunterriss.

»Was machen Sie da?«, rief Tuyet zu ihm hinüber.

Der Mann grinste und wies auf einige Werkzeuge, die er auf einer Baumgabel abgelegt hatte.

»Kabel auswechseln!«, schrie er zurück. Zu Tuyets Entsetzen griff er nach einem Gerät, das wie eine Riesenzange aussah, langte in das Gewirr aus Kabeln, zog eines hinaus und schnitt es durch. Das ungeduldige Gehupe der Vietnamesen, die nicht weiterkamen, weil Arbeiter, Kabelrollen und Firmenfahrzeuge den Verkehr blockierten, störte den Mann nicht. Ruhig zwickte er ein Kabel nach dem anderen durch.

»Oh«, entfuhr es Tuyet, die fürchtete, dass er jeden Augenblick seinen Sitzplatz durchtrennte. Sie war nicht die einzige, die sein Tun beobachtete. Am Straßenrand hatten sich kleine Menschengruppen gebildet und alle schien dasselbe Rätsel zu beschäftigen. Woher wusste der Mann, welches Kabel zu welchem Haus gehörte? Schnitt er die richtigen durch? Tuyet, der nichts anderes übrig blieb, als darauf zu hoffen, zog sich zurück und beschloss, so schnell wie möglich zu frühstücken, bevor die Stromversorgung zusammenbrach. Sie duschte, zog sich an und bereitete sich Kaffee und Toast zu. Als sie ihre Tasche packte, um nach Bat Trang aufzubrechen, läutete ihr Handy. Es war Linh.

»*Chào*«, grüßte Tuyet ihre Schwester fröhlich. »Ich mache mich gerade auf den Weg. Braucht ihr noch etwas?«

»Alles«, antwortete Linh. Tuyet fielen ihr düsterer Tonfall auf und Stimmen im Hintergrund, die aufgeregt durcheinanderredeten.

»Was ist bei euch los?«

Linh stöhnte.

»Ach Tuyet, die Polizei ist da. Der ganze Laden sieht aus wie ein Schlachtfeld. Der Kindergeburtstag ist abgeblasen.«

Tuyets Tasche plumpste auf den Boden. »Was sagst du da?«

»In den frühen Morgenstunden, es war noch dunkel, hörten wir Geräusche in der Werkstatt und im Laden. Wir wussten sofort, dass jemand Geschirr zerschlug, aber wir trauten uns nicht hinunter. Wer weiß, ob wir nicht eins mit Stöcken und Schlägern übergebraten bekommen hätten.«

Die Stimmen hinter Linh wurden lauter und Tuyet hörte Xuan heraus, die den Tätern alles Mögliche an den Hals wünschte.

»Das habt ihr richtig gemacht«, ereiferte sich Tuyet. »Was sagen die Polizisten?« Sie dachte an den Abend, als Linh und Phuong Tuyet abgehalten hatten, die Polizei anzurufen.

»Sie ermitteln.«

Einen Moment lang schwiegen sie. Dann sagte Tuyet: »Ich komme natürlich trotzdem. In einer Stunde bin ich da.«

»Gut«, stimmte Linh zu. »Tust du mir einen Gefallen und informierst Tien? Hier ist so viel zu tun.«

»Das mache ich.«

Sie unterbrachen ihr Gespräch und während Tuyet die Treppen hinuntereilte, wählte sie Tiens Handynummer an. Doch Tien, so lange sie es auch läuten ließ, ging nicht ran.

☆

In einer schmalen Gasse zwischen einem Gemüseladen und einem Bäcker lag das Haus des Wahrsagers. Davor parkten diverse Mopeds sowie ein Fahrrad, das derart mit geflochtenen Körben und Strohhüten behangen war, dass man kaum noch den Rahmen sah. An der Hauswand lehnte rauchend ein bebrillter Herr um die sechzig. Es war Herr Thanh, der Wahrsager, der, als er Tien erkannte, seine Zigarette sofort ausdrückte und Tien mit einer Geste einlud, einzutreten. Da ihr Mopedschloss nicht richtig einrastete, drückte sie einem Jungen einige Dong-Scheine in die Hand. »Pass gut auf«, ermahnte sie ihn. »In einer Stunde bin ich wieder da.«

Obwohl sie Herrn Thanh jedes Jahr nach *Tet*, bei Bedarf öfter, aufsuchte, war sie über den Vorraum seines Hauses noch nie hinausgekommen. Zwischen zwei Mopeds, einem Altar und zwei hohen, weißen Wandregalen voller Handtaschen stand sein Schreibtisch, auf dem eine faustgroße Buddha-Figur lag und eine Packung der Zigarettenmarke Kent; ein Stövchen wärmte die Teekanne. Herr Thanh füllte zwei winzige Schälchen, wobei sich der Duft von Ingwer ausbreitete.

»Einen Augenblick, bitte.«

Herr Thanh verschwand durch einen klimpernden Vorhang aus Schnüren, hinter dem Tien seine privaten Räume vermutete. Rasch vergewisserte sie sich, dass sie ihr Handy ausgestellt hatte. Keinesfalls wollte sie gestört werden, wenn Herr Thanh ihr das kommende Jahr voraussagte. Während Tien auf ihn wartete, nippte sie am dampfenden Tee und sah sich um. Der Raum sah aus wie bei ihrem letzten Besuch. Erhellt wurde er von einer Neonröhre, deren grelles Licht den graublauen Anstrich der Wände und die in großen Lettern aufgemalten Schriftzüge weltbekannter Luxusmarken hervorhob. Luis Vuitton. Chanel. Burberry. Gucci. Armani. Rolex. Prada. Cartier. Tiens Blick schwenkte zu den Handtaschen, die diese exklusiven Namen höchstwahrscheinlich nicht verdienten. Hübsch waren sie trotzdem, und Tien nahm sich vor, Herrn

Thanhs Frau, die sie verkaufte, nach dem Preis zu fragen. Tien mochte die kühle, geschäftsmäßige Atmosphäre des Raumes, besonders im Sommer, wenn die Temperaturen anstiegen. Eine ihrer Kundinnen, die sich ebenfalls von Herrn Thanh beraten ließ, hatte allerdings berichtet, dass westliche Ausländer das ganz anders sahen. Einmal war sie mit einer französischen Kollegin hergekommen, die sich darüber enttäuscht gezeigt hatte, dass Herrn Thanhs Arbeitszimmer keiner dunklen Höhle glich, in der Kerzen und Räucherstäbchen schmorten, während einem der Wahrsager auf einem durchgesessenen Teppich die Zukunft offenbarte. Tien hatte gelacht. Was für einen Hokuspokus sich die Westler vorstellten! Herr Thanh kehrte in seinen unspektakulären beigen Hosen und einem bunt gestreiften Pullover zurück und legte, ordentlich gestapelt, verschiedene Papiere auf den Tisch. Dann zündete er sich eine Zigarette an und richtete seinen Blick auf Tien.

»Wie geht es dir?«

Die simple Frage, die ihr so ernsthaft selten jemand stellte, ließ sie schlucken, und sie brauchte einen Moment, bis sie ihre Stimme unter Kontrolle hatte.

»Nicht gut«, antwortete sie. »Alles, was ich plane, scheitert. Meine Mutter warnt mich davor, zu verbittern. Aber ich weiß nicht, wie ich dagegen ankämpfen soll.«

Sie räusperte sich. Wie wohltuend es war, dass sie sich vor Herrn Thanh nicht zu verstellen brauchte. Er kannte sie seit ihrer Kindheit und hatte für alle bedeutenden Ereignisse ihres Lebens die optimalen Tage berechnet. Von Berufs wegen wusste er sowieso das meiste über sie. Herr Thanh hörte aufmerksam zu, dann blätterte er in den karierten Papieren, auf denen er ihr Horoskop erstellt hatte. Aus den vielen roten und blauen Notizen, die er mit Pfeilen und Linien verbunden hatte, wurde Tien nicht schlau, aber die aufwendige Darstellung zeigte ihr, wie gewissenhaft er sich ihrer angenommen hatte. Herr Thanh löschte seine Zigarette und breitete die Zettel auf dem Tisch aus.

»Grundsätzlich beschert das Jahr des Affen Lebensfreude. Der Affe hangelt sich von Ast zu Ast und strotzt vor Energie. Sein Einfluss bringt auch dein Leben in Bewegung. Wenn du dein Bestes gibst, treibst du in diesem Jahr dein Geschäft voran. Vor allem, da das beherrschende Element das Feuer ist, das Kreativität und Selbstvertrauen schenkt. Du hast die Kraft, Dinge anzupacken, an die du dich bisher nicht herangewagt hast. Wenn du deinem Leben eine andere Richtung geben willst, ist jetzt die günstigste Zeit dafür.«

Auf verschiedene Pfeile deutend, erklärte er ihr unter anderem, dass ihre Gesundheit erfreulich stabil und ein finanzieller Aufschwung in Sicht sei. Tien war versucht, ihm von dem Geld zu erzählen, das Tuan ihr gestohlen hatte, ließ es dann aber bleiben, weil sie in Herrn Thanhs optimistischen Worten Trost fand. Nachdem er eine Weile geredet hatte, steckte Herr Thanh die Papiere in eine Folie und schob sie zu Tien hinüber.

»In diesem Jahr kannst du viele Schwierigkeiten aus deiner Vergangenheit ein für alle Mal loswerden. Genauso wie deine Schwermut. Konzentriere dich auf das Hier und Jetzt und überleg, was dich in den kommenden Jahren zufrieden machen könnte.«

Bedächtig nahm er seine Brille ab, reinigte sie mit einem Tuch und setzte sie wieder auf. Ein Papier war übrig, und Herr Thanh fuhr mit einem Kugelschreiber einige Linien entlang. Dann blickte er Tien geradewegs an.

»Vermutlich wird es auch in deiner Familie Veränderungen geben.«

Tien, die sich bereits auf das Ende der Sitzung eingestellt hatte, horchte auf. Sprach er von Tuyet? Herr Thanh goss Tee nach und zündete sich eine neue Zigarette an. So langsam, dass Tien angst und bange wurde, denn er wirkte wie jemand, der ihr eine schlechte Nachricht überbringen sollte.

»Ich kann deinen Mann nicht erkennen«, sagte er schließlich und drehte das Papier hin und her, als könnte dessen veränderte Position dies aufklären.

Tien erstarrte, zwang sich aber nachzuforschen.

»Heißt das, er will sich scheiden lassen? Verlässt er mich und die Kinder?«

»Es tut mir leid.«

Herrn Thanhs Handy klingelte, und er zog es aus seiner Hosentasche.

»Ja. Ja. Alles klar. Ja. *Chào*.«

Er legte das Telefon auf den Tisch, aber Tien war klar, dass ihr Besuch bei Herrn Thanh beendet war. Sie erhoben sich, Tien bezahlte und Herr Thanh begleitete sie zum Ausgang. Der Junge, der auf Tiens Moped aufgepasst hatte, verabschiedete sich. Tien, beduselt und etwas zitterig von den Neuigkeiten, traf mit dem Schlüssel nicht gleich das Loch ihres Zündschlosses. Um von ihrer Ungeschicklichkeit abzulenken, fragte sie: »Wann ist Ihre Frau im Laden? Ich bin an einer Handtasche interessiert.« Es knackte und das Schloss sprang auf. Herr Thanh lächelte.

»Ich gebe ihr deine Nummer. Sie meldet sich.«

Er winkte und verschwand in seinem Haus. Tien presste ihren Helm auf den Kopf, doch das beengende Gefühl war unerträglich. Also verstaute sie ihn in ihrer Satteltasche. Hatte Tuan vor, sich von ihr zu trennen? Vorstellbar wäre es. Seiner ersten Frau hatte er schließlich auch den Laufpass gegeben, als sie nicht mehr in seine Pläne passte. Würde er das Haus beanspruchen? Ihre Kinder? Selbst, wenn sie Hoa und Nam behalten durfte, wie würde Tien dastehen, als alleinerziehende Mutter? Ihre Hände fühlten sich eiskalt an. Statt des von Herrn Thanh angekündigten Selbstvertrauens schlängelte sich Angst durch ihren Körper. Doch bevor diese vollständig von Tien Besitz ergriff, schossen ermutigende Gedanken durch ihren Kopf. Keine blauen Flecken mehr. Kein ängstliches Herzklopfen, wenn sich abends die Haustür öffnete. Keine demütigenden Szenen vor ihren Kindern. Unter ihren Kundinnen befanden sich zwei Frauen, die den Sprung aus ihrer unglücklichen Ehe gewagt hatten. Das musste man sich erst mal trauen. Und leisten können. Eine Scheidung war ein Makel, und war Tien ehrlich, hatte sie herabgeblickt auf diese Kundinnen, denen es nicht gelungen war, ihre Familien zusammenzuhalten. Doch hatte ihre Mutter nicht Recht? War nicht alles besser, als an ihrer Ehe kaputtzugehen? Sekundenlang sah sich Tien mit Nam und Hoa beim Abendessen sitzen und unbeschwert über die Schule, ihre Freunde und ihre Pläne für den freien Tag plaudern. Die lähmende Angst zog sich zurück.

»Autsch!«

Ein eiliger Radfahrer rempelte Tien an und schubste sie in die Wirklichkeit zurück. Ohne Entschuldigung fuhr er schlingernd weiter. Tien rieb sich ihren schmerzenden Oberarm und schaltete ihr Handy ein. Jetzt würde sie erst mal in Bat Trang aushelfen. Obgleich sie ihre Ressentiments nicht vollständig über Bord geworfen hatte, war das Verhältnis zu ihrer Mutter entspannter geworden. Zweifellos waren sie sich nähergekommen, womit das Jahr des Affen bereits eine große Veränderung gebracht hatte. Tien stutzte. Fünf Anrufe von Tuyet. Was wollte sie denn so dringend? Mit gerunzelter Stirn las sie, was Tuyet ihr geschrieben hatte.

Bitte melde dich, sobald du meine Nachricht liest.

Was Tien kurz darauf erfuhr, entsetzte sie zutiefst. »*Oi gioi oi!* Das ist furchtbar«, klagte sie ins Telefon. »Wer könnte Me und Xuan schikanieren wollen?«

Tien versprach, am Mittag wie geplant zu kommen, wenn auch nicht, um Kindern beim Mischen der Farben zu helfen oder das Buffet zu richten, sondern um Scherben zusammenzufegen. Doch zuvor musste sie das Mittagessen zubereiten, denn Tuan hatte frei und gewünscht, mit seiner Familie zu speisen. Bereits auf der Treppe stieg ihr der Geruch von gebratenem Fisch, Kürbis, Zwiebeln Koriander und Ingwer in die Nase.

»Ich habe schon mal angefangen«, sagte Yen und deutete auf Tuan, der auf dem Sofa lag und schlief. »Er muss doch weg und will vorher essen. Die Kinder sind draußen.«

Tien half Yen in der Küche und berichtete ihr, was in Bat Trang geschehen war. Yens Augen tränten, doch Tien mutmaßte, dass dies eher von den Zwiebeln als von Hanhs demoliertem Laden herrührte.

»Kriminelle gibt es überall«, mischte sich Tuan ins Gespräch. Mit aufgerolltem Unterhemd stand er im Türrahmen und kratzte sich, während er den Frauen beim Kochen zusah, immer wieder seinen dicken Bauch. Angewidert wandte sich Tien ab. Früher hatte sie ihren Mann attraktiv gefunden und geliebt, doch seine aggressive Art zerstörte nach und nach ihre Zuneigung. Manchmal gab sich Tien Tagträumen hin und hoffte, dass die Überreste ihrer Liebe, die sie trotz allem, was er ihr antat, manchmal spürte, den Ansatz für einen Neubeginn darstellen könnten. Doch heute, als er dastand wie ein selbstgefälliger Pascha, dem es gleichgültig war, wie er auf sie wirkte, schämte sie sich dafür, dass sie nicht endlich aufhörte, um sein Wohlwollen zu buhlen.

»Du hast Recht«, stimmte sie zu. »Trotzdem kommt es mir nicht so vor, als wären die Täter zufällig bei Me und Xuan eingebrochen. Bat Trang ist voller Keramikläden. Weshalb hat es ausgerechnet Me und Xuan getroffen?«

Yen füllte Reis in den Reiskocher und bedeckte ihn mit Wasser.

»Wurde etwas gestohlen?«, wollte sie wissen.

»Nichts. Alles ist zertrümmert. Nicht einmal das Kindergeschirr für den Geburtstag haben sie verschont. Könnt ihr euch vorstellen, wie schädlich es für Mes Geschäft ist, dass sie kurzfristig die Feier absagen musste? Unzuverlässigkeiten und hässliche Szenen vergessen die Leute nicht.«

Sie warf Tuan einen Blick zu. Hatte er ihre Anspielung auf ihren Salon verstanden? Falls ja, schien sie ihn nicht zu berühren, denn er schaute hungrig in die Töpfe und schnappte mit Stäbchen nach Kürbisstücken und Fisch. Kauend erwiderte er:

»Man muss sich in der Tat fragen: Warum Hanh und Xuan?

Je länger ich darüber nachdenke, desto mehr komme ich zu dem Schluss, dass es einen triftigen Grund dafür geben muss.«

Entgeistert starrte Tien ihn an. Ein bisschen mehr Mitgefühl für Hanh hätte sie erwartet. Insbesondere Tuan wusste doch, wie Hanh sich hatte durchbeißen müssen, bis sie sich auf ihre Lebensgrundlage verlassen konnte.

»Was willst du damit sagen?«

Tuan fischte nach einem weiteren Stück Kürbis.

»Jetzt reicht es, Sohn«, sagte Yen scharf. Schärfer jedenfalls, als sie sonst mit Tuan sprach. Dieser zuckte mit den Achseln.

»Ich meine ja bloß.«

Er schlenderte zum Sofa zurück und streckte sich aus. »Richte ihnen aus, dass es mir leidtut.«

Er schloss die Augen und döste, bis Hoa und Nam heimkamen und gemeinsam mit Tuans Schwester, deren Mann und ihren Kindern das Wohnzimmer füllten. Wenigstens übertünchten sie die Gesprächspausen, die entstanden, weil Hoa neuerdings nur mit Tuan sprach, wenn dieser, was selten vorkam, sie etwas fragte. Auch Nam wirkte oft in sich gekehrt. Während Tuan beim Essen über die Hauptursachen von Verkehrsunfällen dozierte, blickte Tien ihren Mann verstohlen an. Wann würde er die Scheidung einreichen und sie vor die Tür setzen? Tien dachte an das Familienbild, das nach ihrem Termin bei Herrn Thanh in ihr entstanden war, harmonisch, ohne Tuan. Nach dem Mittagessen ging er fort, Nam zu seiner Tante hinunter und Hoa besuchte eine Freundin, um mit ihr die Hausaufgaben zu erledigen. Tien und Yen machten sich daran, das Geschirr abzuwaschen. Als sie die Hälfte des Spülberges bewältigt hatten, hielt Yen inne und trocknete sich die Hände. Sie linste ins Wohnzimmer, als wolle sie sich vergewissern, dass auch wirklich niemand zugegen war.

»Tien.« Ein Spültuch knetend druckste sie herum, bis Tien ihr das Tuch abnahm und ihre Hand auf Yens Schulter legte.

»Was ist los«, fragte sie vorsichtig. »Geht es dir nicht gut?«

Vehement schüttelte ihre Schwiegermutter den Kopf. »Das ist es nicht.« Sie wirkte angespannt.

»Tien, hör zu. Ich muss dir etwas sagen.«

☆

Wieder einmal stand Tuyet am *Noi Bai*-Flughafen und scannte mit ihren Augen die Passagiere an den Gepäckbändern. Da! Dort ging Bo auf und ab und suchte nach seinem Koffer. Tuyets Handflächen wurden feucht vor Freude und Aufregung. Dank ihrer Initiative betrat er nach dreißig Jahren vietnamesischen Boden. Was wohl in ihm vorging? Tuyet reckte ihren Hals, um ihn nicht aus den Augen zu verlieren. Endlich trat er durch die Absperrung und kam mit dynamischen Schritten auf sie zu. Schlank und sportlich wirkte er nach wie vor, sein Haar und seine Brauen waren grauer als in Tuyets Erinnerung. Freudig umarmte sie Phong.

»Bo! Ich kann es nicht fassen, dass du da bist.«

Ihr Vater stellte seinen dunklen, etwas schäbigen Koffer ab und drückte sie an sich. Dass er sie nicht sogleich wieder losließ, zeigte Tuyet, wie überwältigt er war. Tuyet ergriff seinen Koffer, den Phong ihr protestierend aus der Hand nahm, und bugsierte ihren Vater zum Taxistand. Mit angespanntem Gesicht schaute Phong sich um, und Tuyet versuchte, sich auszumalen, wie es war, in eine Heimat zurückzukehren, die sich grundlegend verändert hatte. Um die Stimmung ein wenig aufzulockern, sagte sie: »Hast du gedacht, dein Koffer ginge verloren oder weshalb reist du mit dem ältesten, den du auftreiben konntest?«

Tatsächlich lächelte Phong, und während der Taxifahrer das Gepäck verstaute, antwortete er: »Mit dem guten Stück bin ich Ende der Siebziger in die DDR eingereist. Alle Studenten bekamen so einen und sollten ihn nach ihrer Rückkehr wieder abgeben. Ich gestehe, dass ich spät dran bin.«

Schmunzelnd drückte Tuyet seine Hand. Also hatte er sich

doch nicht von allen Erinnerungsstücken getrennt. Auf dem Weg nach Tay Ho schwiegen sie, und Tuyet beobachtete, wie ihr Vater die ungewohnten Eindrücke aufsaugte. Rasten hupende Mopeds vorbei, zuckte er zusammen, überquerten Fußgänger die Straße, ohne nach rechts und links zu schauen, trat er auf ein imaginäres Bremspedal. Sie erreichten Tuyets Haus, und Phong bewunderte ihre Wohnung mit dem großartigen Blick auf den Westsee. Sie wies ihn an, es sich auf ihrem Sofa bequem zu machen, während sie das Frühstück richtete.

»Letzte Woche wäre die Aussicht nicht so schön gewesen«, erklärte Tuyet. »Neue Kabel wurden verlegt, und ich bin heilfroh, dass dabei niemand zu Schaden gekommen ist.«

Phong nickte, aber offensichtlich war er mit seinen Gedanken woanders. Tuyet machte sich klar, dass er vermutlich in seinem Heimatland einen Kulturschock erlitt. Sie stellte einen vietnamesischen Kaffee vor ihrem Vater ab.

»Eigentlich wäre mir danach, mit etwas Alkoholischem anzustoßen. Aber dazu ist es wohl noch zu früh.«

Phong nippte an seinem Kaffee und entspannte sich sichtlich.

»Wann kommt Julian?«

»In ein paar Tagen. Er hat eine Gruppe Australier kennengelernt und reist mit ihnen nach Sapa und Dien Bien Phu. Er möchte den Ort sehen, an dem Großvater gegen die Franzosen gekämpft hat.«

»Er schrieb mir, dass es ihm gut ginge. Stimmt das oder will er nur seinen alten Herrn beruhigen?«

Tuyet reichte Phong einen warmen Toast.

»Bis auf sein Handgelenk, das noch weh tut, hat er sich erholt. Apropos. Brauchst du ein paar Stunden Schlaf oder möchtest du dich in der Stadt umsehen?«

Phong streckte sich und warf einen Blick nach draußen, wo sich ein sonniger Tag ankündigte.

»Ich würde gerne duschen und zum Hoan Kiem-See fahren. Begleitest du mich?

Wenig später spazierten sie über die karmesinrote *Brücke der Aufgehenden Sonne* zum Jadeberg-Tempel und dann am Seeufer entlang, wo sie sich auf einer Bank niederließen.

»Zum Glück ist mir nicht alles fremd geworden«, atmete Phong auf. »Der Schildkrötenpavillon steht da wie eh und je.«

»Hast du mitbekommen, dass Cu Rua gestorben ist?«, erkundigte sich Tuyet.

»Na klar, sogar der europäischen Presse war ihr Tod eine Meldung wert. Deine Mutter und ich haben sie einmal gesehen.« Er lachte. »Das dachten wir jedenfalls. Vielleicht haben wir uns Cu Rua auch nur eingebildet.«

Es war das erste Mal, dass er Hanh erwähnte, und gespannt wartete Tuyet, ob er fortfuhr. Er tat es nicht, sondern wollte die Altstadt erkunden. Fast euphorisch erkannte Phong viele Straßen mit ihren alten Bäumen wieder. Tuyet erzählte ihm von Linh, die sich für deren Erhalt einsetzte, und Phong hörte interessiert zu. Als es Mittag wurde, führte Tuyet ihren Vater zu einem Souvenirladen in der Hang Gai, hinter dem sich, wenn man ihn durchquert hatte, ein stimmungsvolles, kleines Café versteckte, von dessen Terrasse aus sie einen guten Blick auf den Hoan Kiem-See hatten. Sie tranken *ca phe sua chua*, Kaffee mit Jogurt, und aßen *Pho Ga*, die Hühnersuppe, die auch Phong so liebte.

»Hast du etwas von Alexander gehört?«, wollte er plötzlich wissen.

Über ihren Liebeskummer zu sprechen, wo doch ihr Vater einen bahnbrechenden Tag erlebte, fand Tuyet unangebracht. Stattdessen hätte sie zu gerne gewusst, was in ihm vorging und was er empfunden hatte, nachdem er ihre E-Mail gelesen hatte – und dann auch noch von Hanh kontaktiert wurde. Doch sogleich rief sie sich ins Gedächtnis, was ihre Mutter gesagt hatte.

»Eine E-Mail zu lesen und einem Besuch zuzustimmen, ist eine Sache. Aber Hanoi zu sehen, zu riechen, zu schmecken und dabei die Flut von Erinnerungen auszuhalten, eine ganz andere. Wenn Phong etwas ans Herz geht, dann das. Lass es langsam angehen.«

So schwer es ihr fiel, beschloss Tuyet, Bo bestimmen zu lassen, in welchem Tempo, er sich an seine Geschichte herantastete. Nachdem sie ihm eine abgespeckte Variante ihrer Trennung von Alexander geschildert hatte, gab sie zu:

»Ganz schönen Mist habe ich gebaut, und das tut mir entsetzlich leid. Auch, dass ich dich enttäuscht habe. Aber, Bo, ich möchte nicht missen, was ich hier erlebe. Nicht nur, weil ich Hanh und deine Heimat kennenlerne, sondern auch weil ich ein ganz anderes Leben führe, ohne ständig an meine Karriere zu denken. Wer hätte denn gedacht, dass ich so geschickt mit Pferden umgehen kann, und sogar mit Kindern.« Tuyet lachte auf, obwohl sie damit rechnete, dass er nun zu seinem mahnenden Vortrag über ihr Alter und ihre Pflichten ansetzen würde. Doch Bo lächelte, was sie ermutigte, ihm mehr über ihr Leben in Hanoi zu erzählen. »Was ich auch nicht für möglich gehalten hätte, ist, wie viel Spaß es mir macht, Vietnamesisch zu lernen, und je besser ich es kann, desto vollständiger fühle ich mich.«

In gespielter Panik raufte sich Phong das Haar.

»Erzähl das bloß nicht Frau Ly, sonst wäscht sie mir gleich wieder den Kopf, weil ich dir damals erlaubt habe, mit Vietnamesisch aufzuhören.«

Ebenfalls scherzhaft legte Tuyet zum Zeichen des Stillschweigens den Zeigefinger auf ihre Lippen. Es freute sie, dass er humorvoll reagierte.

»Weißt du, Bo, seit meiner Entscheidung, in Hanoi zu bleiben, habe ich erst so richtig das Gefühl, mein Leben in die Hand zu nehmen.«

Erstaunt sah Phong sie an.

»Das scheint mir arg übertrieben. Du bist Anwältin und wohnst seit Jahren mit Alexander zusammen. Wenn das kein selbstständiges Leben ist.«

Tuyet strich sich ihren Pony aus der Stirn.

»So gesehen, hast du recht«, erwiderte sie einlenkend, »aber ich habe nie darüber nachgedacht, was mir außer meiner Familie und Karriere wichtig ist.«

Missbilligend zogen sich Phongs Brauen zusammen, weshalb Tuyet besänftigend ihre Hand auf seinen Unterarm legte.

»Keine Sorge, Bo, ich hänge meinen Job nicht an den Nagel. Aber zum Beispiel um meine Freundschaften will ich mich intensiver kümmern, denn die habe ich in den letzten Jahren sträflich vernachlässigt.«

Bos Gesicht entspannte sich und er nickte.

»Vielleicht habe ich das auch«, gab er zu, »aber solange deine Mom bei mir war, fehlte mir nichts. Mit ihr konnte ich über alles reden, und meistens waren nicht einmal Worte nötig, damit ich wusste, dass sie mich versteht.«

Betroffen zog Tuyet ihre Hand zurück. Ihn jetzt nicht über Marinas scheinheilige Rolle aufzuklären, war fast unmöglich. Hätte sie doch bloß nicht zugestimmt, es Hanh zu überlassen. Nichtsdestotrotz hielt sie sich an ihre Abmachung, denn es waren ja Hanhs Briefe, um die es ging, und deren Liebe, die Marina zerstört hatte.

»Christa ist wirklich eine gute Freundin«, fuhr Phong fort. »Regelmäßig erkundigt sie sich, wie es mir geht, oder fragt, ob ich mir einen Film anschauen möchte. Aber wie es wirklich in mir aussieht, würde ich ihr nicht erzählen.«

Tuyet machte eine vage Kopfbewegung, die Verständnis ausdrücken sollte.

»Mir fällt das auch nicht leicht«, sagte sie, während sie ihre Worte abwog, »aber gegenüber Menschen, die einem etwas bedeuten, mit allem hinter dem Berg zu halten, ist einfach nicht richtig.«

Mit einem undefinierbaren Ausdruck, als ob eine Palette an Gefühlen ineinander verschmolzen wäre, erwiderte Phong ihren Blick. Dann, sich räuspernd, strich er seinen Pulli glatt. »Entschuldige mich kurz.«

Er verschwand in Richtung der Toiletten, und Tuyet ließ sich zurücksacken. Bo gleich am ersten Tag zu kritisieren, was sowohl für ihn als auch für sie ungewohnt war, fiel ihr nicht leicht, aber sie konnte nicht mehr so tun, als wäre die Verschwiegenheit, die in ihrer Familie herrschte, in Ordnung. Sie bestellte noch einen Kaffee und betrachtete den malerischen Ort mit seinen hohen Pflanzen, Winkeln und Balkonen. Auf einmal trat ein Vietnamese ihres Alters an sie heran.

»Du gehörst doch zu dem grauhaarigen Herrn, nicht wahr?«, fragte er. »Jeans. Blauer Pullover. Vielleicht schaust du mal nach ihm.«

Augenblicklich hastete Tuyet in Richtung Herrentoilette, wo sie ihren Vater, gestützt auf ein Waschbecken, vorfand.

»Bo! Was ist los? Hast du deine Tabletten dabei? Brauchst du einen Arzt?«

Phong richtete sich auf. Er hatte gerötete Augen und seine Wangen wirkten eingefallen. Beschämt lächelte er und bezeichnete ihr, dass alles in Ordnung sei.

»Reg dich nicht auf, Tuyet. Meinem Herzen geht es ganz gut. Nur bin ich erschöpfter, als ich dachte.«

Tuyet bestand darauf, sofort heimzufahren. Dort schlief Phong mehrere Stunden und stimmte zu, nichts weiter zu unternehmen, als in einem Restaurant in der Nähe zu Abend zu essen. Auch in den nächsten Tagen schlief er viel, und Tuyet wurde bewusst, dass ihm der Jetlag viel stärker zusetzte als jüngeren Leuten. Doch peu à peu akklimatisierte er sich und erbat Zeit, um Hanoi auf eigene Faust zu besichtigen. Aus der Kham Thien-Straße kehrte er erschüttert zurück.

»Die Frau aus Bronze, die ihr totes Kind hält, sieht aus wie meine Tante. Aber vielleicht sehen alle, die in der Kham Thien-Straße Angehörige verloren haben, Ähnlichkeiten. Mein Gott, Tuyet, nach all den Jahren höre ich es wieder. Die Schreie, das Weinen, Hilferufe.« Hilflos fuhr er sich mit seiner Hand durch sein graues Haar. »So wenigen konnte ich helfen. Ein kleines

Mädchen, vielleicht vier oder fünf, zuckte noch, als ich es aus den Trümmern zog. Ich schleppte es zu einem Krankenwagen, aber als wir ankamen, war es tot. Mit einer ordentlichen Beatmung oder Herzmassage hätte das Kind eventuell eine Chance gehabt.«

Tuyet wartete ab, bis er sich gefasst hatte.

»Ich kenne das Denkmal. Hast du Lan, die Denkmalpflegerin, getroffen? Nein?« Sie erzählte ihrem Vater von dem Tag, an dem sie begriffen hatte, dass ihre Eltern die schwersten Luftangriffe Hanois überlebt hatten. Phong atmete laut.

»Wir haben uns gegenseitig beschützt. Hand in Hand sind deine Mutter und ich dem Tod von der Schippe gesprungen.«

Noch einmal hörte Tuyet von den Weihnachtsbombardierungen. Phongs Erzählung unterschied sich nicht sehr von der ihrer Mutter. Was immer später geschehen war, jene Tage schienen die beiden auf eine für Tuyet unergründliche Weise zusammengeschweißt zu haben. Phong erzählte noch mehr. Von der Trauer um seinen Vater und der Hoffnung, wenigstens seine Mutter wiederzusehen. Doch sie war im Dschungel gefallen, und ihr Körper blieb verschollen.

»Umgeben von Tod, Trauer, Verstümmelung, Angst und Schmerz … Manchmal weiß ich gar nicht, wieso nicht alle verrückt geworden sind. Mir hat mein Traum geholfen. Du weißt schon. Zu lernen, wie man Leben rettet und heilt. Arzt zu sein bedeutet mir alles, und ich verstehe einfach nicht, weshalb Julian nicht begreift, dass es der beste Beruf ist.«

»Für dich, Bo«, entgegnete Tuyet sanft. »Für dich ist er das.«

☆

Ein paar Tage später erwachte Tuyet zeitig vom Rauschen der Dusche. Es war der Tag, an dem sich Phong mit Hanh treffen würde, und mit Sicherheit war es seine Aufregung, die ihn früh aus den Federn holte. Auch Tuyet spürte ein nervöses Kribbeln an den Magenwänden. Was würde geschehen, wenn sich Hanh und Phong gegenüberständen? Tuyet kniff ihre Augen zusammen und versuchte, es sich vorzustellen. Es gelang ihr nicht. Im Bad hustete ihr Vater und schnäuzte sich die Nase. Dann lief wieder Wasser. Tuyet ging ins Wohnzimmer, um Frühstück zu machen und zu lüften. Als sie an Phongs Nachtlager vorbeikam, sah sie auf seinem Kopfkissen E-Mails liegen. Ausgedruckt in großformatiger Schrift konnte Tuyet nicht umhin, zu sehen, dass sie von Hanh stammten. Auf die Dusche horchend unternahm sie erst gar nicht den Versuch, gegen ihre Neugier anzukämpfen.

Lieber Phong,
wie geht es dir? Ewigkeiten ist es her, dass ich dir diese Frage gestellt habe, und dass ich es noch einmal tun würde, hätte ich nicht vermutet. Doch überraschen uns unsere Ahnen oft genau dann, wenn wir am wenigsten damit rechnen. Ich weiß, du nennst das Zufall. Da Tuyet dir bereits geschrieben hat, glaube ich nicht, dass dich meine E-Mail aus der Fassung bringt. Ich hoffe es, denn ich hörte, dass du vor kurzem deine Frau verloren hast, und möchte dir nicht noch mehr Kummer bereiten.

Warum schreibe ich also? Vor allem, um die weiße Fahne zu schwenken, und ich hoffe, du kannst sie sehen. Als Tuyet unerwartet in meinem Geschäft stand, hat sie alles auf den Kopf gestellt. Besonders, als ich merkte, dass sie gar keine Ahnung hatte, wer ich war. Ausgerechnet Linh, meine jüngste Tochter, hat uns zusammengeführt. Inzwischen habe ich mich beruhigt, obwohl mir manchmal noch schummerig zumute ist. Aber das wird vergehen. Meine nächste Wegetappe möchte ich beschreiten, ohne Angst haben zu müssen, über Steine meiner Vergangenheit zu stolpern. Ich wünsche mir, mit meinem Leben ins Reine zu kommen. Ergeht es dir ähnlich?

Ich würde mich freuen, wenn du mir antwortest.
Hanh

»Ein paar Mal haben wir uns geschrieben«, hörte Tuyet Phongs Stimme sagen. Sie fuhr herum, wobei die E-Mail zu

Boden flatterte. In hellen Hosen und einem dunkelgrünen Kurzarmhemd stand Phong hinter ihr, frisch rasiert und mit akkurat gescheiteltem Haar. Eindringlich blickte er sie an.

»Bo! Denk bitte nicht, dass ich in deinen Sachen herumschnüffele. Ich wollte lüften und da …«

Tuyet verhaspelte sich. Was dachte ihr Vater jetzt bloß? Mit ernster Miene kam Phong auf sie zu, aber er hielt ihr keine Moralpredigt. Tuyet schnappte nach Luft, als er sie in den Arm nahm und an sich zog.

»Wie könnte ich dir böse sein, weil du versuchst, so viel wie möglich zu erfahren? Geradezu aufstöbern musstest du deine Mutter, und ich war dir dabei keine Hilfe.«

Er ließ sie los und sah schuldbewusst auf den Boden.

»Marina und ich dachten, es wäre am besten, wenn du sicher bist, wo du hingehörst. Du solltest nicht zerrissen zwischen zwei Familien und Kulturen hin- und herpendeln, jedes Mal voller Abschiedsschmerz, wenn du Vater oder Mutter verlassen müsstest. Anfangs hätten wir uns die teuren Flüge auch gar nicht leisten können, und als es finanziell drin gewesen wäre, wollte ich dein Leben nicht aus dem Gleichgewicht bringen. Und meins wohl auch nicht.«

Er machte eine Pause, als wollte er Tuyet die Gelegenheit geben, ihm zu signalisieren, dass sie ihn verstand. Es lag ihr auf der Zunge, zu sagen, dass ihr Leben ja nun trotzdem durcheinandergeraten war, doch stattdessen lächelte sie. Bos Nachmittag würde aufregend genug werden, ihre Zeit für ausführliche Gespräche noch kommen. Als hätte er in ihrem Lächeln einen Widerspruch entdeckt, redete er weiter.

»Hanh schien dir nicht weiter zu fehlen. Marina, du, Julian und ich waren eine glückliche Familie, und du ein fröhliches Mädchen, das sich von allen geliebt fühlte. Weshalb hätte ich dich erschüttern sollen, indem ich dich daran erinnerte, dass deine Mutter fortgegangen war?« Phong zuckte mit den Schultern. »Je älter du wurdest, desto mehr Angst hatte ich vor deinen Fragen, weil ich fürchtete, dich nicht trösten zu können wie als kleines Kind. Und als Jugendliche, in einem Alter, in dem man sich alles extrem zu Herzen nimmt, wollte ich dich erst recht nicht aus der Bahn werfen. Ehrlich gesagt war ich heilfroh darüber, dass Hanh kein Thema war. Kannst du mir verzeihen, dass ich ein schrecklicher Feigling bin?«

Tuyet biss sich auf ihre Lippen. Bestimmt hatte Marina ihm eingeredet, dass es besser wäre, Hanh totzuschweigen.

»Es ist gut, Bo«, sagte sie. »Ich wünschte, ich hätte Me früher kennengelernt. Aber was wirklich zählt, ist, dass es noch nicht zu spät ist.«

Phong drückte ihre Hand so fest, dass sein Griff Spuren hinterließ.

☆

Das Grau des Himmels, der sich in den letzten Wochen selten wolkenlos gezeigt hatte, ließ das Seewasser fahl aussehen. Angenehm warm war die Luft trotzdem, und Hanh war sicher, dass dieser Tag eins nicht werden würde: farblos. Sie bemühte sich, nicht alle paar Sekunden auf ihre Armbanduhr zu sehen, und fixierte ihren Blick auf den Schildkrötenpavillon. Diese Bank am Hoan Kiem-See hatte Phong vorgeschlagen, und Hanh war einverstanden gewesen. Das letzte Mal hatten sie hier 1978 zusammen gesessen. Hanh schloss ihre Augen und ließ den Klang der entfernten Jahreszahl nachwirken. Damals hatte Phong ihr eröffnet, dass er in der DDR studieren durfte.

Nun schielte sie doch auf ihre Uhr. Wie er wohl aussähe? Was würde er sagen? Was über sie denken? Dass sie ganz schön auseinandergegangen war? Und wenn es ihr nicht gelänge, ihre Haltung zu bewahren? Automatisch streckte Hanh ihren Rücken. Weinen, das wollte sie nicht. Ohne dass sie ihn hatte kommen sehen, saß Phong plötzlich neben ihr und lächelte sie an. Hanhs Herz schlug schneller. Ob sie zurücklächelte oder ihn mit offenem Mund anstierte, hätte sie nicht sagen können. Nur, dass Phong ihr fremd und vertraut zugleich erschien. Sein Haar war grau, und sie hatte ihn größer in Erinnerung gehabt. Um seine Augen und Mundwinkel hatten sich Falten gebildet, die zu ihm passten. Bekannt kam ihr das bewegte Spiel seiner Brauen vor, die winzige Bewegung, mit der er, wenn er sprach, den Ring an seinem Finger drehte und seine Augen, die voller Interesse blickten.

»Selbst von hinten habe ich dich gleich erkannt«, sagte Phong. »Dein Haar ist noch genauso schwarz und glänzend wie früher.«

Jetzt lächelte Hanh und dachte an ihren Frisörbesuch, bei dem Linh und Xuan sie zu dieser Tönung überredet hatten. Und an diesem Morgen hatte Xuan ihr kopfschüttelnd den bequemen Blumenanzug aus der Hand genommen und auf ein helles Kleid gedeutet. Jetzt war Hanh froh darüber.

»Danke«, antwortete sie. »Ich sehe in dir auch den jungen Mann, den ich am Flughafen zurückgelassen habe.«

Hanh stockte. Mit der Frage, wer letztlich wen verlassen hatte, begann man natürlich kein Gespräch.

»Wie waren deine ersten Tage in Hanoi?«

Phong drehte seinen Ring hin und her.

»Zuerst dachte ich, alles hätte sich so verändert, dass ich mich kaum zurechtfinde«, antwortete er. »Aber das ist gar nicht so. Verwirrend sind vielmehr die Plätze, die ich auf Anhieb wiedererkenne. Als Erstes habe ich übrigens mit Tuyet unsere Bank besucht.«

Schweigend sahen sie sich an.

»Wie geht es in deinem Keramikgeschäft? Tuyet hat mir erzählt, was passiert ist.«

Hanh seufzte.

»Dann weißt du, dass von den Tätern jede Spur fehlt. Wir haben aufgeräumt, und unsere Nachbarn spenden großzügig Waren aus ihrem Sortiment, damit überhaupt etwas in unseren Regalen steht.«

Sie verdrängte den Anblick ihres zertrümmerten Ladens.

»Wie geht es dir nach Marinas Tod? Es tut mir leid, dass sie viel zu früh gestorben ist.«

Phongs Brauen rückten dichter zusammen, während er seine Augen an den Pavillon heftete.

»Es geht. Meine Arbeit füllt mich aus. Hast du von den vielen Flüchtlingen in Deutschland gehört? In meiner Freizeit kümmere ich mich um diese Menschen, die vor Krieg und Bomben übers Meer flüchten und froh sein können, wenn sie mit ihren Kindern lebend das Festland erreichen. Über mein eigenes Leben grübele ich nicht allzu oft nach.«

Den Stoff ihres Kleides knetend, ließ Hanh ein paar Sekunden verstreichen.

»Und trotzdem bist du nach Vietnam gekommen?«

Sie fing Phongs Blick auf und hätte beinahe gelacht, weil sie ihn noch immer zu deuten wusste. Er fühlte sich ertappt.

»Allein wegen Tuyet hätte ich es nicht getan«, gab er zu. »Mit ihr kann ich schließlich in Frankfurt reden. Aber deine weiße Flagge, die du so kräftig geschwungen hast«, jetzt grinste er, »konnte ich unmöglich ignorieren.«

Schweigend steuerten sie auf den Kern ihres Gespräches zu. Phong drehte unablässlich an seinem Ehering. Abrupt hörte er damit auf.

»Verzeih mir, Hanh.«

Er streckte seine Hand aus, und Hanh nahm sie an. Für sie war es seltsam, Phong zu berühren. Sie dachte an all die Jahre, die sie vergeblich gewartet hatte. An ihre Verzweiflung, Wut und Scham. Langsam zog sie ihre Hand aus seiner.

»Sag mir eins. Wärst du zurückgekommen, wenn du gewusst hättest, wie sehr wir auf dich warten?«

Phong reagierte nicht. Nur die winzige Bewegung seiner Brauen verriet Hanh, dass ihre Frage ihn nicht gleichgültig ließ. Sie wartete. Nach all den Jahren kam es auf ein paar Minuten nicht an. Endlich nickte Phong.

»Natürlich weiß ich nicht, was nach meiner Rückkehr aus mir geworden wäre. Immerhin hatte ich nach dem Mauerfall unerlaubt Staatsgrenzen überquert. Aber du und ich, wir hatten eine Menge zusammen durchgestanden. In dem Wissen, dass du mich brauchst, hätte ich dich nicht im Stich gelassen.«

Nach brennender Liebe klang das nicht. Ob Phong froh war, dass Marina ihm Gewissheit erspart hatte? Schon möglich. Nachdenklich strich Hanh sich ihr schwarzes Haar aus dem Gesicht und linste zu Phong hinüber, der einige Kinder mit einem Skateboard zu beobachten schien. Seine Mimik hatte sich entspannt. Zweifellos hatte Hanh ihm etwas bedeutet. Allerdings längst nicht so viel wie seine Freiheit und das Abenteuer, das sich ihm damals eröffnete. Dennoch nahm Hanh ihm ab, was er soeben versichert hatte. Es reichte ihr, um Frieden zu schließen.

»Ich habe nichts zu verzeihen«, sagte sie. »Ich weiß, du dachtest, ich wäre mit Tuan zusammen und schriebe dir deshalb nicht mehr. Glaub mir, so war es nie.«

Sie öffnete ihre Handtasche und legte ihre Briefe in Phongs Hände, so wie Tuyet es bei ihr getan hatte.

»Fast ein Vierteljahrhundert zu spät erreichen sie dich«, erklärte Hanh. »Der Poststempel lügt nicht, und du wirst sehen, dass Tien und ich lange auf dich gehofft haben.«

Ohne seine Reaktion abzuwarten, erzählte sie ihm, was sie von Tuyet wusste. Lediglich weil das Briefpapier in einem fort vibrierte, bemerkte Hanh das leichte Zittern seiner Hände. Nicht eine Sekunde fürchtete sie, dass sein Herz versagen würde. Es hatte viele Tragödien überstanden. Dennoch beobachtete sie Phong aufmerksam. Tuyets Sorge, dass Marinas Verhalten ihn schwer treffen musste, war berechtigt, und Hanh empfand Mitleid für ihren Ex-Mann. Als alles gesagt war, stieß Phong einen langtönenden Seufzer aus, der in ein Stöhnen überging. Dann schwieg er, und es überraschte Hanh in keinster Weise, dass Phong seinen Schmerz ihr gegenüber nicht zeigte, so wie auch Hanh ihn nicht mit ihrer Traurigkeit darüber behelligen würde, dass sie ein gemeinsames Leben verpasst hatten. Das, was geschehen war, ließ sich nicht mehr ändern, und da sich fünfundzwanzig Jahre voller Fragen und Zweifel zwischen ihnen auftürmten, würden sie, so nah sie sich auch einmal gestanden hatten, ihre intimsten Gedanken nicht mehr miteinander teilen.

Eine Frau mit Reishut und Tragestangen, die sie auf ihren Schultern balancierte, bot ihnen ihre Früchte an. Hanh erstand eine kleine Melone und Phong reichte ihr wortlos sein Taschenmesser. Hanh zerteilte die Melone und gab ihm ein Stück. Schweigend aßen sie, und es fiel ihr nicht schwer, Phong seinen Gedanken zu überlassen. Sie hatte erfahren, was sie wissen musste, und alles Wichtige gesagt. Und zwar nicht nur Phong. Tien wusste nun Bescheid, dass sie Phongs Überweisungen zu Linhs Sicherheit einbehalten und damit deren Zahnkorrekturen bezahlt hatte. Den Rest des Geldes bekäme natürlich Tien, die es dringend für ihre Scheidung von Tuan bräuchte. Ein Schauer lief Hanh über den Rücken, als sie sich vorstellte, wie Tuan wohl auf Tiens Entschluss reagieren würde. Sollte sie die Sorge um ihre Älteste mit Phong teilen? Allerdings hatte sie Tien versprochen, noch niemandem etwas zu verraten.

»Was für ein Idiot ich bin«, entfuhr es Phong plötzlich, und mit einer heftigen Bewegung versenkte er die Schneide seines Messers in einem Melonenstück. »Am Tag vor der Beerdigung stand Tuyet aufgelöst in Marinas Zimmer. Ich schob das auf ihre Trauer, obwohl ich bemerkte, dass sie unser Familienfoto von der Wand entfernt und es umgedreht hatte. Nie habe ich sie gefragt, weshalb sie das getan hat. Auch nicht, warum sie Marina plötzlich nicht mehr Mom nannte.«

Er zog das Messer aus der Melone. Mitleidig sah Hanh ihn an. Sie ahnte, was in ihm vorging, denn sie hatte es selbst mitgemacht. Innerhalb von Sekunden fügten sich Erkenntnisse zusammen und ergaben ganz neue Zusammenhänge. Das Messer schnappte zu, und er steckte es in seine Hosentasche.

»Hast du es je bereut, dass du nicht in Deutschland geblieben bist?«

Hanh musste nicht lange nachdenken, denn in den letzten Wochen war sie zu einer eindeutigen Antwort gelangt.

»Ich brauchte Vietnam, wie eine Pflanze einen speziellen Boden braucht, um zu gedeihen. Aber Tien hängt an der Vorstellung, ihr Leben wäre in Deutschland ein besseres geworden, und das tut mir leid. Hast du mit ihr gesprochen?«

»Ich habe ihr geschrieben, aber sie antwortet nicht.«

Mit der Zunge machte Hanh ein paar schnalzende Geräusche. »Sie trägt es uns nach. Hast du je daran gedacht, sie zu dir zu nehmen? Eine Weile spukte mir die Idee im Kopf herum, aber ich habe mir eingeredet, dass Tiens Heimat Vietnam ist. Ich wollte sie nicht noch einmal verlieren. Wahrscheinlich wollte ich nicht euch alle verlieren.«

»Ich habe nie darüber nachgedacht«, gab Phong zu. »Letztlich haben Tien und ich nur knappe zwei Jahre zusammengelebt. Unsere Beziehung war nicht besonders tief.«

Pfeifend stieß Hanh Luft durch ihre Zähne.

»Das sieht Tien anders.«

Sie zog Tiens alte Zeichnungen hervor und faltete sie auseinander. Tien an der Hand ihres Vaters mit einem Schokoladeneis. Tien mit einem riesigen Gips, lächelnd mit einem Eis. Tien als Ärztin mit einem viel zu großen Stethoskop um den Hals. Tien am Flughafen. Darunter in hübscher Kinderschrift: Versprochen ist versprochen und wird nicht gebrochen! Wortlos studierte Phong die Bilder. Dann fiel ein Tropfen auf das dünne Papier und ließ das Eis, das Tien gemalt hatte, zerfließen. Hanh fragte sich, ob ihn die Schuldgefühle überkamen, die ihn bisher verschont hatten. Doch Phong schien sich schnell zu sammeln. Etwas angegriffen sah er aus, aber nicht erledigt.

»Wie weh ich Tien getan habe, war mir nicht bewusst.« Er schüttelte den Kopf. »Ihr musstet das Flugzeug bekommen, und Tien wollte nicht fort. Alles hätte ich ihr versprochen, damit sie sich endlich losreißt. Danach habe ich mir wenig Gedanken um sie gemacht. Weshalb auch? Sie war ja bei ihrer Mutter.« Phong seufzte und sah Hanh an. »Ich verstehe, dass sie auf den Kontakt zu mir nicht erpicht ist.«

Hanh behielt für sich, dass das noch freundlich ausgedrückt war.

»Ich werde mich um Tien bemühen. Versprochen.«

Hanh musste nach Bat Trang zurück, und Phong begleitete sie zum Busbahnhof. Beim Abschied sagte er: »Ich bin noch zwei Wochen in Hanoi. Werden wir uns sehen?«

Hanh hatte nichts dagegen und nickte. Zwar waren sie kein Paar geblieben, doch ihre Kinder, die dabei waren, sich zusammenzuraufen, und ihre Enkel verbanden sie. Phongs Handy schrillte, fast gleichzeitig ertönte ihr Mobiltelefon.

»*Chào*, Linh«, brüllte Hanh in ihr Handy und hörte gleichzeitig, wie Phong Tuyet begrüßte. Ein Moment verging, in dem jeder von ihnen gebannt einer Tochter zuhörte. Dann schlug sich Hanh entsetzt die Hand vor den Mund, und als sie Phongs Blick auffing, las sie darin, dass er dieselbe bestürzende Nachricht erhalten hatte. Der Bus nach Bat Trang fuhr ohne Hanh ab.

☆

Nachdem Phong zu seiner Verabredung aufgebrochen war, machte sich Tuyet auf den Weg zum Reiterhof. Sie hatte Loan angedeutet, dass ihre Auszeit sich dem Ende näherte, jedoch versprochen, bis dahin zu helfen.

Als sie die Haustür öffnete, hätte sie dadurch beinahe einige Mopeds umgestoßen. Sich durch den Türspalt quetschend sah sie, dass auf dem Vorhof ungefähr vierzig bis fünfzig Personen an kleinen Plastiktischen saßen und speisten. Ihre Nachbarin winkte ihr zu.

»Was feiern Sie denn?«, fragte Tuyet.

»Meine Familie gedenkt heute der Verstorbenen. Wenn du zurückkommst, ist die Tür wieder frei.«

Lachend deutete sie auf die Ansammlung von Mopeds, die den Eingang versperrten. Tuyet winkte ein Taxi heran. Während der Tag in Tay Ho sich grau und warm zeigte, regnete es bei den Pferden, und der Boden war schlammig. Loan teilte Tuyet mit, dass einige Schüler abgesagt hatten, was es ihr erlaube, Vorstellungsgespräche mit potenziellen Reitlehrern zu führen. Sie bat Tuyet, mit Linh die Pferde zu putzen und die Ställe auszumisten. Tuyet schlüpfte in ein Paar schwarze Gummistiefel und besuchte zuallererst die beiden Fohlen, die vor wenigen Tagen zur Welt gekommen waren. Als sie sich ihnen näherte, trippelte eine der Stuten nervös von einem Huf auf den anderen und wieherte. Aus gebührendem Abstand beobachtete Tuyet die jungen Tiere, die auf viel zu langen Beinen ins Leben staksten. Doch die Pferde waren nicht die einzigen, die Nachwuchs bekommen hatten. Auch die sandfarbene Kanaanhündin Kim war Mutter geworden. Jetzt streckte sie sich unter einer Palme aus, damit ihre Welpen saugen konnten.

»Schön, nicht wahr?«

Scheppernd stellte Linh einen Eimer mit Karotten und Äpfeln ab. Kim hob träge den Kopf und ließ ihn sogleich wieder sinken. Linh, die oft auf dem Hof war und gerne mit ihr spielte, verehrte sie; und an Tuyet hatte sie sich gewöhnt.

»Ich könnte ihnen stundenlang zuschauen. Jeden Tag werden sie neugieriger und zutraulicher.«

Eine Weile erfreuten sie sich am Anblick der Tiere, dann machten sie sich an die Arbeit. Wenig später kam ein Moped auf den Hof geknattert, und ein blonder, junger Mann mit einer Schirmmütze eilte auf Loans Büro zu. Beinahe wäre er im Matsch ausgerutscht, fing sich aber und verschwand im Gebäude. Während Tuyet ihn süß fand, fällte Linh ein weniger gnädiges Urteil.

»Das ist wieder so ein weltreisender Student, der Geld für sein nächstes Ticket zusammenkratzt. Der bleibt nicht lange.«

Tuyet lachte. »Warte es doch erst mal ab. Vielleicht verliebt er sich in dich und will gar nicht mehr weg.«

Linh verdrehte die Augen und fuhr fort, Bong zu striegeln. Schon bald erschien Loan mit dem Australier David. Er war auf einer Farm aufgewachsen und seiner vietnamesischen Freundin nach Hanoi gefolgt. Tuyet warf Linh einen bedauernden Blick zu, woraufhin diese wie ein Pferd schnaubte. Nachdem David den Hof besichtigt und einen Probetag festgelegt hatte, düste er auf seinem Moped davon. Loan, Tuyet und Linh sahen ihm nach.

»Der ist doch nett«, stellte Tuyet fest. »Die Kinder mögen ihn sicher.«

»Ja, und mit Pferden kennt er sich auch gut aus.«

Loan warf einen Blick auf ihre Uhr. »Ich muss noch etwas fürs Restaurant besorgen. Falls der nächste Bewerber kommt, schickt ihn in mein Büro und befragt ihn schon mal zu seinen Erfahrungen mit Pferden.«

Mit eiligen Schritten ging sie zu ihrem Moped und fuhr davon. Es hatte aufgehört zu regnen und Linh begann, defekte Stellen am Koppelzaun auszubessern.

»Können das nicht die Helferjungen machen? Wozu hat Loan sie engagiert?«, erkundigte sich Tuyet. Linh sah kurz auf.

»Siehst du die irgendwo? Falls sie heute hier waren, sind sie wohl schon zum Mittagessen verschwunden. Außerdem dauert alles dreimal solange, wenn ich ihnen erst erkläre, was sie tun müssen.«

»So lernen sie es aber nicht«, gab Tuyet zu bedenken. Da sich in der Tat niemand außer ihnen auf dem Hof aufhielt, ließ Tuyet das Thema fallen und fegte die Sattelkammer. Ein Motorengeräusch ließ sie aufhorchen. Der neue Bewerber. Tuyet beschloss, ihn Linh zu überlassen. Keine drei Minuten vergingen, bis ihre Schwester erschien. Kreideweiß.

»Was ist los?«, fragte Tuyet erschrocken.

»Mein Schwager ist hier«, flüsterte Linh.

Schlagartig fiel Tuyet ihre letzte Nacht mit William ein. Hatte er nicht erwähnt, dass ein Polizist auf dem Hof herumgeschnüffelt hatte? Und dass es möglicherweise Tuan gewesen war? In all den familiären Wirrungen war diese Episode völlig untergegangen, und sie hatte Linh nie danach gefragt.

»Was will er?«

»Bestimmt nichts Gutes.«

Linhs Stimme bebte. Aus irgendeinem Grund hatte sich ihr Selbstbewusstsein in Luft aufgelöst. Tuyet zog sie nach draußen und sah sich um. Ein unbekanntes Moped parkte vor dem rostigen Einfahrtstor, doch sein Fahrer war nirgends zu sehen. Langsam liefen sie in Richtung Restaurant. Hoffentlich kam Loan bald. Sie wusste, wie man sich einem vietnamesischen Polizisten gegenüber zu verhalten hatte. Schließlich entdeckte Tuyet ihn. Von einer Palme verdeckt, stand in hellen Hosen und einem karierten Hemd ein dicklicher Mann und starrte in den leeren Krokodilteich. War Tuan gar nicht in seiner Funktion als Polizist hier? Unwillkürlich stemmte Tuyet ihre Hände in die Hüften, und als ob er dadurch auf sie aufmerksam geworden wäre, drehte sich Tuan um. Ein unsympathisches Grinsen breitete sich auf seinem Gesicht aus, und wie beim ersten Mal glitt sein Blick viel zu langsam ihren Körper entlang. Sonderlich respekteinflößend wirkte er ohne seine Uniform nicht. Eher wie jemand, der versuchte, durch sein machohaftes Gehabe davon abzulenken, dass er ein kleines Licht war.

»Sieh an«, rief er aus, »sogar die zweite Schwägerin ist da. Wie ich höre, setzt du meiner Frau ganz schön zu.«

Fragt sich, wer Tien zusetzt, dachte Tuyet, hielt sich aber zurück. Sie würde sich von Tuan nicht provozieren lassen.

»Kann ich helfen?«, fragte sie, um Höflichkeit bemüht. Anstatt zu antworten, zog Tuan eine Zigarette hinter seinem Ohr hervor und zündete sie an. Linh verfolgte mit aufgerissenen Augen jede seiner Bewegungen. Genießerisch paffte Tuan, als weide er sich an Linhs Unsicherheit. Dann warf er den halbgerauchten Stummel achtlos auf den Boden. In Tuyet brodelte es. Sie verschränkte die Arme vor ihrer Brust.

»Es schadet den Tieren, wenn sie Zigaretten fressen. Deswegen haben wir Sandeimer aufgestellt.«

Sie wies auf einen in Tuans Nähe. Tuan bedachte sie mit einem eiskalten Blick. Tuyet schauderte, denn es beschlich sie das eindeutige Gefühl, dass Tuan ein noch üblerer Kerl war, als sie bisher angenommen hatte.

☆

Wie angewurzelt stand Tien hinter einem Busch und beobachtete die Szene, die sich am Krokodilteich abspielte. Auch wenn sie Tuan die Stirn bot, erkannte Tien, dass sein Erscheinen Tuyet verwirrte. Ganz zu schweigen von Linh, die zu einem verängstigten Kaninchen mutiert war. Haargenau kannte Tien dieses lähmende Gefühl, das entstand noch ehe Tuan etwas Verletzendes gesagt oder getan hatte. Allein das Wissen, das er es tun würde, reichte aus, um einem Angst einzuflößen. Deshalb war sie heute hier. Sie würde nicht mehr darauf warten, bis ihr Mann das nächste Mal auf ihr herumtrampelte. Und das Leben wollte sie sich auch nicht mehr nehmen. Im Gegenteil, sie wollte es verändern. Deswegen war sie mittags zu Tuans Polizeistelle gefahren, um ihm mitzuteilen, dass sie sich von ihm trennte. Weshalb sollte sie warten, bis Herrn Thanhs Vorhersage eintraf, die keine andere Auslegung erlaubte, als dass Tuan sie sowieso sitzen ließe. Nein, noch einmal würde er sie nicht demütigen, Tien käme ihm diesmal zuvor, und falls er durchdrehte, wären Polizisten in der Nähe, die sie beschützten. In schlaflosen Nächten hatte sie durchgespielt, was sie ihm sagen würde, tagsüber war ihr Magen wie zugeschnürt, sodass sie kaum etwas aß. An diesem Morgen war Tien mit der Einsicht erwacht, dass sie ihre Entscheidung durchziehen müsste, wenn sie nicht verrückt werden wollte. Wie eine Schauspielerin, die sich auf die Bühne vorbereitete, hatte sie ihr schickes, rotes Kleid übergestreift, sich sorgfältig geschminkt, und trotz ihrer Hüftprobleme hochhackige Schuhe angezogen, auf denen sie Tuan um einige Zentimeter überragte. Von ihrem perfekten Äußeren erhoffte sich Tien, dass es ihr helfen würde, selbstbewusst aufzutreten, so wie Tuan in seiner Uniform stets noch siegessicherer wirkte. Als Tien schließlich mit blank liegenden Nerven, doch äußerlich beherrscht einen Polizisten nach ihrem Mann fragte, antwortete ihr dieser, dass sich Tuan nicht auf der Wache aufhielte. Beinahe hätte Tien daraufhin ihre Fassung verloren. Nachdem es sie so viel Kraft gekostet hatte, den entscheidenden Schritt zu wagen, konnte sie keinesfalls unverrichteter Dinge nach Hause fahren. Gott sei Dank fiel dem Kollegen ein, dass Tuan von einem Reiterhof gesprochen hatte, zu dem er fahren wollte. Da nur Linhs Pferdehof gemeint sein konnte, hatte sich Tien sofort auf den Weg dorthin gemacht. Die gesamte Fahrt über konzentrierte sie sich darauf, nicht den Mut zu verlieren und spulte im Geiste die Worte ab, die sie sich zurechtgelegt hatte. Allerdings, wie ihr jetzt klar wurde, hätte sie die Zeit lieber genutzt, um ihre Schwestern vorzuwarnen. Daran hatte sie keine Sekunde gedacht, und jetzt war es zu spät. Als Tien den Hof mit klopfendem Herzen erreichte, stand Tuans Moped bereits am Einfahrtstor. Er war also hier, auch wenn sie ihn nicht sah, ebenso wenig wie Linh und Tuyet. Ratlos hatte Tien sich umgeschaut. Grasende Pferde, schlafende Hunde, wo waren die Menschen? Plötzlich entdeckte sie Tuan, der reglos in den Krokodilteich stierte. Sein Anblick erschreckte sie dermaßen, dass sie auf ihren hohen Absätzen fast umgeknickt wäre. Hinter einem Busch versteckte sie sich, damit Tuan sie nicht bemerkte, bevor sie bereit dazu wäre. Gleich darauf waren ihre Schwestern erschienen und auf Tuan zugegangen. Was trieb er bloß hier?

Nervös strich sich Tien über die Stirn, ohne daran zu denken, dass sie ihre dünnen Brauen schwarz nachgezogen hatte, um ihrem Gesicht einen härteren Ausdruck zu verleihen. Jetzt haftete ein Teil der Farbe an ihrer Hand.

»Wenn du mir helfen willst«, hörte sie Tuan sagen, »dann verrate mir doch mal, ob das Krokodil noch da drin ist.«

Er schaute sich um, als fürchte er, es könnte ihn von hinten angreifen.

»Du brauchst keine Angst zu haben. Sein Maul ist zugebunden«, gab Tuyet zurück. »Außer es frisst.«

Fast hätte Tien aufgelacht. Offenbar ließ Tuyet ihren Schwager schmoren, denn sie wussten alle, dass das Krokodil nicht mehr lebte. Schon in der nächsten Sekunde wurde ihr übel vor Sorge. Es war gefährlich, Spielchen mit Tuan zu treiben.

»Angst?«

Tien sah es nicht, aber sie hörte an seinem Tonfall, dass seine Augen sich zu Schlitzen verengten.

»Ich habe keine Angst. Ihr solltet welche haben, besonders diese kleine Rebellin da!«

Er zeigte auf Linh, die, anstatt trotzig auszusehen, den Kopf senkte und ihre Schultern hängen ließ. Tien seufzte. Auch Linh hatte zu lange mit Tuan unter einem Dach gelebt. Sie hatte gelernt, dass ihr das Schlimmste noch bevorstand. Sollte sie sich einmischen, bevor Tuan ihre Schwester so richtig in die Mangel nahm?

Unbehaglich trat Tien von einem Fuß auf den anderen. Ihre Schuhe waren für den unebenen, matschigen Boden alles andere als geeignet. Nein, entschied sie, unbedacht durfte sie jetzt nicht handeln, sondern musste durchschauen, was hier vor sich ging. Erst dann würde sie in Erscheinung treten, hoffentlich als Herrin ihrer Lage. Auf einmal ermutigte Tien die Aussicht, dass ihre Schwestern in der Nähe waren, und nicht Tuans Kollegen.

»Glaubst du ernsthaft, von einem Küken wie dir lasse ich meinen Ruf kaputtmachen?«, donnerte Tuan plötzlich los. Dann, wie ein hilfloser Vater, der nicht wusste, wie er sein ungezogenes Kind zur Einsicht bewegen konnte, stieß er einen langgezogenen Seufzer aus.

»Ich habe es im Guten versucht. Ich habe Verbote und Drohungen ausgesprochen, und du solltest kapiert haben, dass ich sie ernst meine. Aber immer wieder triffst du dich mit diesen Unruhestiftern. Sogar im Haus deiner Mutter. Das lasse ich nicht zu. Eher werde ich …«

Düster vor sich hinstarrend ließ er den begonnen Satz in der Luft hängen, womit er Linhs Fantasien schürte. Tien kannte diesen Trick, denn auch bei ihr funktionierte er jedes Mal. Abrupt wandte Tuan sich ab, um nun wie ein Gutachter den Hof abzuschreiten. Er spähte durch sämtliche Fenster des Restaurants, steckte seine Nase in die Stallungen, rüttelte an Türen und Zäunen und inspizierte die Tiere. So schnell es ihre Stöckelschuhe erlaubten, huschte Tien von ihrem Busch hinter einen hohen Stapel von Holzscheiten, von wo aus sie einen besseren Überblick hatte. Tuyet und Linh dackelten hinter Tuan her, und fragten sich wahrscheinlich genau wie sie, was er im Schilde führte. In Tiens Gehirn arbeitete es. Ihr Mann wollte Linh bestrafen. Aber was hatte der Hof damit zu tun? Ein Hund mit hellem Fell trottete an ihr vorbei, im Schlepptau vier niedliche kleine Welpen. Unweit ihres Verstecks ließen sie sich nieder, um zu dösen. Die Frau im roten Kleid schien sie dabei nicht zu stören.

»So!«

Wieder an seinem Moped angelangt, blieb Tuan stehen. Sein Rundgang war beendet.

»Schlechte Hygienebedingungen, kein Brandschutz und ein instabiler Zaun rund um den Krokodilteich. Die Sicherheit der Kinder ist nicht ausreichend gewährleistet. Deshalb komme ich zu dem Schluss, dass der Hof untragbar ist. Seid gewiss, wenn ich meinen Bericht geschrieben habe, macht der Laden dicht.«

Entsetzt schlug Tien ihre Hände vor den Mund. Tuyet und Linh brauchten einen Augenblick, um zu begreifen, was für einen Hammer Tuan hatte fallen lassen.

»Das Krokodil ist doch gar nicht mehr da!«, rief Tuyet. Gleichgültig zuckte Tuan mit den Schultern.

»Hättest du mir das mal gleich gesagt.«

Während Linhs besorgter Gesichtsausdruck sich jäh in Unglaube, danach in Wut verwandelte, fügte Tuan hinzu: »Dann hat Linh endlich Zeit, sich um ihre Zukunft Gedanken zu machen.«

Linhs langer Pferdeschwanz flog um ihren Kopf, als sie brüllte:

»Was hat Loan dir getan? Und die Kinder? Sie brauchen die Pferde. Das kannst du nicht machen!«

Tuan lachte und schwang sich dabei auf sein Moped.

»Ach, Linh, natürlich kann ich das. Du hast ja keine Ahnung.«

Jetzt war es soweit. Tiens Herz raste, als wollte es vor dem davonlaufen, was sie im Begriff stand zu tun. Trotzdem trat sie vor, mit zitternden Knien, da die Überzeugung, das Richtige zu tun, ihre beißende Angst nicht vertrieb. Doch Tien überwand sie.

»Dafür weiß ich eine ganze Menge«, hörte sie sich sagen. Ihre Stimme klang fremd.

Tuan fuhr herum und starrte sie genauso überrascht an wie Linh und Tuyet. »Bist du übergeschnappt?«, fauchte er drohend. »Was machst du hier?«

Tien lächelte schief.

»Einer deiner Kollegen vermutete, dass ich dich hier finden würde«, erklärte sie ruhig. »Ich bin dir nachgefahren, weil ich dir etwas geben möchte.«

Aus ihrer Umhängetasche holte sie ein auf den ersten Blick schäbiges Stück Holz hervor. Sie verstand die ratlosen Blicke ihrer Schwestern. Auch sie hatte ein Weilchen gebraucht, bis sie darin einen Holzdrachen erkannte. Den Holzdrachen, den ihre Mutter als Kind geschnitzt hatte, nachdem sie aus Hanoi evakuiert worden war. Tuan schnaufte wie ein wütender Stier.

»Du hast meine Sachen durchwühlt!«

Mit zwei großen Schritten war er bei Tien und entriss ihr den Holzdrachen. Dann holte er weit aus. Noch ehe sich Tien wegduckte, sprangen Tuyet und Linh schützend vor sie, und Tuan hielt inne.

»Was soll das?«

In Tiens Kopf breitete sich Leere aus. Anstatt auszuweichen, trat sie auf Tuan zu. Kurze Verunsicherung flackerte in seinen Augen, und später würde Tuyet sagen, dass Tiens Gesicht etwas Maskenhaftes, gleichzeitig aber wild Entschlossenes ausgestrahlt hätte.

»Meine Mutter erzählte, dass sie im Krieg einen Jungen kannte, der von anderen gehänselt wurde, weil er sich vor Angst in die Hose machte. Me vermutet, dass er es war, der im Bunker ihren Schutzdrachen stahl. Ja, ich habe deine Sachen durchsucht. Nach meinem Geld, Tuan. Dabei habe ich dieses Holzding gefunden und eins begriffen. Dieser kleine, furchtsame Junge bist du. Versteh mich nicht falsch. Sich vor dem Tod zu fürchten, ist nicht unehrenhaft. Feige ist es, anderen Angst einzuflößen, damit man selber stark erscheint.«

Alle hingen an ihren Lippen, sogar Tuan. Tien war bewusst, dass er, was sie gesagt hatte, nicht auf sich sitzen lassen würde. Sicher braute sich in ihm etwas zusammen. Doch noch stand er still, wie unter Schock. Und es war ein berauschendes Gefühl, ihm auf den Kopf zuzusagen, was sie dachte.

»Dieses Mal bist du zu weit gegangen. Ich weiß, dass du den Überfall auf Mes Laden initiiert hast. Deine Mutter hat gehört, wie du dich bei den Rowdies dafür bedankt hast, dass sie den Helfern von nutzlosen Unruhestiftern eine Lektion erteilt hätten.«

Mit einem krächzenden Laut sank Linh gegen einen Palmenstamm, Tuyet fluchte. Geräuschvoll spuckte Tuan aus, und Tien bereitete sich auf seinen Angriff vor. Doch anstatt zu explodieren, verzog Tuan seine Mundwinkel zu einem gehässigen Grinsen.

»Willst du deinen Schwestern nicht erzählen, von wem ich den Tipp hatte?«

Tiens Magen krampfte sich zusammen. Mit Prügel hatte sie

gerechnet, ja, jedoch nicht damit, dass er mit Worten kämpfte. Innerlich begann sie zu schrumpfen, als sie ihren Schwestern gestand:

»Leider war ich das, und wenig in meinem Leben bereue ich mehr. Niemals hatte ich vor, Me zu schaden.«

»Ach, aber mir?«, japste Linh.

Sekundenlang starrte sie Tien bestürzt an, dann rannte sie davon. Tuan grinste noch mehr, und Tien hasste ihn dafür, wie lustvoll er den Keil zwischen sie und ihre Schwestern trieb. Sie biss sich auf ihre Unterlippe, der Geschmack ihres Lippenstiftes ekelte sie. An Tuyet gewandt fuhr sie fort:

»Es war der Tag, an dem Me mich geohrfeigt hatte, und ich war außer mir. Ausgeschlossen fühlte ich mich und einsam. Ich hoffte, wenn ich mich auf Tuans Seite schlage, könnte das meine Ehe retten. Wie dumm ich war, weiß ich jetzt.«

Obwohl Tuyet nicht antwortete, spürte Tien, dass nichts Feindseliges von ihr ausging. Tuan bestieg sein Moped.

»Rührend. Trotzdem werde ich jetzt meinen Bericht schreiben. Und wir …«, er drohte Tien mit dem Holzdrachen, »wir sprechen uns zu Hause! Steig auf!«

Tiens Fingerspitzen und ihre Kopfhaut kribbelten unangenehm. Tuan startete den Motor, aber anstatt seiner Aufforderung zu folgen, verstellte sie ihm den Weg.

»Nie mehr schlägst du mich vor den Kindern«, schrie sie ihn an, und während ihr Schweißperlen die Stirn hinunterrannen, fügte sie ruhiger hinzu: »Ich will die Scheidung!«

Tuan rollte an, auf Tien zu, doch zum Glück soff sein Motor ab. Tuyet ergriff ihren Arm und zog sie fort. Auf ihren hochhackigen Schuhen stolperte Tien. Die Hündin war aufgesprungen und kläffte. Tuans Motor ratterte wieder, sein Gesicht war wutverzerrt. Panisch schleuderte Tien ihre Schuhe von sich, und rannte barfuß mit Tuyet zum Krokodilteich. Wenn sie doch bloß ihr Bein nicht nachziehen müsste. Inständig betete sie, dass Tuan einfach durch die Torausfahrt verschwinden würde. Sollte er doch seinen Bericht schreiben. Hauptsache, er ließe von ihnen ab. Zu ihrem Entsetzen wendete er.

»Linh!«, brüllte Tuyet. »Tu irgendetwas!«

Hand in Hand hetzten Tien und Tuyet um den Teich herum zur Koppel. Vielleicht schafften sie es, sich hinter deren Zaun zu retten. Allerdings war Tuan ein risikobereiter Fahrer. Wilde Flüche ausstoßend, setzte er ihnen schlingernd nach. Tien zweifelte nicht daran, dass er bis zum Äußersten gehen würde. Ihre Hand, schweißnass, rutschte aus Tuyets. Beide stolperten. Pferde wieherten. Die Hündin bellte wie verrückt. Da schrie Linh:

»Hierher!«

Mit knallrotem Kopf mühte sich Linh ab, das rostige Eisentor zu schließen. Aber seine Torflügel schienen zu klemmen. Keuchend rappelten sie sich auf und hetzten im Zickzack über den Hof. Wenn sie es zur Ausfahrt schafften, konnten sie Tuan auf dem Gelände einsperren. Tiens Haare klebten im Gesicht, ihr Kleid war gerissen. Tuyet sah nicht viel besser aus.

»Passt auf! Von rechts!«, kreischte Linh.

Dann flog der Matsch, und Tuan schnitt ihnen den Weg ab. Alles ging blitzschnell. Er zerrte Tien zu sich und ohrfeigte sie. Als wäre auch sie getroffen, schrie Tuyet auf. Tien presste beide Hände auf ihr schmerzendes Gesicht.

»Steig endlich auf!«, brüllte Tuan. Das Hundegebell war nun ganz nah. Mit gefletschten Zähnen stand Kim neben Tien und knurrte Tuan an. Vermutlich war er zu dicht an ihren Jungen vorbeigerast. Aus der süßen Hundemama war ein Raubtier geworden.

»Hau ab, du blöder Köter!«

Tuan trat einmal zu, verfehlte die Hündin jedoch. Linh kam angerannt.

»Lass Kim in Ruhe! Lass uns alle in Ruhe! Mach, dass du wegkommst!«

Aufmerksam beobachtete Kim ihre Menschenfreundin,

und kam wohl zu dem Schluss, dass sie gegen einen gemeinsamen Feind kämpften. Angriffslustig schnappte sie nach Tuans Bein. Der zuckte zurück. Nahm er die Warnung ernst?

»Ich hetze den Hund auf dich, wenn du nicht verschwindest«, zischte Linh. Tuan glaubte ihr, jedenfalls warf er einen letzten drohenden Blick auf Tien, dann gab er Gas. Kim rannte neben seinem Moped her und bellte. Da trat Tuan der Hündin kraftvoll ins Gesicht. Kim heulte auf, sprang ihren Widersacher an und schlug ihre Zähne in sein Bein. Tuan schrie vor Schmerz, gab Gas, statt zu bremsen und jagte mit Kim am Bein hängend durch die Toreinfahrt. Linh und Tuyet stürzten hinterher.

»Kim! Lass los!«

»Bremsen!«, brüllte Tuyet. »Bremsen!«

Nur Tien verharrte, wo sie war, denn ihre Beine gehorchten nicht. Welches Geräusch vernahm sie zuerst? Quietschende Bremsen? Schreie? Hupen? Den furchtbaren Knall?

Für Tien stand die Zeit still, doch als sie das Geräusch einer sich nähernden Sirene vernahm, erkannte sie, dass sie es war, die sich bewegen musste. Sie zwang sich, einen Fuß vor den anderen zu schieben. An der Unfallstelle drängten sich Schaulustige. Gleich einer Schlafwandlerin bahnte sich Tien einen Weg durch die Menschen. Tuan hatte die Absperrung einer Baustelle durchbrochen und war einige Meter in die Tiefe gestürzt. Wie durch ein Wunder hatte er niemanden verletzt. Sein qualmendes Moped hatte jemand aufgerichtet und an einen Stahlpfeiler gelehnt. Vermutlich Tuyet. Jedenfalls hockte sie neben Tuan und fühlte seinen Puls. Tien kletterte eine Bambusleiter hinab und lief zu ihnen. Überall war Blut, Tuans Körper eigenartig verdreht. Tien vermied es, in sein Gesicht zu sehen. »Lebt er?«, fragte sie.

»Ich weiß es nicht. Ich spüre nichts.«

Obwohl ihr Magen rebellierte, tastete auch Tien nach dem Herzschlag ihres Mannes. Nichts. War sie zu aufgeregt, um den Puls zu finden? War sie überhaupt aufgeregt? Sie spürte

Tuyets Hand auf ihrer Schulter. Die Sirene heulte nun in unmittelbarer Nähe. Plötzlich schob sie ein Mann behutsam zur Seite und übernahm Tuans Handgelenk.

»Der Mann ist tot«, sagte der Sanitäter. Benebelt sah Tien zu, wie Tuan fortgetragen wurde. In der Nähe vernahm sie ein Schluchzen. War sie das? Nein, Linh. Sie kauerte neben Kim und drückte den reglosen Hund an ihre Brust.

»Was ist mit ihr?«, rief Tien aus.

Unter Tränen vergrub Linh ihr Gesicht in Kims kurzem Fell.

»Sie wollte ihre Kleinen beschützen. Und uns«, brachte sie hervor. »Und jetzt warten ihre Babys auf sie. Aber sie kommt nicht. Nie mehr.«

Die letzten Worte klangen erstickt. Bestürzt kauerte sich Tien neben Linh, und weinte mit ihr. Um den Hund oder ihren Mann? Aus Trauer? Entsetzen? Oder Erleichterung? Sie wusste es nicht. Kurz darauf kletterte sie die Bambusleiter hinauf und sah, dass Tuyet und Loan von einem Polizisten befragt wurden. Tien hörte Loan sagen:

»In einem irrwitzigen Tempo kam er angeschossen und raste direkt in die Absperrung.«

Umstehende Zeugen bestätigten Loans Aussage, und der Polizist machte sich Notizen.

»Hat der Hund ihn angegriffen? Ist er gefährlich?«

Loan schüttelte ihren Kopf. »Kim ist ein absolut friedfertiges Tier. Sie tut keiner Fliege etwas zuleide.«

»Mein Mann ist mit seinem Moped zu dicht an die Welpen herangefahren. Kim wollte ihre Jungen verteidigen«, mischte sich Tien ins Gespräch ein.

Der Polizist sah sich um. »Wo ist der Hund jetzt?«

Mit verquollenem Gesicht und der toten Kim auf ihrem Arm, kam Linh auf sie zu.

»Kim! Meine liebe Kim!« Loan lief ihr entgegen und nahm Linh die Hündin ab. Der Polizist schrieb wieder und wandte nichts ein, als Loan auf dem Hof verschwand. Jetzt richtete er seine Aufmerksamkeit auf Tien und musterte sie von oben bis unten.

»Was haben Sie und Ihr Mann denn hier gemacht?«

Betreten schaute Tien auf ihre schuhlosen Füße. Was sollte sie sagen? Auch wenn Tuan seinen Unfall selbst verschuldet hatte, könnte es sie in Schwierigkeiten bringen, wenn der Polizist von ihrem Ehedrama erführe. Hilflos schaute sie ihn an.

»Wissen Sie, ich habe meiner Familie sooft von diesem Hof vorgeschwärmt, dass sie sich einmal umsehen wollten«, schniefte Linh. »Sie hatten vor, ihre Kinder mit Reitstunden zu überraschen.«

Tien brach in Tränen aus und umarmte Linh. Der Polizist sah verlegen zur Seite.

»Es tut mir leid, ich lasse Sie gleich in Ruhe. Was ist eigentlich mit Ihrem Kleid passiert?«

Schluchzend löste sich Tien von Linh. Sie begegnete Tuyets Blick, und diese nickte ihr kaum merklich zu. Tien musste selbst antworten, sonst würde der Mann misstrauisch werden.

»Ich bin gefallen.«

»Vom Pferd?«

Tien nickte. »Ich glaube, ich will gar nicht, dass meine Kinder reiten.«

Nachdem der Polizist sich verabschiedet hatte, der Krankenwagen abgefahren war und sich die Menschen verliefen, riefen Tuyet und Linh ihre Eltern an. Tien stand neben ihnen und hörte von zwei Seiten ihre unglaubliche Geschichte.

»Ich muss Hoa und Nam informieren. Und Yen«, dachte sie.

Eine Mutter hatte ihren Sohn verloren, zwei Kinder ihren Vater. Das war schrecklich. Schrecklich. Schrecklich. Tien schloss die Augen, fühlte aber nichts. Ausgehöhlt kam sie sich vor. Leer. Oder war das ein Gefühl? Tuyet hatte aufgehört zu telefonieren und nahm Tiens Hand.

»Es tut mir leid«, sagte sie, und Tien hörte am rauen Unterton ihrer Stimme, wie ernst ihr das war.

»Dass Tuan tot ist?«

»Alles.«

Nun packte auch Linh ihr Handy fort. Ihre Nase war rot, ihre Augen dick, sie sah so ramponiert aus, wie Tien sich fühlte. Kurz strich Linhs Hand über ihren Oberarm, dann trottete sie auf den Hof, um sich um Kims Welpen zu kümmern. Tien sammelte ihre Schuhe ein und rief ein Taxi.

»Brauchst du Hilfe?«, erkundigte sich Tuyet. »Bestimmt gibt es eine Menge zu tun, nicht wahr?« Tien nickte. Tuans Angehörige, seine Kollegen und Nachbarn mussten informiert werden. Tien musste seinen Tod den Behörden melden, einen Sarg besorgen, weißes Netz, das über die Trauerkleidung gezogen würde, Blumenkränze und eine Trauerfahne – und all das innerhalb kürzester Zeit.

»Für deine Hilfe wäre ich dankbar.«

Auch Linh versprach nachzukommen und zu helfen. Erst wollte sie nach Loan sehen. Gemeinsam stiegen Tien und Tuyet ins Taxi, wo Tien sich auf ihre Begegnung mit Yen und den Kindern vorbereitete. Die letzten Meter zu ihrem Haus liefen sie, vorbei an dem B-52-Bomber, den sie normalerweise gar nicht mehr wahrnahm. Heute fiel er ihr auf. Ob Herr Thanh um Tuans Tod gewusst hatte? Hatte sie den Wahrsager missverstanden, und ihr Mann hatte sich gar nicht scheiden lassen wollen?

»Einen Moment noch«, bat sie Tuyet. Diese nickte, auch sie betrachtete das Flugzeugwrack. An diesem Tag hatte Tien ihr Leben verändern wollen. Es verbessern. Sich befreien. Nun kam ihre Trennung schneller und endgültiger, als sie jemals für möglich gehalten hätte. Irgendwann, wenn die schlimmste Trauer der Kinder vorüber wäre, würde sie damit im Reinen sein.

☆

Noch am Unglücksabend hatte Herr Thanh den geeigneten Zeitpunkt für Tuans Beerdigung bestimmt, und drei Tage später, recht früh am Morgen, versammelten sich Angehörige, Freunde, Nachbarn und Kollegen in der Trauerhalle. Wie immer mehr Familien hatte sich auch Tuans für eine Feuerbestattung entschieden. Traditionell, wie Hanh Tuyet erklärte, war es die Pflicht der Familie, den Leichnam nach einigen Jahren zu exhumieren, die Knochen zu reinigen und in die endgültige Ruhestätte umzubetten. Das bliebe ihnen erspart. Tuyets Herz wurde schwer, als sie Nam ansah, dem still, aber pausenlos die Tränen rannen, und auch Hoas Wangen waren feucht. Der plötzliche Tod ihres Vaters traf sie tief, und Tuyet hatte es Mühe gekostet, ihre Nichte halbwegs davon zu überzeugen, dass sie sich wegen ihrer Wut auf Tuan mit keinem schlechten Gewissen zu plagen brauchte.

Ein Trauergast nach dem nächsten umrundete den Sarg und kondolierte der Familie. Im Halbdunkel der Trauerhalle, inmitten des Gemurmels, der Klagen und gedämpfter Musik erschienen Tuyet die Ereignisse auf dem Pferdehof fast unwirklich. Sie vermied es, Tuans Foto, das vor seinem Sarg aufgestellt worden war, zu betrachten. Plötzlich stieß Julian sie an. Gekleidet in einen dunklen Anzug trat Phong vor, um seinen Blumenkranz niederzulegen sowie einen Umschlag mit Trauergeld in die dafür vorgesehene Schale. Anschließend entzündete er ein Räucherstäbchen, umrundete Tuans Sarg und trat auf die Familie zu. Tuyet hielt den Atem an. Zum ersten Mal seit sechsundzwanzig Jahren stand Phong seiner ältesten Tochter gegenüber. Wie würde Tien sich verhalten? Auf keine von Phongs SMS hatte sie reagiert und selbst seine Frage, ob er zur Bestattung kommen dürfe, nicht beantwortet.

»Du hast Tuan gekannt und solltest dich verabschieden. Also komm und sprich dein Beileid aus. Vielleicht ist dein Wiedersehen mit Tien sogar leichter, wenn es einen konkreten Anlass gibt, selbst wenn es ein trauriger ist«, hatte Hanh ihm geraten.

Phong hatte auf sie gehört, und nun stand er vor Tien, stocksteif wie sie. Tuyet sah bloß Tiens gestreckten Rücken, sodass sie nicht erkennen konnte, welche Emotionen sich auf dem Gesicht ihrer Schwester spiegelten, während Phong zu ihr sprach. Kurz darauf gesellte er sich zu Tuyet und Julian.

»Und?«

»Ich habe Tien gesagt, wie leid es mir tut, dass sie ihren Mann verloren hat. Und ihr meine Hilfe angeboten. Angesehen hat sie mich kein einziges Mal und gesagt hat sie auch nichts. Aber es ist doch ein gutes Zeichen, dass sie mich nicht zum Teufel jagt, oder?«

Mit einem weißen Taschentuch wischte sich Phong die Schweißperlen von der Stirn. Jemand tippte auf Tuyets Schulter. Es war Linh.

»Komm mal mit.«

Tuyet ließ sich von Linh in einen kleinen Nebenraum ziehen, in dem frischer Tee angeboten wurde. Beide nahmen sich eine Tasse, wechselten höfliche Worte mit einigen Trauergästen, dann bugsierte Linh Tuyet nach draußen.

»Alles in Ordnung? Du siehst blass aus«, stellte sie fest.

Tuyet nippte am Tee, der bitter schmeckte.

»Ich kann immer noch nicht fassen, was passiert ist«, raunte sie Linh zu. »Ständig denke ich, was für ein Segen es für Tien ist, dass Tuan nicht mehr lebt. Aber dann schaue ich Hoa und Nam an und schäme mich dafür.«

Linhs Blick war von einer Härte, die Tuyet ihr nicht zugetraut hätte.

»Sicher kein schöner Gedanke«, erwiderte sie leise. »Aber schämen muss sich nur einer. Weißt du, was Loan mir erzählte, als ich mich dafür entschuldigte, dass Kim Opfer meines Familiendramas wurde?«

Während seines ersten Besuches auf dem Hof hatte Tuan sich an Loan herangemacht. Als diese sein »Angebot« ablehnte, war er aufdringlich geworden, damit jedoch an die Falsche geraten. Heftig hatte sich Loan widersetzt und ihm angedroht, den kräftigen William zu rufen.

»Er wollte Loan und mich dafür bestrafen, dass wir ihm nicht gehorchen. Mit der Schließung des Hofes hätte er zwei Fliegen mit einer Klappe geschlagen.«

Linh schüttelte den Kopf, und Tuyet sah ihr an, dass sie am liebsten laut geworden wäre.

»Erst Mes Laden, dann der Hof. Tuan wusste genau, wie er mich trifft. Man soll ja nicht schlecht über Verstorbene sprechen …« Linh flüsterte jetzt. »Aber ich bin froh, dass er uns nichts mehr anhaben kann. Zumindest hoffe ich das.«

Tuyet beschäftigte noch eine andere Frage.

»Hättest du wirklich Kim auf ihn gehetzt, wenn sie nicht von alleine gesprungen wäre?«

»Kann ich dir nicht sagen. Was hättest du denn getan, wenn er Tien nicht in Ruhe gelassen hätte?«

Das fragte sich Tuyet auch. Wie weit wäre sie gegangen? Hätte sie sich eine herumliegende Schaufel geschnappt und ihn außer Gefecht gesetzt, obwohl sie keine Ahnung hatte, welche rechtlichen Folgen ihr geblüht hätten? Welche Umstände würden sie davon abhalten, sich als Anwältin für das einzusetzen, was sie für richtig hielt? Sie dachte an ihren Mandanten Schleicher und daran, dass bereits sein unverschämtes Auftreten genügte, um sie einzuschüchtern. Damit musste Schluss sein.

»Ich hoffe, wir wären mutig gewesen«, antwortete sie nach einigem Schweigen.

»Hoffen?« Linhs Augen wurden feucht. »Kim ist es gewesen.«

☆

Während Herr Thanh den Trauerbrief eines Cousins verlas, zog es Tuyets Blick immer wieder zu Tiens versteinertem Gesicht. Hatte ihr die Begegnung mit Phong zugesetzt? Oder war sie an einem Punkt angelangt, an dem sie so leicht nichts mehr erschüttern konnte? Wenn man bedachte, was sie hinter sich hatte, wäre das kein Wunder. Nicht nur war Tuyet aufgetaucht und hatte ihre Familie in Aufruhr versetzt. Sie hatte den Tod ihres Mannes miterlebt. Von ihm war sie betrogen, geschlagen und gedemütigt worden, bis sie beinahe ihren Lebenswillen verlor. Was konnte schlimmer sein? Tuyet schauderte. Genau diese Frage musste Tien dazu veranlasst haben, ihre Ketten zu sprengen und die Scheidung zu verlangen. Tuyet verstand vollkommen, dass Phongs Auftauchen kein emotionales Beben mehr auslöste.

Von Trägern wurde der Sarg aus der Halle gebracht. Davor wartete bereits die nächste trauernde Familie auf den Beginn ihrer Zeremonie. Wie die meisten, die nicht zur engsten Familie gehörten, verabschiedeten sich auch Julian und Phong. Tien blickte konsequent an ihrem Vater vorbei.

»Ich verstehe, dass es dir nicht leicht fällt, mit mir zu reden«, hörte Tuyet ihn sagen. »Bitte melde dich trotzdem, wenn ich dir helfen kann. Ich weiß doch, dass du eine Menge zu tun hast.« Er räusperte sich und deutete ein Lächeln an. »Sehr lange bin ich nicht mehr in Hanoi. Würdest du mir erlauben, in dieser Zeit deine Kinder kennenzulernen?«

Ohne Phong anzusehen, antwortete Tien mit fester, kühler Stimme.

»Ich weiß nicht, ob sie das möchten. Vergiss nicht, du bist ein Fremder für sie.«

Phongs Augen weiteten sich, als habe Tien ihn geohrfeigt. Auch Tuyet war verdattert. Ein paar Sekunden geschah nichts. Dann wandte sich Tien Tuans Sarg zu, der soeben in einen Wagen gehievt wurde, und auch Tuyet schloss sich der Prozession zum Krematorium an. Nicht, um Tuan eine letzte Ehre zu erweisen, sondern weil es ihr wichtig war, Tien ihres Beistandes zu versichern. Als sie sich noch einmal umdrehte, legte Julian seinen Arm um Phong und führte ihn fort.

Als Sohn kam Nam die Aufgabe zu, hinter dem Leichenwagen zu laufen. Der Wunsch, dabei tapfer zu wirken, ließ seine Tränen versiegen, aber seine weiße Trauerbinde, die er um den Kopf gebunden hatte, hatte sich gelockert und rutschte ihm fast über die Augen, als wolle er nicht sehen, was vor sich ging. Wenig später, nachdem Tuan dem Feuer übergeben worden war, weinte Tien doch. Vielleicht, dachte Tuyet, weil nicht nur das Ekel Tuan endgültig zu Asche zerfiel, sondern auch die Hoffnungen, die Tien als junge Frau in ihn gesetzt hatte? Es war das erste Mal, dass Tuyet ihre Schwester innig umarmte.

☆

»Ong! Ong! Ich falle.« Verzweifelt klammerte sich Nam an den Arm seines Großvaters und brachte ihn aus dem Gleichgewicht. Phong ruderte lachend mit seinem freien Arm und zog seinen Enkel zur Bande der Eishalle.

»Ich halte dich, Nam. Und selbst, wenn du fällst, was kann schon passieren, außer dass du dir ein paar blaue Flecken holst?«

Nam sah nicht überzeugt aus. Zum ersten Mal in seinem Leben stand er auf Schlittschuhen und schien nicht so recht zu wissen, was er davon halten sollte. Julian kam angebraust und schob eine hüfthohe Plastikrobbe vor sich her.

»Schau mal, Nam«, sagte er und parkte die Robbe vor dem Jungen. »Sie hat Griffe, an denen du dich festhalten kannst.«

Giggelnd, mithilfe gleichartiger Delfine schlidderten ein paar kleinere Mädchen vorbei. Nam sah ihnen nach.

»Echt jetzt? Dir sind Delfine lieber?«, scherzte Julian. Energisch schob Nam die Robbe beiseite, und streckte Julian und Phong seine Hände entgegen.

»Ich versuche es lieber noch einmal so.«

Die Männer nahmen Nam in ihre Mitte, und gemeinsam zogen sie ihn über das Eis. Tuyet bremste ab und sah ihnen amüsiert nach. Aus ihrer Daunenjacke zog sie ihr Handy und knipste die drei. Etwas weiter entfernt bemühten sich Linh und Hoa, auf ihren Schlittschuhen stehen zu bleiben und machten dabei lustige Verrenkungen. Tuyet machte noch ein Foto, dann verließ sie die Eisbahn und besorgte sich einen

Becher heißen Kaffee. Es war eine hervorragende Idee von Phong gewesen, zusammen in die *Vincom Mega Mall Royal City* zu fahren. Zwar lag die recht neue Shopping Mall nur wenige Kilometer vom Hoan Kiem-See entfernt, jedoch hatte Tuyet sie noch nie besucht. Auch für die anderen war es das erste Mal, und Hoa musste man von den Schaufenstern förmlich wegzerren. Bei über achthundert Geschäften und Restaurants stellte das ein mühsames Unterfangen dar. Zudem gab es im Angebot Wasserrutschen, Bowling und Kinos, für die Nam und Julian sich interessierten. Als sie sich mit Tuyet und Linh auf keinen Film einigen konnten, schlug Phong vor, die Eisbahn auszuprobieren. Seit Tuans Tod vor zwei Wochen war es das erste Mal, dass Tuyet Hoa und Nam lächeln sah.

Tuyet freute sich für ihren Vater, dass er wenigstens seinen letzten Nachmittag in Hanoi mit beiden Enkeln verbrachte. Bis dahin hatte sich Hoa standhaft geweigert, ihren Großvater zu treffen.

»Mach Hoa klar, dass deine verletzten Gefühle nichts mit ihr zu tun haben«, riet Tuyet einmal, während Tien ihr die Schultern massierte. Daraufhin waren Tiens Griffe gröber geworden.

»Glaubst du etwa, ich hätte Hoa verboten, ihren Großvater zu sehen? Nein. Das hat er sich ganz alleine zuzuschreiben. Nie hat er von sich hören lassen. Weshalb sollten seine Enkel ihm jubelnd um den Hals fallen?«

»Da hast du Recht. Trotzdem glaube ich, dass Hoa beweisen will, dass sie zu dir hält. Meinst du wirklich, sie wäre kein bisschen neugierig auf Bo? Immerhin ist er nach Hanoi gekommen. Er schreibt, ruft an und lädt die Kinder ein. Was soll er deiner Meinung nach denn noch tun?«

»Uns in Ruhe lassen. So wie immer.«

☆

Doch dann verkündete Nam, dass er sich mit seinem Großvater verabreden wolle.

»Wie kannst du nur so ein Wendehals sein«, schalt ihn Hoa. »Erst hat er Ba sitzen lassen und sich danach weder um Me noch um uns gekümmert. Von so einem herzlosen Mann willst du dich zum Eis einladen lassen?«

Nam wollte, und nach einigem Hin und Her stimmte Tien zu.

»Aber Linh begleitet euch«, ordnete sie an.

Indem sie Linh mitschickte, gab Tien ihrem Vater zu verstehen, dass sie ihm misstraute. Doch dieser schluckte alles, was Tien sagte, und ließ sich widerspruchslos mit ihren Spitzen beschießen, wie um dadurch für seine Fehler zu büßen.

Als Nam später begeistert berichtete, dass Phong ihm tolle Fußballtricks beigebracht hatte, grinste Tuyet. Ja, im Fußball war Phong richtig gut, womit er sich vor Jahren schon die Bewunderung von Julians Freunden verdient hatte. Tien entgegnete nichts, und Hoa tat so, als wäre sie in ihre Hausaufgaben vertieft. Aber Tuyet registrierte, dass sie ihre Buchseite kein einziges Mal umblätterte, während ihr Bruder erzählte. Schließlich bat Nam um Erlaubnis, seinen »Opa« bald wiederzusehen. Schnaufend verließ Hoa das Zimmer, aber Nam bekniete seine Mutter, bis sie Phong eine SMS schickte. Tuyet rechnete es ihr hoch an, dass sie trotz ihrer Vorbehalte erfasste, wie gut Phong ihrem trauernden Sohn tat.

Da Linh arbeitete, übernahm Tuyet die Begleitung, auf die Tien nach wie vor bestand. Gemeinsam picknickten sie im »Botanischen Garten« und spielten Badminton. Später kickten sie den neuen Ball, den Phong gekauft hatte. Als Tuyet Nam schließlich verschwitzt und mit roten Wangen nach Hause brachte, war Hanh zu Besuch. Zärtlich zerstrubbelte sie Nams dichtes Haar und raunte Tien zu:

»Phong bemüht sich um deine Kinder und sucht damit einen Weg zu dir. Blockier diese Brücke nicht, die er zu schlagen versucht. Weder dir noch den Kindern hilft das.«

Scheinbar hatte Tien sich die Worte ihrer Mutter durch den Kopf gehen lassen und mit Hoa darüber gesprochen. Als Phong sie einlud, mit in die *Royal City* zu fahren, stimmte Hoa zu.

Ihren Kaffeebecher hatte Tuyet ausgetrunken, und etwas schwerfällig stakste sie auf Schlittschuhen zum nächsten Mülleimer. Als sie zurücktappte, entdeckte sie Phong und Hoa, die auf einer Bank ein Eis aßen. Viele Worte hatten sie noch nicht gewechselt, weshalb Tuyet hoffte, dass Phong nun die richtigen fände, um mit seiner Enkelin warm zu werden.

»Jetzt siehst du aus wie deine Mutter als junges Mädchen«, sagte Phong. Anstatt sich bemerkbar zu machen, blieb Tuyet einige Schritte hinter den beiden stehen. Ohne zu lächeln, wandte Hoa ihrem Großvater das Gesicht zu, und Tuyet betrachtete ihr Profil. Große Ähnlichkeit mit Tien entdeckte sie nicht, aber sie hatte ihre Schwester ja auch nicht als Kind gekannt.

»Ich verstehe einfach nicht, wie du dein Versprechen brechen konntest. Dachtest du ernsthaft, Ba hätte dich vergessen?«

Tuyet stöhnte leise. Inmitten eines Vergnügungsareals stellte Hoa ihrem Großvater, den sie gerade erst kennengelernt hatte, eine derart persönliche Frage? Und dann auch noch in diesem trotzigen Ton? Wo waren ihre Manieren geblieben? Sicher fragte sich Bo dasselbe. An einer Serviette wischte er seine Hände ab.

»Noch ein Eis?«

Hoa schüttelte den Kopf und wandte ihren Blick nicht von ihrem Großvater. Dieser nickte, als hätte er gerade eingesehen, dass Hoa kein Kind mehr war.

»Hast du einen Traum, Hoa?«

»Klar. Ich möchte einen sehr guten Schulabschluss machen und eine Arbeit finden, bei der ich viel Geld verdiene.«

Phong räusperte sich. »Das klingt vernünftig, aber ich meine etwas anderes. Einen richtigen Traum. Gibt es etwas, das dir unerreichbar erscheint, und du würdest alles dafür geben, es zu bekommen?«

Hoa senkte ihren Kopf, und Tuyet schämte sich ein wenig, weil sie lauschte. Doch ihre Neugier siegte.

»Das ist mein Traum«, erwiderte Hoa. »Allein für mich sorgen zu können. Und für meine Familie. Mich von niemandem herumkommandieren zu lassen. So zu leben, wie ich es richtig finde. Dafür würde ich alles geben.«

»Ist auch eine Heirat vorgesehen?«

Hoa zuckte mit den Schultern.

»Mal sehen. Ich glaube, Männer sind schwierig. Jedenfalls klagen meine Tanten, dass sie meistens Arbeit machen und wenig helfen. Me sagt immer, ich soll bloß nicht zu früh heiraten, sondern erst mein Leben genießen.«

Wie ein Messerstich fuhren Hoas Worte Tuyet ins Herz.

»Es gibt auch nette Männer«, sagte Phong sanft.

»Das sagt Linh auch. Und dass die jungen sich verändern. Aber, weißt du, Opa … Spreche ich das richtig aus? Männer sind mir total egal. Du hast meine Frage nicht beantwortet.«

Jetzt schmunzelte Tuyet. Beharrlich war Hoa, daran bestand kein Zweifel.

»Nein, Hoa, ich glaubte nicht, dass deine Großmutter mich vergessen hätte. Fälschlicherweise nahm ich an, dass sie mit einem anderen Mann zusammen wäre, der besser zu ihren Lebensvorstellungen passte. Ich dachte, dass wir beide ein neues Leben begonnen hätten. Trotzdem habe ich deine Großmutter geliebt. Auch deine Mutter, und es tut mir sehr leid, dass ich sie enttäuscht habe.«

Er sah Hoa an, die auf ihre Schlittschuhe starrte. Und jetzt? Würde sie Phongs Entschuldigung annehmen?

»Was waren deine Träume?«, wollte Hoa nun wissen. Obwohl es langsam anstrengend wurde, auf den schmalen Kufen zu stehen, spitzte Tuyet ihre Ohren. Sie empfand Freude darüber, dass Hoa Phong eine Chance gab. Nachdenklich spielte Phong mit seinem Ehering, zog ihn ab und steckte ihn wieder auf.

»Ich wollte die Welt jenseits von Grenzen und Mauern kennenlernen. Seit ich ein Kind war, fragte ich mich, wie die Menschen in anderen Ländern lebten. Ganz anders als ich? In der Nachkriegszeit hatten wir Vietnamesen kaum die Möglichkeit, ins Ausland zu reisen. Wir wussten nicht, wie es anderswo zuging. Als ich in die DDR durfte, wurde mein Horizont um einiges größer. Als dann noch die Mauer fiel, konnte ich mir meinen Traum erfüllen.«

»Dafür warst du bereit, alles zu geben«, stellte Hoa trocken fest.

»Ja«, erwiderte Phong. »Kannst du das verstehen?«

Hoas Antwort verlor sich in Tuyets Verblüffung. Hatte sie das richtig verstanden? Bo wäre auch ohne Marinas Pfuschereien geblieben? Nie hatte sie diese Möglichkeit in Betracht gezogen. Aber wozu hatte Marina dann Hanhs Briefe versteckt? Welche Rolle hätten sie für Bo gespielt? Verwirrt strich sich Tuyet ihre Haare aus der Stirn. Was Bo Hoa erzählte, bedeutete, dass er verantwortlich dafür war, dass Hanh und Tien vergeblich auf ihn gewartet hatten. Nicht Marina, jedenfalls nicht allein. Müsste sie nicht wütend auf ihren Vater sein? Tuyet horchte in sich hinein, fand jedoch hauptsächlich ihr aufrichtiges Interesse, zu verstehen, was mit ihren Eltern geschehen war. Vielleicht, weil ihr die letzten Monate klargemacht hatten, dass Entscheidungen oft mehr waren als richtig oder falsch. Obwohl sie nicht den leisesten Anflug von Kopfschmerzen verspürte, massierte sie aus Gewohnheit ihre Schläfen. Ein neuer Gedanke streifte sie. Schämte sich Bo für sein Verhalten und hatte deshalb kaum über Hanh und Tien gesprochen? Fürchtete er, Tuyet würde ihm vorwerfen, egoistisch gehandelt zu haben? Und hatte er das etwa nicht? Doch, ebenso wie sie, die in einem bestimmten Augenblick ihres Lebens den Wunsch, nach sich und ihren Wurzeln zu forschen, über alles andere gestellt hatte.

Unauffällig zog Tuyet sich zurück. In Deutschland würde sie mit ihrem Vater die letzten Teile in ihr Familienpuzzle einfügen. Doch dies war sein Moment mit Hoa. Minuten später flitzte Tuyet über die Eisbahn, der kühle Luftzug auf ihrem Gesicht erfrischte sie.

»Fahren wir zusammen!«, rief Julian und hakte sie unter. Gemeinsam überholten sie Linh und Nam, die Hand in Hand übers Eis schlidderten. Von der Bande aus winkten Hoa und Phong herüber, und Tuyet winkte zurück. Julian legte an Tempo zu und Tuyet zog mit, bis beide außer Puste waren. Der schöne Nachmittag hatte sie die Zeit vergessen lassen, und im Taxi textete Hoa ihrer Mutter, dass sie sich ein wenig verspäteten. Prompt piepte es, als Tiens Antwort einging.

»Me lädt euch alle zum Abendessen ein. Kommt ihr mit?«

Während Hoa sprach, schaute sie Phong an. Einen Moment lang wirkte er schockiert. Dann lächelte er.

»Für meinen letzten Abend in Hanoi kann ich mir nichts Besseres vorstellen.«

»Kommst du uns wieder besuchen?«, fragte Nam. »Du hast bestimmt noch mehr Fußballtricks auf Lager.«

»Na klar, komme ich! Und eines Tages gehen wir in Frankfurt zu einem Spiel der Eintracht.«

»Au ja!«

Nam war Feuer und Flamme, und Tuyet würde den Teufel tun, Phong darauf hinzuweisen, dass die Entscheidung dafür Tien oblag. Ihre Schwester erwartete sie an der Haustür, eingehüllt vom Duft leckerer Speisen. Als sie am Esstisch Platz nahmen, vor sich dampfende Schüsseln mit gebratenen Nudeln, Rindfleisch, Reis und Schalen voller Shrimps, Frühlingsrollen und Kräuter, blitzten vor Tuyet die hässlichen Szenen auf, die sie in diesem Zimmer erlebt hatte. Damals hatte sie wenig Hoffnung gehabt, dass ihre Familie zueinanderfinden würde. Und nun saß sie mit Hanh und Tien zusammen, scherzte mit Linh, Hoa und Nam, und sogar Julian und Bo waren dabei. Es war überwältigend. Bewegt betrachtete sie die Runde und ihr Blick traf den ihrer Mutter. Sie lächelten sich an, und Tuyet wusste, dass sie dasselbe empfand.

»Möchtest du noch Fleisch, Bo?«, fragte Tien. Noch immer vermied sie es, ihren Vater anzusehen. Dankend ließ Phong sich nachfüllen und lobte Tiens Kochkünste. Kein Außenstehender hätte geahnt, wie außergewöhnlich ihre kleine Unterhaltung war.

»Me, bist du schon mal Schlittschuh gelaufen?«, erkundigte sich Nam, noch erfüllt von seiner neuen Erfahrung.

Tien strich ihm übers Haar.

»Aber ja. Ich habe es in Deutschland gelernt.«

»Wirklich? Das musst du mir zeigen.«

Tiens Mundwinkel zuckten amüsiert. »Es ist so lange her. Mit meinen steifen Knochen gebe ich keine gute Figur mehr ab.«

Hoa machte eine wegwerfende Bewegung.

»Das ist doch egal, Me. Wir helfen dir.«

»Nimm den Mund nicht so voll«, sagte Linh grinsend und füllte sich Reis nach. »Wir schwanken ja selbst noch übers Eis wie Betrunkene.«

Sie lachten. Nam hakte nach.

»Hast du das Eislaufen von Opa gelernt, Me?«

»Ja.«

»Was hat er dir noch alles beigebracht? Auch Kicken?«

Etwas betreten schwiegen alle. Phong räusperte sich.

»Ich habe kaum Zeit mit deiner Mutter verbracht. Deshalb konnte sie nicht viel von mir lernen.«

Sein Blick schwenkte zu Tien und wurde wässerig.

»Ach, Tien. Wie leid mir das heute tut.«

Tien legte ihre Essstäbchen beiseite. Niemand sagte etwas. Dann schaute Tien ihren Vater an.

»Schwimmen«, sagte sie. »Du hast mich das Schwimmen gelehrt.«

☆

Während Bo und Julian packten, ging Tuyet ins Internetcafé, wo man sie wie eine gute Bekannte begrüßte. An diesem Tag gab es nur eine neue E-Mail. Sie stammte von ihrer Chefin.

Liebe Tuyet,
es freut mich außerordentlich, dass es dir gut geht. Manchmal wirkt eine Auszeit eben Wunder. In unserer Kanzlei sind alle gespannt darauf, von Vietnam zu hören. Hier ist wie immer die Hölle los. Deshalb wäre ich dankbar, wenn du mir kurz bestätigen könntest, ob ich, wie geplant, am vierten Juni mit dir rechnen kann.
Herzlichst,
Irene

Tuyet starrte auf das Datum, das sie mit ihrer Chefin ins Auge gefasst hatte, und verstand selbst nicht, weshalb sie sich überrumpelt fühlte. Schließlich hatte sie auch schon daran gedacht, sich bei Irene zu melden, es dann aber immer wieder aufgeschoben.

Sie schloss ihre Augen, und stellte sich ihr sonnendurchflutetes Büro am Main vor, die Aussicht auf die beleuchtete Frankfurter Skyline, die sie abends so mochte und die Diskussionen mit ihren Kollegen. Sie sah sich den Eisernen Steg entlangradeln, nach der Arbeit mit Bekannten etwas trinken gehen oder mal ins Kino. So schlecht war die Vorstellung nicht, aber dass Alexander kein Teil ihres Lebens wäre, daran durfte sie nicht denken. Rasch begann sie, eine E-Mail an ihre Chefin zu tippen. Natürlich wollte Irene planen, und so verständnisvoll, wie sie sich verhalten hatte, war es nur fair, dass Tuyet ihre Anfrage sofort bestätigte. Auch Bo wäre erleichtert, wenn sie endlich zurückkäme. Zwar hatte er sie nicht mehr gedrängt, aber Tuyet war sich sicher, dass er erst beruhigt wäre, wenn sie wieder hinter ihrem Schreibtisch säße. Und dagegen war nach sechs Monaten Auszeit ja auch nichts einzuwenden. Wäre da nur nicht dieses mulmige Gefühl im

Magen, das stärker wurde, je länger sie sich ihren Alltag vorstellte. Mitten im Schreiben hielt sie inne. Das Bild der Frankfurter Skyline sackte langsam zusammen und wurde durch Aktenberge ersetzt, die sich nicht nur in ihrem Büro, sondern auch zu Hause auftürmten. Sie erinnerten Tuyet an die vielen Wochenenden, die sie am Computer gesessen hatte, anstatt etwas mit Alexander zu unternehmen, und an die langen Abende in der Kanzlei, die sie für wichtiger gehalten hatte als Gespräche mit Freunden. Sie dachte an den Termindruck, die Panik, ihre Aufgaben nicht zu schaffen, die Konkurrenz untereinander, ihre Migräne. Wollte sie wirklich in dieses Leben zurück? Irene war eine tolle Chefin, aber Tuyet wusste auch, dass der hohe Arbeitseinsatz, der als selbstverständlich vorausgesetzt wurde, vom ersten Tag an den größten Teil ihrer Zeit absorbieren würde. Wer in einer Wirtschaftskanzlei arbeitete, akzeptierte das, denn für ihn hatte die Karriere oberste Priorität. So war es auch für Tuyet gewesen, aber nicht mehr. Zweifelsohne war sie gerne Anwältin, aber nicht bereit, alles andere zu vernachlässigen, ihre Gesundheit, ihre Interessen, Freundschaften. Ihre Liebe zu Alexander.

Mit voller Wucht traf sie die Angst, dass ihre Trennung endgültig sein könnte, und sie musste mit sich kämpfen, um nicht loszuheulen. Nach ihrem letzten Telefonat, bei dem er ihr klar zu verstehen gegeben hatte, dass er nicht mehr mit ihr zusammen sein wolle, hatte sie nichts mehr von ihm gehört. Ihn anzurufen wagte Tuyet nicht, aber sie hatte ihm geschrieben und so gut wie möglich erklärt, was seit letztem Sommer in ihr vorgegangen war. Schließlich hatte er alles erfahren, was sie ihm längst hätte erzählen sollen und wozu sie während ihres letzten Gespräches nicht mehr gekommen war. Doch Alexander reagierte nicht, und das erschreckte Tuyet. Nervte sie ihn? Löschte er ihre E-Mails, ohne sie zu lesen? Hatte er Tuyet komplett abgeschrieben, während sie versuchte, ihm klarzumachen, wie sehr sie ihr Verhalten bereute, dass sie sich verändert hatte? Zu Julian hatte sie sogar gesagt, dass sie sich fragte, ob Grace ihre Nachrichten verschwinden ließ, so wie Marina es mit Hanhs Briefen getan hatte, doch ihr Bruder hielt das für unwahrscheinlich. Er riet ihr, Alexander in Ruhe zu lassen, bis seine größte Wut verraucht war. Aber wann wäre das? Und würde er in der Zwischenzeit nicht Grace immer näher kommen? Vielleicht bekäme Tuyet dann niemals die Möglichkeit, Alexander zu beweisen, dass sie gereift war, ebenso wie ihre Liebe zu ihm. Kein Zweifel, sie musste etwas unternehmen, und zwar sofort. Abzuwarten und zu schweigen, das hatte ihre Familiengeschichte sie gelehrt, klärte gar nichts. Wie auch immer es mit ihr und Alexander weiterginge, eines würde Tuyet nicht zulassen: dass ihre Beziehung im Sande verliefe, wie die ihrer Eltern. Schnell beendete sie ihre E-Mail an Irene, dann schrieb sie noch einmal an Alexander.

Lieber Alexander,
ich kann verstehen, dass du dich nicht meldest, weil du noch immer verletzt und wütend auf mich bist. Trotzdem bitte ich dich inständig, auf diese E-Mail zu antworten, sei es auch nur ein Satz.

Soeben habe ich meine Stelle bei Irene gekündigt, denn ich kann mir nicht vorstellen, in die alte Kanzlei zurückzukehren. Ich werde mir eine Arbeit suchen, die nicht meine ganze Energie auffrisst. Aber darum geht es jetzt nicht.

Lieber Alexander, mein größter Wunsch ist es, dich wiederzusehen. Ich würde gerne zu dir nach London kommen, wenn du mich sehen willst, und dich davon überzeugen, dass es sich lohnt, mir eine zweite Chance zu geben. Ich bin furchtbar unglücklich darüber, dass unsere Beziehung durch meine Schuld zerbrochen ist, und hoffe noch immer, dass es einen gemeinsamen Weg für uns gibt.

Obwohl ich es mir von ganzem Herzen wünsche, kann ich meine Fehler nicht ungeschehen machen. Aber bitte, lass mich dir alles persönlich erklären, nicht nur auf dem Papier. Danach kannst du mir vielleicht verzeihen. Es gibt nichts auf der Welt, was mir wichtiger wäre.

Und selbst wenn wir nicht mehr zusammenkommen, dann wäre es doch wenigstens ein Abschied ohne offene Fragen und Zweifel.

Deine Tuyet

P. S. Ich könnte ab Juni nach London kommen.

Tuyet schickte die E-Mail ab und sank erleichtert gegen ihre Stuhllehne. Was sie getan hatte, war richtig, das spürte sie. Sie würde schon eine Arbeit finden und sich vielleicht sogar in einem neuen Rechtsgebiet fortbilden. Doch zuerst musste sie sich mit Alexander aussprechen. Sie hatte nun alles getan, damit sie die Zeit dazu hätten. Jetzt lag es an Alexander zu entscheiden, ob er sie sehen wollte. Und ob er sich einen Neustart mit ihr vorstellen konnte. Oh Gott, wie sollte sie bloß die Zeit bis zu seiner Antwort aushalten?

In diesem Moment klopfte es ans Fenster des Internetcafés, und dort standen Bo, Julian und Linh, die sie zum Essen am Westsee abholten, bevor man sich gemeinsam zum Flughafen aufmachte. Tuyet winkte ihnen zu und schloss ihr Postfach. Ihrer Familie hatte sie sich nun ausgiebig genug gewidmet, jetzt wollte sie Alexander zurückgewinnen.

☆

Kurz vor Mitternacht stand Tuyet mal wieder am *Noi Bai International Airport*. Bo und Julian gaben ihr Gepäck auf, und Tuyet wurde ein wenig schwermütig. Das nächste Mal, wenn sie hier stünde, checkte sie selber ein.

»So, das hätten wir.«

Gut gelaunt kam Phong auf sie zu. Noch immer war Tuyet erleichtert darüber, dass sie richtig gelegen hatte und ihm seine Rückkehr nach Vietnam gut bekam. Hanh und er pflegten einen freundlichen Umgang miteinander, die Bekanntschaft seiner Enkel wirkte wie ein Energiedrink auf ihn, und mit Linh hatte er sich gleich gut verstanden. Ob seine Beziehung zu Tien je frei von deren Ressentiments sein würde, konnte niemand wissen. Aber Phong hatte seiner Tochter die Hand gereicht, und sie hatte vorsichtig eingeschlagen.

An einem Imbissstand bestellte Phong Kaffee für alle.

»In welchem Verhältnis stehen wir denn nun eigentlich?«, fragte Julian Linh. »Wir haben weder dieselbe Mutter noch denselben Vater. Von Verwandtschaft also keine Spur.«

Derart übertrieben strahlte er sie an, dass Linh lachen musste und sich an ihrem Sandwich verschluckte. Als sie sich ausgehustet hatte, umarmte sie Julian. Dieser zwinkerte Tuyet zu.

»Es fühlt sich an, als wärst du der ältere Bruder, den ich nie hatte«, erklärte Linh, woraufhin Tuyet losprustete, während Julian seine Augen verdrehte.

»Dann hätten wir das auch geklärt«, stellte er seufzend fest. »Gibt mir wenigstens das Recht zu kontrollieren, ob du ordentlich für deine Aufnahmeprüfung paukst?«

Jetzt war es an Linh, eine Grimasse zu ziehen. Nach langen Gesprächen mit Julian hatte sie beschlossen, es neben ihrer Arbeit mit den Kindern an der Universität zu versuchen. Vielleicht würde sie Sozialarbeit studieren. Oder Medizin. Linh hatte viele Ideen.

Gemeinsam gingen sie zur Passkontrolle, wo sich alle verabschiedeten. Phong nahm seine Tochter fest in den Arm. »Ich kann mich gar nicht oft genug bei dir bedanken. Ohne dich wäre ich nicht nach Hanoi zurückgekehrt. Und jetzt gibt es sogar Enkel, die sich auf meinen nächsten Besuch freuen.«

Auch Julian drückte Tuyet an sich.

»Schreib mir, wann du ankommst, Schwesterherz, ich hole dich ab.«

Ein letztes Winken, dann stellten sich die Männer in die

Schlange der Passagiere. Dabei unterhielten sie sich angeregt. Ein paar Tage zuvor hatte Julian seinem Vater eröffnet, dass er sein Medizinstudium aufgeben würde. Wie erwartet, war Phong alles andere als erbaut gewesen, stellte sich aber bei Weitem nicht so quer wie befürchtet. Von ihrer eigenen Kündigung hatte Tuyet trotzdem nichts erzählt, denn kurz vor dem Abflug wollte sie ihren Vater nicht aufregen. Sie würde es ihm in Frankfurt sagen, hoffentlich verbunden mit der guten Nachricht, dass sie Alexander besuchte.

Linh gähnte, als sie ihr Moped startete. Die Straßen waren um diese Zeit fast menschenleer, und sie gab Gas. Linh trug ihren *Hello-Kitty*-Helm, Tuyet hatte sich einen eigenen zugelegt, einfarbig und blau. Sie legte ihren Kopf an Linhs Schulter und döste. Auf einem Stück holpriger Straße wurden sie so durchgeschüttelt, dass Tuyet ihre Augen öffnete. Schon fuhren sie am diesigen Westsee entlang, und in Tuyets Brust breitete sich eine wohlige Wärme aus. Sie wusste sofort weshalb. Sie fühlte sich zu Hause.

☆

Eine Woche später, Ende März, feierte Tuyet ihren neunundzwanzigsten Geburtstag. Der Nebel wich endlich der Sonne, die sich ihren Weg durch leichte Wolkenschleier bahnte. Hanh hatte ihre Töchter zur Feier des Tages zum Essen eingeladen, doch Tuyet hatte eine andere Idee.

»Habt ihr Fahrräder?«

Hanh überlegte.

»Ein uraltes aus dem Krieg steht noch in meinem Keller. Damals waren Fahrräder Gold wert. Anders kamst du schließlich kaum vom Fleck.« Sie stutzte, als überlegte sie, warum sie das erzählte, und sagte dann: »Fahrtüchtig ist es auf keinen Fall.«

Da auch die anderen keins besaßen, schlug Tuyet vor, Räder auszuleihen, denn sie wollte mit ihrer Familie eine Radtour an den Roten Fluss unternehmen und dort picknicken.

Sich bei warmem Wetter mehr als nötig zu bewegen, fand Tien ziemlich überflüssig, aber am Ende ließ sie sich breitschlagen. Bevor Tuyet leckere Speisen für ihr Picknick besorgte, schaute sie im Internetcafé vorbei. Vielleicht hatte ja der ein oder die andere an ihren Geburtstag gedacht. Bo und Julian, natürlich. Aber auch andere schickten Grüße, darunter Tante Uscha, Marinas Mutter, Stella, Viviane. Und Alexander. Alexander! Endlich. Vor Aufregung schlug Tuyets Herz schneller.

Hi, Tuyet,
um es gleich vorwegzunehmen: Ich bin immer noch sauer!

Aber da ich seit zehn Jahren jeden Geburtstag mit dir gefeiert habe, denke ich natürlich an dich und wünsche dir einen schönen Tag.

Ich gebe zu, dass mich deine letzte Mail ziemlich erstaunt hat. Du hast deinen Job gekündigt, ohne einen anderen in Aussicht zu haben? Das wäre so ungefähr das Letzte gewesen, was ich von dir erwartet hätte, obwohl ich dank deiner letzten Berichte kapiert habe, dass sich bei dir sehr viel verändert hat. Sorry, dass ich nicht geantwortet habe, aber bis vor Kurzem ging das einfach nicht. Wenn du im Juni nach London kommst, werde ich auf jeden Fall da sein. Ich finde es gut, dass du die Aussprache mit mir suchst, und bin gespannt, ob du dich wirklich so sehr verändert hast, wie es in deinen E-Mails den Eindruck macht.

Bis dahin wünsche ich dir eine schöne Zeit mit deiner neuen Familie in Vietnam und einen guten Rückflug.

Alexander

Schon während Tuyet Alexanders E-Mail las, breitete sich ein erleichtertes Lächeln über ihr Gesicht aus. Zwar spürte sie seine Distanz. Dennoch sagte er viel mehr, als sie zu hoffen gewagt hatte, und seine Worte klangen nach einer Chance. Offenbar hatte sie ihn neugierig gemacht, und Tuyet glaubte, dass sie ihn nicht enttäuschen würde. In diesem Augenblick wäre sie am liebsten sofort nach London geflogen, um es ihm zu beweisen. Dieser Impuls war jedoch nicht mehr als ein Ausdruck ihrer Freude, da sie ahnte, dass es nicht gut wäre, ihr Wiedersehen zu überstürzen. Vielleicht bräuchte Alexander noch etwas Abstand von ihr, womöglich Zeit, sich seiner Gefühle für Grace klar zu werden. Denn, das war Tuyet bewusst, Grace nicht zu erwähnen, bedeutete keineswegs, dass sie keine Rolle spielte. In ihrem Magen ziepte es, doch von dieser Unsicherheit, an der sie gerade nichts ändern konnte, wollte sich Tuyet ihre gute Laune nicht verderben lassen. Lieber schrieb sie noch eine kurze E-Mail zurück.

Lieber Alexander,
vielen Dank! Deine Nachricht war mein schönstes Geburtstagsgeschenk.
Deine Tuyet

Sie bezahlte und lief an ihrem geliebten Westsee entlang. Sie setzte sich neben einen Angler auf eine Treppe und schaute einen Moment aufs Wasser. Sie freute sich auf ihre letzten Wochen in Vietnam, in denen sie so viel Zeit wie möglich mit ihrer Familie verbringen wollte. Die größten Hürden waren genommen, jetzt genoss sie es, Hanh, Tien, Linh, Hoa, Nam, Yen und Xuan, die sozusagen zur Familie gehörte, besser kennenzulernen. Der Anblick des Westsees stimmte sie melancholisch, Hanoi würde ihr fehlen. Allerdings war es ja kein Abschied für immer, denn sie würde ihre Familie bald wieder besuchen. Vielleicht allein, vielleicht mit Bo, mit Julian. Oder, was wunderbar wäre, mit Alexander.

Ein Blick auf ihre Armbanduhr zeigte ihr, dass sie schon viel zu spät dran war. Sie sprang auf, höchste Zeit für ihre Einkäufe. Zügig lief sie die Hauptstraße entlang. Mopeds hupten. Die Luft roch nach Abgasen und Tuyet schwitzte. Trotzdem fühlte sie sich mit jedem Schritt beschwingter. Gleich würde sie ihre Familie treffen, und so altmodisch das auch klang, mit niemandem feierte sie ihren letzten Geburtstag in den Zwanzigern lieber.

Zwei Stunden später traf sie sich mit Hanh, Xuan, Tien, Linh, Hoa und Nam vor einem Fahrradladen. Sie verstauten Decken, Speisen und Getränke auf Gepäckträgern und in Fahrradtaschen. Die Sonne hatte sich hinter ihren Schleier aus feinen Wolken zurückgezogen, aber Tien stöhnte trotzdem. Hinter dem Blumenmarkt bogen sie ab und radelten auf kleinen Wegen durch Bananenplantagen zum Roten Fluss. Das Großstadttreiben rückte in die Ferne. Während sie strampelten, sangen sie vietnamesische Lieder und ein paar deutsche, an die Hanh und Tien sich bruchstückhaft erinnerten. Einmal wurden sie von einem kläffenden Hund verfolgt und waren, nachdem sie ihn abgehängt hatten, so außer Puste, dass Tuyet vorschlug, zu rasten. Auf einer mit Bambus überdachten Bank breiteten Tuyet und Xuan ihre Verpflegung aus, Hoa und Linh legten Decken auf den Boden, und Hanh schenkte Tee aus einer Thermoskanne ein. Nam warf Stöcke ins Wasser. Zufrieden streckte sich Tuyet neben Tien aus und blickte auf den Fluss, der ruhig und freundlich dahinschwappte. Plötzlich kniete Hanh mit einem runden Schokoladenkuchen vor ihr. Seine Ränder waren mit Marzipanröschen verziert, und in seiner Mitte prangte aus Zuckerguss eine 29 mit einer Kerze. Ihre Familie sang *Happy Birthday*, und Tuyet blies die Kerze aus. Schließlich umarmte Hanh ihre Tochter.

»Einmal möchte ich dir wenigstens einen richtigen Geburtstagskuchen schenken.«

Gerührt küsste Tuyet ihre Mutter auf die Wange.

»Lasst ihn uns schnell essen, damit er nicht schmilzt.«

»Was hast du dir gewünscht?«, wollte Nam wissen. Seine Schwester stieß einen gequälten Laut aus.

»Das darf sie nicht sagen, Nam. Sonst funktioniert der Wunsch nicht.«

Fröhlich blickte Tuyet auf Nam und in die Runde der Frauen, die ihr ans Herz gewachsen waren.

»So sagt man, ja. Aber vielleicht könnt ihr es euch ja denken.«

Nam grinst breit.

»Dass wir uns alle bald wiedersehen?«

Tuyet legte ihren Zeigefinger auf Nams Mund. So ungefähr traf es das. Gewiss waren sie keine harmonische Familie, und würden es vielleicht nie sein. Phong und Tien hatten noch nicht einmal damit begonnen, ihre schwierige Beziehung aufzudröseln. Doch was zählte, war, dass sie beschlossen hatten, sich aus dem Klammergriff der Vergangenheit zu befreien. Der Rest ihres Geburtstages plätscherte dahin wie das Wasser des Roten Flusses, und Tuyet war glücklich, ein Teil dieser Familie zu sein. Sie schnupperte in die Luft, als wollte sie möglichst viele Gerüche der Stadt, die sie bald verlassen würde, einsaugen.

»Wonach riecht es denn?«, fragte Linh und kräuselte ebenfalls ihre Nase. »Nach Abgasen? Verbranntem Holz?«

Lachend schüttelte Tuyet den Kopf und legte den Arm um ihre Schwester.

»Nein, Linh! Es riecht nach Frühling. Nach Neubeginn.«

Epilog

Frankfurt a. M., Juni 2016

Obgleich am *British Airways* Check-in des Frankfurter Flughafens Hochbetrieb herrschte, war Tuyets Gepäck zügig aufgegeben. Phong saß auf einer Bank und blickte seiner Tochter entgegen, die noch immer etwas blass aussah. Die Grippe, die sie sich eingefangen hatte, war zwar kuriert, aber ein Ruhetag mehr hätte Tuyet sicher nicht geschadet. Wie zum Beweis dafür nieste sie, woraufhin Viviane ihr ein Taschentuch reichte. Phong erhob sich und ging auf die beiden zu.

»Möchtet ihr vielleicht etwas trinken?«, fragte er. »Ein paar Minuten hat Tuyet noch.«

Tuyet nickte.

»Ein Pfefferminztee wäre super.«

Sie suchten sich einen Platz in einem Café und Phong besorgte Kaffee und Tee. Viviane schob Tuyet ihre Packung Taschentücher zu, wobei sie bedauernd ihre roten Locken schüttelte.

»Was musstest du dir ausgerechnet jetzt eine Grippe eingefangen. Am besten legst du dich in London gleich hin und schläfst bis morgen früh durch.«

Tuyet putzte sich ihre Nase.

»Das macht ja einen ganz tollen Eindruck auf meine neuen Mitbewohnerinnen.«

»Ach, Quatsch, ich kenne Anne und Martha schon lange und versichere dir, die beiden würden dich verstehen. Oder willst du Alexander etwa nicht strahlend schön gegenübertreten?« Prüfend sah sie Tuyet an. »Etwas mehr Make-up wäre nicht schlecht.«

»Hoffentlich hilft's«, seufzte Tuyet.

»Sei froh, dass du überhaupt fliegen kannst«, mischte sich Phong ein, »letzte Woche war ich mir da nicht so sicher.«

Tuyet legte den Arm um ihren Vater.

»Das habe ich deiner guten Pflege zu verdanken. Ohne Bos Nudelsuppe würde ich nämlich bestimmt nicht hier sitzen.«

Viviane grinste, während Phong daran dachte, wie viel Freude es ihm bereitet hatte, seine kranke Tochter zu umsorgen, als wäre sie wieder sein kleines Mädchen. Überhaupt hatte er sich mit Tuyet wohlgefühlt. Da sie sich entschlossen hatte, nicht in ihre alte Wohnung zurückzuziehen, lebte sie nach ihrer Rückkehr aus Vietnam vorübergehend bei Phong, was ihnen viele Gelegenheiten für Gespräche bot, mal gemeinsam mit Julian, mal nur zu zweit. Mithilfe der wenigen Fotos, die Phong besaß, hatten sie in der Vergangenheit gestöbert, waren aber auch zusammen einkaufen und ins Schwimmbad gegangen. Nie zuvor hatte Phong ein engeres Verhältnis zu seiner Tochter gehabt. Jetzt sah Tuyet auf die Uhr und ergriff ihre Tasche.

»Ich muss los«, sagte sie, plötzlich noch einen Tick blasser. »Drückt mir die Daumen, dass alles gut läuft.«

Phong konnte sich gut vorstellen, wie aufgeregt sie war. Sämtliche Details darüber, was zwischen Tuyet und Alexander vorgefallen war, kannte er zwar nicht, aber da er schon immer der Ansicht gewesen war, dass Tuyet ihrem Freund viel zu viel zumutete, wunderte er sich nicht, dass es Alexander eines Tages zu bunt geworden war. Doch Phong wünschte sich eine glückliche Tochter, weshalb er hoffte, dass sie und Alexander wieder ein Paar würden, und heirateten.

»Ihr habt doch sogar schon telefoniert«, ermutigte er Tuyet, obwohl er haargenau wusste, dass es etwas völlig anderes wäre, sich in persona gegenüberzustehen.

»Schon«, erwiderte sie unsicher. Viviane machte eine Geste, die andeutete, dass Tuyet sich zu viele Sorgen machte.

»Alexander hat entschieden, Grace im Sommer nicht nach Neuseeland zu begleiten, und das ist eindeutig ein gutes Zeichen. Verrate ihm aber bloß nicht, dass ich dir das brühwarm erzählt habe.« Viviane legte ihren Kopf schräg und lächelte verschmitzt.

»Andererseits hat Alexander mich nicht zu Stillschweigen verpflichtet«, fuhr Viviane schulterzuckend fort. »Wenn man partout nicht will, dass andere etwas wissen sollen, dann darf man es eben niemandem erzählen, oder?«

Sie waren an der Passkontrolle angekommen, jetzt musste Tuyet alleine weitergehen. Phong blickte ihr nach, bis sie in der Menge der Reisenden verschwunden war und wischte sich eine Träne aus dem Augenwinkel. Da versuchte man so gut es ging sein Kind zu beschützen, aber letztlich flog es davon und musste sein Leben selbst bewältigen, eigene Fehler begehen und mit ihnen ins Reine kommen.

Wenig später setzte Viviane, die mit ihrem Auto gekommen war, Phong zu Hause ab. Noch immer hing ein schwacher Duft nach Nudelsuppe in der Küche. Phong spülte die Teller ab, wozu mittags keine Zeit geblieben war, stellte den Topf mit der restlichen Suppe in den Kühlschrank und ging, um Tuyets Bett abzuziehen, in ihr ehemaliges Mädchenzimmer. Während er die Knöpfe des Bezuges öffnete, ließ er die letzten Wochen Revue passieren.

Kurz nach ihrer Rückkehr, ohne groß herumzudrucksen, erzählte Tuyet, dass sie ihre Stelle in Frankfurt gekündigt hatte. Von seinen Kindern, die ihre eigenen Wege suchten, war er nun schon einiges gewöhnt, und Marina wäre stolz auf ihn, wenn sie wüsste, wie tolerant er geworden war, aber dass Tuyet noch immer nicht ihre Arbeit aufnehmen wollte, hatte ihn maßlos geärgert. Tuyet hatte gewartet, bis er sich beruhigte.

»Bo«, hatte sie erwidert, »in London gibt es auch Juristen, und wenn ich dort bleibe, werde ich schon etwas zu tun finden. Warum behandelst du mich so, als wäre ich ein Faulpelz? Mein Leben lang war ich fleißig und habe bis zum Anschlag gearbeitet. Aber Arbeit ist nicht alles. Du weißt, dass es notwendig war, Hanh zu finden, und jetzt brauche ich Zeit für Alexander.«

Phong hatte dem nichts entgegenzusetzen gehabt und, nachdem er ein paar Male tief durchgeatmet hatte, Tuyet insgeheim dafür bewundert, wie entschlossen sie war, um Alexander zu kämpfen.

Fast zärtlich betrachtete Phong den alten Sandmann, der auf Tuyets Bett lag und den er ihr als Baby geschenkt hatte. Er nahm ihn auf und strich über dessen Zipfelmütze in dem Gefühl, dass Tuyet, obgleich schon lange volljährig, plötzlich sehr erwachsen auf ihn wirkte. Entgegen seiner Ermahnungen hatte sie auf ihre Auszeit beharrt, was – er kam nicht umhin, es zuzugeben – nicht nur für sie, sondern für die ganze Familie ein Segen gewesen war. Am allermeisten vielleicht für ihn selbst. Ohne Tuyets Zutun wäre er nicht in seine Heimat zurückgekehrt, und bis jetzt hatte er keine geeigneten Worte gefunden, mit denen er seinen Kindern beschreiben konnte, was das für ihn bedeutete. Kurz flackerte sein schlechtes Gewissen auf, weil er, nach allem, was Tuyet für ihn getan hatte, nicht aufrichtig zu ihr war. Schnell, als könnte der Sandmann sonst seine Gedanken lesen, setzte er ihn auf das Bett zurück und konzentrierte sich, während er die Daunendecken aufschüttelte, auf das neue Leben, das ihn erwartete. Seine Enkel kämen ihn besuchen, und er würde regelmäßig nach Vietnam reisen. Jetzt, da ihm immer klarer wurde, was er Tien angetan hatte, betrachtete er es als Geschenk, die Chance zu erhalten, einiges an ihr gutzumachen und, wenn auch nicht ihre Liebe, so doch ihre Achtung zurückzugewinnen. Er wollte sie unterstützen und eine gute Beziehung zu ihren Kindern, seinen Enkeln, aufbauen, um für sie da sein zu können. Hoa und Nam waren prächtige Kinder, und er freute sich darauf, in ihrem Leben eine positivere Rolle zu spielen als in dem ihrer Mutter. Und Hanh, seine anständige, großmütige Freundin, die er nicht erwartet hatte, noch einmal wiederzusehen. Sie war auf ihn zugegangen und öffnete ihm die Tür zu ihrer Familie, dafür würde er ihr immer dankbar sein.

Unter Tuyets Kopfkissen fand Phong ein aufgeschlagenes Buch, *Grimms Märchen*. Unwillkürlich lächelte er. Bestimmt hatte Tuyet seit Jahren keine Märchen mehr angerührt, doch jetzt, als sie krank gewesen und ihr langweilig war, hatte sie sich daran erinnert. Phong setzte sich auf die Bettkante, nahm das Buch und stellte fest, dass sie *Brüderchen und Schwesterchen* gelesen hatte, eine Geschichte, in der sich der Bruder durch verhextes Wasser in ein Reh verwandelte. Als Kind war es Tuyets Lieblingsgeschichte gewesen. Den Grund dafür hatte er nie verstanden, aber immer, wenn Tuyet kränkelte, hatte sie verlangt, dass er ihr genau diese Geschichte vorläse. Abrupt erhob sich Phong und stellte *Grimms Märchen* ins Bücherregal zurück. Dann packte er die Daunendecke und Kissen in den Bettkasten, saugte, schrieb ein paar E-Mails, und wurde sie doch nicht los, diese Erinnerung an jenen Julitag des Jahres 1992. Phong öffnete das Fenster und blinzelte in die Nachmittagssonne. Auch damals war das Wetter sonnig und warm gewesen, während Tuyet krank im Bett lag. Phong hatte sich um sie gekümmert. Zusammen waren sie eingeschlafen, und als er aufwachte, roch es nach Nudelsuppe. Unspektakulär, und doch wurde es ein so folgenschwerer Tag.

Nachdenklich zog Phong den hauchdünnen Vorhang vor das Fenster. Dann machte er es sich in seinem Sessel bequem und beobachtete, wie der feine Stoff durch eine leichte Brise ins Zimmer geweht wurde. Unruhe verrieten nur Phongs unaufhörlich wippender Fuß sowie seine Augenbrauen. Keine Frage, es war feige von ihm, dass er weder mit Hanh noch mit Tuyet und Julian über diesen Tag sprach und damit ihren Wunsch, die Vergangenheit zu verstehen, nicht erfüllte. Doch lieber bliebe er ein Feigling, als ein alternder Mann, den seine Familie, die er gerade zurückgewonnen hatte, verachtete. Sein Fuß hielt nun still, als Phong noch einmal an den Juli 1992 dachte. Hier lag sein Stolperstein, den er nicht forträumen konnte. Phong fürchtete darüber zu fallen, wenn er davon erzählte, und deshalb würde diese Geschichte sein Geheimnis bleiben, und zwar nur seins.

»Bo, mein Hals tut so weh. Bekomme ich ein Eis?«

Phong strich Tuyet über das dunkle Haar und lächelte seine kranke Tochter an.

»Nicht zum Frühstück. Ich bringe dir deine Medizin und Pfefferminztee.«

»Darf ich Zwieback eintunken?«

»Na klar.«

Marina streckte ihren Kopf ins Zimmer. Ihr braunes Haar hatte sie zu einem Knoten geschlungen und das hellblaue Sommerkleid, das sie trug, harmonierte mit ihren Augen. Sie strahlten Phong an, und er strahlte zurück. Am liebsten hätte er sie geküsst und dabei über ihren noch flachen Bauch gestrichen. Niemand außer ihm wusste, dass Marina ein Kind erwartete. Ein Baby von ihm. Einen Sohn, das sagte ihm seine väterliche Intuition. Phong unterdrückte seinen Impuls, Marina zu berühren, obwohl er fast sicher war, dass es Tuyet nichts ausmachen würde. Inzwischen nannte sie Marina Mom und hatte eine innige Beziehung zu ihr. Dennoch hätte sich Phong schlecht gefühlt, vor den Augen seiner Tochter Zärtlichkeiten mit Marina auszutauschen. Marina verstand ihn, und seit sie miteinander schliefen, hoben sie sich ihre Leidenschaft stets für den späten Abend auf, wenn Phong aus dem chinesischen Restaurant, in dem er bediente, zurückkehrte und Tuyet tief und fest schlummerte. Während er die Zeitungen, die er frühmorgens austrug, in die Hausbriefkästen schob, pfiff er vor sich hin und malte sich aus, dass Marina noch nackt in denselben Kissen ruhte, auf denen sie sich zuvor geliebt hatten. Wie heftig er Marina begehrte, erstaunte ihn. Auch mit Hanh hatte er gerne geschlafen, aber nie hatte sie ihn so überwältigt.

Tuyet hustete und reckte ihre Arme nach Marina. Diese reichte ihr Wasser und hielt Tuyets Hand, bis deren Hustenreiz vorbei war.

»Heute Abend lese ich dir eine Geschichte vor, mein Engel«, versprach sie und drückte Tuyet. »Aber jetzt muss ich los. Wir haben eine wichtige Schulkonferenz, da darf ich nicht zu spät kommen.«

Ernst sah Tuyet sie an.

»Wirst du sonst ausgeschimpft?«

Marina warf ihren Kopf zurück und lachte aus vollem Hals. Fasziniert sah Phong sie an.

»Ausgeschimpft werde ich nicht, aber mein Chef wäre ganz schön sauer. Schließlich bin ich die Erste, die einen Vortrag halten soll.«

Sie küsste Tuyet auf die Wange, woraufhin die Kleine auf ihre andere tippte. Also bekam sie noch einen Kuss, ehe Phong Marina zur Wohnungstür begleitete.

»Danke, dass du deine Schicht getauscht hast«, sagte Marina und küsste Phong. »Es ist wichtig, dass ich heute keinen Zeitdruck habe. Keine Ahnung, wie lange alles dauert.«

Sie trug einen dunklen Lippenstift auf, winkte und war fort. In ihrem Zimmer hustete Tuyet, und Phong beeilte sich, ihre Medizin zu holen. Es war eine ganze Weile her, dass sie mit einer Bronchitis oder gar Lungenentzündung zu kämpfen gehabt hatte, und ihr Kinderarzt prognostizierte, dass die Beschwerden abnähmen, je älter Tuyet würde. Das schien zu stimmen, dennoch fühlte sich Phong sogleich alarmiert, wenn Tuyet hustete, denn zu viele Nächte hatte er damit verbracht, sich um sie zu sorgen.

»Bitte lies mir etwas vor«, sagte Tuyet mit knatschiger Stimme. Phong holte Pfefferminztee und setzte sich mit *Grimms Märchen* an Tuyets Bett.

»Wer aus mir trinkt, wird ein Reh!«, rief Tuyet. »Ich hätte gerne ein Reh. Oder ein Schwesterchen. Oder beides.«

Sie gähnte und kuschelte sich in ihr Kissen. Phong sah sie

zärtlich an. Am liebsten hätte er ihr erzählt, dass ihr Wunsch, ein Geschwisterchen zu haben, sich bald erfüllen würde. Doch es war noch zu früh, und stattdessen schlug er die Geschichte von *Brüderchen und Schwesterchen* auf.

Seit die Mutter tot ist, haben wir keine gute Stunde mehr; die Stiefmutter schlägt uns alle Tage, und wenn wir zu ihr kommen, stößt sie uns mit den Füßen fort. Die harten Brotkrusten, die übrigbleiben, sind unsere Speise, und dem Hündlein unter dem Tisch geht's besser: Dem wirft sie doch manchmal einen guten Bissen zu. Daß Gott erbarm, wenn das unsere Mutter wüßte! Komm, wir wollen miteinander in die weite Welt gehen.

»Ist Marina meine Stiefmutter?«

Tuyets Stimme klang schläfrig. Phong stockte im Lesen. Was sollte er Tuyet antworten? Doch zum Glück plapperte diese weiter.

»In allen Märchen sind Stiefmütter böse. Ich glaube, das ist nicht so.«

»Ist es auch nicht«, pflichtete Phong ihr bei und fuhr rasch mit dem Lesen fort. Noch bevor »Schwesterchen« den König geheiratet hatte, war Tuyet eingeschlafen. Phong räumte die Küche auf, kochte für den Mittag eine vietnamesische Nudelsuppe mit Huhn und legte sich mit der Zeitung aufs Sofa. Ein seltener Luxus in seinem sonst sehr arbeitsreichen Leben. Er musste eingeschlafen sein, jedenfalls schreckte er auf, als es klingelte.

Er drückte auf und jemand rief »Die Post!« durchs Haus. Phong erreichte den Briefträger, noch ehe dieser einen Stapel Briefe in Marinas Kasten geworfen hatte. Er musterte Phong aufmerksam, aber nicht unfreundlich.

»Sind Sie krank?«, fragte er.

Phong verneinte. »Meine Tochter hat eine Erkältung«, erklärte er, »deshalb bin ich zu Hause geblieben.«

Der Briefträger lachte und machte eine abwehrende Handbewegung.

»Sie müssen sich nicht entschuldigen. Ich frage nur, weil

Sie normalerweise um diese Zeit nicht da sind. Meistens holt Frau Neumann die Post.«

»Ah.«

Phong verabschiedete sich und ging in die Wohnung zurück. Der Mann hatte Recht. Er musste nichts erklären. Dennoch war es ihm ein Gräuel, dass ihn jemand für faul halten könnte. Dass er seinen Beruf als Arzt nicht ausübte, lag an seinem ungeklärten Aufenthaltsstatus in der Bundesrepublik. Ein unangenehmer Zustand, den er mit zahlreichen Vietnamesen teilte, die nach dem Zusammenbruch der DDR in Deutschland geblieben waren. Wollte er Marina nicht auf der Tasche liegen, und das stand außer Frage, musste er sich mit Arbeiten aller Art durchschlagen. Nach seinem Zeitungsjob frühstückte er mit Tuyet und Marina und brachte, während Marina in die Schule hetzte, die Kleine in den Kindergarten. Ab mittags half er seinem chinesischen Chef bei den Einkäufen fürs Restaurant, wo er auch putzte und bediente. Dennoch hatte er ständig das Gefühl, versichern zu müssen, dass er niemanden ausnutzte. Phong schaute nach Tuyet, die schlief und dabei schwitzte. Er tupfte ihre Stirn ab, dann ging er in die Küche, brühte Kaffee auf und sah die Post durch. Rechnungen, ein Brief von Marinas Mutter, Werbeprospekte und … Sein Atem stockte, denn sofort erkannte er Hanhs Handschrift. Seit Monaten hatte er nichts mehr von seiner Frau gehört. Wenn er es genau bedachte, wusste er gar nicht mehr, wann sie ihm das letzte Mal geschrieben hatte. Sein Gewissen meldete sich, denn es war ihm inmitten seiner ausgefüllten Tage gar nicht aufgefallen. Phong setzte sich und starrte den Briefumschlag an. Und er? Wann hatte er ihr, abgesehen von seinen Geldüberweisungen, ein Lebenszeichen geschickt? Vor vier Monaten? Fünf? Seit ein ehemaliger Studienfreund, der wieder in Hanoi lebte, ihm berichtet hatte, dass Hanh engere Kontakte zu Tuan pflegte, fühlte sich Phong nicht mehr verpflichtet, Hanh regelmäßig zu schreiben. Wenn er ehrlich war, hatte es ihm nicht mehr als einen winzigen Stich versetzt, sie sich in den Armen eines anderen Mannes vorzustellen. Viel mehr überwog die Erleichterung darüber, dass ihr außereheliches Verhältnis sein eigenes entlastete. Inzwischen war er überzeugt davon, dass an dem Gerücht etwas dran war, denn aus welchem anderen Grund sollte sich Hanh sonst in Schweigen hüllen?

Doch nun, nach langer Funkstille, hatte sie geschrieben. Wollte sie ihm die Trennung vorschlagen? Er betastete den Brief, als könnte er dessen Inhalt erspüren. Und tatsächlich wurde ihm binnen Sekunden klar, wie undenkbar es war, dass Hanh ihm diesen Vorschlag unterbreitete. Nein, viel wahrscheinlicher war, dass sie ihre Affäre beendet hatte und zu dem Schluss gekommen war, dass es ihrer Familie nicht guttat, Tausende Kilometer voneinander getrennt zu leben. Sie würde ihn drängen, endlich mit Tuyet nach Hanoi zu kommen.

Phong legte Hanhs Brief beiseite und drehte eine Weile seinen Ehering. Marina würde ihm raten, den Umschlag schleunigst zu öffnen, anstatt den halben Tag Rätsel zu raten. Natürlich wäre das gescheiter. Aber er war nicht wie Marina, die ein Problem erkannte, sich ihm stellte und es in aller Konsequenz löste. Auch wenn sie deshalb durch die Ostsee schwimmen musste. Wenn er das sagte, lächelte sie kopfschüttelnd.

»Du wolltest in der DDR studieren und hast es geschafft. Du wolltest sehen, wie die Menschen auf der anderen Seite der Mauer leben und bist jetzt hier. Und das Beste: Du wolltest mich, und da liege ich und bin verrückt nach dir. Also?«

Da ihre Worte ihn so wunderbar stark dastehen ließen, widersprach er nicht. Doch in dem Bild, das sie von ihm zeichnete, fand er sich nicht. Richtig war, dass er wie besessen für die Aufnahmeprüfung der Universität geackert hatte, die er glänzend hatte bestehen müssen, um ins Ausland zu dürfen. Aber was hätte er auch sonst tun sollen, kränklich und geschwächt von seiner langwierigen Tuberkulose? In der DDR, seinem Traumziel, war er dank eines Onkels gelandet, der beim Ministerium für Hochschulwesen gearbeitet und ein gutes Wort für ihn eingelegt hatte. Dass er sich im Westen aufhielt, verdankte er einer Verkettung günstiger Umstände. So war es nicht schwer gewesen, nach dem Fall der Mauer die Gewohnheit zu entwickeln, Ausflüge nach Westdeutschland zu unternehmen. Von dort aus hatte er Marina kontaktiert, die ihm sogleich eine Bleibe anbot. Weder war er mutig noch besonders risikofreudig. Hanh wusste das. Und er wusste es auch.

Tuyet hustete, und Phong horchte auf. Auf Zehenspitzen schlich er in ihr Zimmer. Ihre Decke war auf den Boden gerutscht, aber sie schlief. Phong richtete das Bettzeug und kehrte in die Küche zurück. Seine Schonfrist, die Hanhs Stillschweigen ihm gewährt hatte, war vorbei. Was immer sie ihm zu sagen hatte, es würde darauf hinauslaufen, dass er eine Entscheidung treffen musste. Hanh bedeutete ihm viel. Sie war seine langjährige Gefährtin, auf die er sich immer hatte verlassen können. Und sie war die Mutter seiner Kinder. Allerdings traf das nun auch auf Marina zu. Bekämen sie ein gemeinsames Kind und heirateten, könnte Phong problemlos in Deutschland bleiben. Irgendwann würde er als Arzt tätig sein und all die Länder bereisen, die ihn interessierten. An seiner Seite stünde Marina, die ihn viel besser verstand, als es Hanh mit ihrer Heimatverbundenheit je möglich wäre. Er ertappte sich dabei, dass er lächelte. Ja, das war das Leben, das er sich erträumte. Die Zukunft, die zum Greifen nahe lag. Was erwartete ihn denn schon in Hanoi? Er wusste ja nicht einmal, was es bedeutete, wenn man ihm »Verrat am Sozialismus« vorwerfen würde, weil er unerlaubt die Grenze in den Westen überschritten hatte. Er hatte von Verhören und Demütigungen gehört, denen Rückkehrer ausgesetzt waren. Würde er mit diesem Makel überhaupt eine ordentliche Existenz aufbauen können? Andererseits war ihm klar, dass Hanhs Leben kein Sonntagsspaziergang war. Falls sie ihn bräuchte, könnte er sie nicht zurückstoßen. Phong stand auf und nahm ein Küchenmesser aus der Schublade. Er würde diesen verdammten Brief jetzt lesen. In seinem Magen flatterten keine Schmetterlinge, sondern fiese Insekten, die ab und zu stachen. Eine von beiden Frauen würde er als alleinerziehende Mutter zurücklassen. Nur welche? Phong hasste es, diese Wahl zu treffen. Hanh war stark, lebte jedoch in einem Land, in dem Single-Mütter es schwer hatten. Außerdem wollte sie sicher Tuyet wiedersehen. Flüchtig dachte er an Tien. Dann stellte er sich vor, Marina Lebewohl zu sagen, und sein Herz wurde schwer. Natürlich käme sie ohne ihn klar. In Deutschland waren Scheidungen und alleinerziehende Mütter und Väter nichts Besonderes. Aber was war mit ihm? Würde er es verkraften, die Möglichkeit in den Wind zu schlagen, ein Leben nach seinen Vorstellungen auszuprobieren? Mit Marina, Tuyet und seinem Sohn?

»Bo! Bo, wo bist du?«

Phong vernahm tapsende Schritte im Flur, gleich darauf stand mit verschlafenem Gesicht und zerzaustem Haar Tuyet vor ihm. Fragend blickte sie auf das Küchenmesser, das Phong in der Hand hielt.

»Was machst du da?«

Phong griff in die Obstschale, die vor ihm stand.

»Ich wollte gerade einen Apfel schneiden. Magst du ein Stück?«

Tuyet sah auf die Küchenuhr, die sie als Vorschulkind schon lesen konnte.

»Es ist Nachmittag. Bekomme ich jetzt bitte ein Eis?«

Phong legte das Messer in die Schublade zurück. Er füllte Eis in eine Schüssel, und Tuyet bewachte ihn, damit er nicht zu geizig wäre. Als sie Eis löffelnd im Bett lag, fragte sie:

»Liest du mir die Geschichte zu Ende vor?«

»Na klar.«

Anschließend bat sie ihren Vater, sich zu ihr zu legen und den Stoffhund zu spielen, der sie trösten sollte. Irgendwann schliefen beide ein und erwachten erst, als der Geruch von Nudelsuppe durch die Wohnung zog.

»Marina?«

Noch etwas schläfrig ging Phong in die Küche. Der Tisch war mit Suppentellern und Gläsern gedeckt. Eilig sah er sich um. Wo hatte Marina die Post hingelegt? Marina, die dabei war, eine Salatsoße anzurühren, wandte sich um und lächelte Phong entgegen.

»Ist alles gut gelaufen?«, erkundigte er sich.

»Sehr gut.«

Phong umfasste Marina und vergrub sein Gesicht in ihrem Haar, das offen auf ihre Schultern hinabfiel. Sie gab ihm einen Kuss und fuhr fort, den Salat zu durchmischen. Nach dem Essen lasen sie vor, bis Tuyet eingeschlafen war, und räumten gemeinsam die Küche auf. Phong fand es in Ordnung, dass in Deutschland Hausarbeit nicht nur Frauensache war. Wenn er half, hatte Marina umso eher Zeit für ihn.

»Hast du die Post schon durchgeschaut?«, wollte Marina wissen, während sie die Teller abtrocknete. Phong zögerte. Um den Tisch zu decken, hatte sie den Stapel anscheinend rasch zur Seite gelegt, ohne Hanhs Brief zu entdecken. Hätte sie sonst nicht nachgefragt? Auch wenn Marina selten darüber sprach, war Phong klar, dass sie der Gedanke beunruhigte, er könnte zu Hanh zurückkehren. Phong wollte nicht, dass Marina sich Sorgen machte. Und den Abend ruinieren wollte er auch nicht.

»Ich bin noch nicht dazu gekommen«, antwortete er.

»Bestimmt hat es Zeit bis morgen.«

Lächelnd zog ihn Marina ins Schlafzimmer, und als sie später gleichmäßig atmend neben ihm lag, schlich Phong in die Küche. Auf der Anrichte lag der Poststapel; die Rechnungen, der Brief von Marinas Mutter und die Werbung. Hanhs Brief war nicht da. War er hinuntergefallen? Phong suchte den Boden ab. Nichts. Phong lehnte sich an die nachtkühle Wand und hörte der Küchenuhr beim Ticken zu. Müsste er Marina nicht wecken und fragen, was mit Hanhs Brief geschehen war? Vielleicht sogar mit mehreren Briefen? Sein

Ringen dauerte eine Stunde. Als der Uhrzeiger auf die Eins rückte, stieß Phong sich von der Wand ab und kroch zu Marina ins Bett zurück.

»Ist alles in Ordnung?«, nuschelte sie.

»Ja«, flüsterte Phong.

ENDE

Anhang

Historische Hintergründe:

Beginn der französischen Kolonialzeit: 1858 landeten die ersten französischen Truppen in Vietnam. Der Süden des Landes und östliche Teile Kambodschas wurden zur französischen Kolonie Cochinchina. Danach weitete Frankreich sein Machtgebiet nach Norden hin aus und gründete 1887 die Kolonie der »Union Indochinoise«, 1893 kam noch Laos als Protektorat dazu. Vietnams Souveränität war erloschen und die Franzosen begannen mit der Ausbeutung ihrer Kolonie. Von Anfang an regte sich heftiger Widerstand in der vietnamesischen Bevölkerung, den die Franzosen brutal niederschlugen. Allmählich gelang es der kommunistischen Bewegung, Sympathisanten zu mobilisieren. Im Februar 1930 gründete Ho Chi Minh die Kommunistische Partei Vietnams, kurze Zeit später Indochinas.

Vietnamesische Revolution: Zu Beginn der 1940er Jahre fiel Japan in Vietnam ein, weil es sich davon strategische Vorteile gegenüber seinem Kriegsgegner China versprach. Die vom Zweiten Weltkrieg geschwächten Franzosen konnten keinen weiteren Kriegsschauplatz verkraften und kollaborierten. Nun waren zwei Besatzungsmächte im Land, deren immense Forderungen nach Lebensmitteln die Vietnamesen erfüllen mussten. Eine furchtbare Hungersnot, bei der weit über eine Million Vietnamesen starben, war die Folge. Inzwischen war der im Exil lebende Ho Chi Minh zurückgekehrt und die »Liga für die Unabhängigkeit Vietnams« wurde unter dem Namen *Viet Minh* gegründet. Im August 1945 riefen die *Viet Minh* vom Balkon der Hanoier Oper die vietnamesische Revolution gegen Frankreich und Japan aus. Nach seiner Kapitulation 1945 zog sich Japan aus Vietnam zurück. Der vietnamesische Kaiser Bao Dai dankte zugunsten der *Viet Minh* ab, und Ho Chi Minh rief am 2. September die Unabhängigkeit Vietnams aus. Doch war Frankreich nicht bereit, seine Kolonie Indochina aufzugeben, weshalb 1946 der achtjährige erste Indochina-Krieg begann. Die Vietnamesen siegten 1954 in der entscheidenden Schlacht bei Dien Bien Phu gegen die Kolonialmacht Frankreich, deren Herrschaft damit endete. Im selben Jahr wurde im Genfer Abkommen die provisorische Teilung Vietnams am 17. Breitengrad festgeschrieben. Der Norden würde den kommunistischen *Viet Minh* unterstehen, während sich die Franzosen in den Süden zurückzögen. Die gesamtvietnamesischen Wahlen, die das Genfer Abkommen für 1956 vorgesehen hatte, fanden nie statt. Der im Süden von den USA unterstützte neue Präsident, Ngo Dinh Diem, lehnte mit der Begründung ab, dass im Norden Vietnams keine freien Wahlen garantiert seien, doch wird angenommen, dass er viel mehr fürchtete, Ho Chi Minh bringe mehr Wähler an die Urnen.

Die *Viet Minh* gaben den Süden ungern auf, beugten sich jedoch dem Druck der Sowjetunion und Chinas, die ein militärisches Eingreifen der USA fürchteten. Dieses erfolgte trotzdem ein Jahrzehnt später während des Vietnamkriegs bzw. amerikanischen Kriegs, als sich der kalte Krieg verhärtete und die USA ein Erstarken der Kommunisten um jeden Preis verhindern wollten.

Vietnamkrieg: Der Vietnamkrieg oder amerikanische Krieg begann 1955 nach der Teilung Vietnams als Bürgerkrieg in Südvietnam. Die *Viet Minh* hatten es sich zum Ziel gesetzt, die antikommunistische Regierung Ngo Dinh Diems zu stürzen und das Land wieder zu vereinen. Im August 1964 trat die amerikanische Regierung in den Krieg ein, indem sie einen vorgeblichen Angriff der kommunistischen Nordvietnamesen auf ein US-Kriegsschiff zum Anlass nahm, um als aktive Kriegspartei in den Konflikt zwischen dem kommunistischen Nordvietnam und dem nicht-kommunistischen Süden einzugreifen.

Nachdem Ende Juni 1966 die ersten Bomben auf Hanoi gefallen waren, wurden die meisten Hanoier aufs Land evakuiert, solange sie nicht der Verteidigung der Stadt oder der Aufrechterhaltung wichtiger Einrichtungen und Produktionsstätten dienlich waren. Das bedeutete für viele Familien eine zum Teil jahrelange Trennung von Eltern und ihren Kindern. Wer sich der Anordnung nicht fügte, riskierte den Verlust seiner Reisration. Obgleich Ende der sechziger Jahre eine halbe Million US-Soldaten in Vietnam stationiert waren, gelang es diesen nicht, den militärisch schlecht ausgestatteten *Viet Cong*, eine aus den *Viet Minh* hervorgegangene Guerillaorganisation, zu bezwingen. Die sogenannte **Tet-Offensive** des *Viet Cong* im Januar 1968 führte zwar auch in seinen eigenen Reihen zu vielen Toten, dennoch stand der *Viet Cong* psychologisch als Gewinner da. Seine Kämpferinnen und Kämpfer hatten ihre Schlagkraft bewiesen und weltweit protestierte die Öffentlichkeit immer lauter gegen den brutalen und sinnlosen Krieg der Amerikaner. Im Geheimen begannen die USA, sich auf ihren Abzug und die »Vietnamisierung« des Krieges vorzubereiten. Im Dezember 1972 fanden in Hanoi und in der Hafenstadt Hai Phong die sogenannten **Weihnachts-Bombardements** statt, bei denen über 2000 Zivilisten starben und viele verletzt wurden. Die Angriffe gehörten zu den schwersten, denn auf diese Weise wollte Präsident Nixon die Vietnamesen in die Knie zwingen und seine Verhandlungsposition stärken. Ein Friedensabkommen zwischen Nordvietnam und den USA war kurz zuvor gescheitert, wurde dann aber am 27. Januar 1973 in Paris unterzeichnet. Bis Henry Kissinger und Le Duc Tho das Friedensabkommen unterzeichneten, fielen auf Vietnam mehr Bomben als im Zweiten Weltkrieg auf Europa und Millionen von Menschen starben.

Endgültiges Ende des Krieges: Am 30. April 1975 besetzten die kommunistischen Truppen Nordvietnams Saigon, heute Ho-Chi-Minh-Stadt, was das Ende des Krieges bedeutete. Die Zeit nach der Wiedervereinigung des Landes im Juli 1976, offiziell als Befreiung des Südens gefeiert, empfanden viele Südvietnamesen als Besatzung. Aus Angst vor Repressalien flüchteten Hunderttausende zumeist mit dem Boot übers Meer, wobei viele starben. Die Nachkriegsjahre waren von Hunger und Armut geprägt, was sich 1986 zu ändern begann, als die Kommunistische Partei ihre *Doi Moi*-Reformen beschloss und die Planwirtschaft durch eine sozialistisch orientierte Marktwirtschaft ersetzte.

Namensregister

Hanh (Hạnh): verheiratet mit Phong, hat mit ihm zwei gemeinsame Töchter: Tuyet und Tien

Linh: junge Vietnamesin, die Tuyet in Hanoi trifft und mit der sie sich anfreundet

Phong: Vater von Tuyet, Tien und – gemeinsam mit Marina – Julian

Tien (Tiến): Schwester von Tuyet, die verheiratet mit Tuan in Hanoi lebt

Tuan (Tuấn): Ehemann Tiens, der deutlich älter ist als sie

Tuyet (Tuyết): Tochter von Hanh und Phong, lebt in Frankfurt

Xuan (Xuân): Freundin und Geschäftspartnerin von Linhs Mutter

Yen (Yến): Schwiegermutter von Tien

Anreden für Familienmitglieder

Ông – Großvater
Bà – Großmutter
Mẹ – Mutter
Bố – Vater
Chị – ältere Schwester
Em – jüngere Schwester

Andere Wörter, die im Text auftauchen

Áo Dài – weite Hosen und langes, eng anliegendes Oberteil
Xe máy – Moped
Xe ôm – Mopedtaxifahrer
Phở Gà – Reisnudelsuppe mit Huhn, die in Vietnam gerne zu jeder Tageszeit gegessen wird
Xin chào – Begrüßung
Tạm biệt – Verabschiedung
Cảm ơn – danke
Dừng lại ở đây – Halten Sie hier! (sprich D wie S in Hase; đ wie D)
Ối giời ơi! – Wie »Oh, mein Gott!«
Tết – vietnamesisches Neujahr nach dem Mondkalender
Đổi Mới – Erneuerung; bezeichnet den 1986 beschlossenen Wechsel der vietnamesischen Planwirtschaft zur marktwirtschaftlichen Liberalisierung

Dank

Da ich »Die Töchter des Roten Flusses« in Hanoi geschrieben habe, musste ich lediglich vor die Haustür treten, um mit allen Sinnen von Vietnam umgeben zu sein. Besonders inspirierten mich meine Gespräche mit vietnamesischen Bekannten und Freunden. Bei ihnen möchte ich mich ganz herzlich für ihre Bereitschaft bedanken, mich an ihren Lebensgeschichten teilhaben zu lassen.

Ein herzliches Dankeschön geht an Juliane Ludwig-Stoll, die mit mir immer wieder so engagiert über Tuyet, Tien, Linh, Hanh und Phong diskutierte, als ginge es um gemeinsame Freunde. Auf ihre prompten Rückmeldungen aus Frankfurt konnte ich mich ebenso verlassen wie auf ihre kritischen Nachfragen. Bedanken möchte ich mich auch bei Christiane Meyer für ihre wertvollen Anregungen sowie bei Anke Stahl, die meine Fragen zum Leben in der ehemaligen DDR beantwortete und mir wichtige Hinweise zum Berliner Teil meiner Geschichte gab.

Auch bei meiner Lektorin des Aufbau Verlags, Anne Sudmann, möchte ich mich für ihre kompetente Unterstützung, ihre treffenden Anmerkungen und klugen Tipps bedanken, ebenso wie bei meiner Agentin Anna Mechler für ihr allzeit offenes Ohr.

Und natürlich bei Christian, meinem Mann, und meiner Tochter Tanya, die mich liebevoll anspornten und sich nie beschwerten, wenn es mich wieder an den Schreibtisch zog.

LESEPROBE

KRISTIN HANNAH
Die Nachtigall
Zwei Schwestern. Die eine kämpft für die Freiheit. Die andere für die Liebe.
ROMAN
RL

EINS

9. April 1995

An der Küste von Oregon

Wenn ich in meinem langen Leben eines gelernt habe, dann ist es Folgendes: In der Liebe finden wir heraus, wer wir sein wollen; im Krieg finden wir heraus, wer wir sind. Heutzutage wollen die jungen Leute alles über jeden wissen. Sie denken, über ein Problem zu reden wäre schon die Lösung. Ich stamme aus einer schweigsameren Generation. Wir haben verstanden, welchen Wert das Vergessen hat, wie verlockend es ist, sich neu zu erfinden.

In letzter Zeit allerdings ertappe ich mich dabei, wie ich an den Krieg denke und an meine Vergangenheit, an die Menschen, die ich verloren habe.

Verloren.

Das klingt, als hätte ich meine Liebsten irgendwo verlegt; sie vielleicht an einem Ort zurückgelassen, an den sie nicht gehören, und mich dann abgewendet, zu verwirrt, um wieder zu ihnen zurückzufinden.

Aber sie sind nicht verloren. Und auch nicht an einem besseren Ort. Sie sind tot. Heute, wo ich das Ende meines Lebens vor mir sehe, weiß ich, dass sich Trauer ebenso wie Reue tief in uns verankert und für immer ein Teil von uns bleibt.

Ich bin in den Monaten seit dem Tod meines Mannes und meiner Diagnose sehr gealtert. Meine Haut erinnert an knittriges Wachspapier, das jemand zum Wiedergebrauch glattstreichen wollte. Meine Augen lassen mich häufig im Stich – bei Dunkelheit, im Licht von Autoscheinwerfern oder wenn es regnet. Diese neue Unzuverlässigkeit meiner Sehkraft ist nervtötend. Vielleicht schaue ich deshalb in die Vergangenheit zurück. Die Vergangenheit besitzt eine Klarheit, die ich in der Gegenwart nicht mehr erkennen kann.

Ich stelle mir gern vor, dass ich Frieden finde, wenn ich gestorben bin, dass ich all die Menschen wiedersehe, die ich geliebt und verloren habe. Dass mir zumindest verziehen wird.

Aber ich weiß es besser.

Mein Haus, das von dem Holzbaron, der es vor mehr als hundert Jahren erbaute, *The Peaks* getauft wurde, steht zum Verkauf, und ich bereite meinen Umzug vor, wie mein Sohn es für richtig hält.

Er versucht, sich um mich zu kümmern, mir zu zeigen, wie sehr er mich liebt in dieser schweren Zeit, und deshalb lasse ich mir seine übertriebene Fürsorge gefallen. Was kümmert es mich, wo ich sterbe? Denn darum geht es im Grunde. Es spielt keine Rolle mehr, wo ich wohne. Ich packe das Strandleben von Oregon, zu dem ich mich vor beinahe fünfzig Jahren hier niedergelassen habe, in Kartons. Es gibt nicht viel, was ich mitnehmen will. Doch eine Sache unbedingt.

Ich greife nach dem von der Decke hängenden Griff, mit dem die Speichertreppe heruntergezogen wird. Die Stufen falten sich von der Decke wie der Arm eines Gentlemans, der die Hand ausstreckt.

Die leichte Treppe schwankt unter meinen Füßen, als ich in den Speicher hinaufsteige, in dem es nach Staub und Schimmel riecht. Über mir hängt eine einsame Glühbirne. Ich ziehe an der Schnur.

Es sieht aus wie im Frachtraum eines alten Dampfers. Die Wände sind mit breiten Holzplanken verkleidet, Spinnweben schimmern silbrig in den Winkeln und hängen in Strähnen von den Fugen zwischen den Planken herunter. Das Dach ist so steil, dass ich nur in der Mitte des Raums aufrecht stehen kann.

Ich sehe den Schaukelstuhl, in dem ich saß, als meine Enkel klein waren, dann ein altes Kinderbettchen und ein zerschlissenes Schaukelpferd auf rostigen Federn und den Stuhl, den meine Tochter gerade neu lackierte, als sie von ihrer Krankheit erfuhr. An der Wand stehen mit *Weihnachten*, *Thanksgiving*, *Ostern*, *Halloween*, *Geschirr* oder *Sportsachen* beschriftete Kartons. Darin sind Dinge, die ich nicht mehr oft benutze, von denen ich mich aber dennoch nicht trennen kann. Mir einzugestehen, dass ich zu Weihnachten keinen Baum schmücken werde, ist für mich wie aufzugeben, und im Loslassen war ich noch nie gut. Hinten in der Ecke steht, was ich suche: ein alter, mit Aufklebern gespickter Überseekoffer.

Mit einiger Anstrengung zerre ich den schweren Koffer in die Mitte des Speichers, direkt unter die Glühbirne. Ich hocke mich daneben, habe jedoch prompt solche Schmerzen in den Knien, dass ich mich auf den Hintern gleiten lasse.

Zum ersten Mal seit dreißig Jahren hebe ich den Deckel des Koffers. Der obere Einsatz ist voller Andenken an die Zeit, in der meine Kinder klein waren. Winzige Schuhe, Handabdrücke auf Tonscheiben, Buntstiftzeichnungen, die von Strichmännchen und lächelnden Sonnen bevölkert werden, Schulzeugnisse, Fotos von Tanzvorführungen.

Ich hebe den Einsatz aus dem Koffer und stelle ihn neben mir ab.

Die Erinnerungsstücke auf dem Boden des Koffers liegen wild durcheinander: mehrere abgegriffene ledergebundene Tagebücher; ein Stapel alter Postkarten, der mit einem blauen Satinband zusammengebunden ist; ein Karton mit einer eingedrückten Ecke; eine Reihe schmaler Gedichtbändchen von Julien Rossignol und ein Schuhkarton mit Hunderten Schwarzweißfotos.

Ganz oben liegt ein vergilbtes Stück Papier.

Meine Finger zittern, als ich es in die Hand nehme. Es ist eine *carte d'identité*, ein Ausweis aus dem Krieg. Das Bild im Passfotoformat. Eine junge Frau. *Juliette Gervaise.*

»Mom?«

Ich höre meinen Sohn auf der knarrenden Holztreppe, Schritte, die mit meinem Herzschlag übereinstimmen. Hat er schon vorher nach mir gerufen?

»Mom? Du solltest nicht hier oben sein. Mist. Die Stufen sind wacklig.« Er kommt zu mir. »Ein Sturz und …«

Ich berühre sein Hosenbein, schüttle langsam den Kopf. Ich kann den Blick nicht heben. »Nicht«, ist alles, was ich sagen kann.

Er geht in die Hocke, setzt sich zu mir. Ich rieche sein Aftershave, dezent und würzig, und auch eine Spur Rauch. Er hat heimlich draußen eine Zigarette geraucht, eine Gewohnheit, die er vor Jahrzehnten aufgegeben und nach meiner Diagnose vor kurzem wieder angenommen hat. Es besteht kein Grund, meine Missbilligung zu äußern. Er ist Arzt. Er weiß es selbst.

Instinktiv will ich den Ausweis in den Koffer zurückwerfen und den Deckel zuklappen, ihn wieder verstecken. Wie ich es mein Leben lang getan habe.

Doch jetzt sterbe ich. Vielleicht nicht schnell, aber auch nicht gerade langsam, und ich sehe mich gezwungen, auf mein Leben zurückzuschauen.

»Mom, du weinst ja.«

»Wirklich?«

Ich will ihm die Wahrheit sagen, aber ich kann es nicht. Es macht mich verlegen, und es beschämt mich, dieses Versagen. In meinem Alter sollte ich mich vor nichts mehr fürchten – und ganz bestimmt nicht vor meiner eigenen Vergangenheit.

Ich sage nur: »Ich will diesen Koffer mitnehmen.«

»Der ist zu groß. Ich packe die Sachen, die du haben willst, in eine kleinere Schachtel.«

Ich lächle bei seinem Versuch, mich zu kontrollieren. »Ich liebe dich, und ich bin wieder krank. Aus diesen Gründen habe ich mich von dir bevormunden lassen, aber noch bin ich nicht tot. Ich will diesen Koffer mitnehmen.«

»Wozu sollen dir denn die Sachen nützen, die da drin sind? Das sind doch nur unsere Zeichnungen und solches Zeug.«

Wenn ich ihm die Wahrheit längst erzählt oder wenigstens mehr getanzt, getrunken und gesungen hätte, wäre er vielleicht imstande gewesen, *mich* zu sehen statt einer verlässlichen, normalen Mutter. Er liebt eine Version von mir, die nicht vollständig ist. Ich dachte immer, das wäre es, was ich wollte: geliebt und bewundert zu werden. Doch jetzt denke ich, dass ich in Wahrheit richtig gekannt werden will.

»Betrachte es als meinen letzten Willen.«

Ich sehe ihm an, dass er sagen will, ich solle nicht so reden, aber er befürchtet, seine Stimme könnte schwanken. Er räuspert sich. »Du hast es schon zweimal geschafft. Du schaffst es wieder.«

Wir wissen beide, dass das nicht stimmt. Ich bin zittrig und schwach. Ohne medizinische Hilfe kann ich weder essen noch schlafen. »Natürlich schaffe ich es.«

»Ich will doch nur, dass du gut aufgehoben bist.«

Ich lächle. Amerikaner können dermaßen naiv sein.

Früher habe ich seinen Optimismus geteilt. Ich habe gedacht, die Welt sei ein sicherer Ort. Aber das ist schon sehr lange her.

»Wer ist Juliette Gervaise?«, fragt Julien, und es versetzt mir einen kleinen Schock, ihn diesen Namen aussprechen zu hören.

Ich schließe die Augen, und in der Dunkelheit, die nach Schimmel und längst vergangenem Leben riecht, schweifen meine Gedanken zurück in einem weiten Bogen, der über Jahre und Kontinente hinwegreicht. Gegen meinen Willen – oder vielleicht ihm zufolge, wer kann das wissen? – erinnere ich mich.